L'héritier amoureux

*

Une rencontre envoûtante

*

L'héritier du destin

MICHELLE CELMER

L'héritier amoureux

INTÉGRALE
L'HÉRITAGE DES CAROSELLI

Traduction française de
ANDRÉE JARDAT

SAGAS

HARLEQUIN

Collection : SAGAS

Titre original :
CAROSELLI'S CHRISTMAS BABY

Ce roman a déjà été publié en 2014

HARPERCOLLINS FRANCE
83-85, boulevard Vincent-Auriol, 75646 PARIS CEDEX 13
Service Lectrices Tél. : 01 45 82 47 47

www.harlequin.fr

ISBN 978-2-2804-1696-2 — ISSN 2426-993X

Prologue

— En tant qu'avocat et ami, je dois t'avertir, Giuseppe : ce n'est pas une bonne idée.

Giuseppe Caroselli était assis dans le fauteuil en cuir que son épouse bien-aimée — Dieu ait son âme — lui avait offert pour son quatre-vingt-cinquième anniversaire.

Marcus Russo avait raison.

Ce plan qu'il avait manigancé pouvait très bien se retourner contre lui et provoquer une faille supplémentaire dans une famille que de nombreuses querelles avaient déjà bien divisée. Mais il se faisait vieux et le temps pressait. Bien sûr, il pourrait rester les bras ballants à ne rien faire, mais la perspective des conséquences liées à cette inaction lui brisait le cœur par avance. Il n'avait donc pas le choix, il fallait qu'il agisse.

— Je dois le faire, finit-il par répondre. J'ai déjà attendu trop longtemps.

— Je ne sais pas ce qui serait pire, dit Marcus en se levant du canapé pour aller se poster devant la baie vitrée qui ouvrait sur le parc. Qu'ils acceptent ou qu'ils refusent.

— Ils ne m'ont pas laissé le choix. Et puis, c'est pour le bien de la famille.

Transmettre l'entreprise familiale avait toujours été sa priorité. C'était la raison pour laquelle il avait fui l'Italie pendant la Scconde Guerre mondiale, alors qu'il ne parlait pas un mot d'anglais, et que sa seule richesse consistait en quelques dollars dans la poche de son pantalon troué et la recette de chocolat transmise depuis des générations par ses aïeux et qu'il gardait précieusement gravée dans sa mémoire.

Pourtant, il savait que le nom de Caroselli était promis à un grand avenir. Aussi avait-il travaillé d'arrache-pied pour pouvoir mettre de l'argent de côté et ouvrir la première chocolaterie Caroselli de Chicago. Aujourd'hui, si l'entreprise connaissait une renommée mondiale, elle était néanmoins en danger. Parmi ses huit petits-enfants et six arrière-petits enfants, il n'y avait pas un seul héritier capable de perpétuer ce nom prestigieux. Et, bien que ses trois fils aient chacun un fils, ces derniers étaient encore célibataires et ne semblaient pas pressés de se marier et encore moins de fonder une famille.

Giuseppe n'avait donc pas d'autre choix que de leur faire une proposition impossible à refuser.

Il y eut un petit coup frappé à la porte avant que n'entre le majordome, aussi raide que la charge qui lui incombait.

— Ils sont arrivés, monsieur.

Pile à l'heure. S'il y avait une qualité qu'il devait reconnaître à ces trois-là, c'était bien leur ponctualité. Aussi ambitieux que lui-même à leur âge, ils ne refuseraient pas de marcher dans son plan.

— Merci, William. Faites-les entrer.

Le majordome acquiesça d'un hochement de tête imperceptible, avant de s'éclipser discrètement.

Quelques secondes plus tard entrait Nicolas, comme à l'accoutumée charmant et courtois et dont le sourire ravageur gagnait tout le monde — et surtout les femmes — à sa cause. Il était suivi de Robert, visage fermé et grave, connu pour sa grande loyauté, et d'Antonio junior, l'aîné de ses petits-enfants, ambitieux et fiable.

Giuseppe se leva dans un craquement d'articulations.

— Merci d'être venus, les garçons, dit-il. Mais je vous en prie, asseyez-vous, ajouta-t-il en désignant le canapé d'une main noueuse.

Les trois hommes s'exécutèrent sans pouvoir cacher une certaine appréhension.

— Vous devez vous demander pourquoi je vous ai réunis ici, dit le vieil homme en se rasseyant.

— Je me demande surtout pourquoi nous devons garder cette entrevue secrète, et ce qui justifie la présence de Marcus parmi nous, dit Nick le premier. Quelque chose ne va pas ?

— Es-tu malade ? demanda Tony, les sourcils froncés d'inquiétude.

— Je suis aussi en forme que peut l'être un vieillard de quatre-vingt-douze ans perclus d'arthrite. Si je vous ai demandé de venir me voir, c'est parce qu'il y a un sujet important que je voudrais aborder avec vous.

— L'entreprise connaît des problèmes ? s'enquit Rob à son tour.

Pour lui, il n'y avait pas d'autre sujet de conversation possible, ce qui représentait à la fois un avantage et un inconvénient.

— Non, rassure-toi, de ce côté-là, tout va bien. Il s'agit plutôt de notre patronyme qui, si aucun de vous ne se décide à se marier et à avoir des enfants, s'éteindra à jamais.

Cette révélation lui valut un regard blasé de la part des trois hommes.

— *Nonno,* nous en avons déjà discuté des dizaines de fois, dit Nick. En ce qui me concerne, je ne suis pas prêt à m'installer dans une petite vie confortable et je crois pouvoir affirmer, en notre nom à tous, qu'un nouveau sermon ne changera rien à cet état de fait.

— Je le sais. C'est pourquoi, cette fois, j'ai décidé de vous offrir une petite incitation.

Ce dernier mot piqua leur curiosité. Tony se pencha légèrement en avant pour demander :

— Quel genre d'incitation ?

— J'ai placé sur un compte trente millions de dollars, qui seront divisés à parts égales et que vous percevrez lorsque vous serez mariés et pères d'un héritier mâle.

Les trois hommes le fixaient, les yeux écarquillés.

— Tu es sérieux ? dit Nick le premier. Tu as vraiment l'intention de donner à chacun de nous dix millions de dollars pour qu'il se marie et ait un enfant ?

— Un fils, rectifia Giuseppe. Et ce n'est pas tout. J'ai ajouté quelques petites conditions.

— Si tu veux nous forcer à épouser une Italienne de ton pays natal, je ne marche pas, dit Rob avec une pointe d'agressivité.

Si seulement il avait cette chance ! Mais il ne fallait pas non plus se montrer trop exigeant.

— Pas du tout. Vous êtes libres d'épouser qui vous voudrez.

— Où est le piège, alors ? s'enquit Tony, méfiant.

— En premier lieu, cette petite discussion doit rester strictement privée. Personne ne doit rien en savoir. Ni vos parents, ni votre famille, ni même votre future épouse. Si l'un de vous manque à sa promesse, il devra renoncer à la part qui lui serait revenue et qui sera alors partagée entre les deux autres.

— Et… ? demanda Nick, qui avait bien compris que les conditions ne s'arrêtaient pas là.

— Si Dieu me rappelle à lui d'ici à deux ans sans qu'aucun héritier mâle n'ait vu le jour, les trente millions seront investis dans la société.

— Si j'ai bien compris, le temps nous est compté, commenta Nick avec un brin de cynisme.

— A moins que je ne vive jusqu'à cent ans, répliqua le vieil homme mi-taquin, mi-sérieux. D'après mes médecins, je suis en excellente forme.

— Tu as pensé à Jessica ? demanda encore Nick. Elle a quatre enfants, mais je suppose que tu n'as rien prévu pour elle.

— J'aime beaucoup ta sœur, Nick. Tout comme mes autres petites-filles, d'ailleurs. Et c'est parce que je ne veux pas les blesser que je tiens à ce que les autres membres de cette famille n'en sachent rien. Je dois à mes parents, ainsi qu'à mes grands-parents et à tous ceux qui ont transmis ce nom avant eux, de faire pareil pour les générations futures.

— Tu as l'intention de nous faire signer une sorte de contrat ? s'enquit Tony en désignant Marcus du menton.

— Je l'ai proposé à votre grand-père, intervint l'homme de loi, mais il a refusé.

— Aucun contrat ne sera signé, confirma le vieil homme. Il faudra vous fier à ma seule parole.

— Nous te faisons confiance, *nonno,* assura Nick. Tu ne nous as jamais donné aucune raison de douter de ta parole.

— Sachez que cette confiance est réciproque.

— Mais si tu venais à mourir avant que nous n'honorions notre parole, contra Tony, la famille ne finirait-elle pas par tout apprendre de nos petits arrangements secrets ?

— Impossible. L'argent est placé sur un compte occulte auquel seul Marcus, en tant qu'avocat et exécuteur testamentaire, a accès. Il veillera à ce que les sommes soient réparties selon mes volontés.

— Et si, malgré tout, nous ne sommes pas prêts à fonder une famille ? insista Rob.

Giuseppe haussa les épaules d'un air incrédule.

— C'est simple. Tu perds dix millions de dollars qui seront partagés entre tes cousins.

Les trois hommes se jetèrent un regard hésitant. Connaissant leur indépendance et leur fierté, il restait une chance que sa proposition soit rejetée.

— Il te faut une réponse aujourd'hui ? demanda Nick.

— Non. Mais je voudrais votre parole que chacun de vous étudiera sérieusement mon offre.

Les trois hommes échangèrent un nouveau regard, avant d'acquiescer à l'unisson.

— Tu peux compter sur nous, *nonno,* affirma Rob avec gravité.

S'il n'avait été assis, il se serait écroulé de soulagement. Rien ne garantissait qu'ils acceptent son étrange proposition, mais du moins n'avaient-ils pas rejeté l'idée en bloc. Et, compte tenu de l'esprit de compétition qui régnait entre eux trois, il y avait fort à parier que si l'un acceptait, les deux autres suivraient.

Après quelques minutes à échanger sur les affaires en cours et la famille, Nick, Rob et Tony prirent congé.

— Comment pensez-vous qu'ils réagiront en découvrant qu'il n'y a pas trente millions à la clé ? demanda Marcus dès qu'ils furent seuls.

— Je pense qu'ils nageront dans un tel bonheur que l'argent leur paraîtra alors bien dérisoire.

— Pourtant, vous l'avez, cet argent, Giuseppe.

— En effet. Mais il n'est pas question que je lèse mes autres petits-enfants. Quelle sorte d'homme serais-je si je les privais de ce que je donnerais aux autres ?

Marcus secoua la tête, sceptique.

— Et si vous vous trompiez ? S'ils vous réclamaient cet argent ? S'ils vous en voulaient de leur avoir menti au lieu de vous être reconnaissants ?

— Ils ne m'en voudront pas, affirma le vieil homme.

De toute façon, pour perpétuer le nom des Caroselli, il était prêt à prendre le risque.

1

Terri Phillips regarda avec un mélange d'irritation et d'amusement son meilleur ami, Nick Caroselli, franchir la porte du bistro où ils avaient l'habitude de se retrouver tous les jeudis soir pour dîner.

Avec ses cheveux d'un noir de jais et son regard de braise dans un visage au teint mat, il faisait se tourner toutes les têtes sur son passage.

Mais Nick étant ce qu'il était, il ne le remarquait même pas. Non qu'il ne soit pas conscient de l'effet qu'il produisait sur les femmes, mais il n'usait de son pouvoir de séduction que lorsqu'il avait envie de l'une d'elles.

— Désolé, je suis en retard, dit-il en lui adressant son plus beau sourire, celui destiné à se faire pardonner.

Son manteau et ses cheveux saupoudrés de neige, ainsi que ses joues rougies par le froid, indiquaient qu'il avait parcouru à pied les deux pâtés de maisons qui séparaient les bureaux de Caroselli du restaurant.

— J'ai eu un boulot de dingue aujourd'hui, précisa-t-il.

— Pas de problème. Je ne suis là que depuis quelques minutes, mentit-elle.

Il se pencha vers elle pour l'embrasser sur la joue. Elle se grisa des effluves du parfum au bois de santal qu'elle lui avait offert et qui se mêlait à l'odeur délicate de chocolat dont il était imprégné chaque fois qu'il passait la journée dans sa cuisine expérimentale à tester de nouvelles recettes.

— Il neige toujours ? demanda-t-elle.

— Ça tourne même à la tempête.

Il ôta son manteau puis, après s'être débarrassé de son écharpe et de ses gants, les fourra dans l'une de ses manches — habitude qu'il avait adoptée après avoir égaré une multitude de mitaines et de cache-nez.

— Si ça continue, on aura un Noël tout blanc.

— J'adorerais.

Ayant passé les neuf premières années de sa vie au Nouveau-Mexique, elle n'avait jamais vu de neige avant de venir vivre à Chicago. Et depuis, elle ne s'était jamais lassée de la voir tomber régulièrement.

— J'ai commandé notre menu habituel, annonça-t-elle alors que Nick se glissait sur la banquette, à côté d'elle.

Il desserra le nœud de sa cravate et désigna la bouteille de champagne.

— Nous fêtons quelque chose ?

— En quelque sorte.

Il prit le temps de déplier sa serviette et de la placer sur ses genoux avant de demander :

— Quoi ?

— D'abord, et tu vas être content, ma rupture avec Blake.

Le visage de Nick se fendit en effet d'un large sourire.

— Alors là, voilà une excellente raison de sabler le champagne.

Nick n'avait jamais vraiment apprécié Blake, dernier en date d'une liste de petits amis aussi longue qu'affligeante. A ses yeux, Blake n'avait rien pour rendre Terri heureuse et il s'avérait aujourd'hui qu'il avait eu raison de le penser. Dieu merci, il ne lui avait fallu que quatre mois pour s'en rendre compte !

La semaine précédente, Blake lui avait annoncé de façon plutôt cavalière que, son bail tirant à sa fin, il serait ridicule de payer deux loyers alors qu'il passait le plus clair de son temps chez elle. Malgré le fait qu'elle était plus que prête à se marier et à fonder une famille, elle n'avait pu envisager de franchir ce cap avec lui.

La preuve qu'une fois de plus Nick avait vu juste.

Il remplit les flûtes de champagne et, après avoir trinqué, tous deux en burent une gorgée.

— Comment a-t-il réagi ? demanda Nick.

— Mal. Il m'a dit que je ne retrouverai jamais quelqu'un comme lui.

— En effet. Il a le QI d'un trombone, l'utilité en moins.

Elle devait reconnaître que ce n'était pas faux et qu'en plus il était ennuyeux. Le comble de la distraction étant, pour lui, de passer des heures à jouer sur son ordinateur tandis qu'elle lisait ou regardait la télévision pour tromper son ennui.

— C'est un chic type. Simplement, il n'est pas fait pour moi.

Un jour, il trouverait quelqu'un qui serait aussi accro que lui aux jeux en ligne, et tous deux vivraient une vie heureuse dans un monde cybernétique qui n'était pas le sien.

La serveuse déposa devant eux l'énorme pizza aux poivrons qu'ils avaient commandée.

— Tu le trouveras, un jour, la rassura Nick dès que la jeune femme se fut éloignée. Celui qui te correspondra. Tu le trouveras, c'est certain.

Elle avait beau tenter d'y croire elle aussi, il n'en restait pas moins qu'elle allait sur ses trente ans et que son horloge biologique tournait impitoyablement. Aussi avait-elle décidé de prendre les choses en main.

— Il y a autre chose que nous devons fêter, dit-elle. Je vais avoir un bébé.

Nick manqua s'étrangler et reposa sa flûte si violemment sur la table que Terri s'étonna qu'elle ne se brisât pas en mille morceaux.

— Quoi ? Quand ? C'est Blake ?

— Dieu merci, non !

L'enfant serait bien capable de naître avec une télécommande entre les mains !

Nick se pencha vers elle.

— Qui que soit le père, marmonna-t-il entre ses dents, j'espère pour lui qu'il prendra ses responsabilités.

Quel merveilleux ami il faisait. Toujours aussi bienveillant à son égard.

Car il en allait toujours ainsi entre eux. Elle prenait des décisions hâtives et il tentait de la ramener à la raison. Mais cette fois, c'était différent. Cette fois, elle savait exactement ce qu'elle faisait.

— Il n'y a pas de père, lâcha-t-elle en servant à chacun une large part de pizza. En fait, je ne suis pas enceinte. Enfin, pas encore.

Nick fronça les sourcils, visiblement perplexe.

— Alors, pourquoi dis-tu que tu vas avoir un bébé ?

— Parce que j'en aurai un avant la fin de l'année. Je vais être mère célibataire.

Il se raidit dans son siège, comme sonné par la nouvelle.

— Comment ? Enfin, je veux dire… qui sera le père ?

— Je vais avoir recours à un donneur.

— Un donneur ! ? Tu ne parles pas sérieusement !

Terri cacha du mieux qu'elle put la déception que sa réaction suscitait. Elle avait cru qu'il comprendrait, qu'il serait heureux pour elle. Apparemment, ce n'était pas le cas.

— Je suis très sérieuse, au contraire. Le moment est venu. Je gagne bien ma vie et, comme je travaille chez moi, je n'aurai pas de souci de crèche ou de nounou.

— Ne serait-ce pas mieux si tu étais mariée ?

— J'ai cessé de croire au prince charmant, et je me suis promis d'être mère avant d'atteindre l'âge canonique de trente ans. J'y suis. Et puis, tu sais que j'ai toujours voulu fonder une famille. Depuis le décès de ma tante, je n'ai plus personne.

— Tu m'as, moi, dit-il avec un tel accent de sincérité qu'elle se sentit fondre de tendresse.

Bien sûr, elle l'avait. Lui et toute sa famille un peu folle. Mais ce n'était pas la même chose. Dans les moments difficiles, elle se sentait toujours étrangère.

— Cela ne changera rien à notre amitié, s'empressa-t-elle de préciser. Et même, plus que jamais, j'aurai besoin de toi. Tu seras la seule famille de mon enfant. Tu seras oncle Nicky.

Cette perspective ne lui rendit pas le sourire. Il repoussa son assiette, comme s'il avait d'un coup perdu l'appétit.

— Tu mérites mieux qu'un donneur de sperme, tout de même.

— Peut-être mais, compte tenu du fait que je n'ai pas de chance avec les hommes, je n'ai pas d'autre solution.

— Tu as pensé au bébé ? demanda-t-il sèchement. Il mérite d'avoir deux parents, tu ne crois pas ?

— Comme tu le sais, avoir deux parents ne garantit pas une enfance heureuse.

Il fronça les sourcils. S'il répugnait à l'admettre, il ne pouvait nier que la sienne lui avait laissé des cicatrices indélébiles, elle le savait.

— Je pensais que tu comprendrais, dit-elle, au bord des larmes.

— Mais je comprends, s'empressa-t-il de dire en lui prenant la main. Je veux juste ton bonheur.

— Eh bien, c'est être mère qui me rendra heureuse.

Sa main toujours dans la sienne, il lui sourit.

— Alors, je suis heureux aussi.

Elle espérait qu'il le pensait vraiment et que ses paroles ne visaient pas juste à la réconforter. Pourtant, son attitude soudain distraite la faisait douter du bien-fondé de s'être confiée à lui.

Une fois leur dîner achevé, ils se dirigeaient vers la porte lorsque Nick lui demanda :

— Tu es venue en voiture ou en bus ?

— En bus.

Elle optait toujours pour les transports publics lorsqu'elle savait qu'elle allait boire. Dommage que le chauffard qui avait broyé la voiture de son père n'ait pas eu la même sagesse. A l'heure qu'il était, elle ne serait pas orpheline.

— Viens avec moi jusqu'au bureau, proposa-t-il. Je te raccompagnerai chez toi en voiture.

— D'accord.

La neige avait cessé de tomber, mais le petit vent frisquet qui s'était mis à souffler l'avait transformée en glace, rendant leur progression difficile.

La boutique occupait une grande partie du rez-de-chaussée, ce qui expliquait la délicieuse odeur de chocolat qui flottait dans l'air dès que l'on franchissait le seuil.

Nick fouilla dans ses poches, avant de grommeler tout bas :

— J'ai laissé mes clés au bureau.

— Tu veux que je t'attende ici ?

— Non, tu peux monter avec moi, si tu veux. A moins que tu ne sois une espionne venue piller le secret des recettes Caroselli, ajouta-t-il avec un sourire.

— Comme nous savons tous deux quelle cuisinière accomplie je suis, je comprends tes soupçons, plaisanta-t-elle.

En effet, si cela était possible, elle serait bien capable de faire brûler de l'eau. Ce qui lui laissait le choix entre se faire livrer ses repas à domicile ou faire réchauffer des plats industriels au micro-ondes.

Après être passés devant le veilleur de nuit, ils s'engouffrèrent dans l'ascenseur qui les conduisit au quatrième étage. Une fois poussée la porte du bureau de Nick, Terri sourit à la vue du monceau de papiers et de Post-it qui recouvraient presque entièrement la table de travail. Voilà qui expliquait sans doute pourquoi il préférait passer le plus clair de son temps dans l'atelier de cuisine, situé au dernier étage du bâtiment.

Il sortit ses clés d'un tiroir, puis s'immobilisa. Quelque chose le tracassait et il fallait qu'elle sache quoi.

— Qu'y a-t-il, Nick ? demanda-t-elle sans préambule. Et surtout ne me réponds pas « rien ». Je te connais depuis suffisamment longtemps pour savoir que quelque chose ne va pas.

— Je réfléchissais, répondit-il évasivement.

— Au sujet du bébé que je veux avoir ?

Il acquiesça.

— Mais puisque c'est ce que je veux !

— Eh bien, justement. J'ai quelque chose à te dire.

— Vas-y, je t'écoute.

Intriguée, elle le vit ôter son manteau et le placer sur le dossier d'une chaise, signe qu'il avait prémédité cette discussion. Elle fit de même, puis débarrassa un angle du bureau sur lequel elle se percha.

Il resta silencieux quelques secondes, semblant réfléchir à la façon dont il allait lui annoncer la chose. Enfin, il leva les yeux sur elle et se lança :

— Tu veux vraiment avoir un enfant ?

— Oui. C'est ce que je veux.

— Et si j'avais un meilleur moyen que celui auquel tu penses ?

— Un meilleur moyen ? répéta-t-elle, perplexe.

— Oui. Pour nous deux.

Pour eux deux ? Elle ne voyait pas trop comment le fait d'avoir un enfant bien à elle pourrait lui être profitable, à lui.

— Je ne te suis pas.

— Je connais un homme qui ferait un père parfait pour ton enfant. Un homme qui fait partie de ton entourage direct. Un homme qui assumera financièrement ton enfant toute sa vie.

Voilà qui semblait trop beau pour être vrai.

— Vraiment ? Et qui est cette perle rare ?

Il se pencha vers elle pour river son regard au sien.

— Moi, dit-il d'un ton grave.

Stupéfaite, elle laissa passer quelques secondes, incapable de parler. Elle avait bien entendu ? Nick voulait un enfant avec elle ?

— Pourquoi ? finit-elle par demander. Tu as toujours affirmé que tu ne voulais pas d'enfant.

— Fais-moi confiance. Chacun y trouvera son compte.

— Comment cela ?

— Il faut d'abord que tu me promettes de ne rien dire. A personne.

— D'accord.

— Dis : « Je le jure. »

Elle leva les yeux au ciel, un brin excédée par tant de mystères. Quel âge avaient-ils donc, pour qu'il veuille lui extorquer une telle promesse ? Douze ans ?

— Je le jure, répéta-t-elle néanmoins.

— La semaine dernière, mon grand-père nous a convoqués dans le plus grand secret, mes cousins, Rob et Tony, et moi-même. Il a offert à chacun de nous dix millions de dollars pour produire un héritier mâle qui perpétuerait le nom des Caroselli.

— Merde, ça alors !

— C'est ce que je me suis retenu de dire. Je n'étais même pas certain d'accepter sa proposition. Tu connais mon aversion pour le mariage et tout ce qui en découle. Mais, lorsque tu as mentionné ton désir d'enfant, j'avoue qu'une idée a germé dans mon esprit.

Il marqua une pause, avant de reprendre :

— Cela ne pourrait pas mieux tomber. Tu as l'enfant que tu désires tant et, moi, j'empoche l'argent.

Bien que curieux, cet arrangement pouvait tomber sous le sens, en effet. En revanche, elle et Nick…

— Evidemment, nous devrons nous marier.

La situation lui parut d'un coup beaucoup moins sensée.

— Nous marier ? Mais tu m'as assuré au moins un million de fois que tu ne te marierais jamais !

— Je sais, mais tu connais *nonno*. Il est très attaché aux traditions. Et de toute façon, je n'ai pas le choix. Enfin, ne t'inquiète pas, à la minute où j'aurai touché l'argent, nous engagerons une procédure de divorce. Par ailleurs, un contrat prénuptial bien ficelé devrait éviter les complications. Même si je ne m'inquiète pas pour ça, s'empressa-t-il d'ajouter.

— Tout paraît si simple avec toi.

— Bien sûr, il faudra que nous ayons l'air convaincants.

Elle eut soudain le sentiment qu'elle n'allait pas aimer ce qui allait suivre.

— Tu devras emménager chez moi.

Un mariage arrangé était une chose, mais vivre avec Nick en était une autre qu'elle n'était pas certaine de pouvoir assumer.

— Je ne pense pas que ce soit une bonne idée, finit-elle par avouer.

— Il y a suffisamment de place, si c'est ce qui te fait peur. Tu dormirais dans la chambre d'amis et tu pourrais installer ton bureau dans le salon.

L'espace n'était pas vraiment le problème. Le problème était qu'ils avaient déjà tenté l'aventure lorsque, juste après avoir décroché leur diplôme universitaire, ils avaient décidé de partager un appartement. Mais entre les filles de passage débarquant à n'importe quelle heure du jour et de la nuit et le fait que Nick se fichait royalement de vivre dans une porcherie, Terri n'avait pas tenu le coup plus de deux mois. Un jour de plus en sa compagnie et elle aurait été capable de le tuer.

— Nick, tu sais que je t'aime et que notre amitié compte plus que tout à mes yeux, mais nous avons déjà essayé et ça n'a pas marché.

— Tu parles d'une histoire vieille de huit ans ! Nous avons mûri depuis.

— Es-tu plus ordonné qu'à l'époque ? Parce que la perspective de devoir ranger après toi durant les neuf mois de ma grossesse ne m'enchante guère.

— Tu n'auras pas à t'en préoccuper. Une femme de ménage vient à la maison trois fois par semaine. Et puis, crois-moi, je ne tiens pas à t'avoir sans arrêt sur le dos et à t'entendre me critiquer constamment.

— Je ne te critique pas constamment, protesta-t-elle faiblement. Ou si je le fais, c'est par frustration.

— Il nous faudra faire des efforts mutuels pour nous adapter l'un à l'autre, c'est évident, poursuivit-il.

Plus facile à dire qu'à faire.

— Pense un peu à la chance qu'aura ce bébé ! insista-t-il. La plupart des parents divorcés se détestent. Après plus de vingt ans de séparation, les miens n'arrivent toujours pas à se comporter comme deux adultes civilisés. Les siens seront les meilleurs amis au monde.

Avec cet argument il marquait un point.

— Si je comprends bien, tu comptes t'investir dans la vie de mon enfant ?

— Bien sûr ! Et il aura plein de cousins, de tantes et d'oncles.

Un père à mi-temps ne serait-il pas mieux que pas de père du tout ? En outre, elle n'aurait pas à s'inquiéter de l'aspect matériel des choses. Non qu'elle manque d'argent, loin de là. Si elle savait se montrer prudente, le petit pécule qu'elle avait hérité de sa tante, allié à l'argent que lui rapportait sa société de création de sites web, elle et son bébé seraient à l'abri pour de longues années. Mais Nick veillerait à ce qu'il fréquente les meilleures écoles, un luxe qu'elle ne pourrait offrir à son enfant. Autre avantage, non négligeable, il appartiendrait à une grande famille aimante, et pourrait peut-être un jour intégrer la prestigieuse entreprise familiale.

— Et puis, excuse-moi d'aborder le problème et Dieu nous en préserve, mais imagine qu'il t'arrive quelque chose. Que deviendrait alors ton enfant, sans père ?

Ayant perdu ses deux parents, puis sa tante quelques années plus tard, Terri était bien évidemment sensibilisée au problème.

— Avec moi comme père, il aura toujours une famille, argua-t-il encore.

— Pourquoi pas, au fond ? dit-elle, encore hésitante.

Tout à coup, Nick semblait tout excité. Qui ne le serait pas, avec dix millions de dollars à la clé ? Pourquoi se contenter d'être millionnaire lorsqu'on pouvait devenir multimillionnaire ?

— Dois-je comprendre que tu veux bien prendre le temps de la réflexion ou que tu acceptes ma proposition ?

Pour une fois, elle préférait ne pas trop réfléchir. Et puis, comme il l'avait très justement souligné, chacun y trouverait son compte. Plus ou moins.

— Juste une petite question : les femmes.

— Oui ?

— Tu comptes en ramener une différente tous les soirs et m'infliger sans scrupules le bruit de vos ébats ainsi que la vue de tes conquêtes nues sous l'une de tes chemises ?

— Bien sûr que non. Aussi longtemps que nous resterons mariés, je ne fréquenterai personne.

— Nick, nous parlons d'au moins neuf mois de vie commune, là. Comment tiendras-tu le coup sans voir personne ?

— Et toi ? Le pourras-tu ?

Elle répondit oui sans hésiter. D'ailleurs, le problème n'était pas tant de savoir si elle pourrait que si elle voudrait. Avoir un enfant méritait tous les sacrifices.

— Nous n'aurons peut-être pas à nous poser la question, ajouta-t-il.

— Es-tu en train de suggérer que nous nous trompions mutuellement ?

Curieusement, cette perspective la dérangeait. Car, même s'il s'agissait d'un faux mariage, l'adultère pourrait se révéler un obstacle. Si elle ne doutait pas de la capacité de Nick à trouver des prétendantes, il n'en irait pas de même en ce qui la concernait. Avec son gros ventre et ses chevilles gonflées, les hommes ne se battraient pas pour l'inviter dans leur lit.

— Je suppose que tu vas avoir recours à une insémination artificielle ?

Même si elle trouvait bizarre de discuter de sujets aussi intimes avec lui, il fallait bien en passer par là puisque cet enfant deviendrait aussi le sien.

— Ça, ou une fécondation *in vitro*, qui me paraît plus fiable. Quelle que soit la méthode, je m'attends à ce que ce soit excessivement cher, d'autant plus si cela doit prendre plusieurs mois.

— Nous pourrions ne rien payer, lança-t-il d'un ton désinvolte.

Elle dut avoir l'air si déstabilisée qu'il éclata de rire.

— Tu sais à quoi je fais allusion, non ?

— Je préfère faire comme si je n'avais pas entendu.

— Penses-y quand même, dit-il en lui adressant un sourire charmeur. Pourquoi payer une procédure exorbitante quand les bonnes vieilles méthodes fonctionnent si bien ?

2

Bouche bée, Terri fixait Nick de ses grands yeux gris qui, selon le temps, viraient quelquefois au vert. Il lui fallut quelques secondes pour pouvoir parler de nouveau.

— Tu plaisantes, j'espère ? dit-elle d'une voix que la colère rendait aiguë.

— En fait, j'ai rarement été aussi sérieux, affirma-t-il.

Il admettait que son idée était plutôt radicale, mais la situation dans sa globalité ne l'était-elle pas ?

Il avait longuement réfléchi à la proposition de son grand-père et en était arrivé à la conclusion qu'il n'était pas prêt à s'installer avec femme et enfants. Non pas parce qu'il n'aimait pas les enfants — il les adorait — mais parce que, pour lui, un mariage ne pouvait durer toute la vie. Ses parents avaient vécu l'enfer et, du même coup, l'avaient fait vivre à leurs trois enfants. Aujourd'hui, c'était le mariage de sa sœur Jessica qui battait de l'aile, ce qui ne faisait que le conforter dans l'idée que la vie à deux relevait de la plus pure utopie. Et il n'était pas prêt à tenter le coup, même pour dix millions de dollars.

Il n'avait pas alors envisagé la possibilité d'un mariage blanc. Sans compter que personne dans sa famille ne remettrait en question l'amour qu'il portait à Terri. Comment ne pas croire plausible une histoire d'amour qui viendrait après plus de vingt ans d'une amitié sans nuages ? Les femmes de sa famille goberaient sans l'ombre d'un soupçon ce genre de comédie romantique à souhait.

Terri coinça une mèche de ses longs cheveux derrière son oreille, geste qu'il ne la voyait faire que lorsqu'elle était nerveuse ou mal à l'aise, autant dire très rarement. Car elle était la femme la plus posée et la plus résolue qu'il ait jamais connue.

— Plus tôt ce bébé naîtra, mieux ce sera, reprit-il. Alors, pourquoi dépenser du temps et de l'énergie dans des procédures qui pourraient prendre des mois ?

Une lueur d'indécision passa dans le regard de Terri.

— Tu ne trouverais pas ça bizarre, toi ? demanda-t-elle en tirant nerveusement sur les manches de son pull.

— Si, un peu. Mais pourquoi ne pas se montrer curieux ?

— Curieux ?

Il lui caressa le bras d'un geste tendre.

— Tu ne t'es jamais demandé comment ce serait si toi et moi…

Il en fallait beaucoup pour l'embarrasser, pourtant il venait de réussir l'exploit de la faire rougir violemment. Ce qui, pour lui, équivalait à une réponse positive même si elle refuserait de l'admettre. Quant à lui, il mentirait s'il n'avouait pas y avoir songé deux ou trois fois. Elle était drôle, belle et intelligente. Qui pourrait le blâmer d'avoir eu ce genre de pensées ?

— Je ne te l'ai jamais dit, mais, à une époque, j'avais un sacré béguin pour toi.

— Sans blague ?

Il opina du chef.

— Sans blague.

— Quand ? voulut-elle savoir.

— En dernière année de lycée.

Elle parut sincèrement surprise.

— Je… je n'en avais aucune idée.

Sans doute parce qu'il ne lui en avait jamais soufflé mot. Jusque-là, il ne l'avait jamais envisagée sous un angle sexuel. Pas plus que les autres garçons, semblait-il. Car elle était alors un véritable garçon manqué : grande, maigre et aussi peu féminine que certaines filles peuvent l'être à cet âge-là. Pourtant, après un été passé en Europe avec sa tante, elle était revenue métamorphosée. Une vraie femme.

Les garçons s'étaient mis à la regarder, puis à l'aborder dans les vestiaires, et c'est durant cette période qu'elle avait nourri quelques-uns de ses fantasmes d'adolescent. Il s'était même surpris à ressentir une pointe de jalousie lorsqu'il la voyait en compagnie d'autres garçons ou que lui parvenaient les rumeurs de ce qu'elle faisait avec eux. Curieusement, il aimait ce qu'elle était devenue, et en même temps il lui en voulait pour la même raison. Il souhaitait retrouver la Terri d'avant, celle qui n'appartenait qu'à lui. Puis il avait fini par oublier ces idées, pour vivre sa propre vie. Quel autre choix avait-il ?

— Pourquoi ne m'en as-tu rien dit ? s'enquit-elle.

Il haussa négligemment les épaules.

— Mis à part le fait que je craignais de te faire peur, je pensais que tu ne serais qu'un béguin de plus dans ma vie. Et je tenais trop à notre amitié pour prendre le risque de la voir voler en éclats.

— Alors qu'aujourd'hui tu es prêt à prendre ce risque ?

— Si tu acceptes, nous aurons une raison légitime de faire l'amour.

L'expérience lui avait appris qu'amour et amitié étaient incompatibles. C'est pourquoi il pensait qu'une approche logique de la situation permettrait à leur petite combine de marcher.

— Dans ce cas précis, la fin justifierait les moyens, insista-t-il. Ça ne signifierait rien, tu comprends ? Je pense même que si notre relation changeait, ce ne serait peut-être pas pour le pire. Pourquoi, au lieu de nous séparer, est-ce que ça ne nous rapprocherait pas ?

Elle ne paraissait pas vraiment convaincue. Mais ses raisons de refuser étaient peut-être différentes.

— Cette proposition te pose-t-elle un problème moral ?

demanda-t-il. Ou trouves-tu repoussante l'idée de coucher avec moi ?

Elle leva les yeux au ciel.

— Bien sûr que non ! Et d'ailleurs, puisque nous en sommes aux confidences, sache que moi aussi j'ai eu le béguin pour toi.

Si elle ne mentait pas, elle l'avait sacrément bien caché !

— Quand ? demanda-t-il, aussi étonné qu'elle l'avait été quelques minutes plus tôt.

— Pratiquement le premier jour où j'ai intégré la prestigieuse Thomas Academy School. J'avais dix ans.

Il se rappelait très clairement ce jour. Elle était entrée en classe, furieuse, agressive et maussade, se faisant immédiatement une image de fautrice de troubles. Comme pour leur donner raison, elle avait profité de la première récréation pour foncer sur Nick et le pousser violemment par terre. Seule sa bonne éducation l'avait retenu de ne pas riposter. Dans sa famille, on ne frappait pas une fille lorsqu'on était un garçon. Il s'était donc éloigné de son assaillante d'un air digne, sans un regard pour elle. Néanmoins, son attitude lui avait valu nombre de moqueries de la part de ses copains, dont il se fichait pas mal. En revanche, lorsqu'il décida que les attaques injustifiées dont il était régulièrement la cible devaient cesser, il n'hésita pas à réagir.

Ce fut le cas lorsque, une semaine plus tard à la cafétéria, Terri le fit trébucher alors qu'il se dirigeait vers sa table, son plateau à la main. Il s'affala de tout son long, le nez dans son assiette de spaghettis. Conscient du ridicule de la situation, de même que des rires des témoins de cette scène humiliante, quelque chose se déclencha en lui.

Avant même de comprendre ce qu'il faisait, il se releva d'un bond et la gifla si violemment qu'une goutte de sang perla au coin de sa bouche.

Un silence de mort s'ensuivit, chacun attendant la suite des événements. Jamais il ne s'était senti aussi honteux.

Il n'oublierait jamais cette scène. Lui, debout devant elle, attendant des larmes qui ne manqueraient pas de ruisseler sur son visage tuméfié. Au lieu de ça, elle lui avait envoyé son poing dans la figure, avant de sauter sur lui. Elle se battait comme un garçon, à coups de poing. Cette fois, elle ne lui avait laissé d'autre choix que de riposter. Non seulement pour se défendre mais pour sauver sa fierté.

Il avait fallu trois enseignants pour les séparer et les traîner jusqu'au bureau du directeur, en sang et couverts de bleus. Ils avaient écopé de quinze jours d'expulsion, ce qui était peu en comparaison du sermon que lui avait fait son père et de la déception qui avait ravagé sa mère, déjà bien assez malheureuse sans ça.

Il passa ces deux semaines enfermé dans une classe avec Terri, à travailler sur des exercices que tous deux jugeaient inutiles. Durant ce tête-à-tête qui leur était imposé, il se passa quelque chose d'étrange. Etait-ce dû à une admiration mutuelle ou à l'union réconfortante de deux êtres un peu perdus, toujours est-il qu'était née entre eux une amitié qui ne se démentit jamais.

— Si je comprends bien, tu m'agressais sans cesse parce que tu m'aimais ? ricana-t-il.

— C'était du domaine du subconscient. Mais, une fois que nous sommes devenus amis, je ne t'ai jamais considéré comme un petit ami potentiel.

— Jamais ?

— Jamais, répondit-elle en rougissant légèrement.

Elle s'éloigna de lui pour aller se poster devant la baie vitrée et contempler les véhicules qui avançaient au ralenti sur les voies verglacées.

— Tu ne nous as jamais imaginés nous embrassant ? insista-t-il.

Le dos toujours tourné, elle haussa les épaules.

— Tu m'embrasses tout le temps.

— Oui, mais pas vraiment.

A présent qu'il s'était mis cette idée dans la tête, il n'arrivait plus à s'en débarrasser. Il fallait qu'il l'embrasse.

Il alla la rejoindre et se tint un moment derrière elle, avant de lui poser les mains sur les épaules.

— Nick…, protesta-t-elle dans un souffle.

Il la fit doucement pivoter vers lui.

— Allons, laisse-toi faire. Tu n'as pas envie de savoir ?

— C'est juste que… c'est trop bizarre.

Il posa ses mains derrière elle, sur la vitre, de sorte qu'elle était prisonnière entre ses bras.

— Comment sauras-tu si nous n'essayons pas ?

Du bout des doigts, il effleura ses joues devenues cramoisies.

— Nick, protesta-t-elle encore à voix basse.

C'était une facette d'elle qu'il ne lui voyait pas souvent. Une Terri plus douce, voire vulnérable, qui lui plaisait beaucoup. Il lui apparut même, alors qu'il approchait son visage du sien, que ce qu'il ressentait n'était plus seulement de la curiosité. Il éprouvait une excitation intense qui n'avait rien à voir avec les fantasmes d'un adolescent qui voulait une chose sans trop en comprendre la nature.

A cet instant précis, l'homme qu'il était savait, lui, exactement ce qu'il voulait.

— Un baiser, dit-il dans un souffle, s'approchant si près que leurs bouches se touchaient presque. Et si l'expérience s'avère horrible, nous ne la renouvellerons pas.

Son cœur se mit à battre plus fort tandis qu'elle posait une main tremblante sur son torse.

Avait-elle peur ou était-elle aussi excitée que lui ? Peut-être un peu des deux.

De sa main stratégiquement placée, elle pouvait soit le repousser, soit l'attirer un peu plus. Quelle option choisirait-elle ?

Malheureusement, au moment où elle agrippait le revers de sa veste et où il la sentait consentante, un bruit provenant du couloir les fit sursauter et s'écarter brutalement l'un de l'autre.

En allant vérifier, Nick vit qu'il s'agissait de l'une des techniciennes de surface qui poussait son charriot vers la salle de conférences.

Lorsqu'il revint vers Terri, prêt à reprendre là où ils s'étaient interrompus, elle avait déjà enfilé son manteau.

— Que fais-tu ?

— Il faut vraiment que je rentre chez moi.

— Terri…

— C'était une erreur, Nick. Je pense que nous ferions mieux d'avoir recours à un médecin comme je l'avais initialement prévu.

— Si c'est ce que tu veux, je ne peux pas m'y opposer, dit-il, tentant de cacher sa déception.

— Je m'engage à prendre tous les frais à ma charge.

— J'insiste pour en payer au moins la moitié.

L'espace de quelques secondes, il crut qu'elle allait argumenter, mais elle renonça.

— Ça me paraît juste.

Tout était dit. Il prit lui aussi son manteau et l'enfila.

— Je te raccompagne.

Ils n'échangèrent pas une parole dans l'ascenseur qui les conduisit jusqu'au parking. Et même s'il devinait les pensées qui agitaient Terri, il se garda bien de lui poser la moindre question. Elle lui parlerait lorsqu'elle se sentirait prête. Vouloir la forcer ne ferait que la pousser un peu plus dans ses retranchements. Il en savait quelque chose ! Et, aussi proches soient-ils, il y avait toujours un mystère qu'elle gardait jalousement et auquel il n'aurait jamais accès. Comment pourrait-il lui en vouloir ? Même si leur relation était un désastre, lui au moins avait ses deux parents. Des parents qui l'aimaient, lui et ses sœurs.

Depuis qu'elle avait emménagé à Chicago, Terri n'avait eu qu'une tante qui avait tout juste toléré sa présence. Si toutefois elle avait aimé Terri, elle avait été incapable de le lui montrer.

Il lui tint la portière ouverte, geste galant qui, il le savait, l'irritait au plus haut point. Pourtant, cette fois, il n'eut pas droit à la tirade habituelle selon laquelle « elle-était-assez-grande-pour-ouvrir-sa-portière-elle-même-merci ».

Quiconque la connaissait savait qu'elle ne se gênait pas

pour dire ce qu'elle avait sur le cœur. Pourtant, ce soir, elle ne pipa mot durant tout le trajet jusqu'à son appartement, de l'autre côté de la ville. Pire, elle restait assise sur son siège, le regard fixé sur le pare-brise.

— Tout va bien ? demanda-t-il.

Elle hocha la tête, sans toutefois se tourner vers lui.

— Tu en es sûre ? Tu peux me parler, tu sais.

— Je sais. C'est juste que…

Elle haussa les épaules, laissant sa phrase en suspens, visiblement peu encline à s'épancher.

— Tu sais où me trouver si tu as besoin de moi, dit-il, alors que, pour l'avoir entendue le clamer haut et fort, elle n'avait « jamais besoin de personne ».

Il se pencha vers elle pour l'embrasser sur la joue, comme il le faisait toujours avant de la quitter, mais cette fois elle ne lui en laissa pas le temps. Elle se faufila prestement hors de la voiture et fila s'engouffrer dans le hall de sa résidence sans un regard en arrière.

Dans sa volonté farouche de ne rien vouloir changer, elle était déjà parvenue à tout changer.

3

Terri pensait qu'une bonne nuit de sommeil lui donnerait la distance nécessaire mais elle se retrouva au petit matin, et après une nuit agitée, dans la même totale confusion que lorsque Nick l'avait déposée devant sa porte.

Elle ne voulait rien changer à leur relation. Pourtant, tout avait déjà changé et il était trop tard pour revenir en arrière. Ils avaient ouvert une brèche dans laquelle elle redoutait de s'engouffrer, par crainte de ce qui l'attendait derrière.

Après une journée de travail passée à se demander quelle serait l'étape suivante, comment ils pourraient sortir de cette impasse sans prendre le risque de briser leur amitié — si toutefois il n'était pas déjà trop tard —, elle se rendit compte qu'elle avait pris sa décision la veille, dans le bureau de Nick. Simplement, elle avait trop peur pour l'admettre.

C'est ce qui la conduisit chez lui ce soir-là.

Il n'avait pas cherché à la contacter, ni par téléphone ni par e-mail, sans doute parce qu'il préférait lui laisser le temps de la réflexion. Il la connaissait bien. Il savait lorsqu'elle avait besoin d'espace.

Il lui ouvrit la porte, vêtu d'un jean et d'un T-shirt que protégeait un tablier de cuisine maculé de pâte. Une délicieuse odeur de chocolat vint lui chatouiller les narines.

— Salut, dit-il sans paraître surpris de la voir.

— Je peux te parler ?

— Bien sûr.

Lorsqu'il s'effaça pour la laisser entrer, elle observa avec la plus grande attention l'appartement qui allait devenir le sien pour les neuf mois à venir. Bien que peint dans des teintes riches et masculines, il s'en dégageait un bien-être et une chaleur sans doute conférés par le choix du mobilier, ainsi que par les dizaines de photos encadrées qui recouvraient une grande partie des murs.

Nick avait beau éprouver la plus profonde aversion pour le mariage et tout ce qui s'y rapportait, il n'en restait pas moins très dévoué à sa famille.

Elle remarqua avec une certaine satisfaction que le désordre qui régnait sans partage une semaine auparavant était ce soir-là moins évident.

— Viens avec moi dans la cuisine. Je suis en train d'expérimenter une nouvelle recette de gâteau.

Véritable génie culinaire, il passait le plus clair de son temps libre à pétrir et à cuire. Elle l'avait souvent entendu dire que, s'il n'était aussi impliqué dans la chocolaterie Caroselli, il aurait ouvert son propre restaurant.

Elle laissa son sac et son manteau sur le canapé, puis suivit Nick dans sa cuisine ultramoderne, se demandant sans une once de culpabilité à quoi pouvaient bien servir la moitié des appareils qui se trouvaient là.

— Je ne sais pas ce que c'est, mais ça sent drôlement bon, dit-elle en s'installant sur l'un des trois tabourets qui encadraient l'îlot central.

— Un fondant aux trois chocolats, répondit-il. Jess veut que je prépare un gâteau spécial pour l'anniversaire d'Angie, samedi prochain.

— Elle fêtera ses onze ans, c'est ça ?

— Douze, rectifia-t-il.

— Déjà ? Je la revois à sa naissance et toi, tout excité à l'idée de devenir tonton. J'ai l'impression que c'était hier.

— Eh oui ! Le temps passe vite, renchérit-il en vérifiant le contenu de son four.

Puis il dénoua son tablier et le coinça sur la poignée du four, où il resterait jusqu'à ce que quelqu'un aille le ranger à sa place dans le placard.

Il s'appuya ensuite contre le comptoir en granite.

— Assez de bla-bla. Qu'y a-t-il ? demanda-t-il en croisant les bras.

C'était du Nick tout craché. Aller droit au but sans s'encombrer de fioritures.

— Eh bien, d'abord, je voulais m'excuser pour la façon dont je me suis comportée hier soir. A ma décharge, j'ai été surprise.

— D'accord. Tu as sans doute été un peu bouleversée. Je peux comprendre.

— J'y ai beaucoup réfléchi. En fait, je ne pense qu'à ça. J'ai une question à te poser, Nick.

— Vas-y.

— Si nous le faisons… enfin, je veux dire, si nous le faisons comme tu le proposes, peux-tu m'assurer que les choses redeviendront comme avant ? Que rien ne changera entre nous ?

— Non, je ne peux pas t'affirmer une chose pareille, répondit-il simplement.

Elle lâcha un profond soupir. Etait-il obligé de se montrer toujours aussi honnête ? Ne pourrait-il pas la rassurer en lui affirmant qu'elle ne se trompait pas, qu'elle faisait le bon choix ? Non, ce n'était pas la façon de faire de Nick. Il ne maniait pas la langue de bois et, lorsqu'il s'agissait d'enrober, c'était exclusivement dans sa cuisine.

— La seule promesse que je puisse te faire, c'est que je serai toujours là pour toi, dit-il. Nous serons toujours amis. Que tu aies recours à un médecin ou à une méthode plus conventionnelle, nous allons avoir un enfant ensemble. Rien que cela va sacrément changer les choses.

Il avait raison, bien sûr. Elle s'était tellement focalisée sur le fait que coucher ensemble allait affecter leur amitié, qu'elle ne s'était pas vraiment arrêtée sur le sacré challenge que représentait le fait d'avoir un enfant avec lui.

Il était donc évident que les choses allaient changer. La question était : ne perdrait-elle pas au change ?

— Je viens de prouver que je n'avais pas fait le tour de la question, dit-elle, un brin piteuse.

— Et maintenant que tu l'as fait ?

Elle était morte de peur. Ils étaient amis depuis si longtemps ! Plus que le temps qu'elle avait passé avec son propre père.

— Je suis encore dans la plus totale confusion.

— Dans ce cas, nous ne le ferons pas. Tu vas procéder comme tu le voulais et avoir recours à une insémination artificielle.

— Et toi ? Que feras-tu ? demanda-t-elle avec une pointe d'angoisse.

Car l'idée qu'il puisse contracter un faux mariage avec une autre femme, avoir un enfant d'elle, lui nouait l'estomac plus que de raison.

— Rien.

— Que veux-tu dire ?

— J'avoue que j'étais enthousiaste à l'idée d'avoir un bébé, mais c'était seulement parce que je l'aurais eu avec toi.

— Et l'argent ?

— Terri, notre amitié vaut plus à mes yeux que l'argent que me propose mon grand-père.

Elle fut si stupéfaire de l'entendre prononcer ces mots qu'elle en resta muette.

— Pourquoi cela te surprend-il autant ? demanda-t-il en riant.

— C'est que… c'est probablement la chose la plus gentille qu'on m'ait jamais dite.

— Je n'ai pas dit ça pour être gentil. Je l'ai dit parce que c'est la vérité.

Elle eut soudain honte de ne pas lui avoir fait confiance, de ne pas avoir mesuré à quel point son amitié comptait pour lui.

— Faisons-le, dit-elle d'un ton ferme. Oui, faisons ce bébé.

Ce fut à son tour d'être surpris.

— Tu devrais prendre un peu plus de temps pour y réfléchir.

— C'est tout réfléchi.

— Tu en es certaine ?

Elle ne se souvenait pas de la dernière fois où elle avait été aussi sûre d'une décision. Elle ne comprenait pas très bien pourquoi, c'était comme une intuition.

— Je veux le faire, répéta-t-elle.

— Le mariage, le bébé, vivre ici avec moi… Tout ?

— Tout.

— Alors, maintenant, la seule question qui se pose c'est : quand démarrons-nous ?

— A un jour ou deux près, ma période d'ovulation tombe dans deux semaines. Je préfère ne pas attendre un mois de plus. Plus tôt je serai enceinte, mieux ce sera.

— Crois-tu que nous pourrons organiser un mariage dans un délai aussi court ?

— Tout dépend du mariage que tu veux.

— L'idéal serait juste nous deux et nos témoins.

— Ça me va, approuva Terri qui, même adolescente, n'avait jamais rêvé à un mariage de conte de fées.

— Cependant, il y a un problème, ajouta-t-il.

Elle savait exactement ce qu'il allait objecter.

— Ta famille ne va pas apprécier.

Car, s'il y avait une chose dont les Caroselli raffolaient, c'était faire la fête. Ils ne rataient jamais une occasion de se réunir pour bien manger et bien boire.

— Exactement.

— Dans ce cas, qui penses-tu inviter ?

— Les proches, ainsi que quelques personnes du bureau.

— Dans deux semaines, nous serons à la veille de Thanksgiving. Il y a fort à parier que toutes les bonnes tables de la ville sont déjà réservées.

Nick médita cet argument quelques secondes, puis son visage s'éclaira d'un large sourire.

— Et si nous utilisions la maison de *nonno* ? Pour le coup, il y aurait assez de place. Nous pourrions célébrer la cérémonie dans la grande salle de réception, devant la cheminée.

— Tu crois que ça ne le dérangerait pas ?

— Tu plaisantes ! Il va être ravi, au contraire. Je te rappelle qu'il est l'instigateur de tout ceci.

— Appelle-le quand même pour t'en assurer. Disposant d'un laps de temps très court, je propose que nous organisions quelque chose de simple. Un buffet, par exemple.

— Dresse une liste de ce à quoi tu penses et n'oublie pas que, s'agissant des Caroselli, tu peux doubler les doses et les rations. Nous ferons appel au traiteur que nous employons pour les événements spéciaux de la société. Les mets sont toujours excellents et les prix raisonnables.

— Envoie-moi un e-mail avec leur numéro de téléphone. Je les appellerai.

Il y avait tant à faire dans un délai tellement court ! Cependant, il ne faisait pas l'ombre d'un doute qu'ils parviendraient à tout régler en temps et en heure. Aussitôt que la mère et les sœurs de Nick seraient au courant, elles ne manqueraient pas de leur proposer leur aide.

— Attention, ma famille doit croire que ce mariage est un mariage d'amour, et donc nous devrons nous comporter comme deux personnes follement amoureuses l'une de l'autre !

— Je sais.

— Ce qui signifie, poursuivit-il, que nous devrons nous embrasser et nous manifester des gestes de tendresse devant eux.

Cette perspective la dérouta un bref instant.

— Te sens-tu capable de jouer la comédie ? insista-t-il.

De toute façon, avait-elle le choix ? Il était trop tard pour reculer.

— Oui, répondit-elle sobrement.

— Tu en es bien sûre ? Hier soir, tu n'as pas supporté que je te touche.

— J'étais nerveuse, c'est tout.

— Et maintenant ? Tu ne l'es plus ?

— J'essaie de voir les choses de façon objective. En fait,

j'essaie de nous envisager comme deux personnes menant à bien un projet scientifique.

Sa vision des choses le fit rire.

— C'est amusant mais guère rassurant. Car, si ma mémoire est bonne, au collège, tu as failli faire exploser le laboratoire de chimie.

Ce qui lui avait fait comprendre que son professeur disait vrai : on ne mélange pas deux produits chimiques de nature différente. Ce nouvel acte de rébellion lui avait valu une semaine d'exclusion à laquelle était venu s'ajouter un mois de cours d'été destiné à rattraper le retard accumulé.

Ce que Nick semblait avoir oublié, en revanche, c'était qu'elle l'avait fait uniquement parce qu'il l'avait mise au défi de le faire.

— Je ne vois pas ce qu'il y a de si drôle, dit-elle, un brin piquée. Et d'ailleurs, puisque nous sommes amis, nous pourrions faire ça mécaniquement.

— Il n'y a aucune raison pour que nous ne profitions pas pleinement de la situation.

— Et si nous n'étions pas compatibles ? s'inquiéta-t-elle encore.

— Je ne vois pas bien comment ce serait possible, répondit-il, un sourire en coin. Nous avons tout ce qu'il faut, où il faut.

— Je ne veux pas dire biologiquement. Je veux dire, si jamais nous nous rendions compte que nous… que nous n'éprouvons aucun désir l'un pour l'autre.

— Dois-je comprendre que tu ne me trouves pas attirant ?

— Pas du tout mais, depuis vingt ans que nous nous connaissons, je n'ai jamais éprouvé le moindre désir sexuel pour toi. Je ne t'ai jamais considéré comme un amant potentiel.

— Viens ici, lui intima-t-il en pointant sur elle son index recourbé.

— Pourquoi ?

— Parce que je vais t'embrasser.

— Maintenant ?

— Pourquoi pas ? Autant savoir avant. Imagine un peu

que nous attendions notre nuit de noces et que celle-ci se révèle catastrophique. Sérieusement, Terri, tu nous vois nous retrouver dans le même lit sans nous être touchés avant ? Ne serait-ce pas plus raisonnable de procéder par étapes ?

Une fois de plus, elle devait bien reconnaître qu'il avait raison.

— Si, admit-elle de bonne grâce.

— Alors, qu'attends-tu ? Viens.

L'idée qu'ils allaient réellement franchir une étape, qu'ils allaient échanger un vrai baiser et non pas la petite bise habituelle sur la joue, finit par l'émoustiller plutôt que la rebuter. Une onde de chaleur se propagea dans tout son corps, tandis que son cœur se mettait à battre plus fort.

Allons, c'était juste Nick ! Elle n'avait aucune raison d'être aussi nerveuse. Mais, alors qu'elle contournait l'îlot pour aller le rejoindre, les battements de son cœur redoublèrent.

— Prête ? s'enquit-il.

Elle opina du chef.

Il approcha son visage du sien, mais, alors qu'il s'apprêtait à l'embrasser, elle éclata de rire. Il s'écarta légèrement, un brin exaspéré.

— Désolée, s'excusa-t-elle. C'est nerveux.

Elle inspira profondément, avant d'expirer tout aussi profondément.

— Tu peux y aller, je te promets de ne plus rire.

— J'espère, parce que tu malmènes mon ego, déjà assez fragilisé comme ça, plaisanta-t-il. Bon, tu es prête ?

— Je suis prête, dit-elle avec le plus grand sérieux.

— Vraiment prête ?

— Vraiment prête.

Ils approchèrent leurs visages l'un de l'autre. Leurs lèvres se touchaient presque lorsque de nouveau elle pouffa.

Il laissa échapper un profond soupir.

— Nous n'y arriverons pas.

— Excuse-moi. Pourtant, je t'assure, j'essaie vraiment.

Si un simple baiser lui posait autant de problèmes, qu'en

serait-il du sexe ? Peut-être que, en effet, malgré toute leur bonne volonté, ça ne marcherait pas entre eux.

— Ferme les yeux, dit-il.

Elle les plissa sans les fermer vraiment.

— Pourquoi ?

— Ferme-les. Et garde-les fermés.

Elle obéit docilement mais, comme au bout de ce qui lui parut une éternité il ne s'était rien passé, elle lui lança avec une pointe d'impatience :

— Quand tu veux.

— Chut ! dit-il dans un souffle.

Trente secondes s'écoulèrent encore lorsque, enfin, elle l'entendit se rapprocher d'elle, si près qu'elle sentit son souffle tiède sur sa joue. Cette fois, lorsque ses lèvres se posèrent sur les siennes, elle n'eut pas envie de rire. Envolée également toute trace de nervosité !

Elle n'avait plus conscience que de la douceur de ses lèvres qui contrastait étrangement avec la rugosité de sa barbe naissante sur son menton. A défaut de trouver ce contact passionné, elle le trouva agréable. Assez agréable pour avoir envie de connaître la suite. Aussi, quand elle sentit Nick s'écarter légèrement, l'attrapa-t-elle par le col de sa chemise pour l'attirer de nouveau contre elle.

Il émit un petit son, quelque chose entre la surprise et la satisfaction, qui lui fit oublier qu'ils avaient décidé de procéder doucement, par étapes successives. Le baiser se fit alors fougueux autant que chargé d'un désir réciproque.

Seigneur ! Elle embrassait Nick, son meilleur ami ! Et c'étaient les bras de Nick qui l'enveloppaient, ses mains qui encadraient son visage.

Le feu se mit à couler dans ses veines. Elle fondait entre ses bras. Ce ne fut qu'en l'entendant gémir doucement, lorsqu'elle sentit ses doigts plonger dans la soie de ses cheveux, qu'elle se rendit compte de sa position : elle avait plaqué son corps contre le sien et pressé les seins contre son torse viril. Un flot d'émotions la submergea, mais plus que tout elle se sentait à sa place.

Pour la seconde fois, il s'écarta d'elle, cette fois pour agripper la ceinture de son jean.

— Ouah ! s'extasia-t-il en la regardant comme s'il la voyait pour la première fois. C'était…

— Ouah ! souffla-t-elle en retour.

Si elle avait su qu'embrasser Nick aurait sur elle un effet aussi dévastateur, elle n'aurait pas attendu aussi longtemps.

— J'espère que tu es rassurée quant à notre compatibilité, dit-il pour la taquiner.

— Le problème est définitivement écarté.

— Tu trouves toujours bizarre ce qui se passe entre nous ?

La seule chose dont elle était sûre, c'était que ce baiser l'avait sacrément émoustillée et qu'elle était prête à poursuivre l'aventure.

— C'est difficile à dire après un seul baiser, minauda-t-elle.

Il n'en fallait pas plus pour qu'il l'attire de nouveau tout contre lui.

— Il suffit de demander, lui susurra-t-il à l'oreille.

4

Leur deuxième baiser les transporta bien plus que le premier et cette fois, lorsque Nick s'interrompit pour lui demander si elle trouvait toujours cela curieux, Terri lui répondit par un troisième baiser, tout aussi passionné que le précédent.

Elle était tellement obnubilée par Nick et la chose incroyable qu'ils étaient en train de faire qu'elle sursauta presque en sentant ses mains chaudes sur les poches arrière de son jean.

— Tes mains sont sur mes fesses, lui fit-elle remarquer.

— Normal. C'est moi qui les ai mises. Tu trouves que je brûle les étapes ? ajouta-t-il après une pause.

Bonne question. Allaient-ils trop loin ? Trop vite ? Oh ! et puis, après tout, pourquoi devraient-ils se plier à un programme bien établi ? Tant qu'ils prenaient du plaisir, tant qu'ils étaient consentants, pourquoi s'arrêter en si bon chemin ?

— Non, finit-elle par répondre. Sinon, je ne serais pas en train de t'imaginer sans ton jean.

Malgré cette invitation non déguisée à aller plus loin, il se borna à garder les mains sur ses vêtements. Et, peu importèrent les parties de son corps qu'elle caressait, la façon dont elle ondulait contre lui ou les petits gémissements de plaisir qu'elle laissait échapper, il ne répondit pas à ses avances. Enfin… durant un certain temps, car il finit par succomber à la torture et glissa une main sous sa chemise. Il la garda cependant sagement sur son ventre.

— Si tu ressentais le besoin de toucher mes seins ou une autre partie de mon anatomie, je ne t'en voudrais pas, tu sais.

— Ce n'est pas souvent que je m'entends dire que je ne vais pas assez vite, répliqua-t-il, un sourire amusé aux lèvres.

— Je pourrais jouer les vierges effarouchées mais est-ce bien le but ? Nous savons tous les deux que ce soir nous finirons dans ton lit.

— Vraiment ?

— Vois-tu une raison pour que nous ne fassions pas l'amour ?

Là où la majorité des hommes aurait sauté sur l'occasion, il prit quelques secondes de réflexion, ce qui ne fit qu'attiser le désir de Terri. Elle n'arrivait pas à croire que mercredi encore elle n'envisageait même pas une relation physique avec lui et que, deux jours et trois baisers plus tard, elle brûlait de lui arracher ses vêtements.

— Rien ne me vient à l'esprit, finit-il par répondre d'un ton faussement désinvolte.

Si elle y réfléchissait bien, c'était leur amitié qui les avait conduits jusque-là, ce qui équivalait à environ vingt ans de préliminaires. Autant dire qu'ils n'avaient pas précipité les choses.

— Alors, nous n'avons plus aucune raison de rester dans cette cuisine.

Il allait lui répondre lorsqu'ils entendirent la porte d'entrée s'ouvrir. Une autre femme ? Une femme à qui il aurait donné une clé de son appartement ? Elle fut vite rassurée en reconnaissant la voix de la mère de Nick.

— Coucou ! Nicky, je suis là !

Nick jura tout bas. Et dire qu'il s'était éloigné de la maison familiale pour s'éviter ce genre de désagrément…

— Dans la cuisine ! répondit-il, avant de se tourner vers Terri pour s'excuser.

Mais ce qu'il vit l'empêcha de parler. Ses cheveux étaient

ébouriffés, son menton rouge d'avoir été frotté par sa barbe naissante, bref elle était un peu débraillée. A moins que sa mère n'ait oublié ses lentilles de contact, elle verrait bien qu'ils n'avaient pas fait que discuter. Impossible d'espérer que la situation lui échapperait, car rien ne lui échappait, de même qu'elle avait un avis sur tout.

Terri fixait son entrejambe, mais il ne craignait rien de ce côté-là : à la seconde où il avait entendu la voix de sa mère, tout était rentré dans l'ordre.

— Quel temps bizarre ! se plaignit Judith d'une voix plus audible à mesure qu'elle approchait de la cuisine. Il y a deux jours on essuyait une tempête de neige…

Elle apparut dans la pièce, véritable boule d'énergie vêtue de sa tenue de yoga, tenue qu'elle affectionnait tout particulièrement.

— … et aujourd'hui on se croirait au printemps.

Elle stoppa net à la vue de Terri, immobile à côté de Nick.

— Bonjour, ma belle, dit-elle en lui souriant. J'ignorais que tu étais ici, mais…

Elle laissa sa phrase un instant en suspens, regardant tour à tour Terri et Nick.

— … on dirait que je tombe mal.

Il entendait presque ses pensées tant elle les pensait fort. Son fils et Terri, amis depuis vingt ans, et ils avaient fini par se retrouver au lit. Finalement, ils récoltaient les fruits d'une si longue amitié. Mais peu importait à Nick ce que sa mère pensait de lui.

Il avait toujours entendu Terri dire que Judith était la mère qu'elle aurait aimé avoir, et Judith de son côté ne se privait pas de clamer haut et fort que Terri était la troisième fille qu'elle n'avait jamais eue. Nick aurait même juré que, si sa mère devait choisir entre Terri et lui, son choix serait vite fait.

— Ce n'est pas ce que tu penses, maman, se justifia-t-il.

— Mon chéri, ce que tu fais dans l'intimité de tes quatre murs ne me regarde absolument pas.

— Mais nous n'étions pas… je veux dire, nous ne faisions

pas…, bredouilla-t-il comme le ferait un enfant pris la main dans le sac.

Sa mère leva la main pour l'interrompre.

— Je n'ai pas besoin d'explication, affirma-t-elle.

Pourtant, derrière la façade souriante, il devinait une vive déception, dirigée contre lui mais également contre Terri.

Il se tourna alors vers son amie.

— Nous lui disons maintenant ?

— Je ne sais pas. Qu'en penses-tu ?

— Me dire quoi ? demanda Judith, piquée par la curiosité.

— De toute façon, elle finirait bien par comprendre.

Terri lui sourit, s'amusant visiblement autant que lui de ce petit jeu. Rien de tel pour rendre Judith folle d'impatience que de lui laisser entendre qu'il existait un secret bien juteux dont elle était tenue à l'écart.

— Tu as raison, continua Terri. Mais sommes-nous vraiment prêts à dévoiler la nouvelle ?

— Quelle nouvelle ? demanda encore Judith, à présent sur des charbons ardents.

— On sait tous les deux qu'à la seconde où elle le saura tout le monde sera mis au courant.

— Nicky ! s'offusqua Judith, alors que tout le monde savait que c'était vrai.

Même pour sauver sa vie, sa mère serait incapable de garder un secret. Il lui arrivait parfois de lui faire des confidences sur la famille ou sur ses « amis hommes », comme elle désignait ses amants, qu'il aurait préféré continuer d'ignorer.

Judith croisa les bras comme une enfant contrariée et esquissa une moue.

— Je connais quelqu'un qui va trouver un sac de charbon au pied du sapin de Noël cette année, dit-elle d'une voix faussement menaçante.

— Terri et moi allons nous marier, lâcha Nick sans préambule.

— Vous marier ! répéta Judith, l'air sidéré.

— Tu as bien entendu.

— Vraiment ?

— Oui, vraiment.

Elle fixa sur lui un regard étréci par la suspicion.

— Tu ne dis pas ça parce que je vous ai surpris dans une situation embarrassante ?

— Non, maman. Nous allons vraiment nous marier.

Sa mère poussa un tel hurlement de joie que tous les occupants de l'immeuble durent l'entendre.

Elle se rua sur Terri, pas sur lui, pour la prendre dans ses bras.

— Oh ! ma chérie ! Je suis si heureuse pour vous ! J'espérais tant que ça finirait par arriver. Même si je me suis bien gardée de m'en mêler, j'espérais. Oh oui !

Pourtant, elle ne s'était pas gênée, pour chacune de ses conquêtes, de faire toujours le même commentaire : « Elle est bien, mais pas autant que Terri. »

Il la vit fixer sur Terri ses yeux pleins de larmes, comme si elle vivait là le moment le plus heureux de sa vie. Puis elle se tourna vers lui, ses larmes miraculeusement séchées.

— Eh bien ! Il était temps !

Plus aucun doute n'était permis. Elle choisirait Terri.

— Avez-vous fixé une date ? Et ne me dites pas que vous allez vous lancer dans des fiançailles interminables sous prétexte que vous allez vivre ensemble ! D'ailleurs, inutile de te dire qu'avec *nonno* comme grand-père tu n'as pas fini d'en entendre parler. Il a fait vivre l'enfer à ta pauvre cousine Crissy lorsqu'elle a emménagé chez David.

— Nous avons prévu de nous marier dans quinze jours.

— J'ai bien entendu ? Quinze jours ?

— Oui.

Judith inspira profondément, puis se tourna vers Terri pour lui demander à voix basse, comme si d'autres personnes se trouvaient dans la pièce :

— Tu es enceinte ?

— Non, répondit patiemment Terri. Je ne suis pas enceinte.

— Pourquoi vous précipiter de la sorte, alors ?

— Parce que nous ne voyons aucune raison d'attendre, rétorqua Terri en adressant un regard complice à Nick. J'ai toujours souhaité être mère avant l'âge de trente ans et voilà, l'échéance approche.

— Nick, tu veux des enfants ? s'étonna Judith, rayonnante de joie.

— Oui, nous en voulons un tout de suite. C'est pour cette raison que nous souhaitons nous marier rapidement. Nous avons opté pour un mariage intime, avec la famille et nos amis proches.

— La famille de ton père va t'en vouloir si tu la tiens à l'écart d'un tel événement.

— Nous posterons une vidéo sur YouTube, répliqua Nick, ce qui lui valut un discret coup de coude dans les côtes.

Il lui faudrait trouver un photographe. Pourquoi ne pas faire appel au studio qui s'occupait des tirages promotionnels de la société ?

— Nicky, où est ton ordinateur ? s'enquit Judith.

— Sur mon bureau. Pourquoi ?

— Compte tenu du peu de temps dont nous disposons, Terri et moi n'avons pas intérêt à traîner. Il nous faut définir les couleurs, choisir un fleuriste et un bon pâtissier pour la pièce montée…

Elle fit une pause, poussa un long soupir.

— Il y a tant à faire !

— Mais, maman…

Sans prendre la peine de l'écouter, elle prit Terri par le bras et l'entraîna vers son bureau. Terri lui lança un coup d'œil par-dessus son épaule, l'air désolé. La bagatelle passerait après.

Il se réconforta en songeant qu'après la nuit qu'ils allaient passer ils n'auraient ensuite aucun mal à s'embrasser devant les membres de sa famille, rendant leur histoire d'amour si convaincante que personne ne songerait à la remettre une seconde en question.

*
* *

Nick aurait préféré annoncer lui-même la nouvelle de leur prochain mariage. Malheureusement, sa mère ne lui en laissa pas le temps. Elle appela ses sœurs, qui appelèrent leurs cousins, qui appelèrent leur entourage. Aussi ne fut-il pas surpris lorsque Rob et Tony le coincèrent dans le couloir qui menait dans la cuisine d'expérimentation le lundi suivant.

— C'est vrai ? demanda Rob sans préambule.

— Si tu veux parler de mes fiançailles et de mon mariage, alors oui, c'est vrai.

Tony indiqua du menton une pièce qui n'était pas plus grande qu'un placard.

Comme il le craignait, ses cousins n'étaient pas venus le trouver pour avoir une discussion amicale avec lui.

Les murs étaient recouverts d'étagères métalliques chargées de vieux dossiers poussiéreux et l'air sentait le moisi. Tony alluma la lumière et referma la porte derrière eux.

— Voilà qui me semble horriblement conventionnel, attaqua-t-il le premier. Tu ne trouves pas ?

Nick fronça les sourcils, feignant l'incompréhension.

— Que veux-tu dire par là ?

— Tu sais très bien ce que je veux dire.

— Terri et toi êtes amis depuis des années, et c'est précisément maintenant que tu la demandes en mariage ? ajouta Rob.

Nick s'appuya contre l'une des étagères, qui bougea légèrement sous l'effet de son poids.

— Que suis-je censé comprendre ?

— Ça aussi, tu le sais très bien, reprit Tony. Et je ne crois pas qu'un mariage arrangé soit ce que *nonno* avait en tête.

— Je ne me rappelle pas l'avoir entendu dire ça, pointa Nick.

— Ne fais pas l'idiot, c'était implicite. Ce qu'il veut, c'est nous voir installés pour la vie avec toute une marmaille autour de nous. Il attend de nous que nous lui fassions plein de petits héritiers mâles destinés à perpétuer le nom des Caroselli.

— J'aime Terri, affirma Nick sans mentir.

Simplement, il n'était pas amoureux d'elle.

— Elle est enceinte ? questionna Rob.

Nick eut le sentiment que, compte tenu de la brièveté de leurs fiançailles, ce n'était pas la dernière fois qu'on lui poserait cette question.

— Bien que cela ne te regarde pas, je vais quand même te répondre. Non, Terri n'est pas enceinte. Pas encore.

— Pourquoi cet empressement à vous marier, alors ? voulut savoir Tony.

— Parce que nous voulons fonder une famille rapidement, mais que nous souhaitons nous marier d'abord, précisa-t-il, reprenant à son compte l'explication que Terri avait donnée à sa mère la veille.

Tony ne parut cependant pas convaincu.

— D'accord, mais deux semaines, c'est quand même très court, insista-t-il.

— Terri a presque trente ans et l'horloge biologique tourne vite. Quant à moi, vous savez bien pourquoi je suis pressé.

— Elle sait pour l'argent ? demanda Tony en baissant la voix.

Nick préféra éluder.

— Qu'y a-t-il, Tony ? Serais-tu jaloux parce que je vais être le premier à toucher le pactole ?

— Désolé si je douche ton enthousiasme, mais je te rappelle qu'il faut que vous ayez un fils. Ce qui ne se fera peut-être pas du premier coup. Tu pourrais même finir avec trois ou quatre filles.

Nick avait déjà envisagé cette éventualité et il en avait conclu que la décision n'appartiendrait qu'à Terri.

— Je crois pouvoir affirmer en nos deux noms, à Tony et à moi, que nous aimons beaucoup Terri, dit Rob. Aussi, si nous apprenions un jour que tu l'as épousée juste pour honorer ton contrat et qu'elle en souffrait, crois-moi, tu aurais affaire à nous.

Faire du mal à Terri était évidemment exclu. Mais, elle

et lui étant d'accord sur le principe, il ne voyait pas bien comment il pourrait la blesser.

— Si nous parlions un peu de toi, Tony, pour changer ? suggéra Nick, pressé de ne plus être la cible de ses cousins. Depuis le temps que tu sors avec Lucy, qu'attends-tu pour faire ta demande ?

La mâchoire de Tony se contracta légèrement.

— Ça aurait fait un an en décembre, précisa-t-il, l'air morne.

— Que veux-tu dire ? demanda Rob.

— Nous avons rompu.

— Ah bon ? Mais quand ?

— La semaine dernière.

— Désolé, mon vieux, s'excusa Nick. Mais pourquoi ne nous as-tu rien dit ?

Tony haussa les épaules, l'air désabusé.

— Je n'en voyais pas l'intérêt.

Nick, lui, ne parut pas surpris. On ne pouvait pas dire que Lucy soit une petite amie dévouée. En un an, elle n'avait daigné participer qu'à deux ou trois réunions familiales, et Tony la mentionnait rarement au cours de leurs discussions. En fait, ils semblaient vivre deux vies parallèles.

— Que s'est-il passé ?

— Franchement, je l'ignore. Je pensais que tout allait bien, mais, lorsque je suis passé chez elle un soir, sa colocataire m'a appris qu'elle était repartie en Floride.

Rob secoua la tête, sceptique.

— Sans dire un mot ?

Tony haussa de nouveau les épaules. Derrière son apparente désinvolture, Nick le sentait tendu.

— En tout cas, s'il y avait un problème, elle ne m'en a jamais parlé.

— Je suis vraiment désolé, mon vieux, répéta Nick.

Tony ne l'avouerait jamais, pourtant il souffrait de cette rupture brutale. Nick et Rob n'insistèrent donc pas.

La porte du réduit s'ouvrit brusquement, les faisant violemment sursauter tous les trois. Une femme que Nick ne connaissait pas se tenait immobile sur le seuil, apparemment aussi surprise qu'eux de les voir. Agée d'une quarantaine d'années, elle avait des cheveux poivre et sel coupés court qui faisaient ressortir le bleu profond de ses yeux. Elle était très séduisante et quelque chose dans son physique parut familier à Nick.

— Excusez-moi, dit-elle avec une pointe de nervosité. J'ignorais qu'il pouvait y avoir quelqu'un ici.

— Ne vous excusez pas, dit Tony. Nous étions juste en train de bavarder.

Elle fit un pas en arrière, s'apprêtant à repartir.

— Je reviendrai.

— Inutile, dit Nick. Nous avions terminé.

— Nick, reprit Tony, je ne pense pas que tu connaisses Rose Goldwyn. Sa mère, Phyllis, a été l'assistante de *nonno* pendant des années.

— Vingt ans, précisa Rose.

Nick revit alors avec acuité la secrétaire de son grand-père assise derrière son bureau, et comprit pourquoi le visage de cette inconnue lui avait tout de suite paru familier.

— Je me souviens très bien de votre mère, assura-t-il. Vous lui ressemblez beaucoup.

— C'est ce que tout le monde dit, admit-elle dans un sourire mélancolique.

— Comment va-t-elle ?

— Malheureusement, elle est morte des suites d'un cancer en septembre.

— Je suis désolé. Je garde le souvenir d'une jolie femme, toujours souriante, qui nous donnait des bonbons à mes sœurs et à moi chaque fois que nous venions rendre visite à *nonno* à son bureau. dit-il, tentant d'apaiser un chagrin qu'il sentait encore vif.

— Elle adorait travailler ici. Y être à mon tour me donne l'impression d'être un peu plus proche d'elle.

— Nous sommes très heureux de vous avoir parmi nous, affirma Tony.

— J'ai entendu dire que vous alliez bientôt vous marier, enchaîna-t-elle. Félicitations.

— Merci. J'espère que vous vous joindrez à nous.

La proposition de Nick parut la surprendre.

— Moi ? demanda-t-elle.

— Oui. Dans notre entreprise, nous aimons l'idée que nous formons tous une grande famille. Je dirai à ma fiancée de vous ajouter à la liste des invités. Le mariage aura lieu samedi en quinze.

— J'accepte avec plaisir, répondit Rose, flattée.

— Messieurs, il est temps pour nous de laisser Rose vaquer à ses occupations, intervint Tony en désignant la porte du menton.

— Ravi de vous avoir rencontrée, Rose, dit Nick en lui serrant la main.

Il attendit d'avoir tourné à l'angle du couloir, en direction de la cuisine d'expérimentation, pour demander :

— Depuis quand travaille-t-elle pour nous ?

— Quelques semaines. En fait, nous l'avons embauchée à cause de son histoire familiale, sans avoir vraiment besoin de quelqu'un. Lorsqu'elle a vu l'état des archives, elle a proposé d'y mettre un peu d'ordre et de scanner tous les dossiers.

— Corrige-moi si je me trompe, dit Nick, mais n'y a-t-il pas des informations censées rester secrètes là-dedans?

Tony haussa négligemment les épaules.

— La plupart concernent les employés, d'autres des rapports financiers mais il n'y a aucun dossier top secret, rassure-toi.

— Aucune recette consignée dans de vieux carnets ? insista Nick.

— Pas que je sache, en tout cas. Pourquoi, tu crois que c'est une espionne ? demanda-t-il d'un ton railleur.

— Mieux vaut être prudent, non ? L'espionnage industriel existe bel et bien et, avec la réputation des chocolateries Caroselli, nous ne sommes pas à l'abri.

Le téléphone portable de Nick les interrompit. Le nom de sa mère s'affichait sur l'écran.

— Désolé, il faut que je réponde, annonça-t-il, avant de se tourner vers Tony. Si tu as envie de parler…

Tony opina, mais tout avait été dit.

Même s'ils ne croyaient pas à son histoire — en toute honnêteté, si les rôles avaient été inversés, il aurait nourri les mêmes soupçons —, Nick savait que ses cousins ne le trahiraient pas. Malgré cette assurance, il ne leur révélerait rien de sa supercherie, car ce serait aller au-delà de sérieux ennuis.

— Salut, maman. Qu'y a-t-il ?

— Des lys blancs ou des roses roses ?

— Pardon ?

— Que préfères-tu ? demanda Judith, sans pouvoir cacher son impatience. Terri et moi sommes chez le fleuriste et nous n'arrivons pas à trancher entre les lys et les roses.

Non seulement il connaissait à peine la différence entre les deux, mais en plus il s'en fichait éperdument.

— Si vous aimez les deux, pourquoi choisir ?

— C'est ce que j'ai suggéré à Terri, mais elle dit que c'est trop cher.

— Peu m'importe le prix. Dis-lui de prendre ce qu'elle aime.

— Dis-le-lui toi-même. Moi, elle ne m'écoutera pas.

Il entendit un bruit de voix étouffées, puis celle de Terri, claire à l'autre bout du téléphone.

— Nick, c'est ridicule. Prendre les deux te coûtera beaucoup trop cher.

Nick poussa un profond soupir. Pourquoi vouloir se montrer aussi économe quand il lui donnait son feu vert ?

— Ça m'est égal. Prends tout ce que tu veux.

— Pour un mariage comme le nôtre ? dit-elle en baissant la voix. Déjà que je me sens horriblement mal à l'aise…

— Pourquoi ?

— Parce que ta mère et ta sœur se donnent à fond dans cette histoire. Si elles savaient ! Tu imagines un peu leur déception ?

— Nous allons nous marier, non ?

— Tu sais bien ce que je veux dire.

— De toute façon, il est trop tard pour faire machine arrière, maintenant.

Un silence pesant lui répondit, qui lui fit un instant redouter qu'elle change d'avis.

— Tu as sans doute raison, finit-elle par admettre.

— Terri, fais-moi plaisir, prends toutes les fleurs qui te plaisent. Tant que nous serons mariés, ce qui est à moi est à toi, d'accord ?

— D'accord. Je te laisse, je te rappellerai plus tard, fit-elle avant de raccrocher précipitamment.

Ils ne faisaient rien de mal. Alors, pourquoi avait-il le sentiment que Terri pensait le contraire ?

5

Terri farfouilla dans sa trousse de toilette pour vérifier qu'elle n'avait rien oublié. Lorsqu'elle se fut assurée qu'il ne lui manquerait rien pendant sa lune de miel, elle fit glisser la fermeture Eclair et plaça la trousse dans sa valise.

Elle n'aurait jamais imaginé que les préparatifs d'un mariage puissent demander autant de temps et d'énergie. Dieu merci, la mère et les sœurs de Nick avaient été heureuses de régler les derniers détails sans elle, lui permettant ainsi de pouvoir terminer la création du site web que lui avait commandé une société réputée de Chicago.

Car, si Nick avait accepté de raccourcir la durée de leur voyage pour ne pas manquer la sacro-sainte journée de Thanksgiving, il verrait d'un mauvais œil qu'elle emporte du travail avec elle. Pour éviter cela, elle venait de passer cinq journées consécutives devant son ordinateur, ce dont témoignaient ses yeux rougis de fatigue.

De son côté, Nick développait un nouveau produit — si secret qu'il ne pouvait même pas lui en parler —, qu'il espérait voir mis en vente pour les fêtes de Pâques. Autant dire que lui non plus n'avait pas une minute à lui, au point qu'ils avaient même dû renoncer à leur dîner du jeudi. Leurs contacts quotidiens se résumaient désormais à des appels téléphoniques tardifs, au cours desquels elle le mettait au courant de la progression des préparatifs.

S'ils n'avaient plus abordé le sujet de leur nuit de noces, cette pensée ne la quittait pratiquement pas. Nick fantasmait-il tout comme elle à ce sujet ?

Lorsqu'ils finirent par pouvoir s'accorder une nuit ensemble avant le mariage, il s'avéra qu'il était trop tard. Selon son gynécologue, mieux valait s'abstenir de relations sexuelles cinq jours avant l'ovulation, de façon à maintenir un taux de spermatozoïdes optimal et, ainsi, favoriser la conception.

Aussi s'en tinrent-ils à une séance de petits jeux sensuels qui ne fit qu'exacerber le désir qui les taraudait. La torture s'avérant trop pénible, ils avaient finalement décidé de se concentrer sur l'aménagement du salon de Nick en bureau.

Un peu plus tard, alors qu'ils se détendaient devant un bon feu de bois, Nick avait quitté son siège pour mettre un genou à terre et glisser à son annulaire un diamant de quatre carats qu'elle pourrait garder après leur divorce, lui avait-il assuré, comme preuve de sa profonde affection.

Quelle ironie ! Le mieux qu'elle puisse faire était donc de susciter une fausse demande en mariage ?

Mais elle savait que Nick n'y était pour rien. Ce n'était pas sa faute si elle n'avait pas de chance avec les hommes.

— Tu es prête ? demanda Nick depuis le seuil, où il s'était nonchalamment appuyé contre le chambranle de la porte, les mains enfoncées dans les poches de son jean.

— Je crois que j'ai pris trop d'affaires, répondit-elle en tentant vainement de fermer sa valise qui débordait de vêtements.

— D'autant que je n'ai pas l'intention de te voir trop souvent habillée, rétorqua-t-il avec un sourire irrésistible qui la fit chavirer.

Ce n'était pas la première fois qu'elle le voyait dans une tenue aussi décontractée, pourtant elle ne put s'empêcher de le trouver diablement sexy dans son jean délavé et son T-shirt blanc.

Lorsqu'ils avaient élaboré ce plan, l'idée de coucher avec lui l'avait véritablement effrayée. Elle tenait tellement à leur amitié ! Mais, lorsqu'il l'avait embrassée, qu'il l'avait caressée, elle ne s'était pas sentie différente. Elle pouvait donc en conclure qu'ils étaient amis et qu'ils allaient coucher ensemble. C'était aussi simple que ça !

Si elle s'en tenait à ce qu'indiquait son thermomètre, elle devrait être en période d'ovulation. Pourtant, le test effectué le matin même indiquait le contraire. S'il s'était révélé positif, il ne faisait pas l'ombre d'un doute que le mariage aurait été consommé le soir même. Mais s'il en était de même le lendemain ? Après deux semaines passées à fantasmer sur leur première nuit d'amour, seraient-ils capables de tenir un ou deux jours de plus ?

— J'ai réussi à boucler tout mon travail, ajouta-t-il. J'entends bien profiter au maximum de ces cinq jours en ta compagnie. Et toi, où en es-tu ?

— J'ai parlé à ta mère tout à l'heure. Il semble que tout soit bien orchestré. Sérieusement, je ne sais pas ce que j'aurais fait sans elle et ta sœur. Oh ! Nick ! Je ne peux pas m'empêcher de culpabiliser.

— Pourquoi ?

— Si elles savaient que nous comptons divorcer dès que nous aurons le bébé, crois-tu vraiment qu'elles se seraient donné tout ce mal ?

— S'il ne s'agissait pas d'une machination, si nous nous mariions par amour, qui te dit que nous ne divorcerions pas quand même ? Il n'y a aucune garantie, Terri.

Elle avait beau se dire qu'il avait raison, cette manigance sournoise la dérangeait profondément. Car, mis à part ces circonstances un peu particulières, elle n'aurait jamais épousé un homme en sachant que leur relation n'était pas viable. Qui tenterait une chose pareille, d'ailleurs ?

Pourtant, elle ne pouvait s'empêcher de trouver séduisante la perspective d'avoir quelqu'un à qui parler le soir sans décrocher le téléphone. De même que celle de passer ses soirées autrement qu'en dînant seule devant des rediffusions de *Seinfeld,* sa série préférée.

Elle ne pouvait également que se réjouir à l'idée que Nick les aimerait toujours, elle et son enfant. Contrairement à sa tante qui, si elle avait fait du mieux qu'elle avait pu pour l'élever, ne s'était jamais montrée très affectueuse à son égard. Elle n'avait pas eu d'enfants et ne s'était certes pas attendue à voir entrer dans sa vie une nièce qu'elle n'avait jamais rencontrée.

Avec ce bébé, Terri ne connaîtrait plus la solitude. Elle lui donnerait tout l'amour et toute l'attention auxquels il avait droit et dont sa tante l'avait privée. Elle ne partirait pas en voyage à l'étranger des semaines d'affilée et ne le laisserait pas aux bras de nounous indifférentes.

Elle serait une bonne mère et espérait que Nick ferait un bon père. Et puis, sinon, elle lui donnerait de l'amour pour deux.

— Tu te sens nerveuse ? demanda-t-il.

— Devrais-je l'être ? rétorqua-t-elle en haussant les épaules.

— Il paraît que les futures mariées le sont à l'aube de leur mariage.

— Avoue que je ne suis pas une future mariée classique. J'espère simplement que tout va bien se passer.

— Ma mère t'a-t-elle donné le nombre définitif d'invités ?

— Nous serons quarante-huit.

— Avec un peu de chance, mon père nous dispensera de sa présence.

Cette remarque lui brisa le cœur. Elle avait du mal à accepter le fait qu'un père et son fils puissent être ainsi à couteaux tirés. Il ne se rendait pas compte de la chance qu'il avait d'avoir encore ses deux parents, même s'ils n'étaient pas toujours sur la même longueur d'onde. Elle aurait donné n'importe quoi pour avoir encore son père à ses côtés. Quant à sa mère, morte alors qu'elle n'était qu'un bébé, elle regretterait toujours de ne pas l'avoir connue.

— Je suis sûre qu'il saura se tenir, affirma-t-elle.

Du moins l'espérait-elle, car le mariage de la propre sœur de Leo avait viré au désastre à cause de lui. Les esprits s'étaient échauffés, des insultes avaient été échangées avant que les deux protagonistes — en l'occurrence Leo et le petit ami de son ex-femme — n'en viennent aux mains.

Des membres des deux familles s'en étaient mêlés, venant grossir les rangs de ce qui n'était qu'une empoignade. Cela avait tourné à l'émeute, que seule une descente de police avait fini par calmer. La fête s'était terminée par des arrestations pour ivresse et désordre sur la voie publique et par le transport de plusieurs personnes aux urgences. Sans compter l'addition présentée par le restaurateur, plutôt salée.

Un moment pénible que la famille Caroselli s'appliquait à oublier.

Mais cela remontait à plus de quinze ans. Ses parents étaient désormais séparés depuis longtemps et chacun avait à son actif un nouveau mariage et un nouveau divorce. Pour Terri, il ne faisait aucun doute que les problèmes qui les avaient séparés étaient aujourd'hui résolus. Elle préférait ne pas imaginer le contraire.

— Tout sera parfait, tu verras, dit-elle d'un ton qu'elle espérait convaincant.

— J'espère que tu as raison, répondit-il sans grande conviction. J'ai sorti tous tes bouquins des cartons et installé ton ordinateur. J'ai vérifié. Tout semble marcher correctement.

Il avait insisté pour qu'elle emménage chez lui avant le mariage, de sorte qu'ils aient l'esprit libre durant leur voyage. Elle avait trouvé bizarre de voir ses affaires personnelles chez lui avant qu'ils ne soient mariés. Car elle ne pouvait écarter de son esprit la possibilité que les choses ne collent pas entre eux. Sexuellement, il paraissait évident qu'il n'y aurait pas de problème mais si, au bout de ces cinq jours, ils se rendaient compte qu'ils ne supportaient pas de vivre ensemble ? Il lui faudrait alors déménager de nouveau et tout réinstaller chez elle.

Cela n'arrivera pas.

Il n'empêche que, de temps à autre, elle repensait à l'époque où ils partageaient le même appartement et le doute s'insinuait alors en elle.

Par ailleurs, restait le problème de la fréquence de leurs rapports. Allaient-ils faire l'amour juste une fois en espérant avoir conçu un enfant du premier coup, ou recommenceraient-ils durant toute sa période d'ovulation ? Elle ne pouvait imaginer un homme comme Nick se satisfaire de si peu pendant les neuf mois de sa grossesse. D'ailleurs, pour être tout à fait franche, elle aussi aimait le sexe. Enormément. Au point qu'elle préférait un mauvais amant que pas d'amant du tout.

— Merci de m'avoir aidée comme tu l'as fait aujourd'hui, dit-elle alors qu'elle faisait rouler sa valise jusqu'à l'entrée.

— Donne-moi ça, dit-il en lui prenant le bagage des mains.

Il la porta sans effort pour la placer à côté de la sienne, moitié moins grosse et moins remplie. Peut-être avait-il vraiment l'intention de passer la plupart de son temps nu, en effet.

Elle vérifia l'heure à l'horloge sur le manteau de la cheminée et fut surprise de constater qu'il était déjà 10 heures.

— Il est temps que je rentre chez moi.

— Tu es sûre de ne pas vouloir dormir ici ?

— Il nous reste peu de temps avant la célébration de notre mariage et tu ne dois pas voir ma robe. Ça porte malheur.

Il la regarda, un sourire moqueur aux lèvres.

— Ne me dis pas que tu crois à ces âneries.

Même si elle se garda bien de le formuler tout haut, elle ne souhaitait pas prendre le moindre risque.

— Je pense que nous devons être fidèles aux traditions. On ne sait jamais…

Il éclata d'un rire sonore qui la fit rougir.

— Dis-moi un peu ce qui colle à la tradition dans tout ça ?

— Eh bien, par exemple, combien de couples de notre âge attendent leur nuit de noces pour consommer leur mariage ? demanda-t-elle sans se démonter. C'est une tradition ou je me trompe ?

— Mais nous, nous attendons simplement parce qu'il le faut. Et je serais trop heureux de la rompre, cette tradition, si c'était possible. Tu peux me croire !

Elle aussi, mais elle n'allait pas le lui avouer. Néanmoins, malgré le désir intense qu'elle éprouvait pour lui, elle saurait résister. Car, cet enfant, elle le voulait plus que tout au monde.

— Cela mis à part, j'ai encore quelques affaires à récupérer chez moi, précisa-t-elle. Mais, avant de partir, j'aimerais te montrer quelque chose.

Il haussa les sourcils, surpris.

— Si ce sont tes seins, tu peux y aller. J'adorerais les voir.

Elle croisa les bras et lui lança un regard faussement réprobateur.

— J'imagine que c'est non.

— C'est quelque chose que j'ai pris chez le médecin, précisa-t-elle.

Il la suivit dans sa chambre et s'assit au pied du lit tandis qu'elle sortait d'une enveloppe une feuille de papier imprimée qu'elle lui tendit.

Il haussa les sourcils après avoir lu les premières lignes.

— La marche à suivre pour concevoir un garçon ?

— J'ai parlé au médecin de notre désir d'avoir un enfant de sexe masculin et c'est lui qui m'a donné ceci. Il est resté prudent, même s'il m'a assuré que nombre de parents ne juraient que par cette méthode. Regarde, j'ai surligné les passages importants.

Nick commença à lire en lui coulant un regard de biais.

Les spermatozoïdes sont plus petits et plus rapides que leur équivalent féminin, les ovocytes. Pour concevoir un garçon, une pénétration profonde de votre partenaire déposera le sperme plus près du col utérin. L'orgasme féminin est important, dans la mesure où les contractions qui l'accompagnent rendront le vagin plus alcalin, favorisant ainsi la conception d'un enfant de sexe masculin.

Il interrompit sa lecture pour demander d'un air narquois :

— Pénétration profonde ? C'est-à-dire ?

— Tu trouveras des exemples au verso.

Il tourna la feuille et vit les illustrations dépeignant les positions les plus favorables.

— Ouah ! On ne peut être plus explicite !

Il plissa les yeux, exprimant visiblement un certain scepticisme face à quelques postures dignes de contorsionnistes. Toutes portaient des noms aussi évocateurs que « La cowgirl renversée » ou encore « Le crabe sur le dos ».

— J'avoue que quelques-unes de ces positions peuvent paraître un peu… aventureuses, admit-elle. Pour ne pas dire dénuées de tout romantisme. Mais ce sont juste des exemples. Je comprendrais que tu ne veuilles pas les essayer.

Il la regarda comme si elle avait perdu la raison.

— Tu plaisantes ? Au contraire, nous essaierons chacune de ces positions. J'aime beaucoup celle-ci, ajouta-t-il en pointant une illustration du doigt. Mais crois-tu que tu pourras passer tes jambes au-dessus de ta tête, comme ils le proposent là ?

— Je suis très souple, affirma-t-elle en souriant.

Il marmonna quelque chose, avant de lui rendre la feuille.

— Il vaut mieux que j'arrête de regarder, parce que je t'imagine déjà dans toutes ces positions.

Bien sûr, la réciproque était vraie, mais pas question de le lui avouer. Elle se contenta de glisser le précieux document dans son enveloppe.

— Je dois dire que je suis un peu surpris de voir avec quelle liberté tu prends les choses, ajouta-t-il.

— Pourquoi ?

— Si nous nous sommes souvent livrés à des commentaires sur nos partenaires respectifs, nous n'avons jamais abordé le sujet de notre vie sexuelle.

— Pourquoi, à ton avis ?

— Pour ma part, j'estime que c'est un manque de respect. Quant à toi, je pense que c'est un sujet qui te met mal à l'aise.

— Dois-je comprendre que je suis coincée ?

— Je dirais plutôt que tu es réservée. Cela n'enlève rien au fait que la nuit dernière tu étais…

— Désinhibée ?

— Plus que ça même.

— Tu n'aimes pas ça ?

— Comment peux-tu penser une chose pareille ? Non, ce qui me surprend, c'est que je croyais tout connaître de toi mais qu'en fait certaines facettes de ta personnalité m'ont échappé.

— Tu me vois donc différemment maintenant ?

— Un peu, mais c'est une bonne chose. Je me sens encore plus proche de toi.

Elle aimait la franchise qui existait entre eux depuis le début de leur amitié. Il n'y avait aucune déception, aucun de ces jeux de séduction auxquels se livrent deux personnes cherchant à se plaire.

Elle ne voulait pas que cela change ; cependant, l'idée qu'un homme puisse la connaître ainsi, jusqu'au tréfonds de son âme, l'effrayait un peu. D'autant plus que leur future intimité sexuelle entrerait bientôt dans l'équation.

6

Même s'il ne s'était jamais imaginé vivre ce jour, Nick était désormais marié.

Légalement.

Il observa l'anneau de platine à son annulaire gauche, preuve s'il en fallait une qu'il n'était plus célibataire. Curieusement, et alors qu'il avait cru que cette entrave l'agacerait, il n'en était rien. Il s'en accommodait même très bien. Peut-être parce qu'il savait que ce n'était que temporaire. Ou parce qu'il allait empocher dix millions de dollars.

Ou encore parce qu'il attendait impatiemment sa nuit de noces.

Le matin même, à 6 heures, il avait reçu un SMS de Terri l'informant que « l'aigle avait atterri », message codé signifiant que la période d'ovulation avait commencé.

Et depuis le début de la cérémonie, s'il avait un œil sur chacun de ses invités, il avait l'autre rivé à sa montre.

Depuis le bar, où elle discutait avec ses cousines, Megan et Elena, il distingua le rire communicatif de Terri. Pour cette occasion spéciale, elle portait une robe longue de soie blanche qui épousait parfaitement ses formes harmonieuses, et avait choisi de coiffer ses longs cheveux noir de jais en un chignon sophistiqué d'où s'échappaient quelques mèches folles.

Jessica s'approcha de lui et posa une main sur son épaule. Même avec ses talons vertigineux, elle faisait bien une tête de moins que lui. Elle avait hérité de leur père son teint mat et ses cheveux bouclés et de leur mère sa petite taille et ses fluctuations de poids. Après quatre enfants, elle affichait quelques rondeurs tenaces qui attestaient d'ailleurs de la crise que traversait actuellement son couple.

— Elle est magnifique, dit-elle en contemplant la mariée.

— C'est vrai, approuva-t-il.

Terri se retourna, comme si elle avait senti leurs regards sur elle. Elle leva les yeux sur l'horloge et lui sourit. Il sut alors exactement à quoi elle pensait. Dans peu de temps, ils seraient en route pour l'aéroport puis, après un vol de cinq heures et un court trajet en limousine, ils auraient atteint leur hôtel.

Il serait alors bien tard, mais, en dormant un peu dans l'avion, ils pouvaient espérer passer le reste de la nuit à faire l'amour.

— Alors, quel effet cela fait-il ? demanda Jess.

— Quoi donc ?

— D'être marié, bien sûr !

— Jusqu'ici tout va bien, répondit-il en haussant les épaules.

— Je n'aurais jamais cru que tu te lancerais un jour, mais je suis heureuse que ce soit avec Terri.

— Moi aussi, répondit-il. Et merci encore pour tout. Maman, Mag et toi avez effectué un travail de titan pour que tout soit prêt à temps.

Jessica esquissa un sourire satisfait tout en parcourant la salle du regard. Si la décoration était simple, elle n'en était pas moins élégante. Les nombreux bouquets de roses et de lys exhalaient leur parfum délicieux, et en lieu et place du sempiternel DJ elles avaient préféré un quatuor à cordes.

— Compte tenu du délai imparti, tu as raison. Nous pouvons être fières de nous.

— Comment ça va avec Eddie ?

Le sourire de sa sœur se dissipa instantanément.

— Oh ! c'est toujours la même chose. Il y a des hauts et

des bas. Le conseiller conjugal nous est d'une grande aide. Enfin… quand Eddie daigne m'accompagner aux consultations.

Des hurlements interrompirent leur face-à-face. Tommy et Alex, les jumeaux de Jessica âgés de sept ans, déboulèrent dans la salle comme deux petits sauvages, bousculant tout ce qui se trouvait sur leur passage.

Excédée, Jessica leva les yeux au ciel et laissa filtrer entre ses dents un chapelet d'injures.

— Excuse-moi, mais j'ai deux enfants à mater, dit-elle avant de s'éloigner.

Nick esquissa un sourire en coin. Pour bien connaître sa sœur, il savait que, pour elle, la pire des punitions était une petite tape derrière la tête, tradition familiale héritée des Caroselli, mais qui ne faisait que traduire l'amour inconditionnel qu'elle portait à sa progéniture.

Terri traversa la salle pour venir le rejoindre puis, glissant un bras sous le sien, se blottit étroitement contre lui. Même s'il savait que ces manifestations de tendresse n'étaient destinées qu'à tromper l'assemblée, il devait admettre qu'il aimait bien ça.

Il y avait quelque chose d'agréable et de confortable dans le fait de pouvoir la toucher et l'embrasser librement, sans se soucier des conséquences. Elle ne se montrerait pas possessive, ni n'exigerait de lui ce qu'il ne voudrait pas, ou ne pourrait pas lui donner. Ce que Terri et lui vivaient dépassait le stade de la simple amitié. Elle était son âme sœur.

— Je viens d'avoir une conversation très intéressante avec tes cousines, annonça-t-elle.

— Je crains le pire.

— Détrompe-toi. Personne ne remet en question la validité de notre mariage.

— Ce qui est plutôt une bonne chose.

— En effet. Mais c'est parce que tout le monde pense que je suis enceinte.

— Tu as démenti ?

— Evidemment. Mais en réponse je n'ai obtenu que des « bien sûr, bien sûr » dubitatifs.

— Laissons-les penser ce qu'ils veulent. Ils verront bien, au fil des mois, que tu ne mentais pas.

— La limousine va bientôt être là, annonça-t-elle. Nous ferions mieux de prendre congé avant d'aller nous changer.

A cet instant précis éclata le rire gras du père de Nick. Celui-ci se retourna et le découvrit en grande discussion avec sa mère. Il le maudit entre ses dents.

La dernière fois que ces deux-là s'étaient retrouvés face à face, la nuit s'était terminée au poste. Et même si, pour l'instant, ils semblaient jouer sur du velours, tout pouvait changer en l'espace de quelques secondes.

— Attendons-nous au pire, prévint-il. Je sens qu'il va y avoir du grabuge.

— Qu'y a-t-il ? demanda Terri en suivant le regard de Nick, fixé sur Judith et Leo.

Seigneur !

Jusque-là tout avait été parfait. Si parfait que, lorsqu'elle avait fait son entrée dans la salle de réception au bras de *nonno*, tous les regards bienveillants braqués sur elle lui avaient donné l'impression merveilleuse d'être aimée et acceptée dans cette nouvelle famille sans aucune restriction.

De même lorsque Nick avait prononcé ses vœux. Elle aurait presque pu se laisser prendre au jeu pour de bon. Oui, elle aurait pu croire, si elle n'y avait pris garde, qu'il était sincère lorsqu'il lui promettait amour, respect, fidélité, secours et assistance. Tout aussi facilement, elle aurait pu se laisser prendre au piège de son regard amoureux lorsqu'il avait glissé l'alliance à son doigt.

Bref, elle aurait pu croire qu'elle vivait le mariage de ses rêves.

Aussi ne laisserait-elle personne, même pas les propres

parents de son nouvel époux, rompre la magnifique harmonie de cette journée exceptionnelle.

Son premier réflexe fut d'entraîner Nick à l'écart, jusqu'à ce qu'elle remarque que les anciens ennemis se souriaient mutuellement.

— Je rêve ou ils donnent l'impression de bien s'entendre ?

— Pour combien de temps ? C'est là qu'est le problème. Il suffit d'un commentaire acerbe de l'un ou de l'autre pour que cette conversation en apparence aimable ne dégénère.

Egoïstement, elle espéra qu'ils attendraient leur départ pour régler leurs comptes.

— Crois-tu que je doive aller les rejoindre ? demanda-t-il.

Mais, avant qu'elle ait pu répondre, Tony senior, l'oncle de Nick, se joignit à Judith et Leo, et leur chuchota quelques mots à l'oreille. Avant de se tourner vers les jeunes mariés pour leur adresser un clin d'œil rassurant.

— Merci, oncle Tony, marmonna Nick, visiblement soulagé. Viens, quittons le navire. S'il doit couler, je ne veux pas être là pour le voir.

Ils commencèrent la ronde des adieux et, lorsqu'ils arrivèrent près de Rob et Tony, Nick leur donna une franche poignée de main.

— Merci d'être venus aujourd'hui, les gars.

— Oui, merci, renchérit Terri. Votre présence ici signifie beaucoup pour nous.

— Nous n'aurions pas raté ça pour tout l'or du monde, rétorqua Rob en la serrant contre son cœur.

Il émanait de lui les effluves d'un parfum coûteux et, comme toujours, il portait un costume coupé à la perfection. Ses cheveux noirs étaient soigneusement peignés et ses ongles manucurés. Il était toujours si grave, si sérieux ! Même lorsqu'ils étaient enfants, il ne savait se montrer détendu et joyeux.

Tony, quant à lui, restait fidèle à son image de séducteur, avec son regard ardent et ses sourires charmeurs. Elle ne l'avait jamais avoué à Nick, mais elle avait eu le béguin pour lui aussi lorsqu'ils étaient au collège. Tout en étant bien sûre que, de six ans son aîné, il ne s'apercevait même pas de sa présence.

— Puissiez-vous avoir une longue et heureuse vie ensemble, dit-il en l'embrassant sur la joue.

— C'est bien notre intention, répliqua-t-elle en souriant béatement à Nick tout en se serrant contre lui.

— Crois-tu que tu arriveras à dompter cet homme ? la taquina Rob.

— La question est plutôt : Nick parviendra-t-il à me dompter ?

— En tout cas, je ferai de mon mieux, rétorqua Nick.

— Je suppose que tu as remarqué que tes parents étaient en grande discussion, fit remarquer Tony.

Nick lança un coup d'œil dans leur direction.

— Oui. Heureusement, pour l'instant, ton père est là pour les contenir.

Terri sentit une pointe de nervosité pointer derrière le calme apparent.

— Je n'ai pas vu ta mère depuis des années, dit Rob. Elle a l'air en pleine forme, elle est toujours aussi pimpante.

Judith avait toujours eu son propre style. Cela n'étonna donc personne qu'elle ait opté — au lieu de la robe habillée typique que se doit de porter la mère du marié — pour une combinaison fluide des années soixante-dix chinée dans une boutique vintage. Le contraste était frappant avec le costume italien parfaitement coupé qu'avait revêtu Leo. Rien d'étonnant à ce que leur mariage ait échoué. Deux personnes ne pouvaient être plus différentes que ces deux-là.

Terri jeta un nouveau regard vers l'horloge et donna un petit coup de coude à Nick.

— Nous allons finir par être en retard. Notre limousine doit être arrivée maintenant.

— Merci encore d'être venus, les gars, répéta Nick.

Il enlaça Terri et l'entraîna vers ses parents, que Tony senior avait laissés seuls pour partir rejoindre sa femme, Sarah.

— Ah ! Voici les heureux époux ! s'exclama Judith avec un sourire rayonnant.

— Nous partons, annonça Nick. Nous sommes juste venus vous dire au revoir.

— Il te tarde d'être à ta nuit de noces, hein ? dit Leo d'une voix retentissante qui hérissa Terri, tout autant que son étreinte qui manqua de l'étouffer.

Ce n'était pas qu'elle n'aimait pas Leo. Simplement, elle ne le connaissait pas très bien. Et puis, il l'intimidait. D'aussi loin qu'elle se souvenait, Nick avait toujours été son contraire.

— Merci, monsieur Caroselli, murmura-t-elle lorsque, enfin, il consentit à la relâcher.

Il éclata d'un nouveau rire sonore qui fit se tourner toutes les têtes.

— Tu es ma fille, maintenant ! Appelle-moi papa !

Soucieuse de ne pas heurter sa susceptibilité, elle se garda bien de tout commentaire.

Judith lui prit les mains et les serra dans les siennes.

— Je sais que je me répète, mais je suis vraiment heureuse pour vous deux. Terri, tu es la femme qu'il fallait à Nick.

Elle sourit à son fils, avant de le prendre dans ses bras.

— Chacun dans cette famille sait combien vous êtes faits l'un pour l'autre. Je suis contente que vous ayez fini par le comprendre.

Terri tenta de refouler le sentiment de culpabilité qui l'étreignait. Même si elle aimait tous les membres de la famille Caroselli, Judith tenait une place spéciale dans son cœur. Jeune fille, elle la considérait comme une mère de substitution. C'était elle qui l'avait emmenée acheter son premier soutien-gorge ; elle aussi qui lui avait dévoilé les mystères du corps féminin. Et, lorsque, à l'âge canonique de seize ans, elle avait eu son premier flirt, c'était encore Judith qui avait prêché les vertus de l'attente, soulignant l'importance d'être amoureuse pour se donner à quelqu'un. Lorsque ce moment était arrivé, Judith l'avait conduite chez une gynécologue pour qu'elle lui prescrive la pilule contraceptive la mieux adaptée.

Judith embrassa son fils sur la joue avant d'étreindre tendrement sa belle-fille. Derrière son apparence de poupée fragile, elle dégageait une force surprenante. Au point qu'elle avait expédié son second mari en prison avec un nez cassé et diverses blessures dont il portait aujourd'hui encore les stigmates.

— Je ne sais comment vous remercier pour toute l'aide que vous m'avez apportée, dit Terri. Tout était parfait. Sans vous et Jess, je n'y serais jamais arrivée.

— Ma chérie, mais c'était avec plaisir ! Tu sais bien que tu peux compter sur moi en toutes circonstances, il te suffit de demander. D'ailleurs, et sans vouloir te bousculer, sache que si tu as besoin de moi pour l'organisation de la fête prénatale…

— Nous en reparlerons le moment venu, intervint Nick en lançant à Terri un regard éloquent. En ce qui vous concerne, papa et toi, ça a l'air d'aller.

— Pourquoi dis-tu cela ? Parce que nous nous parlons ?

— Parce que vous vous parlez sans que cela dégénère en bagarre générale.

Leo éclata de rire de nouveau, rejetant la tête en arrière.

— C'est que de l'eau a coulé sous les ponts, mon fils.

Judith esquissa un petit sourire indulgent.

— Nous étions justement en train de nous dire qu'il était temps d'oublier le passé. En fait, le problème tient à nos deux fortes personnalités, notre caractère passionné.

Terri opina du chef, même si elle pensait que le problème venait plutôt du fait qu'ils ne se supportaient plus du tout.

— N'empêche, vous voir ensemble me fait toujours un peu peur, avoua Nick.

— Nous qui pensions que tu serais heureux ! répondit Judith, un brin dépitée.

— Ne me fais pas dire ce que je n'ai pas dit. Ce n'est pas du tout que je ne veuille pas vous voir enterrer la hache de guerre, mais je crains que vous n'en soyez pas capables.

— Ne t'inquiète pas, mon fils, lui assura Leo. Tout va bien.

— Tant mieux. Nous allons vous laisser à présent. Terri et moi devons nous changer avant de partir.

— Amusez-vous bien ! dit Leo en leur adressant un clin d'œil lourd de sous-entendus qui mit Terri mal à l'aise.

— Envoyez-moi un SMS pour me dire que vous êtes bien arrivés, demanda Judith. Et profitez-en bien.

Terri dut subir une nouvelle accolade de la part de son beau-père avant de pouvoir s'échapper avec son mari.

— Je suis vraiment désolé, s'excusa Nick alors qu'ils gravissaient les marches qui menaient à l'étage. Ce qu'il peut être énervant quand il s'y met ! Sache que tu n'as pas à l'appeler papa si tu n'en as pas envie.

— Ce n'est pas méchant. Il pensait bien faire.

Sur le palier, ils découvrirent une femme que Terri avait repérée un plus tôt, mais à qui elle n'avait pas été présentée. Elle sortait probablement du bureau ou de la suite parentale.

— Dieu merci, dit-elle en s'approchant d'eux, visiblement embarrassée. Je cherchais les toilettes, mais je me suis perdue.

— C'est de l'autre côté, lui indiqua Nick d'un geste de la main. Deuxième porte à gauche.

— Merci. La maison de votre grand-père est vraiment magnifique ! La description que m'en avait faite ma mère est bien loin de la réalité.

— Terri, je te présente Rose, annonça Nick. Elle a été embauchée chez nous récemment. Sa mère était l'assistante de direction de *nonno*.

— Ravie de vous rencontrer, dit Terri en lui serrant la main. Et merci d'être venue.

— C'est un grand honneur pour moi d'avoir été invitée, répliqua Rose avec un sourire qui manquait de sincérité.

Elle semblait nerveuse, un peu comme si elle avait été prise sur le fait.

— Nous devons vous laisser, intervint Nick. Nous avons un avion à prendre.

— Je vous souhaite un magnifique voyage de noces,

dit-elle avant de s'éloigner dans la direction opposée à celle que lui avait indiquée Nick.

Manifestement, cette femme cherchait quelque chose et ce n'étaient pas les toilettes. Mais elle n'eut pas le temps de faire part de ses soupçons à Nick. Car à peine furent-ils dans la chambre qu'il la clouait de tout son poids contre la porte et prenait ses lèvres dans un baiser fougueux.

Elle le repoussa à regret, consciente du temps qui filait.

— Nick, nous devons y aller.

— Je sais, mais je ne pense qu'à te déshabiller depuis le début de la soirée.

Ses paroles l'excitèrent un peu plus. Elle aimait l'idée qu'il ait envie de la prendre là, contre une porte.

— Ne crois-tu pas que, pour notre première fois, nous pourrions prendre notre temps et faire l'amour dans un lit ? demanda-t-elle néanmoins.

— Il y a un lit, ici, lui susurra-t-il à l'oreille.

— Nick…

— D'accord, d'accord, capitula-t-il en s'écartant d'elle. Mais sachez, madame Caroselli, qu'à la seconde où nous aurons franchi la porte de notre suite à Aruba vous serez à moi.

7

Se retenir de la toucher alors qu'elle troquait sa robe contre un jean et un T-shirt et qu'il la voyait à demi-nue fut la pire des tortures que l'on ait jamais infligée à Nick, même si c'était la condition *sine qua non* pour qu'ils ne ratent pas leur avion.

Lorsqu'ils arrivèrent à l'aéroport, avec une bonne heure d'avance, ils apprirent que de gros orages couvrant toute la région sud-est avaient retardé leur vol. Ils attendirent patiemment, trompant leur ennui en gardant les yeux rivés sur leurs smartphones respectifs, mais une fois à bord ils essuyèrent des turbulences si fortes qu'ils ne purent s'endormir. Terri passa les cinq heures du voyage les ongles plantés dans le bras de Nick.

Quand enfin ils atterrirent à Aruba et se retrouvèrent à leur hôtel, aussi luxueux que le vantait le site web, le jour était levé.

Une fois dans leur chambre, Nick donna un généreux pourboire au chasseur, puis il accrocha à la poignée le panneau « Ne pas déranger » et referma la porte, sans oublier de la verrouiller.

— J'ai bien cru que ce type ne partirait jamais, se lamenta-t-il.

— Et voilà ! annonça Terri, qui paraissait épuisée. Cela fait vingt-quatre heures que je suis debout.

Lui aussi. Et il avait beau être doté d'une solide constitution, il n'en demeurait pas moins que le stress accumulé ces derniers jours, ajouté au vol éprouvant qu'ils venaient de vivre, avait eu raison de lui. Il n'aurait jamais imaginé une telle chose possible, mais il était trop fatigué pour envisager de faire l'amour.

— Nous devrions faire un petit somme d'abord, suggéra-t-il.

Terri se dirigea tout droit vers le lit, rabattit les couvertures et se laissa tomber sur le matelas avec un soupir d'aise.

— Dieu que c'est bon ! murmura-t-elle d'une voix ensommeillée.

Nick s'allongea à côté d'elle et s'étira avec tout autant de plaisir.

Dans un demi-sommeil, elle vint se blottir contre lui, un bras en travers de son torse, les seins écrasés contre son flanc.

— Désolée, dit-elle, mais je n'ai plus que la force de dormir.

— Moi aussi. Nous pourrions quand même nous déshabiller.

L'espace d'un bref instant, elle ne dit rien, semblant réfléchir à sa proposition.

— Bien que je trouve cette perspective très séduisante, je ne pense pas avoir l'énergie nécessaire pour retirer mes vêtements, finit-elle par lâcher.

— Tu as raison. Imaginer tous les mouvements qu'il me faudrait faire me fatigue encore un peu plus.

— Tu sais, je n'aurais jamais cru qu'il était aussi stressant de préparer un mariage, même avec toute l'aide dont j'ai bénéficié. J'ai adoré cette journée mais je ne suis pas mécontente qu'elle soit terminée.

— Je regrette que ça n'ait pas été le mariage de tes rêves.

— Ne regrette rien. Je ne me reconnais pas dans ce genre de filles.

— Quel genre ?

— Le genre qui planifie leur mariage à peine sorties de leurs couches. Moi, je m'emploie plutôt à trouver l'homme idéal.

— Désolé de ne pas remplir les conditions sur ce terrain non plus.

Il y eut un moment de flottement durant lequel il souhaita presque être cet homme qu'elle recherchait vainement. Car, pour lui, Terri approchait la perfection. Le problème, et pas des moindres, restant qu'il ne voulait être l'homme idéal d'aucune femme.

— Tu m'aides à réaliser mon rêve d'être mère, dit-elle. C'est déjà énorme.

S'il n'était pas aussi éreinté, il l'aurait d'ailleurs aidée à réaliser ce rêve dans la seconde. Mais les mots de Terri lui parvenaient, lointains, comme à travers une brume de plus en plus épaisse, et, même avec la meilleure volonté du monde, il n'arrivait plus à garder les yeux ouverts.

Il finit par déclarer forfait et s'abandonner dans les bras de Morphée.

Lorsqu'il se réveilla, la place de Terri était vide. Il vérifia l'heure à sa montre et fut surpris de constater qu'il avait dormi quatre heures d'affilée.

Il s'assit, parcourut la pièce du regard et découvrit le décor qu'il était trop fatigué pour remarquer quelques heures plus tôt. La décoration de style tropical, même s'il la trouvait trop touristique, était néanmoins de bon goût. L'odeur iodée de la mer lui parvint, de même que le bruit des vagues qui venaient lécher le sable.

Il se leva pour chercher Terri. Son sac de voyage était ouvert sur le canapé, mais il ne la trouva nulle part à l'intérieur. Il fit coulisser les baies vitrées donnant sur un portique et, au-delà, sur une petite plage privée. Une bouffée de chaleur humide le frappa de plein fouet tandis que l'intensité de la lumière naturelle le faisait cligner des yeux.

Certains clients se prélassaient dans des chaises longues ; d'autres tachetaient ici et là le bleu turquoise de la mer.

Là non plus, pas de Terri. Peut-être était-elle partie se promener sur la plage ou encore piquer une tête dans la piscine de l'hôtel ?

Il retourna à l'intérieur pour tenter de la joindre sur son portable, mais constata qu'elle l'avait laissé sur la table basse du salon.

Tant pis ! Il allait prendre une douche et, si elle n'était

toujours pas rentrée lorsqu'il aurait terminé, il partirait à sa recherche. Il prit dans sa valise ce dont il avait besoin et gagna la salle de bains. La trousse de toilette ouverte qu'elle avait placée sur une étagère, ainsi qu'un drap de bain humide, tout indiquait que Terri était passée par là. Dommage qu'elle ne l'ait pas réveillé, ils auraient pu prendre leur douche ensemble.

Il l'imagina, nue et ruisselante d'eau, ses longues jambes enroulées autour de ses hanches, son corps plaqué contre le mur de la douche. Cette position serait-elle favorable à une pénétration profonde ? Ils ne le sauraient que lorsqu'ils l'auraient expérimentée.

Il venait juste de sortir de la douche et était en train de se frictionner lorsqu'il entendit la porte de la suite s'ouvrir et se refermer.

— Nick !

— Je suis là.

Il enroula la serviette autour de ses hanches et alla rejoindre Terri. Elle se tenait près du lit, vêtue d'un haut de maillot de bain blanc et d'un short en jean qui dévoilait ses jambes fines et musclées. Ses cheveux mouillés flottaient sur ses épaules et elle n'avait pour tout maquillage qu'une touche de gloss transparent.

Il la détailla d'un œil neuf car, s'il l'avait déjà vue dans une tenue similaire à celle-ci, il ne l'avait jamais vraiment regardée.

Visiblement, elle n'était pas non plus insensible à son torse nu, qu'elle ne quittait pas des yeux depuis qu'il était entré dans la pièce.

— Tu as bien dormi ? s'enquit-elle en détournant enfin le regard de cette partie de son anatomie.

— Pas mal. Et toi ?

— J'ai pu dormir deux heures.

— Tu aurais dû me réveiller.

— Je tenais à ce que tu te reposes un peu.

Il eut envie de lui demander pourquoi, mais, à la façon dont elle le jaugeait d'un air gourmand, il comprit.

— Nous pouvons donc décréter que notre lune de miel démarre à cet instant précis.

— Parfait. Le moment est donc bien choisi pour t'annoncer que je ne porte aucun sous-vêtement.

— Quelle coïncidence ! Moi non plus.

Elle baissa les yeux de son torse vers le renflement qui pointait sous la serviette.

— Fais voir, le défia-t-elle.

Terri le regarda tirer sur sa serviette d'un geste sec et la laisser tomber au sol. Elle le détailla ostensiblement de la tête aux pieds, sans la moindre pudeur. Il n'y avait rien à dire. Physiquement, cet homme était la perfection même.

— Ce n'est pas juste, dit-elle.

— Quoi ?

— Personne ne devrait être aussi beau tout nu.

— Profites-en. Je suis tout à toi, dit-il en se dirigeant vers elle d'un air conquérant.

Les battements de son cœur s'accélérèrent sans qu'elle puisse les contrôler.

— Alors ? Prête à le faire, ce bébé ?

Un bébé. Ils s'apprêtaient à faire l'amour dans le but de concevoir un enfant. La réalité la frappa soudain de plein fouet. Etait-elle vraiment prête à ça ?

— Nous allons faire un bébé, murmura-t-elle, comme pour elle-même.

— Exact.

Il s'arrêta devant elle et fit un geste circulaire du doigt, lui intimant de se tourner.

— Ensemble, murmura-t-elle encore, tout en s'exécutant.

— C'est l'idée, en effet.

D'un petit geste sec, il dénoua le lien de son soutien-gorge.

— Bien sûr, nous pourrions le faire séparément, mais ce serait moins drôle.

Pourtant peu encline à la timidité, Terri se retint de ne

pas cacher sa poitrine nue de ses deux mains. Qu'est-ce qui n'allait pas ? Cela faisait deux semaines qu'elle se préparait à cet instant et, lorsqu'il s'agissait de sexe, elle savait exactement ce qu'elle voulait. Alors, comment expliquer qu'elle se sentait l'âme d'une vierge effarouchée s'apprêtant à faire l'amour pour la première fois ?

— Tu es toujours d'accord ? demanda Nick, qui avait sans doute perçu sa réticence.

— Bien sûr, répondit-elle d'une voix peu convaincante.

— Tu en es bien certaine ? Tu me parais nerveuse.

Il l'entoura de ses bras, lui enveloppant les seins de ses paumes tout en la pressant contre son torse musculeux. Sa peau était encore chaude et humide mais, bien qu'elle ait envie de lui, une boule d'angoisse lui nouait la gorge.

— Nous pouvons arrêter, tu sais, dit-il.

En serait-il capable ? Saurait-il s'arrêter si elle lui annonçait qu'elle avait changé d'avis ? Qu'elle avait peur ?

— Il n'en est pas question, parvint-elle à dire d'une voix ferme.

Lorsqu'il fit courir les doigts le long de son ventre, jusqu'à la ceinture de son short, des frissons de plaisir la parcoururent tout entière. Elle était tiraillée entre le désir intense qui la submergeait et la voix de la raison, qui lui soufflait qu'elle était sur le point de commettre une grossière erreur.

— Tant que le mariage n'est pas consommé, nous avons toujours la possibilité de l'annuler, lui rappela Nick en jouant avec la fermeture Eclair de son short.

Elle ne savait trop s'il était sérieux ou s'il plaisantait. Dans le premier cas, que se passerait-il ? Que penserait sa famille ? Comment justifieraient-ils le fait que leur mariage n'aurait duré que vingt-quatre heures ?

— Terri ? demanda-t-il en laissant retomber les bras le long de son corps.

Elle fit volte-face, les bras croisés sur ses seins nus.

— Et si je disais stop ? Si je pensais que nous allons commettre une énorme bêtise ?

Il plissa les yeux, l'air à la fois surpris et déconcerté.

— Tu es sérieuse ?

Elle hocha légèrement la tête.

— Si c'est ce que tu veux vraiment, nous n'irons pas plus loin, finit-il par promettre après quelques secondes de silence.

— Après tout ce que nous avons traversé ces dernières semaines, tu serais d'accord ?

— Je serais déçu, bien sûr, mais notre amitié passera toujours en priorité.

Elle comprit alors que ce n'étaient pas des paroles en l'air. Il pensait vraiment ce qu'il disait. Elle n'était pas pour lui une énième conquête ou un moyen bien pratique de toucher dix millions de dollars. Il se souciait sincèrement d'elle, de ce qu'elle ressentait. Mais cela, elle le savait déjà. En fait, le problème ne venait que du manque de confiance dont elle souffrait.

Lorsqu'il s'agissait d'amour, ou de ce qu'elle prenait pour de l'amour, elle se débrouillait toujours pour mettre un terme à ses relations. Quant au sexe, si elle s'y adonnait sans complexe, il ne lui avait jamais procuré une telle émotion. Pour la première fois elle avait envie de se sentir plus proche de Nick. Elle qui, jusque-là, n'avait jamais eu besoin de personne, se sentit désemparée. Et s'il la laissait tomber ? S'il les abandonnait, elle et son enfant ?

Non ! Il s'agissait de Nick. La personne la plus importante de sa vie. Celle avec qui elle discutait au téléphone tous les jours depuis plus de vingt ans. Il ne la laisserait pas tomber. Il ne ferait rien qui pourrait la blesser. De son côté, elle refusait de gâcher ce qui devait être l'un des moments les plus importants de sa vie à cause de ses états d'âme. Il était temps de grandir et d'aller de l'avant, en laissant le passé et son cortège de moments douloureux derrière elle.

Bref, il était temps qu'elle fasse confiance à quelqu'un.

— Veux-tu que nous arrêtions ? répéta-t-il.

— Non. Je veux continuer.

Il scruta attentivement son visage, semblant y chercher la confirmation de ce qu'elle venait d'affirmer.

— Réfléchis bien, Terri. Parce que lorsque la machine sera lancée nous ne pourrons plus reculer.

— Je veux que nous fassions l'amour et que nous ayons un bébé, dit-elle avec fermeté. J'ai envie de toi.

Elle laissa retomber ses bras, dévoilant ses seins ronds.

— Tu m'as fait peur, confessa-t-il. Mais je dois admettre que j'ai aimé cette facette de toi que je ne connaissais pas.

— Quelle facette ?

— La Terri vulnérable, celle qui manque de confiance en elle.

Curieusement, elle aussi aimait l'idée de laisser quelqu'un prendre soin d'elle.

Elle enroula un bras autour de sa nuque et elle l'embrassa, avant de lui murmurer à l'oreille :

— Allonge-toi.

— La Terri que je connais est de retour, fit-il en lui obéissant docilement.

Il la regarda retirer son short, puis venir se mettre à califourchon sur lui.

— Tu es belle.

Il lui reprit les seins dans ses paumes et, de ses pouces, en agaça la pointe dressée.

— Je veux prendre mon temps, toucher et caresser la moindre parcelle de ton corps.

— Si tu y tiens vraiment…, répliqua-t-elle sans chercher à cacher son impatience.

Il l'attira contre lui, l'enveloppa de ses bras musculeux et l'embrassa inlassablement. A force de caresses, de baisers, il lui fit perdre ses dernières réserves, de sorte qu'elle en vint même à se demander pourquoi elle s'était montrée si réticente avant d'accepter. Plus elle réagissait à ses caresses, plus celles-ci devenaient audacieuses. Elle finit même par apprécier le fait qu'il prenne son temps sans la bousculer.

Il avait beau la tenir étroitement serrée contre lui, ce

n'était pas assez. Elle brûlait de quelque chose qu'elle était incapable d'identifier. Elle savait juste qu'elle en voulait plus, toujours plus.

Aussi, lorsque Nick la fit rouler sur le dos alors qu'elle aimait plus que tout dominer, elle le laissa faire. Il se glissa entre ses cuisses, lui démontrant ainsi que leurs deux corps s'imbriquaient parfaitement.

— Voilà qui est mieux, dit-il d'une voix rauque de désir.

En effet. Ce moment resterait à jamais gravé dans sa mémoire. Jamais elle n'oublierait la seconde exacte où, d'un coup de reins qui la pénétra profondément, son meilleur ami était devenu son amant.

Elle baissa les yeux vers l'endroit où leurs corps se joignaient. C'était la chose la plus érotique et la plus excitante qu'elle ait jamais vécue.

— Nick, dit-elle dans un souffle. Nous faisons l'amour. Tu es en moi.

Il suivit son regard, lui aussi captivé par ce qu'il voyait, puis il commença à bouger en elle.

Elle avait sincèrement cru s'être préparée à cela et que, parce qu'ils étaient amis, elle pourrait garder un certain détachement, voire une certaine objectivité. Elle avait cru qu'elle prendrait du plaisir en se dispensant du côté émotionnel de la chose.

Elle était bien obligée d'admettre qu'elle s'était lourdement trompée !

Elle savait au plus profond d'elle-même qu'ils ne seraient plus jamais les mêmes. Elle venait de comprendre que, s'ils faisaient l'amour, ce n'était pas juste pour avoir un petit garçon, mais parce qu'ils en avaient envie.

— Nick, regarde-moi.

Il ouvrit les yeux et les riva aux siens. Dans un râle viril, il lui plaça les jambes sur ses épaules et s'enfonça plus profondément en elle.

Des ondes successives de plaisir la submergèrent, et voir Nick perdre le contrôle et la rejoindre dans l'orgasme était une expérience nouvelle qui ne fit que décupler son plaisir.

Ils restèrent ainsi l'un contre l'autre quelques minutes avant que Nick ne pose la tête sur son épaule. Il était en nage et respirait de façon saccadée.

Lorsqu'il déplaça ses jambes, ses muscles endoloris lui arrachèrent un petit cri de douleur.

— Aïe ! J'ai une crampe.

— Où ? s'enquit-il en roulant sur le dos.

— A la fesse gauche.

— Tourne-toi, lui intima-t-il.

Il s'installa à califourchon sur ses cuisses et commença à masser la zone nouée.

— Ça va mieux ?

— Mmm… c'est divin.

Elle replia les bras sous l'oreiller et y enfouit son visage.

— Il va falloir que j'aie une petite discussion avec mon coach, dit-elle, l'air faussement sévère. Toutes ces heures passées dans la salle de gym, et regarde un peu le résultat. Je ne suis pas aussi souple qu'ils l'annonçaient dans la brochure.

— Ça devrait pouvoir s'arranger, rétorqua-t-il en appuyant son massage.

Elle soupira d'aise et ferma les yeux. C'était elle qui, habituellement, cajolait les hommes après l'amour, pourtant aujourd'hui elle trouvait bien agréable que les rôles soient inversés.

— Eh ! J'espère que tu n'es pas en train de t'endormir.

— Pas du tout, mentit-elle, alors que tout devenait délicieusement flou autour d'elle.

— Nous n'avons pas fini, insista-t-il en la secouant légèrement. Réveille-toi.

— Je ne dors pas, marmonna-t-elle avant de sombrer dans un profond sommeil.

8

Nick lui donna un petit coup de coude, puis un autre, plus fort. Rien n'y fit. Terri restait profondément endormie.

Il poussa un profond soupir de contrariété. N'étaient-ce pas les hommes qui étaient censés tourner le dos à leur partenaire et s'endormir après l'amour ? Lui qui avait prévu de passer la journée entière au lit et de tester les différentes positions préconisées par la gynécologue ! Encore devait-il s'estimer heureux d'avoir pu faire l'amour.

Il lui était difficile de faire le lien entre la Terri qui lui avait fait des avances quinze jours plus tôt, puis celle qui s'était rétractée et enfin la troisième, qui avait joui sans retenue de l'amour qu'il lui avait fait. Il ne savait trop quoi en penser. Au début, il croyait qu'elle plaisantait mais, lorsqu'il avait vu son visage, il avait tout de suite compris qu'elle était sérieuse.

Avait-il dit ou fait quelque chose qu'il ne fallait pas ? Avait-il heurté sa sensibilité ?

Il n'en savait rien.

La seule réponse qui lui vint à l'esprit fut qu'elle était en période d'ovulation et il savait, pour avoir vécu sous le même toit que sa mère et ses deux sœurs, qu'une femme sous l'influence de ses hormones pouvait se révéler imprévisible. Sauf qu'il avait entendu dire aussi que ces mêmes femmes n'étaient jamais rassasiées de sexe.

Et si elle ne le trouvait pas aussi attirant qu'elle l'avait dit ?

Si l'envie d'être mère étant plus forte que tout, elle lui avait raconté n'importe quoi ?

Impossible. Il ne pouvait avoir imaginé le plaisir qu'ils s'étaient donné. Il revit ses mains caresser le corps souple et chaud, les jambes interminables de Terri enroulées autour de ses hanches, puis de ses épaules…

Cependant, lorsqu'il la regardait allongée, nue dans ce lit, il ne voyait que Terri, sa meilleure amie. Et, mis à part le fait qu'il brûlait de reprendre possession de ce corps de rêve, il ne se sentait pas différent de l'homme qu'il était la veille. Il n'en fut pas étonné. C'était exactement ce à quoi il s'attendait.

Il supposa, puisque sa période d'ovulation allait s'étendre sur plusieurs jours, que rien ne s'opposait au fait qu'ils prennent encore du bon temps ensemble. Il regretta dans la foulée qu'ils n'aient pas abordé le sujet de leur retour à Chicago. Qu'en serait-il alors ? Allaient-ils reprendre une vie commune platonique ?

Terri marmonna quelque chose dans son sommeil, avant de rouler sur le côté et de se recroqueviller sur elle-même. D'aussi loin qu'il se souvenait, elle avait toujours parlé en dormant. A l'époque où ils partageaient le même appartement, il lui arrivait de s'arrêter devant la porte de sa chambre et de l'écouter babiller une suite de mots inintelligibles. Lorsqu'elle était trop agitée, comme en plein cauchemar, il n'hésitait pas à aller jeter un œil sur elle, juste pour s'assurer que tout allait bien.

Quelquefois, il l'entendait prononcer son nom et il se demandait alors quel rôle il jouait dans son rêve. Il y avait même eu des nuits où il s'était imaginé se glissant à ses côtés pour lui faire l'amour. Quelle aurait été sa réaction ?

Bien sûr, tout cela restait du domaine du fantasme, car il ne pourrait jamais lui offrir ce dont elle rêvait et qu'elle méritait largement. Même à cet instant précis, il se détestait de ne pouvoir lui accorder tout ce que son cœur désirait. Mais c'était ainsi, il n'était pas fait pour entrer dans le moule. D'ailleurs, il annonçait la couleur dès le premier rendez-vous, même si cette franchise n'empêchait pas certaines femmes de se croire différentes et de penser qu'elles seraient celles dont il allait tomber amoureux.

Terri n'était pas de celles-là, bien sûr. C'était d'un commun accord qu'ils avaient décidé que cette situation ne serait que temporaire.

Dans ce cas, comment expliquer les sentiments mitigés dont elle avait fait preuve un peu plus tôt ?

Son estomac se mit à gargouiller, interrompant le fil de ses réflexions. Il pensa à appeler le service d'étage mais, lorsque son regard se posa sur l'espace vide à côté de Terri, il y renonça. N'avait-elle pas dit qu'elle le voulait frais et dispos ?

Il s'allongea près d'elle, les yeux déjà lourds de sommeil. Il roula sur le côté et passa un bras par-dessus sa hanche, espérant que les choses deviendraient plus faciles avec le temps. A moins que Terri ne change encore une fois d'avis.

Elle répondit à sa question lorsqu'il s'éveilla de ce qu'il pensait être un rêve érotique et qu'il la vit penchée sur son sexe.

— Je n'en peux plus, dit Terri.

Le souffle court, elle enfouit son visage emperlé de sueur entre les draps. Nick se mit à califourchon sur elle, la crucifiant de tout son poids. Elle était si fatiguée qu'elle ne trouva même pas la force de protester. Ils faisaient l'amour depuis des heures et elle n'aspirait qu'à prendre un peu de repos.

— Te sens-tu enceinte ? demanda-t-il contre son oreille.

— Je ne sentirai rien avant quelques semaines, répondit-elle. En tout cas, nous avons tout fait pour.

Elle bougea sous lui, en quête d'un peu d'oxygène.

— Tu m'étouffes, se plaignit-elle en lui donnant de petites bourrades dans les côtes.

— Désolé, dit-il en roulant sur le côté. Que veux-tu faire maintenant ?

— Dormir !

Il la regarda d'un air perplexe.

— Encore ?

— Je ne sais pas. Comment les couples en voyage de noces occupent-ils leur temps d'ordinaire ?

Il lui adressa un regard lourd de sous-entendus. Décidément, il était doté d'une endurance hors du commun.

— En dehors des relations sexuelles, j'entends, précisa-t-elle alors.

— Je ne vois pas, plaisanta-t-il, avant d'ajouter : Nous pourrions aller admirer le coucher de soleil sur la plage. Il paraît que c'est un spectacle merveilleux, ici.

— Ce qui implique de se lever et de s'habiller.

— Personnellement, cela ne me dérangerait pas que tu sortes nue, mais les autres clients pourraient en prendre ombrage.

Il se pencha vers elle pour déposer sur son épaule un baiser plein de douceur.

— Si je pouvais, j'emmènerais le coucher de soleil jusqu'à toi.

C'était sans doute la chose la plus gentille et la plus romantique qu'un homme lui ait jamais dite.

— J'apprécie beaucoup, dit-elle en souriant.

— Allez, madame Caroselli, dit-il en quittant le lit. Debout !

Elle se leva et gagna la salle de bains d'une démarche flageolante. Elle qui, le matin même, avait eu du mal à se montrer nue devant lui trouvait à présent cela tout à fait naturel. Non seulement il l'avait vue nue, mais il connaissait désormais la moindre parcelle de son corps.

Nick était un amant formidable, aimant autant donner du plaisir qu'en prendre, ce qui, elle le savait d'expérience, était exceptionnel.

Lorsqu'elle vit son reflet dans le miroir, elle laissa échapper un cri d'épouvante.

— J'ai l'air d'une bête sauvage ! Non mais, tu as vu mes cheveux ?

Nick apparut sur le seuil après avoir enfilé à la hâte un short et un T-shirt.

— En effet, tu ressembles à une bête sauvage.

Elle le fusilla du regard.

— Je plaisante, s'empressa-t-il d'ajouter en allant l'embrasser. On se retrouve dehors.

Elle brossa énergiquement ses cheveux puis les attacha en queue-de-cheval. Elle enfila ensuite une robe légère et partit rejoindre Nick.

L'air lui sembla plus frais. Une brise légère faisait bruisser les feuilles des palmiers qui se balançaient en une danse exotique. Assis sur une couverture, les bras entourant ses genoux, Nick fixait l'horizon incandescent. Elle alla s'asseoir à côté de lui.

— C'est beau, non ? dit-il en désignant le ciel du menton.

— Magnifique.

Lorsqu'il lui passa un bras autour de la taille, elle posa la tête au creux de son épaule, dans un élan qui lui parut naturel. Elle se sentait bien. A sa place.

De retour à Chicago, seraient-ils toujours amants ou préférerait-il mettre un terme à tout contact physique ? La seconde option lui plaisait moins, il fallait bien l'admettre.

— A propos de ce matin…, commença-t-il.

Elle se raidit légèrement. Elle regrettait tellement la façon dont elle s'était comportée !

— Ne pourrions-nous pas passer à autre chose ?

— Je veux juste m'assurer que tout va bien maintenant.

— Je te l'affirme.

— Tu étais si réticente, insista-t-il.

— Je sais. Je pensais sincèrement être prête, mais, lorsque tu m'as dit que nous allions faire un bébé, j'ai pris toute la mesure de notre acte. Concevoir un enfant est un pas énorme à franchir et tout d'un coup je n'ai plus su ce que je voulais.

— Tu craignais trop de changements dans ta vie. Dans notre relation.

— Exactement.

— Et maintenant ?

— Je pense que les choses vont changer, mais de façon positive.

— Nous n'avons jamais vraiment parlé de ce qui se passerait après ce voyage de noces.

— Non, mais j'y ai pensé. Je suppose que nous allons reprendre notre relation telle qu'elle était avant, mis à part que nous vivrons sous le même toit. Et bien sûr, nous continuerons à faire croire à ta famille que nous sommes le couple le plus uni du monde.

— Ce qui veut dire, plus de sexe ?

Elle crut déceler une pointe de déception dans sa voix. Voyait-elle juste ou s'imaginait-elle simplement ce qu'elle avait envie d'entendre ?

— Je crois que ce serait mieux, en effet, parvint-elle à répliquer d'une voix ferme. Compte tenu des circonstances, une relation intime régulière pourrait créer des complications. Qu'en penses-tu ?

Il prit un temps de réflexion durant lequel les battements de son cœur s'accélérèrent. Quelle allait être sa réponse ?

— Tu as raison, finit-il par dire. Il vaut mieux que nous reprenions une relation normale.

Elle ne fut pas surprise d'éprouver un profond sentiment de déception, mais elle chercha néanmoins à se persuader qu'ils seraient très heureux de renouer avec l'amitié qui avait toujours été la leur.

— Et si tu n'es pas enceinte ?

— Nous essaierons de nouveau le mois prochain. Pendant ma période d'ovulation, s'empressa-t-elle d'ajouter.

Il opina du chef, ne voyant apparemment aucune objection à cette proposition.

— Et si tu n'étais toujours pas enceinte ? insista-t-il. Après tout, je pourrais être stérile.

— C'est peu probable. Mais ce serait facile à vérifier.

— Cela pourrait prendre des mois, même si nous ne souffrons d'aucun problème physiologique.

— En fait, si je comprends bien, la question est : combien de temps devrons-nous faire l'amour avant de déclarer forfait ?

Il acquiesça d'un hochement de tête.

— Disons… aussi longtemps que nous nous sentirons à l'aise dans ce domaine, répondit-elle.

Un couple de l'âge des parents de Nick passa devant eux main dans la main. Quelque chose dans la façon qu'ils avaient de se regarder, de se sourire, lui fit penser qu'ils étaient mariés depuis longtemps et toujours profondément amoureux l'un de l'autre.

Elle éprouva un pincement de jalousie lorsqu'ils leur adressèrent un petit sourire de connivence. Elle ne connaîtrait probablement jamais un bonheur pareil.

Le lendemain matin, Terri se réveilla au bruit de la pluie qui frappait contre les carreaux. Elle vit à travers les rideaux les éclairs qui zébraient le ciel.

Elle lança un coup d'œil à Nick qui s'était blotti contre elle, un bras sur sa hanche. Elle prit son téléphone mobile pour consulter les prévisions météorologiques. Les orages resteraient épars toute la journée, ce qui remettait en question la visite du parc national d'Arikok qu'ils avaient prévue.

— Est-ce bien la pluie que j'entends ? demanda Nick dans un demi-sommeil.

— Oui, et elle ne devrait pas cesser de la journée.

— Dommage, dit-il en lui caressant les seins. Nous allons devoir rester enfermés.

En cherchant bien, ils auraient pu trouver une autre activité que le sexe, mais pourquoi s'en priver quand il ne leur restait que quelques jours avant de redevenir les bons amis d'antan ? Par ailleurs, les nouveaux mariés n'étaient-ils pas censés faire l'amour inlassablement ?

Ils passèrent donc la majeure partie de la journée au lit. Plus tard, alors que le ciel finissait par s'éclaircir, ils prirent une douche ensemble avant d'aller rejoindre les autres clients rassemblés autour de la piscine pour une soirée spéciale. Ils jouèrent à être amoureux, même en sachant qu'ils ne reverraient jamais ces gens.

Le jour suivant, ils louèrent une voiture et prirent la direction du parc d'Arikok. Ils durent à l'absence de marquage de se perdre à deux reprises, mais, lorsqu'ils finirent par pénétrer dans l'enceinte du parc, ils restèrent stupéfaits d'admiration.

Ils firent une première halte à Boca Prints qui, en alternant falaises, dunes et littoral déchiqueté, s'avéra l'un des plus beaux sites d'Aruba.

Ils déjeunèrent dans une gargote locale, puis poursuivirent leur visite par Fontein Cave et Guadirikiri Cave. Nick s'amusa à la voir pousser des hurlements stridents chaque fois qu'un lézard croisait leur chemin.

En début de soirée, ils délaissèrent la voiture pour prendre un taxi qui les conduisit jusqu'au centre d'Oranjestad. Là, ils achetèrent des souvenirs pour les neveux et nièces de Nick, et Terri fit l'emplette d'une paire de boucles d'oreilles pour Judith.

Ils mirent un moment à trouver le restaurant où ils avaient réservé une table pour dîner, mais une fois installés ils se régalèrent de mets raffinés. Ils dansèrent jusqu'à épuisement, ce qui ne les empêcha pas de se jeter l'un sur l'autre une fois rentrés à leur hôtel. Après tout, c'était leur dernière nuit ensemble.

Le lendemain ils firent leurs bagages et se rendirent en taxi à l'aéroport. Terri agissait comme un automate, refusant la réalité qui se présentait à eux. Elle ne se sentait pas prête à partir, pas prête à mettre un terme à ce séjour idyllique.

Plus elle attendrait, plus ce serait difficile, elle ne cessait de se le répéter. S'ils ne bouclaient pas cette histoire maintenant, quand le feraient-ils ?

Impossible de rester amants jusqu'à la naissance de leur enfant ou même pour le restant de leurs jours, tout en prétendant ne pas vouloir s'engager dans une relation. Elle n'était pas assez naïve pour croire qu'une amitié, aussi forte soit-elle, puisse résister à une telle épreuve.

Tandis que Nick se plongeait dans la lecture d'un article du *Times*, elle se demanda si les mêmes pensées le tourmentaient. Lorsque leur vol fut annoncé, il plia son journal et le rangea dans son bagage à main.

— Et voilà, dit-il. C'est la fin de notre voyage de noces.

— Il faut croire, murmura-t-elle.

Elle saisit la poignée de sa valise, mais il l'empêcha de se lever d'une main posée sur son bras.

— Terri… attends…

— Qu'y a-t-il ?

Sans dire un mot, il se pencha vers elle et lui donna un baiser empli d'émotion. Pas plus qu'elle, il n'avait envie que l'aventure se termine, même si lui aussi savait qu'ils n'avaient pas le choix.

— Excuse-moi, dit-il en pressant son front contre le sien. Il fallait que je le fasse une dernière fois.

Puisqu'ils faisaient le bon choix, pourquoi éprouvait-elle cette soudaine envie de pleurer ? Elle était trop émue pour pouvoir parler et, si elle tentait de le faire, elle allait éclater en sanglots.

Elle le gratifia d'un baiser furtif et se leva de son siège.

— Nous ferions mieux d'y aller.

Durant les cinq jours qui venaient de s'écouler, elle avait pu toucher et embrasser Nick comme bon lui semblait, à n'importe quelle heure du jour ou de la nuit. Il allait lui être difficile, voire impossible, de réprimer ses élans.

Elle souhaita presque ne pas être enceinte, afin de vivre une seconde lune de miel. Mais à quoi bon ? Cela ne ferait que repousser l'inévitable.

Lorsque l'avion eut décollé, elle inclina son siège, ferma les yeux et feignit de dormir. Elle n'avait pas le cœur à parler alors qu'elle se sentait si malheureuse.

Elle avait dû finir par s'endormir pour de bon, car Nick la secoua pour lui annoncer que l'avion avait amorcé sa descente et n'allait pas tarder à atterrir.

Ils n'échangèrent pas un mot durant l'attente interminable

aux douanes ; tout ce qu'elle voulait, c'était se retrouver chez elle, dans son lit, pour pouvoir pleurer toutes les larmes de son corps. Malheureusement, chez elle, c'était désormais chez Nick.

— Tu es bien silencieuse, souligna Nick lorsqu'ils furent dans la voiture qui les conduisait en ville. Tout va bien ?

Elle le regarda et se força à lui sourire.

— Oui. Je suis juste un peu fatiguée. Et découragée par la perspective de tout le travail qui m'attend.

— Demain, c'est Thanksgiving. Tu n'auras pas à travailler.

— C'est vrai. J'ai même prévu de faire les boutiques avec ta mère pour le Black Friday.

— Tu es sûre que tout va bien ? insista-t-il.

— Certaine.

Pour refouler l'émotion qu'elle sentait monter en elle, elle ouvrit son smartphone et consulta ses e-mails. Nick sembla comprendre et ne prononça plus un mot.

C'est toujours en silence qu'ils effectuèrent la fin du trajet et qu'ils prirent l'ascenseur. Elle avait beau lui assurer que tout allait bien, il régnait entre eux une tension presque tangible qui les mettait mal à l'aise.

Elle détestait que leur amitié prenne cette tournure. Depuis qu'ils étaient amis, ils ne s'étaient pas disputés une seule fois.

Il faudrait juste un peu de temps pour que les choses reviennent à la normale. Du moins était-ce ce dont elle cherchait à se convaincre.

Les portes de l'ascenseur s'ouvrirent sur Jess, la sœur de Nick, qui attendait, une valise à ses pieds. Elle avait les traits tirés et les yeux rouges et bouffis.

— Salut, dit-elle d'une voix faussement joviale. Comment s'est passé le voyage de noces ?

9

— Jess ? Que fais-tu là ? s'enquit Nick pour la forme, car la valise de sa sœur parlait pour elle.

— Pouvons-nous entrer d'abord ?

— Bien sûr, répondit-il en déverrouillant la porte.

Jess attendit qu'ils soient tous les trois à l'intérieur pour répondre.

— Eddie et moi avons décidé de faire un break.

— Que s'est-il passé ?

— Il a raté le rendez-vous chez la conseillère matrimoniale pour la troisième fois consécutive. Tu comprends, c'est la seule chose qui m'ait fait tenir ces deux derniers mois. Je crois beaucoup en ces consultations, malheureusement ce n'est pas réciproque. Donc, je suis partie.

— Et les enfants ?

— Ils vont passer les fêtes dans l'Indiana, chez les parents d'Eddie. Ils y resteront une semaine. J'espère que nous aurons trouvé une solution d'ici là.

— Mais que fais-tu ici ?

— Honnêtement, je ne supportais pas l'idée de me retrouver seule dans une chambre d'hôtel.

— Pourquoi ne vas-tu pas chez maman ?

— Je ne veux pas l'inquiéter avec mes problèmes. Et puis, tu sais comment elle est. Si elle est au courant, tout le monde le sera.

Nick s'apprêtait à lui déballer un discours sur la nécessité pour un jeune couple de voir leur intimité respectée, mais Terri le devança.

— Tu peux rester ici aussi longtemps que tu voudras, Jess.

— Merci, répondit-elle, au bord des larmes. Vous n'imaginez pas ce que cela signifie pour moi. Je me ferai toute petite, je vous le promets.

— Allons, dit Terri en la prenant dans ses bras. La famille est là pour ça. Laisse-moi juste le temps d'enlever mes affaires de la chambre d'amis.

Jess fronça les sourcils.

— Pourquoi tes affaires sont-elles dans la chambre d'amis ?

— Tu as déjà regardé dans la penderie de ton frère ? rétorqua Terri avec aplomb.

— Si ça n'a pas changé depuis son adolescence, je vois ce que tu veux dire.

— Va te servir quelque chose à boire, intervint Nick. Tu trouveras de la bière dans le réfrigérateur et des alcools forts dans mon bureau. Pendant ce temps, je vais donner un coup de main à mon épouse.

Une fois qu'ils furent seuls dans ce qui était censé être la chambre de Terri, Nick se tourna vers elle pour lui dire à voix basse :

— Te rends-tu compte de ce que tu as fait ? Nous allons devoir partager la même chambre, le même lit, tu crois vraiment que c'est une bonne idée ?

— Bien sûr que non. Mais qu'étais-je censée lui dire ? « Désolée, Jess, tu ne peux pas rester ici parce que c'est moi qui occupe cette chambre ? » Comment lui aurions-nous expliqué une telle aberration ? D'ailleurs, ce n'est l'affaire que de quelques jours.

Elle ouvrit son placard et y prit une brassée de vêtements.

— Penses-tu pouvoir ranger tout ça dans ta penderie ?

— Je vais faire de la place. Pour ton information personnelle, sache que mes placards n'ont rien à voir avec ceux de l'époque du lycée et de la fac. Je suis beaucoup plus ordonné.

— Je m'en fiche, du moment qu'ils ne sentent pas le fauve.

Il se retint de rétorquer et laissa tomber les vêtements de Terri sur son lit. Mais, alors qu'elle s'éloignait de lui, il l'attrapa par le bras.

— Je te rappelle que c'était ton idée.

Ils s'affrontèrent du regard, puis ce fut comme si elle se vidait d'un coup de toute son énergie.

— Je sais. Excuse-moi. Je crois que c'est la fatigue.

— Essaie juste d'être un peu indulgente. Ce n'est pas facile pour moi non plus, d'accord ?

— D'accord.

Faire semblant d'être véritablement mariés allait peut-être s'avérer plus difficile que prévu, finalement. Ou peut-être n'était-ce qu'une question d'adaptation. En tout cas, une chose était certaine, avoir Jess dans les pattes n'allait pas faciliter la transition.

Après avoir réussi à tout caser dans son placard, dont Terri dut admettre qu'il était parfaitement rangé, ils allèrent rejoindre Jess. Cette dernière avait préparé le dîner. Ils durent subir les lamentations de l'intruse qui oscillait entre se plaindre de son mari et s'excuser de se plaindre.

Aux environs de 23 heures, Terri commença à bâiller ostensiblement, imitée par Nick.

— Vous devez être épuisés et, moi, je suis là à vous soûler avec mes problèmes, s'excusa Jess.

— La famille sert aussi à cela, la rassura Terri.

— Je vais vous laisser aller vous coucher et faire de même. Je suis sûre que tout ira mieux après une bonne nuit de sommeil.

Nick douta qu'elle puisse dormir. Quant à Terri et lui, ils ne le pourraient pas non plus. Pas s'ils partageaient le même lit.

Jess les étreignit à tour de rôle puis s'éclipsa en s'excusant encore une fois de s'être épanchée comme elle l'avait fait.

Lorsque Nick entendit la porte de la chambre se refermer, il se tourna vers Terri.

— Je suppose que ça ne sert à rien de retarder le moment d'aller nous coucher.

— En effet.

Il utilisa la salle de bains en premier, puis attendit que Terri s'y soit enfermée à son tour pour se déshabiller et se coucher. Elle le rejoignit, les cheveux défaits et vêtue d'une chemise de nuit qui lui arrivait aux genoux.

— Comment on fait ? s'enquit-elle d'un ton faussement dégagé.

— Je reste de mon côté et toi du tien.

Elle lui lança un regard sceptique.

— Tu t'en sens capable ?

— Le lit est tellement grand que tu ne t'apercevras même pas de ma présence, rétorqua-t-il.

Elle ne parut pas totalement convaincue. Elle éteignit sa lampe de chevet, se cala le plus loin possible de lui et ramena les couvertures sur elle.

— Je n'ai même pas droit à un petit baiser ? demanda-t-il.

En guise de réponse, elle lui adressa un regard dédaigneux par-dessus son épaule.

— Je plaisantais.

Il éteignit la lumière de son côté, puis s'allongea sur le dos, les yeux clos. Il avait beau être exténué, il ne parvenait pas à apaiser son cerveau en ébullition. Alors qu'il était enfin sur le point de s'endormir, il entendit Terri marmonner, comme à son habitude. Il alla se blottir contre elle, trop heureux de retrouver son corps souple et chaud.

— Que fais-tu de mon côté du lit ? lui demanda-t-elle.

— Désolé.

Il relâcha son étreinte et s'assit dans l'obscurité.

— Ce n'est rien, dit-elle. C'est l'habitude.

— Ça ne se reproduira pas, je te le promets.

Pour preuve de ce qu'il avançait, il regagna sa place et lui tourna le dos, bien décidé à conserver cette posture toute la nuit.

Une heure plus tard, elle le réveillait. Il était contre elle, mais cette fois sa main s'était faufilée sous sa chemise de nuit pour se poser sur son sein, et son sexe était en érection.

— Nick, peut-être devrais-tu…

Il retira sa main et s'écarta d'elle.

— Pourquoi ne m'as-tu pas arrêté ?

— Excuse-moi, répliqua-t-elle d'une voix cassante, mais c'est toi qui m'as réveillée.

Il prit une profonde inspiration, puis expira bruyamment.

— Désolé. Je ne voulais pas t'accuser.

Elle s'assit à son tour, prenant garde de bien rester à distance.

— Ça ne marchera pas, Nick. Je devrais dormir sur la moquette ou bien dans la baignoire.

— Tu connais le problème, dit-il. J'ai l'habitude de dormir en serrant mon oreiller contre moi, mais, comme tu t'allonges dessus, c'est toi que je serre à la place.

— Tu dois bien avoir d'autres oreillers quelque part.

Il alluma la lumière et s'apprêtait à se lever, mais il se tourna vers elle pour la prévenir :

— Tu devrais fermer les yeux. Comme tu le sais, je dors toujours nu et je n'ai pas de pyjamas.

— Tu as des sous-vêtements, même si tu en portes rarement.

— Je vais passer un caleçon.

Encore une obligation à laquelle il allait devoir se plier et qui ne l'enchantait guère.

Terri détourna la tête lorsqu'il se leva. Pourtant, il aurait pu jurer qu'elle le suivait des yeux alors qu'il se dirigeait vers la penderie. Il en sortit un oreiller et un boxer-short qu'il enfila à contrecœur.

— C'est bon, annonça-t-il une fois recouché.

— Tu n'es plus nu ?

— Non, affirma-t-il, maudissant intérieurement le tissu qui lui collait à la peau.

— Alors, bonne nuit.

— Bonne nuit.

Il se recroquevilla sur l'oreiller qu'il avait soigneusement placé entre eux et trouva bientôt le sommeil. Malheureusement, le même scenario se reproduisit. Deux heures après, Terri le secouait pour le réveiller.

— Nick, tu recommences.

Elle disait vrai. Il l'entourait de ses bras, une main posée sur son sein, et son sexe en érection.

Pour la troisième fois, il s'excusa en s'écartant d'elle.

— Où est mon oreiller ? s'enquit-il après l'avoir cherché en vain.

— Je l'ignore, Nick, répondit-elle d'une voix irritée. Ce n'est pas moi qui l'ai.

Il alluma sa lampe de chevet et le découvrit au pied du lit.

— Ah, le voilà !

— Fabuleux, grommela-t-elle entre ses dents.

— Je me suis excusé.

De frustration, il rejeta les couvertures et sortit du lit.

— Nick !

Il tourna la tête vers elle, et la surprit les yeux fixés sur la partie de son anatomie qui normalement devrait être couverte.

— Tu m'avais assuré que tu avais mis un caleçon ! dit-elle sur un ton de reproche.

— C'est ce que j'avais fait, mais j'imagine que je l'ai retiré dans mon sommeil.

Il le retrouva au fond du lit, roulé en boule.

— Je l'ai.

— Tout cela est ridicule, Nick.

— Inutile de te mettre en colère. Je me rhabille.

— Et puis ? Tu comptes l'agrafer pour ne plus le perdre en cours de nuit ?

— Chut ! Parle plus bas. Jess pourrait t'entendre.

— As-tu la moindre idée de ce que cela fait d'être sans cesse réveillée par quelqu'un qui vous tripote ?

Pour sa part, il trouvait la perspective plutôt réjouissante, mais il comprit au ton de sa voix qu'elle ne partageait pas son avis.

— Je fais de mon mieux, je te jure.

Elle resta quelques minutes silencieuse, avant de secouer la tête.

— Tant pis.

Il s'attendait à ce que, munie de son oreiller et d'une couverture, elle aille dormir dans la baignoire. Au lieu de cela, elle retira sa chemise de nuit et le regarda droit dans les yeux.

— Viens ici, lui intima-t-elle.

Il ouvrit la bouche, puis la referma aussitôt.

— Qu'est-ce que tu attends ? dit-elle en ôtant sa culotte.

— Mais… je croyais que nous…

— Dépêche-toi, avant que je ne change d'avis.

Il se précipita sur elle, mais elle l'obligea à s'allonger sur le dos et s'installa sur lui à califourchon.

— Ne te fais pas d'illusions, c'est la dernière fois. Compris ?

— Compris, répondit-il docilement en la laissant se pencher vers son sexe et le prendre dans sa bouche.

Feindre devant Jess d'être follement amoureuse de son frère allait s'avérer plus difficile que Terri ne l'avait cru. Nick avait raison. Ce n'était pas une bonne idée de l'avoir invitée à séjourner chez eux.

En le regardant profondément endormi contre elle, elle s'en voulut d'avoir cédé. Ils ne faisaient que remettre l'inévitable à plus tard. Pourtant, elle ne pouvait nier qu'après l'amour elle avait dormi comme un bébé durant… trois petites heures.

Elle ne se laisserait plus avoir. Même si elle devait pour ça aller dormir sur le canapé. En cherchant bien, elle trouverait une excuse plausible à présenter à Jess.

Elle se libéra de l'étreinte de Nick et se glissa hors du lit. Il grommela quelque chose d'inaudible, avant de se rendormir. Elle enfila sa chemise de nuit et une robe de chambre, puis se rendit dans la cuisine où flottait une bonne odeur de café.

Jess était assise à table, vêtue de ce que Nick désignait comme ses « vêtements de maman », à savoir un caleçon en coton et une chemise d'homme boutonnée jusqu'au cou. Elle buvait son café, les yeux dans le vide, l'air triste et malheureux.

— Bonjour, la salua Terri.

Jess l'accueillit avec un sourire faussement joyeux.

— Bonjour, Terri. J'ai préparé du café.

— Ça sent délicieusement bon.

Elle traversa la pièce et alla chercher une tasse dans un des placards. Après l'avoir remplie, elle y ajouta un peu de sucre.

— A quelle heure t'es-tu levée ? demanda-t-elle.

— A 5 heures.

— Seigneur ! Moi qui ne peux jamais ouvrir un œil avant 8 heures.

— Profites-en. Les choses changent tellement lorsqu'on a des enfants ! La première année, on dort à peine mais pas pour les mêmes raisons.

Elle accompagna cette dernière remarque d'un sourire lourd de sous-entendus.

— Je suis désolée si nous t'avons réveillée.

— Ne t'excuse pas. Quoi de plus normal ? Vous venez juste de vous marier. En revanche, je ne te cacherai pas que j'étais un peu jalouse. Je me souviens à peine de la dernière fois où Eddie et moi avons fait l'amour. Sans parler de la dernière fois où nous nous sommes vraiment éclatés au lit.

Voilà bien une chose que Terri ne comprenait pas. Comment pouvait-on rester mariés dans de telles conditions ?

— A propos d'enfants, reprit Jess. J'ai remarqué que tu n'avais pas bu de vin hier soir. Cela signifie-t-il que… ?

— Que je suis enceinte ? Je l'espère, mais je ne le saurai pas avant dix jours. Je prends mes précautions juste au cas où. D'ailleurs, je ne devrais pas boire de café non plus.

— Tu pourrais passer au décaféiné, conseilla Jess.

Terri alla s'asseoir à côté d'elle.

— Et toi, comment vas-tu ?

— Je suis fatiguée de me battre. Parfois, je me demande si ça vaut vraiment le coup. Si je continue à espérer, c'est uniquement pour les enfants.

Elle marqua une pause et posa sa main sur le bras de Terri.

— Nick et toi, c'est différent. Je n'ai jamais connu deux personnes aussi bien assorties que vous deux. Il faut dire que vous êtes amis depuis si longtemps ! Vous vous connaissez si bien !

— Cela ne signifie pas pour autant que nous étions faits pour nous marier.

— Terri, que veux-tu dire ? demanda Jess, visiblement troublée.

— Rien de spécial. J'essaie juste d'être réaliste.

— Crois-moi, ne laisse pas tes craintes se mettre en travers de votre bonheur. Parce que, si tu commences à penser que ça ne marchera pas, il y a de grandes chances pour que ça arrive.

— Y a-t-il une période de ton mariage où tu as été heureuse, au moins ?

— Les deux premières années. Nous connaissions des désaccords, bien sûr, mais rien de grave.

— Que s'est-il passé ?

— Le bonheur s'entretient et nous avons tous les deux été négligents. Entre le travail et l'éducation des enfants, nous avons oublié que nous étions un couple.

— Je vois.

L'amitié aussi demandait beaucoup d'efforts. De patience et de compromis. Vingt ans d'amitié, c'était aussi rare que vingt ans de mariage. En fait, l'amitié était comme une sorte de mariage, le sexe en moins. Et, cerise sur le gâteau, Nick et elle se parlaient plus que bien des couples mariés.

— Mais il n'y a pas que ça, reprit Jess, qui s'interrompit d'un coup à l'arrivée de son frère.

Vêtu d'un seul jean, les cheveux encore tout emmêlés, il était vraiment craquant.

— Mesdames, bonjour, dit-il en leur souriant.

Il embrassa sa sœur sur la joue avant de prendre Terri dans ses bras et de la gratifier d'un long baiser sensuel.

— Vous devriez retourner dans votre chambre, les taquina Jess.

— Comment as-tu dormi, mon amour ? s'enquit Nick, prenant le parti d'ignorer la remarque de sa sœur.

Terri lui lança un regard mauvais, qu'elle accompagna d'un coup de coude dans les côtes.

Il ne riposta pas et fit le tour du comptoir pour se servir une tasse de café.

— A quelle heure doit-on être chez maman ? demanda-t-il.

— A 11 heures, répondit Jess en plaçant sa tasse dans le lave-vaisselle. Le dîner aura lieu chez *nonno* à 17 heures. Cela ne vous dérange pas que je profite de votre voiture ? Parce que j'ai bien l'intention de boire pour oublier.

— Moi, je ne boirai pas, dit Terri. Je serai votre chauffeur.

— Je pourrai suivre l'exemple de ma sœur, alors ? demanda Nick dans un sourire plein d'espoir.

— Si c'est vraiment ce que tu veux.

En fait, cela ne la dérangeait pas de voir Nick ivre. Car, si elle avait connu des hommes que l'alcool rendait mauvais, ce n'était pas le cas de Nick. Il le rendait maladroit mais très affectueux. Il la serrerait d'un peu trop près et lui répéterait inlassablement à quel point il l'aimait.

— Puisque j'ai ta bénédiction, pourquoi ne pas commencer tout de suite ? proposa-t-il. Il nous reste une caisse de champagne de notre mariage. Je vais préparer des mimosas.

— Génial ! s'exclama Jess en se frottant les mains. Je vais chercher les flûtes et le jus d'orange.

— Et moi, le champagne.

Et elle les regarderait se soûler. Sympa.

Mais avoir un bébé ne demandait-il pas quelques sacrifices ?

10

Maggie, la sœur de Nick et de Jess, téléphona pour demander si elle pouvait les rejoindre et partir avec eux. Lorsque la petite troupe prit place dans la Mercedes, Terri au volant, Nick et Jess avaient déjà descendu une bouteille et demie de champagne. Il était à peine 10 h 30.

Chez Judith, ils burent des Bellini, un fameux cocktail italien composé de liqueur de pêche et de *prosecco*, un vin blanc pétillant.

Terri perdit bien vite le compte du nombre de pichets que les quatre membres de la famille ingurgitèrent mais, lorsqu'ils partirent chez *nonno*, Nick manifestait tous les signes d'une ébriété bien avancée. Il se pendit à son bras pour lui souffler, dans des vapeurs d'alcool, un « je t'aime » bruyamment applaudi par les trois femmes de la tribu Caroselli.

— Je t'aime aussi, répondit-elle, déplaçant sa main de façon à pouvoir se concentrer sur sa conduite.

— Non, je veux dire, je t'aime vraiment.

Elle lui tapota la main d'un geste maternel.

— Mais, moi aussi, je t'aime vraiment.

— Ce n'est pas juste, protesta Maggie. Moi aussi, je veux qu'on m'aime.

— Et moi aussi, renchérit Jess.

Nick lança un coup d'œil à ses sœurs par-dessus son épaule.

— Tu m'as répété une centaine de fois que tu ne voulais pas te marier, Maggie.

— Et tu m'as crue ? Sache que toute femme souhaite se marier, crétin. J'aimerais bien m'épargner l'humiliation d'atteindre l'âge canonique de trente-trois ans en étant toujours célibataire.

— Qu'est-ce que je devrais dire, moi qui ai quarante ans, se plaignit Jess.

— Tu les auras dans trois ans, s'esclaffa Nick.

— En plus, je te rappelle que tu es déjà mariée.

— Oui, mais pour combien de temps encore ? J'ai beau espérer que les choses changent, elles ne changent jamais. D'ailleurs, il ne fait plus aucun effort, se lamenta-t-elle en reniflant.

— Eh bien, quitte-le, lui conseilla Maggie. Tu mérites d'être heureuse.

— Je ne peux pas.

— Pourquoi ? demanda Nick.

— Parce qu'il y a certains privilèges auxquels je suis attachée. Comme l'école privée des enfants, leurs loisirs. Avez-vous la moindre idée de ce que coûtent des activités sportives ? Seule, je serais obligée de souscrire une troisième hypothèque.

— Quoi ? dit Nick.

Terri n'avait pas besoin de le regarder pour savoir que cette nouvelle le contrariait au plus haut point. Elle jeta un coup d'œil vers Jess dans le rétroviseur. Sa belle-sœur était blême.

— Oublie ce que je viens de dire, dit Jess.

— Il n'en est pas question, insista Nick. Cette maison est un cadeau de mariage. Elle ne devrait pas être hypothéquée.

— Pouvons-nous parler d'autre chose ? demanda sa sœur, soudain nerveuse.

Mais Nick ne voulait pas laisser tomber.

— Pourquoi, Jess ?

— Qu'est-ce que tu crois ? Elever des enfants coûte cher.

— Vous gagnez bien votre vie et vous avez de l'argent de côté.

Devant le silence de sa sœur, Nick insista.

— Ne me dis pas que vous n'avez plus d'épargne.

— On a de quoi payer les études des enfants.

— Et le reste ?

Jess devint cramoisie.

— Envolé, confia-t-elle. Nous n'avons plus rien.

— Où est passé tout cet argent ? questionna Nick.

Elle hésita avant de répondre.

— Dans de mauvais investissements.

— Quel genre d'investissements ?

— Eh bien, tout dépend de la saison. Football, basket-ball…

Nick jura entre ses dents et se renfonça dans son siège.

— Jessica, pourquoi n'en as-tu parlé à personne ?

— Parce que c'est humiliant. Je pensais que le conseiller matrimonial pourrait l'aider mais, chaque fois que l'on abordait le sujet, ça le rendait furieux et il jurait qu'il n'y avait pas de problème. C'est pour cette raison qu'il ne voulait plus se rendre aux rendez-vous. Je ne sais plus quoi faire… si tant est qu'il y ait quelque chose à faire.

— Il a peut-être besoin qu'on le secoue un peu.

Le sang se retira un peu plus du visage de Jessica.

— Que veux-tu dire ?

— Ton mari travaille pour nous, non ? S'il veut garder son boulot, il se plie à nos règles. Alors, soit il s'inscrit aux Joueurs anonymes, soit il perd son travail.

— Et que deviendrons-nous, les enfants et moi ? C'est déjà assez difficile comme ça. Nous avons tellement de dettes !

— Si Eddie ne prend pas soin de vous, siffla Nick entre ses dents, la famille le fera à sa place.

Terri était désolée pour Jess. Elle ne pouvait imaginer un mari, père de famille de surcroît, perdre l'argent du ménage aux jeux. Elle qui refusait de miser un dollar sur des cartes à gratter, cette attitude dépassait son entendement !

L'humeur resta sombre durant le reste du trajet et, lorsqu'ils arrivèrent chez *nonno*, Nick et ses sœurs se précipitèrent au bar. Terri, elle, s'attarda pour saluer tout le monde et se rendit aux toilettes tout de suite après.

Tandis qu'elle atteignait le palier, elle perçut des voix provenant du bureau de *nonno*. Un homme et une femme. Elle s'approcha et tendit l'oreille. Si elle n'entendit pas ce qu'ils se disaient, elle constata qu'ils étaient furieux.

Titillée par la curiosité, elle colla son oreille plus près de la porte, consciente qu'elle se mêlait de quelque chose qui ne la regardait pas. Seigneur ! N'était-elle pas en train de devenir une vraie Caroselli ?

— Nous devons lui parler, dit l'homme.

— Mais nous étions d'accord pour ne jamais rien révéler, protesta la femme d'une voix où pointait le désespoir.

— Il mérite la vérité.

— Non ! Je t'en prie, nous ne pouvons pas lui faire ça.

— Et moi, je ne peux plus porter le poids de ce secret. Cela fait trop longtemps que ça dure. Alors, choisis : soit c'est toi qui le lui dis, soit c'est moi.

— Non ! Dimitrio, attends !

La poignée de la porte tourna. Le cœur battant, Terri courut se réfugier dans la chambre d'amis. Elle se cacha derrière la porte et vit par la fente l'oncle de Nick et père de Rob, Dimitrio, sortir d'un pas vif, suivi de près par Sarah, la mère de Tony.

D'après le peu qu'elle avait entendu, plusieurs conclusions toutes plus fantaisistes les unes que les autres se pressaient à son esprit. Elle pourrait en parler à Nick mais, s'il vendait la mèche, Rob et Tony allaient demander des comptes à leurs parents respectifs. En aucun cas elle ne voulait se sentir responsable de ce qui se passerait par la suite.

Lorsqu'elle fut certaine qu'ils n'étaient plus dans les parages, elle se rendit dans les toilettes, puis redescendit précipitamment avant qu'on ne s'aperçoive de son absence.

Elana, la sœur cadette de Tony, l'interrompit dans sa course au moment où elle allait pénétrer dans la salle à manger. La jeune femme avait été cataloguée comme génie par tous les membres de la famille après avoir intégré une prestigieuse université à l'âge de seize ans. Après un parcours sans faute, elle avait rejoint la société familiale, où elle occupait actuellement un poste de conseiller financier international. Selon Nick, elle serait un jour appelée à la tête de l'entreprise.

— Alors, comment vas-tu ? demanda-t-elle en lançant un regard ostensible au ventre de Terri.

— Très bien.

Au fait, je crois que ta mère est la maîtresse de ton oncle, ne put s'empêcher de penser Terri.

— Comment c'était, Aruba ?

— Formidable. Nous nous sommes bien amusés. J'aimerais bien y retourner de temps en temps.

Peut-être après le divorce. Nick et elle pourraient y séjourner avec leur bébé, cette fois en toute amitié.

— Je vois que tu n'as pas de verre. Veux-tu que j'aille te chercher quelque chose à boire ?

— Non merci. Ce soir, j'ai été désignée chauffeur de service.

— Je comprends, fit Elana d'un ton peu convaincu. Ce n'est pas comme ton mari et ses sœurs qui, eux, semblent avoir commencé tôt les réjouissances.

Ainsi que tous les membres de la famille Caroselli, pour qui c'était une tradition d'arroser copieusement cette fête.

Elle entendit Nick éclater d'un rire sonore. Affalé au bar, il tenait à la main un énième verre.

— Excuse-moi, Elana, dit-elle en s'éloignant. Il faut que je dise un mot à mon mari.

— Eh ! dit Nick en la voyant s'approcher. Où étais-tu ?

— Aux toilettes. Comment te sens-tu ?

— Je t… tiens le bar, articula-t-il avec difficulté.

— Tu veux dire que c'est le bar qui te tient.

Sa tête dodelina en guise d'acquiescement.

— Tu devrais me donner ce verre.

Nick obéit docilement.

— Bien. Et maintenant, si nous allions nous asseoir un peu ?

— Très bonne idée.

Il passa un bras autour de son cou et se laissa traîner vers l'un des canapés. Si elle n'avait été aussi souple et réactive, il l'aurait entraînée dans une chute plus que probable.

Elle l'installa confortablement et, avant qu'elle ne s'assoie à côté de lui comme elle avait l'intention de le faire, il la saisit par les poignets et la plaça sur ses genoux.

— Nick ! protesta-t-elle.

Pour toute réponse, il lui sourit et lui murmura à l'oreille :

— Tout le monde doit croire que nous sommes follement amoureux, tu te rappelles ?

Elle repensa soudain à la conversation qu'elle avait surprise un peu plus tôt. Elle pouvait bien en parler à Nick : de toute façon, il ne se souviendrait de rien le lendemain.

— Que se passe-t-il entre ton oncle Dimitrio et ta tante Sarah ? attaqua-t-elle sans préambule.

— De quoi parles-tu ? répondit-il en jouant avec le bas de sa robe.

Elle retira sa main et la plaça sur le bras du canapé.

— Je les ai surpris en pleine discussion. Ils semblaient un peu… tendus.

— Ils ont eu une liaison, confia Nick.

— Vraiment ?

— Je ne te l'ai jamais dit ?

— Pas que je me souvienne.

— Cela ne date pas d'aujourd'hui.

— Sérieusement ?

— Je pense que leur relation a débuté au lycée. Par la suite, Dimitrio s'est engagé dans l'armée et a laissé tomber Sarah, qui est tombée amoureuse de Tony.

A la lumière de ce qu'elle avait entendu, il était plus que probable que Sarah et Dimitrio avaient renoué. La main de Nick, qui devenait de plus en plus audacieuse, l'obligea à interrompre le fil de ses pensées. Elle l'intercepta alors qu'elle remontait haut sur sa cuisse.

— Nick, tiens-toi correctement, veux-tu ?

Lorsque le père de Nick vint annoncer que le dîner était servi, elle se crut, à tort, sauvée. Car Nick n'attendit pas longtemps pour reprendre ses attaques sournoises, à la faveur de la nappe en lin qui cachait ses mains baladeuses.

Si elle le savait débordant d'amour lorsqu'il avait trop bu, en revanche elle ne connaissait pas cette facette de lui qui, elle devait bien l'admettre, ne lui déplaisait pas.

Le repas était délicieux, l'alcool continuait à couler à flots, mais elle parvint néanmoins à limiter Nick à deux verres. Ce ne fut pas le cas de Jess et de Maggie qui étaient tellement ivres que Terri dut faire appel à Rob pour les installer dans la voiture.

— Je vais te suivre pour t'aider à les monter jusqu'à l'appartement. Tu n'y arriveras jamais toute seule.

— Je n'osais pas te le demander. Sans toi, j'y passerai toute la nuit et encore…

Sans compter que, si elle était enceinte, mieux valait ne pas faire d'effort trop important.

— Je vais chercher Tony, dit Rob avant de s'éloigner.

Lorsqu'il la vit installée derrière le volant, Nick leva sur elle un regard voilé.

— Merci de nous servir de chauffeur, dit-il d'une voix pâteuse.

— Pas de problème.

Il laissa aller sa tête contre le dossier, puis rouler sur le côté.

— Je crois que j'ai trop bu aujourd'hui.

— Je te le confirme.

— Tu es furieuse après moi ?

— Envieuse, mais pas furieuse.

Il ferma les yeux alors qu'elle quittait sa place de stationnement. Elle n'avait pas amorcé le premier virage qu'il demandait, les yeux toujours clos :

— Nous sommes arrivés ?

— Tu sais que tu es drôle, toi ? rétorqua-t-elle en riant.

Il lui adressa un dernier sourire, avant de sombrer dans un profond sommeil. Rob et Tony suivaient à quelques minutes derrière. Lorsqu'ils furent arrivés, les hommes se chargèrent de Jess et de Maggie, tandis qu'elle s'occupait de Nick qui, Dieu merci, tenait encore sur ses jambes.

Rob et Tony installèrent les filles dans la chambre d'amis, pendant qu'elle déshabillait Nick puis le couchait. Lorsqu'elle se pencha pour lui donner un baiser affectueux, elle put constater que, malgré son taux d'alcoolémie élevé, il avait conservé toutes ses facultés mentales. Il en profita pour lui passer un bras autour du cou et l'attirer à lui. Le baiser amical devint un baiser plein de fougue et de passion, auquel elle répondit sans état d'âme.

Il leva les yeux sur elle et lui passa une mèche de cheveux derrière l'oreille.

— Si tu savais depuis quand j'attends ce moment, lui susurra-t-il.

— Depuis la dernière fois où tu m'as embrassée, peut-être ? le taquina-t-elle.

— Depuis des années. Et j'ai envie de plus.

— C'est l'alcool, Nick. Boire te fait dire des choses qui dépassent ta pensée.

— Terri, je suis sincère. Quand nous vivions ensemble, je ramenais plein de filles à la maison, mais…

— Je m'en souviens très bien, le coupa-t-elle.

— Ce que tu ignores, c'est que, quand j'étais avec elles, je ne rêvais que d'être avec toi.

Son cœur se mit à battre plus fort.

— Voyons, Nick. Tu sais bien que ce n'est pas vrai.

— Si.

Elle vit passer dans ses yeux un éclair de sincérité qui ne trompait pas. Pourtant, elle ne voulait se résoudre à le croire. En fait, il ne cherchait qu'à l'amadouer pour la mettre dans son lit.

— Si tel était le cas, pourquoi n'avoir rien dit ?

— J'aurais dû. Si tu savais à quel point je regrette !

— Tu n'es pas en état de raisonner, Nick.

— Si. Quand je t'ai dit que je t'aimais tout à l'heure, je le pensais.

— Bien sûr. Nous sommes amis. Moi aussi, je t'aime.

— Je veux dire que je t'aime vraiment, répéta-t-il.

Elle était déchirée entre la raison et l'envie de le croire. S'il se montrait aussi sentimental, c'était juste parce qu'il avait bu.

— J'ai toujours su que c'était inévitable, reprit Nick, les paupières lourdes.

— Quoi donc ? demanda Terri, qui connaissait déjà la réponse.

— Que nous finirions ensemble. C'est Jess qui a raison : nous sommes faits l'un pour l'autre. Et toi aussi, tu l'as compris depuis longtemps. Seulement, nous n'étions pas prêts.

— Tu devrais dormir, maintenant. Nous reparlerons de tout cela demain, d'accord ?

— D'accord.

Elle se leva, pensive. Malgré la promesse qu'elle venait de lui faire, elle savait bien qu'ils n'aborderaient plus ce sujet. Demain, Nick ne se souviendrait même pas d'avoir eu cette conversation avec elle.

Elle éteignit la lumière et se rendit dans la cuisine. Rob était assis sur l'un des tabourets de bar et l'attendait en buvant un verre d'eau. Tony, lui, savourait une bière, appuyé contre le réfrigérateur.

— Quelle journée ! dit-elle en allant s'installer à côté de Rob. Merci de m'avoir aidée.

— Et maintenant ? s'enquit Tony.

— Que veux-tu dire ?

— J'ai déjà vu Nick et ses sœurs passablement ivres, mais jamais en même temps. Est-ce que ça a un lien avec le fait qu'Eddie ne soit pas venu dîner avec nous ?

— C'est à Jess que tu devrais poser la question.

— Ça concerne donc bien Eddie.

— Je n'en sais rien, s'obstina-t-elle.

De toute façon, ils comprendraient bien assez tôt si Nick mettait ses menaces à exécution.

— Tu sais, la prévint Rob, si tu veux survivre dans cette famille, tu as plutôt intérêt à tout déballer.

Elle avait en effet bien des choses à leur dire, mais elle préféra faire diversion.

— Je crois que nous avons tous eu une rude journée.

— Tout va bien entre Nick et toi ? s'enquit encore Rob.

— Nous ne pourrions être plus heureux.

— Il a mentionné le fait que vous désiriez très vite un enfant. Et j'ai cru remarquer que tu n'avais bu que de l'eau toute la journée.

— Simple précaution.

Elle eut la nette impression d'une mise à l'épreuve. Se pourrait-il que *nonno* ait fait à Rob et à Tony la même proposition qu'à Nick ? Allaient-ils bientôt annoncer leur prochain mariage ? Et, si c'était le cas, cela signifiait-il que les trois descendants de la famille Caroselli étaient en compétition pour franchir la ligne d'arrivée ?

11

Les excès de la veille avaient laissé des traces. Terri en fut le témoin privilégié lorsqu'elle rentra chez elle après avoir passé la matinée à courir les magasins avec Judith.

Le spectacle qui s'offrit à elle était pour le moins affligeant. Jess et Maggie étaient affalées sur le canapé du salon, rideaux tirés, téléviseur éteint.

— Bonjour, les salua-t-elle en ôtant son manteau.

— Bonjour, marmonna Jess, une compresse d'eau froide sur le front. Crois-tu qu'une tête puisse exploser ? Parce que, si c'est le cas, je n'en ai plus pour longtemps.

— Rassure-toi, je n'ai jamais entendu parler d'un cas pareil.

— Chuuut, leur intima Maggie.

Avec ses yeux soulignés des traces du mascara de la veille, elle avait l'air d'un raton laveur.

— Avez-vous pensé à boire de l'eau ? s'enquit Terri. Beaucoup d'eau.

— Oui, maman, répondit Maggie la première.

— Où est Nick ?

— Il s'est levé, a pris un comprimé d'ibuprofène et il est retourné se coucher, l'informa Jess.

— Comment était-il ?

— Tu as vu le film *La Nuit des morts vivants* ? demanda Maggie en guise de réponse.

— C'est dur, ce matin, n'est-ce pas ?

Si elle avait été un peu envieuse de ne pas avoir pu les suivre dans leur soûlerie, elle ne le regrettait plus. Le prix à payer était trop cher !

— Je vais aller jeter un coup d'œil sur lui.

Elle alla accrocher son manteau dans un placard, puis fit de même avec les trois autres qui se trouvaient éparpillés dans la pièce. Elle se rendit ensuite dans la chambre à pas feutrés.

Les stores étaient baissés, les lumières éteintes, et Nick allongé de tout son long en travers du lit. Elle avisa avec satisfaction les deux bouteilles d'eau minérale sur sa table de chevet. Elle alla ramasser le pantalon de jogging qu'il avait laissé traîner par terre, le plia et le plaça au pied du lit. Elle se rappela avec un sourire attendri comment, durant leur voyage de noces, il s'était appliqué à tout ranger, comme pour lui montrer à quel point il avait changé.

Elle s'apprêtait à quitter la pièce, lorsqu'elle l'entendit marmonner :

— Quelle heure est-il ?

— Je dirais 11 heures passées. Comment te sens-tu ?

Il leva la tête et la regarda d'un œil vide. Une seule paupière, rouge et bouffie, s'était soulevée, un peu comme s'il n'avait pas l'énergie d'ouvrir les deux en même temps.

— Parfaitement bien. Qu'est-ce que tu crois ?

— Puis-je faire quelque chose pour toi ?

— Me trouver un revolver, peut-être.

Ce trait d'humour la fit pouffer de rire.

— Une autre bouteille d'eau. Tu ferais ça pour moi ? Et la promesse que tu ne me laisseras plus jamais boire comme je l'ai fait. Je dois me faire vieux. Je ne récupère plus aussi rapidement que lorsque nous étions à la fac.

Elle lui adressa un petit sourire indulgent.

— Je reviens tout de suite.

Elle se rendit dans la cuisine pour chercher de l'eau, demandant au passage à Jess et à Maggie si elles en voulaient aussi. Elle revint les bras chargés de bouteilles, en plaça une de chaque côté du canapé, avant de retourner auprès de Nick qui avait adopté la position assise.

— Tiens, dit-elle en s'asseyant à côté de lui.

— Merci.

Elle le regarda avaler sa première bouteille d'un trait, puis soupirer avant de laisser sa nuque aller contre la tête de lit.

— Merci, répéta-t-il.

— De rien.

— Comment vont les filles ?

— Guère mieux que toi.

— Merci de t'être occupée de nous comme tu l'as fait.

— Tu aurais fait la même chose pour moi, j'imagine. D'ailleurs, si ma mémoire est bonne, tu l'as fait à une ou deux reprises.

Il glissa sur le dos et resta perdu dans ses pensées quelques secondes.

— Comme la fois où tu as rompu avec Thommy Malone et que tu as arrosé ça à grands coups de schnaps.

— Ce n'est pas moi qui ai rompu. C'est lui qui m'a plaquée pour Alicia Silberman, parce que je refusais de passer à la casserole. Manifestement, il avait trouvé plus offrante.

— Je t'avais proposé d'aller lui casser la figure pour toi.

Ce souvenir amena un sourire amusé sur ses lèvres.

— Quand as-tu fini par le faire ?

— Faire quoi ?

— Coucher avec lui, tiens !

La question la prit de court. Non qu'elle ait honte de son passé — elle l'assumait parfaitement — mais c'était un sujet qu'ils n'avaient jamais abordé jusque-là.

— Pourquoi veux-tu le savoir ? dit-elle dans une pirouette.

— Par curiosité. Et puis, parce que, moi, je couchais déjà avec des filles.

— Je sais. Notamment avec Beth Evans, dans sa chambre, pendant que ses parents étaient au travail.

— Qui te l'a dit ?

— J'ai surpris une conversation entre Rob et Tony, il y

a deux ans. Et puis, tu penses bien que votre histoire avait fait le tour du lycée. Il paraît même que tu étais très doué.

Nick partit d'un grand éclat de rire.

— Tu parles ! J'étais si nerveux que je n'arrivais même pas à lui enlever son soutien-gorge et que l'acte en lui-même a duré à peine quelques secondes.

— Ce n'est pas ce que disait Rob. D'après lui, tu te vantais que Beth en redemandait sans cesse.

— J'ai dû exagérer un peu. Les prouesses sexuelles sont tellement importantes pour un adolescent ! La vérité, c'est que j'ai vécu là l'une des expériences les plus humiliantes de ma vie.

— Si cela peut te consoler, sache que tu as fait d'énormes progrès.

— Merci. Et toi, ta première fois ?

— En fait… c'est embarrassant.

— Pourquoi ?

— Parce que c'est tellement… banal.

— Ne me dis pas que c'était avec un prof.

Ce fut à son tour de rire aux éclats.

— Bien sûr que non ! C'était à la soirée de fin d'année.

— Tu as raison. C'est d'une banalité affligeante.

Il s'interrompit, semblant réfléchir, avant de reprendre :

— Attends une minute. Je me souviens que tu étais venue avec un type du club. Eugène… quelque chose.

— Eugène Spencer.

— Un crack en informatique.

— Oui, comme moi.

Elle se garda bien d'avouer que, en ce qui la concernait, c'était lui qui en redemandait sans cesse.

— Je ne me rappelle pas t'avoir vue le fréquenter.

— Je ne pense pas que le mot « fréquenter » soit réellement approprié.

— Pourquoi ? demanda-t-il, les sourcils froncés.

— On ne se voyait que de temps en temps. Et juste pour…

— Pour… ?

— Eh bien, pour coucher ensemble.

Il se remit en position assise, oubliant sa migraine.

— Vraiment ?

— Oui. Vraiment.

— Tu ne faisais que coucher avec ce mec. Il n'y avait aucune relation amoureuse, aucun sentiment ?

— C'est exactement ça.

— Et… il y a eu d'autres garçons que tu ne voyais que pour le sexe ?

— Il y en a eu quelques-uns.

— Mais ce n'étaient pas des petits amis ? insista-t-il.

— C'étaient des amis, appuya-t-elle, pas des petits amis.

— Et tu faisais l'amour avec eux.

— Et je faisais l'amour avec eux, répéta-t-elle en se demandant ce qu'il y avait de si extraordinaire là-dedans. Ce que je peux dire, c'est que j'aime ça.

— Moi aussi, mais…

— Mais toi, c'est différent. C'est ça ?

— Oui.

— Pourquoi ? Parce que tu es un homme ? Ou parce que tu étais fou amoureux de chaque fille avec qui tu couchais, peut-être ? A ce propos, je crois bien me souvenir du défilé incessant de tes conquêtes, tu en changeais tous les jours.

En prononçant ces mots, elle se rappela ce qu'il lui avait confié la veille. Qu'à travers ces filles il ne voyait qu'elle. Mais il était tellement ivre qu'il ne savait probablement pas ce qu'il disait.

— En tout cas, je suis bien placé pour affirmer que tu ne couchais pas avec tous tes amis.

— En effet, et je n'ai jamais couché non plus avec une fille, si c'est ce que tu sous-entends. Même si l'une d'elles m'a proposé un jour une partie à trois. Je n'ai refusé que parce que son petit ami était un crétin fini.

— Pourquoi n'avoir jamais couché avec moi ?

— Tu ne me l'as jamais demandé.

— Tu aurais accepté ?

Tout d'abord, elle crut qu'il plaisantait, mais elle lut dans son regard qu'il était sérieux. Avait-il vraiment des vues sur elle à cette époque ? Se pouvait-il que les propos qu'il lui avait tenus la veille n'aient pas été que les propos d'un homme ivre ?

Elle ne chercha pas à obtenir les réponses à ses questions. A quoi bon ? Cela ne ferait aucune différence aujourd'hui.

— Non, finit-elle par répondre. Notre amitié comptait trop pour moi.

— Et celle de tes autres « amis » ne comptait donc pas ?

— Pas de la même façon. Pour moi, le sexe c'était… Je ne sais pas comment l'expliquer. Disons que c'était une façon de me libérer de l'autorité psychorigide que m'infligeait ma tante.

— Tu ressens la même chose aujourd'hui ? s'enquit-il.

— Non, j'en ai fini avec ça.

Elle marqua une pause, désireuse de mettre un terme à cette discussion qui la dérangeait.

— Je vais te laisser. Tu dois avoir envie de dormir encore un peu.

— Je me sens beaucoup mieux. Je vais plutôt aller prendre une douche.

— Tu as faim ? Je pourrais aller préparer quelque chose à manger.

— D'accord, mais léger, alors. Tu trouveras des sachets de soupe dans le cellier.

— Très bien. Le temps que tu prennes ta douche et ce sera prêt.

— A moins que tu ne me rejoignes ici avec un plateau, suggéra-t-il d'une voix enjôleuse.

— Je croyais que tu avais la gueule de bois ?

— Je viens de te le dire. Je vais beaucoup mieux.

Elle ne put s'empêcher de rire. Quand donc cesserait-il de lui faire du plat comme il le faisait ? Et quand donc cesserait-elle de brûler de lui céder ?

— La réponse est non, dit-elle néanmoins.

Il haussa les épaules, l'air désabusé.

— Qui ne tente rien n'a rien.

Il roula sur le côté et sortit du lit pour se diriger, nu, vers la salle de bains. Elle suivit des yeux ce corps d'athlète aux muscles saillants qui savait si bien éveiller en elle un désir intense.

Elle poussa un long soupir de frustration, puis se rendit dans la cuisine, non sans être passée avant voir dans quel état se trouvaient Jess et Maggie.

— Vous vous sentez d'attaque pour manger, les filles ? s'enquit-elle.

— Beurk ! Je peux à peine avaler ma salive, rétorqua Jess. Merci quand même.

— Moi aussi, je passe mon tour, renchérit Maggie. Sans compter qu'il est grand temps que je rentre chez moi.

— Si vous changez d'avis, n'hésitez pas.

Elle gagna le cellier, remarquablement bien organisé. C'était d'autant plus admirable pour un homme qui avait l'habitude de laisser traîner pendant des jours les boîtes de conserve qu'il venait d'acheter à la va-vite chez l'épicier du coin !

Une étagère entière était dédiée à des marques de soupe différentes, ce qui lui posa un problème. Quelle soupe préférerait-il ? Elle se rappela qu'il raffolait du potage à la tomate, mais son estomac déjà malmené par l'alcool ne le supporterait sans doute pas.

Zut ! Il fallait qu'elle remonte dans la chambre pour lui demander. Une fois en haut, elle se plaça devant la porte de la salle de bains, laissée sciemment ouverte, et lui posa la question. Sa réponse obtenue, elle s'apprêtait à franchir le seuil lorsque la voix de Nick la stoppa dans son élan.

— Terri, peux-tu m'apporter une serviette sèche ? Elles sont rangées dans le placard de la chambre.

— D'accord ! cria-t-elle.

Elle lancerait la serviette par-dessus la paroi vitrée de la douche, en prenant bien garde de détourner la tête, puis repartirait illico.

Malheureusement, Nick sortit avant qu'elle ait pu mettre son plan à exécution.

Alors qu'elle lui tendait le drap de bain, il la saisit par le poignet et l'entraîna tout habillée sous le jet d'eau chaude.

— Nick ! cria-t-elle en se débattant.

— On dirait que tu as besoin d'une bonne douche, toi aussi, dit-il d'une voix rauque de désir.

Elle aurait voulu le frapper, lui crier sa colère. Au lieu de cela, elle éclata de rire.

Il plaqua les mains sur ses fesses et un genou entre ses cuisses. Elle laissa échapper une petite plainte de plaisir, en même temps qu'elle rejetait la tête en arrière. Nick promena des lèvres avides sur sa gorge, puis sur ses seins qui s'étaient tendus à travers le tissu fin de son chemisier.

Elle ne chercha même pas à l'arrêter. Au contraire, elle s'entendit murmurer en lui mordillant le lobe de l'oreille :

— Je te préviens, c'est la dernière fois.

Il s'écarta pour darder sur elle son regard brûlant de désir.

— Déshabille-toi, lui intima-t-il.

Terri poussait son Caddie à travers les allées du supermarché, laissant tomber dedans, au gré de sa progression, les produits frais qui figuraient sur la liste établie par Nick la veille.

Lorsqu'elle vivait seule, elle se nourrissait en grande partie de plats surgelés, ce qui lui faisait d'autant plus apprécier les bons petits plats qu'il lui mitonnait régulièrement. Finalement, vivre à deux n'était pas aussi étouffant qu'elle l'aurait cru. Elle avait aussi craint de regretter son appartement, ce qui n'était pas le cas.

Depuis le départ de Jess, elle avait récupéré la chambre d'amis, mais dormir au côté de Nick lui manquait terriblement. Ce n'était pas qu'une question de sexe, un point sur lequel ils s'étaient accordés à dire qu'il n'en serait plus question aussitôt qu'elle aurait réintégré sa propre chambre.

Elle se retrouvait dépendante d'un contact physique qui était devenu quotidien, ainsi que de leurs discussions à n'en plus finir, après l'amour. Elle en arrivait à se dire que considérer Nick comme un simple colocataire n'était pas si simple. Peut-être au fond qu'elle attendait plus de lui.

Contrairement à Nick, qui paraissait se satisfaire pleinement de leurs petits arrangements. Il ne lui restait donc plus qu'à se persuader que son amitié éternelle lui suffirait, ce dont elle doutait de plus en plus, au fur et à mesure que la date de son test de grossesse approchait.

Tomber enceinte était devenu une obsession. Elle était attentive au moindre changement imperceptible de son corps, au moindre signe d'une future grossesse. Chaque matin, elle se contemplait nue devant le miroir, se palpait les seins. Elle était même allée jusqu'à introduire dans son alimentation des produits censés aggraver les nausées matinales afin de ressentir au plus vite les effets notoires d'une grossesse. En vain. Elle essaya de ne pas se décourager, mais restait malgré tout nerveuse. Et si ça ne marchait pas ? Ni ce mois-ci ni les suivants ? Et si elle découvrait qu'elle ne pourrait jamais avoir d'enfants ?

Lorsque de telles pensées lui traversaient l'esprit, elle se forçait à rester positive. Il fallait juste qu'elle fasse preuve de patience.

Rassérénée, elle se rendit au rayon hygiène féminine pour y prendre un test de grossesse. Elle opta pour le plus cher — selon elle, forcément plus précis — et sauta presque de joie en lisant sur la notice qu'il pouvait être lu quatre jours avant la date présumée de ses prochaines règles.

Le cœur battant, elle le déposa dans son charriot et finit ses courses à la hâte. Une fois arrivée à la maison, elle s'affaira à tout ranger avant de se précipiter aux toilettes. Son excitation retomba d'un coup, lorsque, ayant lu le mode d'emploi de plus près, elle apprit qu'il était indispensable de l'utiliser avec les premières urines du matin.

Au comble de la déception, elle le rangea dans un placard et tenta en vain de l'oublier.

Tard dans la soirée, et alors qu'elle regardait sans le voir l'écran du téléviseur, Nick sembla se rendre compte que quelque chose clochait dans son comportement.

— Tout va bien ? demanda-t-il. J'ai l'impression que tu es là sans l'être vraiment.

Se confier à lui présenterait au moins l'avantage de ne plus être la seule à avoir les nerfs en pelote.

— En faisant les courses, ce matin, j'ai acheté un test de grossesse. Malheureusement, je ne pourrai l'utiliser que demain matin.

— A quelle heure ? s'enquit-il.

Elle chercha à lire sur son visage les traces d'une quelconque émotion, mais il restait lisse et impassible.

— Au réveil.

Elle le vit alors sortir son téléphone portable de sa poche et pianoter sur les touches.

— Que fais-tu ?

— Je règle l'horloge.

— Sur quelle heure ?

Il leva sur elle son visage devenu radieux et lui sourit.

— Sur 5 heures.

12

Nick faisait les cent pas devant la porte de la salle de bains, aussi nerveux qu'un père attendant des nouvelles de sa femme en train d'accoucher.

Pourquoi était-ce si long ? Ne lui avait-elle pas dit qu'il suffisait de quelques minutes ?

La porte s'ouvrit enfin sur Terri, attendrissante dans son pyjama en coton trop grand pour elle.

— Alors ? demanda-t-il, au comble de l'impatience.

— Encore quelques minutes. Mais je suis incapable de rester là, à attendre le résultat.

— Combien de temps ?

— Trois minutes.

— Ne t'inquiète pas, dit-il d'une voix rassurante. Il sera positif.

— Si c'est le cas, te rends-tu compte que ce sera pour la vie ? Que jusqu'à la fin de tes jours tu auras la responsabilité de ce petit être ?

Ils avaient déjà eu cette discussion. Alors, que cherchait-elle à faire en abordant de nouveau ce sujet ? Le dissuader ?

— Je suis prêt, répondit-il fermement.

— Tu veux dire que, si ce test se révèle négatif, tu es aussi prêt à retenter le coup ?

— Terri, je suis parti pour aller jusqu'au bout.

— Pour de l'argent, ne put-elle s'empêcher d'ajouter.

— Ne crois-tu pas qu'il est un peu tard pour remettre en question mes motivations ?

— Tu as raison. Excuse-moi, je suis un peu nerveuse, en ce moment.

— N'oublie pas que nous nous sommes embarqués ensemble dans cette aventure. Alors, si tu n'as plus confiance…

— J'ai confiance. Je ne sais pas ce qui m'arrive ; ce doit être hormonal.

Elle consulta sa montre, sans pouvoir cacher son extrême fébrilité.

— C'est l'heure.

Elle fit un pas vers la salle de bains puis s'arrêta.

— Je ne peux pas, je suis trop anxieuse. Vas-y, toi.

— Dis-moi ce que je dois chercher.

— Le signe plus indique que c'est positif, le signe moins que c'est négatif.

— O.K., allons-y.

Il pénétra dans la salle de bains et s'empara du petit tube d'une main ferme. Il le retourna et y chercha le signe plus.

Bon sang !

— Alors ? demandait-elle déjà depuis la porte.

Bon sang ! Bon sang ! Bon sang !

Il revint vers elle en secouant la tête.

— Tu es certaine de l'avoir bien utilisé ?

— Certaine. Ce n'est pas comme si je m'en servais pour la première fois.

Il la regarda, surpris.

— Ah bon ?

— Oui ? J'ai eu quelques frayeurs à l'époque de la fac.

— Pourquoi ne m'en as-tu jamais parlé ?

— Quelle différence cela fait-il ? se défendit-elle d'un ton cassant.

Conscient de sa maladresse, il la prit dans ses bras et déposa sur ses cheveux un baiser plein de tendresse.

— Je peux faire quelque chose ? demanda-t-il avec douceur.

Elle secoua la tête, visiblement dépitée.

— Il est fréquent qu'un test effectué aussi tôt ne soit pas fiable. Ils préconisent d'en faire un autre à la date prévue des règles, récita-t-elle comme pour elle-même.

— Alors, rien n'est perdu ?

— Il y a seulement douze pour cent de chances, autant dire que je ne suis pas enceinte.

— Douze pour cent, c'est mieux que zéro, dit-il d'une voix qu'il espérait réconfortante. Tu referas un test mardi, ainsi nous serons fixés.

Nick tenta de garder une attitude positive toute la journée. Il fit tout son possible pour distraire Terri, pour éloigner d'elle ses pensées pessimistes. Il lui prépara son plat préféré, auquel elle toucha à peine, puis il lui proposa d'aller louer un de ces films romanesques dont elle raffolait, mais elle le regarda distraitement. Tous ses efforts restèrent vains. Elle passa la journée à ruminer ses idées noires.

A 23 heures, ils se séparèrent pour aller se coucher. A minuit, elle le rejoignait dans sa chambre.

— Nick, tu dors ? chuchota-t-elle.

Il s'assit dans son lit.

— Non. Tout va bien ?

Elle fit quelques pas dans sa direction.

— Je n'arrive pas à m'endormir. Je peux rester avec toi, juste cette nuit ? Je veux dire, pour dormir, pas pour…

Il rabattit les couvertures et tapota la place vide à côté de lui.

— Allez, viens.

Elle grimpa dans le lit et se recroquevilla contre lui, tremblante de froid.

— Désolée, dit-elle d'une petite voix.

— Tu as bien fait. J'aime dormir avec toi.

— Quand je pense que, pendant des années, j'ai tout fait pour dormir seule, dit-elle d'un air dégoûté.

— Ces deux derniers jours ont été éprouvants, dit-il pour la réconforter. Et puis, n'oublie pas que je serai toujours là pour toi.

— Maintenant. Mais viendra un temps où tu ne seras

pas toujours dans les parages. Il faudra bien alors que je me débrouille seule.

— Et où serai-je, selon toi ?

— Comme le disait très justement ma tante, si tu ne dépends de personne, on ne te laissera jamais tomber.

Nick eut du mal à croire qu'elle venait de prononcer ces mots, qu'elle puisse même les penser. Il savait qu'elle avait du mal à faire totalement confiance à quelqu'un, mais de là à remettre en question l'amitié qu'il lui portait !

— T'ai-je déjà fait faux bond ? demanda-t-il, un brin vexé.

— Non.

Il la sentit réticente à achever sa phrase.

— Alors, quoi ? Tu penses à tes parents ? A mon avis, ils n'ont pas vraiment voulu te laisser seule avec une tante acariâtre. C'est juste un sale coup du sort.

— Le résultat est le même : ils ne sont plus là.

— Terri…

— Je ne cherche pas à susciter ta pitié ou ta compassion, mais la réalité est bien celle-là, je n'ai plus de parents. On ne sait jamais ce qui peut arriver, alors mieux vaut se suffire à soi-même.

— Et moi, je dis qu'il vaut mieux avoir aimé et perdu que de ne jamais avoir aimé.

— Attends de perdre quelqu'un de cher et nous en rediscuterons.

Elle n'en parlait pas comme d'une possibilité, mais comme d'une fatalité. Il ne sut pas quoi lui répondre, quoi dire pour tenter de la faire changer d'avis. Et d'ailleurs, en avait-il seulement envie ?

Ils n'eurent pas besoin d'effectuer un second test de grossesse. Le lundi matin, les règles de Terri débutaient. Depuis que Nick la connaissait, il ne l'avait vue pleurer que quatre ou cinq fois. Mais, lorsqu'elle l'appela, ce matin-là, il la sentit terriblement abattue.

— Veux-tu que je rentre ? lui proposa-t-il gentiment.

— Non, répondit-elle en reniflant, la voix chevrotante. C'est stupide. Je savais que ça allait arriver, mais j'espérais quand même en secret. Je ne devrais pas être aussi bouleversée.

— Tu as le droit de l'être. Tu sais, moi aussi, je suis déçu. Nous essaierons de nouveau dans quinze jours, d'accord ?

— Tu es bien certain de vouloir te lancer dans une telle aventure ?

— Certain. Mais toi, as-tu bien conscience que tu vas devoir vivre encore un mois en ma compagnie ? T'en sens-tu capable ?

— Il est vrai que tu es si difficile à vivre ! le taquina-t-elle d'un ton plus léger.

Ils éclatèrent de rire à l'unisson, sachant tous les deux combien elle était loin de la vérité.

— Que veux-tu pour dîner ? Un repas préparé par mes soins ou un plat à emporter ?

— Une pizza. Du petit Italien au coin de la rue. Avec du jambon, des champignons et des anchois.

— Allons-y pour une pizza !

Il interrompit la conversation au bruit de coups frappés à sa porte. Son père entra sans attendre d'y avoir été invité.

Chaque fois qu'il le voyait, Nick se demandait ce qu'il avait fait de mal, conscient que cette réaction n'était due qu'à des vestiges de son enfance.

— Terri, je dois te laisser.

— Oui. Je… je t'aime.

— Je t'aime aussi. Je serai rentré vers 19 heures.

Il raccrocha et fixa son père sans ciller.

— Qu'y a-t-il ? demanda-t-il sans préambule.

— Je suis navré de te déranger, mais il faut que je te parle.

— Je t'écoute.

Leo referma la porte derrière lui et alla s'asseoir face à son fils. Il affichait un air sévère, bien loin de l'image souriante qu'il s'appliquait à toujours donner de lui.

— J'ai remarqué quelque chose récemment, annonça-t-il d'emblée. Et j'ai pensé que Tony et Rob t'avaient mis au courant.

— De quoi s'agit-il ?

— De tes oncles Tony et Dimitrio.

— Non, ils ne m'ont rien dit. Pourquoi ? Quelque chose ne va pas ?

— Tout ce que je sais, c'est que Tony et Dimitrio se parlent à peine et que, lorsqu'ils le font, il règne entre eux une certaine tension. Et, chaque fois que je veux aborder le sujet, ils jurent que tout va bien.

Nick hésita à lui rapporter ce que Terri lui avait confié, avant de choisir de se taire.

— Je ne sais pas, papa. En as-tu parlé à Rob et à Tony ?

— Tu es proche d'eux. J'ai pensé que ce serait mieux si c'était toi qui leur en touchais un mot.

Nick poussa un soupir excédé. Contrairement aux autres membres de sa famille, il détestait se mêler de ce qui ne le regardait pas.

— Ne le prends pas mal mais si, effectivement, il y a un problème, je préfère rester en dehors.

— Pourtant, je ne te demande pas grand-chose, répliqua Leo avec agacement.

— S'ils t'ont dit que tout allait bien, c'est sans doute parce qu'ils estiment que ce ne sont pas tes affaires.

— Si cela doit avoir un impact sur la société, alors oui, ça me regarde.

— Tu as remarqué quelque chose d'anormal ?

— Pas encore, mais…

— Au lieu de tirer des conclusions hâtives, le coupa Nick, laisse passer une semaine ou deux. Tu verras bien comment les choses évoluent. J'ai entendu *nonno* dire tellement de fois que, lorsque vous étiez petits, Tony, Dimitrio et toi vous disputiez tout le temps.

— Là, c'est différent, insista Leo.

— Attends un peu avant de t'alarmer, d'accord ? D'ici à

quelques jours, si tu es toujours inquiet, tu pourras essayer d'en parler à Rob et à Tony.

A contrecœur, Leo se convertit à sa cause.

— Tout va bien avec Terri ? demanda-t-il.

— Oui.

Du moins l'espérait-il. Car, depuis quelque temps, elle semblait plus… distante, plus fermée. Alors qu'ils avaient l'habitude de discuter pendant des heures, ils pouvaient désormais rester dans la même pièce sans qu'elle prononce un mot. Parfois, elle était si absorbée dans ses pensées qu'elle semblait même oublier sa présence.

Terri, sa meilleure amie, commençait à lui manquer terriblement. Il souhaitait qu'elle lui revienne très vite.

— Ta mère m'a dit que vous souhaitiez fonder une famille rapidement.

— Quand as-tu parlé à maman ?

Il vit son père hésiter avant de répondre.

— A ton mariage.

Nick eut le sentiment que son père lui mentait, que ce n'était pas à cette occasion que ses géniteurs avaient renoué le dialogue.

— Oui, finit-il par répondre. Mais il semble que cela doive prendre un peu plus de temps que prévu.

— Terri n'est donc pas enceinte ?

— Tu ne devrais pas écouter les ragots, papa. Ce n'est pas digne de toi.

Leo se leva, prêt à partir.

— Si mon fils me parlait, je n'en serais pas là, rétorqua-t-il sèchement.

Il sortit en claquant violemment la porte derrière lui.

Et, si tu n'avais pas été un mari et un père aussi odieux, je t'aurais peut-être parlé, songea Nick, amer.

Mais ces mots, il ne pourrait jamais les dire à son père, tant celui-ci était convaincu que ce qui lui arrivait était toujours la faute des autres.

Lorsqu'il rentra chez lui, ce soir-là, avec une pizza et une bouteille de vin rouge, il craignit de trouver Terri recroquevillée dans son lit, pleurant à chaudes larmes. Aussi fut-il agréablement surpris de la surprendre dans son bureau, tellement absorbée dans son travail qu'elle ne l'entendit même pas entrer.

— La pizza de madame est servie, annonça-t-il d'un ton joyeux.

Elle se tourna vers lui et lui adressa un sourire plein de tendresse.

— Salut. Il est déjà 19 heures ?

Le stress et les frustrations de la journée se dissipèrent d'un coup. Il se sentit soudain heureux. S'il en était toujours ainsi lorsqu'il était en sa présence, c'était la première fois qu'il appréciait ce moment de bonheur à sa juste valeur.

— J'ai quelque chose à te montrer, dit-elle. Mais d'abord…

Elle se leva de son siège pour aller l'étreindre.

— A quoi dois-je cet accès de tendresse ? s'enquit-il, ému.

— A la patience dont tu fais preuve avec moi, ainsi qu'à ta merveilleuse amitié. Nous avons traversé de sacrés changements en peu de temps ! Tout est allé si vite que nous n'avons même pas eu le temps de nous y préparer. J'avoue que j'ai ma part de responsabilité. Tomber enceinte était devenu une obsession et j'avais l'impression que, si je n'y arrivais pas à la date que je m'étais fixée, je n'y arriverai jamais. Le moindre contretemps me rendait anxieuse.

— Je l'ai remarqué, figure-toi. C'est vrai que ces derniers temps tu n'étais plus toi-même.

— Je sais. Mais j'ai repris mes esprits. Je redeviens la Terri que tu as toujours connue. Promis.

— Tant mieux. Tu m'as tellement manqué !

Elle lui adressa un sourire radieux, avant de désigner du menton le calendrier qu'elle avait accroché au mur, au-dessus de sa table de travail.

— Tu vois ces dates que j'ai surlignées en rouge ?

— Oui.

— Sais-tu ce que c'est ?

— Euh… les fêtes de Noël ?

— Ma période d'ovulation.

Nick éclata de rire.

— Tu es sérieuse ?

— Ce serait un merveilleux cadeau de Noël, tu ne crois pas ?

— Le plus beau des cadeaux, renchérit-il.

— Et cette fois, je suis sûre que ça marchera.

— Et si ce n'est pas le cas ? demanda-t-il avec un brin d'anxiété.

— Si ça ne marche pas, nous essaierons de nouveau en janvier. Je ne veux plus être sous pression. Je veux que les choses se fassent naturellement.

Il l'enveloppa de ses bras, un sourire confiant aux lèvres. L'optimisme retrouvé de Terri était communicatif.

Alors que Nick pensait que les choses avaient repris leur cours, Terri lui réserva une surprise dont elle avait le secret.

Lorsqu'il rentra chez lui, quelques jours plus tard, il trouva l'appartement plongé dans le plus grand silence. Terri ne se trouvait ni dans son bureau, ni dans sa chambre, ni dans la cuisine. Elle n'était nulle part et ne lui avait laissé aucun mot expliquant son absence.

Juste au moment où il allait lui passer un coup de fil, il entendit le bruit caractéristique des jets hydrauliques provenant de sa salle de bains.

Il gagna sa chambre et appela.

— Terri ?

— Je suis là, répondit-elle.

Il poussa la porte de la salle de bains, restée entrouverte, et entra. Elle était plongée jusqu'au cou dans une eau mousseuse qui laissait deviner ses formes harmonieuses. Il sentit le désir l'envahir instantanément.

— La baignoire est bouchée ? demanda-t-il un peu bêtement.

— Non, répondit-elle en lui souriant.

D'accord. Elle était dans sa baignoire, parce que…

— Je suis venue là car, si nous voulons nous donner plus de chances de devenir parents, je pense que nous devrions nous entraîner.

— Si j'ai bonne mémoire, c'est une proposition que je t'avais faite et qui s'était soldée par une fin de non-recevoir.

— Eh bien, j'avais tort.

— Théorie très intéressante. Mais si tu me donnais la véritable raison de ta présence ici ?

Terri aurait dû savoir qu'elle ne duperait pas Nick aussi facilement. Il attendait d'elle une honnêteté qu'elle lui devait bien.

— L'heure n'est plus au jeu de cache-cache, Terri. Si, après vingt ans d'amitié, tu ne peux pas faire preuve de franchise avec moi…

— Tu me manques, lâcha-t-elle d'un coup. Je sais bien que nous n'étions pas censés dépasser le simple cadre de l'amitié, mais je ne peux pas empêcher mes sentiments d'évoluer.

— Dois-je comprendre que tu souhaites que nous entretenions une relation sexuelle en dehors de ta période d'ovulation ?

C'était en effet ce qu'elle souhaitait. Elle était fatiguée de se battre, fatiguée de faire comme si Nick ne lui manquait pas jour et nuit.

— Si tu estimes que ce n'est pas une bonne idée…, avança-t-elle presque timidement.

— Je n'ai rien dit de tel.

Il retira sa veste de costume et alla l'accrocher à la patère qui se trouvait près de la douche.

— Je sais bien que ça ne fait pas partie du plan, reprit-elle, mais je pense que faire abstinence pendant neuf mois relève de la plus totale utopie. J'aime faire l'amour et, en ce qui nous concerne, ça marche plutôt bien entre nous. Qu'en penses-tu ?

— Tu ne crois pas que cela pourrait créer des complications ?

— Pourquoi, puisque nous voulons la même chose ?

Elle hésita un bref instant avant d'ajouter :

— Avoir un bébé tout en restant libres.

Il abaissa le battant des toilettes pour s'y asseoir et demanda d'un ton égal :

— Je croyais que tu étais toujours en quête de l'homme idéal.

— J'ai changé d'avis. J'ai décidé, au lieu de le chercher, de le laisser me trouver. Et puis, il n'y a pas urgence.

— Comment vois-tu les choses, une fois que le bébé sera arrivé ?

— Nous divorcerons, comme convenu.

— Et nous reprendrons chacun notre vie ?

Elle haussa négligemment les épaules.

— Je ne vois pas pourquoi nous y renoncerions.

Il fixa sur elle un regard sceptique.

— Tu supporterais de me voir fréquenter d'autres femmes ?

— Je t'ai déjà vu avec plein de femmes et ça ne m'a jamais posé de problèmes.

Quoique, à bien y réfléchir, ça lui ferait sans doute un drôle d'effet. Mais elle avait confiance, elle s'habituerait. Elle s'habituait à tout. Sans compter que revenir à une relation platonique serait un réel soulagement.

Le mutisme de Nick indiquait sans doute qu'il n'adhérait pas à cette idée. D'ailleurs, depuis quelque temps, elle avait remarqué qu'il n'était plus aussi tactile qu'avant. Ses mains, d'habitude volontiers baladeuses, étaient devenues bien sages. Et, même lorsqu'elle était venue le rejoindre dans son lit l'autre nuit, il n'avait pas cherché à éveiller son désir.

Toujours assis, il posa les coudes sur ses genoux et le menton dans ses mains. Perdu dans ses pensées, il semblait chercher une façon délicate de lui annoncer un refus.

Un nœud se forma dans son estomac, tandis qu'elle comprenait à quel point elle s'était couverte de ridicule avec sa proposition indécente. Tant pis ! Il était trop tard pour faire marche arrière, à moins de se ridiculiser un peu plus.

— Tu es sûre de toi ? dit-il enfin.

Elle opina du chef, sentant poindre une lueur d'espoir.

— Vraiment sûre ?

— Vraiment sûre, confirma-t-elle sans hésiter.

— Parce que devoir m'abstenir de te toucher au cours de ces dix derniers jours m'a fait vivre un véritable enfer. Aussi, je te demanderai de ne plus changer d'avis. Soit tu acceptes que nous soyons amants, soit tu refuses. C'est tout ou rien. D'accord ?

— D'accord, acquiesça-t-elle sans l'ombre d'une hésitation.

— Maintenant que l'accord est scellé, dit-il en défaisant sa cravate, pousse-toi un peu et fais-moi une place.

13

— Nick ! Reviens un peu sur terre !

Nick sursauta en quittant des yeux le carnet de notes sur lequel il griffonnait des esquisses pour tromper son ennui.

Chaque membre assis autour de la table de conférences — son père, ses oncles ainsi que ses cousins Rob, Tony et Elana — avait le regard fixé sur lui.

— Excusez-moi.

— As-tu écouté un seul mot de ce que nous avons dit ? aboya Leo, comme s'il s'adressait à un enfant difficile plutôt qu'à l'adulte qu'était devenu son fils.

— Les ventes de ces trois derniers mois sont en baisse, récita mécaniquement Nick.

— C'est tout ? Tu n'as rien entendu d'autre ?

— Désolé. Je n'ai pas beaucoup dormi la nuit dernière.

— Tu ne pouvais pas prendre un somnifère ? lui reprocha encore Leo.

— Leo, je te rappelle qu'il vient juste de se marier, le défendit Dimitrio. Donc, il n'est pas censé dormir beaucoup.

Il ne croyait pas si bien dire. Terri l'avait tenu éveillé jusque tard dans la nuit, sachant qu'à partir du lendemain ils devraient s'abstenir jusqu'à sa période d'ovulation. Il n'aurait jamais cru une chose pareille, mais finalement il n'était pas mécontent de faire un break.

Si, depuis le premier jour de leur lune de miel, Terri avait prouvé qu'en effet elle aimait le sexe, depuis une semaine, elle se montrait insatiable. Ils faisaient l'amour le matin, puis, s'il n'avait pas de déjeuner professionnel, il rentrait à la maison et ils recommençaient. La veille, il lui avait demandé de venir lui apporter un dossier qu'il avait oublié à la maison. Il avait tout de suite compris, à la lueur ardente qui brillait dans ses yeux, qu'il allait devoir se soumettre à son désir.

Ils donnaient libre cours à leurs pulsions lorsqu'il rentrait du bureau, puis invariablement dès qu'ils étaient au lit. Ils faisaient l'amour partout. Sous la douche, dans la baignoire, sur le canapé, sur la table de la cuisine. Rien n'arrêtait le désir intense qu'ils éprouvaient l'un pour l'autre.

S'il ne se plaignait pas de cette frénésie amoureuse, en revanche, il accusait une fatigue intense.

— Nous envisageons de faire appel à un consultant, entendit-il. Quelqu'un de l'extérieur saura poser sur la société un regard neuf. Il nous faudrait quelqu'un qui sache nous aider à moderniser notre stratégie commerciale sans perdre de vue l'essence même de notre entreprise.

— Tu penses à quelqu'un en particulier ? demanda Nick, qui avait remarqué que Rob, en tant que directeur du marketing, ne paraissait pas enchanté par cette suggestion.

— Elle s'appelle Caroline Taylor. Elle est actuellement en poste sur la côte ouest et m'a été chaudement recommandée. Cela étant dit, ses prétentions ne sont pas négligeables.

— Raison de plus pour ne pas gaspiller notre argent et notre temps, intervint Rob.

Nick comprenait d'autant mieux les réticences de son cousin qu'il s'imaginait à sa place. Si on lui annonçait qu'on allait lui imposer la présence d'un autre artisan chocolatier, il ne faisait aucun doute que cela froisserait aussi son ego.

— Mon fils, fit Dimitrio, cela ne remet absolument pas en cause tes compétences. Faire appel à des consultants est chose courante dans les sociétés.

Bien qu'opposé à cette idée, Rob ne fit aucun commentaire.

— Si je comprends bien, vous l'avez déjà contactée, pointa Nick.

— Oui et nous avons beaucoup de chance. La société pour laquelle elle travaille actuellement est sur le point de déposer le bilan. Ce qui veut dire qu'elle pourra se libérer très vite. Nous devons lui donner une réponse en fin de semaine.

Toute l'assemblée approuva, à l'exception de Rob.

— Bien, conclut Dimitrio. Le bureau communiquera demain sa décision finale.

A peine ces derniers mots prononcés, l'oncle Tony se précipitait vers la sortie. Nick avait remarqué qu'il n'avait pas ouvert la bouche durant toute la réunion. Son père avait peut-être raison, lorsqu'il prétendait que les deux hommes étaient en froid.

Tandis qu'il regagnait son bureau, il fut rejoint dans le couloir par Rob.

— Alors, toujours pas de bébé en vue ? s'enquit ce dernier.

— Non. Ça n'a pas marché.

— Désolé pour toi, mon vieux. Comment Terri l'a-t-elle pris ?

— Pas très bien au début, mais ça va mieux maintenant.

— En dehors du travail, nous ne te voyons pas beaucoup ces derniers temps.

— Que veux-tu, c'est le sort de tous les hommes mariés, plaisanta Nick. Mais nous pourrions prévoir une sortie, après les fêtes.

— Ce serait chouette, acquiesça Rob d'un air distrait.

— Un problème, Rob ?

— Je te dois des excuses.

— A quel sujet ?

— Lorsque tu nous as annoncé que tu allais épouser Terri, au lieu de te féliciter je t'ai accusé d'avoir manigancé ce mariage. Or il suffit de vous voir pour comprendre que vous êtes réellement amoureux. Si tout le monde pouvait vivre une histoire aussi belle, il n'y aurait plus de divorces dans la famille. Tu n'as pas idée de la chance que tu as !

— Détrompe-toi.

Car plus il pensait au divorce, moins cette perspective le réjouissait. Jamais il ne s'était senti aussi proche ni aussi complice de Terri. Jusque-là, ses relations avec les femmes n'avaient jamais excédé deux mois. Très vite, il se lassait d'elles et s'ennuyait en leur compagnie. Avec Terri, au contraire, il regrettait que les jours ne comportent que vingt-quatre heures.

— Lui as-tu déjà acheté un cadeau pour Noël ?

— Non, pas encore. Mais j'ai ma petite idée.

— Ce sera votre premier Noël en tant que couple. Il va falloir marquer le coup.

— Ne t'inquiète pas pour ça, le rassura Nick.

Le samedi précédant Noël, Nick et Terri bravèrent la foule et les chutes de neige pour boucler leurs courses. Tous deux avaient été tellement pris par leur travail respectif qu'ils n'avaient même pas eu le temps de faire l'emplette d'un sapin. A si peu de temps des fêtes, ils trouvèrent plus raisonnable d'en acheter un artificiel, de petite taille, qu'ils placèrent, sitôt de retour à la maison, au beau milieu de la table basse du salon.

Terri redonna du volume aux branches, puis alluma les lumières. Elle s'assit ensuite sur ses talons pour juger de l'ensemble.

— Pas si mal, décréta-t-elle, non sans fierté.

— Avec quoi allons-nous le décorer ? s'enquit Nick.

— Ta mère a une boîte remplie de décorations. Elle l'a mise de côté pour nous.

— Veux-tu que j'aille la chercher ?

— Si cela ne t'ennuie pas trop.

— Alors je ne m'attarde pas plus. Ils ont prévu de nouvelles chutes de neige pour ce soir.

— Va vite.

— Veux-tu venir avec moi ?

— Je voudrais bien, mais je ne peux pas. J'ai encore une tonne de paquets à faire. D'ailleurs, tu devais m'aider.

— A toi de choisir. Emballage de cadeaux ou décorations de Noël.

Elle fit mine de réfléchir, avant de trancher :

— Décorations.

— Bien. Cette fois, j'y vais, dit-il en se levant du canapé.

Elle l'accompagna jusqu'à la porte et le regarda enfiler son pardessus, puis vérifier qu'il avait bien son portefeuille et ses clés dans sa poche.

— As-tu besoin d'autre chose tant que je serai dehors ?

— Tu pourrais rapporter quelque chose pour le dîner.

— Tu ne préfères pas cuisiner toi-même ? Mettre en application ce que je t'ai appris cette semaine serait une bonne chose.

— A toi de voir si tu préfères un plat réchauffé au four à micro-ondes ou des œufs brouillés carbonisés.

— Je vois. Que dirais-tu d'un repas thaïlandais ?

— J'en salive d'avance.

Elle s'enroula autour de lui avec une grâce de chatte pour lui donner un baiser passionné.

— Eh ! protesta-t-il en s'écartant. Ce n'est pas loyal. De plus, je te rappelle que nous devons attendre encore deux jours.

— Je sais. Je tiens juste à rester vigilante.

Il ouvrit la porte, mais se retourna au moment de sortir pour contempler le petit arbre qui trônait fièrement sur la table.

— Tu es sûre de ne pas vouloir un vrai sapin ? Je sais que tu es très attachée à cette tradition.

— Nous en achèterons un l'année prochaine, dit-elle d'un ton léger. Sois prudent sur la route.

Alors qu'il était dans l'ascenseur, les mots de Terri résonnaient encore à ses oreilles.

Nous en achèterons un l'année prochaine.

Voulait-elle dire par là que, dans un an à la même époque, ils vivraient encore ensemble ? Que peut-être même ils seraient encore mari et femme ? Il devait bien admettre que cette idée lui avait aussi traversé l'esprit mais, n'ayant pas lui-même de réponse à cette question, il avait préféré repousser la discussion à plus tard.

Il resta quelques minutes assis au volant de sa voiture sans démarrer, songeant à la signification d'un vrai mariage. Seraient-ils capables de passer toute leur vie ensemble ?

Toute une vie, c'était beaucoup.

Il conduisit comme un robot jusqu'à la résidence où vivait sa mère, avant de revenir brutalement sur terre lorsqu'il aperçut la voiture de son père garée à proximité.

Il frappa à la porte, passablement contrarié. N'obtenant pas de réponse, il utilisa sa clé pour entrer. Il s'attendait à des éclats de voix, mais au lieu de ça lui parvinrent les airs d'une musique classique qu'on avait mise en sourdine et auxquels se mêlaient des plaintes étouffées.

Bon sang ! Ils avaient remis ça !

Il imaginait déjà avec horreur des dents cassées, des membres fracturés, des visages tuméfiés.

Sans plus attendre, il courut jusqu'à la chambre de sa mère et ouvrit à la volée la porte restée entrouverte. Ce ne fut que lorsqu'il vit ses parents nus dans le même lit qu'il comprit que ce qu'il avait pris pour des plaintes de douleur étaient en fait des gémissements de plaisir.

Nick jura tout bas, en même temps qu'il se couvrait les yeux des deux mains. Il vivait ce que chaque enfant redoute de voir un jour : ses parents en train de le faire.

Il entendit un froissement de draps, puis la voix réprobatrice de sa mère.

— Pour l'amour du ciel, Nick ! Que fais-tu ici ?

Il laissa retomber ses mains, soulagé de voir que ses parents avaient couvert leurs corps dénudés.

— Ce que je fais là ? Ou ce que lui fait là ? dit-il d'une voix irritée. Pouvez-vous me dire…

Il ne put aller plus loin, encore sous le choc de la scène dont il venait d'être témoin.

— Pouvez-vous me dire ce qui se passe ?

— Tu ne le vois donc pas ? demanda sa mère, non moins irritée. Tes parents font l'amour.

Entendre la chose effectivement mise en mots le rendit encore plus mal à l'aise.

— Mais vous ne pouvez pas faire ça.

— Manifestement si, ricana son père, qui paraissait bien s'amuser de cette scène vaudevillesque.

— Nicky, ajouta Judith d'une voix radoucie. Nous sommes deux adultes consentants. Nous pouvons donc faire ce qui nous plaît.

Nick huma l'air, captant les effluves d'une substance illicite.

— Je rêve ! Vous avez fumé du cannabis ?

— Comme tu n'en fumeras jamais, rétorqua sa mère mi-figue, mi-raisin. D'ailleurs, rien ne vaut un bon joint pour calmer les douleurs lombaires de ton père.

Nick avait l'impression de vivre un cauchemar qui ne faisait qu'empirer de seconde en seconde.

— Mais vous vous détestez ! insista-t-il.

— Si nous avons eu quelques différends par le passé, cela ne signifie pas pour autant que nous nous détestons. Et, même si notre mariage s'est soldé par un échec, il y a toujours eu une bonne entente sexuelle entre nous.

Nick détourna prestement le regard à la vue de la marque rouge imprimée sur le biceps de Leo.

— Si tu allais mettre la bouilloire en route ? lui souffla sa mère. Nous te rejoignons dans quelques minutes.

Nick acquiesça, priant le ciel pour qu'ils ne prennent pas le temps de finir ce qu'ils avaient commencé.

Il se rendit dans la cuisine et ôta son manteau, qu'il plaça sur le dossier d'une chaise. Il composa ensuite le numéro de Jess, qui décrocha à la deuxième sonnerie. Sa voix était couverte par des hurlements d'enfants surexcités.

— Oui, Nick. Qu'y a-t-il ? s'enquit-elle d'un ton excédé.

— J'ai besoin de te parler, répondit-il à voix basse.

— Quoi ? cria-t-elle. De quoi as-tu besoin ? Attends, je vais trouver un coin plus tranquille.

Pendant qu'il patientait, Nick alla remplir la bouilloire et la mit à chauffer.

— C'est bon, dit Jess. Nous pouvons parler maintenant.

— Où t'es-tu cachée pour avoir la paix ?

— Dans le placard de l'entrée, mais je n'en ai pas pour longtemps avant que ces petits monstres ne découvrent ma planque.

— Figure-toi que je viens de surprendre papa et maman en train de faire l'amour. En plus, ils ont fumé de l'herbe.

Elle resta silencieuse quelques secondes, avant de demander :

— Ensemble ?

— Oui. Ensemble.

— Comment t'es-tu sorti de cette situation délicate ?

Il lui raconta tout par le menu, s'attendant à ce qu'elle exprime la même réaction horrifiée que lui quelques minutes plus tôt. Au lieu de ça, elle éclata d'un rire incontrôlable.

— Je ne vois pas ce qu'il y a de drôle dans tout ça, dit-il, agacé. C'était même… affreux !

— Mais non. C'est juste drôle.

— Je crois que tu n'as pas bien compris. Papa et maman couchent ensemble.

— J'ai bien compris. Ce que je comprends moins, c'est ta réaction démesurée. Tu aurais préféré les surprendre en train de s'entretuer ?

— Non. Mais… ils se détestent.

— Visiblement, c'est tout le contraire et tu devrais t'en réjouir.

— Et s'il la fait encore souffrir ?

— Tu crois vraiment que maman a été la seule à souffrir de leur divorce ?

En tout cas, c'était le souvenir qu'il en gardait. Mais l'arrivée de son père dans la cuisine mit un terme à la discussion.

— Je dois te laisser, dit-il. Je te rappellerai plus tard. Où est maman ? demanda-t-il après avoir raccroché.

— Elle s'habille.

Leo passa devant son fils pour aller se servir un verre d'eau fraîche. Il semblait avoir ses habitudes dans cet appartement qui n'était pourtant pas le sien. Depuis quand cette histoire durait-elle ?

— Qu'est-ce que tu fais, papa ? demanda-t-il d'un ton brusque.

— Eh bien, comme tu peux le constater, je me sers un verre d'eau. Tu en veux un ?

— Tu sais très bien ce que je veux dire. Après ce que tu as fait à maman et à tes enfants, tu n'as plus aucun droit.

Leo finit son verre d'un trait, avant de le placer dans l'évier puis de se tourner vers son fils, bras croisés haut sur son torse encore musculeux.

— Tu as vingt-neuf ans, Nick. Ne crois-tu pas qu'il est temps de grandir un peu ?

Ces mots lui firent l'effet d'une gifle et le laissèrent muet.

— Je sais bien que je n'ai pas été le meilleur des pères ni le meilleur des maris, mais tu ne penses pas qu'il faille passer l'éponge ? Tout le monde m'a pardonné, Nick. Sauf toi.

Nick ne trouva rien à répondre à cela. A quoi bon ? Tout ce qu'il pourrait dire passerait pour immature et insignifiant.

La bouilloire commençait à siffler lorsque sa mère arriva à son tour, toute de rose vêtue.

— Qui veut une tasse de thé ? demanda-t-elle d'une voix enjouée.

— Une autre fois, dit Leo en l'embrassant, avant de partir.

Nick trouva la scène à la fois dérangeante et naturelle. En effet, ces deux-là avaient l'air d'être heureux.

Depuis quand vivaient-ils cette liaison ? Et comment n'avait-il rien vu venir ?

14

— Un thé ? proposa de nouveau Judith après le départ de Leo.

— Oui, merci, s'entendit répondre Nick.

Il aurait préféré un alcool fort.

— Assieds-toi, lui intima-t-elle en désignant la table d'un geste de la main.

Il obéit comme un enfant sage et la regarda placer devant lui du sucre et du lait, puis une tasse de thé fumant.

— Alors, à quoi dois-je cette visite inopinée ?

L'espace de quelques secondes, il fut incapable de se rappeler la raison de sa venue.

— Je suis venu chercher les décorations pour notre affreux petit sapin de Noël, finit-il par dire lorsqu'il eut recouvré la mémoire.

— D'accord. Mais avant, sache que, lorsque tu sonnes à ma porte et que je ne réponds pas, cela signifie que tu dois repasser plus tard.

Il avait bien compris la leçon et n'était pas près de l'oublier.

— Tu as raison. Excuse-moi. Mais, quand j'ai vu la voiture de papa sur le parking, je me suis inquiété pour toi.

— Tu ne me croyais tout de même pas vraiment en danger ?

Ces mots prononcés tout haut lui firent prendre conscience du ridicule de la situation.

— A vrai dire, je ne sais plus quoi penser. Tout est embrouillé dans ma tête.

— Oh ! chéri ! dit-elle en plaçant sur la sienne une main réconfortante. Terri et toi traversez une mauvaise passe ?

— Pas exactement.

Emue par la détresse qui pointait derrière ces deux petits mots, elle pressa tendrement ses doigts.

— Crois-en ma vieille expérience, le mariage n'est pas simple. Et, s'il y a une chose que j'ai comprise, c'est qu'il ne faut jamais rompre le fil de la communication.

— Mais si les choses vont trop bien ?

— Comment ça, « trop bien » ?

Il s'était trahi, mais il ne pouvait plus reculer. Et puis, il ressentait le besoin impérieux de se confier à quelqu'un. Qui mieux que sa mère pourrait le comprendre ?

— En dépit de ce que tout le monde croit, notre mariage n'est pas censé durer.

Elle cligna des yeux, perplexe.

— Explique-toi. Je ne comprends pas.

— Terri voulait un enfant et, pour cela, elle avait l'intention de faire appel à un donneur.

— Je suis au courant. Elle et moi en avions discuté.

— Pourquoi utiliser un donneur quand elle pouvait utiliser quelqu'un qu'elle connaissait ? En l'occurrence, moi.

Il n'osa pas lui parler des dix millions à la clé. Car, s'il assumait le fait que toute sa famille soit au courant de l'arrangement passé avec Terri, il ne pouvait prendre le risque que sa mère révèle le pacte passé avec *nonno.* Ce serait signer son arrêt de mort.

— Si je comprends bien, dit-elle avec raideur, tout cela a été soigneusement prémédité.

— Tu es furieuse ?

— Non. Enfin… oui.

Elle se leva si brusquement que le tabouret sur lequel elle était assise tomba sur le sol avec fracas.

— Maman…

— Je suis profondément déçue, dit-elle en faisant les cent pas derrière lui. Comment as-tu pu mentir de façon aussi éhontée à toute ta famille ?

— Personne n'est au courant, plaida-t-il pour sa défense.

Une claque à l'arrière de son crâne lui répondit, si violente qu'il aurait pu jurer que sa tête allait exploser.

— Maman ! gémit-il en frottant la zone endolorie.

Judith se rassit, nettement plus calme.

— Ah ! Je me sens mieux !

— Je suis désolé, d'accord ? Nous ne voulions faire de mal à personne. Mais tu sais à quel point Terri voulait un enfant. Et puis, je t'ai entendue dire un million de fois que tu considérais Terri comme ta propre fille. Préférerais-tu que son bébé soit le fruit d'un donneur de sperme ou de ton fils ?

— Vous semblez si amoureux, si heureux ! Vous ne pouvez pas simuler un tel bonheur d'être ensemble tout de même !

— Tu as peut-être raison.

— Tu l'aimes ?

— Je crois bien.

— Et Terri ?

— Elle clame haut et fort qu'on ne doit dépendre de personne, au risque de se retrouver seul un jour.

— A vrai dire, cela ne me surprend pas vraiment. Elle a déjà tellement souffert, la pauvre !

— Pourtant, et en dépit de ce qu'elle soutient, elle fait des projets pour Noël prochain, ce qui me fait penser qu'elle ne tient pas à ce que nous divorcions. En ce qui me concerne, je préfère être sûr de mes sentiments pour ne pas me réveiller un jour en me disant que j'ai fait la plus grosse bêtise de ma vie. Car alors, je perdrais non seulement ma femme mais également mon amie.

— Tous les mariages ne finissent pas mal, Nick. Dieu merci.

— Maman, ce n'est pas moi qui vais t'apprendre que notre famille n'est pas un modèle de stabilité. Ton mariage avec papa a tourné au désastre. Quant à celui de Jess, il prend une mauvaise tournure.

— Nicky, la différence avec le couple que Terri et toi formez, c'est que ton père et moi n'étions pas amis. Notre mariage n'était basé que sur le sexe et cela est loin de suffire. Quant à ta sœur, elle était si déterminée à prouver qu'elle n'était pas comme ses parents, qu'elle ne commettrait pas les mêmes erreurs, qu'elle s'est précipitée dans une relation sans s'y être préparée. Aussi, lorsque les premières difficultés ont surgi, elle n'a pas su les gérer. Je reconnais ma part de responsabilité. Je n'ai pas été le modèle que les bonnes mères doivent être pour leurs filles. Ce n'est que récemment que j'ai découvert ce que devrait être une vraie relation entre un homme et une femme. Et sais-tu quel a été le déclencheur de cette prise de conscience ?

Il secoua la tête.

— Terri et toi.

— Tu es sérieuse ?

— Vous devez bien être les seuls à ne pas voir ce que tout le monde voit. Vous êtes faits l'un pour l'autre, mon chéri.

— Tu vas trouver ma question stupide, mais pourquoi avoir voulu des enfants si papa et toi ne vous entendiez pas ?

— Parce qu'on pense toujours que les enfants vont vous rapprocher. Ça marche un temps et puis, lorsque les choses vont de nouveau mal, on en fait un autre. Et un jour, il faut se rendre à l'évidence : le moment de la séparation est venu.

Etait-ce la raison pour laquelle Jess avait quatre enfants alors que son mariage battait de l'aile ?

— En fait, si je comprends bien, tu as eu tes enfants dans l'unique espoir de sauver ton mariage ?

— Bien sûr que non ! J'étais aux anges lorsque j'ai su que j'étais enceinte. A chacune de mes grossesses, j'exultais. Vous avez illuminé ma vie et parfois, lorsque l'envie me prenait de fuir un mari qui me rendait malheureuse, vous étiez mon unique raison de rester.

Elle lui caressa tendrement la joue.

— Toi et tes sœurs m'avez procuré un immense bonheur.

— Si tu étais aussi malheureuse que tu le dis, pourquoi être restée si longtemps avec papa ?

— Je venais d'un foyer désuni et je voulais vous éviter de vivre la même chose. Je pensais que, si je ne pouvais pas être heureuse, le moins que je puisse faire était d'offrir à mes enfants un foyer stable avec deux parents.

— Maman, tu sais bien que notre famille était tout sauf stable.

L'évidence lui arracha un profond soupir.

— Je sais, pourtant je devais essayer. Et tu ne sauras jamais à quel point ton père et moi regrettons de vous avoir fait endurer une situation aussi pénible. Nous avons fait ce que nous pensions être le mieux pour vous. Malheureusement, nous avons échoué.

— Et ce que vous faites actuellement, c'est ce que vous pensez être le mieux pour vous ?

Elle haussa négligemment les épaules.

— Tout ce que je sais, c'est que nous passons de bons moments ensemble. Nous prenons enfin le temps de discuter, de rire et, pour la première fois, j'ai l'impression que ton père me comprend vraiment. Sans parler du sexe qui…

Nick leva la main pour l'interrompre.

— C'est bon, maman, je ne veux pas savoir.

— Bref, conclut Judith en souriant, le fait est qu'aujourd'hui il me rend heureuse. Peut-être avions-nous besoin de grandir, nous aussi. Une chose est sûre, c'est que nous sommes les meilleurs amis du monde. Pour en revenir à toi, il est temps que tu saches avec certitude si tu aimes Terri ou non.

— Bien sûr que je l'aime ! Nous sommes amis depuis plus de vingt ans.

— Je veux dire : es-tu amoureux d'elle ?

— A vrai dire, je ne sais pas faire la différence.

— Alors, laisse-moi t'aider. Quelle est la première personne à laquelle tu penses le matin, en ouvrant les yeux ?

La réponse était facile.

— Terri.

— Et, lorsque tu n'es pas avec elle, combien de fois par jour penses-tu à elle ?

— Si je pouvais, je passerais toutes mes journées avec elle.

— Maintenant, essaie de trouver un seul mot capable de décrire ce que tu ressens lorsque tu es en sa présence.

Le mot lui vint spontanément aux lèvres.

— Complet. C'est ça. Lorsque je suis avec elle, je me sens complet.

— Une autre femme t'avait-elle déjà fait ressentir cela ?

— Non, admit-il sans hésitation.

— Dernière chose : essaie de l'imaginer avec un autre homme.

Impossible. Personne ne connaissait Terri aussi bien que lui, ne pourrait l'aimer avec la même intensité.

Sa réponse devait s'être inscrite sur son visage, car sa mère lui demanda en souriant :

— A ton avis, Nicky, quelle est la signification de tous ces indices ?

La réponse lui apparut enfin, évidente. Non seulement il aimait Terri, mais il était amoureux d'elle. Il secoua la tête, conscient de la stupidité dont il faisait preuve.

— Je suis un véritable crétin.

Sa mère lui tapota gentiment la main.

— Rassure-toi, les hommes le sont souvent, dès qu'il s'agit d'exprimer leurs sentiments.

— Et si Terri ne me fait toujours pas confiance ? Si elle croit que je vais l'abandonner, un jour ou l'autre ?

— Si tu la connais aussi bien que tu le prétends, tu parviendras à la convaincre de ta bonne foi. Et, pendant que tu y es, essaie donc d'être un peu plus indulgent avec ton père. Tout le monde fait des erreurs.

— Certains plus que d'autres, ne put-il s'empêcher de contrer.

— Ne crois-tu pas que tu l'as assez puni ? S'il te plaît, Nick, fais-le pour moi. Donne-lui une chance de s'amender.

Au fond, il était fatigué de porter en permanence cette animosité. Si sa mère avait réussi à lui pardonner, pourquoi pas lui ?

— J'essaierai, promit-il.

— Merci, dit-elle en lui souriant.

Nick rentra directement chez lui, cherchant toujours désespérément comment s'y prendre pour faire sa déclaration à Terri. Avec un peu de chance, il aurait une révélation et les mots lui viendraient naturellement.

Lorsqu'il arriva, Terri était assise par terre au milieu d'un tas de papier cadeau et de rubans multicolores. Elle leva les yeux sur lui, un sourire aux lèvres.

— Comment sont les routes ? s'enquit-elle.

— Pas trop enneigées pour le moment. Tu as bien avancé ?

— J'ai beau faire ça chaque année depuis vingt ans, je suis toujours aussi nulle.

Il passa en revue la pile de paquets déjà emballés. Elle disait vrai. On les aurait cru faits par un enfant de cinq ans.

— Je n'en peux plus, dit-elle en se relevant. Où sont-elles ?

— Quoi ?

— Les décorations de Noël.

— Zut ! Je les ai oubliées.

— Tu as fait tout ce chemin pour aller les chercher et tu les as oubliées ?

— Excuse-moi, je suis désolé.

— Je suppose que tu as aussi oublié d'acheter de quoi manger.

— Oui, mais j'ai une bonne excuse. J'ai surpris mes parents au lit.

Elle écarquilla les yeux, médusée.

— Tes parents ? Ensemble ?

Il lui rapporta la scène et, lorsqu'il eut terminé, elle se mit à rire aux larmes, comme Jess l'avait fait un peu plus tôt.

— Ce n'est pas drôle, dit-il pour la seconde fois.

— Si, ça l'est, répondit-elle en s'essuyant les yeux.

Il la suivit jusque dans la cuisine.

— Qu'allons-nous manger ? se plaignit-elle. Je meurs de faim.

— Nous pourrions passer commande et nous faire livrer quelque chose.

— Avec la neige, ça prendra trop de temps, si toutefois le service de livraison est toujours assuré.

— Alors, je ne vois qu'une solution : préparer un plat vite fait.

— Tu crois que tu auras l'énergie de faire quoi que ce soit, après la journée éprouvante que tu viens de passer ?

En guise de réponse, il alla chercher son tablier de cuisine dans le placard où il était rangé. Il le noua autour de sa taille, puis il prit dans le réfrigérateur les ingrédients dont il avait besoin. Il éminça des oignons, une branche de céleri et un bouquet de persil, qu'il fit revenir dans une poêle avec un filet d'huile d'olive. Il y ajouta une boîte de purée de tomates assaisonnée d'origan, de thym, de basilic et de sel.

— Comment fais-tu ça ? s'étonna Terri depuis le tabouret d'où elle suivait le moindre de ses gestes. Tu ne pèses rien. Comment sais-tu que tu as les bonnes proportions ?

— Je dose avec mes yeux. Et puis ce coulis, je l'ai déjà fait des centaines de fois.

— Quand je pense que je suis incapable de faire griller un toast sans le brûler ! déplora-t-elle dans un soupir.

— Au début, il suffit de suivre scrupuleusement les indications données. Par la suite, il faut faire les choses comme on les sent, un peu à l'instinct. Comme lorsque tu as accepté de m'épouser, ajouta-t-il dans l'espoir de créer une brèche où elle s'engouffrerait.

— Je n'ai rien à ajouter pour ma défense, éluda-t-elle.

Il se força à rire en dépit de la déception qu'il ressentait. Mais tant pis, le moment était venu de se jeter à l'eau.

— En fait, commença-t-il en retirant son tablier, j'ai pensé que nous pourrions…

La sonnerie de son téléphone portable l'interrompit. C'était Rob.

— Salut, Rob.

— Salut, Nick. Tu as une minute ?

— Je suis en train de préparer le dîner.

— Je n'en ai pas pour longtemps.

— Vas-y. je t'écoute.

— Il s'est passé quelque chose hier et je ne sais pas quoi penser. Je me suis dit que ton père t'avait peut-être fait des confidences.

— Il est vrai que mon père et moi avons l'habitude de discuter comme de vieux copains, commenta Nick d'un ton railleur.

— J'ai pensé qu'il aurait au moins pu mentionner quelque chose.

— Comme quoi ?

— Ce qui se passe entre mon père et oncle Tony.

— En fait, il en a fait mention l'autre jour, mais juste pour me demander si j'étais au courant de quelque chose. Il voulait que je vous pose la question, à Tony et à toi.

— Tout ce que je sais, c'est que, lorsque je suis passé chez mes parents tout à l'heure, la moto d'oncle Tony était garée devant. De dehors, j'ai entendu des éclats de voix et, quand ma mère est venue m'ouvrir, elle avait les yeux rouges, comme si elle avait pleuré, et oncle Tony est parti en furie. J'ai bien essayé de questionner mes parents, mais ils se sont fermés comme des huîtres.

— Pose la question à Tony.

— Je viens juste de l'avoir au téléphone. Il m'a affirmé ne pas savoir de quoi je parlais.

Une nouvelle fois, Nick hésitait à trahir la confidence de Terri.

— Je vais me renseigner, finit-il par annoncer, et voir un peu ce qui peut ressortir de tout ça. Mais je suis certain qu'il n'y a pas lieu de s'inquiéter.

Il espérait avoir parlé d'un ton convaincant, car il en était certain à présent : il se passait quelque chose.

Quelque chose dont il pressentait le pire.

15

— Tout va bien ? demanda Terri, persuadée au vu du visage allongé de Nick qu'il se passait quelque chose.

— Je n'en suis pas sûr. D'après mon père et Rob, il y aurait une certaine tension entre mes oncles Dimitrio et Tony. Tu m'as bien dit avoir entendu Sarah et Dimitrio se disputer le soir de Thanksgiving chez *nonno* ?

— Je ne sais pas s'ils se disputaient. Disons plutôt que la discussion était… animée. S'ils se fréquentaient à l'époque du lycée, ils éprouvent peut-être encore des sentiments l'un pour l'autre ?

— Après plus de trente ans ? fit Nick, sceptique.

Pour toute réponse, Terri haussa les épaules. Elle n'avait pas envie d'être à l'origine d'une brouille familiale.

— Te souviens-tu de quoi ils parlaient ?

— Je n'ai surpris que des bribes de phrases, tu sais.

— Comme quoi ? insista Nick.

— Dimitrio disait qu'il fallait dire quelque chose à quelqu'un.

— C'est vague.

— Sarah a répondu qu'elle ne voulait pas, et puis elle est partie.

— Tu ne les as pas entendus mentionner un nom ?

— Non. Et très franchement, je pensais que tu avais oublié cet incident.

— Au contraire, je me souviens de beaucoup de choses.

— De… de quoi te souviens-tu ? demanda-t-elle, le cœur battant.

— Oh ! des petites choses sans importance, éluda-t-il.

— Te souviens-tu de m'avoir dit quelque chose en particulier ?

— Je t'ai dit plein de choses, ce soir-là. A quoi fais-tu allusion ?

S'il lui posait cette question, c'était qu'il ne se souvenait de rien.

— Rien de spécial, mentit-elle.

— Ferais-tu référence au moment où je t'ai avoué l'amour inconditionnel que je te porte ?

Il avait exprimé ses sentiments avec un tel calme, une telle désinvolture qu'elle en resta sans voix. Lorsqu'elle se sentit de nouveau capable de parler, elle fit mine de n'avoir pas compris.

— Si cela peut te rassurer, sache que je n'en ai pas cru un mot, dit-elle, faussement désinvolte. Comme lorsque tu m'as dit ne voir que moi à travers toutes ces filles que tu ramenais chez nous. Je sais bien que tu ne pensais pas un mot de ce que tu disais.

— Qu'est-ce qui te fait croire ça ?

— Eh bien…

Elle marqua une pause, ne sachant trop quelle tournure donner à cette discussion.

— Voyons, Nick ! Tu étais ivre mort.

— Ce n'est pas pour autant que je n'ai pas exprimé ce que je ressentais profondément. Si tu veux tout savoir, je n'avais même jamais fait preuve d'une telle franchise.

La pièce se mit à tourner, et elle dut se rattraper au comptoir pour ne pas tomber.

Ainsi Nick l'aimait. Il l'aimait vraiment.

C'était une chose de fantasmer sur les sentiments qu'il éprouvait à son égard, c'en était une autre que de l'entendre les formuler tout haut.

— D'ailleurs, reprit-il, comme tu peux le voir, au moment

où je te parle, je suis parfaitement sobre. Pourtant, je ressens la même chose. C'est donc la preuve que ce que je t'ai dit est vrai.

Elle était partagée entre une joie intense et un profond sentiment de panique.

Qu'est-ce qui clochait chez elle ? Ne devrait-elle pas être heureuse, alors qu'un riche et beau garçon, en l'occurrence son ami depuis toujours, lui avouait son amour ? Ne devrait-elle pas exulter de bonheur au lieu d'avoir envie de fuir à toutes jambes ?

— Terri ? Tu vas bien ?

— J'avoue que je suis un peu surprise, répondit-elle. Cette déclaration ne faisait pas partie du plan.

— Il faut croire que les plans ont changé.

Il alla s'asseoir à côté d'elle et prit ses mains entre les siennes.

— Je sais que cela te fait peur, dit-il d'une voix extrêmement douce.

— Ce n'est pas ça, rétorqua-t-elle en retirant ses mains.

— C'est quoi, alors ?

— Tu ne voulais pas te marier. C'est toi-même qui le disais.

— J'avais tort.

— Qui me dit que tu ne vas pas changer d'avis ? Que d'ici à cinq ans tu ne te seras pas lassé de moi ? Ou que tu ne seras pas mort ?

— Arrête, Terri, dit-il comme s'il parlait à une enfant bornée. Tu deviens ridicule, là.

— Vraiment ? Dois-je te rappeler que tu parles à une femme qui a perdu très tôt ses deux parents ? Et puis, pourquoi cette déclaration maintenant ? Tout allait si bien entre nous !

— Parce que, après ce que tu as dit à propos du sapin, j'ai cru que tu éprouvais les mêmes sentiments.

— De quoi parles-tu ?

— Tu as dit que l'année prochaine nous aurions un vrai sapin pour Noël. Ce qui m'a laissé supposer que tu faisais des projets d'avenir.

Elle se maudit intérieurement. Comment ces quelques mots anodins pouvaient-ils avoir été aussi mal interprétés ?

— Ce n'est pas ce que j'ai voulu dire, Nick.

— Que voulais-tu dire, alors ?

— Je ne sais pas ! cria-t-elle, excédée. C'étaient juste des mots !

— Terri, je t'aime et ça ne changera jamais. Ni dans un an, ni dans cinq ans, ni même dans cent ans. Tant que je serai en vie, c'est toi que j'aimerai.

— Moi aussi, je t'aime, avança-t-elle timidement. Mais je ne sais pas si je suis prête à ça. Laisse-moi un peu de temps.

— Combien ? dit-il d'un ton brusque. Un an ? Deux ans ? Vingt ans ? C'est le temps qu'il nous a fallu pour en arriver là. Terri, tu ne peux pas vivre toute ta vie dans la peur de ce qui peut arriver.

— Ça ne marchera pas. Le mariage, le bébé... ça ne marchera pas. Tu me demandes quelque chose que je ne peux pas te donner.

Il resta silencieux, l'espace d'un bref instant, avant de dire :

— Tu sais quoi, Terri ? Tu es belle, intelligente et pourtant tu es toujours attirée par le même profil d'hommes. Des ratés dont tu sais qu'ils ne sont pas faits pour toi. Et c'est là que le bât blesse. Parce que, malgré ce que tu soutiens, tu ne veux pas trouver l'homme qui te conviendrait. Tu préfères te complaire dans des histoires sans importance, vouées à l'échec mais qui ne te feront pas souffrir. Mais toi, Terri, as-tu pensé à ce que pouvaient ressentir ces hommes ?

Elle se mordit la lèvre, frappée par sa perspicacité.

— Combien d'hommes t'ont aimée, que tu as rejetés ? Comme tu me rejettes, moi.

Il avait raison, elle le savait. Mais elle se trouvait dans l'incapacité de réagir. Ce système d'autodéfense qu'il venait de pointer du doigt faisait tellement partie d'elle-même qu'elle ne savait plus se comporter autrement.

— Si tu voulais bien me laisser un peu de temps, répéta-t-elle d'une petite voix.

— Terri, cela fait vingt ans que nous sommes amis. Si tu ne me fais pas confiance aujourd'hui, cela n'arrivera jamais.

— Et les dix millions de dollars ? lança-t-elle, juste pour le retenir.

Il se tourna vers elle, le visage impassible malgré la blessure qu'elle venait de lui assener.

— Une de perdue, dix de retrouvées, siffla-t-il avant de quitter la pièce.

Il ne pensait pas ce qu'il disait. Elle avait beau ne pas en douter, ses mots l'avaient profondément affectée. Au point qu'elle en arriva à se persuader qu'il méritait mieux qu'une femme comme elle.

Lorsque Nick se réveilla le lendemain matin, Terri était partie en emportant tous ses vêtements. Il trouva un mot dans la cuisine, lui annonçant qu'elle passerait dans la semaine prendre le reste de ses affaires. C'était aussi simple que ça.

Il se prépara un café qu'il ne but pas, oublia ses toasts dans le grille-pain et finit par aller se planter devant l'écran noir du téléviseur. Pour la première fois depuis des années, il n'appela pas Terri, même s'il en brûlait d'envie. Cela lui paraissait tellement surréaliste de ne pas lui faire un compte rendu de sa journée, même s'il l'avait passée à se lamenter sur son propre sort.

Le soir de Noël, qu'il passait chez sa mère avec tous les membres de sa famille, il prétexta qu'elle avait la grippe pour ne pas gâcher l'ambiance. En outre, il estimait qu'il méritait de souffrir seul, privé de la compassion des siens.

Il avait beau chercher à se persuader qu'elle ne lui manquait pas, il s'attendait à chaque instant à la voir surgir, comme elle le faisait chaque année. Elle devait se sentir bien seule, elle qui n'avait plus de famille ! Un sentiment de culpabilité l'envahit, si profond qu'il n'en dormit pas de la nuit.

Au matin, il savait avec certitude ce qu'il devait faire. Et ce qu'il voulait vraiment.

*
* *

De l'extérieur, on remarquait que l'appartement de Terri était le seul à ne pas être décoré. Le contraste était d'autant plus frappant que les autres abondaient de guirlandes lumineuses et de scènes rappelant la nativité.

Il parcourut dans la neige les quelques mètres qui le séparaient de sa porte et sonna. Terri lui ouvrit dans un pyjama en flanelle épaisse destiné sans doute à la protéger des températures polaires qu'elle faisait volontairement régner chez elle. Elle parut surprise de le voir, exactement comme il s'y attendait.

— Brrr… Il ne fait pas chaud dehors, dit-il.

— Excuse-moi. Entre.

Elle s'effaça pour le laisser passer et le regarda ôter son manteau saupoudré de neige.

— C'est agréable, dit-il en lui souriant.

— Quoi ?

— La température. D'habitude il fait un froid de canard chez toi.

— J'ai décidé que j'en avais assez d'avoir froid. Mais dis-moi plutôt ce qui t'amène par un temps pareil.

Son ordinateur était allumé et la chaîne de télévision qu'elle avait sélectionnée diffusait une de ces émissions nunuches qu'elle affectionnait tout particulièrement.

— Je suis venu te chercher, dit-il en s'asseyant sur le canapé.

— Pour faire quoi ?

— Pour aller fêter Noël chez *nonno.*

— Mais…

— Tu ferais bien de te dépêcher au lieu de discuter. Tu sais bien qu'il déteste qu'on arrive en retard.

Elle le fixa, visiblement perplexe.

— Excuse-moi, j'ai raté quelque chose ?

— Non. C'est Noël et tu passes toujours Noël chez *nonno.*

— Mais… l'autre jour…

— Je suis désolé pour l'autre jour.

— Tu es désolé ?

— Ce que je t'ai dit n'était pas loyal. Je t'ai presque forcée à rentrer dans ce jeu ; je t'ai répété sans cesse que ce serait génial pour nous deux, que rien ne changerait entre nous. Et puis je me mets en colère, parce que tu n'es pas d'accord avec moi. J'ai cherché à te culpabiliser alors que je suis seul responsable.

— Nick, tu avais toutes les raisons de m'en vouloir.

— Non.

— Tu viens vraiment me chercher pour aller déjeuner chez *nonno* ?

— Tu ne croyais tout de même pas que j'allais te laisser passer Noël toute seule ?

Il vit des larmes lui couler sur les joues.

— En fait, je pensais que c'était tout ce que je méritais.

— Va te préparer au lieu de dire des bêtises.

— Alors, nous allons redevenir amis ? Comme avant ?

— Si c'est vraiment ce que tu veux, oui. Mais je ne reviendrai pas sur ce que je t'ai dit. Je t'aime, Terri. Je crois que j'ai toujours été amoureux de toi, même si j'étais trop stupide pour en prendre conscience. Mais tu es trop importante à mes yeux. Alors, si ce n'est que de l'amitié que tu veux, je respecterai ta volonté.

Elle le considéra quelques secondes en silence, sans cacher son trouble, avant de venir se jeter dans ses bras.

— Je t'aime tant, Nick.

Cette fois, ce fut à son tour d'être déconcerté.

— A quoi dois-je ce revirement ?

Elle s'assit sur ses genoux et éclata d'un rire plein de joie.

— Je ne sais pas. Tout d'un coup, j'ai su. Et puis, ajouta-t-elle, un sourire aux lèvres, je dois te faire une confession. Quelque chose que je veux te dire depuis des semaines.

— Vas-y. Je t'écoute.

— Quand nous partagions le même appartement et que tu ramenais des filles, j'imaginais que c'était avec moi que tu t'enfermais dans ta chambre.

— Non ! ?

— Si ! Je me demandais toujours ce que ça ferait de coucher avec toi.

— Et maintenant que tu sais ?

— J'adore être la fille avec qui tu t'enfermes dans ta chambre. Et rien qu'à l'idée qu'une autre pourrait prendre ma place…

— Oui ?

— Je serais capable de lui sauter au cou pour l'étrangler de mes propres mains.

Cette perspective enchanteresse le fit éclater de rire.

— Tu n'auras personne à étrangler, parce qu'il n'y aura toujours que toi. Et parce que, en dépit de ce que j'ai pu dire, ces vœux que j'ai prononcés ont une réelle signification pour moi.

— Tout cela est tellement romantique que je ne sais pas si je dois rire ou pleurer.

— Pourquoi ne pas m'embrasser plutôt ?

Elle lui obéit docilement, tout en commençant à déboutonner le col de sa chemise.

— Désolé, chérie, mais nous n'avons pas le temps. Je te rappelle que nous sommes attendus chez *nonno.*

— *Nonno* patientera. Nous avons deux jours de retard sur le planning.

— Nous avons toute la vie devant nous, désormais. Nous pouvons bien attendre un mois de plus.

— Je ne veux pas attendre. Et puis, que fais-tu des dix millions de dollars promis ?

— Ne t'inquiète pas pour ça.

— Que veux-tu dire ?

— J'ai annoncé à mon grand-père que je renonçais à cet argent.

Elle en resta bouche bée.

— Quand lui en as-tu parlé ?

— A notre retour de voyage de noces.

— Mais pourquoi ?

— Parce que je ne me sentais pas le droit de prendre cet argent.

— Comment *nonno* a-t-il réagi ?

— Il n'a pas exprimé grand-chose. Un peu comme s'il s'y attendait.

— Il s'agit quand même de dix millions de dollars, Nick ! Tu n'as aucun regret ?

— Aucun. Ce bébé à venir, je le veux pour nous, pas pour une question d'argent.

Au comble de l'émotion, elle enveloppa son visage de ses deux mains.

— Je t'ai déjà dit que je t'aimais ?

— Redis-le-moi.

— Je t'aime, Nicolas Caroselli.

— Et cet homme idéal que tu attendais ?

Elle riva sur lui un regard éperdu d'amour.

— Cet homme idéal, non seulement je l'ai trouvé mais je l'ai épousé, répondit-elle, une larme au bord des yeux.

MICHELLE CELMER

Une rencontre envoûtante

INTÉGRALE
L'HÉRITAGE DES CAROSELLI

Traduction française de
ANDRÉE JARDAT

SAGAS

HARLEQUIN

Titre original :
CAROSELLI'S BABY CHASE

Ce roman a déjà été publié en 2014

Prologue

Chaque année, à la date de son anniversaire, Giuseppe Caroselli honorait la mémoire d'Angelica, sa défunte épouse et mère de ses trois fils, en confectionnant son gâteau préféré : une tarte aux framboises et noisettes recouverte d'un glaçage au chocolat.

Le fameux « gâteau Caroselli », celui qui avait fait la renommée de la célèbre maison éponyme, bien sûr.

Dans moins d'une heure, tous les membres de sa famille seraient là pour célébrer ce jour avec lui. On passerait les vieilles photos jaunies en revue ; on ferait revivre les souvenirs d'un temps heureux.

Il avait demandé à Rob et à Tony, deux de ses petits-fils, d'arriver un peu plus tôt. Il avait à leur parler.

Installés sur des tabourets de comptoir, tous deux l'observaient tandis qu'il mélangeait méthodiquement tous les ingrédients nécessaires à la préparation de la pâte, comme ils le voyaient faire depuis l'enfance.

Dès leur naissance, ses trois petits-fils, Robert, Antonio junior et Nicolas, avaient été élevés dans la perspective qu'ils seraient un jour à la tête de l'empire Caroselli, société qu'il avait créée avec trois sous en poche, après avoir fui l'Italie en guerre.

Mais ce à quoi il ne s'était pas attendu, c'était qu'ils se montreraient réticents, voire indifférents, à perpétuer ce nom qui lui était si cher. S'ils persistaient dans leur refus de fonder à leur tour une famille, le nom des Caroselli s'éteindrait à jamais.

Pour l'heure, seul Nicolas s'était marié, mais il n'avait toujours pas d'enfants.

— Comme vous le savez certainement déjà, Nicolas a renoncé aux dix millions de dollars qui lui seraient revenus, commença-t-il.

— En effet, il nous l'a dit, acquiesça Tony.

Comme toujours, son front était barré d'une ride soucieuse. Il était si sérieux, celui-ci ! Il fallait vraiment qu'il prenne la vie un peu plus à la légère, qu'il apprenne à s'amuser.

— Ce qui signifie, poursuivit Giuseppe, que chacun de vous touchera quinze millions si vous vous mariez et produisez un héritier mâle.

— C'est beaucoup d'argent, remarqua Tony, le plus déterminé des trois, celui qui sans aucun doute prendrait la suite de son père à la présidence.

— Je te l'accorde, c'est beaucoup d'argent, appuya Giuseppe sans ciller.

Car il n'avait aucune intention de leur donner cet argent. Quelle sorte d'homme serait-il, s'il ne favorisait que deux de ses huit petits-enfants ?

D'ailleurs, comme il l'avait très justement prévu, Nicolas, pourtant soumis aux mêmes conditions que ses cousins, avait choisi de renoncer à ce pactole servi sur un plateau d'argent, pour vivre heureux avec sa femme.

Il ne faisait donc pas l'ombre d'un doute que Robert et Antonio suivraient ses traces.

Du moins l'espérait-il.

1

Robert Caroselli regarda d'un œil morne Olivia, sa petite amie occasionnelle, quitter l'hôtel au bras d'un autre homme. S'il avait accepté de sortir de chez lui ce soir-là, c'était uniquement parce qu'elle l'avait pressé de l'accompagner à cette soirée.

Lorsqu'elle l'avait appelé quelques heures plus tôt, il avait déjà éteint la télé et était même sur le point d'aller se coucher pour oublier le fait que sa famille, les propriétaires de la chocolaterie Caroselli, avait perdu foi en lui.

D'accord, les résultats de ces derniers mois étaient en chute libre mais était-il responsable de la récession que vivait son pays ? Engager Caroline Taylor, cette prétendue championne du marketing arrivée tout droit de Los Angeles, n'était pas seulement une insulte. C'était aussi un camouflet qu'on lui infligeait ouvertement.

Pour couronner le tout et ajouter une dose de pression supplémentaire, il avait pour obligation de se marier et de produire un héritier mâle. S'il n'était pas vraiment contre cette idée, non plus que celle d'empocher quinze millions de dollars, il n'en restait pas moins que ce n'était pas dans le bar d'un hôtel qu'il allait trouver sa promise et que la mère de ses futurs enfants ne serait définitivement pas Olivia.

« Tu ne peux pas rester seul un soir de réveillon ! avait-elle plaidé. A qui souhaiteras-tu une bonne année à minuit ? »

Visiblement, elle avait la mémoire courte. Et ce qui avait semblé la préoccuper quelques heures auparavant ne l'avait pas empêchée de passer la porte avec un autre homme. A vrai dire, il ne lui en voulait même pas. Lorsqu'ils étaient arrivés aux alentours de 22 heures, il avait tout de suite avisé un angle du comptoir avec deux tabourets libres et, depuis, n'avait pas bougé de là. Il compta les verres vides posés devant lui : il en était à son troisième whisky et se sentait déjà beaucoup plus détendu.

L'alcool n'était pas un sujet tabou chez les Caroselli, qui trouvaient tous les prétextes pour se retrouver et ripailler dans la bonne humeur. Mais, s'il participait volontiers à ces agapes, il gardait toujours le contrôle. Enfin, à quelques rares exceptions près, et celle-ci en était une.

De son poste d'observation, il avait une vue d'ensemble sur le bar qui grouillait d'une foule compacte ondulant comme les vagues du lac Michigan. Ou était-ce l'alcool qui lui jouait des tours ?

— Excusez-moi !

Il plissa les yeux à la vue de l'ange blond qui se tenait près de lui. Un halo de cheveux dorés lui arrivant presque à la taille encadrait un visage souriant en forme de cœur. Quant à ses formes parfaites, que moulaient un jean slim et un pull à mailles fines, elles constituaient un véritable pousse-au-crime.

— Ce siège est-il libre ? cria l'inconnue par-dessus le bruit assourdissant de la musique. Que ce soit bien clair, s'empressa-t-elle d'ajouter, je ne cherche pas à vous draguer. Je piétine depuis des heures et il n'y a plus que ce tabouret de libre.

Il eut un geste vague de la main vers le siège en question.

— Je vous en prie.

— Merci.

Elle se hissa sur le tabouret en poussant un soupir d'aise.

— Vous me sauvez la vie.

— Tant mieux.

Elle lui tendit une main délicate aux ongles parfaitement manucurés.

— Carrie…

Le reste de son nom se perdit dans le brouhaha ambiant.

— Salut, Carrie. Moi, c'est Rob.

— Enchantée, Ron.

Il ouvrit la bouche pour la reprendre, mais elle lui adressait un sourire si désarmant, si délicieux, qu'elle pouvait bien déformer son nom autant qu'elle voulait, il s'en fichait éperdument.

— Je peux vous offrir un verre ?

Elle inclina joliment la tête de côté pour lui répondre.

— Serait-ce vous qui me feriez du gringue ?

Bien que n'étant pas du genre à flirter, il s'entendit répliquer d'une voix enjôleuse :

— Et si c'était le cas ?

Lorsqu'elle se pencha en avant, comme pour mieux l'observer, son regard se posa instantanément sur l'échancrure profonde de son pull.

— Je dirais que ça dépend.

— De quoi ? s'enquit-il.

— Eh bien, à vrai dire, je trouve curieux qu'un homme comme vous soit assis là, seul, à dix minutes de la nouvelle année.

— Que voulez-vous dire par « un homme comme vous » ?

Elle leva les yeux au ciel, un brin exaspérée.

— N'essayez pas de me faire croire que vous ignorez à quel point vous êtes séduisant. Vous devez avoir toutes les femmes à vos pieds.

— Si je suis seul, c'est parce que la femme qui m'accompagnait est partie avec un autre homme.

Elle plissa les yeux, visiblement perplexe.

— Etait-elle aveugle ou stupide ?

Cette remarque flatteuse le fit rire de bon cœur.

— Je crois surtout qu'elle s'ennuyait ferme. Pour être honnête, je n'ai pas le cœur à faire la fête.

« N'avait » aurait été plus juste, mais il se garda bien de livrer ses pensées à cette belle inconnue.

— Vous devez bien avoir une petite amie attitrée, insista-t-elle.

Il secoua la tête.

— Une femme alors ?

Cette fois, en guise de réponse, il lui tendit sa main gauche dénuée d'alliance.

Elle marqua une pause, avant de demander encore :

— Seriez-vous gay ?

— Pas le moins du monde, répondit-il en riant.

— Hm, alors vous devez être un sacré crétin.

Elle n'y allait pas de main morte, mais il aimait la franchise chez les femmes.

— J'ose espérer que non, mais n'y a-t-il pas des moments où nous le sommes tous plus ou moins ?

— Honnête avec ça. Ma réponse est oui : je prendrais bien un verre.

— Que voulez-vous ?

Elle désigna du menton son verre de whisky.

— La même chose.

Il chercha la serveuse du regard, mais, compte tenu du nombre de clients qui attendaient, il jugea préférable de se déplacer.

— Je reviens, annonça-t-il en se levant de son tabouret.

Il lui fallut plusieurs minutes pour se frayer un chemin parmi la foule dense, puis encore autant avant de se faire servir. Il revint, presque sûr que Carrie serait partie. Aussi fut-il agréablement surpris de constater qu'elle était toujours là, à l'attendre.

— Tenez, dit-il en posant son verre devant elle.

— Vous avez mis du temps. J'ai cru que vous étiez parti.

— Et moi, je n'étais pas certain que vous seriez encore là.

— C'est que moi, je ne suis ni aveugle ni stupide, répliqua-t-elle dans un sourire qui suscita en lui un désir intense. Vous vivez dans le coin ?

— A Lincoln Park.

— C'est loin d'ici ?

— Non. Mais je devine à votre question que vous n'êtes pas de Chicago.

— Je suis née et j'ai grandi sur la côte ouest. Je suis ici pour raisons professionnelles et je séjourne dans cet hôtel. D'où ma présence dans ce bar.

— Quelqu'un vous attend chez vous ?

— Non.

— Les hommes sont-ils donc aveugles ou stupides ?

Lorsqu'elle lui sourit de nouveau, cette même profonde attirance le submergea. Il se surprit même à attendre avec impatience les traditionnelles effusions de minuit. Pour un peu, il appellerait Olivia pour la remercier de l'avoir planté là.

— Les hommes se sentent menacés par les femmes qui ont du caractère et réussissent professionnellement, finit-elle par répondre.

Rob avait dans sa famille quelques femmes de ce type mais Carrie, en comparaison, lui paraissait rassurante.

— Et puis, j'ai le fâcheux défaut de n'être attirée que par des hommes qui ne me correspondent pas. A croire que je sabote la relation avant même qu'elle n'ait commencé.

— Si vous le savez, pourquoi ne pas choisir des hommes différents ?

— Etre conscient d'un problème ne suffit pas toujours à le résoudre.

Il aimait en elle cette franchise affichée. Tant de femmes qu'il avait rencontrées étalaient leurs qualités sans même avoir conscience de leurs défauts. Il aimait cette espèce de philosophie de la vie qui consistait à dire « ou vous me prenez comme je suis ou vous me laissez ».

— A quand remonte votre dernière relation sérieuse ? demanda-t-il.

— Je n'en ai jamais eu.

— Vraiment ? Quel âge avez-vous ? Vingt-quatre, vingt-cinq ans ?

— Je suis très flattée mais j'ai vingt-huit ans.

— Je ne connais pas une femme qui, passé les dix-huit

printemps, n'ait pas connu une fois dans sa vie de relation sérieuse.

— Ce que, manifestement, vous trouvez fascinant, répliqua-t-elle, amusée.

— C'est vrai.

De plus, d'une certaine façon, elle lui apparaissait comme l'incarnation de la femme parfaite. Sexy, désirable, drôle, intelligente. Se pouvait-il qu'il ait dégotté la perle rare ?

— Et vous ? demanda-t-elle à son tour. Vous avez déjà vécu une relation sérieuse ?

— Oui. Quand j'étais à l'université. Je suis même allé jusqu'à me fiancer.

— Que s'est-il passé ?

— Disons que nous voyions les choses de façon différente. Moi, je voulais le mariage, les enfants… bref, tout le tintouin.

— Et elle ?

— Elle avait des vues sur mon camarade de chambre, Evan.

— Ah.

— Heureusement, je m'en suis rendu compte avant le mariage. A partir de là, j'ai décidé de me consacrer entièrement à mes études, puis à ma carrière.

— Vous êtes marié à votre travail, alors ? plaisanta-t-elle à demi.

— En quelque sorte.

— Vous savez, il m'arrive de faire des journées de quatorze heures. Alors, je vous comprends.

Elle serait bien la seule. Totalement sous le charme, il se surprit à vouloir qu'elle reste à Chicago plus que quelques jours. A vouloir la connaître mieux.

Ils parlèrent encore, flirtèrent encore, burent un deuxième verre, puis un troisième. A une minute de minuit, lorsque la musique s'arrêta, tous les regards se braquèrent sur l'écran géant au-dessus du bar pour le compte à rebours.

— Eh bien, dit-elle la première, puisque aucun de nous n'a personne à embrasser…

— J'ai entendu dire qu'il ne fallait jamais faillir à la tradition.

— Ce qui ne nous laisse pas le choix.

Dans un sourire, il lui tendit la main. Elle se laissa glisser de son tabouret et ne montra pas la moindre résistance lorsqu'il l'attira à lui. Il riva son regard au sien, qui était d'un gris si doux qu'il aurait voulu s'y perdre à jamais.

Dire qu'une heure plus tôt il redoutait de voir arriver ce moment ! Lorsque l'on ne fut plus qu'à dix secondes de la nouvelle année, toute l'assemblée compta en chœur. Toute l'assemblée, sauf Carrie et lui.

Leurs visages étaient si proches qu'il sentait son souffle tiède sur sa bouche. Cinq… quatre… trois… deux…

Il fut incapable d'attendre la dernière seconde. Au moment où leurs lèvres se joignirent, cris, rires, sifflements enthousiastes, tout se dissipa autour d'eux. Il n'avait plus conscience que de sa bouche qui s'offrait, de la douceur de ses lèvres fruitées, de sa chevelure soyeuse sous ses doigts et du parfum qui émanait d'elle, grisant comme aucun autre. Il la voulait, même si ce n'était que pour une nuit.

Il ne sut combien de temps ils restèrent ainsi à s'embrasser, mais, lorsqu'il finit par rompre ce baiser délicieux, ils comprirent qu'ils ne pouvaient en rester là.

— Au risque de te paraître cavalière, aimerais-tu m'accompagner dans ma chambre ?

— Tu es bien certaine de le vouloir ?

Cette question devait être la réponse attendue, car elle le prit par la main en souriant.

— Certaine. Et puis, quelle meilleure manière de fêter cette nouvelle année ?

Il lui pressa la main en lui rendant son sourire.

— Dans ce cas, allons-y.

2

Carrie se souviendrait longtemps de la façon dont elle avait démarré cette nouvelle année. Cela faisait deux jours, pourtant son cou était toujours endolori, elle avait un bleu sur la cuisse et ses genoux portaient encore les stigmates du tapis rugueux de sa chambre. Mais bon sang ! Elle ne le regrettait pas !

Elle n'avait pas fait l'amour de la sorte depuis bien longtemps, si tant est que ça lui soit arrivé un jour. Ron s'était montré insatiable, donnant bien plus qu'il ne recevait. Et, comme elle l'avait supposé, il était aussi sexy nu qu'habillé. Elle irait même jusqu'à dire qu'elle n'avait jamais vécu d'expérience sexuelle aussi satisfaisante.

Dommage qu'il se soit comporté comme un mufle en s'esquivant en pleine nuit, sans même lui avoir laissé un mot et encore moins son numéro de téléphone. De toute évidence, il ne cherchait pas à être joint et, si elle l'avait trouvé seul sur son tabouret, c'était parce qu'il attendait quelqu'un comme elle, quelqu'un avec qui s'envoyer en l'air pour bien commencer le nouvel an.

Elle s'en voulait bien un peu, mais se donnait bonne conscience en songeant qu'elle était ivre. Tellement ivre que son bel inconnu n'était peut-être pas aussi séduisant qu'elle le pensait. Ou si bon amant.

A vrai dire, elle était un peu perdue et ne savait plus trop si ce genre de considération lui faisait du bien ou du mal. Deux jours à peine qu'elle était à Chicago, et elle avait déjà fait monter un inconnu dans sa chambre, fait l'amour avec lui, avant qu'il ne l'abandonne comme une vieille chaussette. Ne détenait-elle pas là un exploit digne de figurer dans le livre des records ?

Mais Ron — en supposant qu'il s'appelle vraiment ainsi — n'était pas le seul responsable. En se comportant comme elle l'avait fait, à savoir comme la femme affranchie qu'elle était, elle avait pris le risque de le faire fuir. Selon son beau-père, sa spontanéité alliée à une façon trop directe de dire les choses était son plus grand défaut. Défaut qu'il s'acharnait à vouloir corriger, lorsqu'elle était adolescente, à grands coups de claques sonores.

Elle ne se souvenait pas d'avoir eu une discussion avec Ron. Elle se rappelait juste le don qu'il lui avait fait de sa personne qui, une fois n'était pas coutume, l'avait laissée sans voix.

— Nous y sommes, annonça le chauffeur de taxi alors qu'il stationnait devant le siège social de l'entreprise Caroselli.

Dès les contrats signés, elle se mettrait en quête d'un appartement à louer car il n'y avait rien de pire, à ses yeux, que de ne pouvoir poser ses valises quelque part.

Elle paya sa course au chauffeur, s'empara de sa serviette, sortit du taxi et se dirigea vers l'entrée du bâtiment, les talons de ses escarpins claquant sur le trottoir détrempé de neige fondue.

Elle pénétra dans le hall tout de verre, d'acier et de marbre où flottait une délicieuse odeur de chocolat provenant de la boutique située à l'autre bout.

— Bonjour. Je suis Caroline Taylor et j'ai rendez-vous avec la direction, dit-elle à l'agent de sécurité en faction.

— Bonjour, mademoiselle Taylor. Vous êtes attendue, répondit celui-ci en lui tendant un badge à son nom qu'elle accrocha au revers de sa veste. L'ascenseur est juste derrière vous. Les bureaux sont au troisième étage.

— Merci, dit-elle en s'éloignant, le dos bien droit et la tête haute.

Avec le nombre impressionnant de caméras de sécurité qu'elle avait déjà repérées un peu partout, mieux valait faire bonne impression. Malgré la réputation dont elle bénéficiait, certains — des hommes, en général — ne manquaient pas de mettre en doute ses capacités. Cette société étant une affaire de famille, elle allait devoir affronter plusieurs générations de Caroselli, ce qui ne manquerait pas de lui compliquer la tâche.

Elle ôta son manteau, qu'elle plia soigneusement sur son avant-bras, puis inspira un grand coup avant de sortir de la cabine. Au bureau de réception officiait une jeune femme près de laquelle se trouvait un homme, d'un certain âge mais qui ne manquait pas de séduction dans son costume impeccablement coupé. Sans doute l'un des trois frères Caroselli, fils de Giuseppe, qui aujourd'hui étaient à la tête de la société.

Elle avança jusqu'au bureau, un brin nerveuse mais portée par une énergie positive. Elle allait tout de même avoir affaire à l'une des plus prestigieuses entreprises de la région, et la pérennité de son avenir dépendait de cette mission. Si elle échouait, sa réputation serait ruinée à jamais.

Non, cela n'arriverait pas.

— Bienvenue, mademoiselle Taylor, la salua l'homme en venant à sa rencontre. Je suis Dimitrio Caroselli.

— Ravie de vous rencontrer, répondit-elle en lui donnant une franche poignée de main.

— Puis-je prendre votre manteau ? demanda la réceptionniste.

— Oui, merci, répondit-elle en le lui tendant.

— Il ne manque plus que nous, dit Dimitrio. La salle de conférences est par là. Si vous voulez bien me suivre…

Elle lui emboîta le pas, certaine que cette réunion allait déboucher sur la signature d'un nouveau contrat. Ils n'auraient tout de même pas fait les frais d'un vol en première classe et d'un hébergement en hôtel cinq étoiles s'ils n'avaient pas en tête de l'embaucher.

— Préférez-vous que l'on vous appelle Caroline ou mademoiselle Taylor ? s'enquit Dimitrio.

— Caroline, ou Carrie, répondit-elle.

— Sachez que nous apprécions beaucoup le fait que vous vous soyez déplacée aussi rapidement, qui plus est en pleine période de fêtes de fin d'année.

— Je suis heureuse d'être ici, déclara-t-elle en se gardant bien de lui apprendre que, si elle avait pu répondre favorablement à leur demande — et dans un si bref délai —, c'était parce que la firme de Los Angeles avec laquelle elle devait traiter une affaire avait fait faillite le mois précédent.

— Est-ce la première fois que vous venez à Chicago ?

— Oui. Du peu que j'en ai vu, ça m'a paru être une belle ville. En revanche, il faut s'habituer à la neige.

Elle remarqua que la plupart des bureaux devant lesquels ils passaient étaient éteints et qu'aucun bruit n'emplissait les couloirs.

— C'est toujours aussi calme ? demanda-t-elle.

— Les bureaux sont fermés jusqu'à lundi, répondit Dimitrio. La période des fêtes est la plus importante pour nous. Aussi, nous donnons à chacun la première semaine de janvier.

Lorsqu'il ouvrit la porte de la salle de conférences, elle retint son souffle. Elle avait l'impression d'entrer dans l'arène.

La première personne qu'elle vit était une femme d'une classe folle qui se tenait debout devant un mur de baies vitrées. A la table de conférences, tout en marbre et assez grande pour pouvoir accueillir au moins douze personnes, se trouvaient deux hommes fringants, d'un certain âge, et, face à eux, deux autres plus jeunes et sexy en diable. Parmi eux devait se trouver Robert Caroselli, l'homme qui dirigeait le service marketing.

— Caroline, dit Dimitrio, voici mes frères, Leo, notre P.-D.G., et Tony, notre directeur général.

Les deux hommes se levèrent pour lui serrer la main. Tony était petit et trapu, Leo grand et svelte, mais, en dépit de ces différences physiques, on ne pouvait se tromper : ils appartenaient visiblement à la même famille.

— Messieurs, je suis ravie de vous rencontrer, dit-elle d'une voix ferme.

— Voici ma nièce, Elana, poursuivit Dimitrio. Elle dirige le service financier.

A son tour, Elana vint lui serrer la main. Elle affichait un sourire de commande qu'adoucissait son regard cordial et chaleureux. Carrie comprit au premier coup d'œil qu'elle avait affaire à une femme d'une grande intelligence que devait desservir son incroyable beauté. Elle-même connaissait bien le refrain.

— Et voici mon neveu, Nick. Il est derrière toutes nos innovations.

Comme les autres, Nick lui serra la main. Il était d'un charme renversant, mais l'alliance qu'il portait à l'annulaire annonçait clairement son statut d'homme marié.

— Et enfin, voici Tony junior, directeur des ventes.

Où se trouvait donc Robert ? se demanda-t-elle, intriguée, en jaugeant Tony junior.

Celui-ci la salua d'un léger hochement de tête accompagné d'un sourire faussement distrait.

— Asseyez-vous, je vous en prie, lui dit Dimitrio en désignant de la main le siège libre à côté de Nick. Nous attendons encore quelqu'un avant de commencer la séance.

Elle venait tout juste de s'asseoir lorsqu'elle entendit la porte s'ouvrir derrière elle.

— Désolé d'être en retard, fit une voix grave, mon assistante est en congé et j'ai dû aller chercher moi-même les dossiers dont nous avons besoin.

Quelque chose dans cette voix alerta Carrie. Elle l'avait déjà entendue quelque part, mais où ? L'air qu'elle venait d'inhaler se bloqua soudain dans ses poumons. Non, elle devait se tromper !

Alors qu'il s'approchait de la table, elle lui coula un regard en biais avant d'oser le regarder plus franchement. Le cœur battant, elle s'empressa de détourner la tête. La ressemblance était certes troublante, mais ça ne pouvait pas être lui.

Il marmonna un vague « excusez-moi » en déposant devant elle un exemplaire du dossier. La bague universitaire qu'elle remarqua alors à sa main droite, de même que les effluves de son eau de toilette, lui confirmèrent ce qu'elle redoutait. Elle fixa la couverture du dossier, incapable de rassembler ses idées. C'était à peine si elle pouvait respirer.

Non, ce n'était pas lui. Même s'il lui ressemblait, s'il portait le même parfum et la même bague, ça ne pouvait pas être lui. Son imagination lui jouait des tours, voilà tout.

Elle qui avait pour règle absolue de ne jamais mélanger affaires et bagatelle, c'était réussi ! Elle avait commis l'erreur une fois et, l'affaire ayant viré au désastre, avait jugé que c'était bien la dernière. Lorsqu'elle se rappela les mots qu'elle et Ron avaient échangés, les choses qu'elle lui avait laissé faire, elle fut mortifiée de honte et souhaita se retrouver dix pieds sous terre.

Tandis qu'il contournait la table, elle continua à fixer obstinément son dossier, faisant semblant de lire. Si c'était bien Ron, peut-être ne la reconnaîtrait-il pas ? Ils avaient tellement bu ce soir-là !

— Rob, reprit Dimitrio, voici Caroline Taylor. Caroline, voici mon fils, Rob, notre directeur du marketing.

Prise de vertige, elle n'eut d'autre choix que de lever les yeux sur lui.

A moins que « Rob » n'eût un jumeau, cet homme était bien Ron, son amant d'un soir.

Rob cligna des yeux une fois, deux fois. Il avait du mal à reconnaître Carrie dans la femme au tailleur très bon chic bon genre et à la coiffure stricte qui était assise à cette table, raide comme un piquet. Même si ces merveilleux yeux gris ne pouvaient qu'être les siens.

Sa première pensée fut de se croire victime d'un canular.

A n'en pas douter, c'était là un coup de Nick et de Tony, à qui il avait eu le tort de raconter son aventure d'un soir avec une jolie blonde. Ils avaient dû se rendre à l'hôtel et payer Carrie pour qu'elle se fasse passer pour Caroline Taylor et lui embrouiller la tête.

Son regard alla de Nick à Tony, avant de se poser sur chacun des membres de la réunion. Ils allaient bien finir par éclater de rire, par avouer que c'était une blague. Mais personne ne réagit dans ce sens. Au contraire, tous le dévisageaient, troublés par son silence et son absence de réaction.

— Rob ? l'interpella son père. Tu te sens bien ?

— Oui, oui, répondit-il en esquissant un sourire forcé. Mademoiselle Taylor, c'est un plaisir de vous rencontrer.

Il mentait, bien sûr. Car, lorsqu'il s'était glissé hors de son lit, cette nuit-là, c'était avec la ferme intention de ne jamais la revoir. Quelle malchance !

Caroline lui répondit par un léger hochement de tête, le menton trop relevé, les épaules et le dos trop droits, un peu comme une figurine en carton que l'on aurait déposée là pour faire de la figuration. En tout cas, elle ne semblait pas plus heureuse que lui de le revoir.

— Bien. Nous pouvons commencer, déclara Dimitrio.

Lorsqu'ils abordèrent le sujet des contrats, Rob tenta de se concentrer mais son regard revenait sans cesse sur la femme qui lui faisait face. Refusant de croiser son regard, elle tentait de gagner le respect d'hommes qui devaient voir en elle une femme trop jolie pour être crédible. Pourtant, lui seul savait les merveilles que recélait ce tailleur sévère : les formes voluptueuses, la peau satinée… Lui seul savait la façon qu'elle avait de rejeter la tête en arrière lorsqu'elle le chevauchait, faisant joliment danser ses boucles folles dans le creux de ses reins. Même si les souvenirs de cette fameuse soirée étaient un peu flous, il ne pourrait jamais gommer de sa mémoire l'image de leurs deux corps enlacés, de leurs membres enchevêtrés alors qu'ils…

— Rob ?

La voix de son père le ramena brutalement sur terre.

— Désolé, je…

— Il semble que nous ayons tout couvert. Pourquoi n'emmènerais-tu pas Caroline faire le tour des bureaux pendant que nous discutons un peu ? Je t'appellerai lorsque nous aurons fini.

Ils avaient tout passé en revue et lui n'avait pas entendu un traître mot de ce qui s'était dit. Maintenant, ils allaient prendre leur décision sans lui. Forcément, puisqu'il était le seul à trouver cette démarche absurde et à clamer qu'embaucher cette Caroline Taylor ne serait qu'une perte de temps et d'argent pour la société. Il n'empêche, être exclu de manière aussi ostensible revenait à prendre une gifle en pleine face, pour lui et pour toute son équipe.

Enfin, ce face-à-face avec elle pourrait se révéler positif. Il parviendrait peut-être à lui faire entendre raison, à lui faire comprendre qu'elle n'avait pas sa place dans cette entreprise familiale. Ainsi, le problème serait réglé.

Rasséréné, il afficha son plus beau sourire.

— Mademoiselle Taylor, si vous voulez bien me suivre…

Elle se leva, toujours aussi raide, et adressa aux membres de l'assemblée un sourire confiant qui disait clairement sa certitude de décrocher le poste.

— J'attends votre décision avec impatience, déclara-t-elle avec assurance.

Rob sortit à sa suite et referma la porte derrière eux.

— Je crois qu'une petite discussion s'impose, dit-il à voix basse.

Ses yeux se mirent à lancer des éclairs lorsqu'elle lui dit d'une voix sifflante :

— Ah vraiment… Ron ?

En guise de réponse, il indiqua le bout du couloir d'un geste de la main.

— Mon bureau est par là.

Ils marchèrent en silence, mais il sentait la colère presque palpable qui déferlait sur elle. Ce ne fut qu'une fois dans son bureau vide qu'il se retourna vers elle et la regarda droit dans les yeux.

— Tu sembles contrariée.

— Contrariée ! répéta-t-elle d'une voix aiguë. On le serait à moins, tu ne crois pas ? Car non seulement tu m'as menti sur ton nom, mais tu t'es éclipsé en pleine nuit, comme un voleur.

Si c'était là tout ce qu'elle avait à lui reprocher, il devait se considérer chanceux.

— Tout d'abord, je ne t'ai pas menti sur mon nom. Lorsque tu m'as appelé Ron au lieu de Rob, je n'ai pas trouvé important de te corriger.

— Je n'arrive pas à croire que tu n'aies pas fait le lien entre Carrie Taylor et Caroline Taylor. Que tu n'aies pas compris que nous ne faisions qu'une seule et même personne.

— Il y avait trop de bruit dans ce bar. Je n'ai entendu que ton prénom. Et je te rappelle que nous n'avons pas abordé le chapitre de nos vies professionnelles. Comment aurais-je pu deviner qui tu étais ? J'ai rencontré plein de Carrie dans ma vie, tu n'as pas le monopole de ce prénom.

— Et pour ce qui est de t'être enfui sans dire un mot ?

— Ce n'était pas en pleine nuit. C'était au petit matin et je ne voulais pas te réveiller. De toute façon, tu étais tellement ivre que je ne sais pas si j'aurais pu. Et puis, je ne me suis pas « enfui » comme tu dis. Je me suis levé, je me suis habillé et je suis parti. Fin de l'histoire.

— Je n'étais pas ivre à ce point, se défendit-elle. Mais peu importe. Tu aurais pu laisser un mot.

— Pourquoi ? Nous étions d'accord tous les deux pour dire que ce serait l'histoire d'une nuit. Pour moi, c'était évident.

Elle leva les yeux au ciel, visiblement désarmée par tant de sincérité.

— Tu n'y connais vraiment rien aux femmes ou quoi ? Tu aurais au moins pu me dire au revoir, me dire que tu avais passé un bon moment.

— En ce qui me concerne, nos actes étaient plus éloquents que des paroles. Je me trompe ?

Elle ne trouva rien à objecter. Evidemment, nier aurait relevé de la pure mauvaise foi.

— Mais bref, enchaîna-t-il, ce que je ne comprends pas, c'est ce que nous faisons ici alors que tu devrais être en salle de conférences pour leur annoncer que tu refuses cette mission.

Elle haussa les sourcils, comme si elle ne comprenait pas le sens de ses paroles.

— Pourquoi ferais-je une chose pareille ?

— Eh bien, tout d'abord parce que, en dépit de ce que ma famille soutient, les gens qui travaillent dans mon service ne sont pas demandeurs. Et ensuite, parce que, compte tenu des circonstances, je pense que ta présence ici est parfaitement déplacée.

— Quelles circonstances ? De quoi parles-tu ?

Elle se moquait de lui ?

— Je parle de la nuit que nous avons passée ensemble. Je pense qu'aucun de nous ne pourrait se montrer objectif après ça.

— Je ne savais rien de toi, mais, maintenant que je vois à quel crétin macho j'ai affaire, ça ne va plus être un problème pour moi. Je crois même que la situation va beaucoup m'amuser.

On l'avait déjà traité de négligeant, arrogant et insupportable, mais de « crétin macho », jamais.

— Tu crois ça ?

— Absolument.

— Et tu penses vraiment pouvoir garder ton objectivité ?

— Tout à fait.

Il n'était pas homme à agir sur un coup de tête. Il était même tout le contraire, ne prenant jamais aucune décision sans en avoir au préalable pesé les avantages et les inconvénients. Mais, poussé par un sursaut de fierté et sans doute aussi par la satisfaction de lui prouver qu'elle avait tort, il l'attira à lui et l'embrassa fougueusement.

Elle émit une petite plainte indignée et chercha à le repousser… pendant trois secondes. Puis elle agrippa les mains au revers de sa veste et entrouvrit les lèvres.

La preuve était faite, il aurait pu s'écarter d'elle et la laisser partir. Mais, au lieu de ça, il l'enveloppa de ses bras et la serra plus étroitement contre lui. Comme la première fois, son cerveau se ferma au monde extérieur et son corps réagit instinctivement. Il ressentit alors le besoin aussi impérieux que charnel de la posséder et de la dominer.

Carrie répondit à son désir en promenant des doigts fébriles sur son torse, puis en les insinuant dans ses cheveux. Elle lui rejeta la tête en arrière pour mieux lui mordiller le cou. « Mordre » serait plus approprié. Aiguillonné par le désir, il la plaqua sans ménagement contre la porte, lui tirant un petit cri de douleur lorsque sa tête heurta le bois dur du battant.

— Je veux que tu me prennes là, contre cette porte, lui souffla-t-elle à l'oreille en prenant à pleine main son sexe gonflé sous la toile de son pantalon.

Il poussa un râle et insinua sous sa jupe une main impatiente qui buta sur un porte-jarretelles.

Il venait d'atteindre le haut de sa cuisse nue lorsque son téléphone vibra.

Carrie ne chercha pas à dissimuler sa frustration lorsqu'il retira sa main d'en dessous sa jupe et qu'elle dut empêcher la sienne de baisser la fermeture Eclair de son pantalon.

— Oui ? grommela Rob.

— Nous sommes prêts, répondit son père.

Il raccrocha sans même avoir répondu, pour ne pas trahir ses émotions.

— Ils nous attendent, rapporta-t-il à Carrie.

Elle acquiesça, les joues rougies, les pupilles dilatées.

— Laisse-moi juste le temps de reprendre mon souffle.

Il replaça son smartphone dans la poche de sa veste et remonta la fermeture à glissière de son pantalon avant de répondre avec satisfaction :

— Tu comprends ce que je voulais dire, maintenant ?

— Exactement. Tu viens de me donner la preuve que tu ne sais pas te maîtriser.

D'un air digne, elle rajusta sa veste et lissa les plis de sa jupe.

— Tu n'as rien fait pour m'arrêter, contra Rob.

Elle le regarda droit dans les yeux, le menton fièrement relevé.

— Il faut toujours que tu aies le dernier mot, n'est-ce pas ?

— Pas toujours, non.

Pas cette fois, en tout cas. Car, s'il ne pouvait nier qu'il existait entre eux une très forte attirance physique, Carrie n'était pas du tout le genre de femmes avec qui il pouvait envisager un avenir. Même pour quinze millions de dollars. Lui, ce qu'il voulait, c'était se marier, fonder une famille et produire un héritier mâle. Bref, tout ce qu'elle ne pouvait pas lui offrir, sans compter que l'avoir en permanence dans les parages ne ferait que rajouter à la tension ambiante.

— Me suis-je bien fait comprendre ?

— Parfaitement, répondit-elle d'un ton neutre. Et si nous y allions ?

Ils rejoignirent les autres en silence. Tout avait été dit. Ils avaient passé un bon moment ensemble, mais c'était fini. Elle retournerait en Californie tandis que lui et son équipe élaboreraient un plan pour rebooster les ventes. Tôt ou tard, il trouverait la femme idéale qui lui donnerait l'héritier exigé par son grand-père et chacun y trouverait son compte.

Une fois dans la salle de conférences, ils reprirent leur place en évitant de se regarder.

— Désolé de vous avoir fait attendre, attaqua Dimitrio.

— Je comprends tout à fait, répliqua-t-elle.

Rob attendit en vain qu'elle leur apprenne la mauvaise nouvelle, mais elle ne dit rien. Elle restait là, assise, silencieuse.

— Après cette courte délibération, enchaîna Leo, nous avons le plaisir de vous annoncer que nous acceptons vos conditions et que nous aimerions vous voir intégrer la société dès lundi matin.

Rob espérait encore que le miracle allait se produire.

— Mes prétentions peuvent vous paraître élevées, mais sachez qu'elles sont à la hauteur de vos espérances, dit-elle en adressant à Rob un sourire victorieux.

Ses mots lui firent l'effet d'un coup de poignard dans le dos. Elle s'était moquée de lui. A aucun moment elle n'avait eu l'intention de refuser cette mission.

Très bien. Elle voulait la guerre ? Eh bien, elle l'aurait !

3

Une fois les contrats signés, chacun quitta les lieux après avoir serré la main de Carrie et l'avoir félicitée. Rob assistait au spectacle tout en rassemblant les classeurs, tâche habituellement attribuée à une assistante. Il attendit patiemment qu'Elana parte la dernière, avant d'affronter Carrie.

— Alors ?

Elle referma sa serviette et lui adressa un sourire radieux.

— Quelque chose ne va pas, Robby ?

Il ne manqua pas de relever toute l'ironie contenue dans la façon qu'elle avait eue de souligner ce sobriquet dont l'affublait sa cousine.

— Pourquoi m'as-tu menti ?

Elle lui adressa un sourire faussement ingénu.

— Je t'ai menti ? Moi ?

— Tu étais d'accord qu'étant donné ce que nous avons vécu travailler ensemble ne serait pas une bonne idée.

— Tu l'as décrété. A aucun moment je n'ai affirmé que j'étais d'accord.

— En fait, tu as pris un malin plaisir à me balader, c'est ça ?

— Pas plus que tu ne l'as fait.

Ainsi, elle le croyait à sa merci. Mieux valait qu'il parte avant de lui dire ce qu'il pensait vraiment d'elle.

— A lundi, lança-t-il d'une voix qu'il voulait égale.

— A lundi, Robby. Ah, au fait, la première chose à faire

est d'analyser les données marketing. Pour cela, je vais avoir besoin de ton aide.

— Très bien, acquiesça-t-il en refrénant l'impatience qui le gagnait.

— Il me faudra toutes les données depuis ces vingt dernières années.

— Quoi ? ! se récria-t-il, excédé.

Cherchait-elle à faire de sa vie un enfer ?

— Cela risque de prendre un peu de temps, reprit-il le plus calmement possible. Nous sommes en train de numériser tous nos documents, mais certains sont encore en version papier.

— Cela ira. Je les veux sur mon bureau lundi, à la première heure.

— Au cas où tu ne l'aurais pas remarqué, tout notre personnel est en vacances jusqu'à lundi.

Elle le gratifia d'un nouveau sourire narquois.

— Qui mieux que le directeur en personne peut s'en occuper ? Ah, un dernier mot. Je veux que tu sois disponible à tout moment au cas où j'aurais des questions à te poser.

Il gagna la porte en serrant les dents.

— Robby ?

Elle attendit qu'il se retourne vers elle pour continuer :

— Je ne suis pas l'ennemie à abattre. Les choses seront positives ou difficiles, en fonction de ton attitude. Mais tu verras, je peux être une partenaire très agréable.

— J'avais remarqué. Et, pour le 5 à 7 dans mon bureau, ce sera tous les jours ou juste une ou deux fois par semaine ? demanda-t-il méchamment.

Elle poussa un profond soupir et secoua la tête, affichant une mine faussement dépitée.

— Allons, Robby, je suis sûre qu'avec un petit effort tu peux trouver mieux. Tu crois donc qu'on ne me l'a jamais faite, celle-là ? Tout au long de ma carrière, j'en ai entendu des vertes et des pas mûres ; j'ai été harcelée, tripotée, traitée comme un objet, mais j'ai toujours obtenu les résultats escomptés en gardant ma dignité. Si tu veux me provoquer, libre à toi, mais sache une chose : j'obtiens toujours ce que je veux et les coups bas ne me font pas peur.

Evidemment. Il aurait dû savoir qu'une femme ne pouvait réussir dans le monde des affaires sans avoir une personnalité hors du commun.

Pensif, il se rendit dans son bureau et envoya un e-mail à ses collaborateurs ainsi qu'à son assistante, avec pour ordre de fournir à Carrie ce qu'elle leur demanderait aussitôt qu'ils auraient repris leurs fonctions respectives. De légers coups frappés à la porte lui firent lever le nez de son ordinateur.

— Salut, dit-il en faisant signe à Nick et à Tony d'entrer.

— Alors ? s'enquit Tony le premier.

— Oui, enchaîna Nick, de quoi avez-vous parlé lorsque vous avez quitté la salle de conférences ?

— Si je vous le disais, vous ne me croiriez pas, déclara Rob, qui doutait lui-même des événements de ces dernières heures. Vous croyez que mon père a remarqué ?

— Tout le monde a remarqué ! répondit Nick. On vous aurait cru prêts à vous entretuer.

— Vous vous souvenez de la femme du réveillon dont je vous ai parlé ? La blonde rencontrée au bar ?

Tony hocha la tête.

— Oui. Et alors ?

Nick, qui avait compris, éclata d'un rire sonore.

— Je ne le crois pas ! s'exclama-t-il. Sacrée malchance, tout de même !

— Tu peux le dire.

Tony scruta tour à tour ses deux cousins, avant de se mettre lui aussi à rire de bon cœur.

— Ne me dis pas que Carrie-du-bar et Caroline Taylor ne sont qu'une seule et même personne ? demanda-t-il pour la forme.

— Ravi que vous trouviez ça drôle, grommela Rob.

— Avoue qu'il y a de quoi rire, dit Nick.

Certes, cela dit, il aurait préféré que ce ne soit pas à ses dépens.

— Que comptez-vous faire ? s'enquit Tony.

— Je lui ai demandé de refuser cette mission en soutenant qu'il y aurait conflit d'intérêts, mais vous avez bien vu comment elle a réagi.

— Compte tenu de ses honoraires, il n'y a rien d'étonnant à cela, la défendit Tony.

— Crois-moi, je vais lui mener la vie dure.

Tony secoua la tête, l'air de dire que ce n'était pas une bonne idée.

— Si tu essaies de lui mettre des bâtons dans les roues, ton père risque d'être furieux.

— Il ne le saura pas.

— Sauf si elle te balance.

— A elle de voir si elle tient à ce que toute la famille sache comment nous nous sommes rencontrés. Apprendre comment la très digne Caroline Taylor racole des hommes dans un bar serait du plus mauvais effet. Sans compter que ses clients potentiels pourraient s'imaginer qu'une partie de jambes en l'air fait partie du contrat.

— Ce serait un peu rude de ta part, non ?

— Ce n'est pas moi qui lui ai déclaré la guerre devant toute la famille. Et crois-moi, elle n'hésitera pas à me discréditer aux yeux de mon équipe à la moindre occasion.

— Tu exagères. Elle ne m'a pas paru aussi vindicative.

— On voit bien que tu n'as pas entendu ce qu'elle m'a dit lorsque nous nous sommes retrouvés en tête à tête. Mais elle oublie que je suis ici chez moi et qu'elle devra agir selon mes règles.

— A toi de voir, mon vieux. En attendant, Nick et moi allons manger quelque chose au bistro d'en face. Tu nous accompagnes ?

Il songea à la somme de travail que la requête de Carrie nécessitait.

— Volontiers, accepta-t-il en souriant dans le vide, ravi de lui jouer là un bon tour.

Il s'apprêtait à emboîter le pas à ses cousins lorsque son poste fixe se mit à sonner. C'était Megan, sa sœur cadette.

— Je vous rejoins dans un quart d'heure, dit-il à l'adresse de ses cousins. Salut, Meggie. Qu'y a-t-il ?

— L'agent immobilier vient de m'appeler, répondit cette dernière, tout excitée. Ils ont accepté mon offre. J'ai l'appartement !

— Je suis content pour toi, dit Rob, sincèrement content que sa sœur ait enfin réussi après deux précédents échecs. Tu es bien certaine que tu pourras assumer financièrement ?

— C'est la seconde bonne nouvelle, figure-toi. Tu te souviens de Rose Goldwyn ?

Rob la croisait parfois dans les couloirs. Elle était la fille de l'ancienne assistante de *nonno* — ainsi que ses petits-enfants surnommaient leur aïeul — et travaillait aujourd'hui au sein de l'entreprise. Si elle se montrait toujours cordiale et chaleureuse, il y avait un je-ne-sais-quoi chez elle qui le dérangeait.

— Oui. Et alors ?

— Elle est d'accord pour être ma colocataire.

— Mais tu la connais à peine !

— C'est vrai, mais il se trouve que nous avons beaucoup discuté récemment et que nous nous sommes découvert pas mal d'affinités.

— Elle a au moins vingt ans de plus que toi, objecta encore Rob.

— Quelle importance ?

— Aucune, en effet, Meg. Mais…

— Mais quoi ?

— Je ne sais pas. Je n'ai pas confiance en elle.

— Robby, j'ai vingt-cinq ans ! Je n'ai plus l'âge d'être maternée !

Elle avait beau protester, il éprouverait toujours le besoin de la protéger. Elle n'était qu'une enfant lorsque ses parents l'avaient adoptée et depuis ce jour, malgré la différence d'âge, ils étaient très proches.

— Fais-moi une faveur, insista-t-il. Essaie de glaner quelques informations sur elle.

Le profond soupir qu'exhala sa sœur lui apprit qu'elle rendait les armes.

— D'accord. Si ça peut te rassurer…

— En effet, ça peut.

Son attention fut soudain attirée par le bruit d'une porte qui claquait violemment, un bruit suivi d'éclats de voix provenant du couloir. Que se passait-il donc ?

— Meggie, je dois te laisser. Je te rappellerai plus tard.

— O.K. Je t'aime, Robby.

— Moi aussi, je t'aime.

Il sortit de son bureau et aperçut son père et son oncle Tony en grande discussion.

— On ne m'a pas laissé le choix, disait son père.

— Tu as choisi toi-même de la quitter, répliqua Tony.

Ivre de rage, Dimitrio poussa son frère qui heurta violemment la porte de la salle de conférences.

Rob avait déjà vu les deux hommes se disputer, parfois de façon très véhémente, mais c'était la première fois qu'ils en venaient aux mains. Il entendit ses cousins accourir en criant.

— Qu'y a-t-il, bon sang ?

Ils s'approchèrent de Dimitrio et de Tony qui, visages cramoisis, mâchoires et poings serrés, se fixaient avec haine comme deux ennemis jurés.

— Papa ! cria Tony junior. Je peux savoir à quoi vous jouez tous les deux ?

Dimitrio pointa son frère d'un doigt rageur.

— Et si tu leur disais, Tony ?

— Moi aussi, j'aimerais bien savoir ce qui se passe, renchérit Rob qui, quelque temps auparavant, avait surpris sa mère en pleurs.

— Les garçons, cette histoire ne vous regarde pas. Il n'y a pas lieu de vous inquiéter.

— Vous étiez à deux doigts de vous écorcher vifs et tu nous demandes de ne pas nous inquiéter ? s'insurgea Tony.

— Ce ne serait pas la première fois, déclara Dimitrio.

— Vous n'êtes plus des enfants, tout de même ! leur reprocha Rob. Je vous rappelle que vous allez tous les deux sur vos soixante ans. Vous risquez la crise cardiaque avec vos bêtises.

— J'ai raté quelque chose ?

Toutes les têtes se tournèrent vers Leo, le père de Nick, qui arrivait en renfort.

— Ils se battaient ! dit Tony. Tu te rends compte ? Ils se battaient physiquement !

— Ne vous inquiétez pas pour ça, dit Leo en riant. Vous n'imaginez pas le nombre de fois où j'ai dû les séparer lorsque nous étions enfants.

Tout en parlant, il alla se placer entre ses deux frères et leur tapota le dos.

— Allons, venez dans mon bureau que nous mettions tout cela à plat. Vous pouvez nous laisser, les garçons, je m'en occupe.

Les trois cousins s'exécutèrent à contrecœur.

— Qu'en pensez-vous ? demanda Tony junior le premier, dès qu'ils furent seuls.

— Je ne sais pas, répondit Rob. Tout ce que je peux dire, c'est que ça couvait depuis un moment. Il règne entre eux une certaine tension depuis deux mois environ.

— Sarah s'est disputée avec Dimitrio à Thanksgiving, leur rappela Nick.

En effet, Sarah, la mère de Tony, fréquentait Dimitrio avant qu'il ne choisisse de s'engager dans l'armée. Le fait que Tony l'épouse peu de temps après n'avait pourtant pas mis le feu aux poudres entre les deux hommes. Chacun menait sa vie sans histoires jusqu'à…

— Tony, tu crois que ta mère et mon père…

— Honnêtement, Rob, je ne sais plus quoi penser. Tout ce que je sais, c'est que ce n'est plus très fusionnel entre mes parents. En fait, ils s'ignorent royalement.

— Mon père pourrait peut-être éclairer notre lanterne, suggéra Nick. Il a l'air d'en savoir plus qu'il veut bien le dire.

— Au fait, ton père couche toujours avec ta mère ? s'enquit Rob sans ambages.

— J'en ai bien peur, répondit Nick, qui déplorait que ses parents, bien que divorcés, aient renoué une relation purement physique. Le choc que ça a été, quand je les ai surpris au lit !

— Ça t'apprendra à entrer sans frapper, le taquina Tony.

— Moi, je trouve que c'est une bonne chose qu'ils se revoient après tant d'années, soutint Rob.

— En plus, ils ont l'air heureux, renchérit Tony. Je ne sais pas si je devrais le dire, mais ils étaient ensemble au réveillon du nouvel an. Ils étaient scotchés l'un à l'autre et se sont éclipsés bien avant la fin des réjouissances.

— Il n'empêche. Je ne comprends pas comment deux personnes qui se sont détestées pendant des années — sans parler du mal qu'ils ont fait à leurs enfants — changent subitement d'avis au point de redevenir amants.

— Ne crois-tu pas qu'ils auraient préféré être heureux lorsqu'ils vivaient ensemble ? plaida Tony.

— Tu as probablement raison, admit Nick. Enfin, pourvu que je n'aie plus à voir mon père nu dans le même lit que ma mère, ils peuvent bien être heureux si ça leur chante.

— Alors, ce déjeuner ? proposa Tony d'une voix enjouée.

En passant devant le bureau d'accueil, ils saluèrent Sheila, puis au rez-de-chaussée Dennis, l'agent de sécurité.

— Sur quelle équipe pariez-vous ? lui demanda Nick, faisant allusion au match de football décisif qui devait se jouer dans la soirée.

— Je parie sur une finale Steelers-Lions, répondit Dennis. Et ce sera l'équipe des Lions qui remportera le match.

— Vous plaisantez ? Les Lions n'ont pas gagné le championnat depuis quoi… ? Quarante ans ?

— La dernière fois, c'était en 57, précisa Dennis. Mais là, c'est leur année.

Nick éclata de rire.

— Moi, je parierais plutôt sur un match Steelers-Chargers avec une victoire pour les Steelers.

Dennis esquissa un sourire condescendant.

— Vous pouvez toujours rêver, patron.

Nick riait encore alors qu'ils effectuaient à pied le trajet qui les séparait du restaurant, à trois rues de là. Le trottoir glissant rendait leur progression difficile et ils mirent plus de temps que d'habitude pour arriver. Aussi, lorsqu'ils poussèrent enfin la porte de l'établissement, toutes les tables étaient prises et une file de gens attendait leur tour.

— On patiente ? s'enquit Tony.

— Comme vous voulez, mais ça risque d'être long, répondit Rob en haussant les épaules.

— Moi, je propose de rester là, déclara Nick. Il fait trop froid pour chercher autre chose, sans compter que ça risque aussi d'être complet.

— Caroselli !

Rob reconnut tout de suite cette voix. Il fronça les sourcils en cherchant Carrie du regard.

4

— C'est Carrie ? demanda Nick.

— En effet, confirma Rob.

Assise seule à une table près du comptoir, elle leur faisait de grands signes de la main. Elle avait eu la bonne idée de retirer la veste de son tailleur, ce qui laissait apparaître un charmant chemisier rose épousant ses formes épanouies. Ses cheveux, libérés de leur chignon strict, ondulaient en vagues soyeuses sur ses épaules.

— Je comprends mieux pourquoi tu as craqué, dit Tony, admiratif.

— En effet, approuva Nick. Elle est juste… canon !

Malgré lui, Rob ne put s'empêcher de l'observer à son tour. Oui, elle était belle. Un véritable chef-d'œuvre de la nature.

— On dirait qu'elle nous propose de partager sa table, fit remarquer Nick.

— Je ne préfère pas, déclara Rob, catégorique.

— Allons, cesse de faire l'enfant, le rabroua Nick en lui donnant un petit coup de coude dans les côtes. Et puis, il faut bien que tu t'habitues à sa présence.

Tourner les talons et prendre la porte serait une façon de lui montrer qu'elle avait gagné. Et ça, il n'en était pas question ! Sans compter que ce restaurant était sa cantine depuis dix ans ; alors, si l'un des deux devait partir, ce ne serait certainement pas lui !

Elle les accueillit en souriant.

— J'ai pensé que vous pourriez partager ma table, plutôt que d'attendre. J'ai dû patienter plus de vingt minutes pour avoir celle-ci.

— C'est avec grand plaisir que nous acceptons, dit Nick en lui adressant son plus beau sourire.

Lui et Tony prirent les chaises qui faisaient face à Carrie, ne laissant d'autre choix à Rob que de se glisser sur la banquette à côté d'elle. Sa serviette occupant le siège qui se trouvait contre la fenêtre, ils se retrouvèrent si près l'un de l'autre que Rob sentait la chaleur de son corps contre le sien. Chaque fois qu'ils esquissaient un mouvement, leurs épaules ou leurs bras se touchaient.

Décidément, cette journée allait de mal en pis.

Rob s'évertua en vain à ignorer les effluves de son parfum ou le contact de ses jambes lorsqu'elles le frôlaient. Le souvenir du porte-jarretelles retenant ses bas de soie lui envoya des ondes de désir dans tout le corps.

— Vous me semblez bien nerveux, Rob, pointa Carrie d'une voix moqueuse.

Heureusement pour lui, la serveuse venue prendre la commande mit momentanément fin à sa torture.

— J'imagine que vous venez souvent ici, reprit Carrie d'un air désinvolte.

— C'est le meilleur bistro de Chicago, déclara Tony. Mais vous, comment l'avez-vous trouvé ?

— J'ai demandé à Dennis. C'est lui qui m'a indiqué cette adresse.

Si Dennis n'avait pas été un aussi bon élément, Rob l'aurait volontiers fichu à la porte !

— Alors, comment trouvez-vous Chicago ? s'enquit Nick.

— Froid et venteux, répondit-elle avec humour.

— Ce n'est pas pour rien qu'elle est surnommée « La cité venteuse », lui apprit Tony.

— Je suppose qu'il vous tarde de retrouver la côte ouest ? s'enquit Rob d'un ton sarcastique.

Ce à quoi elle répondit par un regard en coin qui semblait signifier : « Compte là-dessus, mon bonhomme. »

— Non, dit-elle plus sobrement. Au contraire même, je sens que je vais beaucoup me plaire ici.

— Savez-vous combien de temps vous allez rester ? demanda Nick.

— Pas encore, mais suffisamment longtemps pour me mettre en quête d'une location. Vous ne connaîtriez pas un bon agent immobilier par hasard ?

— Mon beau-frère David est expert immobilier, répondit Tony en sortant son portable de sa poche. Il pourra certainement vous indiquer une bonne agence.

Il lui communiqua ses coordonnées qu'elle enregistra dans son smartphone.

— Je regrette l'époque où nous notions tout sur papier, déplora Nick.

— Moi, je serais perdue sans mon téléphone et mon ordinateur, rétorqua Carrie. Toute ma vie est concentrée là-dedans.

— Quel genre d'appartement vous faudrait-il ? s'enquit Nick.

— J'aimerais un meublé avec deux chambres, situé dans une résidence équipée d'une salle de fitness et d'une piscine. J'adore nager et j'essaie d'y consacrer tous les jours un peu de temps.

— Je crois avoir ce qu'il vous faut. Ma femme, Terri, possède une petite maison qu'elle voulait vendre, mais elle a calculé que ce serait à perte. Elle a ensuite eu dans l'idée de la louer mais elle a si peur des mauvais payeurs qu'elle y a également renoncé. Si je lui parle de vous, il est évident qu'elle vous la cédera. Elle correspond en tout point à ce que vous recherchez, à l'exception de la piscine, mais il y en a une, privée, à deux rues de là. L'endroit présente aussi l'avantage d'être situé près des bureaux Caroselli.

Et de mon loft, songea Rob que cette perspective n'enchantait guère.

— Ça me semble parfait, dit Carrie. Si cela peut rassurer votre épouse, dites-lui que je peux payer trois mois d'avance.

— Je lui en parle dès que je rentre et je vous rappelle.

— D'accord, dit-elle en échangeant son numéro avec celui de Nick, ce qui eut pour effet d'irriter Rob au plus haut point.

Fallait-il vraiment qu'elle essaie de mettre tout le monde de son côté, histoire de le faire passer pour le méchant ?

— Que me recommandez-vous pour occuper mon temps libre ? Il y a tant de choses à faire dans cette ville que je ne sais pas par quoi commencer !

Ses cousins lui conseillèrent les incontournables : le Planétarium, l'Aquarium et le musée d'Art contemporain.

— Et vous ? demanda-t-elle à Rob. Que me suggéreriez-vous ?

— Le musée des Sciences et de l'Industrie, répondit-il spontanément.

— Vraiment ? dit-elle en prenant un air faussement songeur. J'aurais pensé que vous me proposeriez plutôt le musée des Sports.

— Qu'est-ce qui vous fait penser une chose pareille ? Vous ne me connaissez pourtant pas si bien.

Elle esquissa un sourire amusé, semblant prendre un malin plaisir à cet échange qu'eux seuls pouvaient comprendre.

— Vous vivez tous les trois ici ? demanda-t-elle d'un air ingénu.

Qui aurait pu supposer que de son pied nu elle caressait la cheville de Rob ?

Il lui coula un regard de biais, mais son visage impassible ne laissait rien filtrer. Elle écoutait attentivement ses interlocuteurs, comme si de rien n'était, ne s'interrompant que pour lécher délicatement le bout de ses doigts poisseux de sirop d'érable.

Rob, à qui ce manège n'avait bien évidemment pas échappé puisqu'il lui était adressé, avala d'un trait son verre d'eau glacée.

— Vous n'avez pas faim ? lui demanda-t-elle en désignant du menton son assiette intacte.

— C'est trop chaud, marmonna-t-il.

— J'ai l'impression que vous êtes bien plus que de

simples cousins. Vous me faites l'effet de véritables amis. Je me trompe ?

— Qu'est-ce qui vous fait penser ça ? s'enquit Tony.

— Je sens les choses. Je suis quelqu'un de très intuitif.

— Vous avez raison, même si ça n'a pas toujours été le cas. Lorsque nous étions petits, c'est contraints et forcés que nous nous fréquentions, parce que nos parents étaient très proches. Mais aujourd'hui nous sommes très liés.

— Dans ce cas, je suppose que Rob vous a dit que nous avions couché ensemble le soir du réveillon ?

De stupéfaction, Rob laissa sa fourchette en suspens. Quant à Nick, il faillit en recracher ses œufs et Tony son café.

— Comment peux-tu penser une chose pareille ? mentit Rob lorsqu'il fut de nouveau en mesure de parler.

Elle esquissa un sourire empreint de sérénité.

— L'intuition, toujours.

— Il est vrai qu'il nous en a touché un mot, admit Tony.

— Je suppose aussi qu'il a mentionné le fait que nous ignorions que nous allions nous revoir ce matin.

— C'est évident, assura Nick. Mais nous n'avons pas besoin d'en savoir plus. Tout cela ne nous regarde pas.

— Et moi, je préfère crever l'abcès. Au moins, les choses auront le mérite d'être claires.

— Carrie…, protesta Rob.

Elle l'arrêta d'un geste péremptoire de la main.

— Je ne suis pas en colère. Les hommes aiment se vanter de leurs conquêtes. Moi-même, je ne vous cacherai pas que j'ai appelé ma meilleure amie le lendemain de notre rencontre pour lui faire un compte rendu de ma soirée. Cela dit, ce n'est pas comme si nous avions projeté de nous revoir. Aussi, j'apprécierais que cette histoire reste strictement entre nous.

— Je saurai me taire, affirma Tony.

— Moi aussi, renchérit Nick, que cette situation semblait beaucoup amuser. Ce que vous faites de votre temps libre ne regarde que vous.

Rob n'en revenait pas. Quel talent ! Ainsi, s'il promettait

de ne rien dire mais qu'il rompait un jour sa promesse, il passerait pour le pire des saligauds.

Elle voulait aller sur ce terrain ? Très bien ! Il irait aussi.

— Puisque nous jouons cartes sur table, intervint-il, pourquoi ne pas leur raconter ce qui s'est passé dans mon bureau ce matin ?

— Franchement, ce n'est pas la peine, intervint Tony qui pressentait sans doute le pire.

— Tu veux dire ce qu'il ne s'est pas passé, plutôt, corrigea Carrie avec aplomb. En effet, ajouta-t-elle à l'adresse de Tony et de Nick, c'est dommage mais nous avons manqué de temps.

Les deux hommes fixèrent leur cousin, dans l'attente d'une réponse qui tardait à venir.

— Cela ne se reproduira plus, assura-t-il, estimant qu'il lui revenait de mettre fin à cette joute verbale.

— Je comprends tout à fait, rétorqua-t-elle sur le même ton neutre. Je sais, pour l'avoir vécu, qu'il est très malsain de vivre une liaison avec l'un de ses subordonnés.

Sous l'affront, Rob écuma d'une rage contenue. Croyait-elle sincèrement qu'il était sous ses ordres ? C'était elle la subordonnée ! Elle qui n'était là que de façon temporaire. Et, lorsqu'elle serait partie, lui serait toujours en place.

Indifférente à la colère qu'elle suscitait, elle se pencha vers Nick et Tony pour leur dire sur le ton de la confidence :

— J'aimerais avoir votre avis sur un sujet un peu délicat. Imaginons que vous passiez la nuit avec une femme. Vous savez que vous ne vous reverrez pas. Le jour se lève, mais elle dort toujours et vous décidez de partir. La réveillez-vous pour lui dire au revoir ou lui laissez-vous un petit mot ? Ou encore partez-vous en catimini ?

Nick adressa à Rob un regard désolé pour ce qu'il allait dire.

— Je vais sans doute subir les foudres de mon cousin, mais en ce qui me concerne il ne fait aucun doute que je la réveillerais pour lui dire au revoir.

— Et vous, Tony ?

— J'aurais au moins laissé un mot.

Ayant obtenu ce qu'elle voulait, Carrie adressa à Rob un sourire triomphant.

— Tony, je ne voudrais pas te bousculer, mais je crois qu'il est l'heure, annonça Nick après avoir jeté un coup d'œil à son poignet dénué de montre.

L'espace de quelques secondes, Tony le regarda sans comprendre.

— Ah, oui ! finit-il par dire. Bien sûr, il faut que nous y allions. Nous sommes attendus.

Nick prit l'addition que la serveuse avait laissée sur la table.

— Attendez, dit Carrie en fouillant dans son sac. Je tiens à payer ma part.

Nick se leva, imité par Tony.

— N'insistez pas, vous êtes mon invitée, dit-il.

— Merci, accepta Carrie. A charge de revanche.

Aussitôt qu'ils furent seuls, Rob alla s'installer sur le siège de Nick. Mais c'était pire que d'être à côté d'elle. Car, de là où il se trouvait, il avait une vue plongeante sur le décolleté de son chemisier, autrement dit sur la naissance de ses seins.

— C'était amusant, non ? plaisanta-t-elle.

— Tu trouves ?

Elle lui sourit, tout en repoussant son assiette vide à l'extrémité de la table.

— Tes cousins sont vraiment de charmants garçons. Je parie que Tony est célibataire.

— Gagné.

— Il a une petite amie ?

— Pourquoi ? Il t'intéresse ?

Elle inclina légèrement la tête de côté.

— Serais-tu jaloux ?

— Il sort à peine d'une relation difficile et la dernière chose dont il ait besoin, c'est d'une fille comme toi qui lui embrouillerait la tête.

— Est-ce l'effet que je te fais ? demanda-t-elle d'un ton aguicheur, posant son coude sur la table et son menton dans sa main.

Et, alors qu'elle le regardait droit dans les yeux, il sentit de nouveau son pied nu lui caresser la cheville. Lorsqu'elle atteignit son genou avec l'intention manifeste de gagner encore du terrain, il le repoussa en adressant à Carrie un regard qui se voulait menaçant.

— Tu aimes les coups bas, je vois.

— Pourquoi dis-tu ça ?

— Parce que je ne suis pas ton subordonné.

— J'ai vraiment parlé de toi en ces termes ? demanda-t-elle, faussement étonnée.

— Il y a une minute, lorsque tu as affirmé qu'il était très malsain de vivre une relation avec un subordonné. Tu ne peux pas avoir déjà oublié.

— Je ne parlais pas de toi en particulier. Mais dis-moi, te montres-tu toujours aussi susceptible ?

— Jamais. Juste avec toi.

— Comme je te l'ai dit, Rob, l'harmonie de notre relation dépendra uniquement de toi.

Il comprit trop tard ce que signifiait le regard diabolique qu'elle posait sur lui. Pris de court, il sentit de nouveau son pied remonter cette fois jusqu'à son sexe.

— Mais je conçois que cela puisse s'avérer difficile, ajouta-t-elle d'une voix suave.

— Pourrais-tu cesser ce petit jeu pervers, je te prie ? siffla-t-il en repoussant brutalement son pied.

Il s'en voulait tellement de n'avoir aucun contrôle sur son corps aussitôt qu'elle le touchait ! N'avait-elle donc aucune pudeur ?

— C'est ta façon de voir les choses ? dit-il encore d'un ton mordant.

— J'essaie juste d'illustrer mon propos.

— Que veux-tu dire par là ?

— Que lorsqu'il s'agit de notre relation, qu'elle soit d'ordre professionnel ou privé, tu te trouves face à un sérieux problème de contrôle.

— Moi ? Tu oses parler de contrôle quand toi-même, tu n'es pas fichue de te tenir correctement dans un lieu public ?

L'offense parut ne pas l'atteindre. Elle lui adressa même un sourire amusé.

— Je dois y aller. A lundi.

— Malheureusement, oui. A lundi.

Il la regarda enfiler sa veste et son manteau, prendre son sac à main et quitter la salle de sa démarche chaloupée. Ce ne fut que lorsqu'elle monta dans un taxi qu'il put enfin détourner la tête de la baie vitrée.

Imprévisible. C'était le terme qui convenait.

Et, s'il voulait échapper aux griffes de cette diablesse, il n'avait d'autre solution que de regagner cette fameuse maîtrise qui lui faisait tant défaut dès qu'il se trouvait en sa présence.

5

Il était un peu plus de minuit. Carrie était assise au bar de l'hôtel et sirotait une Margarita pour célébrer sa victoire.

Malgré les quelques couacs qui l'avaient ponctuée, cette journée s'était avérée plus que positive. Elle avait su se montrer ferme mais néanmoins diplomate — si l'on exceptait le petit intermède dans le bureau de Rob. Heureusement, une fois de retour dans la salle de conférences, elle avait su compenser ce moment de faiblesse par une grande maîtrise d'elle-même.

Avec le temps, elle avait compris que sa nature impulsive pouvait la servir autant que la desservir. Cette expérience au sein de l'entreprise Caroselli pouvait donc se révéler une grande réussite aussi bien qu'une expérience désastreuse. Car, même si, jusque-là, tout allait pour le mieux, elle avait dérogé à la règle qu'elle s'était fixée de ne plus mélanger vie privée et vie professionnelle, ce qui risquait de lui compliquer la tâche.

Elle avait beau détester devoir l'admettre, le petit jeu qu'elle s'était plu à jouer au cours du déjeuner aurait pu se retourner contre elle. En se comportant comme elle l'avait fait, elle avait pris le risque de voir Rob entrer dans son jeu, et qui sait si elle ne l'aurait pas elle-même entraîné dans son lit encore une fois ?

Dieu merci, rien de tel ne s'était produit et désormais la balle était dans son camp.

Elle lécha un peu du sel qui entourait le bord de son verre, avant de boire une gorgée de sa Margarita. Son regard croisa alors celui de l'homme d'affaires assis à trois tabourets du sien.

— Je vous offre un verre ? demanda-t-il aussitôt.

Non seulement il avait le double de son âge, des cheveux clairsemés et une bedaine proéminente, en plus, il ne cherchait même pas à cacher l'alliance qui ornait son annulaire.

Avait-elle l'air aussi désespérée pour que ce genre d'homme ait le toupet de l'aborder ?

Elle secoua la tête, tout en lui adressant un regard noir.

Elle accueillit avec soulagement la sonnerie de son téléphone portable et sourit au nom de sa meilleure amie qui s'affichait sur l'écran.

— Comment s'est passée ta réunion ? s'enquit Alice sans préambule.

Carrie l'imagina aisément étendue sur le canapé du très chic loft de SoHo qu'elle partageait avec sa sœur, ses cheveux aile de corbeau coincés derrière l'oreille. Avec son mètre quatre-vingts et ses cinquante-quatre kilos, dire qu'elle avait l'allure du mannequin qu'elle était tenait de l'euphémisme. Bien que très différentes, elles n'en étaient pas moins les meilleures amies du monde depuis qu'elles s'étaient rencontrées à l'université, où elles avaient partagé la même chambre. En fait, Alice était sa seule véritable amie.

Habituellement toujours entre deux avions, elle l'appelait cette fois-ci de chez elle, bloquée par une fracture du pied qui la tenait éloignée des podiums jusqu'à l'automne.

— Nous avons signé les contrats, Alice ! Je suis donc à Chicago pour les trois prochains mois.

— C'est fabuleux !

— En plus, ils n'ont pas discuté le prix. Bref, ça n'aurait pas pu mieux se passer.

— Mais ?

— Qu'est-ce qui te fait penser qu'il y a un « mais » ?

— Je le sens. J'ai raison, n'est-ce pas ?

Carrie poussa un soupir qui en disait long.

— J'ai dérogé à la règle, avoua-t-elle. Mais c'était un accident.

— Il faudrait que tu m'expliques parce que je ne vois pas très bien comment on peut coucher avec quelqu'un par accident.

— Eh bien, j'en suis la preuve vivante.

— Raconte-moi, vite !

Carrie devina alors le sourire félin accompagné de la petite étincelle d'amusement au fond des prunelles violettes de son amie.

— Evidemment, prévint-elle, ça peut paraître difficile à croire.

— Ma chérie, répliqua Alice en riant, avec toi, je m'attends à tout.

— Bon, alors voilà. Tu te souviens de Ron, l'homme dont je t'ai déjà parlé ?

— La bombe sexuelle du bar ?

— Oui. Il s'avère que je m'étais trompée. En fait, il s'appelle Rob et pas Ron.

— Ah bon. Et où est le problème ?

— Le problème, c'est qu'il s'appelle Rob Caroselli. Et qu'il est directeur marketing des chocolats Caroselli.

Carrie entendit le rire étouffé de son amie à l'autre bout du fil. Elle lui raconta l'histoire par le menu, depuis la minute où elle était entrée dans la salle de conférences jusqu'au déjeuner où elle avait fait du pied à Rob.

— Tu as raison sur un point, commenta Alice lorsqu'elle eut retrouvé son sérieux, je n'aurais jamais cru une histoire pareille venant de quelqu'un d'autre que toi. Mais impulsive comme tu l'es…

— Je ne le suis pas tant que ça ! se défendit Carrie en faisant signe au serveur de lui apporter un autre verre.

— Bien sûr que non, ironisa Alice. Mais, au cours de ta première nuit dans une nouvelle ville, tu as quand même fait monter un inconnu dans ta chambre et tu as fait l'amour avec lui.

— Exact, admit Carrie du bout des lèvres.

— Evidemment, tu ne pouvais pas prévoir. C'est juste de la malchance.

— En tout cas, maintenant, les choses sont claires. C'est moi qui ai les cartes en main.

— Jusqu'au jour où tu recoucheras avec lui.

— Cela n'arrivera pas, assura Carrie d'un ton ferme.

— Ça vaudrait mieux, en effet. Mais dis-moi, tu l'as bien suivi dans son bureau ce matin ?

— Un moment de faiblesse, voilà tout. J'étais encore sous le coup de l'émotion.

— Et au restaurant ?

— Je mettais les choses au point.

— Vraiment ? fit Alice, dubitative.

— Vraiment. Pourquoi ai-je le sentiment que je vais regretter de m'être confiée à toi ?

— Parce que tu sais que, si tu te comportes comme une crétine irresponsable, je ne te l'enverrai pas dire.

— Et c'est ce que tu crois ?

— Ce que je crois, c'est qu'il y a de fortes chances pour que tu rechutes. Carrie, tu n'as plus l'âge de tirer les sonnettes d'alarme ou de rentrer tard le soir, volontairement, juste pour attirer l'attention. Tu es une femme forte, responsable, qui sait prendre son destin en main.

— Je sais.

Mais la petite fille en elle reprenait parfois le dessus, la poussant à vouloir se conduire comme telle.

— Le pire, poursuivit-elle, c'est que je ne suis même pas amoureuse. Mais, dès qu'il me frôle, j'ai envie de lui arracher ses vêtements et de lui sauter dessus.

— C'est exactement ce que Rex et moi éprouvions l'un pour l'autre. C'est ce qu'on appelle l'alchimie.

Rex, le petit ami d'Alice, était un styliste dont la renommée grandissante le conduisait au bout du monde. De plus en plus souvent, semblait-il. Mais, même lorsqu'il était à New York, Alice ne semblait pas heureuse.

— Quand rentre-t-il ? s'enquit Carrie.

— Dans deux semaines, répondit Alice d'un ton désabusé. Cette fois, il a promis.

Mais il avait tant de promesses non tenues à son actif ! Alice avait beau être belle, drôle et intelligente, elle manquait terriblement de confiance en elle. A cause de cela, elle se choisissait souvent des pervers qui prenaient un malin plaisir à la maltraiter. Et elle avait beau avoir conscience du problème, elle n'était pas encore parvenue à s'en libérer.

— Comment va ton pied ? demanda Carrie.

— Tout doux. Mais mon médecin m'a certifié que je pourrais reprendre le chemin des studios à l'automne. C'est fou ce que les choses peuvent changer votre vie en quelques secondes !

Les « choses » étant en l'occurrence un cycliste imprudent qui, en la bousculant dans un virage, l'avait violemment projetée contre une voiture. Par chance, elle s'en était sortie avec quelques contusions et cette unique fracture.

— D'ailleurs, il faut que je te laisse, j'ai rendez-vous avec mon kiné. Mais avant, promets-moi une chose : si tu éprouves le besoin irrépressible de te jeter sur M. Bombe sexuelle, je veux que tu m'appelles dans la seconde. A n'importe quelle heure du jour et de la nuit. Je saurai te ramener à la raison.

— D'accord.

— Tu promets ?

Carrie répondit par un profond soupir.

— Carrie ?

— D'accord, d'accord. Je promets, fit-elle à contrecœur.

Deux jours plus tard, Carrie sautait dans un taxi qui devait la conduire à l'appartement de Terri, l'épouse de Nick. Elle fut agréablement surprise lorsque le chauffeur s'arrêta devant une enfilade de petites maisons en briques rouges pimpantes.

Toutes les façades étaient décorées pour les fêtes. Toutes, sauf une. Probablement celle de Terri, puisqu'elle était vide.

Carrie paya la course, songeant qu'il serait plus économique de louer une voiture le temps de son séjour. Elle avait déjà écarté le recours aux transports publics, rebutée par la perspective de devoir piétiner dans le froid pour prendre un bus ou de se mêler à la foule compacte des adeptes du métro.

Elle resta un moment à contempler la rue. La présence d'un groupe d'enfants se livrant à une bataille de boules de neige lui fit supposer qu'elle se trouvait dans un quartier tranquille et sûr, puisque familial.

Elle remonta l'allée jusqu'au porche et s'apprêtait à sonner lorsque la porte s'ouvrit sur une jolie femme brune qui l'accueillit en souriant.

— Bonjour. Vous êtes Caroline, je suppose ?

— Oui. Mais tout le monde m'appelle Carrie.

— Moi, c'est Terri. Entrez. Laissez votre manteau n'importe où, que je vous fasse visiter.

Carrie pénétra dans une pièce aux tons de beige. Des murs aux lampes en passant par le tapis, tout était beige. Dans l'air flottait une agréable senteur de pins.

— Comme vous pouvez le constater, j'ai tout laissé sur place en emménageant chez Nick.

Carrie posa son manteau sur un bras du canapé et mit son sac par-dessus.

— C'est harmonieux et reposant.

— Selon Nick, dire que j'ai le sens de la décoration d'une brique serait faire offense aux briques.

— Je ne suis pas non plus une championne de la décoration, vous savez. Au point qu'à Los Angeles j'ai fait appel à une décoratrice d'intérieur.

— En tout cas, si vous n'aimez pas, n'hésitez pas à me le dire. Je ne m'offusquerai pas.

— C'est parfait. Et, pour ce que je peux en voir, j'apprécie beaucoup le côté fonctionnel de cette maison.

— Nous continuons la visite, alors ? proposa Terri.

— Absolument.

Carrie lui emboîta le pas. Elle devinait sous son aspect un peu rude une nature plus douce et vulnérable.

La chambre principale était un peu plus colorée, dans des tons de rose et de mauve qui conféraient à la pièce une ambiance chaleureuse. La salle de bains, communicante, était simple mais elle aussi fonctionnelle.

— Vous trouverez des serviettes de toilette et des draps là-dedans, précisa Terri en désignant une armoire à linge en pin naturel. Et dans ce réduit, le lave-linge et le sèche-linge.

Carrie esquissa un sourire de satisfaction. Elle n'oublierait jamais les jours difficiles où elle devait traîner son sac à linge sale trois étages plus bas, dans un sous-sol lugubre, ou, pire, jusqu'à la laverie automatique la plus proche, à huit cents mètres de son appartement.

Elles passèrent dans la seconde chambre, qui faisait office de bureau. Là encore, Terri avait privilégié le côté pratique en équipant la pièce d'une grande table de travail, d'une bibliothèque, d'un classeur à tiroirs et de nombreux autres rangements.

— Parfait, répéta Carrie.

— Vous parlez de cette pièce ?

— Je parle de tout. C'est exactement ce qu'il me faut.

— Vraiment ? s'étonna Terri.

— Vraiment. Puis-je jeter un coup d'œil dans la cuisine ?

— Bien sûr. C'est par là.

La cuisine était à l'image du reste de la maison : claire, propre, pratique.

— Je ne sais pas cuisiner, aussi vous ne trouverez dans les placards que les ustensiles indispensables, prévint Terri. Casseroles, poêles, plats… bref, rien de rare.

— De toute façon, je n'ai pas trop le temps de cuisiner, avoua Carrie. Je travaille en moyenne dix heures par jour, alors…

— J'étais comme vous, mais mon gynécologue m'a conseillé de lever le pied. Nick et moi voulons un enfant et le stress peut se révéler un facteur d'échec.

— Depuis combien de temps êtes-vous mariés ?

— Moins de deux mois.

— Autant dire que vous êtes encore de jeunes mariés.

— A vrai dire, Nick et moi nous connaissons depuis l'enfance. Et je ne souhaiterais pas avoir soixante-dix ans lorsque mon enfant sera en âge d'aller à l'université. Pour quelque chose qui doit être naturel, je ne vous dis pas comme c'est compliqué !

Carrie n'avait jamais envisagé les choses sous cet angle. Pour elle, lorsqu'on voulait un enfant, on faisait l'amour au bon moment et hop ! on tombait enceinte. D'ailleurs, les femmes qui gravitaient autour d'elle en étaient la preuve flagrante.

— Pour en revenir au sujet qui nous intéresse, que faisons-nous ? s'enquit Terri. Je vous le répète, sentez-vous libre de ne pas aimer cet endroit, je ne me vexerai pas. Vous pouvez aussi prendre le temps de visiter d'autres appartements avant de prendre une décision.

— Je le prends, dit Carrie dans un sourire.

6

— Vous en êtes certaine ? demanda Terri, visiblement étonnée que sa maison puisse plaire à Carrie.

— Tout à fait, affirma-t-elle en riant. Avez-vous pensé à vous munir d'un contrat de location ?

— Il est dans la poche de mon manteau. Je vais le chercher.

Elles s'assirent à la table de la cuisine pour remplir le formulaire.

— Vous êtes sûre de ne pas en vouloir un prix plus élevé ? s'étonna Carrie lorsqu'elle vit ce que Terri en demandait. Vous savez, je n'attends pas de traitement de faveur de votre part. Je veux payer ce qui est juste.

— Nick et moi en avons discuté. Nous ne cherchons pas à faire du profit, juste à couvrir nos charges.

— Sans regret ?

— Sans regret. Et puis, c'est ainsi, dans la famille Caroselli. Lorsqu'ils vous mettent le grappin dessus, ils savent se montrer généreux.

— Je peux vous faire un chèque ?

— Oui. S'il est refusé, je saurai où vous trouver, répondit Terri en riant.

Carrie remplit son chèque et le lui tendit, un brin coupable de payer une somme aussi dérisoire pour une maison aussi confortable.

— Lorsque vous dites des Caroselli qu'ils « mettent le grappin » sur quelqu'un, qu'entendez-vous par là ?

Elle avait essayé de parler d'un ton désinvolte, pourtant elle-même entendit la pointe d'appréhension qui perçait dans ses mots.

— Rien d'inquiétant, je vous rassure. Au contraire, même. Tenez, moi par exemple. J'avais neuf ans lorsque je suis venue vivre à Chicago. Je venais de perdre mes parents et vivais avec une tante que la perspective de jouer les mères de substitution n'enchantait guère. Lorsque j'ai rencontré Nick, il m'a présenté sa famille, qui m'a en quelque sorte adoptée. Nick aime à dire que, si sa mère devait choisir entre lui et moi, ce serait moi.

— C'est merveilleux. Tout le monde devrait avoir une famille.

— Vous-même êtes issue d'une grande famille ?

— J'ai quelques cousins et des oncles et tantes disséminés un peu partout dans le Sud, mais nous ne nous voyons jamais. Sinon, j'ai encore ma mère.

— Vous êtes proche d'elle ? demanda Terri qui, devant son silence, s'empressa d'ajouter : Excusez-moi, cela ne me regarde pas. Les Caroselli sont très curieux et j'ai dû prendre d'eux ce vilain défaut.

— Ce n'est rien. C'est juste que ma relation avec ma mère est un peu compliquée. Nous ne nous voyons pas très souvent. Je travaille beaucoup et elle passe beaucoup de temps avec sa bouteille.

— Ah, je vois.

— Je lui en veux terriblement, mais elle ne réagit pas. En fait, je montre le caractère type d'une enfant qui a grandi avec un parent alcoolique. Mais cela n'a pas grand intérêt.

— Au contraire. Quels sont ces traits de caractère ?

— Je suis très responsable et très performante. Je prends tout au sérieux et, dès lors qu'il s'agit de s'amuser un peu, je me dis que c'est une perte de temps. Paradoxalement, j'ai une nette tendance à me sous-estimer, ce qui m'entraîne à penser que rien de ce que je fais n'est assez bien. J'ai également du mal à faire confiance, ce qui complique mes relations avec les hommes. Et pour finir, le simple fait de me confier à vous est une manière inconsciente de saborder une éventuelle amitié ou tout autre lien qui pourrait exister entre nous.

— Ouah ! C'est terrible !

— En effet. J'ai suivi en fac des cours de psychologie qui m'ont ouvert les yeux sur moi. J'ai changé de voie lorsque j'ai compris que quelqu'un d'aussi cabossé par la vie que moi n'avait pas le droit de conseiller qui que ce soit. C'est une responsabilité trop importante et je savais que je risquais de ne pas être totalement impartiale. Je me suis donc dirigée vers des études de marketing, mais j'ai toujours en tête ce que la psychologie m'a appris.

— Vous avez l'air de vous en être pas mal sortie.

— On peut dire ça, en effet.

— Qu'est-ce que vous faites, demain soir ?

Elle pensa immédiatement à Rob, ce qui n'était pas une bonne idée.

— Rien. Je ne connais personne ici.

— Nick et moi recevons quelques amis à la maison. Voulez-vous vous joindre à nous ?

— Après tout ce que je viens de vous dire sur moi ?

— Rassurez-vous. Vous aurez votre place dans cette assemblée.

Carrie ne sut trop quel sens donner à ces mots, mais décida de les prendre comme un compliment.

— Dans ce cas, j'accepte volontiers.

— A 19 heures, précisa Terri en notant son adresse sur un bout de papier. Comment comptez-vous venir ?

— Je prendrai un taxi.

— Je demanderai plutôt à Rob de passer vous chercher. C'est sur son chemin.

— Je pense qu'il vaut mieux que je prenne un taxi, affirma Carrie, réticente à l'idée de se retrouver en tête à tête avec Rob dans un espace aussi exigu que l'habitacle d'une voiture.

— Si vous pensez à votre sécurité, je vous rassure. Rob boit très peu. Je ne l'ai jamais vu ivre.

— Pourtant, la nuit où je l'ai rencontré, il a beaucoup bu. Elle se rendit compte de ce qu'elle venait de dire à la seconde où les mots sortaient de sa bouche. Terri était censée croire que sa première rencontre avec Rob avait eu lieu dans la salle de conférences des bureaux Caroselli.

— J'ai entendu dire ça, en effet, confirma Terri.

— Vraiment ?

— Un petit conseil : si vous voulez garder le secret sur quelque chose, n'en parlez jamais à Nick. Il ne peut pas s'empêcher de tout me raconter.

— C'est bon à savoir.

Elle se rappela la façon pour le moins abrupte dont elle avait tout raconté aux cousins de Rob, y compris le petit intermède dans son bureau. Terri devait donc être au courant de cela aussi.

Alors là, bravo ! Combien de membres de la famille Caroselli étaient au courant ? Tous, probablement. Qu'avait dit Alice sur sa tendance à l'impulsivité, déjà ? Bon sang ! Pourquoi n'était-elle pas capable de réfléchir avant d'ouvrir la bouche ?

— En a-t-il parlé à quelqu'un d'autre que vous ? demanda-t-elle avec une certaine inquiétude.

— J'en doute. De même, je pense que Tony a su rester discret.

Encore heureux ! Elle ne voulait pas donner d'elle l'image d'une femme légère, ce qui était loin de la vérité.

— Sachez que ce qui s'est passé ce soir-là n'est pas ma façon habituelle de me comporter, crut-elle bon de préciser.

— Sachez que ce n'est pas non plus celle de Rob. Vous avez dû lui faire une grosse impression. Et, si je peux me permettre de vous donner un avis, je trouve que vous formez un couple très assorti.

— Sauf que nous ne sommes pas un couple. J'ai pour principe de ne jamais mêler vie professionnelle et vie privée.

Et croyez bien que si j'avais su à qui j'avais affaire cette nuit-là dans ce bar…

— Carrie, vous n'avez pas besoin de vous justifier. C'était peut-être juste une question de fatalité.

Si c'était le cas, elle lui tordrait bien le cou, à la fatalité !

— Nous sommes aussi opposés qu'il est possible de l'être. Et dans plus d'un domaine !

— Il y a six mois, si quelqu'un m'avait dit que Nick et moi nous marierions et essaierions de concevoir un enfant, je l'aurais traité de fou. Et pourtant, c'est exactement ce qui s'est passé.

— Qu'est-ce qui vous a fait changer d'avis ?

— C'est une longue histoire et je vous promets de vous la raconter demain soir, si vous venez.

— Je vous connais à peine et vous me faites déjà chanter ? plaisanta Carrie.

— Je vous l'ai dit, j'ai pris tous les mauvais côtés des Caroselli.

— J'accepte votre invitation, mais je viendrai par mes propres moyens.

— Il faut que j'y aille, décréta Terri, qui semblait ne pas l'avoir entendue. Si vous avez besoin de quelque chose ou si des questions vous viennent à l'esprit, n'hésitez pas à m'appeler.

— Merci, Terri. J'ai été ravie de vous rencontrer et de bavarder un peu avec vous.

— De même, répliqua Terri qui, pour une raison inconnue, paraissait soudain embarrassée.

— Et merci pour le conseil.

— De rien.

Elle enfila son manteau, puis tendit à Carrie un trousseau de clés qu'elle avait pris dans sa poche.

— Ce sont celles de la porte d'entrée et du garage

— Merci. A demain.

Une fois seule, Carrie alla fouiner dans les placards de la cuisine. Elle ouvrit ensuite le Frigidaire et sourit à la vue des quelques provisions — lait, œufs, pain aux céréales — que

Terri avait gentiment prévues pour elle. Elle trouva même une demi-bouteille de champagne d'une marque renommée.

Ces attentions parfaitement gratuites lui donnèrent envie de faire plus ample connaissance avec sa nouvelle propriétaire.

Elle retourna à l'hôtel chercher ses affaires, puis revint à la maison en essayant de mémoriser le trajet emprunté par le chauffeur. Cela pourrait lui être utile, lorsqu'elle aurait loué une voiture.

La neige avait commencé à tomber ; aussi, plutôt que de prendre le risque de salir le salon, elle avait préféré demander au chauffeur de déposer ses bagages dans le garage. Elle ouvrit la porte du couloir et se retrouva dans l'obscurité la plus complète. Quelle idiote elle avait été de ne pas avoir allumé en partant ! Tandis qu'elle actionnait l'interrupteur trouvé à tâtons, elle sentit le contact d'une main froide sur la sienne.

Elle hurla de terreur et retira vivement sa main. La lumière crue de l'ampoule lui fit cligner des yeux à plusieurs reprises et, lorsqu'elle put les garder ouverts, force lui fut de constater qu'il n'y avait personne. Elle jeta un coup d'œil apeuré dans le vestibule, mais ne vit qu'une porte fermée. Probablement celle qui menait au sous-sol.

Elle prit une profonde inspiration pour calmer les battements désordonnés de son cœur. Son imagination lui avait joué des tours. Il n'y avait personne ici, et encore moins de fantômes. Elle se pencha pour prendre ses valises et, lorsqu'elle se retourna, se heurta à une silhouette massive plantée derrière elle. Elle poussa un nouveau cri d'effroi, avant de constater avec soulagement que ce n'était que Rob.

— Tu m'as fait une de ces frousses !

Il la contemplait sans rien dire, un sourire amusé aux lèvres.

— Un peu nerveuse, semble-t-il, remarqua-t-il.

— Que veux-tu ?

— Pourquoi as-tu crié ? demanda-t-il en guise de réponse.

— Parce que tu m'as fait peur.

— Non, la première fois.

— Pour rien. J'ai imaginé des choses.

— Quel genre de choses ?

Elle secoua la tête.

— Des choses irréelles.

— Mais encore ? insista-t-il.

Elle laissa échapper un soupir exaspéré.

— Si tu tiens vraiment à le savoir, quand j'ai allumé la lumière, j'ai cru sentir le contact d'une main sur la mienne. Mais il n'y avait personne.

— Ce doit être le fantôme du sous-sol, dit-il avec gravité.

Elle le fixa comme s'il avait perdu la raison.

— Le quoi ?

— Le fantôme du sous-sol, répéta-t-il. C'est une femme. Elle ne se manifeste pas avec tout le monde. Une fois, Nick et Terri l'ont entendue monter et descendre l'escalier. Quelquefois, elle pousse de petits cris. Là, je sens son parfum.

Il était si grave qu'elle ne sut trop s'il était sérieux ou s'il cherchait à la mener en bateau.

— Vraiment ? dit-elle.

— Oui. Je l'ai senti à la seconde où j'ai passé le seuil du garage.

Elle passa la tête par l'encadrement de la porte et se mit à humer l'air, comme un chien de chasse.

— Il faut que tu entres, sinon ça ne marche pas, l'encouragea-t-il.

Elle lui lança un regard sceptique.

— Tu mens.

— Je suis très sérieux, au contraire. Essaie, tu verras bien.

Soit elle s'exécutait, soit elle faisait demi-tour pour passer par la porte d'entrée, et dans ce cas elle prenait le risque de se ridiculiser un peu plus.

Elle inspira encore une fois profondément, puis se fit la promesse de rester stoïque, quoi qu'il arrive. Elle avança un pied en direction du seuil, puis l'autre, mais, au moment où il allait toucher le sol, elle sentit une main la saisir par l'épaule. Elle avait beau savoir que c'était Rob, adieu les belles promesses ! Elle poussa un cri strident.

Le cœur battant, elle se retourna vers lui et le fusilla du regard.

— Espèce de crétin !

— Ce que tu peux être crédule, tout de même, dit-il en éclatant de rire. Comment as-tu pu croire à des âneries pareilles ?

— Tu as bien fait de me faire un coup pareil, siffla-t-elle. Je te déteste encore plus qu'avant.

— Ça valait le coup, juste pour voir la tête que tu faisais.

Furieuse, elle déboula dans la cuisine, suivie de Rob qui portait deux de ses valises.

— Que fais-tu ?

Au lieu de lui répondre, il demanda à son tour :

— Où dois-je les mettre ?

Elle faillit l'envoyer au diable, lui dire qu'elle n'avait pas besoin de lui, mais elle y renonça. Après tout, autant qu'il commence à s'habituer à ce qu'elle lui donne des ordres !

— Dans ma chambre, dit-elle d'un ton sec.

A le voir gagner la pièce sans la moindre hésitation, elle comprit qu'il n'était pas ici en terrain inconnu. Elle retira son manteau, avant de fouiller les placards à la recherche de sachets de thé.

— Qu'est-ce que tu peux bien avoir là-dedans ? demanda-t-il lors de son deuxième passage. Ces valises pèsent une tonne.

— Je te rappelle que je suis ici pour trois mois, répondit-elle en visualisant mentalement ce qu'elle avait emporté.

Dans les deux plus petits bagages se trouvaient ses chaussures. Une valise plus grosse contenait des vêtements décontractés qui, après réflexion, ne lui serviraient pas à grand-chose : trop légers, ils n'étaient pas adaptés au climat rigoureux de Chicago. Il lui faudrait donc faire des achats et ce, dans les plus brefs délais. Elle avait rempli ses deux autres valises de tailleurs et de vêtements plus habillés, mais dont certains s'avéraient également inappropriés. Elle n'aurait jamais imaginé qu'il pouvait faire si froid ici !

— Tu n'as pas répondu à ma question, lança-t-elle lorsqu'elle le vit passer pour la troisième fois. Qu'es-tu venu faire ici et, d'ailleurs, comment as-tu su que j'étais là ?

— C'est Nick qui me l'a dit.

Evidemment. Terri l'avait bien prévenue qu'ils se disaient tout. La chose n'était pas secrète, bien sûr, mais elle ne tenait pas à ce que Rob prenne l'habitude de débarquer chez elle à l'improviste comme il venait de le faire.

Elle le rejoignit dans la chambre alors qu'il regroupait ses bagages près du dressing.

— Alors ? questionna-t-elle en croisant les bras sur sa poitrine, un regard noir fixé sur lui.

— J'étais venu t'apporter ça, répondit-il enfin en sortant une clé USB de la poche de sa veste.

— Qu'est-ce que c'est ?

— Les rapports que tu m'as demandés.

— Oh. Cela pouvait attendre lundi.

— J'ai cru comprendre que tu souhaitais ne pas perdre de temps.

Cette explication avait beau tenir la route, elle constatait avec intérêt qu'il avait choisi de venir alors qu'il n'y était pas obligé.

— Merci, dit-elle sans argumenter plus loin.

Elle traversa la pièce pour aller déposer la clé sur la table de nuit. Lorsqu'elle se retourna, Rob avait changé de place. Il barrait de son corps l'unique sortie accessible et dardait sur elle ce regard ardent auquel elle ne pouvait résister.

Tout son corps s'électrisa alors d'un désir intense. Qu'est-ce qui lui avait pris d'aller se fourrer dans la gueule du loup ? Car, s'il existait un seul endroit à éviter lorsqu'ils étaient en tête à tête, c'était quand même bien la chambre à coucher, non ?

Feignant de ne pas remarquer l'invitation ostensible de Rob, elle prit les deux sacs où se trouvaient ses chaussures et alla dans le dressing. Elle se pencha en avant, consciente qu'elle lui offrait une vue imprenable sur son fessier rebondi, et commença à rassembler ses chaussures par paires.

Elle prêta l'oreille au bruit caractéristique d'un manteau

que l'on enlève. Ainsi donc, il avait l'intention de s'attarder. Cela ne signifiait pas pour autant qu'il allait tenter quoi que ce soit, songea-t-elle, le cœur battant la chamade. D'ailleurs, n'avait-il pas été le premier à clamer haut et fort, l'autre matin, que leur histoire était bel et bien terminée ? Qu'allait-il faire ? Transgresser ses propres règles ? Elle trouverait cela assez amusant et prendrait sans doute un malin plaisir à le repousser.

Encore fallait-il qu'elle en soit capable et, pour cela, il faudrait d'abord qu'elle appelle Alice.

Perdue dans ses pensées, elle ne sentit le danger que lorsqu'il posa les mains sur ses hanches et qu'il pressa contre elle son sexe gonflé de désir. Toutes ses bonnes résolutions volèrent alors en éclats.

— Vraiment, tout ceci est d'une banalité affligeante, protesta-t-elle faiblement.

— C'est toi qui le dis, lui susurra-t-il à l'oreille.

Tout en parlant, il avait glissé les mains sous son pull et effleurait le creux de ses reins du bout des doigts.

— D'ailleurs, poursuivit-il, tu ne t'en souciais pas trop, l'autre nuit.

— Merci de me le rappeler.

Il fallait qu'elle appelle Alice, sur-le-champ !

Tandis qu'elle se redressait dans un sursaut de dignité, même si celle-ci lui échappait déjà totalement, Rob se pressa un peu plus étroitement contre elle. Elle se sentit s'abandonner, appelant de tout son être les mains chaudes sur ses seins aux pointes dressées. Elle soupira d'aise et laissa sa tête aller sur l'épaule de Rob.

— Je me souviens parfaitement t'avoir entendu dire que ceci ne se reproduirait pas, dit-elle, le souffle court.

— Il faut croire que j'ai changé d'avis.

— Tu ne peux pas faire ça.

— Mais si, je peux.

Comme pour preuve de ce qu'il avançait, il dégagea ses cheveux sur un côté et lui mordilla le cou, avant de remonter jusqu'au lobe velouté de son oreille.

— Nous travaillons ensemble, Rob, dit-elle dans un souffle.

— Pas encore. Ton contrat stipule que tu démarres lundi.

Ces mots produisirent l'effet sans doute escompté. La belle affaire s'ils succombaient à la tentation encore une fois ! Et, parce qu'ils avaient déjà couché ensemble, la cause était perdue d'avance. Inutile de déranger Alice pour si peu, puisque ce serait la dernière fois.

Ainsi dégagée du sentiment de culpabilité qui l'encombrait, elle se livra avec bonheur à ses mains expertes qui, à présent, lui dessinaient la taille, remontaient le long de son échine pour s'arrêter sur ses seins. Comme un adolescent de quinze ans, Rob se mit à téter goulûment le creux de son cou, ne s'arrêtant que lorsqu'il se fut assuré qu'il l'avait marqué d'un suçon. Elle trouva amusante, et même excitante, cette volonté de vouloir laisser sa trace sur elle.

Totalement vaincue, elle se retourna et noua les bras autour de son cou.

— D'accord, dit-elle. Mais juste cette fois.

— Si tu veux. A moins que nous n'en ayons encore envie avant lundi. Je te rappelle que nous ne sommes que samedi. Il reste encore dimanche.

— D'accord, acquiesça-t-elle. Mais passé ce délai…

— Ce sera terminé, affirma-t-il.

Il la souleva de terre et la porta jusqu'au lit.

Quel meilleur moyen que de faire l'amour dans son propre lit pour se sentir vraiment chez soi ?

7

Rob la déposa sur le lit et fit passer sa chemise par-dessus sa tête. Les yeux rivés sur lui, elle retira son pull, puis son soutien-gorge.

— Pour mémoire, je te rappelle que je ne suis pas amoureuse de toi.

— Je sais, dit-il en défaisant la braguette de son pantalon. Retire ton jean.

Elle obéit docilement et regarda son vêtement tomber par terre en même temps que celui de Rob.

— C'est purement sexuel, précisa-t-elle encore, tandis qu'il faisait glisser son string le long de ses jambes. Nous ne sommes même pas amis.

— Absolument.

Il s'agenouilla au pied du lit et commença à effleurer ses cuisses de sa bouche avide, avant de s'attarder sur son sexe moite.

Elle avait oublié à quel point, pour son plus grand plaisir, il savait jouer de la langue et des doigts. Au comble de l'excitation, elle s'arc-bouta, l'invitant à la prendre. Il s'installa entre ses cuisses et, de ses mains, cloua les siennes de part et d'autre de sa tête.

— Dis-moi que tu as envie de moi, lui intima-t-il en plongeant dans son regard.

— C'était ton idée, se défendit-elle. C'est toi qui as envie de moi.

Conscient du fait qu'elle le provoquait, il prit dans sa bouche un de ses tétons dressés et se mit à l'agacer du bout de la langue, avant de le sucer jusqu'à ce qu'elle gémisse de plaisir.

— Dis-moi que tu as envie de moi, répéta-t-il.

— J'ai envie de toi, admit-elle, haletante.

C'étaient apparemment les mots qu'il attendait. D'un coup de reins presque brutal il la pénétra, faisant déferler sur elle une vague de plaisir. Il la sentait pourtant fébrile, au bord de l'extase, mais, au lieu de lui donner le plaisir qu'elle était en droit d'attendre, il se retira, jurant entre ses dents.

— Qu'y a-t-il ? s'enquit-elle.

— Tu utilises un moyen de contraception quelconque ?

Elle secoua la tête.

— Moi non plus. Aussi, et avant qu'il ne soit trop tard…

— Oui, bien sûr, dit-elle en s'écartant de lui.

Dieu merci, il y avait pensé ! Elle ne voulait même pas imaginer quelle catastrophe cela aurait été s'il n'avait pas réagi à temps. D'autant plus qu'elle se trouvait pile dans la période délicate de son cycle.

En moins de temps qu'il n'en fallait pour le dire, Rob était de retour et avait déroulé un préservatif sur son sexe tendu. Enfin, il s'enfonça de nouveau en elle mais cette fois avec plus de douceur, attentif aux messages que lui envoyait son corps. Lentement, rapidement, au fond elle s'en fichait bien pourvu qu'elle le sente aller et venir en elle.

— Tu es si belle, murmura-t-il en scrutant son visage comme s'il cherchait à mémoriser d'elle le moindre détail.

Le plaisir déferlait sur elle par vagues successives, calqué sur le rythme qu'il lui imposait. Elle s'apprêtait à lui demander de ralentir le rythme, mais il était trop tard : déjà, leurs deux corps étaient emportés dans un tourbillon de plaisir indicible.

Elle déplorait juste que cela n'ait pas duré plus longtemps.

Pour se réjouir la seconde suivante à l'idée qu'ils avaient toute la nuit devant eux.

Elle se réveilla le lendemain matin, désorientée. Il lui fallut quelques secondes pour se rappeler qu'elle vivait désormais à Chicago, dans un nouveau logement.

Des images de son corps emmêlé à celui de Rob affluèrent.

Elle lança un coup d'œil à la place vide à côté d'elle et soupira. Il avait osé lui refaire le même coup ! Il avait osé partir sans se manifester ! Elle chercha du regard un petit mot qu'elle ne trouva pas. Là encore, il n'avait pas jugé nécessaire de lui écrire.

Ivre de rage, elle enfila sa robe de chambre et gagna la cuisine pour se préparer du café. Elle repéra tout de suite le bout de papier aimanté sur le Frigidaire.

« Désolé, il est 7 heures et j'ai du travail. J'ai passé une fois encore une nuit inoubliable. Crois-tu que nous pourrons devenir amis, après la soirée prévue chez Nick et Terri ? »

C'était sans doute idiot, mais le fait qu'il l'ait écoutée et surtout entendue, qu'il ait griffonné à son intention ces quelques mots à la fois doux et drôles, eh bien tout cela le lui rendait beaucoup plus sympathique. Cette prise de conscience lui fit peur. Car, si pour l'heure cette relation était simple et ne signifiait rien, qu'adviendrait-il s'ils en venaient à s'apprécier vraiment ?

Elle décida qu'elle n'avait aucune inquiétude à avoir. La prochaine fois qu'ils se verraient, il lui tiendrait des propos désobligeants et machistes, et elle aurait tôt fait de le détester de nouveau.

Elle chassa ces idées de son esprit pour aller se doucher et s'habiller. Quelques minutes plus tard, elle était dans la cuisine, s'apprêtant à appeler un taxi, lorsqu'elle entendit un grincement semblable à celui que faisait son portail lorsqu'on l'actionnait. S'attendant à voir arriver Rob ou Terri, elle s'avança pour aller à leur rencontre mais elle ne vit personne et la porte était encore verrouillée de la veille.

Qu'est-ce que… ?

C'est alors qu'elle remarqua que la porte du sous-sol était, elle, ouverte. Elle était pourtant certaine de l'avoir fermée à double tour. Elle se rappela le contact de la main sur la sienne, et les battements de son cœur redoublèrent. En supposant que ce soit Rob qui l'ait ouverte en partant, quelle en était la raison ?

L'explication la plus logique était sans doute qu'elle l'avait mal fermée et que la porte s'était ouverte sous l'effet d'un courant d'air.

D'une main ferme, elle saisit la poignée, referma la porte et s'assura qu'elle la verrouillait bien à double tour. Rassérénée, elle appela un taxi et partit faire du shopping, comme elle se l'était promis. Elle trouva quelques jolies choses, dont certaines soldées.

Elle avait oublié l'épisode de la porte jusqu'au moment où, de retour chez elle, elle se préparait une tasse de thé. Elle eut la désagréable impression que quelqu'un l'épiait. Elle avait beau savoir que ce n'était qu'un effet de son imagination, elle alla quand même vérifier si la porte du sous-sol était bien telle qu'elle l'avait laissée en partant.

En constatant que c'était bien le cas, elle se moqua de son imagination débordante. Quelle idiote d'avoir cru possible l'impossible !

Rassurée, elle alla éteindre le brûleur sur lequel sifflait la bouilloire. Elle versa de l'eau frémissante sur son sachet de thé et s'apprêtait à boire une gorgée lorsqu'elle l'entendit de nouveau.

Le même grincement.

Le grincement d'une porte qui tournait sur ses gonds.

C'était tout simplement impossible, ou alors elle devenait folle.

Elle se força à retourner dans le couloir.

Mais oui. Je deviens folle, dit-elle à voix haute, le cœur battant.

La porte du sous-sol était grande ouverte.

Il était presque 19 heures lorsque Rob vint frapper à la porte de Carrie.

Elle passa la tête par la porte entrouverte, l'air surpris de le voir là.

— Que fais-tu là ?

— Je viens te chercher pour aller à la soirée.

Face à son mutisme, il crut bon de préciser :

— Tu as oublié ? La soirée, chez Nick et Terri.

— Je n'ai pas oublié, mais j'avais précisé à Terri que je viendrais par mes propres moyens.

— Désolé, je n'étais pas au courant. Je n'ai pas parlé à Terri aujourd'hui.

— Dans ce cas, pourquoi es-tu venu ?

— Pour te faire économiser une course en taxi ; parce que c'est sur mon chemin ; pour t'être agréable, énuméra-t-il en souriant. Choisis l'option que tu préfères.

— Tu as oublié : pour coucher avec toi, ajouta-t-elle, pince-sans-rire.

— Ça pourrait marcher aussi. Cela dit, si tu voulais bien me laisser entrer… ça éviterait que mes pieds ne gèlent sur place.

Elle marqua un temps d'hésitation, avant de dire :

— Nous ne sommes pas encore amis.

— J'en suis bien conscient.

Elle finit par s'effacer pour le laisser passer.

Lorsqu'il découvrit sa tenue — minijupe en jean, pull moulant rose et cuissardes à hauts talons —, il eut bien du mal à garder le contrôle de lui-même. Mais comment ne pas fantasmer devant l'érotisme torride qui émanait d'elle ?

— Tu es magnifique ! la félicita-t-il, sans pouvoir cacher son admiration.

— Ce n'est pas trop ?

Il se garda bien de lui dire que, même si ça l'était, il ne lui recommanderait certainement pas d'aller se changer.

— Non. Tu es sublime.

— Si nous arrivons ensemble, ils vont finir par croire que nous formons un vrai couple, dit-elle, visiblement soucieuse de sauver les apparences.

Il accompagna sa réponse d'un haussement d'épaules désinvolte.

— Quelle importance, ce que les gens pensent de nous ?

— Pour toi, cela n'en a aucune, en effet. Tu es un homme. Si tu couches avec une collaboratrice, on dira de toi que tu es un tombeur. Mais, si c'est moi, on me traitera de garce.

— Vraiment ? Je ne savais pas que tu étais aussi attirée par les femmes.

Elle leva les yeux au ciel, un brin exaspérée.

— Tu sais bien ce que je veux dire.

— Nous pourrions simplement dire la vérité et expliquer aux gens que je suis passé te chercher, parce que nous sommes presque voisins. Mais, si tu tiens vraiment à ce que nous n'arrivions pas ensemble, tu peux aussi entrer la première et j'arriverai quelques minutes après toi.

— Tu as raison. De plus, le fait d'arriver ensemble ne signifie pas pour autant qu'il y ait quelque chose entre nous.

— Absolument. Va chercher ton manteau.

Elle marqua un temps d'hésitation avant d'ajouter :

— Avant de partir, j'aimerais te demander quelque chose.

— Je t'écoute.

— D'abord, promets de ne pas te moquer de moi.

— Je te le promets.

— Lorsque tu m'as parlé du fantôme du sous-sol, c'était une plaisanterie, n'est-ce pas ?

— Evidemment. Pourquoi ? Tu as de nouveau senti le contact de cette main sur toi ?

— Non.

— Mais il est arrivé quelque chose ?

— Eh bien, d'abord j'ai cru que c'était une coïncidence…

— Quoi ?

— La porte du sous-sol s'ouvre toute seule.

Il lui lança un regard sceptique.

— Je suis très sérieuse. Je l'ai fermée à clé et, lorsque je suis venue vérifier quelques minutes plus tard, elle était grande ouverte.

— Tu l'auras probablement mal fermée.

— Impossible. Je suis certaine de l'avoir verrouillée.

— Si c'était le cas, elle n'aurait pas pu s'ouvrir, Carrie.

Poings sur les hanches, elle le regarda droit dans les yeux pour demander d'une voix ferme :

— Es-tu en train de me dire que je ne suis pas capable de fermer une porte correctement ?

En tout cas, c'était plus plausible que de croire à un phénomène surnaturel. Mais il se garda bien de lui faire part de ses pensées.

— Allons y jeter un coup d'œil, proposa-t-il.

Ils traversèrent la cuisine pour se retrouver devant la porte… ouverte.

— Tu vois ? Je l'ai fermée à clé il y a moins d'une heure.

Nick alla verrouiller la porte, puis il tourna la poignée et poussa le battant afin de s'assurer qu'il résistait à sa pression.

— Voilà, dit-il en fixant la poignée des yeux. Nous n'avons plus qu'à attendre.

— Ça ne marche pas comme ça, figure-toi. Je suis restée devant pendant une bonne demi-heure sans qu'il se passe quoi que ce soit. Découragée, je suis allée dans la cuisine et c'est lorsque je suis venue vérifier un quart d'heure plus tard qu'elle était ouverte.

— Eh bien, allons dans la pièce d'à côté et nous reviendrons.

— Je te laisse. Je vais finir de me préparer.

Il la jaugea de la tête aux pieds.

— Pourquoi ? Tu n'es pas prête ?

— Si tu tiens vraiment à me conduire toi-même à cette soirée, il te faudra patienter un peu.

Ce n'était pas tout à fait par pure sympathie qu'il était

passé la prendre, mais parce qu'il voyait là une opportunité de finir la nuit avec elle. Et pour cela, il était capable de faire feu de tout bois.

Sachant combien les femmes étaient longues à se préparer, il retira son manteau et s'installa confortablement sur le canapé. Mais, au bout de quelques minutes, la curiosité l'emporta. Il se leva et alla jeter un coup d'œil dans le couloir. La porte du sous-sol était telle qu'ils l'avaient laissée. Il s'avança pour tourner la poignée. Qui résista.

Cela ne faisait que confirmer ce qu'il savait déjà : aucune force surnaturelle n'habitait cette maison. Dans sa hâte, Carrie avait probablement mal verrouillé cette porte et il n'y avait là rien de bien mystérieux.

Il retourna s'asseoir dans le salon mais, par acquit de conscience, retourna à deux reprises s'assurer que la porte était toujours bien fermée.

Lorsque Carrie réapparut, il se demanda ce qu'elle avait bien pu faire tant il ne voyait aucune différence apparente avec ce qu'elle était quelques minutes plus tôt. Peut-être était-elle de ces femmes qui prennent un malin plaisir à faire attendre les hommes ?

— As-tu vérifié la porte ? s'enquit-elle en enfilant son manteau.

— Trois fois. Elle n'a pas bougé d'un centimètre.

— Pourtant, je te jure qu'elle s'est ouverte toute seule.

— Je ne sais pas quoi répondre. Si elle s'était ouverte avec moi, je te l'aurais dit.

— Je t'assure que je l'avais bien fermée.

— D'accord.

— D'accord, mais tu ne me crois pas, c'est ça ?

— Je n'ai jamais dit une chose pareille.

— Non. Mais tu le penses, jeta-t-elle d'un ton exaspéré, avant de jeter un coup d'œil à l'horloge murale. Nous ferions bien d'y aller, intima-t-elle en prenant sa pochette sur la table basse. Passons par le garage. Je prendrai la télécommande, on ne sait jamais. Si nous devions continuer à « ne pas être amis » après la soirée, j'aimerais mieux que tu gares ta voiture dans le garage.

— Pourquoi ?

Elle lui offrit un regard noir. Visiblement, elle tenait à ce que personne ne sache qu'il passait la nuit sous son toit. Après tout, il s'en fichait. Elle pouvait bien lui demander la lune, si cela lui assurait de coucher avec elle.

— Comme tu voudras, dit-il de bonne grâce. Pour ce que j'en ai à faire, tu peux même la peindre couleur camouflage.

Il prit son manteau et l'enfila tout en la suivant. Soudain, elle s'arrêta si brutalement qu'il faillit la heurter.

— Si c'est une plaisanterie, elle n'est pas drôle, dit-elle en désignant la porte, grande ouverte.

8

— Elle s'est ouverte toute seule ? demanda Terri d'un air dubitatif lorsque Rob et Carrie lui eurent raconté leur mésaventure.

Ils se trouvaient dans la cuisine avec plusieurs des amis de leurs hôtes, dont Elana et un certain Mark qui ne faisait aucun mystère quant au fait qu'il trouvait Carrie très à son goût.

C'était un bel homme, grand, blond, mais, lorsqu'il s'approcha d'elle, Carrie ne ressentit aucune émotion particulière, son cœur ne se mit pas non plus à battre plus fort et, quand il posa la main sur son bras, elle ne frissonna pas d'un désir contenu.

Bref, en un mot comme en cent, il n'était pas Rob.

Consciente de l'attirance qu'elle suscitait, elle prépara mentalement une excuse pour le cas où il lui proposerait de sortir avec lui, ce qui ne manquerait pas de se produire, elle n'en doutait pas.

— Je suppose qu'un tel phénomène ne s'est jamais produit en votre présence, dit-elle à Terri.

— En tout cas, je ne m'en suis jamais rendu compte. En fait, je ne descendais jamais dans ce sous-sol que je n'utilise que comme garde-meubles.

— Que caches-tu là-dedans ? la taquina Elana. Des dépouilles humaines ?

Terri lui lança un regard atterré.

— Du vieux mobilier, répondit-elle sèchement.

Lisa, proche collaboratrice de Nick, demanda à son tour d'un ton railleur :

— Du mobilier hanté ?

— Pas que je sache. Mais ce sont de très vieux meubles que ma tante gardait dans son grenier et dont j'ai hérité. Il y a pas mal de vieilleries qui se transmettent de génération en génération et dont personne ne sait quoi faire. Je doute qu'ils me soient utiles un jour, mais je ne peux pas me résoudre à les vendre.

Carrie délaissa la conversation pour regarder en direction du salon, où Nick et Rob étaient en grande discussion avec une jeune Asiatique très séduisante à qui elle n'avait pas encore été présentée. Elle remarqua, avec une pointe de jalousie, que Rob semblait suspendu à ses lèvres.

Sentant sans doute son regard peser sur lui, Rob leva les yeux vers elle et lui adressa un petit sourire narquois.

Depuis leur arrivée, deux heures plus tôt, ils n'avaient pas échangé plus de dix mots. Pourtant, il avait suffi que son bras effleure le sien ou que leurs mains se touchent pour qu'elle ne pense qu'au moment où ils se retrouveraient dans l'intimité de sa chambre et où ils joueraient à « ne pas être amis ».

Elle fixa pensivement le fond de son verre vide, le quatrième, que Mark s'empressa de remplir. N'aurait-il pas en tête de la soûler pour tenter de profiter d'elle ?

— A part cette porte qui s'ouvre seule, reprit Terri, d'autres phénomènes bizarres se sont-ils produits ?

— Oui. J'étais dans le garage et, lorsque j'ai actionné l'interrupteur, j'ai senti une main se poser sur la mienne. Une main glacée.

— Brrr ! s'exclama Elana en se frottant le bras. Arrête, tu me donnes la chair de poule.

— Moi aussi, dit Terri. Heureusement que je n'ai pas vécu ça. Je crois bien que j'aurais déménagé illico. D'ailleurs, si tu souhaites t'en aller, je comprendrais parfaitement.

— J'avoue que l'idée que quelqu'un ou quelque chose hante les lieux est un peu effrayante, admit Carrie. Pourtant, je ne sens aucune mauvaise onde se dégager de cette maison. Je ne me sens pas non plus menacée.

— Etes-vous descendue au sous-sol ? voulut savoir Mark.

— Je ne suis pas si courageuse.

L'occasion était trop belle et Mark n'y résista pas. Il passa un bras autour des épaules de Carrie et se pencha à son oreille pour lui murmurer :

— Je suis là. Je vous protégerai.

Elle n'aimait pas l'odeur de son eau de toilette, trop lourde et entêtante. Elle attendit qu'il retire son bras, mais il le laissa où il était. En fait, ce contact n'était pas si affreux. Il était juste maladroit. Sans compter qu'il ne suscitait en elle qu'un profond ennui.

Cette comparaison permanente avec Rob lui fit regarder de nouveau dans sa direction. Il s'était rapproché de la femme et riait à ce qu'elle disait, puis elle le vit glisser un bras autour de son épaule.

Elle tenta d'ignorer la pointe de jalousie qui lui vrilla de nouveau le cœur. Ce que cet homme faisait ou non au cours de cette soirée ne la regardait pas. Et, au train où allaient les choses entre lui et cette fille, il n'y en avait pas pour longtemps avant qu'elle ne décide de prendre un taxi pour rentrer seule chez elle. Seule. D'ailleurs, ils ne s'étaient rien promis et c'était mieux ainsi.

Du moins cherchait-elle à s'en persuader.

— Nous devrions faire appel à un médium, suggéra Elana.

— Plutôt qu'à un small ou un large, lança Mark qui se croyait apparemment drôle.

— Vous savez, poursuivit Elana, comme celui que l'on voit dans cette émission et qui parle aux morts.

— Je l'ai vu une fois, dit Terri. Mais il est à New York.

— A Long Island, corrigea Elana. Il doit bien y en avoir d'autres à Chicago.

— Ou alors vous pourriez demander à un exorciste, proposa Mark, qui s'appuyait à présent si fort sur Carrie que son épaule lui faisait mal.

— Si je n'explique pas la raison de ces bizarreries, je ne crois pas pour autant aux forces démoniaques, répondit-elle en tentant vainement de se soustraire à cette étreinte pesante.

Elle ne put s'empêcher de regarder de nouveau en direction de Rob qui, à présent, embrassait la fille sur la joue. Cette fois, c'était clair, elle passerait la nuit seule. A quoi bon être déçue, puisque de toute façon cette relation aurait pris fin dès le lundi matin ?

— Et si nous faisions une séance de spiritisme ? proposa encore Elana. Pensez-vous que l'on pourrait trouver une planche ouija quelque part ? J'en avais une quand j'étais petite mais *nonna* l'a trouvée et l'a jetée au feu. Elle était très superstitieuse.

— Vous entriez vraiment en contact avec les esprits ? s'enquit Lisa, piquée par la curiosité.

— Nous faisions semblant, pour jouer à nous faire peur.

— Quoi qu'il en soit, intervint Terri, déranger les esprits pourrait s'avérer une mauvaise idée. On ne sait jamais.

Et, parce que c'était elle la plus concernée, Carrie ajouta :

— Je suis d'accord. De plus, cela ne me pose aucun problème de partager l'espace, aussi longtemps que « la chose » restera dans son sous-sol. Je m'engage de mon côté à ne jamais me trouver sur son chemin.

Le poids de Mark, de plus en plus lourd, ajouté aux effluves de son parfum trop fort eut raison de sa patience. Elle se dégagea de son étreinte d'un geste brusque, au risque de le voir s'affaler par terre. Mais il ne fit que chanceler quelques secondes avant de retrouver son équilibre en s'agrippant au comptoir.

— Où est la salle de bains ? demanda-t-elle à Terri, pressée de se retrouver seule quelques instants.

— Dans le couloir à gauche, répondit Terri. Et, s'il y a quelqu'un, tu en trouveras une autre dans ma chambre. Si Mark t'importune, n'hésite pas à l'envoyer promener, ajouta-t-elle en baissant la voix. C'est un type sympa quand il n'a pas bu ; malheureusement, ça n'arrive pas souvent.

Voilà qui l'arrangeait bien. Ainsi, elle n'aurait aucun scrupule à froisser sa susceptibilité.

Car la dernière chose dont elle avait envie, c'était bien de compter un autre alcoolique dans sa vie.

— Merci, je vais me débrouiller.

Tandis qu'elle quittait l'assemblée, son téléphone portable se mit à sonner. C'était Alice. Encore. Se sentant coupable d'avoir failli à sa parole, elle n'avait pas répondu à ses appels, préférant renouer le contact lundi. A cette date, elle pourrait lui affirmer en toute honnêteté qu'elle ne couchait pas avec Rob.

Le premier cabinet de toilette étant occupé, elle se dirigea vers la chambre de Terri et Nick. Elle traversa la pièce à grandes enjambées, car elle se sentait comme une intruse dans un lieu aussi intime. Elle allait refermer la porte de la salle de bains derrière elle, lorsqu'un bruit de pas l'alerta.

Zut ! Mark avait dû la suivre.

Ce n'était pas Mark ; c'était Rob.

— Tu m'as fait peur, dit-elle en portant une main à son décolleté.

— Tu t'attendais peut-être à ce que ce soit Mark, répondit-il en verrouillant la porte derrière eux. Vous aviez l'air de bien vous entendre.

Elle releva fièrement le menton et le défia du regard.

— Serais-tu jaloux, par hasard ?

— Pas du tout, car toi comme moi savons que cet homme ne m'arrive pas à la cheville, répondit-il sur le ton de la provocation.

— Je n'en suis pas si sûre, rétorqua-t-elle, même si ses yeux trahissaient sans doute ses pensées.

— Tu ne peux pas croire une chose pareille alors que tu ne m'as pas lâché du regard une seconde.

— Qu'es-tu venu faire ici ? éluda-t-elle. Ta petite amie ne t'intéresse déjà plus ?

Il garda le silence quelques secondes, semblant ne pas comprendre.

— Ne t'inquiète pas, finit-il par répondre. Elle sera là dans une minute. Mais je te préviens, trois personnes s'éclipsant en même temps, cela risque de faire jaser.

Que voulait-il dire par là ? Elle avait peur de comprendre. Elle fixa la porte, les yeux ronds, s'attendant à voir arriver à tout moment la belle Asiatique.

— Qu'y a-t-il ? demanda-t-il.

Il esquissa un sourire narquois lorsqu'il la vit reculer à mesure qu'il s'avançait vers elle.

— Tu n'aimes pas partager ?

— Tu n'es pas drôle, tu sais.

— Ma petite amie, comme tu dis, s'appelle Megan.

— Ravie de l'apprendre, siffla-t-elle.

— Megan Caroselli, précisa-t-il. C'est ma sœur.

Elle plissa les yeux, embarrassée.

— Oh ! ne put-elle qu'articuler.

— Mes parents l'ont adoptée alors qu'elle était toute petite.

Elle hocha la tête.

— Je vois, finit-elle par marmonner.

Il s'approcha un peu plus, jusqu'à l'acculer contre le lavabo.

— Cela dit, j'aime bien que tu sois jalouse.

— Je ne suis pas jalouse, protesta-t-elle d'un ton qu'elle voulait véhément.

— Je ne te crois pas. En plus, tu as envie de moi.

Elle leva les yeux au ciel, sincèrement exaspérée par tant d'arrogance affichée.

Il sourit et lui effleura la bouche de son pouce. Cette fille l'obsédait au point que, depuis qu'il était passé la chercher, il n'avait pensé qu'au moment où il la déshabillerait et la basculerait sur son lit.

Chercher à l'éviter en feignant de ne pas se consumer de désir pour elle s'était révélé une véritable torture. Il regrettait de ne pas avoir suivi les conseils que Nick lui avait prodigués un peu plus tôt, au cours d'une discussion qu'ils avaient eue tous les deux.

— Pourquoi ne vas-tu pas la trouver pour lui parler ? lui avait demandé son cousin.

— De qui parles-tu ? avait-il répondu, l'air de ne pas comprendre.

— Ne fais pas l'idiot ! Tu sais très bien de qui je parle. Vous n'arrêtez pas de vous dévorer des yeux.

Comme il ne voyait pas l'intérêt de continuer à lui mentir, il avait fini par lâcher le morceau.

— C'est elle. Elle ne veut pas que les gens croient qu'il y a quelque chose entre nous.

— N'importe qui de normalement constitué aura remarqué que vous êtes attirés l'un par l'autre. C'en est même presque palpable !

En toute honnêteté, il n'avait pas pensé que c'était aussi évident. Il s'était appliqué à ne pas l'approcher de trop près, à éviter les apartés, ce qui s'était avéré beaucoup plus difficile qu'il ne l'aurait cru. Surtout lorsque ce Mark avait posé les mains sur elle. Il avait l'impression que plus il cherchait à l'ignorer, plus son désir pour elle était exacerbé.

Et, lorsqu'il avait vu Carrie repousser son chevalier servant, il s'était retenu de ne pas aller lui coller son poing dans la figure.

Quant à sa présence dans cette salle de bains, il ne l'avait pas prévue. C'étaient ses pas qui l'avaient porté jusque-là.

— Nous ne pouvons pas faire ça ici, protesta Carrie qui, pourtant, n'opposait aucune résistance à ses baisers. On pourrait nous entendre.

— Nous serons discrets, lui chuchota-t-il à l'oreille en se grisant de son parfum.

— Rob, arrête…

Il feignit de ne pas entendre ses protestations. Il la fit pivoter face au miroir et fixa son regard par-dessus son épaule.

— Dis-moi que tu n'en as pas envie et j'arrêterai.

— Arrête, dit-elle dans un murmure, si ténu qu'il n'en tint pas compte.

Elle ne voulait simplement pas reconnaître ses faiblesses, ni les admettre. Elle ne voulait pas baisser la garde et donner libre cours à ce désir intense qui les consumait tous les deux. Fort de cette analyse qu'il jugeait imparable, il lui enveloppa les seins et, du pouce et de l'index, en pressa les pointes dressées.

Son souffle se fit court en même temps qu'elle laissait échapper de petits gémissements de plaisir. Il la vit serrer les poings, sans doute dans le but inavoué de ne pas laisser courir ses mains fébriles sur lui. Pourtant, elle ne chercha pas à le repousser.

Lui qui ne pouvait rester dans la même pièce qu'elle plus de cinq minutes sans avoir envie de la toucher, de la caresser, comment ferait-il, lorsqu'il aurait pour consigne absolue de garder ses distances alors que leurs fonctions les amèneraient à se côtoyer toute la journée ?

Lundi était encore loin, et pour l'heure il pouvait encore profiter de ce bonheur qu'elle lui accordait. Il chassa donc ces pensées moroses pour la plaquer contre lui et lui faire sentir toute l'intensité de son désir.

Comme elle ne s'abandonnait pas encore totalement, il glissa les mains sous son pull et les fit remonter lentement le long de son dos. Puis il dégrafa son soutien-gorge et prit ses seins nus au creux de ses paumes. A sa respiration saccadée, il comprit qu'elle ne lui résisterait plus. Elle leva les bras et les lui enroula autour du cou, lui offrant ses lèvres avides.

Encouragé, il souleva sa jupe jusqu'à mi-cuisses et constata avec une excitation redoublée qu'elle ne portait pas de culotte. Il insinua les doigts dans la fente humide de son sexe tandis qu'il dardait sur elle un regard brûlant de passion.

— Tu veux toujours que j'arrête ? susurra-t-il.

En guise de réponse, elle plaqua plus étroitement ses fesses joliment rebondies sur sa braguette gonflée.

— Dépêche-toi, dit-elle d'une voix rauque. Ils vont se rendre compte que nous avons disparu tous les deux.

Il libéra son érection et déroula dessus un préservatif pris dans sa poche. Il saisit ensuite Carrie par les hanches et la courba en avant pour la pénétrer d'un coup de reins presque brutal. Elle émit un cri où se mêlaient surprise et plaisir. Jamais encore il ne s'était montré aussi bestial avec une femme ; elle libérait en lui un instinct primaire qu'il ne soupçonnait même pas.

Pour lui, les femmes devaient être traitées avec délicatesse, sensibilité. Mais Carrie le transformait en un autre homme. Il voulait la dominer, la posséder, la faire crier, la prendre corps et âme. Et plus elle lui résistait, plus il était déterminé à la faire plier.

Il la fit pivoter de nouveau, la souleva de terre et la plaqua contre le mur à côté de la douche. Elle enroula les jambes autour de ses hanches et lui enfonça les ongles dans la chair au moment où il la pénétrait de nouveau.

Elle lui murmura à l'oreille des mots crus destinés à l'exciter un peu plus. Des mots qui lui indiquaient ce qu'elle voulait, ce qu'elle attendait de lui. Des mots qu'il n'avait jamais entendus dans la bouche d'une femme. Jusqu'à elle, il ignorait que le sexe pouvait atteindre un tel degré d'érotisme.

Pour un homme comme lui qui se vantait de garder le contrôle en toutes circonstances, se retrouver sous la coupe d'une femme comme Carrie, aussi indépendante, était quasi impensable. Et pourtant, il ne cherchait même plus à s'en défendre, ni à se protéger.

Pour la première fois de sa vie, il avait trouvé son alter ego.

Lorsqu'il ne put plus contenir le plaisir débordant qui le consumait, Carrie le rejoignit dans l'extase. Elle laissa échapper un long gémissement tandis que des vagues successives de plaisir déferlaient sur eux, la laissant pantelante entre ses bras. Presque défaillant, les jambes tremblantes, il la déposa délicatement au sol.

Ils restèrent quelques instants immobiles l'un contre l'autre, les joues cramoisies et les cheveux hirsutes. Carrie fut la première à reprendre ses esprits.

— Que nous arrive-t-il ? dit-elle d'une voix rauque en tirant sur sa jupe. Nous venons de faire l'amour dans la salle de bains de ton cousin, tu te rends compte ?

— Oui, répondit-il alors qu'il remontait son pantalon.

Elle rajusta son soutien-gorge sur ses seins et l'agrafa, avant de demander :

— Et cela te paraît normal ?

— Si ça peut te rassurer, je suis aussi dérouté que toi par ce qui nous arrive.

— Qu'allons-nous faire, Rob ?

Du bout des doigts, elle tenta de discipliner ses boucles folles.

— Pour l'heure, je vais retourner dans le salon le premier. Laisse passer quelques minutes avant de nous rejoindre. Une fois arrivée, tu me diras que tu es fatiguée et que tu aimerais que je te ramène chez toi. Je ferai mine d'être agacé avant d'accepter. Chez toi, nous recommencerons ce que nous venons de faire, à la seule différence que nous pourrons faire tout le bruit qu'il nous plaira.

Elle s'autorisa quelques secondes de réflexion avant de le pousser sans ménagement vers la porte.

— Qu'attends-tu ? Vas-y !

9

L'expérience sexuelle la plus intense de la vie de Carrie venait de prendre fin.

Rob et elle en avaient décidé ainsi le matin même, avant qu'il ne la quitte pour passer chez lui se changer puis se rendre au bureau.

Tandis qu'elle sortait du taxi qui l'avait déposée devant les établissements Caroselli, elle se demanda comment ils allaient faire croire à quiconque qu'ils n'étaient rien d'autre que de simples collègues de travail, quand ils avaient passé les dernières vingt-quatre heures à faire l'amour ensemble.

Elle s'était engagée dans cette aventure, certaine de la vivre de façon détachée ; certaine que Rob ne serait qu'un amant de plus dans sa vie ; certaine de ne pas s'attacher à lui, même s'il n'avait rien en commun avec les hommes qu'elle avait fréquentés jusque-là. Or, indépendamment du fait qu'il était un amant exceptionnel, elle avait découvert en lui un homme charmant et attentionné.

En temps normal, elle n'aurait pas accepté de le revoir. Elle aurait ignoré SMS et coups de fil jusqu'à ce que, découragé, il renonce. Mais comment faire alors qu'elle allait devoir traiter avec lui cinq jours sur sept pendant trois mois ? Il lui avait même proposé de passer la chercher tous les matins pour la conduire au bureau. Ce à quoi elle avait gentiment rétorqué, avec tout le tact dont elle était capable, qu'elle ne tenait pas à ce que l'on jase sur leur compte aussitôt qu'ils auraient le dos tourné.

Elle s'en tiendrait donc à sa décision première de louer une voiture, un 4x4 de préférence compte tenu des mauvaises conditions climatiques.

Dennis la salua d'un sourire alors qu'elle passait devant lui pour aller prendre l'ascenseur. Une fois au troisième étage, elle fut accueillie par une Sheila tout sourires.

— Rob a demandé à vous voir dès votre arrivée, annonça-t-elle de sa voix flûtée.

— Merci, répondit Carrie en lui rendant son sourire.

Rob n'avait-il pas songé qu'elle était bien obligée d'aller dans son bureau tant qu'on ne lui en aurait pas attribué un bien à elle ?

Elle longea le couloir en direction du bureau de Rob, un peu à l'écart des autres. Là, elle fut accueillie par une secrétaire revêche dont le coup d'œil méprisant lui laissa entendre qu'elle ne l'aimait pas.

— Vous pouvez y aller. Il vous attend, dit-elle d'un ton sec.

Carrie comprenait cette froideur, qui n'était rien d'autre que le signe d'une loyauté à toute épreuve pour son patron. Car enfin, elle était la méchante mandatée pour tout critiquer, non.

— Merci, mademoiselle… ? s'enquit Carrie, même si elle avait lu son nom sur le badge qu'elle portait au revers de sa veste.

— Madame White, répondit l'autre d'un air pincé.

Carrie choisit de ne pas répondre à l'attaque, mais d'essayer au contraire de rompre la glace en lui offrant un visage avenant.

— C'est un plaisir de vous rencontrer, madame White, assura-t-elle d'un ton affable. Je suis Caroline Taylor, mais tout le monde m'appelle Carrie.

— Mademoiselle Taylor, répliqua la secrétaire dans un hochement de tête rigide.

Carrie en avait vu d'autres et elle ne doutait pas une seconde qu'elle parviendrait à l'amadouer. Elle avait le don de mettre les gens à l'aise. D'ailleurs, il n'y avait qu'à voir Rob !

Ce ne fut que lorsqu'elle se trouva devant sa porte qu'elle se sentit gagnée par une sorte d'appréhension. Ou devait-elle appeler cela de l'exaltation ? Car il ne se passait pas cinq minutes sans qu'elle ne pense à lui, à son corps nu et athlétique emmêlé au sien, à son odeur virile qui la rendait folle.

Mais l'aventure était terminée et il fallait qu'elle s'applique à gérer ce flot d'émotions contradictoires qui la déstabilisait. Elle inspira un grand coup et frappa, avant d'entrer d'un pas décidé. Rob se tenait derrière son ordinateur, une tasse de café fumant à portée de main.

— Il paraît que tu as demandé à me voir, dit-elle en feignant de ne pas sentir le parfum subtil de l'après-rasage qui émanait de ses joues fraîchement rasées.

Elle se revit en train de caresser l'ombre râpeuse de sa barbe naissante et regretta de devoir renoncer à ce droit. Il était si sexy au réveil avec son petit air négligé !

Il lui répondit sans lever les yeux de son écran.

— Je suis à toi dans une seconde.

Elle resta immobile à le contempler alors qu'il pianotait sur son clavier, sourcils froncés. Sur quoi pouvait-il bien travailler ? Si toutefois il travaillait. En effet, il pouvait très bien être en train d'actualiser sa page Facebook ou d'échanger des e-mails avec une conquête dont elle n'aurait pas connaissance.

Elle le quitta des yeux pour faire le tour de la pièce, ce qu'elle n'avait pas vraiment pris le temps de faire la dernière fois qu'elle y avait mis les pieds. Pour sa défense, comment aurait-elle pu concentrer son attention sur le décor quand les mains de Rob étaient glissées sous sa jupe, attisant un désir qu'elle ne cherchait plus à contenir ?

La pièce était claire, avec une touche masculine indéniable. L'atmosphère un peu stricte conférée par le mobilier en acajou était réchauffée par une série de photos accrochées aux murs et par des plantes vertes.

Lorsque Rob eut terminé de taper son courrier, il repoussa

le clavier, se leva et vint l'accueillir d'un « bonjour » très professionnel.

— Désolée de ne pas être arrivée avant, le taxi avait du retard.

Elle s'attendait à ce qu'il lui réplique que s'il était passé la chercher elle ne serait pas en retard, mais il n'en fit rien. Il haussa simplement les épaules en disant d'un ton détaché :

— Pas de problème.

— Par quoi commençons-nous ? s'enquit-elle, impatiente de se mettre au travail et de penser à autre chose qu'à Rob.

— Nous avons une réunion en salle de conférences dans cinq minutes.

Il avisa son manteau, qu'elle tenait plié sur son avant-bras, ainsi que sa serviette portée en bandoulière.

— Mais d'abord, je vais te conduire à ton bureau.

Elle lui emboîta le pas, se grisant des effluves qu'il laissait dans son sillage. Elle l'imagina refermer la porte derrière eux dès qu'ils auraient franchi le seuil et la prendre dans ses bras. Il la couvrirait de baisers ardents, lui dirait qu'il ne pouvait pas s'empêcher de la caresser, qu'il ne pouvait vivre sans elle et sans l'entendre murmurer qu'elle avait envie de lui, qu'il en mourrait de ne plus pouvoir la toucher…

Pourtant, lorsqu'ils parvinrent devant sa porte, il lui dit simplement :

— C'est ici.

Non seulement il ne tenta rien du scénario qu'elle avait imaginé, mais il ne chercha même pas à entrer avec elle. Il attendit patiemment dehors qu'elle ait fait le tour des lieux.

— Cela te convient ?

La pièce faisait la moitié de la superficie du bureau de Rob et n'était meublée que du strict minimum : une table de travail, une bibliothèque et des classeurs à tiroirs métalliques. Au sol, un linoléum gris clair ne faisait rien pour réchauffer l'ambiance.

— C'est parfait, parvint-elle néanmoins à répondre dans un sourire.

— Bien. Je te laisse t'installer. Tu nous rejoins dans la salle de conférences ?

Il s'apprêtait à quitter la pièce sans attendre de réponse, lorsqu'elle s'entendit l'interpeler :

— Rob, attends…

— Oui ?

Et maintenant ? Elle ne savait pas quoi dire. Les mots restaient bloqués dans sa gorge.

Il resta immobile, attendant patiemment la suite.

— J'aurais besoin d'une imprimante et euh… d'un mot de passe pour accéder au Wi-Fi.

— Bien sûr, mais nous discuterons de tout cela au cours de la réunion.

Il fit une courte pause avant d'ajouter :

— Autre chose ?

Oui, il y avait autre chose qu'elle ne savait comment formuler. En tout cas, pas sans paraître crampon ou pathétique. Elle se força donc à sourire et secoua la tête.

— Bien. Dans ce cas, retrouve-nous en bas.

Déçue, elle alla accrocher son manteau à la patère qui se trouvait derrière la porte, puis elle enferma son sac à main dans le dernier tiroir de son bureau.

Elle n'avait jamais douté de ses compétences, pourtant c'est avec une certaine nervosité qu'elle se rendit seule dans la salle de réunion. Sans doute ce manque de confiance passager était-il lié à la relation compliquée qu'elle entretenait avec Rob. Car, s'il ne faisait maintenant aucun doute que leur liaison était terminée, il n'en demeurait pas moins qu'elle éprouvait pour lui des sentiments sur lesquels elle préférait ne pas mettre de nom. Il lui faudrait un peu de temps pour se détacher de lui complètement.

Sans compter que, même s'il était un peu tard pour envisager cette perspective, Rob l'avait peut-être manipulée. En effet, comment savoir s'il n'allait pas se servir de ce qu'ils avaient fait ensemble pour la maintenir en état de faiblesse ? Pendant tout ce temps où elle pensait découvrir en lui un homme presque idéal, lui n'avait peut-être agi que pour lui donner un faux sentiment de sécurité.

Elle resta quelques secondes immobile devant la porte, soudain convaincue qu'elle avait commis une terrible erreur. En laissant ses émotions prendre le pas sur sa raison, elle s'était mise dans la position de vivre le pire cauchemar de sa vie. Eh bien, non ! Il était impératif qu'elle se ressaisisse. Elle ne laisserait personne entrevoir la souffrance qu'une telle trahison pouvait engendrer.

Forte de ces bonnes résolutions, elle inspira un grand coup et, la tête haute et le dos bien droit, fit son entrée dans la salle de conférences. A sa grande surprise, il n'y avait là que quatre personnes, et Rob n'officiait pas en bout de table, comme elle aurait pu s'y attendre. Seconde surprise, elle fut accueillie par de grands sourires et non par des froncements de sourcils hostiles.

— Je vous présente Caroline Taylor, annonça Rob. Durant les trois mois à venir, je vous demanderai de bien vouloir lui apporter votre pleine et entière collaboration.

Elle n'en croyait pas ses oreilles. Ainsi, Rob avait choisi de lui faciliter la tâche. De l'intégrer au plus vite au sein de son équipe et dans des conditions agréables.

Sous le coup de l'émotion, elle le trouva encore plus séduisant que d'habitude. Au point de regretter presque qu'il ne se soit pas conduit comme un goujat. Cela lui aurait bien facilité les choses ! Mais il était encore trop tôt. Il avait trois mois devant lui pour la poignarder dans le dos.

Il lui présenta son équipe : Alexandra Lujack — « appelez-moi Al » —, Will Cooper et Grant Kelley. Vu leur jeune âge, on les aurait cru tout droit sortis de leur école de commerce.

D'un geste de la main, Rob indiqua le siège en bout de table.

— Asseyez-vous, lui dit-il en employant le vouvoiement de rigueur.

Diable ! En agissant ainsi, il lui cédait officiellement sa place à la tête de son service. Néanmoins, au lieu de s'exécuter, elle choisit d'aller s'asseoir à côté d'Al.

— Pour commencer, laissez-moi vous dire que je suis très heureuse d'être ici parmi vous, et très impatiente de commencer cette collaboration. Je tiens à ce que chacun sache que je n'ai nullement l'intention de prendre le pouvoir, ni de saper l'autorité de quiconque. A mon avis, le travail en équipe est le meilleur moyen d'atteindre les buts que nous nous fixons, ce qui signifie que j'attends de vous une participation active. Toutes les idées seront les bienvenues. Nous passerons les prochaines semaines, et plus si nécessaire, à analyser les données et à mettre en place un plan d'attaque. Quelqu'un voit-il des objections à cela ?

Grant la fixa d'un air sceptique.

— Il nous faudra autant de temps que ça ?

— Et encore, si nous avançons vite. N'oubliez pas qu'il nous faut remonter vingt ans en arrière.

Trois paires d'yeux écarquillés se braquèrent sur elle.

— Mais pourquoi remonter aussi loin ? demanda Al. Des données aussi anciennes ne sont-elles pas obsolètes ?

— Pas du tout. Nous devons prendre en compte un bon nombre de paramètres, sans quoi nous risquons de passer à côté de facteurs importants. Mais tenez, ceci vous expliquera ma façon de fonctionner.

Elle fit passer à chacun les dossiers qu'elle avait montés elle-même, et où elle avait surligné les points qui lui paraissaient importants. Plusieurs minutes se passèrent avant que Grant, visiblement effrayé par la masse de travail qui les attendait, ne remarque le premier :

— Ça risque d'être délicat.

— J'ai confiance en vous, assura Carrie.

— Moi aussi, renchérit Rob qui, une fois de plus, montrait à tous qu'il avait foi en elle.

Ils passèrent le reste de la journée dans la même salle, ne s'interrompant que pour déjeuner. Si elle n'était pas certaine du genre de patron qu'était Rob, elle pouvait néanmoins affirmer qu'il savait se montrer ferme mais juste et que ses employés lui vouaient le plus grand respect. Et, si ces derniers se méfiaient encore d'elle, ils donnaient l'impression de faire pleinement confiance à Rob.

La réunion s'acheva à 18 heures et chacun rentra chez soi, du moins le supposait-elle. Deux heures et demie plus tard, elle était toujours dans son bureau, étonnée de ne pas avoir vu le temps passer.

— Tu comptes passer la nuit ici ?

Troublée, elle leva les yeux sur Rob, planté dans l'embrasure de la porte. Il avait dénoué sa cravate et remonté jusqu'aux coudes les manches de sa chemise, ce qui lui donnait l'air encore plus sexy. Il fixait sur elle un regard qui en disait long sur ses intentions.

Les bureaux devaient tous être déserts à cette heure tardive.

— J'imagine que tout le monde est parti, nota Carrie, rompant le silence embarrassant qui s'était installé entre eux.

Rob lutta pour détourner le regard de sa gorge pigeonnante que dévoilait son chemisier profondément échancré. Contrairement au tailleur qu'elle portait lors de son premier rendez-vous, celui-ci était plutôt seyant et mettait ses courbes harmonieuses en valeur. Elle avait remonté ses cheveux en un chignon qui lui parut plus lâche et lui donnait un côté irrésistiblement sexy.

Il devait saluer la performance : cette femme savait se montrer à la fois professionnelle et terriblement séduisante. Comment n'avait-il pas cédé au désir brûlant, lancinant, de poser les mains sur elle ? Cela tenait du miracle.

— Oui, finit-il par répondre. Moi, je reste pratiquement tous les soirs jusqu'à 20 heures, voire 21 heures.

— Rien d'étonnant à ce que tu n'aies pas de petite amie, alors, dit-elle, mi-figue, mi-raisin, en refermant son ordinateur.

En effet, c'était l'une des raisons pour lesquelles il était encore seul. La raison principale, en fait.

— Je rentre, lui dit-il. Je suis venu voir si tu voulais que je te raccompagne. Il n'y a plus personne, on ne pourra pas nous voir monter ensemble dans la même voiture. Si tant est que ce soit la véritable raison.

— Evidemment ! s'insurgea-t-elle, faussement indignée. Que veux-tu que ce soit d'autre ?

Il haussa les épaules, peu convaincu.

En fait, il la soupçonnait de nourrir à son égard des sentiments qu'elle voulait étouffer dans l'œuf. C'était elle qui avait insisté pour qu'ils mettent un terme à leur relation, prétextant que c'était la seule façon pour eux de travailler ensemble sans problème. Elle encore qui clamait que, même s'il existait entre eux une alchimie rare, elle ne « l'aimait » pas. Cependant, lorsqu'il lui avait demandé comment elle pouvait coucher avec un homme sans rien éprouver pour lui, elle avait admis qu'elle ne le détestait pas non plus. Au ton qu'elle avait adopté, il avait compris qu'elle l'appréciait plus qu'elle ne voulait bien l'avouer.

En toute honnêteté, il n'avait jamais rencontré de fille comme elle. Et, puisqu'ils avaient décidé d'un commun accord que leur relation ne devait pas s'étendre au-delà des murs de sa chambre, il ne voyait pas pourquoi ils ne pourraient pas continuer pendant les trois mois où elle serait là, ou du moins jusqu'à ce qu'ils se lassent l'un de l'autre.

— S'il n'y a pas d'autre raison, pourquoi refuser ? insista-t-il.

— Eh bien, j'accepterais plus facilement si j'étais certaine que nous n'irions pas plus loin.

Il haussa les épaules, affichant un air faussement désinvolte.

— Si ce n'est que ça, tu peux dire oui sans crainte.

Elle lui lança un de ces regards qu'il connaissait si bien et qui le faisait craquer. Mais ce soir, il était bien déterminé à ne pas céder. Si quelqu'un devait faire le premier pas, ce ne serait pas lui. Ce serait elle.

— Très bien, capitula-t-elle. Rendez-vous dans dix minutes près de l'ascenseur ?

— Plutôt quinze, dit-il, juste par esprit de contradiction et puis aussi parce que ce petit jeu l'amusait assez.

Elle leva les yeux au ciel.

— Quinze minutes alors.

Il retourna dans son bureau pour y ranger quelques dossiers et n'en ressortit que vingt minutes plus tard. Carrie était déjà là, qui l'attendait, mais elle ne fit aucun commentaire sur son retard.

Ils prirent l'ascenseur jusqu'au parking. Quand ils sortirent, ils furent saisis par le froid glacial qui y régnait.

Carrie se mit à grelotter dans son manteau.

— Je crois que je ne m'habituerai jamais à de telles températures, dit-elle en claquant des dents.

— Tu devrais essayer de porter un chapeau et investir dans des bottes fourrées, lui conseilla-t-il.

— Tu as sans doute raison, répliqua-t-elle en accélérant le pas. Qu'as-tu fait de ta Mercedes ? ajouta-t-elle en le voyant ouvrir la portière d'une Cadillac tout-terrain.

— Ils ont encore prévu des chutes de neige, expliqua-t-il. Ce véhicule est plus adapté.

Elle attendit qu'ils aient bouclé leur ceinture, puis lui dit :

— Je voulais te remercier pour aujourd'hui.

— Pas de quoi.

Puis, sans ajouter un mot, il dirigea son SUV vers la sortie, baissa la vitre et introduisit sa carte dans la borne qui ouvrait les grilles de sécurité.

— Rappelle-moi ce que j'ai fait qui mérite tes remerciements ? reprit-il.

— Tu as montré à ton équipe que tu avais confiance en moi et que tu me suivais dans les décisions que j'avais prises. En te comportant comme tu l'as fait, tu leur as donné envie de travailler en étroite collaboration avec moi. C'était très gentil de ta part.

— Je ne l'ai pas fait pour être gentil.

— Peu importent tes raisons. Le principal, c'est que tu l'aies fait.

— En tout cas, ce n'est pas pour autant que j'adhère à ce projet. Je reste convaincu que c'est une perte de temps et d'argent. Tes méthodes…

— Mes méthodes ont fait leurs preuves, le coupa-t-elle. Tu peux te renseigner auprès de mes précédents employeurs.

— Quoi qu'il en soit, reprit-il sans tenir compte de ce qu'elle venait de dire, tu es là, et manifestement jusqu'au terme de ton contrat. Aussi, je ne vois aucune raison de ne pas coopérer.

Sans compter que, maintenant qu'il avait couché avec elle, il se voyait mal la contredire en public ou lui manquer de respect.

— Pour être franche, je trouve cela un peu ennuyeux.

— Quoi ?

— Ta gentillesse.

— Je peux me comporter comme un saligaud, si tu préfères.

— C'est bien là le problème. Je ne te crois pas capable de te comporter en saligaud.

— Et c'est ça que tu trouves ennuyeux ? demanda-t-il, sincèrement désarçonné.

— Un peu, oui.

Il n'y avait plus de doute : Carrie le surprendrait toujours.

10

Rob coula un regard en biais à Carrie, comme s'il doutait de sa santé mentale.

— Donc, si j'ai bien compris, tu préfères les hommes qui t'en font voir.

— Je n'ai pas dit ça. J'ai juste dit que ta gentillesse était ennuyeuse. Mais c'est sans doute dû au fait que je n'ai pas l'habitude d'être traitée avec autant d'égards. J'ai fréquenté tant de sales types !

— Pourquoi ?

Elle haussa les épaules.

— C'est comme ça. Je suis naturellement attirée par ce genre d'hommes. En fait, je suis les traces de ma mère. A l'exception de mon père, elle ne choisissait que des pervers.

— A quoi était-ce dû, selon toi ?

— Je pense que l'alcool lui faisait perdre tout discernement. Elle a commencé à boire après la mort de mon père, qui a été tué pendant la guerre du Golfe. Elle était trop fragile, elle n'a pas supporté de se retrouver sans lui. Nous sommes alors parties vivre chez ma grand-mère. Et là, les choses se sont dégradées. Elle allait au bar après dîner et y restait jusqu'à la fermeture. Elle se levait lorsque je rentrais de l'école, s'occupait vaguement de moi avant de retourner au bar. C'est là qu'elle a rencontré Ben, qui allait devenir mon beau-père.

— Et lui aussi, c'est un salaud ?

— Au début, je le considérais comme une aubaine. Il s'occupait de maman et faisait preuve de beaucoup d'attentions à mon égard. Il m'emmenait au cinéma, me payait des glaces, m'aidait à faire mes devoirs. Un mois à peine après leur rencontre, nous nous sommes installées chez lui. C'est à partir de là que les choses ont changé.

— En pire, j'imagine.

— Nous avons découvert que lui aussi était alcoolique. Il n'était jamais ivre, pourtant il buvait le soir en rentrant de son travail et pendant les week-ends. Et, lorsqu'il avait bu le verre de trop, il devenait violent. Je l'ai appris à mes dépens un jour où j'ai eu le malheur de lui répondre.

— Qu'a-t-il fait ? s'enquit Rob qui pressentait la réponse.

— Il m'a giflée.

— Quoi ! ? Il t'a frappée ?

— Oui. Et, comme tu as pu le constater, je ne suis pas du genre à me taire. Aussi, l'épisode s'est souvent reproduit.

— Ta mère ne faisait rien pour l'en empêcher ?

— Elle a essayé une fois, mais ça l'a rendu fou, alors elle n'a plus jamais rien dit.

— Il la frappait, elle aussi ?

— Non, car elle était très soumise. Elle ne protestait jamais, exécutait ses ordres sans se rebiffer, bref, elle représentait pour lui la femme idéale.

Les mains de Rob se crispèrent sur le volant.

— Tu en as parlé à ta grand-mère ?

— Ça n'aurait servi à rien. Elle était tellement soulagée lorsque Ben est entré dans la vie de maman ! Elle n'avait ni l'énergie ni la patience de s'occuper de sa fille. Pour elle, Ben était un ange tombé du ciel. Et puis, je ne voulais pas l'inquiéter et je pensais que je pourrais gérer la situation toute seule. J'ai pris mon mal en patience et fait de bonnes études, car je savais que c'était mon passeport pour la liberté.

— Tu es restée avec eux jusqu'à l'obtention de tes diplômes ?

— Non. J'avais seize ans lorsque je suis partie de la maison.

J'étais rentrée avec trois heures de retard et il m'attendait à la porte.

Les sourcils de Rob s'arquèrent comme s'il redoutait d'entendre le pire.

— Et ?

— Comme d'habitude, j'ai riposté. J'avoue que cette fois-là je n'ai pas mâché mes mots. Je suis allée très loin dans l'insulte, mais ça n'était que des vérités. Il a vu rouge et m'a donné une gifle si violente que j'ai gardé la marque de sa main sur ma joue pendant des heures. Je l'ai menacé d'aller trouver la police. Il savait qu'il avait dépassé les bornes, aussi il a sauté dans sa voiture et disparu toute la nuit. A 6 heures du matin, des agents sont venus nous prévenir qu'il avait eu un accident mortel. En fait, il a fait une attaque cardiaque au volant.

— Comment ta mère a-t-elle pris la chose ?

— Bizarrement, très bien. Il faut dire que les cinq cent mille dollars de l'assurance vie l'ont aidée à surmonter le choc. Elle a vendu la maison pour s'acheter un appartement près de la mer. A ma connaissance, elle est heureuse.

Il la regarda, étonné.

— Comment ça, « à ta connaissance » ?

— Comme tu peux l'imaginer, j'éprouve du ressentiment à son égard. Un ressentiment que je ne parviens pas à dissiper totalement. Comme elle le sait, elle se sent coupable et, pour oublier, elle boit encore un peu plus. D'un accord tacite, nous ne nous appelons pas très souvent et, lorsque nous le faisons, nous prenons garde à ne pas aborder ce sujet trop sensible.

— Je n'imagine même pas ne pas parler à l'un de mes parents au moins une fois par jour, commenta Rob alors qu'il s'arrêtait à un feu rouge. Mais je suppose que c'est en partie dû au fait que nous travaillons ensemble.

— Depuis quand travailles-tu pour les chocolats Caroselli ?

— Depuis toujours. J'ai commencé au bas de l'échelle à l'âge de quatorze ans. J'étais employé comme stagiaire à mi-temps. Lorsque j'ai décroché tous mes diplômes universitaires, j'ai été appelé dans les bureaux.

— Qu'y faisais-tu ?

— Je travaillais au service du courrier, puis, au bout de quelques années, j'ai intégré le service marketing.

— Avec les diplômes que tu avais, tu es passé par le service du courrier ? s'étonna Carrie, sidérée par une telle aberration.

— C'est la politique de la maison. Ici, personne ne bénéficie d'un traitement de faveur. Il en va de même pour le salaire. Je sais que, si je tentais ma chance ailleurs, je gagnerais le double, mais ici je touche un intéressement aux bénéfices.

— Y a-t-il des membres de ta famille qui ne travaillent pas dans l'entreprise Caroselli ?

— Ma cousine Christine a fait le choix d'être femme au foyer et d'élever ses enfants. C'est aussi le cas de Jessica, la sœur de mon cousin Nick, mais toutes deux se rendent disponibles pour donner un coup de main dans nos magasins pendant les périodes de fêtes.

— Noël, Thanksgiving, Halloween, Pâques et le jour de la Saint-Valentin, énuméra Carrie.

— Exactement, approuva Rob en souriant.

— Tu vois, j'ai bien potassé mon dossier. Tu serais étonné de voir tout ce que je sais sur l'industrie du chocolat.

Lorsqu'ils arrivèrent devant chez elle, Carrie comprit tout de suite que quelque chose n'allait pas.

— Il y a de la lumière dans le salon, remarqua-t-elle.

Rob baissa légèrement la tête pour vérifier à son tour.

— En effet. Tu avais branché une minuterie ?

— Non. Et les lumières étaient éteintes lorsque je suis partie ce matin.

— Tu en es certaine ?

— Tout à fait certaine.

D'abord il la soupçonnait de ne pas savoir fermer une porte, maintenant d'être incapable de se souvenir si elle avait bien éteint toutes les lumières chez elle. Pour qui la prenait-il à la fin ? Ou était-ce elle qui cherchait à voir dans ces questions somme toute insignifiantes une bonne raison de pouvoir critiquer cet homme trop parfait ?

Elle sortit la télécommande de son sac.

— Comme j'avais prévu de rentrer par le garage, j'avais laissé la lumière de la cuisine allumée, mais pas celle du salon, précisa-t-elle.

— C'est peut-être le fantôme, dit Rob en prenant une voix d'outre-tombe.

— Si tu te crois drôle…

N'empêche, le doute s'insinuait dans son esprit. Car, si les portes pouvaient éventuellement s'ouvrir toutes seules, il en allait autrement des interrupteurs qui s'abaissaient eux-mêmes. A moins qu'elle n'ait affaire à des cambrioleurs ce qui, selon elle, serait bien pire.

Elle actionna la télécommande. Si cambrioleurs il y avait, le bruit les ferait fuir par la porte d'entrée. Mais elle ne vit personne franchir le seuil de sa porte. Et si, au contraire, ils préféraient l'attendre ?

— Tu parais inquiète.

— A ton avis, je ne devrais pas ? rétorqua-t-elle sèchement.

— Veux-tu que je t'accompagne à l'intérieur ?

Elle hésita à répondre. La dernière chose dont elle avait envie, c'était que cet homme irrésistiblement sexy, avec son regard de braise, ses muscles saillants et son corps d'athlète entre dans sa maison. Comment lui résisterait-elle s'il oubliait ses belles paroles et qu'il esquissait un geste vers elle ?

Mais, d'un autre côté, ne courait-elle pas le risque, en entrant seule chez elle, de se retrouver face à un dangereux psychopathe qui lui réserverait un sort horrible ?

Qu'est-ce qui était pire ? Faire l'amour avec un homme auquel elle ne savait pas résister ou se faire découper en morceaux ?

— Si cela ne te dérange pas. On ne sait jamais…

— Si cela me dérangeait, je ne te l'aurais pas proposé. Allons-y.

Il coupa le moteur et attendit qu'elle soit sortie pour l'accompagner.

— Je vais passer le premier, dit-il alors qu'ils s'apprêtaient à traverser le garage.

Elle acquiesça avant de lui emboîter le pas, le suivant de si près que, lorsqu'il s'arrêta brutalement devant la porte, elle faillit se retrouver le nez dans son manteau.

— La clé, demanda-t-il en tendant la main vers elle.

Elle fouilla dans son sac et sortit, en plus de la clé, son téléphone portable. On ne savait jamais, si elle devait composer le 911…

— Voilà.

Il déverrouilla la porte et la poussa. La lumière de la cuisine était bien allumée, comme elle l'avait annoncé, et bien sûr la porte du sous-sol était ouverte. Elle suivit Rob à l'intérieur et la ferma en passant devant, même si c'était peine perdue. Elle ne doutait plus à présent que, la prochaine fois qu'elle viendrait vérifier, elle serait de nouveau ouverte.

Lorsqu'ils atteignirent la cuisine, la première chose qu'elle vit fut la bouteille de vin à moitié vide qui se trouvait sur la table.

— C'est toi qui l'as mise là ? s'enquit Rob.

— Evidemment ! railla-t-elle. Je bois toujours un petit coup le matin avant de partir au bureau. Mais non, Rob ! Elle était dans le réfrigérateur.

Il retira l'un de ses gants et palpa la bouteille.

— Elle est encore fraîche, dit-il.

Qui pouvait bien avoir pénétré chez elle et bu un verre de vin ?

— Je suppose que tu ne t'es pas mise à fumer non plus ?

— Non. Pourquoi ?

Il désigna du menton le paquet de cigarettes et le briquet en argent qui se trouvaient sur le comptoir. Elle reconnut tout de suite le vieux Zippo en argent, même si elle ne l'avait pas vu depuis un bon moment. Tout risque de danger imminent écarté, elle poussa un profond soupir de soulagement.

— Alice ! cria-t-elle. Je suis là !

Alice ?

Rob interrogea Carrie du regard. Qui était donc cette Alice ?

Mais, avant que Carrie ne lui réponde, une jeune femme apparut sur le seuil. Aussi grande que Rob, elle était très mince, voire maigre. Un casque de cheveux noirs encadrait son visage anguleux, qu'adoucissaient de grands yeux d'un bleu profond nuancés d'une pointe de vert. Elle n'était pas vraiment belle, mais il émanait d'elle un charme évident qui devait faire se retourner toutes les têtes.

— Rob, je te présente ma meilleure amie, Alice.

S'il se souvenait de l'avoir déjà entendue mentionner ce nom, il avait oublié qu'elle vivait à Chicago.

— Rob ? répéta Alice avec un sourire en coin. Rob Caroselli, alias monsieur Nouvel-An ?

— Lui-même, acquiesça Rob sans se démonter.

Il remarqua, alors qu'elle venait vers lui pour lui tendre sa main fine et délicate, qu'elle boitait légèrement.

— Que fais-tu ici ? s'enquit Carrie.

— Cela faisait des jours que je n'arrivais pas à te joindre, alors je suis venue vérifier par moi-même que tout allait bien. Ce qui semble se confirmer, ajouta-t-elle en fixant Rob d'un air entendu.

— Rob a eu la gentillesse de me raccompagner, s'empressa de préciser Carrie. Je n'ai pas encore eu le temps de m'occuper de louer une voiture.

Alice plissa les yeux et regarda son amie d'un air sceptique.

— Il te raccompagne toujours jusqu'à l'intérieur ? souligna-t-elle avec insistance.

— En voyant la lumière du salon allumée, nous avons cru à un cambrioleur. Mais au fait, comment es-tu rentrée ?

— Rappelle-moi depuis combien de temps nous nous connaissons ? Tu caches toujours un double de ta clé près de la porte d'entrée. Il m'a suffi de fouiner un peu.

Rob regarda fixement Carrie.

— Non ! ? Tu fais vraiment ça ?

Carrie secoua la tête.

— S'il te plaît, pas maintenant.

— Tu m'avais promis, reprit pourtant Alice d'un ton réprobateur en croisant ses bras osseux sur sa poitrine plate.

Promis quoi ?

— Quant à toi, je vois que tu fumes toujours, riposta Carrie.

— Rex m'a plaquée. Et toi, quelle est ton excuse ?

Prise de court, Carrie ne sut quoi répondre.

— C'est bien ce que je pensais, appuya Alice. Il était temps que j'arrive.

— C'est fini, laissa tomber Carrie. Rob, dis-lui que c'est fini.

Rob regarda tour à tour les deux femmes, avant d'éluder d'un ton désinvolte :

— Je ne donnerai aucune réponse susceptible de m'incriminer.

— Rex t'a vraiment plaquée ? s'enquit Carrie.

D'un geste mécanique, Alice lissa ses longs cheveux soyeux.

— J'aurais dû m'en douter, finit-elle par répondre. Il se faisait de plus en plus rare et, lorsqu'il daignait enfin rentrer à la maison, c'était comme s'il n'était pas là. La rupture a été consommée aussitôt que je lui ai annoncé que j'avais peu de chances de remonter un jour sur les podiums. Visiblement, à ses yeux, je n'avais d'autre intérêt que celui-là.

— Tu es certaine que ta carrière est finie ? dit Carrie en posant son sac et sa serviette sur la table de la cuisine. La dernière fois, tu me disais que tes médecins étaient optimistes.

— Je les ai bêtement crus. Mais ils m'ont annoncé récemment qu'il y avait une chance pour que je souffre toute ma vie d'un léger boitement. Ils parlent même d'une nouvelle opération.

— Oh ! ma pauvre chérie, dit Carrie en retirant son manteau. Je suis désolée pour toi.

— Je pourrai toujours faire des photos, aussi longtemps

que je n'aurai pas à rester debout pendant des heures. En revanche, je peux faire une croix sur les défilés.

— Alice est un mannequin très demandé, précisa Carrie à l'adresse de Rob.

— « Etait », rectifia Alice.

— Combien de temps comptes-tu rester ? s'enquit Carrie.

— Autant de temps que tu voudras bien me supporter.

— Alors, c'est autant de temps que tu veux, ma chérie. Nous aménagerons le bureau en chambre d'amis.

— Ne te donne pas tant de mal, dit Alice d'un ton qui se voulait léger, mais que démentait son sourire forcé. Je peux très bien dormir sur le canapé, comme au bon vieux temps de la fac.

Elle fixa Rob quelques secondes, avant de poursuivre :

— Il va falloir que l'on reprenne nos vieilles habitudes.

— Quelles vieilles habitudes ? s'enquit Rob.

— Comme nous partagions la même chambre, nous avions un code, expliqua Carrie. Si l'une de nous était avec un garçon, nous prévenions l'autre en accrochant un bandeau à la poignée de la porte.

— Je vois, dit Rob, vaguement agacé par un tel souvenir.

— Cela dit, nous n'aurons pas besoin d'user de ce stratagème ici, puisque je t'ai dit que c'était fini entre Rob et moi. N'est-ce pas, Rob, que c'est fini entre nous ?

— Et tu ramenais souvent des garçons dans ta chambre ? éluda-t-il encore.

Carrie leva les yeux au ciel.

— Tu pourrais m'aider, tout de même ! le rabroua-t-elle.

Alice le jaugeait ostensiblement, sans la moindre gêne.

— Finalement, il n'a pas l'air si mal, conclut-elle. Tu m'as habituée à tellement pire !

— Exact, renchérit Carrie en observant Rob d'un regard critique qui lui donna l'impression d'être un vulgaire bout de viande. Celui-ci serait plutôt du genre sympa.

— Eh bien, sur ces bons mots, je vais vous laisser, jeta Rob avec désinvolture. C'est bien joli tout ça, tout ça, mais j'ai des animaux à torturer, moi. Alice, j'ai été ravi de vous rencontrer. Carrie, à demain.

— Merci, Rob, dit-elle en le raccompagnant jusqu'à la porte du garage.

Comme tous deux s'y attendaient, celle du sous-sol était ouverte.

— De rien. Tu ne veux vraiment pas que je passe te chercher demain ?

— Merci, mais je me débrouillerai.

Il résista à l'envie de l'embrasser, même s'il savait qu'elle ne le repousserait pas. Il préférait attendre que ce soit elle qui vienne à lui ; ce serait le signe qu'elle se sentait prête. Il fallait juste qu'il fasse preuve d'un peu de patience.

En tout cas, une chose était certaine. Avoir une fille comme Alice dans les parages pouvait se révéler très intéressant pour lui.

Et, pourquoi pas, servir ses intérêts.

11

Pour se rendre dans la salle de repos où elle avait pris l'habitude d'aller boire un café, Carrie devait passer devant le bureau de Rob. Après avoir longuement réfléchi à l'intérêt d'aller le voir, elle décida qu'il serait grossier de ne pas le faire.

Aussi passa-t-elle directement par l'accueil où officiait Mme White. Sauf que ce matin-là ce n'était pas Mme White qui recevait les visiteurs mais une très belle femme d'une cinquantaine d'années. Bien qu'assise, Carrie pouvait deviner, à la longueur de ses belles jambes fuselées, qu'elle était grande, mince et élégante, ce qui ne gâchait rien.

Mme White absente, elle devait assurer son remplacement.

— Bonjour, annonça Carrie. Je viens voir Rob.

— Dans ce cas, nous sommes deux, rétorqua la femme d'une voix teintée d'un léger accent français.

Le téléphone se mit à sonner, mais la femme ne daigna pas répondre. Ce n'était donc pas une intérimaire comme l'avait supposé Carrie.

— J'avais besoin de lui parler, mais ce n'est pas grave, je repasserai.

— Vous êtes Caroline Taylor ? s'enquit l'inconnue.

— Oui.

Et vous qui êtes-vous ? aurait-elle bien voulu demander.

— J'ai beaucoup entendu parler de vous. C'est vous qui

êtes là pour tenter de redresser les comptes de la société, n'est-ce pas ?

— En tout cas, je vais essayer. Lorsque vous verrez Rob, ajouta-t-elle un peu embarrassée, pourriez-vous lui dire… Non rien, ce n'est pas important.

— Restez, je vous en prie. Je vous taquinais. Rob est avec son père. Il ne devrait pas tarder à revenir. Asseyez-vous et attendons ensemble, proposa la femme.

Carrie n'eut pas à décliner l'invitation. Rob venait de faire son apparition.

— Ah, je vois que vous avez fait connaissance, dit-il.

— En fait, pas vraiment. Je…

— Ton père est prêt ? lui demanda la femme.

— Il m'a chargé de te dire qu'il en avait encore pour quelques minutes.

— C'est toujours pareil ! se plaignit la femme dans un soupir. Ah, ces maris ! Toujours à se faire attendre !

Le cerveau de Carrie fonctionnait à toute allure. Si cette femme était l'épouse de Dimitrio, cela signifiait donc qu'elle était la mère de Rob.

— Je suis désolée, fit Rob à son intention. Tu avais besoin de me voir ?

— Non, répondit-elle bêtement, en se maudissant d'avoir obéi à son instinct. Enfin… je voulais juste te parler deux secondes. Mais ça peut attendre.

— Je vous laisse discuter, décida la mère de Rob en se levant. Je vais voir si je peux accélérer un peu les choses. J'ai été ravie de vous rencontrer, assura-t-elle à Carrie en lui serrant la main.

Puis elle embrassa son fils et s'éloigna d'une démarche élégante.

— C'était ta mère ou je n'ai rien compris ? demanda Carrie au risque de passer pour une idiote.

— Elle ne s'est pas présentée ?

— Non.

Rob esquissa un sourire indulgent.

— Ça lui ressemble assez.

Carrie eut soudain une pensée terrifiante. Si la mère de Rob savait qu'elle était Carrie, savait-elle aussi ce qu'elle avait fait avec son fils ?

— Rassure-moi, Rob. Elle ne sait rien, n'est-ce pas ?

— Elle ne sait rien de quoi ?

— Pour le nouvel an. Pour toi et moi, précisa-t-elle dans un murmure.

Il prit l'air offensé qu'une telle pensée ait pu lui traverser l'esprit.

— Tu n'imagines tout de même pas que je raconte mes prouesses sexuelles à ma mère ?

— Je ne sais pas… Hé, attends un peu ! C'est ce que je suis pour toi ? Une prouesse sexuelle ?

— Tu sais bien ce que je veux dire. Et non, je ne raconte rien de ce genre à ma mère.

— Désolée.

— D'ailleurs, elle ignore que j'ai grandi, ajouta-t-il en souriant. C'est tout juste si elle ne pense pas que je suis encore puceau.

— Je suis bien sûre que non, dit Carrie en riant.

Il passa une main sur ses joues ombrées d'une barbe naissante.

— Peux-tu me révéler la raison de ta visite ? demanda-t-il. Parce que je crois me souvenir que nous ne sommes pas censés nous parler de sujets personnels. Aurais-tu changé d'avis ?

— Cela avait à voir avec le travail, mais j'ai oublié, mentit-elle en se fichant bien d'être crédible ou pas.

— Pourquoi ne pas admettre que je te manque, tout simplement ? suggéra-t-il avec un sourire canaille.

— Mais bien sûr ! Que je suis bête ! rétorqua-t-elle d'un ton railleur.

Quelle idiote elle avait été ! On ne l'y reprendrait pas de céder à ce genre d'impulsion.

— Bien. Si jamais la mémoire te revenait, tu sais où me trouver.

— C'est ça, grommela-t-elle en tournant les talons, furieuse contre elle-même.

Trois jours plus tard, Rob était assis à la table de conférences en compagnie d'Al et de Will. Tous trois étaient censés faire le point sur les données informatiques déjà compilées, mais ses pensées revenaient sans cesse sur les commentaires de Carrie et d'Alice au sujet de l'homme « bien » qu'il était.

— Diriez-vous de moi que je suis un homme fréquentable ? demanda-t-il à brûle-pourpoint.

— Sans hésitation, répondit Will.

Al haussa les épaules d'un air indifférent.

— Je dirais que tu es normal, répondit-elle, avant d'ajouter dans un sourire : Je plaisante. Tu es un type génial.

— Considérez-vous cela comme un défaut ?

Déconcertée, Al le considéra un instant en silence.

— Depuis quand est-ce mal d'être quelqu'un de bien ?

— Ta question a quelque chose à voir avec Carrie ? questionna Will.

— Pourquoi une telle question ?

— A cause de votre liaison, tiens.

— Will ! le rabroua Al en lui donnant un coup de coude dans les côtes.

Il fallut quelques secondes à Rob pour encaisser le choc d'une telle déclaration.

— Nick ou Tony vous ont dit quelque chose ?

— Tu sais, ce n'est un secret pour personne. Il n'y a qu'à vous observer.

— C'est sûr, approuva Will. Ça saute aux yeux que vous vous plaisez.

Rob n'arrivait pas à croire qu'on lisait aussi facilement en lui.

— Comment est-ce possible ? demanda-t-il. Nous nous parlons à peine.

— Justement, dit Will.

— Je crois que ce que veut dire Will, intervint Al, c'est

que vous faites trop d'efforts pour ne rien montrer de vos sentiments mais, lorsque vos regards se croisent…

— Quoi ?

— Alors là…

L'arrivée de Grant empêcha Rob de trancher entre alimenter un peu plus leurs soupçons et les nier.

— Désolé d'être en retard, s'excusa le nouveau venu. Il y a une de ces circulations ce matin !

— C'est bon, dit Al. D'ailleurs, Carrie non plus n'est pas encore arrivée.

— Je l'ai vue dans le hall. Elle ne devrait pas tarder, annonça Grant, qui prit le temps d'ôter son manteau et de le plier sur le dossier de son fauteuil avant d'ajouter : Elle a dû passer par son bureau.

— Nous étions en train d'évoquer la liaison entre Rob et Carrie, reprit Will, ce qui lui valut un autre coup de coude, cette fois bien senti, de la part d'Al.

— Ah oui. Et alors ?

Sa question resta sans réponse, et ce fut un silence de plomb qui accueillit Carrie, sans doute bien loin d'imaginer ce qui se racontait dans son dos.

— Bonjour ! lança-t-elle à la cantonade.

Elle posa sa tasse de café fumant et son dossier sur la table, et prit un siège. Puis, remarquant le silence anormal qui régnait autour de la table, elle demanda :

— Quelque chose ne va pas ?

Chacun piqua du nez sur ses dossiers.

— Visiblement, ils savent que nous avons eu une aventure, lâcha Rob.

Carrie plissa les yeux, attendant la suite.

Il n'y a pas que nous, s'empressa de préciser Al. Tout le monde est au courant.

— A votre avis, pourquoi les gens pensent-ils cela ? demanda Carrie d'une voix calme, mais où perçait une extrême nervosité.

— Ce doit être à cause du suçon, là, dans votre cou,

suggéra Will, toujours aussi maladroit. Vous n'avez pas pu vous le faire toute seule.

Rouge de confusion, Carrie passa machinalement la main sur son cou, à l'endroit exact où elle savait se trouver la petite tache rouge qui venait de les trahir. Elle lança à Rob un regard noir, qu'il reçut avec la plus grande indifférence.

Oui, il était coupable, mais pas responsable. Au moment où il l'avait marquée de ce sceau amoureux, il ne pouvait prévoir que, pour travailler, elle portait ses cheveux relevés en chignon. Il était bien évident que, s'il avait su, il aurait laissé sa trace sur une zone plus discrète de son anatomie.

— J'ai dû me brûler avec mon fer à friser, avança-t-elle d'une voix qu'elle voulait assurée.

Mais elle ne trompa personne et ce fut Will qui, le premier, le lui confirma.

— Le changement d'attitude de Rob parle pour lui, vous savez.

— Comment cela ?

— Ce n'est un secret pour personne qu'il jugeait vos services inutiles et que votre arrivée le hérissait au plus haut point. Et subitement, comme par magie, votre présence non seulement ne le dérangeait plus mais le rendait tout guilleret. Il a suffi de faire le rapprochement.

Carrie se figea et rougit de plus belle, tandis que Will haussait les épaules, apparemment inconscient de ce que ses paroles impliquaient.

— Ne croyez surtout pas que Will veuille laisser entendre par là que vous couchez avec Rob pour vous le mettre dans la poche, s'empressa de clarifier Al. N'est-ce pas, Will ? siffla-t-elle entre ses dents.

Le sang se retira du visage de Will lorsqu'il comprit sa maladresse.

— Seigneur ! Oh non… Carrie, ce n'est pas ce que je voulais dire. Pas du tout.

— Ne vous inquiétez pas pour ça, le rassura-t-elle d'un ton qui se voulait égal.

Rob, qui la connaissait bien, fut le seul à deviner qu'elle était blessée ; pire, que sa fierté avait souffert.

Il se maudit d'avoir mis tout le monde dans l'embarras, alors qu'il avait voulu jouer franc-jeu.

— Il est vrai que nous n'avions pas vu Rob aussi heureux depuis longtemps, nota Grant à son tour. Nous avons donc supposé que cela avait quelque chose à voir avec vous. Croyez bien que nous sommes sincèrement désolés si nous avons outrepassé les limites.

— Alors, laissez-moi vous dire que Rob et moi n'entretenons aucune liaison.

Elle avait parlé d'une voix calme mais frémissant, d'une colère contenue qui, Rob le craignait, pouvait exploser à chaque seconde ou la faire éclater en sanglots.

— Je vais vous demander quelques instants, annonça-t-il à ses collaborateurs.

— Bien sûr, dit Al en entraînant les trois autres à sa suite.

Rob se leva pour aller refermer la porte derrière eux. Lorsqu'il se retourna, Carrie était allée se poster contre la baie vitrée, le regard fixé sur la rue en contrebas.

— Quelle humiliation !

— Je suis sincèrement désolé, Carrie. C'est ma faute. J'aurais dû me taire.

— Au contraire, tu as bien fait de parler, au moins je suis fixée. Je sais que tout le monde rit dans mon dos.

— Personne ne rit dans ton dos, Carrie.

— Tu comprends à présent ? dit-elle en se retournant, les narines frémissantes de colère. Tu comprends pourquoi je ne voulais pas que les gens sachent ?

— Will n'est pas méchant. Il a juste une fâcheuse tendance à mettre les pieds dans le plat, voilà tout.

— Tout le monde doit croire la même chose que lui, insista-t-elle. C'est toujours ce que l'on pense d'une femme qui réussit : qu'elle ne doit son succès qu'au fait qu'elle couche avec le patron. Il est impensable que l'on puisse réussir grâce à nos mérites !

— Tu te trompes, Carrie. Tout le monde ici salue tes compétences. Cela ne les empêche pas pour autant de remarquer qu'il existe une réelle alchimie entre nous.

— Super !

— Et ils ont raison.

— Bien sûr, et malheureusement nous ne pouvons rien contre cela.

— Je sais. Cela n'empêche pas que nous pourrions rester amis.

— Tu sais bien que c'est impossible. Dans l'esprit des gens, nous serions toujours amants.

— Et alors ? Est-ce si important ce que les autres pensent de nous ?

— Pour moi, ça l'est. J'ai à cœur de plaire au plus grand nombre, figure-toi. Mais je ne m'attends pas à ce qu'un homme comme toi puisse comprendre.

— Que veux-tu dire par là ?

— Que tu es beau, riche, brillant et qu'en prime, tu es merveilleux au lit. Pour toi, les choses ont toujours été faciles. Tu es si irréprochable que tu touches presque à la perfection. Alors, peux-tu imaginer à quel point je me sens parfois diminuée face à toi ?

— Mais enfin, ce que tu dis là est ridicule !

— Le pire, c'est que je le sais, pourtant ça ne m'empêche pas de ressentir ce que je ressens.

— Ce n'est pas ce que j'ai voulu dire, dit-il en sortant son portefeuille de la poche de son pantalon. Ce que je trouve ridicule, c'est que tu me croies parfait. Car je suis loin de l'être.

Il exhiba alors les quelques photos qu'il gardait toujours sur lui. Celles qu'il regardait chaque fois qu'il était tenté d'avaler de façon compulsive tout ce qui lui tombait sous la main ou qu'il n'avait pas envie d'aller travailler. Ces clichés étaient là pour lui rappeler le chemin parcouru et pour lui éviter de redevenir le garçon pathétique qu'il était alors.

— Tiens, fit-il en lui tendant les photos. Et dis-moi un peu si ce garçon était la perfection même.

Carrie écarquilla les yeux en même temps que sa bouche s'arrondissait de surprise.

— C'est vraiment toi ? demanda-t-elle.

— Bouboule. C'est comme ça que l'on m'appelait.

— Tu étais tellement…

— Gros ?

— J'aurais plutôt dit potelé.

— Jusqu'à mes années de fac, mon poids fluctuait sans cesse. J'avais toujours entre dix et vingt kilos de trop. J'étais gros, Carrie, pas potelé.

— C'était lié à un problème de métabolisme ?

— Non. J'adorais manger. Je m'empiffrais toute la journée et ne faisais aucun exercice. J'étais celui dont personne ne voulait et la cible de quolibets permanents de la part de mes prétendus camarades de classe. Mais bizarrement, je ne me posais pas en victime, je n'étais pas malheureux. Sauf en ce qui concernait les filles. Je faisais croire que je m'en fichais, qu'elles ne m'intéressaient pas, quand je souffrais en silence de les voir sortir avec mes copains pendant que j'étais toujours tout seul. La seule parade que j'avais trouvée pour ne pas perdre la face, c'était de les faire rire et de devenir leur meilleur ami. Celui à qui elles se confiaient.

— Tu n'as pas cherché à perdre du poids ?

— Si, bien sûr. Je tenais quelques semaines, mais, dès que je perdais quelques kilos, je craquais et retombais dans mes travers. Il y a eu une époque où je me détestais d'être aussi faible. J'ai mis du temps à comprendre que les régimes à répétition ne changeraient rien si je ne modifiais pas totalement ma façon de vivre, si je n'adoptais pas une véritable hygiène de vie.

— On peut dire que tu as réussi, le complimenta-t-elle. Tu dois être fier de toi, aujourd'hui.

— Oui, mais ce n'est pas sans efforts permanents. C'est un travail de tous les jours que de veiller à ce que le pathétique petit gros qui sommeille en moi ne reprenne pas le dessus.

— Ce n'est pas moi qui vais t'apprendre que la beauté intérieure prime sur le physique.

— Facile à dire. Mais sois honnête, Carrie. Si tu m'avais connu à cette époque-là, aurais-tu accepté de sortir avec moi ?

— J'ai toujours été attirée par les types malsains, éluda-t-elle. Mais, si j'étais assez moche pour juger quelqu'un sur son apparence, ce serait mon problème, pas le sien. Je te prie d'accepter mes excuses pour avoir cru que j'avais affaire à la perfection incarnée. Je ne pouvais pas deviner.

— Cela dit, c'est plutôt flatteur.

— Tu es un chic type, Rob, et crois-moi, je sais de quoi je parle. Je serais la plus heureuse des femmes si je pouvais sortir avec toi.

— Pourquoi refuser, alors ?

— Pour être franche, j'estime que tu mérites mieux que moi. Je serais bien capable de tout faire rater, comme d'habitude, et donc de te faire du mal.

Comment une femme en apparence aussi sûre d'elle pouvait-elle douter à ce point ? En tout cas, sa franchise l'honorait, encore une fois.

— Je respecte ton point de vue, Carrie. Et je veillerai à ce que les ragots cessent sur notre compte, fais-moi confiance. Et, si quelqu'un te cherche des noises, tiens-moi au courant ; je m'en occuperai personnellement.

— C'est très gentil, mais cela ne ferait qu'empirer les choses. Si le cas se présente, je préfère régler ça toute seule.

— Comme tu voudras. Maintenant que les choses sont dites, si nous reprenions notre petite réunion ? Mon père et mon oncle attendent un premier rapport en fin de journée et je ne voudrais pas faire de vagues.

— Je sais bien que cela ne me regarde pas, mais j'ai cru sentir une certaine tension entre eux.

— Il y a toujours eu une certaine rivalité, mais depuis ces deux derniers mois il est vrai qu'ils sont à couteaux tirés, même si mon père soutient le contraire.

— Sais-tu pourquoi ? Je pourrais peut-être t'aider. En

matière de dysfonctionnements familiaux, j'en connais un rayon.

— Enfant, mon père était le mouton noir de la famille. C'était un type brillant mais rebelle. A l'école, il avait toujours des problèmes de discipline et ça a continué plus tard. Il se rebiffait contre la loi. En tant qu'Italien, *nonno*, notre grand-père, était un homme strict, porteur des valeurs traditionnelles de son pays. Mon père s'est très tôt rebellé contre cette autorité, allant jusqu'à refuser de travailler dans l'entreprise familiale. Lorsqu'à l'âge de vingt-cinq ans mon père a été arrêté pour bagarre sur la voie publique, *nonno* lui a donné à choisir entre la prison ou l'armée. Il a choisi l'armée.

— Visiblement, ton grand-père a fait ce qu'il fallait. Son fils a l'air d'être rentré dans les rangs.

— Définitivement. En quittant l'armée, il a repris la fac, où il a poursuivi de brillantes études qui lui ont permis d'intégrer l'un des plus hauts postes de l'entreprise Caroselli. Lorsque *nonno* se retirera totalement des affaires, c'est mon père qui lui succédera en tant que P.-D.G. D'où ces dissensions entre les trois frères. Mais ce n'est pas tout.

— Quoi ?

— Lorsque mon père est parti à l'armée, son frère Tony a épousé sa petite amie, Sarah.

— Je comprends mieux, en effet.

— Tu vois, on ne peut pas dire que l'histoire familiale des Caroselli soit aussi dramatique que la tienne, mais elle aussi est haute en couleurs.

— Unis comme vous l'êtes, les choses vont finir par s'arranger, je n'en doute pas une seconde.

Puisse-t-elle avoir raison. Sinon, l'empire que *nonno* avait créé à la force du poignet risquait bien de s'écrouler.

12

Carrie aimait son métier de consultante. Depuis qu'elle le pratiquait, pas un jour elle n'avait renâclé à se lever pour aller travailler. Et pourtant, Dieu sait si elle avait eu affaire à bon nombre de machos qui ne manquaient pas une occasion d'essayer de lui faire sentir qu'elle leur était inférieure.

Tenter par tous les moyens de sauver une entreprise de la faillite l'excitait au plus haut point. Elle adorait relever ces défis qu'on lui lançait. Mais ces dernières semaines passées au sein de la société Caroselli lui avaient fait découvrir le rôle majeur des gens avec qui elle faisait équipe. Elle avait plaisir à les entendre, mais surtout à les écouter. Ensemble, ils formaient comme une grande famille.

Il fallait dire que Rob et elle se complétaient à merveille. Leur façon de gérer une équipe était similaire, si bien qu'il n'y avait aucune dissension entre eux. Souvent, l'un anticipait même ce que l'autre s'apprêtait à dire ou à faire, chacun poussant la synchronisation jusqu'à terminer la phrase de l'autre.

Lorsqu'elle ne travaillait pas, Carrie passait le plus clair de son temps avec Alice, plus affectée par sa rupture avec Rex et par son avenir incertain qu'elle voulait bien le laisser croire. Dans ces moments-là, Carrie ne pouvait s'empêcher de penser à Rob. Il lui manquait terriblement. Pas seulement sexuellement. Elle regrettait aussi leur intimité comme lorsque, après l'amour, ils restaient repus et immobiles, blottis l'un contre l'autre, les membres enchevêtrés, à bavarder de sujets futiles.

Elle se revit au bureau, lorsqu'il arrivait que leurs mains ou leurs corps se frôlent, ou encore que leurs regards se croisent furtivement.

En plus de l'homme, elle appréciait le patron qu'il était. S'il lui arrivait parfois de se montrer véhément dans ses propos, elle avait tôt fait de le remettre à sa place par un trait d'humour. Il n'était pas du genre à se laisser marcher sur les pieds et, lorsqu'il avait quelque chose sur le cœur, il ne l'envoyait pas dire. C'était un homme intègre, qui faisait volontiers confiance aux autres et savait se montrer juste. Il n'était pas avare de compliments et, par quelques mots simples, donnait à ses interlocuteurs l'impression qu'ils étaient exceptionnels. Toutes ces qualités, ses employés les lui rendaient bien en se donnant au maximum de leurs capacités.

Aussi elle se sentait envoûtée par son charisme, brisant la règle d'or qu'elle s'était fixée de ne jamais s'investir émotionnellement dans une relation professionnelle. Il fallait croire que rien dans cette nouvelle aventure n'était simple !

Elle commençait même à penser que côtoyer un type bien n'était peut-être pas une si mauvaise chose, après tout. Et que, s'il existait sur terre un homme capable de les supporter, elle et ses névroses, ce pourrait être lui. Un constat qui, évidemment, l'effrayait à l'extrême.

Un jour, Alice l'avait accusée d'avoir peur d'être heureuse et elle commençait à se demander si elle n'avait pas raison. Peut-être redoutait-elle, en cédant au bonheur, de le perdre. Il était tellement plus facile de se satisfaire de relations médiocres qui, lorsqu'elles se terminaient, ne lui brisaient pas le cœur.

Si elle avait trouvé en Alice l'alliée idéale, ce jour-là pourtant, celle-ci semblait avoir basculé du côté de la partie adverse.

Carrie et Rob venaient de mettre un terme à une conversation de plus de deux heures, au cours de laquelle il n'avait à aucun moment été question de données informatiques ni de marketing.

— Tu es idiote, ma pauvre fille, dit Alice dès que Carrie eut raccroché.

Carrie rassembla les feuilles de papier qui jonchaient son lit, avant de rétorquer calmement :

— Cela fait dix ans que nous nous connaissons et tu t'en rends compte juste maintenant ?

— Mais enfin, ne vois-tu pas que vous êtes faits l'un pour l'autre ? Que tu as une chance inouïe d'avoir rencontré un homme doux et attentif ? Quand je pense que vous êtes restés deux heures au téléphone ! Avec Rex, j'avais tout juste droit à dix minutes, et encore !

— Justement. Il est si bien qu'il mérite mieux que moi.

— N'est-ce pas à lui d'en décider ?

— Je te rappelle que nous travaillons ensemble et que je ne couche pas avec mes collaborateurs.

— Tu parles d'une excuse ! C'est pathétique !

— Je vis à Los Angeles et lui à Chicago, continua d'énoncer Carrie, indifférente aux arguments de son amie. Tu saisis le problème ?

— A part ta mère, à qui tu parles à peine, dis-moi un peu ce qui te retient à Los Angeles que tu ne trouverais pas ici ?

Carrie fut surprise de constater qu'elle n'avait pas de réponse à cette question. En effet, à part son travail que, soit dit en passant, elle pouvait pratiquer n'importe où, qu'est-ce qui pourrait bien la retenir là-bas ? Sa meilleure amie était toujours par monts et par vaux, et elle-même passait tellement de temps à travailler qu'elle n'avait pas le loisir de se faire de nouveaux amis.

— J'en ai assez de dormir sur le canapé, annonça Alice sans raison apparente.

— Je t'ai déjà dit que nous pouvions aménager le bureau en chambre.

— Tu n'en as pas encore marre de moi ?

— Bien sûr que non. Et figure-toi que je caressais même l'espoir que nous rentrerions ensemble à L.A.

— Dans ce cas, je vais investir dans l'achat de meubles pour ma chambre.

— Nous ferions mieux d'en louer, ce serait plus économique.

A ces mots, Alice laissa échapper un soupir.

— Tu as raison. Comme je ne sais pas ce que l'avenir me réserve, mieux vaut que je m'entraîne à être raisonnable.

— J'appellerai Terri demain pour lui demander si elle est d'accord.

— En attendant, je vais commencer à chercher sur internet.

Carrie appela Terri dès le lendemain après-midi.

— Bien sûr, Carrie. Alice et toi pouvez transformer le bureau en chambre. Il vous suffira de stocker ce qui s'y trouve dans le sous-sol.

— Parfait. Merci, Terri.

— Au fait, je voulais te dire que Nick et moi organisions une petite soirée à la maison. Nous serions heureux que tu te joignes à nous.

Tentée, elle hésita un instant avant de décliner l'invitation.

— Mon amie Alice est venue me voir et je ne peux pas la laisser seule à la maison.

— Eh bien, emmène-la.

Décidément, Terri ne lui facilitait pas les choses !

— C'est-à-dire que… elle sort juste d'une relation difficile et je ne suis pas certaine qu'elle ait le cœur à s'amuser. En tout cas, merci. Je lui demanderai.

Elle venait à peine de raccrocher qu'Alice l'appelait.

— Alors ? Tu as eu Terri ?

— Oui. Elle est d'accord. Nous n'avons qu'à descendre au sous-sol le mobilier qui se trouve dans le bureau.

— Parfait. Nous pourrions nous en occuper demain. A moins que tu n'aies prévu de travailler ce week-end ?

— Je crois que j'ai bien mérité une journée de repos.

Sa quatrième semaine chez les Caroselli était déjà sur le point de s'achever et il restait encore tant de travail à faire !

Après avoir raccroché avec Alice, elle se replongea dans ses dossiers, ne s'interrompant que lorsque Rob vint frapper à sa porte. Dès qu'elle le vit, une onde de désir la submergea. Elle brûlait de lui arracher ses vêtements et de lécher la moindre parcelle de ce corps qu'elle connaissait déjà si bien.

— Tony et moi allons dîner dans le coin. Tu veux te joindre à nous ?

Elle consulta sa montre, surprise de constater qu'il était déjà 19 heures.

— Merci, mais je ne peux pas.

— J'espère que ce n'est pas encore à cause du qu'en-dira-t-on ?

— Non, répondit-elle dans un sourire. Je ne m'inquiète plus pour cela.

En effet, depuis quelque temps, les bruits de couloir semblaient s'être tus.

— J'ai l'intention de ne pas venir demain et je voudrais terminer ce dossier avant de partir. J'en ai encore pour une heure ou deux.

— Dommage, c'est moi qui invite.

— Une autre fois.

— O.K., à demain.

— A demain.

A peine avait-elle prononcé ces mots qu'elle songea qu'ils ne se verraient pas le lendemain.

Elle plancha jusqu'à 21 heures, et s'apprêtait à rassembler ses affaires lorsqu'elle entendit un bruit de pas dans les couloirs. Alertée, elle prêta l'oreille car il était rare que quelqu'un s'attarde, surtout un vendredi soir.

Elle se leva pour aller vérifier qui pouvait bien hanter les lieux à une heure pareille, et vit une silhouette disparaître à l'angle du couloir qui donnait sur le bureau de Dimitrio. Une silhouette trop petite pour être celle de Rob ou de n'importe quel homme, d'ailleurs.

Il devait s'agir d'une assistante venue récupérer quelque chose. Quoi qu'il en soit, il fallait s'en assurer. Elle longea donc le couloir à son tour et tomba sur une femme qui, penchée sur la serrure du bureau de Dimitrio Caroselli, semblait vouloir la crocheter.

— Excusez-moi, dit-elle à l'adresse de l'inconnue qui, prise en flagrant délit, sursauta violemment.

Lorsqu'elle se retourna pour lui faire face, Carrie la reconnut immédiatement.

— Rose ?

— Carrie, dit-elle en plaquant une main tremblante sur son cœur. Vous m'avez fait peur. J'ai cru que tout le monde était parti.

Carrie ne connaissait Rose que pour l'avoir vue dans la salle du personnel où il leur arrivait de prendre un café au même moment. Si elle l'avait toujours trouvée un peu bizarre, elle n'avait jamais eu de problème avec elle. Mais là, quelque chose clochait.

— Qu'étiez-vous en train de faire ? s'enquit Carrie en cherchant son regard fuyant.

Cramoisie, Rose se baissa pour récupérer le trombone qu'en sursautant elle avait laissé tomber.

— Je peux comprendre que les apparences soient contre moi, mais ce n'est pas ce que vous pensez, s'empressa-t-elle de dire pour se justifier.

— Ce que je crois, c'est que vous cherchiez à forcer la serrure de ce bureau, rétorqua sèchement Carrie.

— L'assistante de Dimitrio a un classeur rempli de vieux dossiers que je suis chargée de scanner, expliqua Rose. Lorsque j'ai vu l'heure qu'il était, elle était déjà partie et Dimitrio avait verrouillé la porte. J'ai paniqué et le seul moyen que j'ai trouvé pour récupérer ces dossiers, c'était de tenter de crocheter cette serrure avec un trombone.

Elle paraissait sincère, pourtant quelque chose en elle laisser penser qu'elle mentait.

— Voulez-vous que j'appelle Rob ? proposa-t-elle. Il a certainement une clé du bureau de son père.

— Une seconde, je vous prie. On m'appelle.

Carrie n'avait entendu aucune sonnerie, mais le portable en question pouvait avoir été réglé sur vibreur.

Rose s'écarta de quelques pas avant de répondre.

— Bonsoir, dit-elle. Ah ! Grâce à Dieu, vous avez eu mes messages… Vous êtes sûre que cela peut attendre ? Très bien, à lundi, alors.

Elle remit le téléphone dans sa poche et se tourna vers Carrie.

— Tout va bien. Elle a dit que ça pouvait attendre lundi.

Evidemment, si Carrie avait eu mauvais esprit, elle aurait pu trouver que ce coup de fil providentiel était arrivé au bon moment. De même qu'elle aurait pu souligner qu'une conversation avec Mary, secrétaire de Dimitrio et bavarde impénitente, ne durait jamais moins de quinze minutes.

— Cela vous gênerait beaucoup si ce petit incident restait entre nous ? demanda Rose, les joues écarlates. Je serais mortifiée que quelqu'un apprenne ce que j'ai fait.

— Bien sûr, mentit Carrie, tout en se promettant d'en informer Rob aussitôt qu'elle le verrait.

A midi, le lendemain, à l'heure où Carrie et Alice étaient censées descendre les meubles au sous-sol, Alice était encore couchée, à moitié endormie.

— Tu n'es pas prête ? lui reprocha Carrie, un brin agacée.

— Prête pour quoi faire ?

— Pour déplacer les meubles.

— Avec ma cheville ? Tu n'y penses pas !

— Dans ce cas, pourquoi m'as-tu laissée penser le contraire ?

— Je n'ai jamais dit que je t'aiderais, dit Alice.

— J'ai besoin d'aide, Alice. Je ne peux pas déplacer tout ce bazar toute seule.

— Ne t'inquiète pas, la rassura son amie en s'étirant comme une chatte. Tu vas avoir du renfort.

Comment pouvait-elle lui avoir trouvé du renfort quand

elle ne connaissait personne à Chicago ? A moins d'avoir fait appel à des professionnels, Carrie ne voyait pas.

Comme pour répondre à sa question, le carillon de l'entrée retentit. Alice posa un pied à terre en grimaçant.

— Tu veux bien aller ouvrir pour moi, s'il te plaît ?

Carrie s'exécuta sans discuter. Alice était bien bizarre, ce matin. Elle comprit aussitôt pourquoi quand elle ouvrit la porte sur Rob et son cousin Tony.

— C'est nous, dit bêtement Rob.

— Merci, rétorqua sèchement Carrie. Je vois. Puis-je savoir ce qui me vaut l'honneur de cette visite matinale ?

Les deux hommes échangèrent un regard étonné.

— Alice nous a appelés, expliqua Rob. Elle a dit que tu avais besoin d'aide pour déménager des meubles.

— Vraiment ? dit Carrie, qui se retourna pour lancer à son amie un regard noir.

Mais le canapé était vide. Evidemment, après avoir manigancé cette rencontre, la vilaine n'avait plus qu'à se défiler. Elle n'ignorait pourtant pas que Carrie refusait de voir Rob en dehors des heures de travail !

— Entrez, dit-elle à contrecœur.

Elle ne pouvait décemment pas les laisser sur le pas de la porte pendant qu'elle allait commettre un meurtre ! D'ailleurs, elle avait vraiment besoin d'aide. Et puis, ils pourraient lui être utiles pour la débarrasser du cadavre d'Alice.

Vêtu d'un jean délavé et d'une chemise en flanelle, Rob avait l'air d'un bricoleur du dimanche qu'elle se serait bien plu à déshabiller.

Alice allait trouver à qui parler !

— Si vous voulez bien m'excuser quelques minutes, j'ai deux mots à dire à Alice.

— Veux-tu que nous commencions sans toi ? s'enquit Rob.

— Non, je reviens tout de suite, lança-t-elle par-dessus son épaule tandis qu'elle prenait la direction de sa chambre.

Non seulement la porte était close, mais Alice avait pris la précaution de la verrouiller.

— Alice ! siffla-t-elle d'une voix menaçante. Ouvre cette porte immédiatement !

— J'ai une migraine affreuse, répondit Alice d'une voix faussement plaintive. Il va falloir que vous vous débrouilliez sans moi.

— Une migraine, tu parles ! grommela Carrie en tournant les talons.

Vaincue, elle retourna dans le salon où les deux hommes l'attendaient.

— Il y a un problème ? demanda Rob.

— Non, non. C'est Alice. Elle est fatiguée, elle se repose dans ma chambre.

Elle baissa la voix pour ajouter, sur le mode de la confidence :

— En fait, elle se cache. Elle a du mal à digérer sa rupture avec Rex. Ça, plus sa carrière entre parenthèses…

— Tony aussi s'est fait plaquer récemment.

— Sans blague ? rétorqua Tony, visiblement irrité. Tu ne veux pas le chanter sur les toits, pendant que tu y es ?

Rob lui répondit par un sourire en coin qui montrait bien la complicité qui les liait.

— Alice nous a expliqué qu'elle voulait débarrasser le bureau des meubles qui y sont, dit-il.

— En effet. Nous voulons l'aménager en chambre. D'ailleurs, si vous voulez bien me suivre, vous pourrez juger par vous-mêmes. Voilà, ajouta-t-elle une fois qu'ils furent dans la pièce. Terri nous a dit de tout stocker dans le sous-sol.

— Avec le fantôme ? plaisanta Tony.

Carrie ne daigna pas répondre. Les deux hommes prirent chacun le bureau par un angle et le portèrent jusque devant la porte du sous-sol.

— Où veux-tu que nous le rangions ? demanda Rob.

— N'importe où. Ça n'a pas d'importance.

Rob ouvrit la porte et lança à Carrie un regard narquois.

— J'imagine que tu n'es jamais descendue là-dedans, affirma-t-il plus qu'il ne le demandait.

— Pourquoi cette question ? éluda-t-elle.

— Alors ? Tu y es allée ? la pressa Tony à son tour.

— Bien sûr que oui ! Enfin, presque…

— Comment ça « presque » ?

Une fois, elle s'était armée de courage et aventurée dans l'escalier, mais le bruit de la porte qui avait tourné sur ses gonds l'avait tellement terrorisée qu'elle était remontée précipitamment.

— De toute façon, s'il y a quelque chose, ce ne doit pas être bien méchant, commenta-t-elle crânement.

— Dans ce cas, ouvre-nous la voie, suggéra Rob.

Plutôt mourir que de leur montrer à quel point se jeter dans la gueule du loup la rendait nerveuse.

Le menton haut, elle posa la main sur l'interrupteur.

— Tu ne crains rien. Nous sommes juste derrière toi.

Peu convaincue, elle alluma la lumière et scruta les méandres de l'escalier. Dans le pire des cas, que risquait-elle ? De découvrir ou d'entendre quelque chose d'inhabituel ? Sans compter qu'elle n'était pas seule. Deux hommes forts étaient là pour la protéger.

Elle inspira un grand coup et posa un pied hésitant sur la première marche, avant de se lancer. Une langue glacée l'enveloppa tout entière à mesure qu'elle avançait. Lorsque ses pieds se posèrent sur le sol en béton, les battements de son cœur redoublèrent et des gouttes de sueur perlèrent à son front. Aussi est-ce avec soulagement qu'elle constata que la pièce n'était encombrée que de cartons et de vieux meubles, dont certains devaient valoir une petite fortune.

— Vous pouvez le poser là-bas, indiqua-t-elle en désignant le seul endroit un peu dégagé des lieux.

Les deux hommes posèrent le meuble et Rob demanda :

— Tu remontes avec nous ?

— Non, je vais vous attendre ici, déclara-t-elle, la curiosité l'emportant sur la peur.

— Nous n'en avons pas pour longtemps.

Une fois seule, elle se fraya un chemin parmi les meubles qui encombraient la pièce. Certains étaient fonctionnels, comme des tables et des chaises de salle à manger, d'autres plus décoratifs. Parmi ces derniers, elle en devina, à leur grain et à leurs couleurs, qui étaient faits de bois précieux.

Elle fit courir sa main sur la surface d'un magnifique buffet de bois sculpté, curieusement dénué du moindre grain de poussière. Soit l'air était particulièrement pur, soit Terri se faufilait chez elle pendant les heures de travail pour nettoyer ses meubles, les deux possibilités étant aussi farfelues l'une que l'autre.

— Alors, ce fantôme ? demanda Rob dès qu'ils furent revenus, chargés d'un meuble métallique à tiroirs.

— Visiblement, il se tient à carreau. Mais ne trouves-tu pas étrange que tous ces meubles soient si propres ?

— Terri a la réputation d'être une maniaque du nettoyage.

Dans un sous-sol ? Et puis, cela faisait un mois que Terri n'avait pas remis les pieds ici.

— Il nous reste la bibliothèque et nous aurons fini, annonça Rob.

C'est à ce moment qu'elle entendit un faible craquement accompagné d'une plainte, ou plutôt d'un vagissement semblable à celui d'un nouveau-né.

— Vous avez entendu ? demanda-t-elle en se retournant vers les deux hommes.

Mais elle était seule. Elle tendit l'oreille et localisa le bruit, qui provenait de l'endroit où était regroupé du mobilier de chambre.

Elle rassembla tout son courage pour s'approcher, mais plus elle avançait, plus la plainte diminuait. Alors elle le vit, à demi caché dans le coin le plus obscur de la pièce. Un berceau. Un berceau de bois qui se balançait tout doucement.

Elle cligna des yeux à plusieurs reprises, certaine que son imagination lui jouait des tours. Immobile, pétrifiée par la peur et n'osant esquisser le moindre geste, elle ne parvenait pas à quitter des yeux la nacelle qui oscillait légèrement d'avant en arrière.

Elle tendait ses doigts tremblants vers elle lorsque, en même temps que le bruit d'un horrible fracas, une main s'abattait sauvagement sur son épaule, lui tirant un cri de terreur.

13

— Calme-toi, ce n'est que moi, dit Rob tandis que Carrie faisait si violemment volte-face qu'elle manqua de perdre l'équilibre.

— Tu as failli me faire mourir de peur ! cria-t-elle d'une voix suraiguë.

— Je suis désolé, je t'ai appelée trois fois sans obtenir de réponse. Alors je suis descendu voir ce qui se passait, mais j'ai trébuché sur une table.

Un bruit de pas précipités précéda l'arrivée en trombe d'Alice et de Tony.

— Qu'y a-t-il ? s'enquirent-ils à l'unisson.

— Rien, répondit Rob. Je lui ai fait peur.

— Tu m'as fait peur ? Tu m'as terrorisée, oui !

— Je te l'ai dit, j'ai trébuché, alors je me suis retenu à toi.

— Tu l'as vu, au moins ?

— Vu quoi ?

— Le berceau ! Le berceau qui se balançait tout seul d'avant en arrière ! En plus, j'ai entendu un bébé pleurer.

Rob la fixa, sidéré. Elle avait dû avoir sacrément peur, pour imaginer une chose pareille !

— De quel berceau parles-tu, Carrie ? demanda-t-il d'une voix douce, comme s'il s'adressait à une attardée mentale.

— Là-bas, dit-elle.

Elle désigna du doigt un coin du sous-sol.

Il suivit du regard la direction qu'elle lui indiquait et devina les contours d'une petite nacelle, coincée entre un bureau et le mur.

— Il bouge encore ? demanda-t-elle.

Pour toute réponse, il se pencha sur le bureau et attrapa le berceau. De près, ils constatèrent qu'il s'agissait d'un berceau très ancien de bois sculpté, très bien conservé mais si petit qu'il ressemblait plus à un jouet qu'à un vrai meuble.

Carrie tendit la main vers lui pour le toucher.

— Je vous jure qu'il bougeait et que j'ai entendu un bébé pleurer, répéta-t-elle.

— Tu veux dire un bébé humain ? s'enquit Rob, de plus en plus inquiet par sa réaction.

Carrie lui répondit par un regard exaspéré.

— Evidemment, un bébé humain ! Personne d'autre que moi ne l'a entendu ?

Il secoua la tête, tandis que Tony et Alice étaient bien trop occupés à se dévorer du regard pour lui répondre.

— Au fait, je ne vous ai pas présentés, dit Rob. Tony, voici Alice, la meilleure amie de Carrie, qui vit à New York. Alice, voici mon cousin Tony.

— Ravie de vous rencontrer, dit Alice avec des mines de chatte.

— Le plaisir est partagé, répondit Tony, également sous le charme.

— Si nous allions boire un verre pour fêter cela ? proposa Alice, sans quitter Tony des yeux.

— Volontiers, accepta Tony. Après vous, ajouta-t-il en lui indiquant l'escalier.

Tandis qu'ils s'esquivaient, Carrie se tourna vers Rob.

— Tu peux m'expliquer ce qui se passe ?

— Eh bien, je crois que nous venons d'assister à un coup de foudre en direct.

— Finalement, c'est une bonne chose que tu m'aies fait peur, sans quoi Alice serait encore cadenassée dans ma chambre.

Elle baissa les yeux sur le berceau immobile.

— Il ne bougera pas devant toi, j'en ai bien peur, murmura-t-elle, comme pour elle-même.

— Peut-être pas, répliqua-t-il gentiment.

Ils restèrent immobiles et silencieux, attendant un événement qui ne se produisit pas.

— Je te jure que je l'ai vu bouger, insista-t-elle.

— Je te crois. Si les portes s'ouvrent toutes seules, pourquoi un berceau ne se balancerait-il pas de lui-même ?

— Il vaut mieux, sinon ça voudrait dire que je deviens folle.

— J'avoue que j'étais un peu inquiet lorsque tu ne m'as pas répondu. J'ai tout d'abord pensé que tu étais bouleversée par quelque chose. Puis, n'ayant toujours pas de réponse, que tu étais malade. Mais lorsque je t'ai vue, sourde à mes appels réitérés, tu avais l'air en transe.

— C'est un peu ce que j'ai ressenti. Lorsque tu as déboulé avec fracas, je tendais la main vers ce berceau, mais c'était comme si j'agissais malgré moi, poussée par une force surnaturelle. Je ne sais pas si je me fais bien comprendre.

— Pas vraiment.

— Eh bien, mon bras bougeait, mais c'était comme si je ne le contrôlais pas, précisa-t-elle.

S'il ne la connaissait pas aussi bien, il pourrait penser qu'elle commençait à perdre la raison. Heureusement, il savait qu'elle était la femme la plus saine d'esprit, la plus directe et la plus rationnelle qu'il lui ait jamais été donné de fréquenter. Et, s'il ne savait trop à quoi attribuer ses errances, il ne doutait pas une seconde qu'elle allait très vite reprendre pied avec la réalité.

Elle était tellement adorable, avec sa queue-de-cheval de collégienne qui dansait à chacun de ses mouvements et son sweat-shirt qui portait haut les couleurs de l'UCLA !

Il eut envie d'elle comme la première fois, dans le bar de cet hôtel où ils s'étaient rencontrés. Une envie irrépressible, intense, qu'il eut du mal à contenir.

— Nous n'avons plus rien à faire ici, dit Carrie, coupant court à ses pensées coquines. Allons rejoindre Alice et Tony.

— Veux-tu que nous remontions ce berceau ?

Elle lui jeta un regard attendri, tandis qu'il essayait d'imaginer les générations d'enfants qui y avaient été bercés et qui y avaient dormi.

— Oui, je veux bien, finit-elle par répondre. Je le nettoierai, il pourra toujours servir à quelqu'un.

Lorsqu'il souleva le berceau de terre, il sentit comme un souffle tiède lui effleurer le bras. Les pensées fantaisistes de Carrie se révélaient-elles contagieuses ?

Un brin troublé, il s'effaça pour laisser passer Carrie devant lui et referma soigneusement la porte du sous-sol derrière eux.

— Ils nous ont faussé compagnie, annonça Carrie en montrant à Rob le petit mot qu'Alice avait griffonné à la hâte à leur attention.

« Sommes sortis boire un verre. A plus tard. »

— Tony semble avoir oublié que nous sommes venus ensemble dans sa voiture.

La perspective de rester seule avec Rob ne réjouissait guère Carrie. Elle n'était pas dupe, elle savait bien que c'était une manigance d'Alice. Pourtant, elle ne lui en voulait pas. Après être restée enfermée pendant trois semaines, sortir un peu et voir du monde lui ferait le plus grand bien. D'autant que, si Tony — qu'elle ne connaissait pas très bien — était comme les autres membres de la famille Caroselli, elle n'avait pas à s'inquiéter.

Elle eut soudain, venue d'elle ne savait où, la vision d'un double mariage et d'une double installation à Chicago, et secoua la tête pour chasser loin d'elle les pensées ridicules qui lui traversaient l'esprit.

— Ils ne vont pas tarder à revenir, dit-elle à voix haute, comme pour s'en convaincre.

Rob ne fit aucun commentaire.

— Où veux-tu que je mette ce berceau ? demanda-t-il simplement.

— Pour l'instant, dans le salon. Je verrai plus tard ce que

j'en fais. C'est curieux, je n'arrivais pas à me résoudre à le laisser dans ce sous-sol hanté par je ne sais trop quoi.

— Je comprends, dit Rob.

— Vraiment ?

Il posa le berceau sur le carrelage, près du canapé, et la regarda fixement.

— Bizarrement, oui.

Bien loin de la rassurer, le fait qu'il ressente la même chose qu'elle l'effraya un peu plus. Pourtant, elle choisit de ne pas lui faire part de ses pensées.

— Tu aimes les vieux meubles ? lui demanda-t-elle.

— Pas particulièrement.

Ses goûts rejoignaient donc les siens. Tout comme lui, elle avait un penchant très net pour le moderne ; néanmoins, ce vieux berceau lui inspirait quelque chose qu'elle ne parvenait ni à comprendre ni à formuler vraiment.

— C'est peut-être la raison pour laquelle la porte du sous-sol s'ouvre sans cesse, dit Rob. Elle voulait t'indiquer le chemin, t'inciter à découvrir ce berceau et à le remonter ici.

Elle le considéra quelques secondes en silence, abasourdie par ce qu'elle venait d'entendre.

— Tu es sérieux ou tu te moques de moi ?

— Je l'ai entendu, moi aussi.

— Quoi ?

— Le bébé. Juste avant que je ne referme la porte sur nous, je l'ai entendu pleurer.

— Arrête. Tu vas finir par me ficher la frousse pour de bon. D'ailleurs, en parlant de trucs bizarres, il faut que je te parle d'une scène dont j'ai été témoin, hier soir, au bureau.

— J'espère que ce n'est pas encore une histoire de porte qui s'ouvre seule, parce que je ne te croirais pas, dit-il dans un de ses sourires craquants.

— Justement, c'est tout le contraire. C'est au sujet d'une porte qui ne s'ouvrait pas.

Elle lui raconta alors comment elle avait surpris Rose en train d'essayer de crocheter la serrure du bureau de Dimitrio, et par quelle heureuse coïncidence un coup de fil l'avait tirée d'affaire.

— Tu penses qu'elle mentait ? s'enquit Rob.

— Oui, sans aucune hésitation. Mais je peux me tromper.

— Tu as bien fait de m'en parler. Juste entre toi et moi, il y a chez cette femme quelque chose d'indéfinissable qui me dérange.

— Moi aussi ! Elle est trop calme, trop posée, un peu comme si elle cherchait toujours à cacher quelque chose ou à agir en douce. Tu vois ce que je veux dire ?

— Absolument. Et ce qui m'inquiète, c'est que ma sœur et elle sont devenues amies, au point qu'elles vont cohabiter d'ici à la fin du mois dans l'appartement que Megan vient d'acheter.

— Tu t'inquiètes vraiment ?

— Oui. Sa mère a été l'assistante de direction de mon grand-père pendant des années, aussi oncle Leo s'est senti un peu obligé de l'embaucher car elle cherchait un emploi. Mais, en fait, nous ne la connaissons pas vraiment.

— Quel poste occupe-t-elle ?

— Elle a un emploi de bureau, mais elle a proposé ses services pour numériser toutes nos vieilles archives.

— Elle a donc accès à toutes les données relatives à votre société ?

— Oui. Tu penses à de l'espionnage industriel ?

Carrie eut un haussement d'épaules.

— Cela arrive fréquemment.

— Je vais la faire surveiller de près. Nous verrons bien ce qu'il en ressort.

Il marqua une pause pour consulter l'heure à sa montre.

— J'espère que Tony ne va pas rentrer trop tard.

Carrie ne sut trop si cette volonté manifeste de ne pas s'attarder chez elle la soulageait ou la décevait.

— Je peux te raccompagner, si tu veux, proposa-t-elle d'un ton faussement dégagé.

— Cela ne te dérange pas ?

— Je te dois bien ça pour avoir déménagé tous ces meubles. Je vais chercher mon manteau.

Quelques flocons légers commençaient à tomber alors qu'elle sortait du garage le véhicule tout-terrain qu'elle avait fini par louer.

— Ils ont prévu de grosses chutes de neige pour cette nuit ? s'enquit-elle.

— Quelque chose comme quinze centimètres, je crois. En tout cas, c'est ce que j'ai entendu dire.

Elle tenta de concentrer toute son attention sur sa conduite pour échapper au désir intense que suscitait sa proximité physique avec Rob. En vain. Elle s'imagina lui prendre une main et la poser sur le haut de sa cuisse avant de la faire glisser un peu plus haut entre ses…

Stop !

Voilà bien où était le problème et pourquoi elle refusait farouchement de voir Rob en dehors des heures de bureau. Lorsqu'elle était seule en sa compagnie, elle n'avait plus aucun contrôle, et son imagination débridée l'entraînait bien loin, vers des zones qu'elle s'interdisait d'explorer.

Heureusement, la voix de Rob la ramena brusquement sur terre.

— Tourne à gauche, lui indiqua-t-il. Je suis à deux rues de là.

— Je savais que nous vivions pas très loin l'un de l'autre, mais je ne pensais pas que tu habitais si près.

— S'il n'avait pas fait si froid, je serais rentré à pied, dit-il comme pour s'excuser.

Elle ne répondit pas, trop occupée à détailler l'alignement éclectique que formait l'alternance de résidences modernes et de bâtiments anciens jalonnant la rue.

— C'est vraiment très beau, dit-elle à la vue de l'ancien entrepôt rénové que lui indiquait Rob. A quel étage habites-tu ?

— J'ai tout le bâtiment.

— Génial !

— Il est conçu comme un loft très moderne. Tu veux venir voir ?

— Euh… pourquoi pas ? s'entendit-elle répondre malgré elle.

Tant pis ! Il était trop tard pour regretter et elle ne pourrait s'en prendre qu'à elle-même si Rob tentait le moindre geste.

— Tu vis avec un colocataire ? demanda-t-elle quand même par acquit de conscience.

— Non, pourquoi ?

— Simple curiosité.

Et, tandis qu'elle garait son véhicule de façon mécanique, elle cherchait encore sans la trouver une bonne raison de décliner l'invitation de Rob.

Comme un automate, elle sortit de sa voiture et suivit Rob. Elle avait l'étrange sensation que son corps et son cerveau étaient dissociés et qu'elle se regardait agir en dehors de son enveloppe corporelle.

Ils pénétrèrent dans le hall. Bien qu'immense et lumineux, il s'en dégageait une ambiance chaleureuse.

— Depuis quand vis-tu ici ? s'enquit-elle alors qu'ils se retrouvaient dans la cabine de l'ascenseur et que des images érotiques affluaient à son esprit.

Elle avait déjà fait l'amour dans un ascenseur, mais cela ne lui avait pas laissé un souvenir impérissable. Alors que si cela se produisait avec Rob… Mais bon, Rob était hors concours. Le sexe était si bon avec lui !

La porte de l'ascenseur s'ouvrit sur un palier desservant deux entrées distinctes.

— C'est là, dit-il en désignant la porte de droite.

Il la fit entrer et ce qu'elle vit la laissa bouche bée d'admiration. La pièce, immense, était composée de trois espaces différents — cuisine, salle à manger et salon —, que surplombait un mélange de poutres métalliques et de poutres traditionnelles de bois. Les baies vitrées d'origine avaient été conservées et offraient une vue panoramique sur la ville. Un escalier d'angle conduisait à la chambre, sans doute du même style.

— C'est magnifique ! s'exclama-t-elle, sincèrement admirative.

— Merci, mais, je t'en prie, enlève ton manteau.

— C'est que… je ne peux pas rester, prétexta-t-elle dans un faible sursaut de volonté.

Il haussa les épaules, tandis qu'il accrochait son manteau près de la porte.

— Tu es attendue quelque part ?

— Euh… non, mais…

— Alors tu peux rester quelques minutes, la coupa-t-il en tendant la main pour lui prendre son pardesssus. Et, si cela peut te rassurer, sache que je n'ai pas l'intention d'avoir de gestes déplacés.

Elle n'en doutait pas. En revanche, elle était moins sûre d'elle-même. Cela ne l'empêcha pas pour autant de retirer sa pelisse et de la lui tendre.

— Je te fais visiter ?

Pour toute réponse, elle le suivit, écoutant sans les entendre les détails qu'il lui fournissait sur chacun des espaces qu'ils traversaient. Elle était incapable de se concentrer, focalisée qu'elle était sur ses muscles saillants et ses fesses fermes et hautes. Elle imagina la bouche de Rob sur la sienne, puis sur ses seins et plus bas, sur ses cuisses et …

Elle plongea les mains dans les poches de son jean pour ne pas être tentée de s'en servir, mais, alors qu'ils gravissaient l'escalier qui menait à sa chambre, elle ne put s'empêcher de songer qu'elle commettait là une grossière erreur.

— La chambre est ma pièce préférée, dit-il d'un ton neutre.

Elle ne chercha pas à savoir pourquoi. Pourtant, tandis qu'ils foulaient la moquette épaisse et moelleuse qui recouvrait toute la surface de la pièce, la réponse lui parut évidente.

Car, si la vue qu'offrait le rez-de-chaussée était splendide, celle-ci était époustouflante de beauté.

— C'est magnifique, dit-elle encore, consciente du fait qu'il se trouvait à peine à quelques centimètres derrière elle.

Si près qu'elle sentait la chaleur de son corps et les effluves pourtant subtils de son eau de toilette. Elle avisa dans un fauteuil les vêtements qu'il avait portés la veille et se retint avec peine d'aller enfouir son visage dans sa chemise pour s'imprégner et se griser de l'odeur virile de sa peau.

— De mon lit, je vois les feux d'artifice tirés depuis Navy Pier, expliqua-t-il fièrement.

— Super, répliqua-t-elle, la tête ailleurs.

On pouvait faire tant de choses dans un lit ! Même ses propres feux d'artifice.

— Tout va bien ? s'enquit-il face à son absence de réaction. Tu ne dis rien.

— Mais oui. Et, si je ne dis rien, c'est sans doute que je n'ai pas grand-chose à dire.

— Cela ne te ressemble pas.

Il avait raison. Elle n'aimait pas les longues plages de silence. Il fallait toujours qu'elle comble le vide par la parole. Mais aujourd'hui, c'était différent. Aujourd'hui, elle se taisait parce qu'elle redoutait de prononcer des mots qu'elle pourrait regretter, des mots qui encourageraient Rob à esquisser des gestes qu'il ne devrait pas faire et auxquels elle ne se déroberait pas.

Elle pivota pour lui faire face et ce qu'elle vit dans son regard lui fit regretter son geste.

— J'ai envie de toi, dit-elle, se repentant aussitôt de sa faiblesse.

Il hocha la tête.

— Je sais.

— Mais il ne faut pas, protesta-t-elle faiblement.

— Ça aussi, je le sais.

— Le problème, c'est que tu es beaucoup plus fort que moi et que, si l'envie te prenait de me basculer sur ton lit, je ne ferais pas le poids.

En guise de réponse, il fit un pas en arrière.

— Ne t'inquiète pas, ça n'arrivera pas, lança-t-il d'une voix lisse.

Elle cligna les yeux de surprise. Elle ne rêvait pas, il venait de la rejeter.

— Ce n'est pas un jeu, Carrie, reprit-il avec gravité. En tout cas, en ce qui me concerne. Je ne joue plus.

— Je sais bien.

— Alors, il faut te décider. Soit j'entre pour de bon dans ta vie, soit il ne se passera rien entre nous.

— Mais je…

— Il n'y a pas de « mais ». Tu n'as qu'un choix à faire.

— Et le travail ? Tu as pensé à ce que les gens vont dire sur nous ?

— Travail et vie privée sont dissociables. Ce que nous faisons en dehors des heures de bureau ne regarde que nous.

Elle garda le silence quelques secondes, pesant le pour et le contre.

— Nous pourrions très bien ne rien dire. Quoique… à Nick et à Tony, peut-être… Je ne te vois pas leur mentir à notre sujet. Mais à personne d'autre, alors.

— Je devrais donc renoncer à cette annonce publique que je voulais faire paraître dans les pages du *Sunday* ? dit-il d'un air taquin.

Elle lui sourit. Il avait ce pouvoir sur elle de toujours la faire sourire, de la rendre… heureuse. Alors, pourquoi se priverait-elle de tous ces petits bonheurs ? Pour quelle mauvaise raison refuserait-elle sa proposition ?

Parce qu'il te plaît trop, idiote.

Bravo ! Elle qui n'avait jusque-là jamais envisagé de relation à long terme, voilà qu'elle fantasmait sur des inepties comme un double mariage et deux installations définitives à Chicago. Tout cela était décidément bien nouveau pour elle ! A la fois excitant et terriblement effrayant. Un flot de questions se bousculait dans sa tête.

Et si elle s'attachait trop à cet homme ? Qu'en serait-il une fois son contrat achevé ? Avait-elle vraiment envie de passer par toutes ces épreuves ?

Elle ne trouva pour toutes réponses à ses questions que d'autres interrogations, plus positives cependant.

Et si cette fois c'était différent ? S'il n'y avait pas rupture ? Si Rob était l'homme qu'inconsciemment elle attendait depuis toujours ? Cette éventualité ne valait-elle pas la peine qu'ils se laissent une chance ?

Elle repensa à ce qu'Alice lui avait dit au sujet de ce qu'elle laisserait à Los Angeles si elle envisageait de ne plus y retourner. La réponse était définitivement « rien ». Car, lorsqu'elle refermait la porte de son bureau, sa vie était vide et solitaire. Ici, au moins, elle avait rencontré des gens qui semblaient apprécier sa présence.

— J'ai envie de toi, répéta-t-elle plus fermement.

— Mais… ?

— Aucune restriction. Pas cette fois.

— Tu en es bien sûre ?

— Tout à fait certaine, répondit-elle en se hissant sur la pointe des pieds pour l'embrasser.

14

— Rob est là ? s'enquit Carrie en pointant la tête par la porte du bureau de Mme White.

— Il est déjà en salle de conférences, répondit la secrétaire d'un ton considérablement plus chaleureux que huit semaines plus tôt.

Mais peu importaient à Carrie les fluctuations d'humeur de Mme White. Depuis le premier jour, elle lui vouait le plus grand respect car elle avait deviné la grande professionnelle qu'elle cachait sous ses airs revêches. Par ailleurs, outre ses compétences, elle était à l'égard de Rob d'une loyauté à toute épreuve.

Il lui avait raconté que, lorsqu'il était enfant, elle était totalement différente. A l'époque, elle travaillait dans l'une ou l'autre des boutiques et elle ne manquait jamais de lui fourrer des chocolats dans les poches en lui ébouriffant les cheveux d'un air joyeux.

Puis son fils était mort dans un accident de voiture, et elle n'avait plus jamais été la même.

— Il a pensé à prendre le rapport que je lui ai fait passer ?

— Oui. Il est parti avec.

Carrie était nerveuse. Après avoir analysé toutes les données informatiques, elle avait établi un plan rigoureux visant à booster les ventes de la société Caroselli. Restait à présenter son projet à l'équipe, qu'elle souhaitait réceptive à une mise en œuvre rapide. Mais ce qu'elle redoutait par-dessus tout, c'était l'avis de Rob. Car sortir « officiellement secrètement » ensemble depuis cinq semaines était une chose, mais s'entendre dire par l'homme qu'elle aimait que son plan de redressement ne tenait pas la route en serait une autre, autrement plus difficile à assumer.

— Vous allez vous en tirer, la rassura Mme White.

— Pardon ? demanda Carrie, certaine d'avoir mal compris.

— Vous êtes brillante et tout le monde vous respecte, ici. Vous allez vous en tirer, et avec les honneurs, encore, répéta l'assistante.

Le compliment était d'autant plus touchant qu'il émanait d'une femme comme Mme White, d'un extérieur revêche et renfermé.

— Merci pour vos encouragements. J'en ai besoin, l'enjeu est de taille.

— Peu importe l'enjeu. Cela ne changera rien à ce que Rob éprouve pour vous.

Carrie s'apprêtait à ouvrir la bouche pour protester, mais vit au petit sourire en coin de Mme White que ce serait peine perdue. Vaincue, elle poussa un profond soupir.

— Je l'espère.

— Vous savez, je connais Rob depuis longtemps et je peux vous dire que je ne l'avais jamais vu comme cela.

— Comme quoi ?

— Heureux. Concentré sur autre chose que son travail.

— Madame White..., commença Carrie, touchée par la gentillesse de cette femme.

Mais elle ne put aller au bout de sa phrase. Son interlocutrice l'interrompit d'un geste de la main.

— Allez-y. Il vous attend.

Pensive, Carrie longea le couloir qui menait à la salle de conférences. Mme White n'était pas la seule à avoir perçu un changement chez Rob. Tony, qu'elle voyait souvent et de façon plus intime depuis qu'il sortait avec Alice, lui avait tenu sensiblement les mêmes propos.

— Il est différent quand il est avec toi, lui avait-il confié.

Elle-même pensait Rob heureux, bien qu'il lui soit difficile de définir dans quelle mesure, n'ayant pas de point de comparaison. Quoi qu'il en soit, ils n'avaient pas évoqué d'avenir commun et, si cela se produisait, elle était certaine que leur relation serait vouée à l'échec.

Alice avait peut-être raison. Peut-être au fond avait-elle peur d'être heureuse. Pourquoi ce refus, alors qu'elle sentait au plus profond d'elle-même que Rob était l'homme de sa vie ?

Arrivée devant la porte de la salle de conférences, elle rompit le fil de ses pensées pour se concentrer sur ce qui l'attendait. Inspirant un grand coup, elle redressa les épaules et entra d'un pas décidé.

A sa grande surprise, elle se retrouva face à face avec Rob. Seul.

— Bonjour, dit-elle en avisant son rapport sur la table. Où sont les autres ?

— Je leur ai demandé de nous laisser d'abord seuls tous les deux. Il faut que je te parle.

Carrie sentit sa nervosité s'accroître.

— Assieds-toi, lui dit-il en désignant le siège en face de lui.

— Mon projet n'est pas viable ? attaqua-t-elle d'emblée.

— Au contraire, il est brillant.

— C'est vrai ?

— Oui. Et je vais te démontrer pourquoi.

Il fit glisser vers elle un second rapport, daté de six mois plus tôt.

— Qu'est-ce que c'est ?

— Le rapport établi par mon équipe et moi-même avant que la direction ne décide de t'embaucher. Je t'invite à y jeter un coup d'œil.

Intriguée, elle l'ouvrit et remarqua immédiatement les points de détail similaires qui existaient entre les deux rapports, ce qui n'avait rien d'extraordinaire. Ce qui l'était, en revanche, c'était la solution apportée par Rob.

— Je n'y crois pas ! dit-elle sincèrement stupéfaite.

Rob éclata d'un rire sonore.

— Eh oui !

— Pourquoi ne pas me l'avoir montré plus tôt ?

— Parce que c'est toi, l'as du marketing.

Visiblement, Rob et son équipe l'étaient aussi puisque, à quelques variantes près, le projet proposé était identique au sien.

— Tu l'avais soumis à la direction ?

— Oui, mais ils l'ont écarté sous prétexte que les mesures proposées étaient trop radicales. Selon eux, il nous fallait coller à la tradition.

Pourtant, c'était exactement ce dont avait besoin cette entreprise pour ne pas aller droit dans le mur. Les traditions, c'était bien beau, mais, pour survivre dans une économie de plus en plus impitoyable, il fallait savoir s'adapter.

Elle comprenait mieux à présent pourquoi Rob s'était montré si réticent à l'idée d'embaucher une consultante. Il avait soumis un plan très bien élaboré, qu'il savait nécessaire à la survie de l'entreprise, mais personne ne lui avait fait confiance.

— Ils ont eu tort, dit-elle.

— Je sais.

Elle trouvait insensé qu'ils l'aient payée aussi cher pour quelque chose qu'ils avaient déjà gratuitement.

Elle se prit la tête entre les mains, abattue.

— Quelle histoire ! Ils ne vont jamais croire que nous soyons arrivés aux mêmes conclusions. Ma réputation est fichue.

— Pas du tout, voyons ! Tu as fait exactement ce qu'ils t'ont demandé, voilà tout ! Ce n'est pas ta faute s'ils sont trop bornés pour faire confiance aux gens de leur entourage.

— Qu'allons-nous faire ?

— Leur présenter un plan ultra-détaillé. Cette fois, ils entendront peut-être ce que nous avons à leur dire.

— Et si ce n'était pas le cas ? S'ils le rejetaient de nouveau ?

— Alors je leur présenterais ma démission, répondit-il sans hésiter.

— Tu ferais vraiment ça ?

— C'est ma famille et je les aime tous, mais ils vont trop loin. Famille ou pas, je ne resterai pas sur un navire qui prend l'eau.

Elle devait bien reconnaître qu'il avait raison.

— Dans ce cas, rendons-leur ce rapport et prions pour qu'ils ne restent pas sourds à nos conseils.

La porte s'ouvrit mais, au lieu d'Al, Grant et Will, ce fut Nick qui fit son apparition.

— Désolé de vous déranger. Vous avez une minute ?

— Bien sûr, dit Rob. Qu'y a-t-il ?

— La nouvelle aura vite fait de se répandre, aussi je préfère vous l'annoncer moi-même.

— Vas-y. Nous t'écoutons.

— Terri est enceinte.

— Félicitations, mon vieux.

Rob se leva pour aller au-devant de son cousin et le prendre dans ses bras, dans une de ces étreintes viriles propres aux hommes.

— Je suis content pour vous, dit-il encore. Vous en aviez tellement envie !

— Nous le savons depuis un mois, mais Terri préférait attendre que le fœtus soit bien accroché avant d'en parler ouvertement.

— Et tout va bien ?

— Parfaitement bien. Terri supporte très bien sa grossesse et le bébé grandit normalement. Il devrait naître aux alentours du 21 septembre.

— Je suppose que la future maman est aux anges ?

— Ne m'en parle pas ! On dirait qu'elle est la première femme sur terre à porter un enfant !

Rob secoua la tête et se mit à rire.

— Toi et Terri ! Quand j'y pense !

— Personne ne l'aurait cru, répliqua Nick. Pas même nous. Il faut croire que c'était juste une question de moment.

Depuis que la paire d'amis qu'ils étaient jadis avait franchi le pas, allant jusqu'à se marier, Nick et Terri rayonnaient de bonheur. Carrie ne put s'empêcher d'éprouver une petite pointe de jalousie. Elle avait eu beau affirmer haut et fort ne rien vouloir des rêves de bonheur traditionnel, elle caressait désormais l'espoir de se marier et de fonder une famille.

L'arrivée du trio Al, Grant et Will mit un terme à ses pensées mélancoliques. A l'annonce de la bonne nouvelle, il y eut de nouvelles congratulations, de nouvelles effusions qui lui firent regretter de ne pas faire partie de la grande famille des Caroselli.

Rob, qui avait sans doute remarqué son vague à l'âme, lui adressa un sourire complice. Elle essaya d'imaginer comment ce serait de rester à Chicago, de vivre sous le même toit que Rob. De l'épouser. D'annoncer à tout le monde qu'elle portait leur enfant.

La réalité la rattrapa d'un coup, lorsqu'elle essaya de se rappeler la date de ses dernières règles. Elle avait été si occupée, ces derniers temps, qu'elle n'y avait pas prêté attention. Pressée de vérifier, elle consulta le calendrier sur son smartphone. Voilà, ses dernières règles remontaient à juste avant que Rob et elle décident de sortir ensemble au grand jour. Soit… six semaines plus tôt !

Son cœur s'emballa. Six semaines !

Elle devait se tromper. Sinon, cela signifiait qu'elle avait quinze jours de retard. Elle ferma les yeux. Elle ne pouvait pas, ne devait pas, être enceinte. C'était le stress, voilà tout. D'ailleurs, elle se souvenait très bien de ce que Terri avait dit : trop de stress pouvait perturber le cycle menstruel d'une femme.

— Carrie ?

Elle leva les yeux sur Rob, debout près d'elle. Il se pencha pour lui demander à l'oreille :

— Ça va ? Tu es pâle comme un linge.

Elle ne pouvait répondre tant l'air manquait à ses poumons. Elle secoua la tête.

— Qu'y a-t-il ? demanda-t-il, visiblement inquiet.

Elle était perdue. Devait-elle attendre d'être sûre ou

partager avec lui ses inquiétudes ? A quoi bon être alarmiste avant de savoir ?

— Je dois te parler, finit-elle par dire d'une voix blanche.

— Maintenant ?

— Oui. Maintenant.

— Allons dans mon bureau.

Elle se leva, les jambes tremblantes et prise de vertige, au bord de l'évanouissement.

— Où allez-vous ? s'enquit Al en les voyant prêts à s'esquiver.

— J'accompagne Carrie, répondit Rob. Elle ne se sent pas très bien. La réunion est reportée à cet après-midi.

— Puis-je faire quelque chose ? proposa Al d'une voix empreinte d'inquiétude qui attira l'attention des autres.

— Ce n'est rien, mentit Carrie. Je n'ai pas pris de petit déjeuner ce matin. Je dois faire un peu d'hypoglycémie.

— Je m'occupe d'elle, les rassura Rob en passant un bras sous le sien pour la soutenir.

Elle arriva toute flageolante devant une Mme White apparemment affolée.

— Qu'y a-t-il ? demanda-t-elle.

— Rien de grave, affirma Rob pour la rassurer autant que pour se rassurer lui-même, sans doute. C'est un malaise passager. Pouvez-vous prendre mes appels téléphoniques, s'il vous plaît, et aller me chercher une bouteille d'eau fraîche dans la salle de repos ?

— Tout de suite.

Il installa Carrie dans son fauteuil et se percha à son côté, à l'angle de son bureau.

— Comment te sens-tu ?

— Un peu mieux, merci.

En effet, elle commençait à encaisser le choc, et du coup à récupérer un peu de force.

— Je suis désolée pour ce contretemps, Rob, ajouta-t-elle.

— Combien de retard as-tu ? demanda-t-il sans ambages.

Sa question la prit de court. Elle en resta muette quelques secondes.

— Comment sais-tu ?

— Je sais, c'est tout.

— Tu t'intéresses à mon cycle, maintenant ?

— Pas vraiment, mais j'ai fait le rapprochement entre l'annonce de la grossesse de Terri et ton malaise. Je me suis dit que…

— Quoi ? le coupa-t-elle sèchement.

— Qu'un jour cela pourrait nous arriver.

— C'est impossible, dit-elle dans un souffle. Je ne peux pas être enceinte.

— Pourquoi pas ?

— Parce que… parce que… c'est impossible ! s'entêta-t-elle. Voilà pourquoi ! Quinze malheureux petits jours, ça peut arriver à n'importe quelle femme sans qu'elle soit forcément enceinte. Je pense que ce retard est dû au stress.

— C'est possible ?

— Tout à fait, selon Terri. Et puis, nous avons pris toutes nos précautions, non ?

— A vrai dire…, commença-t-il d'une voix traînante.

— Quoi ?

— C'était il y a environ un mois. Je me souviens d'avoir enfilé le préservatif une demi-seconde trop tard. Ça ne peut pas avoir d'incidence, sinon je t'en aurais parlé. Et d'ailleurs, c'est uniquement parce que nous évoquons le sujet que ça m'est revenu. Je n'étais pas inquiet pour ça, je n'y pensais même plus.

— Je ne peux pas me permettre d'être enceinte, lâcha Carrie, à deux doigts de fondre en larmes.

Un raclement de gorge discret leur fit lever les yeux sur Mme White, qui revenait avec la bouteille d'eau.

— Merci, dit Rob en la lui prenant des mains.

— Y a-t-il autre chose que je puisse faire ? demanda l'assistante en lançant à Carrie un regard plein de compassion.

— Non, merci. Mais, s'il vous plaît, je vous demanderai de garder pour vous ce que vous venez d'entendre.

Si elle parut offensée qu'on puisse la soupçonner une seconde d'une telle indiscrétion, Mme White n'en montra rien et se retira discrètement.

— Pour l'heure, je crois que la meilleure chose à faire, c'est un test de grossesse, décida Rob.

15

— Je n'ai pas besoin de test de grossesse, assura Carrie en buvant une gorgée d'eau à même le goulot.

Elle avait parlé d'une voix ferme et semblait avoir repris des couleurs.

— Tu préfères consulter un spécialiste ? suggéra Rob.

— Inutile, car je ne suis pas enceinte.

— Comment peux-tu en être si sûre ?

— Parce que je ne veux pas. Voilà pourquoi. Je ne suis pas prête.

— Malheureusement, ça ne marche pas comme ça, Carrie.

— A part un peu de retard, je ne présente aucun des symptômes de la femme enceinte, s'obstina-t-elle. Je ne suis pas particulièrement fatiguée et je n'ai pas de nausées matinales. Je me sens en forme. Tout est normal.

— C'est peut-être un peu tôt, avança Rob prudemment.

— Je ne suis pas enceinte, répéta-t-elle comme une litanie.

— Tu n'aimerais pas être vraiment fixée ?

— Je suis fixée.

Face à ce déni évident, Rob se sentit un peu désarçonné.

— Carrie…

— Fais-moi plaisir, d'accord ? Laisse-moi encore deux jours. Si d'ici là je n'ai toujours pas mes règles, je ferai ce test. Pour le moment, je… je ne suis pas prête à savoir. J'ai besoin d'un peu de temps pour me préparer psychologiquement. Deux jours ne feront pas une grande différence, de toute façon.

Il eut envie de lui expliquer que, si elle ne voulait pas savoir, ce n'était pas son cas à lui. Mais il renonça à parler. Il respectait son appréhension et la forcer ne ferait qu'accroître son anxiété. Et puis, elle avait raison. Si elle était effectivement enceinte, attendre la réponse deux jours de plus ne ferait pas une grosse différence.

— Très bien, finit-il par admettre. Donnons-nous jusqu'à lundi. Si rien ne s'est passé d'ici là, tu feras le test.

— D'accord. Et maintenant, si tu n'y vois pas d'inconvénient, j'aimerais bien ne pas rentrer chez moi trop tard aujourd'hui.

— Tu peux partir tout de suite, si tu veux. Je passerai te voir en sortant du bureau.

— En fait, j'ai déjà promis à Alice que nous sortirions ensemble, ce soir. Nous nous verrons demain, si tu veux bien.

— Bien sûr, répondit-il d'un ton qu'il voulait léger.

Depuis plus d'un mois, ils avaient passé toutes leurs nuits ensemble. Etait-ce pur hasard si elle avait choisi de passer cette nuit-là sans lui ? Il ne lui en voulait pas. Elle avait sans doute besoin d'être seule ou en compagnie de sa meilleure amie pour passer le cap difficile de ces deux jours.

— Veux-tu que je te raccompagne jusqu'à ta voiture ? proposa-t-il, même si elle paraissait plus solide sur ses jambes.

— Non, merci. Ça ira.

— Tu m'appelles pour me tenir au courant, d'accord ?

— Tu seras le premier à savoir, ne t'inquiète pas.

Il se pencha vers elle pour l'embrasser sur la bouche, mais elle détourna la tête à la dernière seconde, lui offrant sa joue à la place.

— A demain, dit-elle en lui adressant un piètre sourire.

Une fois seul, Rob s'assit à son bureau, mal à l'aise. Le manque total d'enthousiasme dont Carrie faisait preuve à l'idée d'être enceinte l'inquiétait au plus haut point. Et si elle ne voulait vraiment pas de cet enfant ?

Un petit coup frappé à la porte annonça Mme White, qui passa la tête par l'entrebâillement.

— Tout va bien ? s'enquit-elle.

— Je crois. Un peu assommé, tout de même.

— Vous êtes certain que je ne peux rien faire pour vous ?

— A part quelques mots de réconfort, je ne vois pas bien.

La réponse jaillit spontanément de la bouche de sa fidèle assistante.

— Un enfant, c'est une bénédiction. Mais, cela dit, vous êtes assez grand pour savoir ce que vous avez à faire.

Pour l'heure, il avait beau être grand, il était perdu. Le temps qu'il lui restait à passer avec Carrie rétrécissait comme peau de chagrin. Il avait même sérieusement envisagé de lui demander de s'installer définitivement à Chicago et, s'il ne l'avait pas encore fait, c'était juste qu'il attendait le bon moment. A savoir celui où elle aurait le plus envie d'entendre sa proposition. Il ne voulait rien précipiter, cela ne ferait que le desservir. Dans un premier temps, elle pourrait rester chez Terri avant d'accepter l'idée de s'installer chez lui. Il était surpris que cette idée ne le perturbe pas, car ses sentiments à son égard n'étaient pas près de changer. Il se sentait même prêt pour le mariage, ce à quoi il ne s'était absolument pas attendu.

Mais qu'en était-il pour Carrie ? Et si elle n'était pas prête ? Comment réagirait-il, si elle ne voulait ni de cet enfant ni d'un avenir commun avec lui ?

Il s'empressa de chasser ces idées négatives pour retrouver son optimisme. Elle avait juste besoin d'un peu de temps pour s'habituer à l'idée de devenir mère. Il était bien normal qu'elle ait peur. Toutes sortes d'interrogations angoissantes devaient se bousculer dans sa tête. Comment pouvait-elle être sûre qu'il ne se défilerait pas, elle qui, jusque-là, n'avait eu affaire qu'à des hommes peu fiables ? Il ressentit le besoin pressant de la rassurer, de lui faire comprendre qu'il la soutenait à cent pour cent. Que leur union pourrait marcher. Il avait un peu honte de penser aux quinze millions de dollars qu'il allait empocher si Carrie acceptait de l'épouser, mais après tout il ne faisait rien de mal.

On frappa de nouveau à sa porte, mais cette fois ce fut Nick qui fit son apparition.

— Je peux entrer ?

— Bien sûr.

Son cousin entra et referma la porte derrière lui.

— Tout va bien ? J'ai croisé Carrie qui partait. Elle n'avait pas l'air en forme. Vous vous êtes disputés ?

— Pas vraiment, éluda Rob.

— Si je comprends bien, tu n'as pas envie d'en parler.

Si quelqu'un pouvait le comprendre, c'était bien son cousin qui était passé par là avant lui.

— Pourquoi avoir refusé l'argent ? demanda-t-il d'emblée.

— L'argent de *nonno* ?

— Oui. Tu étais marié et projetais d'avoir un enfant. Pourquoi ne pas avoir attendu de savoir si vous auriez un garçon ? Je veux dire… quel mal y aurait-il eu à cela ?

— Disons que cet argent n'avait plus aucune importance quand je me suis marié.

— Que veux-tu dire par là ?

— Tu comprendras lorsque cela t'arrivera.

Il marqua une pause, avant de reprendre, comme frappé par une illumination :

— Carrie, elle… ?

— Peut-être. Probablement. Mais garde ça pour toi.

— Tu sais bien que tu peux compter sur moi.

Rob secoua la tête.

— Tout cela me paraît tellement surréaliste.

— Tu comptes vraiment l'épouser ?

— Bien sûr.

— Et, si c'est un garçon, tu prendras l'argent ?

Rob haussa les épaules avant de répondre :

— Je n'ai pas encore la réponse à cette question.

— Tu es amoureux d'elle ?

— Tout ce que je sais, c'est que je n'avais jamais rencontré quelqu'un comme elle.

— Mais est-ce une raison suffisante pour que tu aies envie de l'épouser ? insista Nick.

— Tu sais bien que c'est ce que *nonno* attend de nous.

— Je vois. Si je comprends bien, tu veux l'enfant, mais tu te maries juste pour empocher l'argent ?

Résumé à ces quelques mots, c'était en effet assez sordide. En plus, ce n'était pas du tout ce qu'il ressentait.

— Je vais l'épouser, parce que je le veux.

— Et tu penses qu'elle continuera à te faire confiance lorsqu'elle apprendra que, grâce à elle, tu vas mettre la main sur quinze millions de dollars ?

— Comment le saurait-elle ? Il n'y a que nous trois et *nonno* qui sommes au courant.

— Un mensonge par omission reste un mensonge, pointa Nick. Te crois-tu prêt à vivre avec ça sur la conscience jusqu'à la fin de tes jours ?

— Je ne sais pas.

— Si j'ai un conseil à te donner, mon vieux, c'est que rien ne presse tant que la réponse à cette question ne sera pas non. D'autant plus que tu ne sais pas encore si tu l'aimes vraiment.

Nick avait beau être direct, il n'en avait pas moins raison. En plus, tout comme il avait entendu Carrie soutenir qu'il méritait mieux qu'elle, il était persuadé qu'elle méritait mieux que lui.

Le lendemain, Carrie laissa un message à Mme White pour dire qu'elle ne viendrait pas travailler et qu'elle ne prendrait pas non plus ses appels. Lorsque Rob put enfin lui parler ce jour-là, après le déjeuner, elle prétexta qu'elle avait éteint son portable pour pouvoir se reposer tranquillement.

— Je dois probablement couver quelque chose, dit-elle. Il y a pas mal de virus qui traînent en ce moment.

— Veux-tu que je t'apporte quelque chose ? offrit-il.

— Merci, mais je ne voudrais pas te contaminer. Et puis, Alice est là en cas de besoin.

— Je suppose que pour le moment nous ne sommes encore sûrs de rien ? avança-t-il prudemment.

— Si tu veux savoir si j'ai mes règles, la réponse est non.

— Compte tenu des circonstances, tu devrais peut-être appeler un médecin. On ne sait jamais, si tu es enceinte et malade…

— C'est juste un virus, Rob. Je vais très vite me rétablir. J'ai besoin de repos, voilà tout.

— D'accord. Je te rappellerai plus tard, mais, si tu as besoin de quelque chose, n'hésite pas à me joindre.

— Tu peux y compter.

Non seulement elle ne l'appela pas, mais, lorsqu'il tenta de la joindre, un peu plus tard dans la soirée, il tomba directement sur sa boîte vocale.

Le lendemain, elle prévint Mme White qu'elle était toujours malade et, cette fois, ne prit même pas la peine de répondre aux appels réitérés de Rob. Elle envoya simplement un court SMS pour lui signifier que tout allait bien et qu'il ne fallait pas qu'il s'inquiète.

Pas besoin d'être devin pour comprendre qu'elle l'évitait et qu'elle avait besoin de rester seule pour se préparer psychologiquement à l'idée d'être enceinte. Mais, lorsque arriva le lundi et qu'il n'eut plus aucune nouvelle, sa patience était à bout. Il quitta le bureau à midi et se rendit chez elle en faisant un détour par une pharmacie.

Lorsqu'elle lui ouvrit — grâce au ciel, il ne trouva pas porte close —, elle lui apparut dans un pantalon de survêtement orange plus ou moins assorti à un sweat-shirt blanc et les pieds chaussés de mules grises. Quant à ses cheveux, ils avaient été tirés à la hâte en une queue-de-cheval négligée.

Il n'aurait su dire si elle était vraiment malade, déprimée, ou un peu des deux à la fois.

— Entre, dit-elle d'un air contrit. Je suis désolée de ne pas t'avoir appelé. J'ai bien conscience que, si bébé il y a, tu es concerné mais je ne voulais pas être comme ces pots de colle qui ne savent pas gérer toute seule.

— Carrie, tu es la femme la moins crampon que j'aie jamais connue.

— Je suis tout le contraire et c'est ce qui me pose problème. Lorsque je sens que les choses pourraient devenir sérieuses, j'ai pour habitude de fuir. En tant que futur père de mon enfant, il faut que tu gardes cela à la mémoire. Tu imagines un peu que nous ayons cet enfant et que je fiche tout en l'air ?

— Tu ne le feras pas.

— Comment peux-tu en être aussi sûr ?

— Parce que, éluda-t-il.

— Réponds, s'il te plaît.

— Parce que tu es beaucoup plus forte que tu ne penses.

Il lui tendit le sachet en papier qui contenait le test de grossesse.

— Nous avons dit lundi, reprit-il. Le moment est venu.

— Et si je l'étais ? demanda-t-elle d'une voix angoissée.

— Nous ferons face. Ensemble.

Elle inspira un grand coup et tendit la main.

— Donne-moi ça.

— Veux-tu que je t'accompagne ?

— Pourquoi pas ? Si nous devons traverser cette épreuve ensemble, autant commencer tout de suite.

Pendant les cinq jours qui venaient de s'écouler, il n'avait pas douté un instant que Carrie puisse être enceinte. Pour lui, ce test n'était qu'une formalité. Mais, tandis qu'il la suivait jusqu'à la salle de bains, une boule d'angoisse se forma au creux de son ventre. Si elle était enceinte, c'était toute sa vie qui allait changer. Mais ce qui le surprit le plus, c'était le calme avec lequel il prenait la chose. Peut-être était-il vraiment prêt. Peut-être, plus que de la nervosité, était-ce de l'excitation qu'il ressentait.

Il s'assit sur le rebord de la baignoire pendant qu'elle effectuait son test. Cinq minutes. Dans cinq minutes, ils sauraient quelle tournure prendrait leur vie. Cinq minutes qui leur parurent une éternité.

— Tu as déjà connu pareille situation ? demanda Carrie.

— Une fois, en fac. Et toi ?

— Jamais, répondit-elle en frottant nerveusement ses mains moites l'une contre l'autre. Rob, j'ai la frousse.

— Ne t'inquiète pas, dit-il d'une voix réconfortante. Je suis là.

Pourtant, lorsqu'il consulta sa montre et constata que les cinq minutes s'étaient écoulées, son cœur se mit à battre très fort.

— C'est le moment, annonça-t-il.

Après une courte hésitation, Carrie retourna le petit tube et vérifia l'écran. Elle le reposa en exhalant un profond soupir.

— Négatif, dit-elle dans un grand sourire.

Rob s'était tellement préparé à entendre le contraire qu'il crut ne pas avoir bien compris.

— Négatif ? répéta-t-il, juste pour s'en assurer.

Elle hocha la tête, visiblement soulagée.

— Je ne suis pas enceinte.

— Oh ! dit-il, dépité. J'étais persuadé du contraire.

— C'est plutôt une bonne nouvelle, non ? J'imagine que tu dois être aussi soulagé que moi.

Elle avait l'air si contente ! Comment pourrait-il lui gâcher sa joie en lui avouant que non, il n'était pas soulagé mais déçu.

— Rob, réfléchis un peu. Il n'est plus question de nuits blanches, de couches, de régurgitations. Et plus tard, de problèmes d'études.

Devant tant d'insistance, il eut envie de jouer la carte de la franchise.

— J'avais imaginé tout cela, figure-toi. Et non, en fait non, je ne suis pas soulagé. Je suis même un peu déçu.

— Eh bien, dans ce cas, tu peux remercier le ciel, dit-elle en lui tendant le tube, parce que j'ai menti. Il est positif.

— Tu as menti ? s'exclama Rob, qui ne savait plus quoi croire. Pourquoi as-tu fait ça ?

— Excuse-moi, mais je devais savoir.

Il la fixa quelques secondes en silence, cherchant à comprendre.

— Tu voulais savoir quoi ?

— Ce que tu ressentais vraiment.

— Et tu ne pouvais pas juste me le demander ?

— Non, parce que tu es un type bien. Et, en tant que tel, si je t'avais dit la vérité tout de suite, tu aurais pris tes responsabilités et fait semblant d'être heureux, même si tu ne l'étais pas. Je me trompe ?

Comme il hésitait à répondre, elle insista :

— Je veux la vérité vraie.

— Probablement, éluda-t-il.

— En revanche, savoir que tu étais déçu, même un tout petit peu, était la preuve que devenir père ne te traumatisait pas outre mesure.

— Le pari était risqué. Qu'aurais-tu fait si j'avais été soulagé ?

— A vrai dire, je n'avais pas vraiment songé à cette éventualité.

— Et maintenant, dis-moi un peu ce que tu attends de moi.

Les mots jaillirent de sa bouche, spontanés.

— Un câlin, dit-elle d'une voix de petite fille.

Rob lui ouvrit les bras. Elle vint se blottir contre lui, confiante. Il comprit qu'elle n'avait plus peur.

— Et si je suis une mauvaise mère ?

— Si tu as appris quelque chose de ta mère et de ton beau-père, dit-il, c'est bien comment ne pas être un mauvais parent.

A son silence, il sut qu'il venait de marquer un point.

— Et si je suis prise de panique et que je prends encore une fois la tangente ? demanda-t-elle enfin.

— Je ne te laisserai jamais prendre la tangente, lui assura-t-il.

— Vraiment ? Parce que, tu sais, je peux parfois être très difficile à vivre.

— Vraiment. Et tu n'auras jamais envie de me quitter, si nous ne rompons pas le fil de la communication. Je promets de toujours t'écouter et, s'il y a un problème, nous le résoudrons ensemble.

Comme tout paraissait simple avec lui ! Merveilleux, irréel même.

Oui, il était temps qu'elle chasse ses vieux démons et qu'elle croie au bonheur. Qu'elle grandisse un peu, en fait. Elle avait le pouvoir de donner à sa vie la tournure qu'elle souhaitait. Entre être heureuse et être malheureuse, c'était à elle de choisir.

— Cela risque de prendre un peu de temps, mais j'apprendrai, affirma-t-elle. Essaie juste d'être un peu patient avec moi.

— Je le serai.

Elle ferma les yeux et se blottit un peu plus étroitement entre ses bras rassurants.

— Tu m'as manqué pendant ces cinq jours.

— Toi aussi.

Elle enfouit le visage au creux de son épaule et se grisa de l'odeur de son eau de toilette devenue si familière.

— Et maintenant, que faisons-nous ? demanda-t-elle.

Le visage de Rob se fendit d'un large sourire :

— Nous allons avoir un bébé.

16

Il ne fallut que quelques minutes à Rob pour comprendre ce que Nick avait voulu dire lorsqu'il était venu le trouver dans son bureau. C'était une chose de penser que l'on pouvait devenir père, mais apprendre que ça allait se concrétiser se révélait une autre paire de manches. Il n'y avait pas de mots pour décrire un sentiment aussi merveilleux. Carrie et lui avaient beaucoup de chance de pouvoir fonder une famille. Et qui sait, après tout elle serait peut-être l'amour de sa vie ? Allait-il tout compromettre pour de l'argent ?

Il lui vint à l'esprit que *nonno*, en proposant de les acheter, ses cousins et lui, cherchait peut-être à leur donner une leçon de vie, à leur faire comprendre ce qui était important et ce qui ne l'était pas.

D'un commun accord, Carrie et lui avaient décidé de garder le secret sur sa grossesse jusqu'à ce qu'elle consulte un médecin. Tant de questions restaient encore en suspens ! Où allaient-ils vivre ? Feraient-ils le choix de se marier ? Quant à Carrie, elle s'inquiétait déjà de savoir si elle pourrait mener de front sa vie professionnelle et sa vie de mère.

Comment annoncer une telle nouvelle à tout le monde ? Et enfin, que répondre aux questions que l'on ne manquerait pas de leur poser alors qu'eux-mêmes n'avaient pas la réponse ?

Aussi, le jour où le gynécologue leur confirma qu'ils

allaient bien être parents, Rob sut que le moment était venu d'établir un plan d'attaque.

Il prit les choses dans l'ordre.

Aussitôt qu'ils furent rentrés chez lui, il mit un genou à terre et demanda Carrie en mariage. Ce ne fut pas aussi romantique qu'il l'avait imaginé, car il lui fallut poser la question trois fois avant de voir sa proposition acceptée. Ils décidèrent également que jusqu'au mariage chacun resterait chez soi, mais qu'ils se mettraient en quête d'une maison, plus grande que celle de Terri et plus pratique que le loft, et bien sûr entourée d'un jardin.

Une fois tout cela bien calé, ils décidèrent qu'ils présenteraient leur plan marketing avant d'aborder leurs projets personnels. Ainsi, personne ne pourrait accuser Carrie d'être sous influence.

Entre le service marketing au grand complet et les membres de la direction, la salle de conférences était pleine.

— Voyons un peu, décida le père de Rob lorsque chacun fut installé et eut en main un exemplaire du rapport.

Quelques secondes suffirent pour que des grognements désapprobateurs s'élèvent.

— Je me fais peut-être vieux, mon fils, mais ma mémoire est encore bonne, dit Dimitrio le premier. A quelques variantes près, ce rapport est le même que celui que tu nous as présenté l'an dernier.

— Pourtant, il ne l'est pas, affirma Rob en demandant à Al de faire circuler un deuxième dossier.

Personnellement, il n'en voyait pas l'intérêt, mais il s'exécutait à la demande expresse de Carrie.

— Voici le mien.

— Le premier que vous avez eu en main est celui que j'ai établi moi-même, précisa Carrie. Et je l'ai fait sans avoir eu connaissance qu'il en existait déjà un.

— Ce qui veut dire ? demanda l'oncle Tony.

— Ce qui veut dire que Rob est aussi calé que moi en matière de marketing. Et aussi, désolée de vous le dire, que vous avez gaspillé de l'argent en m'embauchant. Rob n'avait besoin ni de moi ni de quiconque pour lui dire ce qu'il était bon de faire pour le bien de cette entreprise. Et vous seriez bien fous de ne pas l'écouter. J'ai bien conscience que quelques-unes de nos idées sont un peu radicales, mais il est bon, parfois, de s'éloigner un peu des traditions. L'entreprise Caroselli doit apprendre à vivre avec son temps.

Dimitrio s'autorisa quelques minutes de silence, durant lesquelles il observa tour à tour ses frères puis son fils.

— Rob, finit-il par annoncer avec gravité, il semblerait que nous te devions des excuses. Nous aurions dû t'écouter et te faire confiance. Même s'il est un peu tard pour le dire, je regrette que nous ne l'ayons pas fait.

— Et maintenant, que fait-on ? s'enquit Rob.

— Je veux une combinaison de vos deux rapports sur mon bureau mercredi.

— Comme nous avions anticipé cette éventualité, la voici, dit-il en faisant signe à Al de lui faire passer un troisième dossier.

— Parfait. Laissez-nous le temps de l'étudier et reparlons-en jeudi.

Alors que tout le monde avait quitté la salle, Rob prit son père à l'écart.

— Comme tu sembles dans de bonnes dispositions, je vais en profiter pour t'annoncer quelque chose.

Il fit signe à Carrie de venir le rejoindre et, lorsqu'elle fut à son côté, il lui glissa un bras autour des épaules et la serra étroitement contre lui.

— Je ne sais pas si tu es au courant, reprit-il, mais Carrie et moi sortons ensemble depuis un bon moment

— Dois-je feindre de m'en étonner ? demanda Dimitrio, un sourire en coin.

— Carrie est enceinte, dit Rob.

— Alors là, j'avoue que je suis surpris.

Son regard bienveillant passa de Carrie à Rob.

— Je n'aime pas avoir à vous le demander, mais j'espère que tout cela n'a rien à voir avec le rapport que vous venez de nous présenter ?

— Je vous assure que non, affirma Carrie. Rob ne m'a parlé de son rapport qu'une fois qu'il a eu le mien en main.

— Je vous crois, dit Dimitrio. Quant au reste, Carrie, je vous rassure, vous vous intégrerez très bien dans notre famille. En supposant que cela fasse partie de vos projets, bien sûr.

Trop impatient pour la laisser répondre, Rob prit la parole pour elle.

— Carrie va rester à Chicago, nous allons nous marier et prévoyons de nous acheter une maison. Nous avons même déjà décidé de faire garder notre bébé, parce que, même si devenir parents nous rend fous de joie, nous n'envisageons pas une seconde de renoncer à notre métier.

— Quand ce bébé doit-il naître ?

— Fin octobre, répondit Carrie. Aux alentours d'Halloween.

Rob et elle n'avaient pas manqué de faire le rapprochement avec les incidents qui s'étaient produits dans la maison de Terri, mais ils avaient finalement pris le parti d'en rire. Car, depuis le jour où ils avaient remonté le berceau, celui-ci avait cessé de se balancer de lui-même et la porte du sous-sol restait sagement fermée.

Ils échangèrent un regard complice. Avant la fin de la journée, tout le monde dans la famille saurait que Dimitrio allait devenir *nonno* à son tour. Tout doucement, les choses se mettaient en place. Pourtant, il restait à Rob une chose importante à faire.

Plus tard dans la journée, il profita d'être seul pour appeler son grand-père et lui annoncer qu'il renonçait à toucher l'argent promis.

— Je suis fier de toi, répondit simplement *nonno,* comme s'il s'attendait à cette réaction.

En raccrochant, Rob se demanda si Tony saurait résister à l'appel des trente millions qui lui reviendraient s'il honorait son contrat. Mais après tout, c'était son problème, tout cela ne le regardait plus.

Rob était seul dans son bureau lorsque Nick vint lui rendre visite.

— Alors, tu vas vraiment le faire ?

— Faire quoi ?

— Te marier, avoir un bébé. Tout cela vaut-il quinze millions de dollars ?

— Tu oublies que je ne toucherai pas un sou si ce n'est pas un garçon.

— Ne me dis pas que tu comptes sérieusement empocher ce pactole ?

— Quelle raison aurais-je d'y renoncer ? A moins d'être vraiment amoureux…

— C'est vraiment la meilleure raison du monde, approuva Nick dans un sourire.

— J'ai appelé *nonno* pour lui dire que je ne voulais pas de son argent.

— Comment a-t-il réagi ?

— Il a juste dit qu'il était fier de moi.

— Il m'a répondu la même chose. J'ai comme l'impression qu'il savait que nous agirions ainsi, que cela faisait partie d'un plan bien ourlé.

— Il reste encore Tony.

Car, si Nick et Rob adoraient leur métier et le fait d'en vivre, Tony ne dédaignait pas de cumuler l'argent facile.

— Il n'y a plus qu'à attendre, conclut Nick. Il m'a l'air bien épris d'Alice et ça semble réciproque.

— Finalement, c'est *nonno* le gagnant. Ses trois petits-fils seront peut-être mariés d'ici à la fin de l'année et il n'aura pas déboursé un centime. En revanche, il aura gagné la satisfaction de nous voir heureux.

— Sans compter qu'il y a cinquante pour cent de chances que l'un de nous ait un fils qui perpétuerait le nom des Caroselli.

Quelque trente minutes plus tard, alors que Nick était parti, Rob eut la surprise de recevoir un coup de fil d'Alice. Bizarrement, elle chuchotait.

— Rob, que se passe-t-il ? Carrie et toi vous êtes disputés ?

— Disputés ? Mais non, pourquoi ?

— Parce qu'elle est en train de faire ses bagages. Elle est furieuse et, si elle savait que je t'ai prévenu, elle me tuerait.

— Je ne lui ai pas parlé depuis ce matin et tout allait très bien. Elle t'a parlé de quelque chose ?

— J'ai essayé de lui tirer les vers du nez, mais elle n'a rien voulu dire. Juste qu'elle retournait à Los Angeles. Seule. Elle a ajouté que je pouvais profiter de la maison jusqu'à la fin du bail.

L'heure était grave.

— Retiens-la par tous les moyens, dit-il à Alice. J'arrive tout de suite.

17

Rob arriva au moment où Carrie déposait ses bagages dans le coffre de son 4x4. Il se gara derrière elle, de façon à empêcher toute manœuvre.

— Tu vas quelque part ? demanda-t-il d'un ton qu'il s'appliqua à garder neutre.

— Je rentre chez moi, répondit-elle sans le regarder.

— C'est ici, chez toi.

— Chez moi à Los Angeles, précisa-t-elle.

— Puis-je te demander pourquoi ?

— Si tu n'es pas capable de deviner tout seul, c'est que tu es moins malin que je ne l'imaginais.

— Vas-tu me dire ce qu'il se passe, à la fin ?

Agacé, il l'avait saisie par le bras.

Elle se dégagea d'un geste brusque et fixa sur lui un regard plein de colère.

— Ne me touche pas ! Ne me touche plus !

Elle n'était pas bouleversée. Elle était ivre de rage. Lui tournant le dos, elle fonça vers la maison.

— Carrie, je t'assure que je n'ai pas la moindre idée de la raison pour laquelle tu es dans cet état, cria-t-il derrière elle.

Elle s'arrêta net sur sa lancée et pivota pour lui faire face et le regarder droit dans les yeux.

— Quinze millions de dollars, Rob. Quinze millions de

dollars pour te marier et produire un héritier mâle. Cela te rappelle quelque chose ?

Il ne s'attendait pas à ça. Elle avait dû le surprendre en pleine conversation avec Nick.

— Tu as couché avec moi dans ce but ou était-ce juste une heureuse coïncidence ? Est-ce la raison pour laquelle tu étais déçu lorsque je t'ai fait croire que je n'étais pas enceinte ? Pourquoi ne m'as-tu pas demandée en mariage avant que j'aie vu un médecin ?

— Les choses ne se sont pas passées comme ça, Carrie. Et, si tu avais écouté notre conversation jusqu'au bout, tu l'aurais su.

— Ton grand-père t'a-t-il offert quinze millions de dollars pour te marier et avoir un fils, oui ou non ?

— Oui. Mais je l'ai appelé pour lui dire que je ne voulais pas de cet argent. Si tu étais restée, tu m'aurais entendu dire que je ne peux pas vivre sans toi.

— Bien sûr que si ! jeta-t-elle d'un ton sarcastique.

— Tu ne me fais pas confiance.

— Après ce que tu as fait ? Comment le pourrais-je ?

— Je ne veux pas dire maintenant. Tu ne m'as jamais fait confiance. Sinon tu serais venue me trouver et nous aurions parlé de tout cela ensemble. Mais c'est tellement plus facile de fuir, n'est-ce pas ?

— Je ne fuis pas, affirma-t-elle, un peu moins péremptoire cependant.

— C'est exactement ce que tu fais. C'est tout ce que tu sais faire, d'ailleurs. Au fond, peu importe que je t'aime vraiment, que je te le prouve. Ce ne sera jamais assez. Et tu as raison, je n'ai pas envie de passer le reste de ma vie à te poursuivre, parce que tu essaieras toujours de me glisser entre les doigts.

— Je t'avais prévenu. Tu mérites mieux que moi.

— J'aurais dû t'écouter. Je vais demander à mon avocat de se mettre en contact avec le tien pour tenter de trouver un arrangement à l'amiable.

Sur ces mots, il lui tourna le dos et s'éloigna.

Carrie n'était pas surprise. Elle s'était attendue à une telle réaction et pourtant elle avait la nausée. Pour la première fois, quelqu'un l'avait mise face à la réalité, sa réalité. Elle était incapable d'aimer quelqu'un qui l'aimait. Elle avait rejeté Rob, l'homme de sa vie, par crainte du bonheur. Mais le plus triste, c'était qu'elle le croyait lorsqu'il affirmait avoir renoncé à l'argent. Elle avait juste trouvé là une bonne excuse pour pouvoir partir loin de lui. Au fond, il avait raison : c'était tout ce qu'elle savait faire. Partir. Si, comme il l'avait souligné, elle avait partagé avec lui ses doutes et ses angoisses, à l'heure qu'il était, ils continueraient à envisager un avenir commun avec mariage et maison à la clé.

Quelle idiote ! Elle ne méritait même pas une autre chance. Elle lui avait fait assez de mal.

Fermant les yeux, elle inspira profondément mais, au lieu de se sentir soulagée, un sentiment de panique intense s'abattit sur elle. Elle aimait Rob. Vraiment. Profondément.

Cette prise de conscience lui fit l'effet d'un électrochoc. Elle ne méritait peut-être pas une seconde chance, mais tant pis ! Elle essaierait quand même. Si elle pouvait juste le convaincre que cette fois ce serait différent, qu'elle ne douterait plus jamais de lui. Si elle pouvait le retenir …

Elle ouvrit les yeux et sursauta violemment en le découvrant devant elle.

— Tu as failli réussir, lâcha-t-il en lui agitant sous le nez un index réprobateur.

— Vraiment ?

— Je venais d'arriver à ma voiture lorsque j'ai admis à quel point j'étais idiot. En fait, je me comportais moi-même comme je te reprochais de le faire.

— Comment ça ?

— Je me rappelle t'avoir dit que, si tu essayais de prendre la tangente, je ne te laisserais pas faire. Tu avais besoin que je te le prouve et, au lieu de cela, au lieu de me battre pour nous, j'étais sur le point de te laisser partir, de te perdre.

— Tu avais raison. Je t'ai poussé à bout juste parce que je

suis terrorisée à l'idée que tu puisses vraiment m'aimer. Mais tu sais quoi ? Je t'aime aussi et l'amour, malgré la crainte, vaut bien mieux que la solitude.

— A partir d'aujourd'hui, pour le meilleur et pour le pire, que tu le veuilles ou non, nos destins sont scellés, dit-il avec gravité.

Sans aucune appréhension, elle alla se blottir entre ses bras, avec au contraire la certitude que de grandes promesses de bonheur s'ouvraient à elle.

MICHELLE CELMER

L'héritier du destin

INTÉGRALE
L'HÉRITAGE DES CAROSELLI

Traduction française de
FRANCINE SIRVEN

◆ SAGAS ◆

HARLEQUIN

Titre original :
CAROSELLI'S ACCIDENTAL HEIR

Ce roman a déjà été publié en 2015

1

A vingt-trois ans, neuf mois et seize jours, Lucy Bates avait fait son lot de choix contestables. Avec sa nature impulsive, sa curiosité insatiable, sans parler de sa carence significative en matière du plus élémentaire bon sens, elle s'était retrouvée maintes fois empêtrée dans des situations… disons, pour aller vite, compliquées. Celle d'aujourd'hui dépassait pourtant tout ce qu'elle aurait pu imaginer.

Pense-bête : La prochaine fois que tu as l'idée lumineuse de quitter un homme pour fuir à l'autre bout du pays dans l'espoir qu'il te courra après, laisse tomber.

Non seulement Tony ne lui avait pas couru après, mais il s'était empressé de l'oublier et de s'amouracher d'une autre. Après une année de liaison amis-amants au cours de laquelle il n'avait jamais manifesté la moindre envie de faire évoluer leur relation, voilà qu'il se préparait à épouser une totale inconnue.

Et non seulement cette fille ne sortait avec lui que depuis deux malheureux petits mois, mais en plus elle ne portait pas son bébé.

Contrairement à Lucy…

En somme, Lucy avait tout faux, dans le rôle de la fille de condition modeste qui s'éprenait du jeune homme riche et lui faisait un enfant dans le dos… Evidemment, de son point de vue, l'histoire ne se résumait pas à ça, mais c'était ce que tout le monde penserait. Y compris Tony lui-même.

— Et voilà ! annonça le chauffeur de taxi en se garant devant le portail.

Lucy colla le nez à la vitre. Située dans l'un des quartiers historiques les plus chic de Chicago, la propriété des Caroselli faisait de l'ombre aux maisons voisines. Le bâtiment était ancien, un peu trop clinquant à son goût, mais impressionnant.

Dans l'avenue n'étaient garées que des voitures de luxe et des 4x4 surpuissants et le parc, juste en face, résonnait des cris joyeux des enfants. Tony lui avait raconté que son grand-père, le fondateur de la chocolaterie Caroselli, aimait s'asseoir à son bureau, dans son fauteuil préféré, pour regarder les gamins s'amuser. Cela lui rappelait sa propre enfance, disait-il, et surtout son pays, l'Italie.

Elle tendit au chauffeur son dernier billet et descendit. Le soleil brillait, mais le fond de l'air était frais.

Elle avait vidé sa bourse pour rentrer à Chicago, payant le billet d'avion au prix fort parce qu'on était dimanche. Résultat, elle avait son billet de retour pour la Floride, mais plus un sou en poche. A partir de maintenant, elle ne pourrait plus compter que sur sa carte de crédit. En revanche, si elle atteignait le plafond autorisé… Bah, elle trouverait bien une solution ! Elle en trouvait toujours.

Sauf qu'il ne s'agissait plus uniquement d'elle. Elle devait commencer à penser comme une mère. Le bébé d'abord…

Elle posa la main sur son ventre rebondi et sourit en sentant les tout petits pieds frapper contre sa paume. Elle se sentait à la fois comblée, désemparée et terrifiée, un sacré méli-mélo d'émotions, comme elle n'en avait jamais éprouvé de toute son existence. Elle se fit le serment que, si les choses s'arrangeaient, elle n'agirait plus jamais sous le coup d'une impulsion. Promis juré !

— Tu dois l'amener là où tu le souhaites, lui avait conseillé sa mère le matin même en la conduisant à l'aéroport dans le tas de ferraille qui lui servait de voiture. Quelle que soit la proposition qu'il te fera pour calmer le jeu, exige le double…

Tels avaient été ses propos en résumé. Et édulcorés.

— Je ne veux pas le faire chanter, avait rétorqué Lucy. Je ne veux rien de lui. Je pense juste qu'il doit savoir, pour le bébé, avant de se marier.

— Il y a des téléphones pour ça.

— Il vaut mieux que je lui parle de vive voix…

Elle le lui devait bien, après le comportement qu'elle avait eu ! Il ne voulait pas d'elle, la chose était évidente, mais il s'agissait de son bébé à lui. Elle n'avait pas le droit de se taire.

— Quitte à gâcher le jour de ses fiançailles ?

— Je ne veux rien gâcher du tout. Je lui parlerai avant la fête.

Seulement, elle n'avait pas prévu que son avion aurait deux heures de retard. Conséquence, il ne lui restait que deux heures pour aller trouver Tony, lui parler, puis revenir à l'aéroport prendre le vol du retour. Et elle n'avait plus d'autre choix, à présent, que de débarquer au beau milieu de la réception. Loin d'elle cependant l'idée de faire un scandale. Avec un peu de chance, les gens la prendraient pour une invitée. Une amie de la future mariée, par exemple.

Tout ce qu'elle demandait, c'était de pouvoir s'entretenir quelques minutes avec Tony. Ensuite, ils reprendraient chacun le cours de leur existence. S'il manifestait l'envie de jouer son rôle de père, ce serait merveilleux, évidemment. S'il acceptait de participer aux dépenses de temps à autre, elle lui en serait infiniment reconnaissante. Mais si, au contraire, il ne voulait plus entendre parler ni d'elle ni du bébé, elle serait déçue, forcément, mais elle comprendrait. Après tout, n'était-ce pas elle qui avait insisté pour qu'il n'y ait rien de plus entre eux que cette relation… « amis-amants » ? Pas d'obligations, pas d'attentes. Elle n'allait pas faire soudain volte-face et exiger qu'il prît ses responsabilités vis-à-vis d'un enfant qu'il n'avait jamais voulu ! Ce serait trop facile.

— Même s'il n'était pas sur le point de se fiancer, bébé

ou pas, cet homme ne t'épouserait jamais, avait décrété sa mère. Les types de sa catégorie ne s'intéressent aux femmes comme nous que pour une seule raison…

Une vérité que sa chère maman lui rappelait à la moindre occasion. Et elle avait raison. Lucy se l'était répété un million de fois, Tony était trop bien pour elle et, s'il devait manifester un jour l'envie de se ranger, ce ne serait certainement pas avec une femme issue des quartiers populaires.

Tony et elle venaient de milieux opposés et elle avait été folle de croire qu'il la suivrait jusqu'en Floride pour la supplier de revenir. Folle d'espérer qu'elle lui manquerait. Cette situation, elle en était seule responsable, il ne lui restait plus qu'à tenter de recoller quelques morceaux. Elle ravalerait sa fierté et, s'il la lui proposait, elle accepterait son aide financière.

Bien, soupira-t-elle en regardant la demeure se dresser devant elle. *Le grand moment est arrivé.*

La gorge serrée, elle s'empressa de gravir les marches du perron et de frapper à la porte avant de voir son courage s'évanouir. Puis elle attendit, les jambes flageolantes et le cœur près d'imploser, mais personne ne se montra. Elle frappa de nouveau.

Une longue minute. Et toujours pas de réponse.

Elle fronça les sourcils. Celui qui lui avait envoyé l'e-mail se serait-il trompé sur la date de la réception ? Ou sur l'heure ? Ou même sur le lieu ?

Elle s'en voulut d'être accourue ainsi sans se renseigner davantage. Quelle femme saine d'esprit aurait ainsi pris au sérieux ces quelques lignes signées d'un « ami » anonyme ?

Il était toutefois un peu tard pour se poser la question.

Elle tourna la poignée de la porte à tout hasard et celle-ci s'entrouvrit aussitôt. Bingo ! Pourquoi ne pas ajouter à la longue liste de ses prouesses l'entrée par effraction ?

Lâchant la poignée, elle tenta d'apercevoir quelque chose à l'intérieur. Personne en vue. Elle entra alors, referma doucement derrière elle et jeta un œil dans le premier salon, décoré avec beaucoup d'élégance… et bien trop calme. Où étaient-ils donc tous ? Il n'y avait pas un bruit. Peut-être effectivement n'était-ce pas le bon jour, et les voitures devant la maison étaient-elles celles des voisins…

Elle s'apprêtait à faire demi-tour lorsque des notes de musique lui parvinrent soudain. Cela venait de l'arrière de la maison, apparemment, et cela ressemblait à des instruments à cordes. Peut-être un quatuor. Il était difficile de reconnaître la mélodie. Un concert pour les fiançailles… Si tout le monde y assistait, elle avait une chance de passer inaperçue. Prenant son courage à deux mains, elle suivit la musique et traversa une grande salle de réception décorée de rouge et d'or, où était dressée une table d'apparat, suffisamment longue pour nourrir une armée.

La musique s'interrompit au moment où Lucy déboucha dans un salon attenant, avec une cheminée en pierre de taille montant jusqu'au plafond, digne d'une cathédrale. Des spectateurs étaient installés sur plusieurs rangées de chaises disposées face à ce qui ressemblait à un autel improvisé… Un autel ?

Oh ! mon Dieu !

Il ne s'agissait donc pas d'une fête de fiançailles, mais… d'un mariage ?

Ce qui la frappa fut la normalité de toute la scène. La tradition. Les invités sagement assis sur leurs chaises tapissées de satin, la mariée au port de tête hautain et aux pommettes saillantes. Elle portait une robe fourreau blanc cassé, d'une simplicité raffinée, qui laissait deviner des jambes très très longues. Une beauté ! Perchée sur de hauts talons blancs, elle avait presque la taille de Tony qui, avec son mètre quatre-vingt-dix, n'était pas particulièrement petit.

En parlant de Tony…

Le cœur de Lucy marqua un temps d'arrêt à l'instant où elle posa les yeux sur lui, avant de reprendre ses battements précipités. Vêtu d'un smoking, les cheveux gominés coiffés en arrière, il aurait pu sans exagérer faire la une de *Vogue Hommes*, mais pour un numéro spécial, du style « Les hommes les plus sexy de la planète ». Aussi beau que la première fois qu'elle l'avait vu, dans le bar où elle travaillait. Elle songea que, jusqu'à cette seconde, elle n'avait pas réalisé à quel point il lui avait manqué. A quel point elle avait besoin de lui. Avant de le rencontrer, elle n'avait jamais eu besoin de personne.

Et maintenant ? Devait-elle prendre place, l'air de rien, sur l'une des chaises libres et attendre la fin de la cérémonie pour pouvoir lui parler ? Ou valait-il mieux prendre ses jambes à son cou, quitte à lui téléphoner, plus tard, comme l'avait suggéré sa mère ?

— Lucy ?

Elle se figea et cessa de respirer. Tony s'était tourné vers elle et la regardait, de même que la mariée, d'ailleurs. En fait, tout le monde dans la pièce avait les yeux rivés sur elle.

Aïe !

Elle se demanda que faire. Elle était venue là pour parler à Tony, pas pour saboter la cérémonie. Mais visiblement, le mal était fait et il était trop tard pour partir en courant. Alors, autant accomplir ce pour quoi elle était venue.

— Je suis désolée, articula-t-elle. Je ne voulais pas vous interrompre…

Comme si des excuses pouvaient servir à quelque chose à ce stade ! Après ça, ce serait un miracle s'il acceptait de lui adresser encore la parole.

— C'est raté, répondit-il sèchement. Que veux-tu ?

Il lui avait dit un jour qu'il admirait son audace, qu'il trouvait formidable ce courage qu'elle avait de toujours dire ce qu'elle pensait, de se battre pour ce en quoi elle croyait. Sans doute n'était-ce plus le cas aujourd'hui, car il ne paraissait pas enchanté de la voir.

— Rien, je… je voulais te parler. Mais en privé.

— Maintenant ? s'étonna-t-il. Au cas où cela t'aurait échappé, sache que je suis en train de me marier.

Oh ! elle l'avait remarqué…

Livide, la mariée promenait son regard de l'un à l'autre. On eût dit qu'elle allait s'évanouir, à moins que ce ne fût son teint habituel ? A bien la regarder, n'avait-elle pas une vague ressemblance avec Morticia Adams ?

— Tony ? De quoi s'agit-il ? demanda-t-elle sans cesser de toiser Lucy de son air franchement dégoûté.

— Ce n'est rien, répondit Tony.

A ces mots, Lucy sentit dans son cœur une brûlure acide. Il ne tarderait pas à changer d'avis, songea-t-elle.

— C'est tout de même important, insista-t-elle.

— Si vraiment tu veux me parler, tu peux le faire ici, dit-il. Je n'ai rien à cacher à ma famille.

Non, ce n'était pas une bonne idée…

— Tony…

— Vas-y, je t'écoute, insista Tony, intraitable.

Elle reconnut le regard froid, la détermination farouche. Il ne changerait pas d'avis.

Soit ! Après tout, c'était lui qui le demandait…

Relevant le menton, droite comme un « i », elle fit descendre la fermeture Eclair de son manteau, exposant la rondeur de son ventre, qui avait la taille d'un ballon de basket. Dans la salle, quelques exclamations retentirent, puis ce fut le silence complet. Jamais, de toute sa vie, Lucy n'oublierait ce moment, ni l'expression des personnes qui l'entouraient. Si Tony avait voulu la mettre mal à l'aise ou pire, l'humilier, il avait réussi son coup.

— C'est le tien ? demanda la mariée, qui semblait mortifiée, à Tony.

Celui-ci interrogea un instant Lucy du regard, puis se tourna vers sa fiancée.

— Alice, je suis désolé, mais j'ai besoin de m'entretenir une minute avec ma… avec Lucy.

— J'ai dans l'idée que cela risque de prendre plus qu'une minute, répliqua sèchement Alice.

Elle baissa alors les yeux vers la bague sertie d'un somptueux diamant qu'elle avait à l'annulaire et entreprit de la retirer.

— Et quelque chose me dit que je n'ai plus besoin de ça.

— Alice !

— Lorsque j'ai accepté de t'épouser, l'interrompit-elle, une maîtresse portant ton enfant ne faisait pas partie du contrat. Arrêtons là les frais, tu veux bien ? Et essayons de rester dignes !

Etait-ce tout ce que ce mariage représentait pour Alice ? Un contrat ? Elle paraissait humiliée et sérieusement contrariée, mais rien ne laissait penser qu'elle eût le cœur brisé, constata Lucy, tandis qu'Alice bataillait encore avec la bague. Ses doigts crispés, longs et fins, ressemblaient à des serres, des serres avec lesquelles, sans cette « dignité » à laquelle elle semblait tenir, elle aurait sans doute volontiers éborgné Lucy.

Tony ne chercha pas à la faire changer d'avis. Manifestement, la cause était perdue pour lui. Lucy eut même la vague impression qu'il était soulagé. Mais non, son imagination lui jouait des tours, elle devait se tromper. Au contraire, tout laissait penser que Tony ne lui pardonnerait jamais ce qu'elle venait de faire.

Alice lui tendit la bague et il secoua la tête.

— Garde-la, dit-il. Considère-la comme un dédommagement.

Vu la taille du caillou, ces excuses-là devaient peser plusieurs milliers de dollars ! Un lot de consolation qui parut amadouer Alice : celle-ci soupesa une seconde ou deux le bijou dans le creux de sa main, puis parut accepter sa défaite. Elle hocha la tête et déclara :

— Je vais récupérer mes affaires.

A cet instant, une femme assise au premier rang bondit sur ses pieds. Lucy la reconnut aussitôt pour l'avoir vue en photo : c'était la mère de Tony. Même sur ses dix bons centimètres de talons, elle n'arrivait pas à hauteur d'épaule de son ex-future-belle-fille.

— Je viens avec vous, Alice, dit-elle.

Elle prit la mariée par le bras et les deux femmes se dirigèrent vers la porte. En passant devant Lucy, la mère de Tony lui décocha un regard qu'elle traduisit sans mal : *Vous ne perdez rien pour attendre !* En dépit de ses soixante ans et d'une constitution aussi menue que celle de Lucy — sans le bébé bien sûr — elle risquait de se révéler une adversaire redoutable si elle ressemblait à son fils. Car après ce scandale, nul doute qu'elle considérait désormais Lucy comme sa pire ennemie.

Et voilà ! songea la jeune femme. Un acte stupide de plus à regretter ! Ses relations avec la grand-mère de son enfant démarraient très mal. Peut-être étaient-elles même condamnées à tout jamais. Dans le monde de Lucy, ce genre d'événements était monnaie courante, mais sans doute pas chez les Caroselli, des gens cultivés et raffinés, autrement dit à mille lieues de ce qu'elle connaissait.

Comment avait-elle pu croire que son histoire avec Tony puisse être viable ? Sa mère parlait d'or : les hommes comme lui n'épousaient pas des femmes comme elle.

A la seconde où Alice disparut, le silence laissa place à des murmures. Impossible pour Lucy d'entendre ce qui se chuchotait, mais elle le devinait sans peine.

Ce n'était pas censé se passer ainsi.

Un homme s'était levé et s'entretenait avec Tony. Ce devait être son père, il lui semblait l'avoir vu lui aussi en photo, mais tous deux ne se ressemblaient pas. Tony était grand et athlétique, l'autre petit et trapu. Sans leur nez, apparemment la marque de fabrique des Caroselli, on ne pouvait croire en leur parenté. Après un échange bref mais viril, le père quitta la pièce à son tour, non sans avoir lui aussi gratifié Lucy d'un regard qui voulait dire : *Nous nous reverrons.*

Au point où elle en était, tout ce qu'il aurait pu dire ou faire n'avait pas grande importance. Elle se sentait au trente-sixième dessous.

Alors Tony s'avança vers elle, impassible, mais si beau qu'elle sentit son cœur se serrer. Elle n'avait qu'une envie, se réfugier dans ses bras pour qu'il la serre très fort.

Cet homme n'est pas pour toi…

Au départ, il l'avait séduite par son indisponibilité sur le plan sentimental. Elle avait considéré cela un atout fondamental. Elle qui s'était toujours interdit de tomber amoureuse et qui se croyait immunisée contre ce mal était convaincue d'avoir trouvé chaussure à son pied. Toutefois, le temps de comprendre ce qui lui arrivait, il était trop tard : elle l'aimait.

En le regardant venir vers elle, elle songea qu'au cas très peu probable où il projetterait de la prendre entre ses bras et de lui déclarer son indéfectible amour elle ne se débattrait pas…

Au lieu de cela, il referma une main d'acier autour de son bras et souffla d'une voix à peine perceptible :

— Allons-y !

— Où ça ?

— N'importe où, sortons d'ici, marmonna-t-il en regardant les invités qui les observaient du coin de l'œil, ne sachant visiblement quelle contenance adopter.

Un million de fois au moins, il lui avait raconté combien sa famille était indiscrète, il lui avait parlé de cette sale manie qu'avaient les siens de se mêler de la vie des autres, à son grand agacement. En y repensant, elle se dit qu'elle n'aurait pas pu choisir pire moment pour lui annoncer la nouvelle.

La main de Tony autour de son bras ne lui laissant pas le choix, Lucy fit de son mieux pour le suivre sans trébucher et conserver une certaine dignité. Au moins la touchait-il, elle n'allait pas se plaindre ! Pff, elle était pitoyable…

Quelques instants plus tard, elle se retrouvait assise dans sa voiture, près de lui qui s'était installé au volant. Au lieu de mettre le contact toutefois, il demeura silencieux, fixant un point devant lui. Elle attendit, anticipant l'explosion, puis les reproches. Il allait forcément l'accuser d'avoir fichu sa vie en l'air. Puis, tout à coup, il éclata de rire.

Lucy le dévisageait comme s'il avait perdu la tête, et sans doute avait-elle raison. Telle une intervention divine, elle était apparue au moment critique, alors qu'il s'apprêtait à commettre la pire erreur de son existence. Quand il s'était retourné et l'avait découverte là, à la porte, il n'avait eu qu'une seule pensée : *Sauvé par le gong…*

— Est-ce que ça va ? demanda Lucy, visiblement préoccupée par sa santé mentale.

Et comment le lui reprocherait-il ? Depuis qu'elle était partie, il faisait tout de travers et multipliait les mauvaises décisions. Comme proposer ce marché à Alice, après un mois de liaison seulement. Elle et lui ne s'aimaient pas, mais elle voulait un bébé et lui, un héritier mâle. Avec, à la clé, un héritage de trente millions de dollars, qui viendrait lui reprocher d'avoir cherché un tel compromis ? Mais quelle erreur cela aurait été ! Il le comprenait à présent. A vrai dire, il l'avait compris trente secondes après l'avoir fait sa demande en mariage à Alice.

Depuis, il avait tenté de se remonter le moral en se disant que après tout, ce mariage n'avait besoin de durer que le temps de donner le jour à un petit garçon. Ensuite, Alice et lui repartiraient chacun de leur côté. Seulement, quand la *Marche nuptiale* avait retenti et qu'il avait vu Alice s'avancer vers lui, il avait pris conscience de deux choses : d'abord, qu'il ne l'aimait pas et n'éprouvait même pas de sympathie pour elle. Ensuite, que même s'ils ne devaient se supporter qu'une petite année, ce serait déjà trop long. D'autant que, s'ils avaient un enfant ensemble, divorcés ou pas, ils seraient obligés de rester en contact pour le restant de leurs jours.

Grâce à Lucy, la catastrophe avait donc été évitée. C'était une habitude, chez elle. Chaque fois qu'il avait besoin d'elle, elle s'arrangeait pour apparaître ! Comme si, quelque part, elle *savait*. Et aujourd'hui, bon sang, il avait eu tellement besoin d'elle ! Elle était un peu comme la voix de la raison, sa conscience, quand il agissait comme un crétin. Et récemment, surtout depuis son départ, il était passé maître dans l'art de la crétinerie.

Epouser une inconnue ? Mais où avait-il la tête ?

Il se tourna vers Lucy et baissa les yeux sur son ventre proéminent.

— C'est pour cela que tu es partie ?

Elle se mordilla la lèvre et hocha la tête, hésitante.

— Mais pourquoi ne m'as-tu rien dit avant ?

Elle tenait les mains croisées sur ses genoux et évitait son regard lorsqu'elle répondit :

— Je reconnais que j'ai assez mal géré la situation. Je n'ai aucune excuse pour mon comportement et sache que je ne suis pas venue exiger de toi quoi que ce soit. J'avais encore moins l'intention de gâcher ton mariage, j'étais loin de me douter que ma venue aurait de telles conséquences… Je suis mal tombée, je suis désolée, c'est la faute à pas de chance…

Il trouvait au contraire qu'elle n'aurait pu tomber à meilleur moment.

— Alors pour quelle raison es-tu venue ? Pourquoi maintenant ?

— J'ai appris que tu allais te fiancer et j'ai pensé qu'avant de le faire, tu devais être mis au courant, pour l'enfant. Mais je ne savais pas que le mariage était aujourd'hui. Je pensais arriver juste avant la fête de fiançailles.

Ce qui expliquait son expression effarée quand elle avait fait irruption dans la salle.

— Appris par qui ?

— Aucune importance. En tout cas, je te jure que je ne voulais pas te causer de tort. J'avais juste besoin de te parler sans attendre.

Lucy n'avait jamais cherché à causer du tort à qui que ce fût, il le savait. Il n'y avait pas une once de méchanceté en elle. Mais, comment dire… les problèmes, eux, s'arrangeaient toujours pour la trouver. Et même s'il aurait été légitime qu'il fût fâché contre elle, furieux même, elle semblait si désolée, si confuse, qu'il n'avait pas le courage d'en rajouter. En fait, son premier réflexe, quand il l'avait aperçue à la porte, bouche bée, avait été de courir la prendre dans ses bras pour la serrer fort.

— D'accord, mais il faut que tu m'expliques : pourquoi ne m'avoir rien dit plus tôt ?

— J'aurais dû, je sais, soupira-t-elle en tripotant nerveusement la fermeture Eclair de son manteau. C'est juste que je ne voulais pas passer pour… pour ce genre de fille.

— Quel genre de fille ?

— Je ne voulais pas que tu penses que j'avais tout manigancé pour te piéger. Je ne comprends pas moi-même comment ça a pu arriver. Nous avons toujours fait attention. Du moins, c'est ce que je croyais.

Tony savait depuis longtemps déjà que la vie était pleine de surprises. Tout ce qui leur restait à faire, à présent, était de tirer le meilleur parti de la situation. S'être débarrassé d'Alice était un bon début.

— Commençons par mettre les choses au clair, déclara-t-il. Sache que je ne crois pas, et je ne le croirai jamais, que tu aies été capable de faire une chose aussi tordue. Je te connais, tu n'appartiens pas à cette catégorie de gens. Je suis également certain que tu as cru faire ce qui était bien en partant ; en revanche, tu as eu tort de ne rien me dire.

— Je sais, mais j'étais complètement perdue. Je… je comprends que tu sois en colère contre moi.

— Pas en colère. Déçu.

Il vit ses yeux s'emplir de larmes, qu'elle s'empressa de refouler.

— Je sais. J'ai mal agi. Et je m'en veux tellement ! Je suis désolée pour ta fiancée.

— Alice s'en remettra…

Tony avait bien tenté de se convaincre que les gens autour de lui se trompaient au sujet de cette femme. Pourtant, au fond de lui, il savait qu'elle ferait une piètre épouse, et une maman pire encore. Alice était ambitieuse, intéressée et égoïste. Elle pouvait déblatérer des heures sur l'industrie de la mode et évoquer à n'en plus finir son succès sur les podiums. Dans ces moments-là, il tentait de feindre l'intérêt, mais le plus souvent il cessait tout simplement de l'écouter.

Oh ! elle avait bien quelques qualités. Elle était séduisante, avec quelque chose d'exotique, elle ne manquait pas d'humour et, sur le plan sexuel, ça se passait plutôt pas mal entre eux. Toutefois, ils n'avaient jamais été véritablement connectés. Pas de la façon dont Lucy et lui l'étaient. Dès le premier baiser, il avait compris que Lucy était spéciale. D'autant que, dès le début, elle avait été très claire : pas question pour elle de s'engager.

Alice trouverait tôt ou tard l'homme qui lui fallait. Mais ce ne serait pas lui. Ils n'avaient rien en commun. Elle aimait le théâtre, il préférait les films d'action. Elle adorait les chats, lui était allergique à leurs poils. Elle était végétalienne, il ne jurait que par un bon steak-frites. Elle écoutait de la musique New Age, il était fan de rock. A fond, de préférence.

Deux individus ne pouvaient être plus incompatibles.

— Est-ce que tu l'aimes ?

A peine s'il la connaissait, en fait.

— Notre relation est… était particulière.

Il se plaisait à croire qu'il aurait tout arrêté avant qu'il ne soit trop tard. Par exemple, quand le prêtre aurait demandé si quelqu'un s'opposait au mariage. Ou peut-être espérait-il qu'un membre de sa famille l'aurait fait pour lui ? Ses parents n'appréciaient pas Alice, ils étaient même contre ce mariage. Y compris Nonno, son grand-père, qui essayait pourtant de l'amener devant le maire depuis des années, et qui était allé jusqu'à lui faire miroiter un héritage de trente millions de dollars pour qu'il se marie. Nonno avait refusé d'assister à la cérémonie, par mesure de protestation.

— Tu aurais dû me faire confiance, dit-il à Lucy. Tu aurais dû me dire la vérité, et nous aurions trouvé une solution ensemble.

— J'ai commis une erreur. Mais aujourd'hui, je suis là pour tenter d'arranger les choses.

Le voulait-elle vraiment ? Ou découvrirait-il un beau jour en rentrant à la maison, dans un an ou plus, qu'elle était partie une fois de plus ?

2

Tony avait tant de questions, tant de choses à dire à Lucy, qu'il ignorait par où commencer. Il se rappelait encore du choc le jour où il s'était présenté chez elle, quelques mois plus tôt, et où sa colocataire lui avait appris que Lucy était repartie vivre en Floride chez sa mère ! Lucy… Elle était si secrète ! La plupart du temps, il n'avait pas la moindre idée de ce qui se passait dans sa tête. Et ce n'était que maintenant, en se retrouvant assis dans la voiture avec elle, qu'il constatait à quel point elle lui avait manqué et combien leur amitié était importante pour lui. Depuis son départ, il n'avait plus personne à qui parler. Dans la famille, on se moquait de lui parce qu'il était toujours sérieux, trop sérieux. Mais ce qu'il était en réalité, il préférait le cacher aux autres. Sauf à Lucy. Avec elle, il pouvait baisser la garde et être lui-même. Elle était la seule personne au monde à le connaître vraiment.

Peut-être était-ce pour cela que le choc de son départ avait été aussi violent et déstabilisant pour lui, qui avait passé l'essentiel de ses trente-cinq années de vie à éviter tout engagement sentimental.

Il sursauta en entendant quelqu'un taper à la vitre. Se retournant aussitôt, il vit Nick, son cousin. Ne pouvait-on pas disposer de cinq minutes de tranquillité sans qu'un membre de la tribu se crût obligé de venir mettre son grain de sel ?

Christine et Elana, ses petites sœurs, ne devaient pas être très loin, d'ailleurs.

— Quoi ? demanda-t-il en baissant la vitre.

Nick se pencha, de manière à les voir tous les deux. Il le regarda d'abord lui, puis Lucy.

— Lucy, tu te rappelles sans doute mon cousin Nick ? soupira Tony.

— Hello, Lucy ! lança Nick avec son plus beau sourire. Je tiens à être le premier à vous féliciter.

Tony reconnut la lueur de curiosité dans les yeux de son cousin et il sut exactement à quoi il pensait. Nick se demandait si Tony allait en profiter pour décrocher le jackpot mis en jeu par Nonno. Nick et Rob avaient tous deux déclaré forfait et renoncé aux trente millions de dollars afin de préserver leur relation avec leur épouse. Mais Tony, lui, n'avait aucun mariage à sauver. Pour empocher le gros lot, il devait d'abord épouser Lucy, selon les règles de ce jeu imposé par Nonno. Toujours et encore Nonno ! Et à supposer qu'il parvînt à convaincre Lucy de l'épouser, ce qui n'était pas gagné, ce ne serait pas un vrai mariage. De toute façon, elle refuserait tout net.

— Ma femme est enceinte, elle aussi, annonça Nick à Lucy. C'est pour fin septembre.

— Moi, c'est prévu début juin, répondit Lucy.

Tony vit son cousin procéder à un rapide calcul mental Et, à son léger froncement de sourcils, il déduisit que Nick arrivait à la même conclusion que lui. Lucy était au courant, pour le bébé, bien avant de partir en Floride.

— Et moi qui croyais que ce mariage serait d'un ennui mortel ! s'exclama Nick, un sourire en coin. En fait, c'était encore mieux que le mariage de ma sœur, quand papa s'est battu avec le petit copain de maman.

Un souvenir que Tony préférait effacer de sa mémoire…

— Est-ce qu'Alice va bien ? demanda-t-il, avant de remarquer au passage le regard attristé de Lucy.

— Elle est encore là-haut avec ta mère. Carrie va la ramener chez elle. Elle m'a chargé de te demander de disparaître avant qu'elles ne sortent.

Carrie était la femme de leur cousin Rob, et la meilleure amie d'Alice. C'était elle qui avait présenté la jeune femme à Tony, une initiative qu'elle devait à présent regretter.

Pourtant, il était tombé sous le charme, peut-être parce qu'Alice était l'opposée de Lucy. Au début. Car au bout de quelques semaines, ces différences avaient au contraire joué contre leur couple. De plus en plus souvent, en effet, il s'était surpris à regretter qu'Alice ne fût pas Lucy ou, du moins, qu'elle ne lui ressemblât pas un peu plus. Maintenant, il n'avait plus qu'une envie : oublier ces deux mois de son existence. S'il avait eu le pouvoir de revenir en arrière et de réécrire le cours des choses, il serait allé rejoindre Lucy en Floride pour la convaincre de revenir avec lui ici, où il pourrait veiller sur elle, où ils fonderaient tous deux une famille, même si ce ne serait pas au sens traditionnel du terme.

Sauf qu'il était trop tard pour ça…

— Carrie veut aussi savoir si Alice a laissé des affaires à elle chez toi, reprit Nick.

— Je ne pense pas, mais je jetterai un œil…

Dire qu'Alice n'était venue chez lui que deux fois en tout et pour tout, et qu'il était sur le point de l'épouser ! N'importe quoi ! Il n'était même pas certain de l'âge qu'elle avait. Il le lui avait demandé, mais n'avait obtenu qu'une vague réponse.

Mon pauvre vieux, mais à quoi pensais-tu ?

— Fais-le rapidement, conseilla Nick. Elle parle de repartir à New York dans les quarante-huit heures.

— Pour toujours ?

— Il semblerait, oui.

Tony n'avait pas eu l'intention de lui demander de quitter l'Illinois, mais ce n'était pas plus mal : ainsi, ils ne risqueraient pas de se croiser. Ce qui lui allait parfaitement bien.

La lourde porte en chêne de la maison de Nonno s'ouvrit et les invités commencèrent à sortir sous le porche. Heureusement, Alice ne se trouvait pas parmi eux. Pas plus que ses sœurs à lui.

— Et si on allait chez moi ? suggéra-t-il à Lucy.

Elle hocha la tête, fébrile, avec un regard anxieux vers le porche.

— Je te verrai plus tard, dit-il à Nick, qui s'écarta et lui fit signe de l'appeler au plus vite.

Les Caroselli étaient connus pour deux choses : le chocolat et un penchant certain pour les potins. Pour être honnête, Tony en avait assez des deux. Il rêvait d'échapper à la curiosité maladive de sa famille et n'avait qu'un désir : mener sa vie comme il l'entendait, sur le plan sentimental autant que professionnel. Etre ce qu'il était. Ne plus penser à ce qui était préférable pour les Caroselli, mais à ce qui était le mieux pour lui. Et ces trente millions de dollars étaient sa chance. Avec une telle somme, il pourrait repartir de zéro, créer sa propre affaire, être son propre maître… Mais à quel prix ?

Il mit le contact et s'éloigna.

— C'est… bizarre, murmura Lucy.

Il jeta un coup d'œil vers elle et dut se raisonner pour ne pas lui prendre les mains. Il avait très envie de la toucher. Toutefois, le moment était sans doute mal choisi.

— Qu'est-ce qui est bizarre ? demanda-t-il.

— Après ce qui vient de se passer, je croyais que ta famille me détesterait…

Il secoua la tête, amusé. A son avis, sa famille avait plutôt envie de l'accueillir en fanfare. Personne n'avait jamais apprécié Alice. Pas même Rob, qui ne la supportait que parce qu'elle était la meilleure amie de sa femme. Et encore… La veille au soir, Tony avait entendu sa sœur Elana confier à leur mère que, pour elle, Alice était une espèce de parasite.

— Ne t'en fais pas pour ma famille, répondit-il à Lucy. Cela ne la concerne pas. Il s'agit du bébé. Et de nous.

— Tu as raison…

Il se réjouit. Au moins, elle pensait comme lui. Le problème, c'est qu'il ne savait pas par où commencer. Il ne s'était jamais trouvé dans une situation pareille et ne connaissait personne non plus qui ait vécu ce genre de chose. En vérité, il était encore sous le choc. A cause de tout ce que cela impliquait, mais aussi en resongeant à ce qu'il s'apprêtait à faire un quart d'heure plus tôt. Grâce au ciel, Lucy était venue le sauver de lui-même…

— Comment se passe ta grossesse ? interrogea-t-il. Toi et le bébé, vous allez bien ?

— Moi, je suis en pleine forme, et quant à lui, dit-elle en se tapotant le ventre, il gigote comme il se doit.

Tony sentit son cœur s'arrêter.

— Il ?

— Ou peut-être « elle », rectifia Lucy en esquissant un sourire. Mais j'ai la forte intuition qu'il s'agit d'un garçon.

Ce qui serait inespéré.

— Où est ta valise ?

— Je n'en ai pas. En fait, je ne compte pas rester…

Elle sortit son téléphone de sa poche et regarda quelque chose à l'écran.

— Je vais devoir repartir bientôt à l'aéroport. Nous n'avons pas beaucoup de temps devant nous.

Il se tourna vers elle au mépris de la conduite. Elle devait plaisanter. Croyait-elle sérieusement qu'il la laisserait repartir comme ça ? Alors qu'elle portait son enfant ? Ne le connaissait-elle pas mieux que ça ? Cela dit, si elle l'avait vraiment bien connu, elle ne serait pas partie.

Certes, cette grossesse était inattendue mais, à partir du moment où Lucy était enceinte de lui, elle était sous sa responsabilité. Donc, elle était plus ou moins obligée de rester ici avec lui. Et si le bébé était bel et bien un garçon, il ferait de son papa un homme riche, très riche. A condition, bien sûr, que Lucy accepte de l'épouser.

Un plan simple, a priori, excepté que Lucy était aussi allergique que lui à tout engagement sérieux. Peut-être même plus encore que lui. C'était elle qui, d'emblée, avait fixé les limites de leur relation, qui avait insisté pour qu'ils ne se voient que de temps en temps. A présent, il allait devoir trouver un moyen de la convaincre que le mariage était ce qu'il y avait de mieux pour le bébé.

— Tu as ton billet ? demanda-t-il. Je peux le voir ?

Après une brève hésitation, elle sortit une feuille de papier pliée en quatre d'un sac banane presque invisible sous le ventre rebondi. Depuis qu'il la connaissait, il l'avait toujours vue garder ses affaires soit dans de vieux sacs à dos, soit dans des sacs bananes. Jamais de sac à main normal, comme en possède n'importe quelle femme conventionnelle. Car Lucy n'était pas une femme conventionnelle. Elle avait ses propres lois.

Il prit la feuille et la déchira sans rien dire.

— Génial ! fit-elle. Mais tu sais, je peux en imprimer une autre.

Il froissa les morceaux de papier et les jeta sur le siège arrière.

— Considère ça comme un geste symbolique.

— Qui symbolise quoi, au juste ?

— Que tu ne rentres pas en Floride.

— Ah bon ? s'exclama-t-elle en clignant des yeux sous l'effet de la surprise. Vraiment ?

— Tu vas rester ici, à Chicago.

— Où ça ? Ma colocataire a déménagé dans l'Ohio. Et puis, je n'ai pas de travail, ici !

— Tu vas vivre avec moi. Et dès que tout sera en ordre, tu m'épouseras.

Si c'était là l'idée que Tony se faisait d'une demande en mariage, pas étonnant qu'il fût encore célibataire ! Combien de fois avait-elle rêvé de lui s'agenouillant devant elle pour lui demander humblement de bien vouloir devenir sa femme ? Jamais elle n'avait envisagé ce scénario-là. Et puis, ce n'était pas une demande qu'il venait de lui faire : il lui avait donné un ordre.

Pouvait-on être moins romantique que cet homme-là ?

— Et pourquoi ferais-je une chose pareille ? s'enquit-elle, histoire de lui offrir l'occasion de se racheter.

— Je sais que tu es contre le mariage, rétorqua-t-il. Et je comprends ce que tu ressens. Mais honnêtement, je pense que c'est le mieux pour le bébé.

Mauvaise réponse, mon vieux !

Il venait de rater son coup, et en beauté. Il ne tenta même pas de se rattraper. Il ne voulait l'épouser que pour le bien-être du bébé. Pour ces élans d'amour qu'elle espérait tant, elle repasserait. Tant qu'il y était, autant gagner du temps : il n'avait qu'à lui extraire le cœur de la poitrine tout de suite et le piétiner encore chaud et palpitant…

Elle songea alors à sa chère maman, qui aurait évidemment saisi cette occasion rêvée d'épouser un homme riche et beau. Or c'était exactement la raison pour laquelle elle-même ne pouvait accepter.

— Cela me paraît être une très mauvaise idée, répliqua-t-elle.

A la ride qui se creusa sur le front masculin à ces mots, elle sut qu'il n'était pas d'accord avec elle.

— Pas du tout.

— Si je t'épouse, cela ne fera que renforcer les gens dans leur idée. A savoir que je suis tombée enceinte par prémédi-tation, par intérêt, pour te piéger…

C'était ce qu'avait fait sa propre mère avec son père. Or, celui-ci avait omis de lui préciser, au cours de leur brève aventure, qu'il était déjà marié et père de famille. Et n'avait donc eu que faire d'une fille illégitime. Il avait envoyé chaque mois le chèque obligatoire, mais à son décès, trois ans plus tard, le bon filon s'était tari et tout espoir pour Lucy de faire sa connaissance un jour s'était envolé…

Lucy avait donc trois frères et sœurs auxquels elle n'avait jamais adressé la parole. Et cette absence de contact au fil des années en disait long sur ce qu'ils devaient penser de leur demi-sœur illégitime. Et de sa mère…

— Je ferai en sorte que chacun sache que ce n'est pas le cas, dit Tony.

Si seulement c'était aussi simple !

— Ça ne servira à rien. Les gens continueront de croire ce qu'ils veulent croire, peu importe ce que tu pourras leur raconter.

La ride sur le front se creusa davantage.

— Est-ce si important, ce que ma famille pense ?

Pour elle, oui. Elle aimait Tony et rêvait de devenir sa femme, mais elle savait qu'elle ne serait sans doute jamais accueillie à bras ouverts dans le clan familial. Et si les choses se passaient de cette manière, ce serait encore pire. Il n'était donc pas question de se marier sous prétexte que c'était plus pratique comme ça, ou parce que c'était mieux pour le bébé. Le mariage ne serait pas un lot de consolation.

— Je ne peux pas t'épouser, c'est tout.

— Bien sûr que si, tu peux.

— Non.

— Eh bien moi, je veux pouvoir veiller sur toi, insista-t-il en lui prenant la main. Sur toi et sur ce bébé.

— C'est gentil, mais tu sais je peux parfaitement prendre soin de moi toute seule, assura-t-elle en retirant sa main.

— Eh bien, si tu ne veux pas m'épouser, accepte au moins de rester avec moi jusqu'à la naissance du bébé…

— Je ne peux pas.

A son expression, elle comprit que l'obstination qu'elle manifestait ne lui plaisait guère. Et peut-être en faisait-elle trop, mais pouvait-on le lui reprocher ? La dynamique était pourtant simple : elle aimait Tony, qui se sentait des *obligations* envers elle. Vivre ensemble serait une épreuve dans ces conditions. Le mariage, une torture. Elle pouvait toujours se raconter des histoires et imaginer que les sentiments qu'il avait pour elle changeraient, mais s'il n'était pas amoureux d'elle aujourd'hui, il y avait peu de chance qu'il le fût un jour. Devenir sa femme, même avec pour objectif le bien-être du bébé, serait pathétique. Elle refusait d'être une victime. Chat échaudé craint l'eau froide…

Peut-être une fois chez lui la prendrait-il dans ses bras et la serrerait-il très fort, puis il lui dirait combien il s'était senti seul et désespéré après son départ. Et bien sûr, il lui expliquerait la raison, une raison d'une logique irréfutable, évidemment, pour laquelle il ne l'avait pas poursuivie jusqu'en Floride.

Et le lendemain, les poules auraient des dents…

Tony s'engagea dans sa rue et trouva une place juste devant la résidence. Elle avait eu un choc, la première fois qu'il l'avait amenée là. Tout chez Tony n'était que luxe et raffinement. Il conduisait une berline d'importation, buvait le meilleur scotch, possédait un dressing rempli de vêtements de grands couturiers, mais en revanche il vivait dans un petit trois-pièces, dans un quartier très quelconque de Chicago. Comme il le lui avait fait remarquer, pragmatique : pourquoi mettre de l'argent dans un appartement de luxe alors qu'il passait très peu de temps chez lui ?

En temps normal, il lui aurait pris la main en descendant de voiture et, une fois dans l'ascenseur, il lui aurait volé un baiser ou deux. Cette fois, il ne la toucha pas et elle en fut soulagée… autant que désappointée.

Avec sa tendance marquée au nomadisme, Lucy avait appris à ne jamais s'attacher à des lieux, mais lorsque Tony ouvrit la porte de l'appartement et s'effaça pour la laisser entrer, elle sentit sa gorge se serrer. Elle gardait tant de bons souvenirs des moments passés là avec lui ! A un certain stade, elle avait commencé à voir cet endroit comme un second chez-elle, allant même jusqu'à penser qu'il pourrait lui demander, un jour, de venir s'installer avec lui.

C'était oublier un peu trop vite qui elle était.

Tony referma la porte derrière eux et elle retint son souffle lorsqu'il lui effleura l'épaule. Puis elle comprit qu'il voulait seulement l'aider à retirer son manteau. Il déposa celui-ci sur le dossier du canapé, où le rejoignit sa veste à lui, puis sa cravate.

— Veux-tu boire quelque chose ? Du jus du fruit, un soda light ? Je peux aussi faire du thé.

— Je veux bien un verre d'eau.

Des journaux traînaient sur la table basse et une cravate de soie bleue gisait dans le fauteuil en cuir. L'intérieur était typiquement masculin : cuir, métal et verre, parquet au sol. Quatre mois qu'elle était partie, mais rien n'avait changé. Et, a priori, pas le moindre signe de présence féminine en vue.

— Assieds-toi, dit-il en désignant le canapé, lui donnant plus un ordre qu'une invitation.

Il manigançait quelque chose, elle en était sûre. Et, comme il restait silencieux, elle sentait, de seconde en seconde, se dissiper tous ses espoirs d'une solution civilisée. En réaction à sa tension, le bébé dans son ventre exécuta quelques cabrioles.

Le coin cuisine était séparé du salon par une cloison, mais elle entendit Tony ouvrir le réfrigérateur. Il réapparut une minute plus tard avec une bouteille d'eau et une bière, avant de s'asseoir, non pas dans le fauteuil en face d'elle comme elle s'y attendait, mais à côté d'elle sur le canapé.

Le besoin de le toucher, de s'abandonner contre lui, en fait, de lui sauter dessus, l'envahit, plus puissant que jamais. Elle avait tellement envie de se retrouver entre ses bras et de l'entendre promettre que tout allait s'arranger ! Et aussi de le laisser lui faire l'amour encore et encore, afin d'oublier ces quatre longs mois de séparation.

— Je ne peux pas te laisser partir une nouvelle fois, déclara-t-il soudain.

Elle aurait dû se douter qu'il ne s'avouerait pas vaincu si facilement. Il appartenait à cette catégorie d'hommes qui arrivaient toujours à leurs fins.

Eh bien, il allait devoir apprendre à se déshabituer.

— Ce n'est pas une décision qui t'appartient.

— Mais enfin, Lucy ! La paternité ne commence pas à la naissance d'un bébé ! Et tu m'as déjà privé de l'occasion de partager le début de cette grossesse avec toi !

Il avait élevé la voix, chose qu'il ne faisait jamais avant, même quand elle le méritait. Juste au moment où elle se sentait mal à l'aise, voilà qu'il en rajoutait. Car il avait raison : elle l'avait privé d'une foule de choses. Et elle s'était épargné de partager son expérience avec un homme qui, en réalité, se fichait complètement d'elle. Quitte à rester auprès de sa mère, qui avait passé le premier mois à tenter de la convaincre de se « débarrasser du problème ».

Lucy s'était également privée du confort le plus élémentaire. Le canapé dans lequel elle avait dormi ces quatre derniers mois chez sa mère était une vraie planche à clous. Tous les matins ou presque, elle se réveillait avec un mal de dos. La perspective de dormir de nouveau dans un lit, de bénéficier d'une bonne nuit de sommeil, avait de quoi la tenter. Mais si ses vertèbres l'en remerciaient, son cœur, lui, en sortirait-il indemne ?

Elle se ressaisit. Peu importait ce qu'elle voulait ou ce qu'elle ne pouvait avoir. Elle devait faire ce qui était le mieux pour le bébé et, dans l'immédiat, cela signifiait prendre soin d'elle. Sur ce point, Tony pouvait l'aider.

— Dans l'hypothèse où j'accepterais de vivre ici avec toi, dit-elle, j'exigerai d'avoir ma propre chambre.

— Mais tu peux aussi partager la mienne…

Tandis qu'il prononçait ces mots, sa main atterrit sur la cuisse de Lucy, qui se garda bien de lever les yeux vers lui. Elle savait que, si elle croisait ce regard qu'elle ne connaissait que trop bien, elle se retrouverait à sa merci en trois secondes chrono. Or ne s'était-elle pas fait le serment de ne plus prendre de décisions irresponsables ?

Non, elle ne pouvait se permettre de renouveler les erreurs du passé, aussi tentant que cela puisse paraître. A l'époque, au moins, elle avait l'espoir qu'il tomberait amoureux d'elle. Mais à présent, elle savait avec certitude que cela n'arriverait pas. Si elle devait rester dans cet appartement, il serait indispensable d'instaurer des règles strictes, des limites. Par exemple, l'interdiction absolue de tout rapprochement.

Elle lui saisit la main et la lui posa sur sa cuisse à lui.

— Pour le bien du bébé, je pense qu'il est préférable de nous en tenir à une relation platonique. Ainsi, les choses seront claires.

— Tu ne peux pas me reprocher d'avoir essayé… fit-il remarquer.

Cette fois, hélas, elle commit l'erreur de le regarder, ce qui était stupide. Qu'il aille au diable, lui et son maudit sourire ! Lui et son regard langoureux…

— Alors installe-toi dans ma chambre, reprit-il. Je dormirai sur le canapé de la pièce qui me sert de bureau.

Elle s'apprêtait à protester quand le téléphone de Tony sonna. Il sortit l'appareil de sa poche, consulta l'écran et marmonna un juron.

— C'est Nonno, annonça-t-il en se levant pour gagner la cuisine. Il faut que je réponde.

Lucy n'avait jamais rencontré le grand-père de Tony, mais elle avait entendu tant d'histoires à son sujet que, d'une certaine façon, il lui semblait le connaître. Elle songea soudain qu'elle ne l'avait pas vu au mariage. C'était étrange car, d'après Tony, la famille lui tenait à cœur et il se faisait un devoir d'assister à tous les grands événements.

Question : pourquoi n'était-il pas venu au mariage ?

Tony réapparut au bout d'une minute à peine.

— C'était ma mère, en fait, déclara-t-il en glissant l'appareil dans sa poche. Elle est allée voir Nonno pour s'assurer qu'il allait bien. Ils aimeraient que nous passions les voir demain, pour discuter un peu.

La jeune femme tressaillit. L'idée de rencontrer cette famille, surtout si vite, la remplissait de terreur. Une angoisse qu'elle eut apparemment du mal à dissimuler, car Tony s'empressa d'ajouter :

— Ne t'inquiète pas. J'ai expliqué que nous avions un tas de choses à mettre au point et que j'appellerais quand nous serions disponibles pour y aller.

Pourquoi pas à la saint-glinglin ?

Si elle avait pu voir dans une boule de cristal le déroulement des événements, jamais elle n'aurait pris cet avion pour Chicago. Elle aurait géré la situation seule, comme une grande, et certainement pas comme une ado éperdue d'amour. Mais dans la situation où ils étaient à présent, pourquoi retarder l'inéluctable ? Tout ce qu'elle pourrait faire, c'était s'excuser, en espérant que ce Nonno et sa bru auraient pitié d'elle.

— En fait, je préférerais les rencontrer au plus vite, dit-elle.

Il fronça les sourcils, visiblement surpris.

— Mais rien ne presse, voyons !

— Je suis responsable de tout ce gâchis, et je suis prête à assumer mes actes.

— Tu ne crois pas que tu es un peu trop sévère avec toi-même ?

L'était-elle ?

— Mets-toi un peu à la place de ta famille : que ressentirais-tu si tu avais un fils sur le point de se marier et qu'une femme que tu ne connais ni d'Eve ni d'Adam surgissait au beau milieu de la cérémonie en affirmant être enceinte de lui ? N'aurais-tu pas envie de savoir qui est cette femme ? Ce qu'elle est venue faire ?

— Tu parles comme si tu étais seule dans l'histoire ! rétorqua-t-il. Tu sais ce qu'on dit : « Il faut être deux pour danser le tango. » Je suis aussi responsable que toi.

— N'empêche que cela ne sert à rien de repousser cette rencontre.

— Bon, si tu y tiens…

Il avait cédé avec un simple haussement d'épaules. Lucy secoua la tête : elle y tenait, oui, mais juste parce qu'elle voulait se comporter de façon correcte vis-à-vis de ces gens.

— Est-ce que ton grand-père va bien ? demanda-t-elle.

Il la dévisagea, les sourcils froncés.

— Pourquoi cette question ?

— Parce qu'il ne me semble pas l'avoir vu à la cérémonie, tout à l'heure. Je me suis dit qu'il était peut-être souffrant.

— Non, il va bien. Nonno est juste une tête de mule.

Comment fallait-il interpréter cette réponse ? Elle s'apprêtait à lui poser la question quand le portable sonna de nouveau. De nouveau, il le sortit de sa poche, consulta l'écran et appuya sur une touche en marmonnant un juron. Il allait remettre l'appareil dans sa poche quand la sonnerie retentit encore. Une fois de plus, il refusa l'appel et, cette fois, mit le téléphone en silencieux avant de se tourner vers Lucy.

— Alors, tu restes ?

— Il faut juste que j'appelle maman pour lui dire qu'elle n'a pas besoin de venir me chercher à l'aéroport et que je ne dormirai pas sur son canapé ce soir, répondit Lucy.

— Parce qu'elle te fait dormir sur le canapé ? s'étonna-t-il en fronçant les sourcils.

— C'était ça ou par terre…

Elle se demanda si cela aurait été moins confortable, en vérité, même avec les bestioles en tout genre qui devaient infester le vieux tapis. Les amis de sa mère, si on pouvait les appeler ainsi, étaient tous des paumés, accros soit à la drogue, soit à l'alcool.

— Elle aurait pu prendre le canapé et te laisser son lit, sachant que tu es enceinte, lâcha Tony.

S'il avait connu le style de vie que menait sa mère, sans doute n'aurait-il pas prononcé ces paroles. Et puis, Dieu seul savait quelle infection inavouable Lucy aurait pu attraper dans le lit de sa mère…

Il ignorait tant de choses sur elle et ses origines ! songea Lucy. Et, à vrai dire, cela valait mieux. Car s'il savait qu'elle ne roulait pas sur l'or, il n'imaginait pas pour autant dans quelle misère Lucy avait vécu, enfant : les déménagements incessants d'un taudis à l'autre, la faim, parfois, quand l'argent manquait pour acheter de la nourriture, et le défilé incessant des hommes de toutes sortes qui se succédaient dans la chambre de sa mère…

Mais le passé était le passé. Lucy avait tourné la page.

Lorsqu'elle était avec Tony et qu'ils discutaient ensemble, c'était surtout de lui qu'ils parlaient, de son travail et de sa famille. Ce qu'elle avait pu lui raconter sur sa vie à elle ne devait pas excéder dix minutes de conversation. Il savait qu'elle n'avait aucun contact avec son père, mais il en ignorait la raison. Il savait aussi que sa mère et elle ne s'étaient jamais très bien entendues.

Il ignorait que cette animosité avait commencé quand Lucy avait huit ans à peine. A cette époque, sa maman la laissait déjà seule lorsqu'elle sortait le soir et ne rentrait qu'au matin. Il ignorait aussi que les « amis » de sa mère regardaient souvent Lucy avec un regard lubrique en lui murmurant des choses obscènes. Sa mère affirmait que c'était la faute de la petite fille, que celle-ci incitait à ce genre de comportements parce qu'elle émettait des « signaux ». Naïve et candide, Lucy la croyait alors. Et elle se disait qu'un jour, sans doute, elle deviendrait comme sa mère, qu'elle était programmée ainsi et que tel était son destin.

Elle se demanda ce que Tony penserait d'elle s'il connaissait la vérité. S'il l'apprenait, ne redouterait-il pas l'influence de ce milieu sur l'ADN du bébé ? Et sa famille, comment réagirait-elle ?

— En tout cas, avec moi, il n'est pas question que tu dormes sur le canapé, dit Tony avec douceur, mais fermeté.

Le bien du bébé, seul cela importait pour lui…

3

En théorie, Tony aurait dû être en vacances pour sa lune de miel durant les sept prochains jours. Il n'en avait pas moins certaines affaires à régler, aussi, le lendemain matin, après s'être entraîné une heure dans sa salle de gym préférée, se rendit-il au bureau. Sa famille ne lui ficherait pas la paix, il s'y attendait. Après d'innombrables appels et textos qu'il avait laissés sans réponses, tout ce petit monde avait enfin cessé de le harceler aux alentours de 22 heures la veille, pour recommencer dès 8 heures du matin. Il adorait sa famille, qui était prête à faire n'importe quoi pour lui, il le savait, mais elle était trop curieuse, et trop envahissante. Traits de caractère typiquement italiens, sans doute, à moins que ce ne soit le lot de toutes les familles nombreuses. Bref, cette façon qu'avaient les uns et les autres de se mêler de sa vie privée, il en avait plus qu'assez !

Il faudrait pourtant bien faire avec ! Il songea avec un sourire qu'il aurait pu organiser une conférence de presse, mais il avait préféré venir au bureau en prévision de l'assaut. Et puis, il tournait en rond chez lui, à attendre le réveil de Lucy. La veille au soir, après un repas chinois, elle s'était tout de suite couchée parce qu'elle tombait de sommeil. Ce matin, quand il était parti, cela faisait plus de douze heures qu'elle dormait.

Il n'arrivait toujours pas à croire que la mère de Lucy ait

pu laisser dormir sa fille enceinte sur le canapé. Certes, toutes deux ne s'entendaient pas, mais quel manque d'égards, tout de même ! Si elle répugnait à lui céder son lit, elle aurait au moins pu lui acheter un matelas gonflable…

En fait, songea-t-il, il ne savait pas grand-chose de cette femme. La famille de Lucy avait toujours été un sujet tabou. A présent, toutefois, il allait devoir rencontrer cette mère mystérieuse. Cela paraissait inévitable. N'était-il pas le père de son futur petit-enfant ?

Il n'en avait pas encore pris conscience. Dans trois mois, il serait père. Lucy et lui devaient encore parler de tant de choses, ils avaient tant de décisions à prendre ! Au point qu'il ne savait même pas par où commencer…

A cet instant, la sonnerie du circuit interne retentit. Il appuya sur le bouton.

— Rob et Nick sont là, fit la voix de sa secrétaire. Apparemment, c'est urgent.

Il soupira. C'était parti ! L'écran de l'ordinateur affichait 9 h 15. Eh bien, ils n'avaient pas perdu de temps !

Allons-y ! Premier round.

La porte s'ouvrit et ses cousins entrèrent. Dire que encore six mois plut tôt, ils étaient tous les trois célibataires sans enfants ! Aujourd'hui, deux d'entre eux étaient mariés et tous trois étaient en attente d'un bébé. Tout ça à cause de Nonno…

— Bien ! dit Nick en s'installant confortablement dans le fauteuil en cuir, face au bureau de Tony. Dois-je libérer une date sur mon agenda ?

— Pourquoi ? demanda Tony, sur ses gardes.

— Eh bien, pour le mariage ! répondit Rob, qui était resté debout derrière Nick, les bras croisés.

— A votre place, je ne compterais pas trop là-dessus.

— Quoi, tu ne vas pas l'épouser ? s'étonna Nick. Toi, l'homme parfait, qui fait toujours ce qu'il convient de faire ?

— Etant donné l'état de cette fille, j'étais sûr que tu aurais déjà arrêté une date, renchérit Rob.

— J'y travaille, affirma Tony.

— Ah… Et au fait, as-tu réussi à savoir pourquoi elle était partie ? s'enquit encore Nick. Et pourquoi elle a mis si longtemps à te parler du bébé ?

— Est-ce que tu es sûr, au moins, qu'il est de toi ? ajouta Rob.

— Oui, j'en suis sûr. Quant aux raisons qui l'ont poussée à partir, puis à revenir, elles ne regardent que nous.

— Je suppose qu'elle affirme que ce n'était pas prémédité, lança Rob.

Tony le foudroya du regard.

— C'était un accident ! asséna-t-il. Lucy n'est pas plus intéressée que moi par le mariage.

— C'est ce qu'elle dit, marmonna Rob.

— Et c'est la vérité !

— Comment peux-tu en être aussi certain ? insista Nick. Peut-être que c'est un coup monté…

Tony réprima un sourire. Un coup monté ? Lucy ? Cette fille n'avait pas un gramme de perversion dans le sang.

— Non, assura-t-il. Hier, elle était prête à retourner en Floride. Elle avait réservé un vol de retour et n'avait pas emporté d'affaires avec elle.

— Peut-être savait-elle que tu lui demanderais de rester ?

— Que je le lui demanderais ? Mais j'ai pratiquement dû la supplier de rester à Chicago et de s'installer chez moi ! Par ailleurs, sachez qu'elle a refusé tout net ma demande en mariage.

— Parce que tu l'as déjà demandée en mariage ? fit Rob, surpris.

— Oui. Pour le bébé, c'est la meilleure solution.

— Et elle a dit non ? s'étonna Nick, sceptique. Je ne comprends pas pourquoi.

— Je sais que tout ça doit vous paraître incompréhensible, mais Lucy a été très claire dès le départ. Elle n'a jamais voulu d'une relation stable et exclusive. Elle est farouchement indépendante, et pragmatique. L'amour la fait fuir.

— C'est un garçon ? s'enquit soudain Rob.

Il le regarda fixement.

— Nous n'en savons rien. Lucy n'a pas voulu demander.

— Et si c'en est un ?

— Si c'en est un, je toucherai le jackpot. Pourquoi est-ce que je m'en priverais ?

Car l'héritage de Nonno n'était rien de moins que son billet pour la liberté. Sans compter que cet argent serait bien utile, avec l'arrivée de l'enfant.

— Oui, mais imagine qu'elle s'obstine à ne pas vouloir t'épouser ?

— Il faut que vous compreniez… Vous deux, vous êtes mariés, et heureux en couple l'un comme l'autre. Vous avez même renoncé à trente millions de dollars par amour.

— Et toi, tu n'aimes pas Lucy ? interrogea Nick

— Mes sentiments n'ont rien à voir là-dedans, rétorqua Tony. Ce qui importe, c'est ce que ressent Lucy, parce que, dans l'immédiat, c'est elle qui décide.

— Vous allez donc juste vivre ensemble, conclut Rob.

— Pour l'instant, oui. Du moins jusqu'à la naissance du bébé.

— Et après ?

— Elle est de retour depuis moins de vingt-quatre heures Nous n'avons pas encore eu le temps de parler d'avenir. Nous allons le faire, il n'y a pas le feu…

— Tu ne crois pas que tu as intérêt à te dépêcher ? demanda Nick.

— Non, nous avons tout notre temps.

— Tu sais, Terri n'a pas encore accouché et notre bébé est déjà inscrit sur liste d'attente pour l'école.

— Ce n'est plus comme à l'époque où nous étions petits, expliqua Rob. Pour espérer pouvoir envoyer son enfant dans un bon lycée, tu dois d'abord le placer dans une école primaire réputée ; mais, pour ça, il faut qu'il soit passé par une des meilleures écoles maternelles.

Tony secoua la tête, écœuré. Il ne savait même pas encore s'il avait envie d'envoyer son enfant dans une école privée.

Adolescent, lui-même aurait donné n'importe quoi pour fréquenter l'école publique et passer incognito. Là, à la moindre bêtise ou au moindre mal de ventre, toute sa famille se retrouvait au courant et, chaque fois qu'il cherchait à enfreindre les règles, ses frasques parvenaient aux oreilles de ses parents. Il n'avait pas eu le choix, il avait dû s'y soumettre, en fin de compte. Non qu'il ait jamais eu le projet de devenir délinquant, mais on avait toujours exigé beaucoup de lui. Il fallait dire qu'il était l'enfant mâle le plus âgé. Sa cousine Jessica, la sœur de Nick, avait un an et demi de plus que lui, mais ce n'était qu'une fille…

Il réprima un sourire. Aujourd'hui encore, la famille observait chacun de ses faits et gestes et était prête à le rappeler à l'ordre à la moindre incartade… *Toute la famille t'admire*, affirmait son père. *C'est ton devoir de montrer l'exemple.*

Et étant lui-même l'aîné de trois frères, Antonio senior savait de quoi il parlait !

Les choses se passaient ainsi, dans la famille Caroselli, et aucun sacrifice n'était trop important. Tony avait dû se résoudre à travailler pour les Chocolats Caroselli, même si cela n'était pas son premier choix de carrière, ni même le second ou le troisième, mais il s'agissait d'une tradition familiale, alors… Seulement, à présent, il commençait à en avoir assez des traditions et des obligations. Il approchait à grands pas de la quarantaine, n'avait-il pas le droit de vivre sa vie, de décider de son destin ? Ou devrait-il attendre d'avoir l'âge de Nonno pour cela ?

— Lucy et moi, nous ne voulons rien précipiter, expliqua-t-il à ses cousins. Et les choses nous seraient plus faciles si vous vouliez bien, tous autant que vous êtes, nous donner le temps et l'espace nécessaires pour réfléchir à tout ça tranquillement.

— Nous ne voulons que ton bien ! assura Nick.

Il n'en doutait pas, mais avec leur façon de se mêler de tout, ils rendaient les choses plus angoissantes qu'elles ne l'étaient.

— Nous sommes aussi venus te voir pour autre chose,

indiqua Rob. C'est à propos de Rose. En fait, nous sommes inquiets, tous les deux.

Rose Goldwyn était la fille de la secrétaire historique de Nonno, Phyllis. L'automne précédent, elle s'était présentée chez eux parce qu'elle cherchait un emploi et, par reconnaissance envers sa mère, Phyllis, après vingt années de bons et loyaux services pour les Chocolats Caroselli, ils s'étaient fait un devoir de l'embaucher. Hélas, Rose n'était pas sa mère. Elle accomplissait certes un travail satisfaisant, mais à la différence de Phyllis, qui faisait presque partie de la famille, elle ne s'était jamais intégrée. Il y avait quelque chose chez elle de… toxique. Un sentiment partagé, comme avait pu le constater Tony, par une bonne partie de la famille, ainsi que par nombre des employés de l'entreprise.

— Megan s'est confiée à moi hier, reprit Rob.

Megan, sa petite sœur, venait d'acquérir son premier bien immobilier et elle avait pris Rose comme colocataire.

— Elle trouve le comportement de Rose un peu bizarre ces derniers temps.

— Ces derniers temps ? fit Nick. Depuis le jour où nous l'avons engagée, cette fille me fait peur.

Un aveu d'autant plus inquiétant que Nick faisait partie de ces gens qui s'entendent avec tout le monde. S'il parlait ainsi de Rose, c'était vraiment que quelque chose clochait.

— D'après Megan, elle s'intéresse d'un peu trop près à notre famille, reprit Rob. Elle pose par exemple toutes sortes de questions sur Nonno et Nonna.

— Quel genre de questions ? s'enquit Tony.

— A quoi ils ressemblaient, s'ils avaient fait un bon mariage…

Tony haussa les sourcils. C'était étrange, en effet…

— Pourquoi cet intérêt pour le mariage de nos grands-parents ? En quoi cela la concerne-t-il ?

— Il y a plus singulier encore. Figure-toi qu'elle a demandé à Meg si elle n'avait pas de vieux films de la famille.

— Je suppose, ajouta Nick, que c'est le moment ou jamais

pour vous d'apprendre que Terri et moi l'avions surprise, le jour de notre mariage, sortant du bureau de Nonno. Elle a prétendu qu'elle s'était perdue en cherchant les toilettes. Seulement, elle s'est ensuite éclipsée sans même passer par la salle de bains ! J'ai mis cela sur le compte de la nervosité. Après tout, c'était la première fois qu'elle était invitée à l'une de nos fêtes de famille et cela pouvait être intimidant. Mais Terri, elle, était persuadée qu'elle avait menti.

— Et il y a deux mois, marmonna Rob d'un air sombre, Carrie l'a surprise en train d'essayer de forcer la serrure du bureau de mon père.

Et ses cousins avaient attendu tout ce temps pour lui faire part de leurs doutes ? songea Tony, furieux.

— Quelqu'un tente de pénétrer par effraction dans le bureau de notre P.-D.G. et tu ne me dis rien ? lança-t-il.

— Elle m'a expliqué qu'elle avait besoin d'un document en urgence, un papier que la secrétaire de mon père aurait laissé là à son intention. Elle avait oublié de le récupérer et craignait d'avoir des problèmes. C'est du moins ce qu'elle m'a dit. Et puis, son téléphone a sonné et, apparemment, elle n'a plus eu besoin du document en question.

— Visiblement, elle s'en sort toujours par une pirouette.

— Caroline dit qu'elle n'a pas l'air nette. Qu'elle a quelque chose à se reprocher.

— Raison de plus pour signaler ces incidents ! souligna Nick.

— Je ne voulais pas causer de problèmes à Rose avant d'avoir des preuves concrètes, expliqua Rob, un peu confus. Je m'étais promis de la surveiller de près, et puis nous avons appris que Carrie était enceinte et j'avoue que ça m'est sorti de la tête.

— C'est compréhensible, acquiesça Nick avec un sourire.

— Sans blague ! marmonna Tony, agacé.

— En fait, nous n'avons même pas la certitude que Rose est bel et bien la fille de Phyllis, poursuivit Nick. Et la regrettée Phyllis n'est malheureusement plus là pour nous le confirmer.

Après tout, peut-être que Rose a été infiltrée pour espionner notre entreprise. A moins qu'elle ne soit une journaliste en immersion en train d'enquêter sur un sujet sensible.

— Un sujet sensible, le chocolat ? ricana Tony. Tu me fais rire ! A moins que certaines choses ne m'aient échappé…

— Si c'est le cas, elles m'ont échappé à moi aussi, affirma Rob. Toujours est-il que Meg est inquiète. Et moi aussi.

— On pourrait en parler à nos parents, leur apprendre ce que nous savons, suggéra Nick.

— Commençons par mener notre petite enquête, proposa Rob. Je m'en voudrais de créer des problèmes à cette fille si son seul crime est d'être bizarre.

— Tu as raison, acquiesça Tony.

— Je prends ça sur moi, reprit Rob. Donnez-moi une semaine ou deux.

Tony se surprit à espérer qu'il découvre des agissements répréhensibles. Avec un peu de chance, cela détournerait l'attention de la famille pour un bon moment, du moins le temps que Lucy et lui règlent leurs problèmes. Lucy finirait par l'épouser, il n'en doutait pas. Il l'aurait à l'usure, il lui suffisait de trouver un moyen pour l'amener à dire oui.

Des odeurs de bacon grillé arrachèrent Lucy au sommeil. Quand elle passait la nuit ici, c'était toujours Tony qui préparait le petit déjeuner. Même quand il devait partir travailler, il trouvait le temps de lui faire griller un ou deux toasts ou de lui servir son bol de céréales. Mais le super petit déjeuner, avec bacon, jus de fruit, café et tout le reste, c'était pour les occasions spéciales. Occasions qui s'étaient répétées au cours des semaines qui avaient précédé son départ.

Jusqu'à aujourd'hui, elle n'avait pas pris la peine de considérer combien ces petites attentions étaient délicates. En fait, songea-t-elle, Tony faisait une foule de choses terriblement gentilles pour elle. Et, à la vérité, elle trouvait ça normal dans un couple. Sauf que… Elle ne commettrait pas cette erreur une deuxième fois.

Elle ouvrit les yeux et son regard s'arrêta sur le radio-réveil. 11 h 30 ! Comment ça, 11 h 30 ? Elle regarda encore, stupéfaite. Elle aurait donc dormi… dix-huit heures ? Sur la table de chevet, son téléphone tinta, l'avertissant de l'arrivée d'un texto. Elle attrapa l'appareil et… Arrgh… ! Elle avait en tout une dizaine de messages. Tous de sa mère.

Elle regretta aussitôt de ne pas avoir pris la peine de l'appeler la veille au soir, au lieu de se contenter d'envoyer un texto. « Inutile de venir me chercher à l'aéroport, je reste à Chicago un peu plus longtemps que prévu. »

« C'est-à-dire, un peu plus longtemps ? Et chez qui ? » avait répondu sa mère, également par SMS.

Elle aurait adoré répondre la vérité, histoire de montrer à sa mère qu'elle se trompait (« Les types comme lui n'épousent pas les filles comme toi »), mais elle s'était ravisée. Mieux valait attendre d'avoir des certitudes. Après tout, car cela pourrait bien lui retomber dessus. Moins sa mère en savait, mieux c'était.

Elle avait donc rédigé un texto à la hâte : « Une amie, je ne sais pas jusqu'à quand, pas le temps d'appeler. » Si elle avait été assez naïve pour croire que sa mère risquait de s'inquiéter pour elle, elle lui aurait téléphoné, mais il y avait bien longtemps qu'elle avait perdu ses illusions.

Elle se leva et se mit en quête de ses vêtements, avant de se souvenir : Tony avait proposé de les lui laver et ils devaient être encore dans le sèche-linge. Elle attrapa le peignoir masculin dans l'armoire, là où il le rangeait toujours, et l'odeur familière de gel douche et d'après-rasage lui chatouilla les narines lorsqu'elle l'enfila par-dessus le T-shirt blanc qu'il lui avait passé la veille. Un T-shirt extra-long qui lui arrivait aux genoux. Elle ne chercha pas à fermer le peignoir, en revanche, à cause de son ventre.

Le bébé faisant de l'aérobic sur sa vessie, son premier arrêt fut pour la salle de bains. Autrefois, Tony gardait toujours une brosse à dents rose à son intention dans le meuble de toilette, mais elle se dit qu'après tout ce temps, elle ne devait plus y être. A moins que… Elle ouvrit doucement le tiroir, retenant son souffle, et découvrit la brosse et un tube de son dentifrice préféré. Pourquoi les avait-il gardés, s'il prévoyait d'en épouser une autre ?

Une chose à la fois, se sermonna-t-elle. Elle se brossa les dents et mit un peu d'ordre dans ses cheveux. Elle avait toujours porté les cheveux courts et son style actuel, genre garçonne, était de loin le plus facile d'entretien. Et puis, Tony l'aimait comme ça. Sa mère, en revanche, trouvait qu'elle avait l'air d'un lutin. Mais pour Lucy, moins elle devrait passer de temps à s'occuper d'elle, plus elle pourrait se consacrer au bébé.

Sachant qu'une discussion s'imposait, ce fut la boule au ventre que Lucy se prépara à aller retrouver Tony dans la cuisine. Elle emprunta le couloir, sentant la nervosité enfler à chaque pas, et s'arrêta net en découvrant qui se tenait devant la gazinière. Elle retint son souffle, prête à battre en retraite, mais la mère de Tony devait avoir des yeux derrière la tête.

— Bien dormi ? demanda-t-elle à Lucy, toujours le dos tourné, en détachant avec délicatesse des tranches de bacon de la poêle pour les déposer sur du papier absorbant.

Sur le comptoir se trouvait une assiette avec des toasts dorés, comme avait l'habitude de lui en préparer Tony. Avec du pain italien, bien sûr. Lucy se sentit saliver et son estomac émit une série de grognements.

— Où est Tony ? trouva-t-elle néanmoins la force de demander. Et que faites-vous ici, à préparer mon petit déjeuner ?

— Il était parti, quand je suis arrivée, répondit la femme en tapotant les tranches de bacon pour en extraire l'excès de graisse.

Avec ses sandales, elle faisait à peu près la même taille que Lucy. Mais les similitudes s'arrêtaient là.

— Quand êtes-vous arrivée ? demanda Lucy.

— Il y a une demi-heure.

Après avoir disposé avec soin les tranches de bacon sur

une assiette, la mère de Tony se retourna enfin et évalua Lucy de la tête aux pieds, vaguement narquoise, avant de lui tendre l'assiette.

— J'espère que vous avez faim.

Lucy prit l'assiette d'une main tremblante de nervosité. Si la mère de Tony le remarqua, elle fut assez aimable pour n'en rien dire.

— Asseyez-vous, suggéra-t-elle. Et mangez tant que c'est chaud.

Docile, Lucy s'exécuta. Elle était en train de vivre son pire cauchemar : se retrouver face à la mère de l'homme dont elle portait l'enfant, vêtu du T-shirt et du peignoir du fiston. Cela ne pouvait pas être plus embarrassant.

— Il faut peut-être que j'appelle Tony, articula-t-elle en resserrant le peignoir sur son ventre.

— Rien ne presse ! Si nous bavardions d'abord un peu, vous et moi ? suggéra la mère en s'asseyant face à elle. J'aimerais bien faire la connaissance de ma future bru !

Aïe aïe aïe ! L'explication s'annonçait ardue.

— Peut-être qu'il vaudrait mieux attendre Tony, plutôt ?

La femme balaya cette suggestion en tapotant des doigts sur la table avec un sourire patient, mais ferme.

— Parlez-moi de vous. Comment avez-vous fait la connaissance de mon fils ?

— Nous nous sommes rencontrés au bar où je travaillais, répondit-elle sans entrer dans les détails.

Paraissant conclure qu'elle n'en dirait pas plus, la mère demanda :

— Et depuis combien de temps vous fréquentez-vous ?

— Mme Caroselli…

— Sarah ! Ou belle-maman, si vous préférez.

Belle-maman ? Lucy n'était pas sûre d'être prête pour ça.

— Je ne voudrais pas que vous vous fassiez des idées fausses. Euh… en fait, Tony et moi, nous ne sommes pas… Nous n'avons jamais été que de simples amis. Je sais, cela peut paraître difficile à croire, mais je ne suis pas venue à

Chicago avec l'intention d'empêcher le mariage de votre fils. Je ne savais même pas qu'il se mariait. On m'avait dit qu'il se fiançait, alors j'ai pensé qu'il était de mon devoir de le mettre au courant, pour le bébé. J'avais prévu de repartir pour la Floride juste après lui avoir parlé.

— Et Tony, que pense-t-il de tout ça ?

Elle avait posé la question avec un sourire taquin qui mit Lucy encore plus mal à l'aise. La jeune femme changea de position sur sa chaise. Elle ne voulait ni choquer Sarah, ni passer pour une fille facile. Ni, pire encore, avoir l'air de cacher quelque chose. Mais de toute façon, elle ne se sentait pas le droit de discuter de la situation sans Tony à ses côtés.

— Une chose est sûre, lui et moi avons un certain nombre de choses à mettre au clair.

— En d'autres termes, « mêlez-vous de vos affaires », résuma Sarah, manifestement plus amusée que fâchée.

— Ecoutez, Sarah, j'imagine bien ce que vous devez penser de moi. Ce que votre famille tout entière doit penser.

— Lucy… Je peux vous appeler Lucy ?

— Mais… bien sûr… Absolument.

— Sachez qu'en voyant votre expression hier, au moment où vous avez fait irruption dans la salle, aucun des invités présents n'a pu penser que vous vous attendiez à débarquer en pleine cérémonie de mariage. J'ajouterais, considérant la réaction de mon fils et le fait qu'il vous a demandé de parler devant tout le monde, que j'en ai aussitôt déduit que vous deux entreteniez une relation des plus complexes.

Pas tant que ça…

— Vous savez, vous n'êtes pas forcée de me répondre, poursuivit Sarah. Ce que vous vivez ou avez vécu avec mon fils ne me regarde pas, vous avez raison. Moi, tout ce qui m'importe, c'est que vous ayez empêché Tony d'épouser cette horrible femme.

4

Cette horrible femme ? Lucy écarquilla les yeux, sous le choc.

— Ah vous… vous n'aimiez pas Alice ?

— Personne ne l'aimait. Pour être franche, je ne sais même pas si Tony avait bien pris sa mesure. Sans doute ne l'aimait-il pas davantage qu'elle ne l'aimait de son côté.

— Mais je ne comprends pas… Pourquoi voulaient-ils se marier s'ils ne s'aimaient pas ?

— C'est bien ce que tout le monde a cherché à comprendre. Nous nous sommes dit qu'elle était peut-être enceinte.

Le souffle coupé, Lucy sentit son sang se glacer. Pas une seconde elle n'avait imaginé qu'Alice pût elle aussi attendre un enfant de Tony. Cela expliquerait ce mariage précipité. Papa deux fois, simultanément, avec deux femmes différentes, ce serait une incroyable coïncidence. Pourtant, Tony n'avait pas paru voir d'inconvénient à laisser Alice repartir à New York…

— Et… l'est-elle ? demanda-t-elle, la gorge nouée.

— Lorsque je l'ai vue refuser une coupe de champagne hier, avant la cérémonie, je suis allée lui poser franchement la question. Eh bien non, elle n'est pas enceinte.

Le ciel soit loué…

— Vous n'imaginez pas mon soulagement ! enchaîna Sarah. Voyez-vous, je ne la crois pas impatiente de devenir mère. Elle semble même mal à l'aise avec les enfants.

— Tout le monde n'a pas la fibre maternelle, ne put s'empêcher de faire remarquer Lucy. Certaines femmes sont trop égoïstes pour cela.

— Vous avez raison, acquiesça Sarah. Mais ce n'est pas votre cas. Cela, j'en ai la conviction.

Lucy posa une main sur son ventre et sourit.

— Ce bébé représente tout pour moi.

— Vous savez si c'est un garçon ou une fille ?

— Non, répondit-elle. J'ai juste l'impression qu'il s'agit d'un garçon.

— Quand j'étais enceinte de Tony, je savais que j'attendais un garçon. Vous ne voulez pas connaître le sexe de l'enfant ?

— Au début, j'avais envie de savoir, si. Et puis, j'ai réfléchi et je me suis dit qu'il valait mieux garder la surprise pour l'accouchement. J'ai attendu si longtemps, je peux bien patienter trois mois de plus !

— J'adore les surprises moi aussi, affirma Sarah. Enfin, la plupart du temps…

Lucy se demanda si elle devait prendre ces derniers mots pour elle.

— J'avoue que vous me déstabilisez un peu…

— Ah bon ? Et pourquoi donc ?

— Eh bien, vous auriez toutes les raisons de ne pas me porter dans votre cœur, ou au moins de vous méfier de moi.

— C'est exact.

— Alors dans ce cas, pourquoi vous montrez-vous si gentille avec moi ?

La question parut amuser Sarah.

— Tony ne vous a donc pas raconté ? En fait, j'étais enceinte de trois mois quand j'ai épousé mon mari.

Lucy hocha pensivement la tête. Cela pouvait expliquer en effet l'accueil bienveillant de Sarah.

— Mes beaux-parents avaient débarqué directement d'Italie à Chicago, avec dans leurs valises des principes très stricts et des valeurs morales d'un autre âge, expliqua encore la mère de Tony. Inutile de vous dire quelle a été leur réaction quand ils ont appris mon état. En fait, ils étaient bel et bien furieux. Alors, non seulement ils ont refusé de débourser un *cent* pour le mariage, mais en plus, mon mari a dû les supplier de bien vouloir y assister.

— Et ils sont venus ?

— Oui, pour mon malheur, dirais-je. Ils ont eu un comportement odieux ce jour-là et m'ont dénigrée devant ma famille et mes amis. C'était affreux. Terriblement douloureux. Et la première année de mon mariage a été un véritable cauchemar…

— Les choses ont fini par s'arranger, j'imagine ? demanda Lucy, curieuse.

— Il m'a fallu des années pour trouver ma place. En fin de compte, Angelina et moi sommes devenues amies. En fait, nous avions beaucoup de choses en commun. Nous adorions toutes les deux cuisiner, nous étions nées elle et moi en Italie, même si ma famille à moi est originaire du nord de la péninsule…

Ce qui expliquait le blond vénitien et le teint clair. Et faisait également de Tony un produit cent pour cent italien.

— Quel dommage d'avoir perdu du temps !

— Oui, encore aujourd'hui je regrette ces années d'incompréhension entre elle et moi. J'aurais tellement aimé qu'elle m'accepte dès le début ! Je me suis toujours juré que, si un jour je me trouvais dans une situation similaire avec l'un de mes enfants, j'accorderais à la personne qu'ils ont choisie le bénéfice du doute. Faire plus ample connaissance avant de porter un jugement. Et c'est justement ce que je m'efforce de faire aujourd'hui.

— Merci…, murmura Lucy.

Lucy n'avait pas la larme facile, mais elle sentit pourtant ses yeux s'embuer à cet instant. Quel réconfort de savoir qu'elle avait une alliée ! Même si Sarah était une exception parmi une légion d'ennemis. D'ailleurs, si la mère de Tony l'acceptait, le reste du clan suivrait peut-être, ou se montrerait en tout cas moins hostile…

— Cela étant réglé, déclara Sarah en poussant l'assiette

vers Lucy, mangez votre petit déjeuner. Vous êtes maigre comme un clou.

— J'en suis consciente, répondit Lucy en rougissant.

Elle avait pourtant essayé de se nourrir convenablement, pour le bébé, mais la nourriture manquait chez sa mère autant que l'argent, et Lucy était sans travail.

— Soyez tranquille, j'ai bien l'intention de vous faire prendre du poids, plaisanta Sarah. Comme seule une *mamma* italienne sait le faire !

Quel bonheur de savoir que quelqu'un avait envie de prendre soin d'elle, pour changer ! Il était réjouissant de penser qu'elle allait pouvoir se faire une amie de cette Sarah… sauf que cela l'obligerait à révéler certaines choses sur elle-même. Et ces choses, personne, dans la famille de Tony, ne devait les connaître, sous aucun prétexte, si elle ne voulait pas perdre tout espoir de se faire un jour accepter par eux. Pire encore, cela pourrait les inciter à rejeter le bébé, et elle ne pouvait supporter cette idée. Elle rêvait d'une grande famille aimante pour son enfant, une famille nombreuse et chaleureuse. Un rêve encore jamais exaucé à ce jour.

Contrairement à elle, son bébé aurait cette chance. Elle y veillerait.

Vers 14 heures, alors que la journée s'étirait en longueur, Tony se préparait à rentrer chez lui lorsque Nonno lui demanda de passer le voir. Chacun savait que, lorsqu'on était convoqué par Nonno, on avait tout intérêt à accourir séance tenante. Aussi Tony se retrouva-t-il en tout début d'après-midi dans le bureau de son grand-père, prêt à recevoir sa leçon de morale. Quoique, avec Nonno, on devait s'attendre à tout…

Le grand-père prit place sur son vieux fauteuil de cuir, à côté de la baie vitrée donnant sur le parc, et croisa ses belles mains noueuses sur ses genoux. Pour un observateur lambda, il avait l'air d'un vieil homme inoffensif. Tony, lui, n'était pas dupe. En dépit d'une santé fragile, l'aïeul était d'une vivacité d'esprit remarquable et il continuait de diriger la famille d'une main sûre. Et si le père et les oncles de Tony aimaient à penser qu'ils avaient le contrôle de l'entreprise, ce n'était qu'une illusion. En fait, Nonno tirait les ficelles. Parfois, Tony se demandait comment son père avait réussi à tenir le coup, pendant toutes ces années sous la coupe de cet homme, à devoir exaucer le rêve d'un autre, sans jamais pouvoir imposer sa propre marque. Comment avait-il pu le supporter ?

— Bien. Cette fille qui a débarqué au beau milieu de ton mariage, commença Nonno sans tourner autour du pot. C'est bien ton bébé qu'elle porte ?

— Oui.

— Tu en es sûr ?

— J'ai confiance en Lucy. C'est une véritable amie.

— Un peu plus que ça, on dirait, remarqua Nonno avec une lueur malicieuse dans les yeux.

— Je comprends que ça puisse te paraître… euh…

— Cet enfant, c'est un garçon ?

— Je n'en sais rien. Lucy semble le penser, mais elle n'a pas demandé.

— Si elle voit juste, dit Nonno en hochant doucement la tête, tu pourrais bien devenir riche très bientôt.

Ah, si c'était aussi simple !

— Il y a juste un petit problème, objecta Tony.

— Pas si petit que ça, on dirait, vu la tête que tu fais.

— Lucy refuse de m'épouser.

La nouvelle parut beaucoup amuser Nonno.

— Tiens donc ! Et t'a-t-elle expliqué pourquoi ?

— Elle a peur que la famille pense qu'elle est tombée enceinte pour me piéger.

— C'est le cas ?

— Mais non, bien sûr que non, voyons ! s'écria Tony, choqué par la question. Lucy n'est pas du tout comme ça.

— Eh bien, nous ferons en sorte que ce soit clair pour

tout le monde dans la famille et le problème sera réglé. Qu'en dis-tu ?

— Je ne crois pas que ça suffira.

— Cette femme, elle t'aime ?

Pour le faire hériter de l'argent, Nonno n'exigeait pas que Tony soit amoureux de la mère de son fils, ou inversement. Il avait simplement parlé de mariage.

— Lucy et moi n'entretenons pas ce genre de relations, en fait, répondit Tony. Nous sommes amis.

Nonno haussa les sourcils.

— Si je comprends bien, il s'agirait donc d'une immaculée conception ?

— Bien sûr que non ! fit Tony avec un sourire. Nous n'avons fait que…

Oh ! mon Dieu, le voilà qui s'apprêtait à discuter de sa vie sexuelle avec son grand-père de quatre-vingt-quinze ans !

— Je ne sais pas si tu as déjà entendu parler de relations amis-amants…, dit-il, terriblement mal à l'aise, et aussi furieux de devoir rendre des comptes sur son intimité.

— Je ne suis pas un vieux croûton ! s'exclama Nonno en riant. De mon temps, ces choses-là portaient un autre nom, c'est tout.

— Eh bien, voilà, c'est ce que nous sommes, Lucy et moi. Amis et amants.

— Si j'ai bien compris, cette jeune femme est assez bien pour que tu couches avec elle et qu'elle porte ton enfant, mais pas pour que tu l'épouses ?

Manifestement, il n'avait pas écouté ses explications.

— Mais je veux l'épouser, Nonno ! Je lui ai même fait ma demande. Je ne peux quand même pas la forcer !

— Tu lui as dit que tu l'aimais ?

Décidément, quelque chose dans le concept des relations amis-amants échappait à son grand-père.

— Je lui ai dit que je pensais que c'était la meilleure chose à faire pour le bébé.

— Et elle a continué à dire non…

Tony hocha la tête, abattu au plus haut point.

— Je ne sais plus quoi faire, avoua-t-il.

Nonno accepterait-il un compromis ? Si Tony s'engageait à faire donner au bébé le nom de famille Caroselli…

— Tu sais, même si nous ne sommes pas mariés, le bébé portera mon nom, hasarda-t-il.

— Serais-tu en train de me demander de modifier les termes du contrat ?

— Tu aurais ton héritier, c'est bien l'essentiel, non ?

— Certes…

Le vieil homme garda un moment le silence, comme s'il pesait le pour et le contre. L'espace d'un instant, Tony crut même la partie gagnée.

— Mais non, je ne peux pas faire ça !

Faux, il le pouvait, mais ne le voulait pas.

— Ce ne serait pas juste. Si tu veux cet argent, il faut que tu épouses la mère de ton fils, poursuivit Nonno d'un ton sans appel.

— Mais si elle refuse catégoriquement ?

— Tu devras trouver une solution. Je te fais confiance, tu en es capable.

Une confiance mal placée : Lucy devait être aussi entêtée que Nonno.

— Amène-la moi ! reprit soudain le vieil homme. Je vais lui parler.

Tony secoua la tête. Il n'y avait pas plus mauvaise idée.

— Je ne crois pas que…

— Amène-la moi ! répéta Nonno avec fermeté. Demain, ici, dans mon bureau, à 15 heures.

Nul dans la famille n'osait contester un ordre du patriarche, mais Tony jugea toutefois nécessaire de prendre quelques garanties.

— Entendu. Promets-moi juste de… d'être gentil, avec elle. Je connais ton attachement à certaines valeurs morales, mais essaie juste de te rappeler en quelle année nous sommes. Ne fais pas subir à Lucy ce que tu as fait subir à ma mère.

— Tu es au courant de ça, toi ? s'étonna Nonno.

— Bien sûr. Pas dans le détail, mais je ne suis pas stupide. Je sais que toi et Nonna, vous l'avez rejetée. Et je ne comprends toujours pas comment vous avez pu vous montrer aussi hostiles à son égard. Qu'avait-elle donc fait de si terrible ?

— Il y a des choses dont il est préférable de ne pas parler, répondit Nonno en regardant par la fenêtre. Pour le bien de la famille.

Pour le bien de la famille, ou pour des raisons qui n'appartenaient qu'à lui. Des raisons terriblement égoïstes.

Quoi qu'il en soit, Lucy n'avait pas à subir les foudres de cet homme, aussi respectable fût-il.

— Lucy est un peu perdue, tu comprends, et elle se fait déjà beaucoup de souci. Je ne laisserai personne tenter de l'intimider. Pas même toi.

Jamais Tony n'avait élevé la voix face à son grand-père, jamais il n'avait contrevenu à l'un de ses ordres. Il se prépara donc aux retombées de son audace, mais Nonno le dévisagea, visiblement plus intrigué que fâché.

— C'est ton dernier mot ? demanda-t-il, comme pour le tester.

Tony choisit de ne pas se laisser intimider. Il n'avait jamais compris pourquoi son père avait autorisé ses parents à se comporter aussi mal avec leur belle-fille. Lui, de son côté, ne céderait pas. En tant que père de l'enfant de Lucy, il se faisait un devoir de protéger la jeune femme, et il n'allait certainement pas la pousser sous les roues d'un semi-remorque. Elle en avait assez supporté comme ça.

— Loin de moi l'idée de te manquer de respect, mais Lucy est désormais sous ma responsabilité.

— Même si elle refuse de t'épouser ?

— Oui. Peu importe.

— Dans ce cas, déclara Nonno avec un large sourire, je te promets de la traiter avec respect et gentillesse.

Ma parole ! C'était presque trop facile… Où était le piège ?

— Dans ce cas, nous serons là à 15 heures.

— Pas *nous*, *elle*. Je veux m'entretenir en tête à tête avec Lucy.

Ah, c'était donc ça…

— Tu la déposes, et puis tu reviens la chercher une heure plus tard. A présent, laisse-moi. Je dois me reposer.

Tony se retira, effondré. Il détestait l'idée de devoir laisser Lucy seule avec Nonno, mais la discussion était close. Il ne restait plus qu'à espérer que son grand-père tiendrait sa promesse et qu'il ne brusquerait pas la future maman. Après tant d'années de bons et loyaux services pour l'entreprise familiale au détriment de ses propres aspirations, Tony méritait bien ça.

Ayant enfin trouvé une place de stationnement à une centaine de mètres de chez lui, Tony se promit qu'à son prochain déménagement il choisirait un appartement avec parking. Tant pis si cela coûtait plus cher, le confort de vie n'avait pas de prix. Surtout avec les nuits glaciales de Chicago ! En outre, avec le bébé, ils auraient besoin de plus d'espace. Peut-être devrait-il se mettre en quête d'un nouvel appartement plus tôt que prévu.

En traversant la rue, il reconnut une Mercedes blanche garée devant la résidence. Oh non ! Elle n'avait pas osé ! Il accéléra le pas et termina le trajet en courant presque. Plutôt que d'attendre l'ascenseur, il s'engouffra dans l'escalier, qu'il grimpa quatre à quatre. Quand il pénétra dans l'appartement, il ne la vit pas tout de suite, mais sut à son parfum qu'elle était là.

— Maman ?

L'intéressée surgit aussitôt de la cuisine en s'essuyant les mains sur un torchon. Elle était comme à son habitude très élégante, avec son pantalon beige et son pull rose pâle, ses cheveux presque blancs coiffés en arrière et son visage rayonnant de jeunesse en dépit de ses soixante-trois ans.

— Coucou, mon chéri !

Coucou, mon chéri… Mon œil !

— Enfin, maman, marmonna-t-il en jetant sa veste sur le canapé. Tu n'aurais pas pu attendre 48 petites heures, comme je vous l'avais demandé ?

Avec un soupir, elle s'empara de la veste pour la suspendre dans la penderie, puis elle se tourna vers lui.

— Et toi, tu n'aurais pas pu rester à la maison, au lieu d'aller travailler, pour une fois ? Quand ton père m'a appelée pour me dire que tu étais au bureau, j'ai pensé à cette pauvre fille, toute seule ici. Sans possibilité de se déplacer et, pire, sans rien à manger…

A l'entendre, Lucy serait morte de faim sans son intervention.

— Où est-elle ?

— Sous la douche. Je lui ai préparé un solide petit déjeuner.

Un petit déjeuner ? Il regarda sa montre.

— Mais maman, il est presque 16 heures ! Depuis combien de temps es-tu ici ?

— Quelle importance ? Ecoute, mon fils, tu ne peux pas abandonner une femme enceinte dans un appartement avec, en tout et pour tout, du lait caillé, trois carottes rabougries, du fromage périmé et un pot de moutarde de Dijon. Cette petite a besoin d'une alimentation saine et équilibrée. Heureusement que ton père m'a alertée ! Et heureusement que j'avais encore le double de tes clés.

Tony prit une profonde inspiration, puis expira.

— J'espère au moins que tu as frappé avant d'entrer.

— Bien sûr. Et je n'ai eu aucune réponse.

Elle était donc entrée, comme si c'était chez elle. Et il n'y avait là rien de choquant à ses yeux. Un problème se présentait, elle avait la solution : pourquoi se compliquer la vie ?

— En principe, quand on n'a pas de réponse, cela signifie soit qu'il n'y a personne, soit que ceux qui sont à l'intérieur ne souhaitent pas être dérangés.

— Eh bien, tu te trompes. Cette petite dormait. Et heureusement que je suis venue. Tu te rends compte ? La pauvre se serait réveillée dans cet appartement, toute seule, avec un réfrigérateur vide. Tu devrais me remercier.

Elle pensait ce qu'elle disait, il n'en doutait pas une seconde. N'empêche, c'était là un comportement typique de la famille. Un comportement qui le rendait fou. Même si, en y réfléchissant, sa mère n'avait pas tout à fait tort. Il aurait dû s'assurer avant de partir que Lucy ne manquerait de rien. En fait, il n'avait pas l'habitude de se soucier de quelqu'un d'autre que lui.

— En effet, je te remercie d'être venue, dit-il en se radoucissant. Mais à partir de maintenant, maman, je prends le relais, je m'occupe de tout.

— Tu sais, Tony, c'est une grande première, pour moi, déclara sa mère. Ce n'est pas tous les jours que j'ai l'occasion de rencontrer tes petites amies.

— Lucy n'est pas…

Il s'interrompit et secoua la tête.

— Laisse tomber…

— Tony, mon trésor, soupira Sarah en lui tapotant affectueusement le torse comme s'il était encore un gamin. Promets-moi d'être patient avec elle ! Elle va avoir besoin de ton soutien.

Deux heures avec Lucy et elle pensait la connaître ? Lui, il la pratiquait depuis bien plus longtemps que ça et il ne savait toujours pas ce qui se passait dans sa tête. Jamais il n'avait rencontré de femme aussi indépendante et en même temps aussi peu sûre d'elle.

— J'apprécie ton conseil et je sais que tu es sincère, dit-il, mais tu ne la connais pas.

— Oh ! mon chéri, répondit sa mère avec un sourire attristé. J'ai vécu ce qu'elle vit, je sais exactement ce qu'elle traverse.

En y réfléchissant, peut-être disait-elle vrai. Et il avait probablement intérêt à l'écouter.

— Alors que dois-je faire, à ton avis ?

— Etre présent pour elle, la protéger et, surtout, lui laisser du temps. Elle a besoin de toi, même si elle craint de le montrer. Et pour l'amour du ciel, emmène-la faire un peu de shopping ! Elle est arrivée ici les mains vides, tu te rends compte ? Elle doit avoir besoin d'une foule de choses.

— Par exemple ?

— Shampooing, déodorant… Une brosse à cheveux. Et des vêtements.

Il aurait dû y penser. Qu'est-ce qui clochait, chez lui ? Le fait de la revoir et d'apprendre qu'elle attendait un enfant de lui l'avait-il secoué à ce point ? Il se comportait comme le champion des égoïstes, et c'était d'ailleurs la raison pour laquelle il fuyait toute relation sérieuse comme la peste. Il n'était pas doué pour cela. Et ce n'était pas pour rien si la relation la plus longue qu'il ait jamais eue avec une femme était précisément avec Lucy. Lucy, qui refusait comme lui de s'engager. Tout allait tellement de soi avec elle ! Elle avait sa vie, lui la sienne et, de temps en temps, leurs deux mondes se rencontraient. Un arrangement parfait qui leur convenait à tous les deux.

Il déposa un baiser sur la main de sa mère.

— C'est entendu, maman. Je promets. Et merci encore !

Elle sourit et lui pinça affectueusement la joue comme à un enfant de six ans.

— Tu es un bon garçon.

Un garçon obéissant, comme toujours. Mais pour la bonne cause, cette fois-ci. Si sa mère le faisait parfois tourner en bourrique, mais cela partait toujours d'une bonne intention. Elle agissait par amour. Comment ne pas lui pardonner, dans ces conditions ?

— Je vais parler à Lucy.

— Et moi, je rentre à la maison. Ton père m'emmène dîner dehors ce soir. Si tu as besoin de moi, téléphone !

— D'accord !

Après son départ, il gagna la chambre à coucher. Il espérait de tout cœur que la visite de sa mère n'avait pas été trop traumatisante pour Lucy. Habitué à la présence de la jeune femme chez lui, il ouvrit la porte sans penser un seul instant au respect de son intimité.

5

Lucy n'était pas particulièrement pudique et Tony l'avait vue dans le plus simple appareil un nombre incalculable de fois. Pourtant, lorsqu'il apparut à la porte de la chambre, elle se couvrit de ses mains par réflexe. Soutien-gorge et petite culotte cachaient l'essentiel, mais pour une raison étrange elle se sentit nue comme la toute première fois.

Puis elle songea qu'excepté le médecin elle ne s'était dénudée devant personne ces quatre derniers mois. Et si Tony trouvait son corps repoussant ? Vu les circonstances, peut-être ne serait-ce pas une si mauvaise chose…

— Désolé, j'aurais dû frapper, s'excusa-t-il. Je n'ai pas réfléchi…

Il se tut et ses yeux s'arrêtèrent sur le ventre de Lucy.

— Ouaouh, ce que tu es grosse…

Peut-être fut-il sensible au regard qu'elle lui lança, ou comprit-il tout seul l'ambiguïté de ses propos, toujours est-il qu'il s'empressa d'ajouter :

— Je veux dire, ton ventre, pas le reste… En fait, maman a raison. Tu es trop maigre…

Il hésita un instant et acheva plus bas :

— Mais pas au point de ne pas être attirante…

— Tu devrais arrêter là, Caroselli, déclara-t-elle, tu risques d'aggraver encore ton cas !

Pour un homme si bien éduqué, il avait toujours eu le chic

pour mettre les pieds dans le plat. Mais s'il lui arrivait de dire les choses avec trop de spontanéité, elle avait toujours considéré cette maladresse comme l'une de ses qualités les plus touchantes.

Il lui sourit, ce qui la fit tressaillir, et répondit avec un haussement d'épaules.

— Tu as raison. Mais tu vois ce que je veux dire…

— Oui…

Il aurait été tellement naturel, à ce moment, de nouer les mains à son cou et de l'attirer sur le lit, comme elle l'avait fait si souvent par le passé… Mais non, elle ne pouvait se le permettre.

— Est-ce qu'il bouge ? s'enquit Tony.

— Il n'a pas arrêté de faire des pirouettes. Je crois qu'il a adoré le petit déjeuner de ta mère.

— Et… euh, ça ne te fait pas mal ?

Il ne détachait plus le regard de son ventre, visiblement fasciné.

— En général, non, sauf les coups de pied au niveau des côtes, ou quand il pèse sur la vessie… Mais c'est plus inconfortable que douloureux, en réalité.

— Je peux le toucher ?

Ses mains sur son ventre nu ? C'était une très mauvaise idée. Mais qu'était-elle censée faire ? Refuser catégoriquement ? N'avait-il pas déjà été assez lésé comme ça ? Par sa faute à elle. Elle ne voulait qu'une chose désormais : partager cette grossesse avec lui. Elle lui devait bien ça.

Il s'assit sur le bord du lit face à elle, l'air à la fois anxieux et émerveillé. Elle se tâta le ventre pour repérer l'endroit où l'on sentait le mieux le bébé.

— Ça ne te fait pas mal de t'appuyer dessus comme ça ? s'inquiéta-t-il.

— Non, pas du tout, répondit-elle en souriant. Il faut le faire bouger, de temps en temps. Là, je pense qu'il est sur le dos. Attends… Oh ! voilà, je l'ai trouvé…

Elle prit la main de Tony et la pressa contre son ventre.

— Appuie là. Juste là.

Il obéit, lui effleurant à peine la peau comme s'il s'attendait à la voir hurler de douleur.

— Tu ne sentiras rien de cette façon, fit-elle remarquer. Appuie plus fort. Creuse par là…

Il la dévisagea comme si elle était folle.

— Je ne plaisante pas, insista-t-elle.

Elle plaqua alors la main sur la sienne et appuya fort, et à environ un centimètre ou deux de profondeur. Une forme leur résista.

— Tu le sens ?

— C'est lui ? interrogea-t-il, les yeux écarquillés.

— C'est une jambe, je pense, répondit-elle en souriant. Parfois, c'est difficile de deviner.

— Fascinant, souffla-t-il, tout en s'enhardissant, promenant doucement les pouces sur sa peau…

Il n'agissait évidemment pas de cette façon pour l'exciter, mais allez faire comprendre ça à un corps féminin ! Celui de Lucy, en tout cas, ne faisait pas la différence. Elle était déjà en surcharge hormonale. Si, au moins, elle avait pu s'habiller un peu…

Tony se pencha et, quand il posa la joue sur son ventre, elle retint son souffle. Il devait l'avoir touchée là un bon million de fois, mais à ce moment précis, au contact de sa barbe naissante, ce fut comme si elle recevait une décharge électrique. Une décharge qui embrasa sa libido et fit exploser la production d'hormones.

Il leva les yeux sur elle, la considérant à travers ses longs cils d'un air si adorable qu'elle se sentit fondre.

— Ça va, tu veux que j'arrête ? demanda-t-il.

Oui… Non… Continue. Et pendant que tu y es…

— C'est, euh… Ta barbe. Elle gratte…, se contenta-t-elle de répondre.

— Pardon. Je n'ai pas pris le temps de me raser cet après-midi, dit-il.

Les poils de sa barbe étaient si drus qu'il avait pris l'habitude de laisser un rasoir au bureau pour les cas d'urgence. La faute, sans doute, à ses gènes italiens.

— J'espère que ma mère ne t'a pas trop embêtée, dit-il, la joue toujours collée sur le ventre de Lucy.

Ce contact et la chaleur de son souffle firent que le désir d'enfouir les mains dans ses cheveux devint difficilement supportable.

— Elle a une fâcheuse tendance à se mêler de tout, parfois…

— Elle a été très gentille avec moi. Sans doute plus que je ne le méritais, vu les circonstances. D'abord je pars sans laisser d'adresse, et puis, quand je reviens, c'est pour briser ton mariage !

— Tu as fait ce que tu pensais devoir faire. Personne n'a le droit de te le reprocher.

Faux ! Elle avait choisi la solution de facilité. Elle avait préféré fuir, quatre mois plus tôt, car rester signifiait affronter ses erreurs et en assumer les conséquences.

— J'ai eu ma sœur Chris au téléphone aujourd'hui. Elle m'a donné le numéro de son gynéco et de son pédiatre. Je me suis permis de prendre un rendez-vous pour nous demain matin à 9 heures avec le gynéco.

— Si vite ? Tu as bénéficié d'une annulation ?

— Je ne crois pas, répondit-il, tout sourires. Je peux être très persuasif, tu sais…

Elle savait, merci.

— Après le rendez-vous, nous irons faire un peu de shopping. Pour acheter ce dont tu as besoin. Et pas d'histoires, c'est moi qui régale…

C'était exactement ce qu'elle ne voulait pas. Se faire entretenir. En temps normal, elle aurait protesté, mais là, elle était trop fatiguée. Et puis, quel bonheur, pour une fois dans sa vie, de laisser quelqu'un prendre soin d'elle. Cela allait à l'encontre de tout ce qu'elle avait appris, mais elle était résolue à faire un effort pour l'accepter.

— J'ai rendu visite à Nonno tout à l'heure, dit Tony.

— Tu as vu ton grand-père ?

Tony hocha la tête et sa barbe sur la peau de Lucy déclencha en elle une nouvelle vague de sensations qu'elle n'était pas censée éprouver.

— Il m'avait demandé de passer le voir.

Aux dires de Tony, se souvint-elle, quand Nonno demandait quelque chose, personne n'avait l'idée de refuser.

— Il est en colère contre toi ?

— Il souhaite te rencontrer.

Elle sentit son cœur se retourner. Tony dut percevoir son angoisse.

— Ne t'inquiète pas ! dit-il. Je lui ai fait promettre de se comporter en homme civilisé.

S'il avait jugé nécessaire d'obtenir une telle promesse de Nonno, c'était mauvais signe. Et puis, qu'entendait-il par « civilisé » ? Il s'agissait là d'une notion toute relative.

— Je suis désolé d'être parti comme ça ce matin, reprit Tony. J'aurais dû attendre que tu te réveilles et te préparer un bon petit déjeuner. Je ne sais pas où j'avais la tête…

— Tu pensais à ton travail, et tu croyais que, de mon côté, j'allais rentrer chez moi. C'est ainsi que nous avons toujours fonctionné, alors arrête de t'accabler, d'accord ?

— Mais tout est différent, aujourd'hui, tu ne peux le nier…

— Il n'y a pas de raison que les choses changent. Ecoute, pourquoi ne pas faire comme avant, après tout ?

Il posa sur elle un regard de velours, insistant et sensuel, qui ne laissait aucune place au doute. Lucy secoua la tête.

— Sauf pour *ça*, bien sûr…, ajouta-t-elle.

— Bon sang ! s'exclama-t-il avec un sourire à tomber par terre. Tu ne peux pas m'en vouloir d'avoir essayé !

Non, bien sûr. Mais s'il continuait comme ça, elle pourrait bien finir par oublier de dire non, et où cela les mènerait-il ? Bah, elle était déjà enceinte, que pouvait il lui arriver de pire ? Tomber amoureuse de lui ? Et risquer de voir son cœur voler en éclats ?

— La seule vraie différence, par rapport à avant, c'est que je ne rentrerai pas chez moi le matin venu, dit-elle.

— Donc, si je comprends bien, tu proposes que nous vivions comme des colocataires… ?

— Tout à fait.

Après une année de liaison et une grossesse, cette perspective avait quelque chose de déprimant. Pire, c'était une régression par rapport à leurs liens d'amis-amants. Elle eut soudain l'impression qu'ils s'engageaient dans une mauvaise direction.

Malheureusement, pour le bien de tout le monde dans l'histoire, y compris celui du bébé, il n'y en avait pas d'autre possible.

Recroquevillée sur la table d'examen, les mains crispées sur une blouse jetable deux fois trop grande pour elle, Lucy attendait le docteur Hannan. Assis à côté, les jambes étendues devant lui, Tony était en train de relever ses e-mails sur son téléphone. Contrairement au dispensaire de Floride où elle avait reçu ses soins depuis le début de la grossesse, cette clinique était ultramoderne. Et, d'après la sœur de Tony, toutes les femmes de la famille Caroselli y avaient accouché, avec cet obstétricien-là de surcroît.

Tony ne ménageait pas ses peines et multipliait les attentions. Ce matin, il lui avait apporté le petit déjeuner au lit puis, pendant qu'elle faisait sa toilette, il lui avait repassé ses vêtements. En sortant, ils avaient constaté qu'une pluie fine tombait et, si elle-même se fichait de se mouiller un peu, il avait insisté pour qu'elle l'attende sous le porche pendant qu'il allait chercher la voiture. Arrivés chez le médecin, il l'avait déposée devant l'immeuble et l'avait rejointe après s'être garé.

A vrai dire, elle commençait à trouver tout ça un peu trop beau pour être vrai. Elle n'avait pas l'habitude d'être dorlotée de cette manière, ni de quelque manière que ce fût, aussi ne pouvait-elle s'empêcher de se tenir sur ses gardes, car elle devrait tôt ou tard payer toute cette gentillesse, elle n'en doutait pas.

— Euh, je me demandais…, commença-t-elle.

Tony leva les yeux de son téléphone et lui sourit.

— Quoi ? demanda-t-il.

— Elle… elle ne te manque pas ?

Il fronça les sourcils.

— Qui ?

A ce point ? Il ne devinait même pas à qui elle faisait allusion ?

— Eh bien, ta fiancée ! Alice…

— Ah !

Loin des yeux, loin du cœur ? Et elle, l'avait-il oubliée aussi rapidement quand elle était partie en Floride ?

— Vous avez rompu il y a quarante-huit heures à peine et tu ne m'as pas dit un seul mot à son sujet.

— Parce qu'il n'y a rien à en dire.

— Est-ce vrai que tu ne l'aimais pas beaucoup ?

— Attends, laisse-moi deviner, répondit-il en se renfrognant. Ma mère t'a fait des confidences ?

— J'avoue. Et elle ne portait manifestement pas Alice dans son cœur…

— Cache au moins ta joie quand tu dis cela.

Qui donc ? Elle… ?

— Pas du tout, je t'assure !

A son regard, elle sut qu'il n'était pas dupe.

— Soit, peut-être que cela me fait plaisir…, reconnut-elle. Seulement, tout ça me dépasse un peu…

— Quoi donc ?

— Pourquoi voulais-tu l'épouser si tu ne l'aimais pas ? Je veux dire… Dans notre cas, c'est différent : il y a un bébé en jeu.

— C'est une longue histoire, répondit-il en rivant les yeux sur l'écran du téléphone.

Une histoire dont il n'avait visiblement aucune envie de lui parler.

Le médecin entra à cet instant. C'était un homme d'un certain âge aux cheveux argentés et à la mine joviale. Il se présenta et leur serra la main, appelant Lucy « madame Caroselli ».

— Non, le reprit-elle aussitôt. Mon nom est Mlle Bates. Mais vous pouvez aussi m'appeler Lucy.

— Très bien, Lucy, acquiesça-t-il en consultant le dossier médical sur son ordinateur.

Rien à voir, décidément, avec les fiches papier du dispensaire de Floride ! En y songeant, elle se souvint soudain avoir laissé son propre ordinateur chez sa mère. Inutile de demander à celle-ci de le lui expédier, elle avait déjà dû le mettre au clou. Et elle n'avait pas dû en retirer grand-chose, vu l'état de l'appareil. Elle espéra que Tony accepterait de lui prêter le sien. Elle brûlait d'envie de se rendre sur sa page perso pour accéder à son journal intime en ligne. Chaque jour depuis des années, elle s'efforçait d'en écrire un nouveau paragraphe.

— Allongez-vous et mettez les pieds dans les étriers, le demanda le médecin. Nous allons procéder à l'examen, et ensuite, nous passerons dans mon bureau.

Il l'examina, la palpant et lui comprimant le ventre tout en l'assaillant de questions. Des questions posées pour la plupart par l'infirmière peu avant, comme s'il cherchait à la tester, à la prendre en flagrant délit de mensonge.

Des nausées ? Pas vraiment. Une tension élevée ? Jamais. Prise de vitamines prénatales ? Non. Sentait-elle le bébé bouger ? Comme un gymnaste se préparant pour les JO.

Le docteur Hannan se montrait extrêmement minutieux.

Debout derrière elle, à la tête de la table, Tony lui massait l'épaule d'un air absent, apparemment fasciné, et peut-être un peu horrifié lorsque le médecin procéda à l'examen interne. Puis ce dernier mesura le ventre et écouta les battements de cœur du bébé.

— Rhabillez-vous, dit-il quand il eut terminé. Je vous attends dans mon bureau, la dernière porte du couloir, à gauche.

— C'était très intéressant, dit Tony lorsqu'il fut sorti, tout en s'éloignant pour laisser Lucy se rhabiller. Je ne pensais pas qu'il se montrerait aussi… invasif. Et tu es obligée d'en passer par là tous les mois ?

— Maintenant, je pense que je n'aurai pas besoin de revenir avant plusieurs semaines, répondit-elle en enfilant son jean. C'est juste un examen de routine.

Quelques minutes plus tard, ils rejoignaient le bureau du docteur Hannan. Ce dernier les invita à s'asseoir et Lucy attendit le compte rendu habituel : tout se passait pour le mieux, elle allait bien, le bébé aussi, bla bla bla… Elle tressaillit cependant en voyant soudain le médecin se renfrogner. Et si tout n'allait pas aussi bien qu'elle le croyait, cette fois ?

— Ce que je vois ne me plaît pas trop, commença-t-il.

Lucy retint son souffle et sentit Tony se crisper à côté d'elle.

— Que voulez-vous dire ?

— Eh bien, le bébé ne grandit pas comme il le devrait.

— Mais… Tout allait pour le mieux à mon dernier rendez-vous ! protesta Lucy. Le médecin m'a dit qu'il était un peu petit, certes, mais que c'était sans doute parce que je ne suis pas bien grande moi-même.

— C'est autre chose qu'une question de taille. Pour son âge gestationnel, ce bébé est insuffisamment développé. Je me demande si vous ne souffrez pas tous les deux de malnutrition. Ce qui pourrait entraîner des complications…

— De malnutrition ? répéta Tony comme s'il n'avait jamais rien entendu d'aussi ridicule. Comment cela serait-il possible ?

— Cela arrive, par exemple, chez les femmes atteintes de sévères nausées matinales, ce qui leur coupe l'appétit. Mais vous m'avez dit que vous n'aviez rien de tel… ?

Lucy secoua la tête, ne voulant qu'une chose, disparaître dans les entrailles de la terre. Ou que Tony ne fût pas dans cette pièce. Il y avait certaines choses que le médecin devait savoir, mais que Tony devait absolument ignorer. Certes, elle pouvait toujours inventer une histoire, mais un mensonge en entraînerait un autre, et un autre encore, et l'on ne s'en sortirait plus. Or il n'était pas question de prendre le moindre risque en taisant au médecin certains éléments, pour, au bout du compte, voir son bébé naître avec un troisième œil, ou pire encore.

Si Tony et elle s'engageaient ensemble dans un partage de responsabilités parentales, elle devait se montrer honnête envers lui. Un mensonge par omission demeurait un mensonge. Toutefois, il existait des choses qu'elle ne pouvait tout simplement pas lui dire. Jamais. Pour son bien à lui. Et pour le sien aussi, et celui du bébé.

— Je commence à avoir une bonne expérience des bébés Caroselli, reprit le médecin, et ils présentent toujours une taille supérieure à la moyenne. Peut-être faut-il chercher du côté d'un trouble du métabolisme…

— Quel genre de trouble ? demanda Tony.

— Une chose à la fois, répondit le médecin en se tournant vers Lucy. Racontez-moi un peu comment vous vous alimentez !

— Oh… Euh… Jusqu'à dimanche, j'avoue que je ne mangeais pas très équilibré, répondit-elle, atterrée sous le regard perplexe du docteur.

— Je suis certain que le médecin que vous avez consulté en Floride vous a parlé de l'importance d'un régime équilibré.

— En fait, j'ai toujours fait en sorte de manger sainement, affirma-t-elle. Mais depuis deux mois, comme mes finances sont un peu serrées…

Elle retint son souffle, Tony allait exploser, forcément. Elle risqua un coup d'œil prudent dans sa direction, mais il ne broncha même pas. Un silence probablement pire que tout ce qu'il aurait pu lui dire. Dans ces conditions, il était impossible de savoir ce qu'il avait en tête.

— Bon, dit l'obstétricien, faisons les choses correctement : vous allez me donner un exemple de votre alimentation quotidienne. Combien de repas faites-vous ?

Aïe aïe aïe ! Tony n'allait pas aimer ce qu'elle s'apprêtait à répondre.

— Eh bien, j'ai toujours essayé d'en prendre au moins un par jour. Et j'ai toujours acheté des aliments sains, en préférant la qualité même si c'était au détriment de la quantité.

Enfin…, ajouta-t-elle à la hâte. A partir de maintenant, il ne devrait plus y avoir de problème…

— Non, en effet, intervint enfin Tony, laconique.

Il bouillait intérieurement, elle le voyait bien, mais comment le lui reprocher ? Après tout, elle avait mis la vie de son bébé en danger. Elle s'en voulut terriblement.

— Je veux vous revoir demain pour une échographie, annonça le docteur Hannan. Si le bébé va bien, je n'aurai pas besoin de vous revoir avant un mois. Mais j'aimerais que vous consultiez un nutritionniste.

Encore une chose pour laquelle Tony devrait payer ! Aurait-elle jamais suffisamment d'argent pour le rembourser de tout ce qu'il faisait pour elle ?

Ils remercièrent le médecin et allèrent prendre rendez-vous pour l'échographie. Tony ne décrocha pas les mâchoires. Il ne parla pas davantage quand ils sortirent de la clinique. Il était vrai qu'il n'était pas du genre à faire un scandale en public, mais elle en était sûre, il préparait quelque chose. Il attendrait de se retrouver seul avec elle, en tête à tête dans la voiture, et là, il lui dirait ses quatre vérités.

— Oh ! comme c'est amusant, vous ici ! lança soudain une voix familière.

Tous deux se retournèrent d'un même mouvement. Nick et une femme, que Lucy présuma être son épouse, s'avançaient vers eux main dans la main. Lucy crut entendre Tony marmonner un juron.

— Hello, Lucy ! fit Nick. Je te présente ma femme, Terri.

Cette dernière sourit, ce qui était de bon augure, et serra la main de Lucy avec chaleur. Elle était jolie, style garçon manqué, grande et mince avec des jambes à n'en plus finir et un regard franc.

— Ravie de vous rencontrer, Lucy ! Sincèrement ! Votre arrivée dimanche ne pouvait pas mieux tomber. Mais j'ose espérer que, si vous n'étiez pas intervenue, quelqu'un d'autre l'aurait fait.

Intervenue ? Cette femme semblait croire que Lucy avait

prémédité son acte pour empêcher le mariage. Etait-ce ce que pensait toute la famille ?

— Ce n'était pas mon but, vous savez. J'ignorais qu'un mariage avait lieu. C'est le hasard…

Tony regarda ailleurs, manifestement nerveux.

— Vous avez rendez-vous avec le médecin ? demanda-t-il.

— Echographie, répondit Terri.

— Nous en passons une demain, indiqua Lucy.

— Vous souhaitez connaître le sexe du bébé ?

— Non, je préfère garder la surprise.

— Pas moi. J'ai envie d'être prête quand l'enfant arrivera. Pour la couleur des vêtements, entre autres.

— Terri pense que c'est une fille, dit Nick. Mais moi, je suis sûr que c'est un garçon.

— Eh bien, bonne chance ! dit Tony en saisissant le bras de Lucy pour l'entraîner *manu militari* vers la voiture.

— Heureuse de vous avoir rencontrée ! cria encore Terri à Lucy, qui agita la main en guise d'au revoir.

Tony marchait vite et elle peinait à le suivre. Grâce au ciel, la voiture n'était pas loin.

Il lui ouvrit la portière, puis fit le tour au pas de charge pour s'asseoir au volant. Cependant, il n'alluma pas le contact tout de suite. Il resta là sans rien dire, les mains crispées sur le tableau de bord, un véritable paquet de nerfs.

Lucy frémit, s'attendant au pire.

— Alors comme ça, c'était un problème de budget ? commença-t-il enfin en se tournant vers elle.

— Je… je sais, j'aurais dû t'expliquer…

— Non seulement ta mère te fait dormir sur le canapé, l'interrompit-il, mais en plus elle ne te donne pas à manger ?

Lucy écarquilla les yeux. Sa mère ? Que venait-elle donc faire là-dedans ?

— Ma mère mange dehors la plupart du temps, expliqua-t-elle.

A supposer que manger signifiât grignoter des cacahuètes

en buvant un demi, une cigarette entre les doigts, ou encore gober un hamburger à l'occasion…

— Le frigo est toujours vide chez elle. Et j'étais à court d'argent, alors…

— Alors, tu aurais dû m'appeler ! lâcha-t-il avec l'air de contenir une formidable rage intérieure. J'aurais pris soin de toi.

— J'en suis sûre… J'ai eu tort de ne pas le faire. Je suis désolée. Je comprends que tu sois furieux contre moi.

Il la dévisagea, l'air perplexe, comme si des antennes venaient de pousser sur la tête de Lucy.

— Tu crois que je suis furieux contre toi ?

— Ma foi… le contraire serait étonnant. J'ai multiplié les erreurs et…

— Ecoute, Lucy. Si je suis furieux contre quelqu'un, c'est contre moi-même.

6

Tony en avait des crampes à l'estomac, comme si on avait versé de l'acide au plus profond de son âme. Pendant qu'il était à Chicago, à ripailler avec une femme qu'il n'aimait pas, Lucy, crevait littéralement de faim à l'autre bout du pays, trop pauvre pour s'offrir trois repas par jour.

Pourquoi n'avait-il pas tenté de la rejoindre ? Au fond de lui, il savait très bien que quelque chose avait dû se passer, qu'elle n'était pas partie comme cela, sur un coup de tête. A cause de lui, de sa stupide fierté, de son égoïsme de macho, leur enfant était peut-être en danger aujourd'hui.

S'il arrivait quelque chose à ce bébé, jamais Tony ne se le pardonnerait.

— Pourquoi t'en voudrais-tu ? demanda-t-elle. Tu n'as rien fait de mal.

— J'aurais dû veiller sur toi, répondit-il en resserrant les doigts sur le volant.

— Mais comment ? Je suis partie sans rien te dire. Comment aurais-tu pu deviner que j'avais besoin que l'on veille sur moi ?

Il ne pouvait pas le deviner, et pourtant, il l'avait pressenti. En fait, il savait sans savoir.

— J'aurais dû être auprès de toi.

Lucy garda le silence quelques secondes.

— C'est étrange, murmura-t-elle enfin.

— Qu'est-ce qui est étrange ?

— Eh bien, ce qui se passe, là, maintenant, répondit-elle en les désignant tous les deux. En principe, nous sommes supposés nous reprocher l'un l'autre nos comportements et, au lieu de ça, nous nous accablons nous-mêmes et chacun cherche à prendre sur soi toute la responsabilité de cette histoire. Je trouve ça bizarre, voilà tout.

Elle n'avait pas tort. Seulement, il prenait conscience à présent que son irresponsabilité avait longtemps fait de lui un séducteur incapable de s'attacher ni de s'engager. Ah, le bel alibi ! Mais c'était fini, cela n'avait que trop duré : sa relation avec Lucy serait désormais différente.

— C'est bizarre, mais c'est comme ça, marmonna-t-il.

— Oui…

Elle avait beau croire le contraire, il avait échoué avec elle. Il l'avait laissée tomber. Cela ne se reproduirait pas. Pour le restant de ses jours, Lucy ne manquerait plus de rien. Même si elle refusait de l'épouser, il prendrait soin d'elle, la mère de son enfant. Et s'il avait envie de la prendre dans ses bras et de la serrer très fort, tant pis pour lui. Pas question de l'importuner. Aussi se garda-t-il bien de ne pas déborder de son siège. Il changea de sujet.

— As-tu une préférence, pour ton shopping ? demanda-t-il en mettant le contact.

— Moi, je vais toujours à la friperie, sur Montrose, répondit-elle. Ils ont beaucoup de choix. J'y ai souvent déniché des vêtements de marque à peine portés, à des prix ridiculement bas.

Plutôt me marcher sur le corps…

Il l'emmena d'office au centre commercial où sa mère et sa sœur aimaient faire les boutiques. L'occasion pour lui de constater les réflexes de faible pouvoir d'achat de Lucy, qui, dans chaque magasin, se rendait directement au rayon des promotions. Et chaque fois qu'elle trouvait un article à son goût, elle revenait sur son choix en affirmant qu'elle pourrait très bien s'en passer. Bref, tout l'inverse d'Alice, qui était toujours à minauder pour tel ou tel bijou et attendait sa part de cadeaux et de dîners dans des restaurants huppés. Lucy, elle, avait de l'élégance, de la dignité, et sans doute un peu trop de fierté.

Quel surnom Elana avait-elle donné à Alice ? *La suceuse de sang*. Un peu trop imagé, peut-être, mais plutôt bien vu, en réalité.

— C'est légitime d'avoir envie de belles choses, dit-il à Lucy quand celle-ci refusa d'acheter une paire de lunettes de soleil à cinquante dollars.

— C'est vrai. Mais je n'en ai pas besoin.

— Et alors ? Si ces lunettes te plaisent…

— Je ne fonctionne pas comme ça, tu sais. Moi, quand quelque chose me plaît, je me demande tout de suite si j'en ai vraiment l'utilité et, en général, cela suffit à me dissuader de l'acheter.

— Eh bien, pas cette fois ! Je vais les prendre. Tu les mettras ou pas, je m'en fiche.

Joignant le geste à la parole, il se dirigea vers la caisse sans qu'elle pût l'en empêcher.

— Voilà, c'est fait ! s'exclama-t-il en revenant vers elle. Tu vois, ce n'était pas si difficile.

— C'est toi qui le dis… Je n'ai pas l'habitude que quelqu'un cherche comme ça à me faire plaisir, expliqua-t-elle avec un sourire gêné.

— Eh bien, cette habitude, tu vas devoir la prendre ! lança-t-il joyeusement. Et tu ferais mieux de te choisir des vêtements, sinon je vais devoir m'en occuper moi-même et, comme tu le sais, la mode n'est pas vraiment mon rayon.

— Le problème, c'est que les vêtements vendus ici ne sont pas mon style, avoua-t-elle. Tout est très tendance, et de bonne qualité, mais… cela ne me correspond pas.

Il s'aperçut qu'elle avait raison. La plupart des articles qu'ils avaient vus étaient très élégants, très chic, mais ils s'adressaient plutôt à la catégorie femme d'affaires. Autant dire qu'ils ne seraient pas vraiment pratiques pour Lucy dans son état.

— Dans ce cas, nous allons trouver quelque chose qui te ressemble.

Ils sortirent du magasin et passèrent bientôt devant une boutique haut de gamme judicieusement baptisée « Un polichinelle dans le tiroir ». Tony se réjouit : ils étaient au bon endroit. Les modèles présentés en vitrine étaient jeunes, gais, et en même temps très doux et féminins.

Quand ils entrèrent, Lucy regarda autour d'elle d'un air ravi.

— Je n'ai jamais rien vu d'aussi beau ! souffla-t-elle en effleurant le tissu d'une robe paysanne, avant d'en chercher le prix.

— Interdiction absolue de regarder les étiquettes ! ordonna-t-il aussitôt en lui saisissant la main.

Une vendeuse sympathique les accosta alors et il vit son regard s'illuminer quand il lui expliqua qu'ils devaient acheter une garde-robe de A à Z. Dès lors, lui qui n'avait jamais été fan de shopping, qui se contentait de téléphoner à son tailleur pour commander ses costumes, passa un moment des plus agréables. Acheter des vêtements pour quelqu'un d'autre que soi était bien plus drôle, songea-t-il en regardant Lucy virevolter devant la glace dans différentes tenues. Puis il la laissa un court moment entre les mains expertes de la vendeuse pour partir à la recherche d'une bijouterie. A son retour, Lucy en était encore aux essayages.

Une heure plus tard, ils sortaient de la boutique avec une demi-douzaine de sacs contenant des vêtements pour tout le reste de la grossesse. Une fois le bébé venu au monde, il avait bien l'intention de retourner avec elle dans les magasins. En espérant, cette fois, qu'il n'aurait pas à l'y traîner.

— Merci, Tony ! Merci beaucoup ! Tu sais, c'est la chose la plus gentille qu'on ait jamais faite pour moi ! s'exclama-t-elle, les yeux brillants et les joues roses de plaisir, telle une enfant un soir de Noël.

— Je te le répète, tu ferais mieux de t'y habituer.

Elle se dirigea alors vers un banc, s'y assit et l'invita d'un geste à la rejoindre. Perplexe, il s'exécuta, posant les sacs à leurs pieds. Soudain, Lucy lui passa les bras autour du cou.

— Merci, merci beaucoup ! répéta-t-elle.

— Tout le plaisir est pour moi, assura-t-il en l'étreignant à son tour.

Et en parlant de plaisir… Le parfum de ses cheveux et de sa peau, la chaleur de son souffle et son corps tendre contre le sien… Tout cela était trop.

— Lucy, murmura-t-il, la gorge nouée.

Il devait la repousser, il en allait de sa propre survie. Cependant, quand elle posa sur lui ses grands yeux, toutes les bonnes intentions qu'il avait eues se dissipèrent comme par enchantement.

Au contact de ses lèvres, Lucy laissa échapper un imperceptible gémissement, puis elle enfouit les doigts dans ses cheveux. Oh ! songea-t-il, sa bouche était aussi douce, aussi savoureuse que dans son souvenir…

Soudain, il oublia toute prudence et il n'exista plus que le plaisir de la toucher. De son côté, Lucy ne fit rien pour l'arrêter. Elle l'embrassa même avec ferveur. S'ils s'étaient trouvés à l'intérieur, sans doute se seraient-ils dirigés ainsi vers la chambre. Hélas, ils étaient dans un lieu public et, le temps de l'emmener dans un endroit plus intime, elle aurait changé d'avis.

Faisant appel à tout son courage, il s'arracha à elle.

— Ouaouh…, chuchota Lucy, à bout de souffle, comme abasourdie. Euh, il ne faut pas… Ne recommence pas, d'accord ?

Autant exiger de lui de renoncer à respirer.

— Et si nous allions déjeuner ? suggéra-t-il.

Pour sa part, il se serait plutôt vu prendre une douche froide…

— Bonne idée ! Il y a le self, juste à côté.

— Tu ne préfères pas un endroit plus cosy ?

— Pas du tout ! répondit-elle en attrapant les sacs. J'adore manger au self.

Résigné, il se leva. Il prit un hamburger-frites, elle une salade César avec double ration de poulet et une pomme de terre au four. La salle était bondée, mais ils dénichèrent une table pour deux près d'une fenêtre. En s'asseyant, ils s'aperçurent que celle-ci donnait sur des poubelles.

— Quelle charmante vue ! marmonna Tony en arrosant ses frites de ketchup.

— Il suffit de ne pas regarder, fit remarquer Lucy en commençant à manger.

Elle avait bon appétit. En l'observant du coin de l'œil, Tony se promit de l'emmener le soir même dîner dans un endroit sélect. Ensuite, peut-être iraient-ils au cinéma. Ils faisaient souvent cela, avant, en général le dimanche après-midi, car l'entrée était à moitié prix et qu'elle tenait toujours à payer son ticket, alors que lui-même se serait fait une joie de l'inviter.

— Nous pourrions dîner dehors et aller au ciné, ce soir ? lança-t-il. Il y a un restaurant italien qui vient juste d'ouvrir et dont on dit le plus grand bien…

Elle secoua la tête avec un sourire contrit.

— En fait, j'avoue que ce shopping m'a un peu fatiguée. On pourrait aussi bien commander un repas chinois et regarder un film chez toi, non ?

— Tu es sûre ? insista-t-il, déçu.

— Franchement, je ne crois pas pouvoir tenir au-delà de 20 heures…

— Dans ce cas, nous allons rentrer tout de suite. Comme ça, tu pourrais faire un petit somme avant que je te conduise chez Nonno.

— Ah… j'avais oublié Nonno… Et je ne crois pas que j'arriverai à dormir à cette heure.

— Pendant que tu seras avec mon grand-père, j'en profiterai pour passer chez mon avocat régler certaines affaires. Tu n'auras qu'à m'appeler dès que tu en auras terminé.

Elle se figea en le dévisageant d'un regard étrange.

— Tu veux dire que… que tu ne resteras pas avec moi ?

Manifestement, il avait omis de préciser ce détail.

— Non, Nonno ne veut pas de moi.

— Tu vas donc me laisser toute seule avec lui ?

Il hocha la tête. A vrai dire, il n'avait pas vraiment le choix.

— Tout se passera bien, tu verras.

Elle ne parut guère convaincue.

— Fais-moi confiance ! ajouta-t-il.

Ces mots ne suffirent apparemment pas à la rassurer, mais elle n'insista pas. En revanche, elle parut perdre tout intérêt pour sa nourriture.

— Quel genre d'affaires as-tu à régler ? demanda-t-elle.

— Nous avons rendez-vous avec un promoteur immobilier de Boca Raton, en Floride.

L'information parut piquer son intérêt.

— Tu souhaites acquérir une nouvelle propriété ?

— C'est un projet. Ce serait la sixième.

— Tu sembles hésiter…

— En réalité, avec l'arrivée du bébé, cela va faire beaucoup de choses à gérer. J'ai commencé à acheter des biens immobiliers un peu par jeu et, aujourd'hui, cela me prend presque tout mon temps.

— Mais tu adores faire ça !

Elle n'avait pas tort. Il était tombé dans cette activité un peu par hasard. A cause de mauvais conseils, il avait d'abord perdu beaucoup d'argent quand la crise avait frappé. Puis il avait travaillé à se reconstruire peu à peu un patrimoine en investissant dans des biens ne présentant pas de risques, ou très peu. La propriété dont son avocat lui avait récemment parlé représentait, à ses dires, un investissement sûr. Il s'agissait d'une villa de rêve, et Tony pensait qu'elle ferait une parfaite résidence secondaire.

Dans son métier de directeur de la production et des ventes à l'international pour les Chocolats Caroselli, Tony avait voyagé un peu partout dans le monde. Il parlait couramment quatre langues et se débrouillait dans une dizaine d'autres. L'idée d'acheter à l'étranger, de préférence dans un pays chaud, l'avait d'abord tenté, puis il s'était décidé pour Cabo.

Problème, il n'avait jamais trouvé le temps de se rendre là-bas et l'entretien de la propriété lui coûtait une fortune. Il commençait à penser qu'une fois de plus il avait dû être mal conseillé, quand un ami lui avait suggéré de louer la maison en dehors des périodes où il souhaiterait occuper les lieux. Cela semblait la solution idéale. L'argent de la location permettrait de régler les dépenses liées à l'entretien et peut-être même en tirerait-il un petit bénéfice au passage. Et lorsque se présenterait l'occasion d'acheter un autre bien à un prix intéressant, il ferait confiance à son instinct et achèterait, ou pas. Voilà comment il en était arrivé à se retrouver désormais à la tête d'un parc immobilier de cinq propriétés.

Depuis, une entreprise spécialisée gérait tout ce qui était entretien et location de ses biens, mais son ambition était, à terme, de s'en occuper lui-même. Ce serait là une occupation à plein temps, qui l'obligerait à quitter son poste au sein des Chocolats Caroselli. Cela signifiait également assurer ses arrières avec un capital décent. C'était là qu'intervenaient les trente millions de dollars de Nonno. Il était si près d'aboutir maintenant, qu'il pouvait presque sentir l'odeur des billets. Il devait cependant garder la tête froide, *ne pas vendre la peau de l'ours avant de l'avoir tué*. Car on ne sait jamais : Lucy pouvait se tromper et ce serait peut-être une petite fille qui viendrait au monde…

Sa famille était au courant pour ses propriétés, mais Lucy seule connaissait sa vocation de promoteur et ses aspirations à se constituer un parc immobilier.

Il se sentait tout près d'exaucer son rêve, même s'il savait que sa famille crierait au scandale lorsqu'il présenterait sa démission. Toutefois, il avait passé près de vingt ans à travailler dans une entreprise pour laquelle il n'avait qu'un vague attachement affectif tout au plus. Ils lui devaient bien de le laisser aujourd'hui voler de ses propres ailes, puisqu'il avait enfin trouvé sa voie.

Après l'université, s'il n'était pas entré chez les Chocolats Caroselli, Tony ignorait ce qu'il aurait fait. Peut-être aurait-il poursuivi ses études. Il avait bien émis le désir de passer une année ou deux à sillonner l'Europe, sac au dos, avec des amis, mais son père le lui avait interdit, et le bon fils qu'il avait toujours été n'avait pas insisté. Parfois, il se demandait quelle aurait été son existence s'il avait tenu de l'oncle Demitrio.

A entendre son père, Demitrio avait été un fauteur de trouble dès son plus jeune âge. Mouton noir de la famille, il était aussi brillant que casse-cou, un cocktail dangereux. Un jour, alors qu'il venait d'être ramené pour la énième fois à la maison dans une voiture de police, Nonno avait tapé du poing sur la table et il avait donné le choix à Demitrio : soit il s'engageait dans l'armée, soit il serait déshérité et finirait derrière les barreaux. Nonno croyait en la méthode dure. Qui aimait bien, châtiait bien.

Le résultat pour Demitrio avait été spectaculaire. Après quelques années de service dans l'armée de métier, il était entré dans une université française et avait terminé premier de sa promotion. Son diplôme en poche, il avait épousé sa petite amie de la fac, Madeline, puis était revenu aux Etats-Unis pour travailler dans l'entreprise familiale, dont il avait rapidement gravi les échelons. Au moment de prendre sa retraite, c'était Demitrio que Nonno avait nommé pour le remplacer au poste de P.-D.G., au plus grand désarroi de ses deux autres fils.

Un jour, Tony avait demandé à son oncle pourquoi il était revenu, alors qu'il aurait pu faire carrière ailleurs que chez les Chocolats Caroselli. Comme Tony, il parlait plusieurs langues et avait les moyens financiers de vivre où il le souhaitait. Pourquoi vouloir rester ici ?

— C'est du chocolat qui coule dans mes veines, avait répondu Demitrio.

La seule chose qui coulait dans les veines de Tony, c'était du sang. D'ailleurs, il n'aimait même pas le chocolat.

Lucy n'aurait jamais pensé se trouver de nouveau sous le porche de la propriété des Caroselli, en train d'actionner la sonnette de la grande porte. Deux jours seulement s'étaient écoulés depuis son entrée fracassante au beau milieu de la cérémonie, autant dire une éternité. Tant de choses étaient arrivées depuis ! Et rien ne s'était passé comme prévu.

Tony l'avait déposée devant la maison et il était reparti aussitôt. Elle avait alors eu le sentiment d'être abandonnée là, tel l'agneau sacrificiel destiné à apaiser le grand-père. Certes, Nonno avait promis d'être gentil avec elle, mais quelles garanties avait-elle ? Les personnes aussi puissantes que Giuseppe Caroselli jouaient selon des règles inconnues du commun des mortels. En ce qui la concernait, elle l'imaginait très bien lui offrir un peu d'argent pour qu'elle disparaisse, définitivement cette fois.

Et zut, voilà qu'elle se mettait à penser comme sa mère !

Mais au moins, aujourd'hui, elle était habillée pour l'occasion. Elle n'avait pas l'habitude de porter d'aussi belles choses et, toute la matinée, elle avait bien veillé à ne pas se salir. Elle avait même pris le temps de se maquiller les yeux, une légère touche d'eye-liner, et de poser un voile de gloss sur ses lèvres.

Cette fois, un majordome vint lui ouvrir la porte, vêtu d'un uniforme légèrement trop grand pour lui. Un homme voûté, bancal, d'un certain âge. Plus exactement, d'un âge canonique. Bref, très vieux. Il était même étonnant qu'il tînt encore debout et fût capable de travailler.

— Bonjour, je suis Lucy, dit-elle. Je viens voir M. Caroselli.

— Il vous attend, répondit Mathusalem avec un salut arthritique de la tête, tout en l'invitant à entrer. Veuillez me suivre.

Un instant, elle pensa détendre l'atmosphère avec une plaisanterie, mais elle se ravisa. Rien n'indiquait que l'homme qui la précédait dans le grand escalier appréciât l'humour. Elle monta une marche après l'autre derrière lui, exaspérée par tant de lenteur, les nerfs à fleur de peau. Elle avait l'impression de n'être rien d'autre qu'une marionnette.

Allait-elle vraiment se laisser intimider, pire, congédier par le patriarche ? Et comment réagirait-il si elle se rebellait ?

Le majordome ouvrit enfin une porte sur le palier.

— Mademoiselle Lucy est ici, monsieur !

Puis il s'effaça et elle entra dans la pièce, le bureau de Nonno, d'où, d'après Tony, le vieil homme menait toutes ses affaires.

Enfoncé dans son rocking-chair, un gros ouvrage relié sur ses cuisses malingres, il semblait tout petit et tout frêle. En somme, inoffensif. Elle ne fut pas dupe, toutefois. Tony lui avait raconté que cet homme pouvait se montrer impitoyable. Après tout, c'était lui qui faisait régner la loi sur sa famille.

— Merci, William.

Nonno fit alors signe à Lucy d'approcher sans cesser de la dévisager à travers ses petites lunettes d'écaille rondes. Lorsqu'elle s'immobilisa devant lui, il continua à l'observer des pieds à la tête, silencieux, les sourcils froncés comme s'il n'était pas sûr d'aimer ce qu'il avait devant les yeux.

— Voici donc la femme dont tout le monde parle ! déclara-t-il enfin avec un accent très marqué pour un homme arrivé aux Etats-Unis depuis tant d'années.

— Je suis heureuse de vous rencontrer, répondit-elle, et pour un peu, elle aurait jappé, comme un bon toutou docile.

— Approchez encore ! Laissez-moi vous regarder.

Elle s'exécuta en serrant les dents quand il s'empara de sa main droite et la retint entre les siennes. Sa peau était glacée, parcheminée et sillonnée de veines bleutées, toute tachée. Il retourna sa main, en examina la paume puis le dos, et se montra assez aimable pour ne pas faire de commentaire sur ses ongles rongés et ses cuticules en lambeaux.

Et après ? Ce serait quoi, l'examen des dents, des oreilles ? Que voyait-il en la détaillant ainsi ?

— Jolie bague, dit-il en faisant glisser le pouce sur la pierre bleu-vert sertie dans un entrelacs d'argent.

— C'est une turquoise d'Ajax. Elle appartenait à ma grand-mère, qui était à moitié Navajo.

— Bien, dit-il avec un hochement de tête, l'air absent, comme s'il savait déjà tout cela.

Il en termina enfin avec son inspection et lui rendit sa main.

— Asseyez-vous, Lucy, commanda-t-il alors en lui désignant le canapé. Bavardons un peu, vous et moi.

Une conversation à bâtons rompus, quoi… Ne serait-ce pas plutôt un interrogatoire ?

Elle s'assit, droite comme un « i », les mains croisées sur les genoux, prête au pire.

— Mon petit-fils m'a expliqué que vous refusiez de l'épouser.

Eh bien, il n'y allait pas par quatre chemins ! Aussitôt, elle se plaça sur la défensive, même si elle trouvait positif d'en venir droit au but au lieu de tourner hypocritement autour du pot. Tony n'exagérait pas. Nonno avait beau flirter avec les cent ans, il était encore aussi vif qu'une anguille.

— C'est exact. Nous n'entretenons pas ce genre de rapports.

— Amis-amants, c'est ça ? Tony m'a expliqué.

Elle sentit ses joues s'embraser. *Oh ! mon Dieu*. Tony avait vraiment dit une chose pareille à son grand-père ? Elle douta de pouvoir en supporter davantage. Elle mourait d'envie d'être acceptée par la famille Caroselli, mais certainement pas au prix de sa fierté. Ou de ses sentiments.

— Monsieur Caroselli…

— C'est mon arrière-petit-enfant que vous portez, déclara le vieil homme. Appelez-moi Nonno.

Mais à quel jeu jouait-il ? Il la traitait presque de traînée et, la seconde suivante, elle devrait l'appeler Papi ?

— Si vous avez demandé à me voir pour me convaincre que je ne suis pas assez bien pour votre petit-fils, autant nous épargner cette conversation. Je sais parfaitement que Tony est trop bien pour moi. Et contrairement à ce que tout le monde pense, je ne suis pas tombée enceinte par préméditation, et je n'ai jamais voulu empêcher son mariage.

— Tout le monde pense cela ?

Pourquoi en serait-il autrement ?

— Je suis parfaitement consciente de ce que je suis.

— C'est pour cette raison que vous vous êtes enfuie ? demanda Nonno sans détours.

Et zut ! Il était décidément très direct.

— Je ne me suis pas enfuie, je suis partie, nuance ! Je l'ai fait parce que je pensais que ce serait mieux pour Tony. Je savais qu'il ne souhaitait pas s'engager. Surtout avec une femme comme moi.

— Mais peut-être aussi êtes-vous partie parce que vous l'aimez, en espérant qu'il vous suivrait ?

Elle essaya, mais sans succès, de dissimuler sa surprise. Comment savait-il ça ?

Peu importait. En tout cas, le désarroi qu'elle manifesta à cet instant parut beaucoup amuser son interlocuteur.

— Les vieux messieurs comme moi ont de l'expérience, mon enfant, dit-il. En amour comme en beaucoup de choses.

— L'amour n'a rien à voir là-dedans.

— Ah, les jeunes ! dit-il en hochant doucement la tête, avant de marmonner quelques mots en italien.

— Si vous tenez à faire des reproches à quelqu'un à propos de cette situation, c'est à moi que vous devez vous adresser, dit-elle. Tony n'est en rien responsable de tout ça.

— Tony est un bon garçon. Vous ne trouverez personne d'aussi loyal, d'aussi dévoué à sa famille.

Elle attendit la suite, inévitable : *Avisez-vous de lui faire du mal et vous aurez affaire à moi…*

Mais rien ne vint et, pendant un long moment, Nonno se contenta de la regarder.

— Vous aimez cuisiner, Lucy ?

Incroyable ! Cet homme avait le chic pour passer du coq à l'âne. A moins qu'il y eût un piège ? Si elle n'était pas capable de préparer un repas, elle ne méritait pas son petit-fils ?

— Un peu, oui. J'aime bien faire griller du pain, par exemple.

— Tony raffole des spaghettis sauce bolognaise que nous

préparait sa grand-mère. Venez me voir vendredi, je vous apprendrai.

Pardon ? Il voulait lui apprendre à cuisiner le plat préféré de Tony, à présent ? Ce n'était pas vraiment là l'attitude d'un homme soucieux de se débarrasser de quelqu'un. Peut-être était-ce à cause de la promesse faite à son petit-fils ? Peut-être se sentait-il obligé d'être gentil avec elle ?

— Je… D'accord, mais je ne veux pas vous déranger…

— Venez à 13 heures précises.

— Bien.

Nonno se détourna vers la fenêtre, puis il laissa échapper un long soupir et ferma les yeux. Manifestement, la conversation s'arrêtait là. Une chose était sûre, cet homme n'aimait pas parler pour ne rien dire. Et elle trouvait cela plutôt à son goût.

Elle sortit du bureau en silence. En fin de compte, Nonno n'était pas si terrible. Il avait même été charmant. Pour un peu, il lui tarderait presque d'être à vendredi. Après tout, elle n'avait rien de particulier à faire. Et elle avait toujours rêvé d'apprendre à préparer des petits plats. Cela pourrait se révéler follement amusant de cuisiner avec un vieux monsieur…

Attention, néanmoins ! Elle devait prendre garde à ne pas être trop optimiste. Il ne fallait pas se bercer d'illusions, ce en quoi elle avait toujours excellé. Mais peut-être, et peut-être seulement, que Nonno ne la trouvait pas si désagréable que cela, en fin de compte.

Tout cela fit qu'elle quitta le vieil homme plus incertaine et plus troublée qu'elle ne l'était en arrivant.

7

Fasciné, Tony scrutait l'écran tandis que la sonde allait et venait sur le ventre de Lucy. Il savait que l'échographie en 4D était capable de mettre en évidence un certain nombre de détails, mais il ne s'attendait pas à ça. A voir aussi clairement le bébé en temps réel agiter ainsi les jambes, le pouce dans la bouche. Et même bâiller !

Tony remarqua également que cet enfant avait le nez des Caroselli et les oreilles de Lucy. Enfin, pour un petit bout censé attendre encore deux mois et demi avant de venir au monde, il ne semblait pas si petit que ça.

— Souhaitez-vous voir le sexe du bébé ? demanda le médecin.

— Oui, répondit Tony.

— Certainement pas, le contra aussitôt Lucy.

Ils en avaient débattu toute la soirée de la veille et ce matin encore, avant le rendez-vous. Et pour certaines raisons évidentes connues de lui seul, Tony aurait bien aimé être fixé au plus vite.

— Je préfère garder la surprise, expliqua Lucy à la radiologue, avant de se tourner vers Tony. Si tu le sais, tu ne pourras pas t'empêcher de me le dire.

— Non, c'est faux ! protesta-t-il.

— Bien sûr que si !

— Fais-moi donc confiance…

— Je dois procéder à certains réglages, mais dans une minute ou deux, nous serons fixés sur le sexe, expliqua la spécialiste, manifestement agacée par leurs chamailleries, même si ce n'était sans doute pas la première fois qu'elle se trouvait confrontée à un tel dilemme. Voilà, nous y sommes. Si vous ne voulez pas savoir, ne regardez pas l'écran.

— Ne regarde pas ! ordonna Lucy, qui tourna aussitôt la tête et ferma les yeux.

Obéissant, Tony l'imita à contrecœur.

— Je vous dirai quand vous pourrez regarder de nouveau, indiqua le médecin.

Ce fut plus fort que lui : Tony se retourna pour jeter un coup d'œil à l'écran, mais son regard tomba d'abord sur le visage du médecin et s'y arrêta. Sourcils froncés, elle examinait l'image. S'agissait-il de concentration, ou avait-elle vu quelque chose de suspect ? Il porta à son tour le regard sur l'écran et là… Effectivement, l'image était parlante, et ne laissait aucun doute sur le sexe. Il détourna les yeux en réprimant un sourire. Fin du suspense…

Soudain, la perspective d'être bientôt père le frappa de plein fouet. Jusqu'à présent, cela relevait plus du concept que de la réalité. Le fait de voir son enfant sur cet écran, surtout de manière aussi nette, le laissait pantois.

Papa ! Il allait être responsable de ce petit être minuscule ! Cette prise de conscience, qui aurait dû le paniquer, lui laissa une sensation sans précédent de plénitude et de sérénité. Il avait toujours affirmé vouloir des enfants un jour, mais sans jamais vraiment réfléchir à ce que cela signifiait réellement. Ni à ce que cela impliquerait.

A présent, il se sentait prêt. Soudain, les trois mois qui restaient encore à attendre lui parurent une éternité.

— Parfait, dit le médecin en tendant à Lucy une poignée de mouchoirs en papier pour essuyer le gel sur son ventre, avant d'éjecter le CD de sa machine. Je reviens dans une minute.

Tony aida la jeune femme à s'asseoir.

— C'est étonnant, la clarté de l'image, dit-elle.

— Ce bébé a mon nez, dit-il.

— Et mes grandes oreilles !

Il sourit et caressa avec tendresse le lobe de ses oreilles.

— J'adore tes oreilles.

Elle lui sourit à son tour et ils échangèrent un long regard. Un regard comme ils ne devraient peut-être pas en échanger…

Le moment était mal choisi, l'endroit incongru peut-être, toujours est-il qu'en cet instant Tony fut troublé par sa beauté. Une beauté différente, profonde, entière. Sans doute était-ce parce qu'elle était enceinte. Il se demanda si faire l'amour avec elle serait différent aujourd'hui. Probablement. Il devrait faire preuve de tendresse, de patience aussi. Et Lucy avait-elle gardé le tempérament de feu qui était le sien dans leurs corps à corps ?

— J'ai quelque chose pour toi, annonça-t-il.

Chassant de son esprit toute pensée érotique, il sortit le petit écrin de velours de la poche de sa veste.

— Je voulais attendre, mais je pense que c'est le bon moment.

Elle regarda le coffret, manifestement surprise.

— Qu'as-tu fait ?

— Eh bien, j'ai d'abord pensé à des diamants, répondit-il en faisant rebondir l'écrin dans le creux de sa main. Et puis je me suis ravisé : je me suis dit, non, Lucy est trop exceptionnelle pour de simples diamants.

— Tu me trouves exceptionnelle ?

— Oui. Dans le bon sens du terme, bien sûr, précisa-t-il en lui tendant l'écrin. A la seconde où j'ai vu cette chose, j'ai su qu'elle était pour toi.

Elle souleva doucement le couvercle, comme si elle redoutait ce qu'elle allait découvrir. Et quand son regard se posa sur les boucles d'oreilles nichées sur un lit de satin blanc, elle en resta bouche bée.

— Des turquoises d'Ajax… Les mêmes pierres que sur ma bague ! C'est magnifique…

Elle devait le penser sincèrement, puisqu'elle les mit sur-le-champ. Le bleu des pierres faisait ressortir ses grands yeux verts, ses cheveux noirs et sa peau couleur café.

— Merveilleux, dit-il.

Ils échangèrent alors un autre regard d'une intensité rare. On eût dit que la salle d'examen chancelait sous ses pieds, puis il réalisa tout bêtement que c'était lui qui tremblait. Il se pencha et s'approcha du visage de Lucy, qui s'humecta les lèvres du bout de la langue, dans l'attente d'un baiser et… A cette seconde, le médecin réapparut, rompant le charme.

— Je te remercierai plus tard, chuchota Lucy, et il se prit à espérer qu'elle pensait le faire de la façon dont il rêvait.

— Puis-je vous faire patienter en salle d'attente ? demanda le médecin.

Tony sentit son sang se glacer.

— Un problème ?

— Le docteur Hannan a simplement besoin d'une petite minute pour examiner les clichés. Nous viendrons vous chercher s'il souhaite vous voir.

Elle les fit entrer dans la salle d'attente, heureusement déserte, puis disparut. Assise à côté de lui, Lucy semblait au moins aussi nerveuse que lui.

— Tu crois que quelque chose ne va pas ? souffla-t-elle.

— Mais non ! Le docteur veut juste examiner le tout en détail, du fait de la petite taille du bébé, répondit-il.

Mensonge. Car en fait, c'était bien de la préoccupation qu'il avait surprise sur le visage de la radiologue. Il en était convaincu à présent, elle avait vu quelque chose qui ne lui plaisait pas.

— Je n'ai pas l'impression qu'il soit si petit que cela, remarqua Lucy, une main sur son ventre.

— Je ne suis pas un expert, mais il ne m'a pas paru petit à moi non plus.

— Tu regrettes de ne pas savoir, pour le sexe ?

— Bah…, marmonna-t-il avec un haussement d'épaules.

— Quoi, bah ?

— Rien, bah, c'est tout.

Elle fronça alors les sourcils, l'air indigné.

— Tu as regardé, c'est ça ?

— Pourquoi aurais-je fait une chose pareille ?

— Ne mens pas ! Tu as regardé. Avoue !

Il se contenta de sourire.

— Enfin, Tony, nous étions d'accord !

— Faux ! répondit-il. Je n'ai jamais donné mon accord sur quoi que ce soit.

— Surtout, ne t'avise pas de me le dire ! répliqua-t-elle, avant de laisser échapper un soupir. Je refuse de savoir, vraiment.

— Je ne dirai pas un mot. A personne.

— Tu promets ?

— Devrais-tu te mettre à genoux devant moi et m'implorer que je ne te le dirais pas ! Je t'en fais le serment.

Elle le dévisagea avec gravité, soupçonneuse, mais il remarqua comme l'ombre d'un sourire dans ses yeux. A cet instant, la porte de la salle d'attente s'ouvrit et tous deux se figèrent quand l'infirmière apparut.

— Mademoiselle Bates, le docteur Hannan va vous recevoir.

Lucy marmonna un juron d'une grossièreté rare que Tony ne lui avait jamais entendu prononcer. Il lui prit la main, mêlant leurs doigts. Elle s'agrippa aussitôt à lui et tous deux se dirigèrent vers une salle d'examen.

— Il vient tout de suite, dit la jeune femme, avant de les laisser en refermant la porte derrière elle.

— C'est ma faute, dit Lucy lorsqu'il l'aida à prendre place sur la table d'examen.

Elle lui tenait toujours la main et le serrait si fort qu'il ne sentait presque plus ses doigts.

— Nous ne savons même pas s'il y a un problème, lui fit-il remarquer.

Et s'il y en avait un, ce pouvait être quelque chose de génétique venant de lui, et sur lequel Lucy n'avait aucun contrôle.

— S'il n'y avait pas de problème, nous ne serions pas ici, répondit-elle avec une logique irréfutable.

— Pas nécessairement…

A vrai dire, il pensait comme elle et l'angoisse lui nouait le ventre, mais pas question de le montrer ! Lucy devait comprendre qu'il était fort, elle devait pouvoir s'appuyer sur lui. Dire que, quelques jours plus tôt à peine, il ne savait rien du bébé, et qu'aujourd'hui il déplacerait des montagnes pour que cet enfant soit en bonne santé !

Ils durent patienter une vingtaine de minutes, seuls avec leur nervosité, en s'efforçant de parler de choses et d'autres. Quand le médecin se présenta enfin, Lucy était sur des charbons ardents.

— Désolé pour cette attente…

— Il y a un problème ? s'enquit aussitôt Lucy en voyant le docteur Hannan s'apprêter à lui reprendre la tension.

— Avez-vous tendance à être nerveuse chez le médecin ? Votre tension est un peu élevée aujourd'hui.

— Je déteste les examens médicaux, c'est vrai…

Le docteur Hannan lui écouta le cœur et les poumons. Le silence régnait.

— Je vais devoir demander à l'infirmière de vous faire une autre prise de sang, reprit-il enfin, imperturbable. J'aimerais procéder à des examens complémentaires. Jusqu'aux résultats, tâchez de vous reposer le plus possible.

— Vous me demandez de rester couchée ?

— Non, ce que je veux, c'est que vous ne vous fatiguiez pas. Evitez la position debout trop longtemps, ou faites des pauses de quelques minutes toutes les heures.

— Entendu ! acquiesça-t-elle.

A ce moment, Tony sut exactement ce qu'elle pensait. Lucy était quelqu'un d'actif, il lui serait pénible de ralentir le rythme.

— Je vous renvoie l'infirmière, dit le médecin.

— Devons-nous nous inquiéter ? s'enquit Tony.

— Ce n'est sans doute rien, mais je préfère parer à toute éventualité. Je devrais recevoir les résultats de l'examen sanguin vendredi au plus tard.

Ils devraient donc patienter deux jours entiers ?

— Et pour l'échographie ? interrogea Lucy. Tout allait bien ?

— Je vais demander l'avis d'un collègue pour m'en assurer, mais a priori, tout semble en ordre. La taille du bébé m'inquiète un peu, mais je pense qu'avec une alimentation adéquate, il va rapidement atteindre le poids requis.

Hannan rédigea quelques notes dans le dossier médical de Lucy, puis arriva l'infirmière, qui préleva à la future maman trois fioles supplémentaires de sang. Pourvu qu'il en restât pour le bébé ! songea Tony. Lucy était livide. Pourtant, après quatre mois sous le soleil de Floride, elle aurait dû être bronzée. Mais peut-être était-elle restée cloîtrée chez sa mère…

Sur le trajet du retour, elle ne cessa de promener la main sur son ventre. Pour meubler le silence, Tony alluma la radio, choisit même une station diffusant de la techno, musique que Lucy adorait.

— Et si quelque chose n'allait pas ? demanda-t-elle subitement en éteignant la radio.

Dans ce cas, ils se battraient.

— Comme l'a dit le docteur, inutile de s'inquiéter à ce stade.

— Facile à dire, pour toi !

— Absolument pas ! protesta-t-il. Moi aussi, je me fais du souci.

— Pardon. Je suis injuste. Bien sûr que tu te fais du souci…

— Tu sais ce qui faciliterait les choses ?

— Quoi donc ?

— Que tu m'épouses.

Elle le fusilla du regard. Manifestement, c'était toujours non.

— Bon, peu importe quel est le problème. Nous nous battrons ensemble, Lucy. Et tout finira par s'arranger.

— Tu as raison, dit-elle avec l'ombre d'un sourire. Je dois penser de manière positive.

Il lui sourit, heureux qu'elle l'ait cru. Dommage qu'il ne pût se convaincre lui-même.

Lorsque Nonno lui avait promis de lui apprendre à préparer la sauce bolognaise, Lucy s'était imaginé le regarder faire. Elle s'était trompée. Pour le vieil homme, rien ne valait la pratique. Elle ne put s'empêcher de penser cependant que la cuisinière devait être en congé ce jour-là, et qu'il avait trouvé une remplaçante en la personne de Lucy.

Même si cette visite l'angoissait, elle valait mille fois mieux que de tourner en rond chez Tony, à se torturer en essayant de comprendre ce qui n'allait pas chez le bébé. Ou chez elle. Ou, pire encore, chez les deux. Tony ne devait pas se sentir beaucoup mieux, car, au lieu de rentrer après l'avoir déposée chez Nonno, il se rendit au bureau, alors qu'il avait juré à la jeune femme de ne pas y mettre les pieds avant la semaine suivante. Honnêtement, elle ne pouvait lui en vouloir.

Pour commencer, Nonno demanda à Lucy de prendre un certain nombre d'ingrédients dans le garde-manger et le réfrigérateur, ainsi qu'une grosse cocotte au moins centenaire dans le placard.

Puis le patriarche se hissa sur un tabouret du comptoir, d'où il la guida à travers toutes les étapes de la recette, lui ordonnant d'ajouter une pincée de ceci, une cuillerée de cela. Jamais, en revanche, il ne lui conseilla d'utiliser un quelconque doseur, comme si l'usage d'un tel ustensile était pour lui une hérésie.

— Ce n'est pas si difficile, remarqua-t-elle en s'essuyant les mains au tablier qu'il lui avait demandé de nouer à sa taille. Et ça sent bon !

— Vous êtes une bonne élève.

— En fait, je ne suis pas sûre de tout me rappeler.

— Ne vous inquiétez pas pour ça ! Je vous noterai tout.

— Avec les quantités précises ?

— Oui, avec les quantités précises.

— Je les recopierai sur mon journal intime. De cette façon, je les aurai toujours à disposition.

— Mon Angelica aussi tenait un journal intime, confia

Nonno. Je l'ai déposé avec elle dans son cercueil. Mes enfants m'en ont beaucoup voulu pour ça.

— Ils auraient aimé le lire ?

— Oui, mais ce journal renfermait les pensées intimes d'Angelica et cela ne regardait personne, pas même moi.

— Mon journal à moi est en ligne, indiqua Lucy, et il faut un mot de passe pour y accéder. Au début, c'était un simple exercice pour l'école, mais j'ai éprouvé beaucoup de plaisir à écrire, et depuis je continue.

— Venez vous asseoir près de moi, dit Nonno en tapotant le tabouret à côté du sien.

Elle se demanda si Tony lui avait parlé des recommandations du médecin : éviter autant que possible la station debout. Presque deux jours qu'elle restait assise à se morfondre, c'était un bonheur de pouvoir bouger, de sortir un peu de l'appartement. Si le médecin décidait de la mettre au lit pour le restant de sa grossesse, elle craignait de devenir folle.

— Reposez-vous un moment, reprit Nonno. Ensuite, nous nous occuperons des spaghettis.

Comme si elle ne savait pas faire cuire des pâtes ! Elle se rinça les mains sous le robinet de l'évier et vint s'asseoir près du vieil homme.

— Comment avez-vous appris à cuisiner ?

— Ma mère. Elle travaillait comme cuisinière au service d'une riche famille, dans notre village. Elle fabriquait également des confiseries, qu'elle vendait aux magasins de la région. Et j'avais l'habitude de l'aider.

— Et que faisait votre père ?

— Il était commerçant. Mais j'étais tout petit quand il est décédé.

— Vous êtes resté seul avec votre maman ?

— Oui, rien que tous les deux. Nous ne roulions pas sur l'or et il m'arrivait souvent d'aller dormir le soir la faim au ventre.

Cela leur faisait un point commun.

— Comme vous, ajouta Nonno, comme s'il savait déjà tout à son sujet.

— Quoi, Tony vous a raconté ?

— Non, j'ai deviné, répondit-il en lui tapotant affectueusement la main.

Chose étrange, ce geste donna subitement envie de pleurer à Lucy. Le vieil homme faisait preuve d'une extrême gentillesse envers elle. En dépit de ce qu'elle était.

— Maman et moi n'étions pas riches, en effet, avoua-t-elle. Et nous étions seules, nous aussi.

— J'aidais ma mère de mon mieux, raconta Nonno. Parfois, je faisais du porte-à-porte au village avec mon petit chariot pour vendre nos bonbons. C'est comme ça que j'ai rencontré Angelica.

— Et vous avez eu un coup de foudre ? demanda-t-elle.

— Oui. Mais elle appartenait à un milieu aisé et ses parents ne voulaient pas d'un marchand ambulant pour gendre.

— Vous avez fui ensemble ?

— Nous avions tout prévu, mais ses parents ont découvert notre projet. Puis ils ont décidé d'émigrer et ils ont emmené Angelica loin de moi. En Amérique.

Eh bien, pas très compréhensifs, les parents de la belle ! Emmener leur fille de l'autre côté de l'Atlantique pour mettre un terme à sa relation avec un pauvre colporteur !

— Qu'avez-vous fait ?

— Ma foi, je l'ai suivie.

— Jusqu'ici ? Jusqu'à Chicago ?

Il acquiesça d'un hochement de tête et sourit à ce souvenir.

— Elle était l'amour de ma vie. Mon âme sœur. J'aurais remué ciel et terre pour elle. Nous avons recommencé à nous voir en secret, jusqu'au jour où son père a appris la vérité.

— Et qu'a-t-il fait ?

— Lorsqu'il a compris que je ne renoncerais pas aussi facilement, il m'a fait une proposition : il me donnerait la main de sa fille le jour où je saurais lui offrir un niveau de vie digne d'elle. Le défi n'était pas évident à relever pour un garçon comme moi, modeste vendeur de confiserie. Le jour même de l'ouverture de mon premier magasin de chocolats, dans le centre-ville de Chicago, je suis allé faire ma demande au papa. Il m'a traité de fou, en disant que mon commerce ferait vite faillite. Que je ne gagnerais jamais ma vie de manière décente avec des chocolats et que je serais incapable de faire le bonheur de sa fille. Une année plus tard, à la tête d'une fabrique et de trois magasins, je suis retourné le voir…

— Et alors ?

— Alors, il nous a donné sa bénédiction, répondit Nonno en souriant.

— Quelle histoire romantique ! soupira Lucy, rêveuse.

Tony lui avait raconté que son grand-père avait débarqué dans ce pays avec vingt dollars en poche, mais elle n'avait pas réalisé comme Nonno avait dû travailler dur pour se trouver aujourd'hui à la tête de l'empire Caroselli. A cette idée, elle se sentit un peu moins intimidée.

— Vous imaginez combien ma vie aurait été différente si je l'avais écouté, au tout début ? Si je m'étais dit que je n'étais pas assez bien pour sa fille ? Mais non, au lieu de baisser les bras, je me suis battu pour lui prouver qu'il se trompait à mon sujet. Je pense néanmoins qu'il sentait que j'étais capable de réussir et qu'il croyait en moi. Il s'est contenté de forcer un peu le destin, voilà tout. En vérité, c'est grâce à cet homme si j'en suis là aujourd'hui.

Il avait eu bien de la chance d'avoir quelqu'un pour croire en son potentiel. Quelqu'un pour se soucier de lui au point de le pousser dans la bonne direction.

— Et maintenant, les pâtes ! lança Nonno en se frottant énergiquement les mains. Il nous faut de la farine et des œufs.

De la farine et des œufs ? Quel besoin ?

— Et dans le garde-manger, sur l'étagère du haut, vous trouverez la machine à pâtes.

— Vous… Vous voulez dire que je vais devoir fabriquer des pâtes ? Moi ?

— C'est une recette de ma mère, elle est infaillible, expliqua le vieil homme, avant d'ajouter en se tapotant la tempe : et tout est là !

Le premier réflexe de Lucy fut de déclarer forfait, mais une fois dans le feu de l'action, elle s'aperçut que ce n'était pas une affaire d'Etat. De son côté, Nonno mit littéralement la main à la pâte et l'aida de A à Z. Une fois les pâtes découpées et mises à sécher, elle alla vérifier la sauce qui mijotait sur le feu. Un parfum d'Italie se dégageait de la vieille cocotte. Son estomac gargouilla si fort que Nonno l'entendit.

— Ah ! s'exclama-t-il avec un sourire qui alluma des étincelles dans ses yeux. Cela a l'air de vous plaire…

— Je suis impatiente de goûter ! Je crois cependant que nous avons préparé un plat pour une armée entière.

— C'est que nous avons des invités, ce soir.

Cuillère de bois à la main, Lucy se figea. *Ce soir ?*

— Quel genre d'invités ?

— La famille, bien sûr.

8

— Ils viennent tous dîner ici, le dernier vendredi du mois, expliqua Nonno.

Et on était effectivement le dernier vendredi du mois, comprit-elle après un rapide calcul, effarée.

— Ce dîner que je viens de préparer est donc destiné à votre famille ?

Nonno hocha la tête.

Elle le savait pourtant. Tony dînait chez son grand-père chaque dernier vendredi du mois, mais elle l'avait oublié. En un éclair, elle perdit tout appétit. Pire, elle fut même prise de nausées.

— Je dois me reposer un peu, déclara Nonno en descendant de son tabouret avec prudence. A mon réveil, nous nous occuperons de la salade.

Il attendait apparemment qu'elle ne bougeât pas d'ici. Bien. Qu'était-elle censée faire ? Il avait été si gentil avec elle, aujourd'hui ! Elle n'allait tout de même pas se sauver comme une voleuse. Pourtant, la perspective de rencontrer l'ensemble de la tribu était loin de la réjouir. Autant sauter tout de suite dans la fosse aux lions…

— Marchez un peu avec moi ! proposa alors Nonno en s'appuyant à son bras.

Tout en se dirigeant vers l'ascenseur, Lucy repensa au récit du vieil homme. Il n'avait pas hésité à se lancer à la poursuite d'Angelica, l'amour de sa vie, à l'autre bout du monde. Une belle histoire. Pourtant, elle sentit une tristesse infinie l'envahir. Un jour, peut-être, quelqu'un l'aimerait elle aussi au point de remuer ciel et terre pour elle.

— Vous aviez raison, dit-elle alors sans réfléchir. Lorsque je suis partie, j'espérais que Tony me suivrait. Mais il n'en a rien fait.

Un aveu douloureux. Pour la première fois de son existence, elle s'était laissée aller à espérer quelque chose. Quelque chose d'immense. Un amour absolu. Quelle erreur de sa part !

Nonno serra son bras avec compassion, tout en pénétrant avec elle dans l'ascenseur.

— Je n'étais pas censée tomber amoureuse de lui, ajouta-t-elle à voix basse, ressentant encore le besoin de se confier. Je ne savais même pas ce qu'était l'amour. Cela m'est tombé dessus comme ça. Mais Tony, lui, ne m'aime pas, la vérité est aussi simple que ça.

— Vous lui avez dit que vous l'aimiez ?

— Certainement pas ! Ce serait trop humiliant.

— Parce que, selon vous, il ne vous aime pas ? interrogea Nonno d'un ton perplexe.

— Non…, souffla-t-elle.

— Vous lisez donc dans les pensées, si je comprends bien !

— Pas du tout ! protesta-t-elle. Mais…

— Comment voulez-vous que Tony sache que vous l'aimez si vous ne le lui dites pas ?

Parce que ses sentiments à elle n'avaient aucune sorte d'importance.

— Tony vous a expliqué comment nous fonctionnions : nous étions amis-amants. Dans notre relation, c'était l'amitié qui primait. Pas l'amour. Il n'y a rien à rajouter. Pour lui, il en est ainsi depuis le début et il n'y a aucune raison pour que ça change. Il n'y est pour rien si j'ai brisé les règles.

— Vos sentiments pour lui ont évolué. Pourquoi n'en serait-il pas de même en ce qui le concerne ?

Mais pourquoi cet interrogatoire ?

— Tony vous a parlé de quelque chose ? demanda-t-elle.

— Tony m'a parlé de beaucoup de choses, répondit Nonno avec un sourire vague.

Comment fallait-il prendre ces paroles ? Difficile de le savoir. La porte de l'ascenseur s'ouvrit et Nonno en sortit. Elle s'attendait à ce qu'il fît une dernière remarque, mais il rentra directement dans sa chambre et referma derrière lui sans rien ajouter.

Mais qu'avait-il essayé de lui faire comprendre ? Elle prit l'escalier pour redescendre et appela Tony. Elle aurait aimé qu'il vienne la chercher tout de suite, de manière à ce qu'elle puisse se changer pour la soirée. Avec ses leggings noirs et son long sweat, elle n'était pas habillée pour l'occasion. Toutefois, Tony ne décrocha pas, aussi laissa-t-elle un message.

De retour dans la cuisine, elle sursauta en découvrant un homme en train de humer la sauce dans la cocotte. Tony ! Toujours à l'heure, décidément…

— Coucou, je viens juste de t'appeler ! lança-t-elle.

A l'instant où il se redressa, elle remarqua les cheveux grisonnants.

— Oh ! excusez-moi ! se reprit-elle en rougissant. Je vous ai pris pour Tony.

— Demitrio, se présenta l'inconnu. L'oncle de Tony.

Le P.-D.G. des Chocolats Caroselli en personne ! Elle l'aurait cru plus… Plus intimidant peut-être. Mais dans son jean et son polo, il semblait tout à fait inoffensif.

— Vous devez être Lucy, dit-il.

Elle serra la main qu'il lui tendait, troublée par sa ressemblance avec Tony. Pas uniquement sur le plan physique, mais dans la voix également. En fermant les yeux, à les écouter tous les deux, elle aurait eu bien du mal à deviner qui était le bon.

Elle imaginait sans peine les pensées qui devaient se bousculer dans la tête de cet homme à ce moment précis. Par exemple, que faisait cette étrangère dans la maison de son père ?

— Vous vous interrogez sans doute sur les raisons de ma présence ici ? lâcha-t-elle.

Il sourit. Le même sourire en coin qu'elle avait vu un million de fois chez Tony.

— Je pense que ce tablier taché de sauce tomate parle de lui-même.

— Oh ! c'est vrai ! répondit-elle en riant. J'ai eu droit à un cours de cuisine.

— J'avais compris. Nonno est dans le coin ?

— Il vient juste d'aller faire un petit somme.

— Ma contribution au dîner, dit Demitrio en désignant un sac avec des baguettes de pain sur la table. Je risque d'être en retard ce soir, alors j'ai préféré l'apporter maintenant.

— Je suis certaine qu'il appréciera.

Demitrio lui décocha un sourire si semblable à ceux de Tony qu'elle en fut parcourue de frissons. Elle dut faire une drôle de tête, car il demanda :

— Tout va bien ?

Elle haussa les épaules pour dissiper sa confusion, mal à l'aise.

— Oui, oui, désolée. Je ne voulais pas vous dévisager ainsi. C'est juste que Tony et vous, vous vous ressemblez tellement… En fait, on dirait lui !

— Comme deux gouttes d'eau, plaisanta Demitrio.

Ils avaient également le même sens de l'humour et quelque chose, chez cet homme, la mettait à l'aise. Comme avec Tony le jour de leur première rencontre. Et si elle faisait le compte, elle en était à trois membres de la famille qui ne semblaient pas lui vouer de haine particulière. Quatre, avec Tony. Il n'en restait plus qu'une dizaine.

— Oh ! mais c'est Lucy ! fit une voix féminine derrière elle.

Elle se retourna : Sarah, la mère de Tony, fit irruption dans la cuisine, un grand sourire aux lèvres. Sourire qui s'estompa lorsqu'elle aperçut Demitrio. La nouvelle venue se figea alors.

— Tiens ! Bonjour, Demitrio, lança-t-elle d'un ton nettement moins enthousiaste.

— Bonjour, Sarah, répondit l'intéressé, l'air tout aussi tendu. J'allais partir…

Lucy demeura immobile, gênée. Visiblement, ces deux-là n'étaient pas ravis de se voir.

— Enchanté d'avoir fait votre connaissance, Lucy, reprit Demitrio.

— Moi aussi. A ce soir, alors !

Une fois Demitrio parti, Sarah sourit de nouveau à Lucy, mais celle-ci comprit que la mère de Tony était bouleversée par cette rencontre. Pour quelle raison, elle l'ignorait, et cela, de toute façon, ne la regardait pas.

— Je suis venue m'assurer que Nonno ne vous menait pas la vie trop dure, déclara Sarah. Tony m'a expliqué que le médecin vous a déconseillé de rester trop longtemps debout.

— Vraiment ? dit-elle, surprise.

Tony et elle ne s'étaient-ils pas entendus pour ne rien dire à la famille tant qu'ils n'auraient pas reçu les résultats des examens ?

— En réalité, rectifia Sarah, Tony ne m'a rien dit de son plein gré. J'ai simplement déjeuné avec Gina hier et elle m'a raconté que Nick et Terri vous avaient croisés chez le docteur Hannan. Suite à ça, je suis allée faire subir un interrogatoire en bonne et due forme à mon fils adoré.

— Gina… ?

— Ma belle-sœur, la maman de Nick. Qui, officiellement, n'est plus ma belle-sœur depuis son divorce avec Leo, mon beau-frère. Cependant, ils viennent juste d'arrêter une date…

— D'arrêter une date ?

— Pour leur remariage.

— Ils vont se remarier ?

— Oh ! j'attends de voir…, répondit Sarah avec un haussement d'épaules, comme si elle était dépassée par les événements. J'aime Gina comme une sœur, mais elle a toujours été un peu… écervelée. Mais je n'ai pas le droit de porter un tel jugement…

Bien des secrets semblaient décidément hanter cette famille !

— Assez parlé des autres, enchaîna Sarah en balayant le sujet d'un geste. Comment vous sentez-vous ?

— Physiquement, bien. J'ai du mal à croire qu'il puisse y avoir un souci.

— Vous n'avez pas de nouvelles du médecin ?

— Pas encore. Je devrais recevoir un coup de fil aujourd'hui.

— Essayez de ne pas trop vous inquiéter. Mon instinct me dit que tout ira bien. J'ai une sorte de sixième sens pour ce genre de choses.

Lucy l'espérait, mais elle n'avait qu'une confiance toute relative en la vie. C'était plus fort qu'elle, elle avait peur pour le bébé. Et si elle n'avait jamais particulièrement cru en Dieu, s'il existait, peut-être lui ferait-il une faveur cette fois-ci.

— Avez-vous commencé à dresser une liste des choses dont vous allez avoir besoin ? s'enquit Sarah.

— Des choses ? Quelles choses ?

— Eh bien, pour le bébé ! Trois mois avant la naissance, c'est le moment, croyez-moi, je sais de quoi je parle. Mieux vaut se tenir prête.

— Eh bien, je manque à peu près de tout. Mais peut-être pourrions-nous attendre d'avoir des nouvelles du médecin. Je ne voudrais pas dépenser de l'argent inutilement…

— Oh ! Lucy ! s'exclama Sarah.

En un geste totalement inattendu, elle l'attira alors dans ses bras et la serra contre elle. Surprise, la jeune femme ne sut comment réagir. Elle ne se souvenait même pas si sa propre mère l'avait prise ainsi dans ses bras un jour, avec une telle compassion, une telle tendresse.

Quelque chose la pressait de s'arracher à cette étreinte, de garder ses distances, mais elle était fatiguée d'être seule. Fatiguée de constamment repousser les autres. Aussi n'en fit-elle rien. Elle inspira profondément et serra en retour Sarah contre son cœur, étouffant au passage quelques larmes.

— Ma chérie, tout ira bien, promit Sarah en lui tapotant affectueusement le dos, comme une vraie maman, une maman qui se soucierait d'autre chose que d'elle-même. Détendez-vous…

Alors, consciente de se ridiculiser, mais incapable de résister, Lucy se mit à pleurer doucement, soulagée que personne d'autre ne fût là pour assister à sa débâcle.

— J'ai raté quelque chose ? demanda une voix féminine avec un net accent français derrière elle.

Catastrophe ! Lucy s'essuya les yeux et le bout du nez à la hâte. A l'entrée de la cuisine se tenait une grande blonde de l'âge de Sarah apparemment, mais faisant beaucoup plus jeune et plus branchée, avec son jogging, son sweat crème et sa queue-de-cheval. Mais lorsque la nouvelle venue vit les larmes de Lucy, son sourire disparut et elle laissa tomber son sac sur le comptoir.

— Oh ! Ciel ! Qui donc est mort ?

— Tony ? Je te réveille ?

Tony sursauta dans son fauteuil et regarda autour de lui, désorienté, avant de s'apercevoir qu'il était encore au bureau.

— Tu ne vas pas chez Nonno ce soir ?

Il leva les yeux sur son oncle Demitrio face à lui, puis se tourna vers la baie vitrée. La nuit tombait. Mon Dieu, combien de temps avait-il dormi ?

— Si, bien sûr, acquiesça-t-il.

— Tu m'emmènerais ? Ta tante Madeline a pris la voiture.

— Pas de problème, dit Tony en se frottant les yeux. Quelle heure est-il ?

— 18 h 30.

— 18 h 30 ?

Il bondit aussitôt de son fauteuil. Il se souvenait vaguement d'avoir fermé les yeux dans l'idée de s'assoupir une vingtaine de minutes. En réalité, il avait dormi deux heures et demie. Lucy allait être furieuse ! Elle devait être en train de se morfondre chez Nonno tout en le maudissant.

— Manque de sommeil ? demanda Demitrio, l'air amusé.

— Depuis le retour de Lucy, je dors peu…

Au sourire de son oncle, Tony comprit que sa réponse avait mal été interprétée.

— Non, en fait, j'ai prêté ma chambre à Lucy et je dors sur le canapé du bureau. Question confort, il y a mieux…

— Oh ! alors, vous deux, vous n'êtes pas…

— Pour être franc, je ne sais pas moi-même ce que nous sommes, Lucy et moi, répondit-il. Bien, on y va ?

— Quand tu veux !

Tony attrapa sa veste et tous deux sortirent pour prendre l'ascenseur.

— Tu me sembles bien pressé, remarqua son oncle.

— Je voulais aller chez Nonno beaucoup plus tôt, de manière à être auprès de Lucy quand les autres arriveraient. Elle n'a pas de vraie famille, elle ne sait pas ce que c'est, et tu sais combien la nôtre peut être intimidante quand on ne nous connaît pas.

— Quel euphémisme ! répondit Demitrio dans un éclat de rire.

— Ils vont la dévorer toute crue, marmonna Tony, une fois dans l'ascenseur.

— Ça, j'en doute. J'ai fait la connaissance de Lucy, figure-toi, quand je suis passé chez Nonno tout à l'heure. Elle m'a semblé de taille à se défendre toute seule.

— C'est exact. Un peu trop, peut-être…

Le trafic était dense et, lorsqu'ils arrivèrent chez Nonno, la soirée avait commencé sans eux. De tout temps, le dîner se prenait à 19 heures, un rite immuable, et celui qui avait le malheur de se présenter en retard devait soit manger froid, soit ne pas manger du tout s'il ne restait rien. Ces retrouvailles mensuelles étaient l'occasion pour tous de se détendre et de faire un festin.

Tony vit que Lucy était assise à côté de Nonno, une place de choix, à la droite du patriarche. Juste après se trouvait sa mère puis son père. Lucy était en pleine conversation avec ses voisins et elle souriait. Toutefois, il y avait quelque chose de différent dans son expression, ce soir. Etrangement, il n'avait encore jamais remarqué cette petite lueur dans ses yeux quand elle souriait.

A ce moment, il dut se faire violence pour ne pas se diriger droit vers elle pour la prendre dans ses bras. Il se fichait de se donner en spectacle. Il avait juste envie, besoin de la toucher. Et il voulait se faire pardonner son incroyable insouciance. Si elle le giflait, ce serait bien fait pour lui.

— Vous êtes en retard ! leur lança Nonno, alors que l'ensemble des convives se tournait vers eux dans un même élan, Lucy comprise.

Elle le regarda et il attendit, certain que son sourire allait s'effacer, mais il n'en fut rien. Au contraire, il s'élargit. Serait-elle heureuse de le voir ?

— Venez vous asseoir ! ordonna Nonno.

Tante Madeline avait réservé une place à côté d'elle pour son mari, aussi Tony dut-il se contenter de la dernière chaise libre, à côté de Nick, au bout de la table. Autant dire à des kilomètres de Lucy. Quand le plat arriva à sa hauteur, il se servit copieusement, sans quitter, ou si peu, Lucy des yeux. Oui, décidément, il y avait quelque chose de différent chez elle. Des étincelles dans son regard, une lumière qui auréolait tout son être, comme si elle avait été touchée par la grâce depuis qu'il l'avait déposée chez Nonno cet après-midi. A moins que ce ne fût la perception qu'il avait d'elle qui ait changé ?

Lucy n'aimait pas parler de sa famille et sans doute avait-elle ses raisons. Son enfance avait peut-être été pire que ce qu'il imaginait. Se pouvait-il que ce fût la première fois qu'il la vît sourire ainsi ? Un sourire qui semblait venir du plus profond de son être. A cette pensée, il sentit sa gorge se serrer.

Bon sang, mais qu'est-ce qui clochait chez lui ? Quel était donc ce besoin aussi subit que viscéral de protéger cette femme, de veiller sur elle ? Jamais il n'avait ressenti ce genre de chose. La certitude de se sentir prêt à tout pour elle. Pour la rendre heureuse…

Soudain, son cœur se serra. Et s'il venait à la perdre ? S'il découvrait un jour qu'elle était partie, qu'elle l'avait abandonné ? Il serra les dents. Non, il ne pourrait supporter cela une deuxième fois.

— Lucy a l'air en forme, lui glissa Nick en lui passant le plat de carottes. Tout le monde l'apprécie, ici. Franchement, tu aurais pu nous la présenter plus tôt…

Tony leva les yeux au ciel. Chez les Caroselli, on ignorait la notion de vie privée.

— Tu sors avec elle depuis… allez, un an, c'est ça ?

— Plus ou moins, marmonna-t-il.

Si l'on pouvait appeler ça « sortir avec elle ». En fait, ils passaient juste du bon temps ensemble. Et si Nick espérait des détails, il serait déçu. Mais son cousin n'insista pas quand Tony changea de sujet. Facile, Nick adorait par-dessus tout parler de lui.

— Alors, cette échographie ? s'empressa donc de demander Tony. Vous connaissez le sexe du bébé ?

— Ah, c'est vrai, tu n'étais pas là…

— Que veux-tu dire ?

— Terri a tenu à annoncer la nouvelle à tout le monde, avant le repas.

— Une vraie Caroselli…

— Pire que nous…, marmonna Nick.

— Eh, j'ai entendu ! lança à cet instant Terri, deux chaises plus loin, avec un regard courroucé à son mari.

Nick lui envoya un clin d'œil accompagné d'un baiser et aussitôt, elle se radoucit.

— C'est une petite fille ! dit-elle.

— Bravo, félicitations !

— Et comment se passe la grossesse de Lucy ? demanda Terri.

— Pendant des semaines, Terri a souffert de nausées, expliqua Nick. Mais des nausées qui, bizarrement, ne surviennent jamais le matin. Impossible de les prévenir. D'un seul coup, elle blêmit et se précipite dans la salle de bains. Quand il y a salle de bains à proximité.

Face à Nick, sa sœur Jessica le houspilla.

— S'il te plaît, pourrions-nous parler d'autre chose ?

— Oh ! Désolé ! s'excusa Nick, qui enchaîna en se tournant vers Tony. Mais le plus dur, ce sont les trois premiers mois, si tu veux mon avis.

— J'ai raté cette partie-là, avoua Tony.

— Eh bien, c'est une chance !

Ce n'était pas l'avis de Tony. Il avait même l'impression que c'était tout le contraire. Et son désarroi dut se lire sur son visage, car Nick ajouta :

— Pardon. C'est idiot, ce que je viens de dire. Et méchant.

— Ne t'en fais pas pour ça, répondit Tony en lui souriant.

— Tu peux me balancer ton poing dans la figure si ça doit te soulager, suggéra Nick.

— Non, merci, répondit Tony en riant. Mais j'apprécie la proposition.

— Tu sais, je te trouve changé depuis quelque temps, dit encore Nick.

— Ce n'est pas toutes les semaines qu'un homme apprend que son ex est enceinte d'un enfant dont il est le père.

— Non, non ! répondit Nick. Ça a commencé bien avant. Avant Alice, même. En fait, j'ai commencé à noter un changement chez toi quand Lucy est partie.

Après son départ, il avait en réalité cru se retrouver. Tel qu'il était, avant de faire la connaissance de Lucy. Mais apparemment, cet homme-là avait tout bonnement cessé d'exister. Rencontrer Lucy l'avait métamorphosé. Et il ne l'avait compris que bien après qu'elle fût partie.

— Je crois que son départ m'a touché plus que je n'étais prêt à le reconnaître.

— L'amour est une drôle de chose, hein ? Terri et moi, nous avons été amis plus de vingt ans avant de comprendre ce que nous représentions réellement l'un pour l'autre. S'il n'y avait pas eu Nonno et ses millions, peut-être ne l'aurions-nous jamais réalisé.

Etait-ce ce qui lui arrivait ? Etait-il en train de tomber

amoureux de Lucy ? Ou se pouvait-il qu'il le fût déjà ? Difficile à dire, n'ayant jamais été amoureux, il manquait de points de repères.

Le dîner s'éternisa, puis Lucy aida à débarrasser, ce qui prolongea encore la soirée. Ensuite, son père et son oncle Leo lui parlèrent du travail. De chocolat, leur sujet favori. Lorsqu'il réussit enfin à s'esquiver, il partit à la recherche de Lucy, qu'il trouva sur le canapé, entourée d'enfants.

Elle lui sourit et il lui fit signe de le suivre, mais quand elle se leva, sa sœur Elana l'intercepta. Il y avait certes quelque chose de réjouissant à constater que Lucy s'entendait bien avec tout le monde, mais il y avait des limites ! C'était d'ailleurs pour cette raison qu'il n'avait jamais présenté ses conquêtes à sa famille. Tout de suite, la tribu accaparait les nouveaux venus, ce qui avait le don de l'exaspérer. Pourtant, aujourd'hui, cette manière qu'ils avaient tous de s'inviter ainsi dans la vie d'autrui, il leur en était reconnaissant. Ce qui était une grande première…

— Puis-je t'emprunter Lucy ? demanda-t-il à sa sœur au bout de quelques minutes.

— Quel culot ! s'exclama Elana. Monsieur arrive en retard et il faut être à ses ordres ! Eh bien, si j'étais Lucy, je refuserais moi aussi de t'épouser, goujat !

— Dire que vous vous demandez encore pourquoi je n'ai jamais amené personne à ce dîner familial ! soupira-t-il en prenant la main de Lucy.

— Où allons-nous ? s'enquit celle-ci.

— N'importe où, du moment que nous pouvons avoir un peu d'intimité, répondit-il.

Il l'entraîna à l'étage, dans la chambre d'amis, et mit le verrou une fois à l'intérieur. Puis il lui fit face.

— Eh bien !

— Je sais, répondit-elle en baissant les yeux. Je suis énorme.

— Qu'est-ce que tu racontes. Tu es sublime !

— Euh… C'est la robe, affirma-t-elle en effleurant la soie sur son ventre. Ta sœur me l'a prêtée.

En toute honnêteté, il n'avait même pas remarqué ce qu'elle portait, mais il le voyait à présent. Et il aimait ! Cependant, songea-t-il, elle serait habillée d'un sac qu'il la trouverait toujours aussi désirable.

— Ce n'est pas la robe, Lucy. C'est toi.

Elle rougit, visiblement ravie du compliment.

— Je suis désolé. Je voulais venir tôt pour pouvoir te présenter à tout le monde…

— Ce n'est pas grave.

— Si, ça l'est pour moi.

— Mais non, je t'assure. Et je devrais même te remercier. Il fallait que j'affronte ça toute seule. Et finalement, je suis heureuse de n'avoir rien su de ce dîner quand tu m'as déposée ici, car j'aurais sans doute trouvé une bonne excuse pour ne pas rester.

— Tu ne te rappelais donc plus ? Nous dînons tous chez Nonno le dernier vendredi du mois.

— J'avais oublié. Il est vrai que toi et moi sommes un peu préoccupés, ces derniers temps.

— Tu as raison, j'aurais dû te le rappeler…

— Ce n'est pas ta faute…

Bien sûr que si, ça l'était. Car elle devait pouvoir compter sur lui en toutes circonstances.

— Je te demande pardon, insista-t-il. Je dîne ici le dernier vendredi du mois depuis que je suis enfant. C'est devenu une routine.

— Je te le répète, ne te justifie pas, ce n'est rien. Et j'ai passé une excellente journée. Nonno n'est pas du tout comme je l'imaginais. En fait, personne ne l'est, dans ta famille.

— Et qu'imaginais-tu ?

— Eh bien, dit-elle, hésitante, tu n'as jamais dressé un portrait très flatteur de ta famille. Depuis que nous nous connaissons, je ne t'ai pas entendu prononcer un seul mot positif sur elle.

Cette réflexion le laissa songeur. Se pouvait-il qu'il fût aussi critique envers les siens ?

— Qui est Carrie ?

— La femme de Rob.

— Elle est apparemment à Los Angeles. Et tout le monde veut savoir si je la connais. Je suppose qu'il doit y avoir une raison.

— Alice est sa meilleure amie, répondit-il.

— Ah, d'accord… Je comprends mieux, maintenant.

— C'est Carrie qui m'a présenté Alice.

— Elle va me détester…

— Pas si elle prend la peine d'essayer de te connaître.

— Tu crois ?

— J'en suis sûr, répondit-il.

Lucy était si douce, si sociable, qu'il ne pouvait se figurer que l'on puisse ne pas l'aimer. Et puis, elle n'avait rien à se reprocher vis-à-vis d'Alice, contrairement à lui.

— Je sais que tu es arrivé il n'y a pas très longtemps, mais pourrions-nous rentrer à la maison ? demanda Lucy. Enfin, si tu préfères, tu pourrais me raccompagner et revenir ensuite. Je suis un peu fatiguée.

— Il faut dire que tu n'as pas dû te reposer beaucoup aujourd'hui.

— J'ai évité de rester debout trop longtemps, mais… En réalité, c'est cette attente qui me stresse.

— J'en déduis que tu n'as pas encore eu de nouvelles du docteur Hannan ?

— J'espérais tellement en recevoir aujourd'hui ! Mais je n'y crois plus. Il n'y a aucune chance pour qu'il appelle un vendredi soir après 20 heures…

C'était en effet peu probable. Il ne leur restait plus qu'à prendre leur mal en patience jusqu'au lundi. Et ce week-end serait sans doute l'un des plus longs de leur existence.

Il était 20 h 30 quand ils décidèrent de s'en aller, et presque 21 heures, le temps de dire au revoir à toute la famille, quand enfin ils purent bel et bien monter dans la voiture. En une journée, Lucy avait reçu plus de baisers et d'étreintes que dans toute son existence. Ils étaient tous si bienveillants ! Elle qui redoutait de passer la soirée seule dans son coin ! Tony avait raison : sa famille était exubérante, chaleureuse et tactile et, contrairement à ce que disait Tony, leurs manières n'avaient rien d'étouffant, au contraire. Tous la traitaient comme si elle faisait partie des leurs, et c'était merveilleux.

— Je sais maintenant à quoi ça ressemble, d'avoir une grande famille ! soupira-t-elle.

— Une famille de doux dingues, dit Tony en souriant.

— Que tu n'échangerais pour rien au monde…

— Je ne sais pas, je pourrais envisager de négocier, plaisanta-t-il. Combien tu m'en offrirais ?

— Tu ne penses pas ce que tu dis, répondit-elle.

Elle avait toujours rêvé d'une famille comme la sienne, débordante d'affection et envahissante.

— Bon, d'accord, je ne les vendrais pas… Mais je pourrais les louer.

Il plaisantait encore ! Il ne comprenait décidément pas sa chance.

— Ta mère a été adorable avec moi. Et j'ai beaucoup apprécié ton oncle Demitrio.

— Oui, je l'aime beaucoup moi aussi. En fait, mon oncle et moi avons toujours été proches. Nous avons des atomes crochus, tous les deux.

— Tu lui ressembles tellement !

— Vraiment ?

Il ne l'avait donc pas remarqué ?

— Physiquement, c'est indéniable, mais vous avez aussi la même voix, le même rire. C'est simple, j'ai cru que c'était toi quand je l'ai vu cet après-midi.

Elle se tut, hésitante, puis se lança :

— Dis-moi, ton oncle et ta mère sont fâchés ? J'ai cru déceler une certaine tension entre eux.

— De vieilles histoires, sans doute, je ne veux pas m'en

mêler. Je sais que mon père et Demitrio ont eu une discussion il y a deux mois.

— Une dispute ?

— Pire que ça.

— Sérieusement ?

— Ils en sont venus aux mains et Leo a dû les séparer. A mon avis, c'est en rapport avec le fait que Demitrio et ma mère sortaient ensemble autrefois.

— Ah bon ? A quelle époque ? demanda-t-elle, curieuse.

— C'était avant que Demitrio ne s'engage dans l'armée. Mais quand il est parti, ma mère et mon père ont entamé une liaison.

— Cela n'a pas dû plaire à toute la famille. Je veux dire, que ta mère ait finalement jeté son dévolu sur le frère de son petit ami.

— Sans doute. Mais je me suis toujours appliqué à rester en dehors de ces histoires.

Etonnant comme il pouvait être naïf sur une chose qui, pour elle, était aussi flagrante. Car à présent, elle n'avait plus aucun doute : Demitrio était le père de Tony. Etait-ce pour cette raison que ses grands-parents avaient si mal accueilli Sarah quand elle avait épousé Antonio senior ? Avaient-ils deviné que l'enfant qu'elle portait était celui de Demitrio ? Ce scénario était un peu tiré par les cheveux, mais si elle avait appris une chose lorsqu'elle travaillait comme serveuse, c'était bien que chaque famille avait ses secrets, quels que soient l'origine ou le milieu social.

— Mais pourquoi cet intérêt soudain pour mon oncle ? s'enquit Tony.

Elle pensa un instant à lui faire part de ses soupçons, puis se ravisa. Pourquoi jeter le trouble dans une famille aussi liée ?

— Simple curiosité ! répondit-elle.

Tony n'insista pas. Sur le reste du trajet, elle prit la résolution de garder le silence. Après tout, ce n'était pas ses affaires.

Tony la déposa devant son immeuble en lui disant de ne pas l'attendre. Il devait trouver une place pour se garer, ce qui ne serait pas une mince affaire un vendredi soir. Une demi-heure plus tard, elle l'entendit rentrer. Elle avait eu le temps de se doucher, d'enfiler un pyjama et de se mettre au lit.

A la recherche de son téléphone, elle attrapa son sac à dos. Tony avait voulu lui offrir un sac à main en cuir, l'autre jour, cadeau qu'elle avait évidemment refusé. Elle ne comprenait pas que l'on pût dépenser des centaines de dollars pour un tel objet, simplement parce que le nom d'un célèbre créateur était inscrit dessus. Avec une somme pareille, elle pouvait manger un mois entier !

Devant son refus, Tony lui avait alors suggéré de choisir un sac à dos neuf, de marque bien sûr, et là encore, elle avait décliné son offre. Son propre sac à dos lui convenait parfaitement, en dépit de quelques taches ici et là et d'un ou deux accrocs. En fait, ce sac avait pour elle une valeur sentimentale. Elle l'avait trouvé, vide et abandonné, dans les toilettes pour femmes du bar où elle servait, le soir de sa rencontre avec Tony.

— Eh bien, tu as été rapide ! s'exclama-t-il en arrivant. Déjà en pyjama ?

— C'est un miracle que j'arrive encore à garder les yeux ouverts.

— Tu ne vois pas d'inconvénients à ce que je prenne quelque chose dans l'armoire ?

— Bien sûr que non !

Bientôt, ils devraient établir des règles de cohabitation durables, mais pour l'instant, ils partageaient l'armoire, qui était suffisamment grande pour deux. Tony, le célibataire typique, n'utilisait que rarement des cintres. Le plus souvent, il envoyait ses vêtements au pressing et, pour le reste, il se servait directement dans le tambour du sèche-linge. Heureusement, il possédait quand même un fer à repasser.

Elle sentit son cœur s'arrêter en posant les yeux sur l'écran de son téléphone.

— Oh ! mon Dieu, il a appelé !

— Le médecin ? fit Tony en se figeant.

— Il y a dix minutes. Mon téléphone était resté dans mon sac à dos pendant que j'étais dans la douche…

Son cœur s'était accéléré et elle fut prise d'un léger vertige.

— Quelle sorte de médecin peut bien appeler un patient un vendredi soir ? murmura-t-elle.

— Un médecin surbooké.

— Il a laissé un message. J'ai trop peur de l'écouter.

Tony s'approcha et tendit la main.

— Donne.

Elle activa la messagerie et lui donna l'appareil. Tony écouta, ce qui ne prit pas plus de dix secondes.

— Il a laissé son numéro de portable. Il attend notre appel.

Lucy retint son soufflé, tétanisée. Tony lui rendit le téléphone et s'assit près d'elle en glissant son bras autour de ses épaules.

— Il ne s'agit pas forcément de mauvaises nouvelles, tu sais.

Elle mit l'appareil sur haut-parleur et composa le numéro. Le docteur Hannan décrocha après deux sonneries.

— Bonsoir, Lucy.

— Comment avez-vous deviné que c'était moi ?

— L'écran de mon téléphone, tout simplement, répondit le médecin, placide.

Lucy rougit, tant elle se sentait bête.

— Tout va bien.

— Euh… comment ?

— Vous m'entendez, Lucy ? Vous et le bébé, vous allez bien tous les deux.

— Vous êtes sûr ? Absolument sûr ? demanda-t-elle, au bord des larmes, tout en remerciant le ciel.

— Absolument sûr. Le bébé est petit, mais en parfaite santé.

— Cela signifie que je dois éviter le plus possible de rester debout ?

— Tenez-vous-en à des activités normales. Je veux dire, n'allez pas courir un marathon, surtout ! Bien, je veux vous revoir dans un mois. En cas de problème d'ici là, appelez le cabinet.

— Entendu. Et merci, docteur Hannan.

— Bonne nuit, Lucy.

Elle raccrocha et plongea les yeux dans ceux de Tony, avant d'éclater en sanglots. Pour la deuxième fois de la journée. Mais qu'est-ce qui ne tournait pas rond, chez elle ?

Tony la serra dans ses bras en lui promettant que tout irait bien. Comme elle voulait le croire ! Pourtant, elle ne pouvait se défaire d'une profonde appréhension, certaine que le pire était à venir. La vie ne serait-elle pas devenue un peu trop belle pour être vraie ? N'allait-elle pas se réveiller là-bas en Floride, chez sa mère, et comprendre que tout cela n'était qu'un rêve ?

— Ça va mieux ? murmura Tony en lui tendant un mouchoir.

— Pardon… Je suppose que c'est le stress.

Il lui déposa un baiser sur le front et elle sentit sa barbe naissante, râpeuse, contre sa joue.

— Tout va bien. Tu n'as plus à t'inquiéter, assura-t-il en lui prenant le visage entre les mains.

Ne comprenait-il donc pas ? Tant de problèmes encore pouvaient survenir !

— Epouse-moi ! lui dit-il en la regardant droit dans les yeux. Ne réfléchis pas. Dis oui, c'est tout.

Ce « oui », elle aurait tout donné pour le prononcer, mais elle ne le devait pas. Elle ne voulait pas d'un tel mariage.

— Lucy ?

Quelque chose dans son regard brillait, cette fois, une chose qu'elle aurait pu prendre pour de l'amour si elle avait été naïve. Une fois de plus, son imagination lui jouait des tours en lui faisant voir ce qu'elle avait envie de voir.

— Je sais que tu penses que ce serait l'idéal, pour le bébé…

— Et si c'était l'idéal pour nous trois ?

Elle le dévisagea, ne sachant où il voulait en venir.

— Le problème, c'est qu'il n'y a pas de « nous », Tony, souffla-t-elle. Il n'y a pas de nous autrement que comme amis.

— Mais tu n'as jamais pensé qu'il pourrait y avoir autre chose ?

Tant de fois, en vérité… Mais pas de la façon dont il devait l'imaginer.

— Je ne peux pas, Tony.

— En fait, tu ne veux pas, soupira-t-il.

— Je ne peux pas, je ne veux pas… Quelle différence ?

— Je n'accepte pas cette réponse, déclara-t-il.

Il n'avait pourtant pas le choix.

— Il doit bien exister un moyen de te convaincre que c'est la meilleure chose à faire, reprit-il. Qu'attends-tu de moi, au juste… ?

Dis-moi que tu m'aimes et que tu ne peux vivre sans moi… Voilà les paroles qu'elle rêvait d'entendre. Même si ce n'était pas vrai. Sans doute alors accepterait-elle de partager la vie de cet homme. Sauf que, si elle le faisait, elle vivrait dans le mensonge.

— Tu me rends fou ! murmura Tony en pressant son front contre celui de Lucy. Si seulement tu…

— Si seulement quoi ? fit-elle.

Si elle acceptait de trahir ses valeurs, sa dignité ?

Il soupira et se leva pour arpenter la chambre, tel un lion en cage.

— Ecoute, dit-elle, tu as été mal habitué, à toujours obtenir ce que tu veux, mais…

— C'est une plaisanterie ? s'exclama-t-il en lui faisant face. Quand ai-je jamais eu ce que je voulais ?

Surprise par cette réaction, elle ne sut que répondre.

— J'ai toujours fait ce que la famille voulait, enchaîna-t-il sur un ton excédé. J'ai toujours renoncé à ce que j'avais envie de faire pour me plier à ce qu'on attendait de moi. Et qu'est-ce que cela m'a valu ? Je ne peux même pas convaincre la femme que j'aime de m'épouser ! Et tu me dis que j'ai été mal habitué, sous prétexte que je n'ai qu'à claquer les doigts pour obtenir satisfaction et…

Elle avait cessé de l'écouter après les mots « la femme que j'aime », sans pourtant être sûre d'avoir bien entendu.

— Qu'est-ce que tu as dit ? l'interrompit-elle, la gorge serrée.

Il se renfrogna, ouvrit la bouche puis la referma.

— Qu'est-ce que j'ai dit quand ?

— Tu as dit… Que tu m'aimais ?

Il leva les yeux au ciel en marmonnant un juron.

— Désolé, ça m'a échappé… Enfin, non… Et zut ! Non, je ne suis pas désolé. Je sais, tu vas fuir à toutes jambes maintenant que je t'ai dit ça, mais… mais oui, Lucy, je n'y peux rien, je t'aime !

Et pourquoi cela la ferait-il fuir ? Elle voulut répondre, mais il ne lui en laissa pas le temps.

— Je sais parfaitement que c'est la dernière chose que tu as envie d'entendre…

La dernière chose ? Vraiment ?

— … Et crois-moi, j'ai lutté de mon mieux contre ce sentiment. Pour ton bien…

Pour son bien à elle ?

— Et pour être tout à fait honnête…

— Tony !

— Quoi ?

— Tais-toi, répondit-elle.

Et avant qu'il pût ajouter quoi que ce soit, elle se leva, se jeta à son cou et l'embrassa.

9

Lucy aurait bien été en peine d'expliquer la chronologie de tout cela, et comment elle s'était retrouvée sur le lit. Ou comment Tony avait réussi l'exploit de la déshabiller, et de se déshabiller lui aussi dans la foulée, le tout en si peu de temps.

Son odeur, la saveur de ses lèvres, le contact rugueux de sa barbe contre sa peau, tout ça lui était familier et, curieusement en même temps, aussi troublant et excitant que la toute première fois. Fermant les yeux, elle s'abandonna à sa bouche.

— Tu es si belle, murmura-t-il en promenant le regard sur elle comme si elle était une œuvre d'art, puis en couvrant son corps de baisers, la faisant fondre de plaisir. Promets-moi de porter cette robe de nouveau…

— Quelle robe ? demanda-t-elle en promenant ses mains sur les larges épaules de Tony, désireuse de s'agripper à lui, de le retenir contre elle.

— Celle que tu portais ce soir, répondit-il, tandis que ses doigts faisaient des gammes sur ses cuisses. Le tissu est si soyeux, si… Exactement comme toi…

Elle gémit quand ses doigts plongèrent en elle.

Alors il la caressa, sans hâte ni précipitation, de la manière la plus intime qui fût, l'amenant de plus en plus près de l'extase. Puis il lui écarta un peu les cuisses et l'embrassa, la lécha juste là, allumant un feu d'artifice de sensations en elle, tandis que le souffle qu'il promenait sur sa peau apaisait le feu. Il l'embrassa et la toucha en lui murmurant les paroles les plus érotiques.

Alors, ne pouvant plus attendre, elle l'attira sur elle. Elle avait envie de sentir son poids et la chaleur de son corps sur le sien. Tout en lui était brûlant, puissant. Un rayon de lune s'infiltrait entre les persiennes jusqu'à lui, mettant en lumière la perfection de son torse, de ses épaules, de ses bras. Il mêla ses doigts à ceux de Lucy et lui retint les mains au-dessus de la tête, puis il ajusta son bassin au-dessus des hanches qui n'attendaient que lui et la pénétra, doucement, jusqu'au bout.

— Lucy…, murmura-t-il en la regardant, les yeux brillants. Oh ! Lucy…

Le son de sa voix en cet instant faillit la faire s'envoler. Au bord de l'explosion, elle chancela, aveuglée, tout près de basculer dans un gouffre de sensations inouïes. Il lui donna un baiser avide, passionné, sans cesser d'aller et de venir en elle. Elle s'accrochait à lui, se pressait contre lui avec impatience. Jamais elle ne s'était sentie ainsi, aussi déchaînée, aussi folle de désir.

Tony marmonna des mots inaudibles, puis ses doigts se resserrèrent autour des mains qu'ils enserraient encore et une partie de lui commença à se tendre. Il plongea en elle avec plus de puissance encore et elle se sentit emportée vers un autre niveau d'extase. Elle s'entendit l'appeler, crier son nom, puis le plaisir déferla sur elle. Un orgasme parfait, quasi insoutenable.

Quelques instants plus tard, Tony s'allongeait près d'elle, le souffle court. Elle ne voulait pas trop s'avancer, mais manifestement faire l'amour en étant enceinte était très différent. Plus… intense. Plus charnel. Les sensations multipliées par mille. Et, en même temps, jamais elle ne s'était sentie aussi inquiète, aussi peu sûre d'elle.

Ce devrait pourtant être le plus beau jour de sa vie. Tony l'aimait, il voulait l'épouser et ils allaient avoir un bébé ensemble. Quant aux Caroselli, ils avaient tous été adorables avec elle. Bref, elle était sur le point d'accéder à tout ce dont elle avait toujours rêvé. Elle aurait dû flotter sur un petit nuage… Alors pourquoi cette impression d'imposture en elle ?

Tony lui fournit la réponse sans le vouloir. Il se blottit contre elle, posant la tête à côté de la sienne sur l'oreiller.

— Je t'aime, Lucy.

Mais comment était-ce possible ? Comment pouvait-il affirmer une telle chose ? Il ne savait rien d'elle, ne connaissait pas son passé. Ainsi allait sa vie ! comprit-elle. Un problème était résolu, qu'aussitôt un autre se posait. Ce cycle infernal s'arrêterait-il un jour ?

Elle le voulait tellement, lui, et tout ce qu'il avait à lui offrir. Une vie à deux, une famille… Mais pas comme ça, pas en sachant qu'à tout moment son passé risquait de resurgir et de balayer les sentiments qu'il avait pour elle. Il devait savoir qui elle était, d'où elle venait. Il devait connaître la vérité, le bon et le mauvais sur elle.

Rien de plus simple, a priori : il suffisait de lui parler, de tout lui raconter sans rien omettre. Et si, après ça, il voulait toujours d'elle, elle se sentirait rassurée sur leur avenir commun. Et puis, quel soulagement ce serait de tout lui dire !

— Tu sais, Tony, commença-t-elle, je n'ai pas été tout à fait honnête sur les raisons qui m'ont poussée à repartir en Floride.

Il ne bougea pas, ne dit rien. La peur au ventre, elle prit une profonde inspiration. *Allez, dis-lui !* Mais la vérité n'était pas si facile à avouer, car il y aurait forcément des conséquences à sa confession. Pourtant, c'en était assez des silences et des non-dits, elle devait aller jusqu'au bout.

— L'une de ces raisons, c'est que j'espérais que tu me suivrais.

Il n'y eut toujours pas de réaction.

— Parce que… Comme j'étais tombée amoureuse de toi et que j'avais peur de t'avouer mes sentiments… Je savais que tu ne cherchais pas à t'engager, et je t'avais dit que moi non plus… En tout cas, au début. J'ai pensé que, si tu me rejoignais en Floride, cela voudrait dire que cet amour était réciproque. C'est pourquoi je ne t'ai pas parlé du bébé. Car si je l'avais fait, cela aurait faussé la donne : je savais que tu assumerais tes responsabilités. Seulement, il n'était pas question pour moi de t'épouser si tu ne m'aimais pas.

Elle se tut, guettant une réponse, mais seul un léger ronflement lui parvint.

— Oh non, tu ne...

Eh bien si ! conclut-elle en le regardant. Il s'était endormi...

Tony se réveilla à 10 h 30 le samedi matin, après une nuit de sommeil comme il n'en avait pas eue depuis une semaine. Ma parole, une semaine ? Tant de choses étaient arrivées en ce laps de temps. Et cette nuit venait de marquer une étape dans sa relation avec Lucy. L'avenir leur appartenait, désormais. Il ne restait plus qu'à aller de l'avant. Et à tout recommencer, d'une certaine façon...

Il enfila son peignoir et partit en quête de Lucy, mais tout ce qu'il trouva fut un mot rédigé de sa main, posé en évidence sur son ordinateur portable. Avant même de le lire, un frisson le parcourut et il se reprocha d'avoir dormi si profondément. Se pouvait-il qu'après cette nuit elle eût pris peur et fût repartie en Floride ? Il déplia la feuille de papier et lut :

« Cher Tony

« Je ne t'ai pas abandonné. Je tiens à te rassurer tout de suite, car je le sais, c'est ce que tu penseras en premier lieu... »

Il secoua la tête et sourit. Elle le connaissait bien.

« Je suis avec ta mère. Je l'ai appelée ce matin pour lui dire que tout allait bien avec le bébé, et elle a insisté pour que nous allions faire un peu de shopping.

« Tu t'es endormi si vite, hier soir, je n'ai pas eu le temps de te dire comme c'était bien. Mieux que bien...

« Mais je veux te parler de certaines choses. »

Aïe aïe aïe…

« Je t'aime. Et je le sais, tu penses toi aussi m'aimer, mais tu te trompes. Car je ne suis pas celle que tu crois… Tu ne me connais pas, en réalité… Te souviens-tu de mon journal ? »

Bien sûr qu'il s'en souvenait. A plusieurs reprises, il l'avait vue y travailler, sur son ordinateur portable.

« Jamais je n'aurais imaginé dire cela à quelqu'un. Ce journal, je voudrais que tu le lises, Tony. Je te préviens, tu vas y apprendre une foule de choses qui risquent de ne pas te plaire. Mais il faut que tu saches. Si après avoir TOUT lu, tu veux encore de moi (mais je comprendrais que ce ne soit pas le cas), alors je t'épouserai avec grand bonheur.

« Je t'envoie par e-mail un lien pour accéder au site, ainsi que mon mot de passe.

« Je t'aime.

« Lucy. »

Un peu surpris, Tony reposa la lettre et demeura quelques secondes à fixer son PC, redoutant de l'ouvrir. Il faudrait qu'elle eût commis une infamie pour qu'il cessât de l'aimer. Elle exagérait, évidemment. Et si… Il n'y avait qu'une façon de le savoir.

Il alla se préparer un café bien noir, puis s'assit à la table et ouvrit l'ordinateur. L'e-mail de Lucy était là, avec toutes les informations nécessaires. Fébrile, il se prit à espérer qu'un bug l'empêcherait d'accéder au site. Mais le journal s'ouvrit à l'écran.

Tout était classé par année et cela remontait à l'âge de onze ans. Le dernier ajout datait de ce matin, 5 h 40. Il résista à la curiosité de lire la fin et commença au tout début. Les premières pages le laissèrent sur sa faim, avec les banalités d'usage, typiques d'une jeune fille en fleur. Mais il persista, le cœur battant.

Bientôt, les écrits scolaires et la naïveté des réflexions

de la fillette s'estompèrent pour laisser place à une certaine brutalité dans les propos. « Encore une expulsion. Suis rentrée à la maison, toutes mes affaires dans la benne à ordures. » Et à partir de là, ce ne fut qu'une série d'événements tous plus tragiques les uns que les autres.

Après lecture de la première année, Tony se sentait au bord de la nausée. Il envisagea un instant de lancer un contrat sur la tête de la mère de Lucy. Il avait du sang italien, que diable, et il connaissait du monde. Mais sans doute avait-il passé le pire, tenta-t-il de se rassurer. Il se trompait. A treize ans, les adolescentes dans leur journal avaient coutume de décrire leur passion pour leur chanteur préféré, ou pour un garçon du lycée dont elles étaient secrètement amoureuses. Elles n'écrivaient pas sur les petits copains de leur mère qui, dès que celle-ci avait le dos tourné, essayaient de peloter la fille. Ni sur ces types qu'elle trouvait au pied de son lit en pleine nuit, en train de prendre des photos d'elle endormie.

Il avait suivi quelques cours de psychologie à l'université et il savait reconnaître une psychopathe quand il en croisait une. La mère de Lucy était un cas d'école. Aucun être humain doté d'une conscience ne traiterait son enfant comme elle l'avait fait. Cette femme était soit malade soit monstrueuse.

Il repensa avec dégoût à toutes les fois où il s'était plaint à Lucy de sa famille. Comparée à celle de la jeune femme, son enfance à lui, et toute sa vie d'ailleurs, ressemblait à un conte de fées.

Elle avait quitté le domicile familial à dix-sept ans pour emménager chez un ami, pleine d'espoir en l'avenir. Jusqu'au soir où l'ami en question s'était montré un peu trop amical. Repoussant ses avances, Lucy s'était retrouvée à la rue. Les années suivantes, elle avait multiplié les mauvaises rencontres, squattant ici et là dans les pires taudis.

C'était à pleurer. Chaque fois que quelque chose de positif lui arrivait, le retour de bâton suivait. Comme si elle était maudite.

Et puis, elle l'avait rencontré…

Cela faisait plus d'un an aujourd'hui, pourtant le souvenir de ce soir où il l'avait vue pour la première fois derrière son comptoir restait inscrit dans sa mémoire avec une netteté étonnante.

Rafraîchissante ! Telle était la première impression qu'il avait eue de Lucy. Elle était jeune, passionnée, et si jolie… Il avait été séduit tout de suite. Une attirance manifestement réciproque. A la lecture du journal, en effet, il n'était pas difficile de le déduire. A la façon dont elle le décrivait, rédigeant même une page entière rien que sur l'éclat « fascinant » de ses yeux, Lucy donnait l'impression d'avoir eu un vrai coup de foudre.

Une surprise, car à l'époque, elle s'était appliquée avec succès à lui dissimuler ses sentiments. Et lorsqu'il lui avait fait part de son envie d'aller plus loin, elle avait froidement répondu qu'elle n'avait pas pour habitude de sortir avec les clients. Or le journal donnait une tout autre version des événements. Elle expliquait qu'elle le trouvait trop beau, trop gentil et trop *tout* pour être vrai. Puis, au fil des semaines, il avait réussi à la convaincre. Et à partir de là, le ton du récit changeait radicalement.

C'était un peu comme regarder le film en accéléré d'une fleur en train de s'épanouir. Progressivement, elle avait commencé à s'ouvrir, à lui faire confiance. A tomber amoureuse.

Tony sourit. Avec ce journal, elle lui avait fait le plus beau des présents : elle lui avait donné la clé de son âme. Et elle avait eu raison. Plus jamais il ne la regarderait de la même façon.

Se voir à travers le prisme de ses yeux avait quelque chose de fascinant, d'effrayant et de douloureux. Et une année de thérapie ne ferait pas mieux que ces vérités écrites là, devant ses yeux, noir sur blanc.

Après tout ce qu'elle avait traversé, tout ce désespoir et ces mensonges et les promesses non tenues, le fait qu'elle se fût ouverte à lui, qu'elle lui eût accordé sa confiance, relevait du miracle.

Et c'était là une responsabilité écrasante. Méritait-il cette confiance ? Il en doutait, mais il la considérerait comme le plus précieux des dons jusqu'à son dernier souffle.

Il entendit la clé tourner dans la serrure et leva les yeux. Il avait la vision brouillée d'avoir tant lu sur l'écran, mais il vit tout de même Lucy entrer, les cheveux chahutés par le vent. Il sourit, soulagé : Sarah, sa mère, n'était pas avec elle.

— Tu… tu es malade ? demanda-t-elle en se figeant dès qu'elle le vit.

— Non, pourquoi ?

— Parce qu'il est 18 heures et que tu es encore en pyjama.

Ce qui signifiait qu'il était resté assis là durant presque sept heures, le ventre vide ! Sans même passer à la salle de bains.

— J'ai lu.

— Ah… d'accord, répondit-elle, manifestement sur ses gardes.

— C'était quoi, cette journée shopping ? interrogea-t-il. Où sont donc les sacs ?

— Nous n'avions plus de forces, expliqua-t-elle en retirant sa veste. Ta mère nous attend pour dîner demain, nous récupérerons tout à ce moment-là. Sauf bien sûr les articles qui doivent être livrés.

Livrés ?

— Elle a insisté pour acheter quelques meubles, répondit Lucy, l'air abattu. J'ai bien tenté de l'en dissuader, mais rien à faire !

Elle se tut et baissa les yeux, avant d'ajouter :

— Alors, tu as beaucoup lu ?

— Pas mal, oui, acquiesça-t-il.

— Je ne sais pas du tout où nous allons pouvoir les mettre, ces meubles. A supposer que, toi et moi, nous soyons encore…

— De quel genre de meubles s'agit-il ? l'interrompit-il.

— Des meubles pour le bébé. Un berceau, notamment, très joli et…

— Un berceau ici, je ne suis pas d'accord, la coupa-t-il.

Il laissa s'écouler quelques secondes, soucieux de son effet.

— Il nous faut quelque chose de plus grand, acheva-t-il enfin.

— Euh… Tu veux dire… pour toi et le bébé ?

— Non, pour nous trois.

— Un appartement plus grand, alors…

— Je pensais plutôt à une maison.

10

Lucy laissa échapper un soupir avec le sentiment d'avoir retenu son souffle depuis le matin, quand elle avait quitté l'appartement. Elle inspira, puis expira, un peu sonnée.

— Tu veux que nous emménagions dans… dans une maison ? Ensemble ?

— N'est-ce pas ce que tous les gens mariés font ? Avoir des enfants, acheter une maison… et vivre heureux pour l'éternité. Ce genre de choses.

— Mais alors tu… tu veux toujours m'épouser ?

— Cela me semble aller de soi, non, quand on aime quelqu'un ?

Elle retint son souffle, prise d'un léger vertige.

— Oh ! Tony… Je t'aime, moi aussi.

Il l'attira dans ses bras et la serra très fort, comme pour l'empêcher de partir.

— Je pensais qu'après avoir lu mon journal tes sentiments pour moi ne seraient plus les mêmes, chuchota-t-elle en respirant l'odeur de sa peau.

— Mes sentiments pour toi ont effectivement changé. Tu es tout en même temps, maintenant : ma meilleure amie, ma confidente et la femme que j'aime…

Il lui prit le visage entre les mains et murmura :

— Et aujourd'hui, tu es mon héroïne.

— Une héroïne ? Moi ?

— Oh ! Lucy, tu es de loin la personne la plus courageuse que j'aie jamais connue.

— Peut-être, mais je ne suis pas celle que tu croyais.

— C'est vrai. Tu es mieux encore ! Et je ne pourrais pas t'aimer plus que je ne t'aime. Ton passé t'a faite telle que tu es aujourd'hui, et c'est cette femme que tu es devenue que j'aime.

— Mais le milieu dont je viens, ma famille…

— Tu n'es pas ta famille, Lucy. Et surtout, entends-moi bien, tu n'es pas ta mère.

— Ma mère en réalité ne m'a jamais désirée. Tout ce qui l'intéressait dans le fait d'avoir un bébé, c'était de pouvoir soutirer chaque mois de l'argent à un homme que l'idée d'un scandale horrifiait. Elle n'avait pas prévu qu'il mourrait si jeune.

— Je m'étonne qu'elle n'ait pas renouvelé ce genre d'escroquerie.

— Après ma naissance, elle a dû subir une hystérectomie… Cela lui a ôté définitivement tout espoir de piéger un autre homme.

— Sans doute une intervention divine…

— Peut-être, répondit-elle en posant une main sur son ventre. Mais le ciel n'a pas voulu que ce petit être connaisse le même destin que sa maman.

— Cet enfant, je prie pour qu'il te ressemble, Lucy ! Il sera généreux, intègre et brave.

Ses paroles la touchèrent en plein cœur.

— C'est vraiment comme ça que tu me vois ?

— J'aurais tant voulu te ressembler…, murmura-t-il en la fixant droit dans les yeux.

— Oh… C'est sans doute la chose la plus gentille que l'on m'ait jamais dite.

— Il était grand temps que quelqu'un le fasse. Tu es un être exceptionnel, Lucy. Et tu n'en es même pas consciente. En revanche, tu sais écouter les gens et ouvrir ton cœur aux autres.

— Je suis juste sensible au désarroi de certaines personnes, voilà tout…

— Et si tu parlais de toi, enfin ?

— Je ne pense pas que cela intéresse quelqu'un…

— Je crois que tu fais erreur, Lucy. La femme que j'ai découverte dans ce journal aujourd'hui a une multitude de choses à nous apprendre. En réalité, mais sans doute ce que je vais dire va te paraître inimaginable, mais… Je pense que tu devrais publier ton journal. Le publier vraiment, de manière à ce que le plus grand nombre de gens le lisent.

Elle le considéra un instant, interloquée.

— Tu as perdu la tête ! s'exclama-t-elle enfin. Tu n'imagines pas combien ça m'a été difficile de te le dévoiler, à toi, et tu voudrais que tout le monde y ait accès ?

— Ecoute-moi, Lucy. Ce que tu as enduré…

Il secoua la tête, comme s'il cherchait à effacer certaines images de sa tête.

— En fait, ton journal pourrait aider des tas de gens.

— Mais… comment ?

— Ces gens comprendraient qu'ils ne sont pas seuls à vivre ce qu'ils vivent. N'est-ce pas ce dont tu as le plus souffert toi-même ? De n'avoir personne qui comprenne le cauchemar que tu vivais ? Oh ! Lucy, tu pourrais donner tant d'espoir à ces gens !

Elle demeura silencieuse, encore sous le choc. Elle n'avait jamais vu les choses sous cet angle.

— Car envers et contre tout, Lucy, tu as échappé au pire, enchaîna-t-il. Tu as survécu. Tout le monde n'en est pas capable.

— Mais je… Je ne sais pas écrire, voyons !

— Oh que si, tu sais écrire ! Tu as une vraie plume !

— C'est vraiment ce que tu penses ?

— Oui, tu as du talent, j'en suis sûr. Alors n'en prive pas tes semblables.

— Je… Je ne saurais même pas par où commencer…

— J'ai un ami de l'université qui est aujourd'hui éditeur. Si tu m'en donnes l'autorisation, j'aimerais lui envoyer ton journal, pour voir ce qu'il en pense.

— Oh ! je ne sais pas, Tony…

— Je t'assure, Lucy, tu pourrais changer la vie de tant de gens ! En tout cas, tu as déjà changé la mienne.

L'idée de tous ces lecteurs découvrant le récit de sa vie, et tout particulièrement la famille de Tony, avait quelque chose de terrifiant. Certains s'identifieraient à elle, mais d'autres pas. Ils l'accuseraient d'exagérer, de tout faire pour attirer l'attention. Etait-elle prête à s'exposer à ces critiques ? Ou était-il de son devoir, en tant que rescapée du pire, de venir en aide à ceux et celles qui subissaient une situation identique ? A moins, comme elle était prête à le parier, que ses écrits ne fassent un flop et que personne ne se donne la peine d'acheter ses Mémoires.

— Je dois y réfléchir…

— Evidemment. Je pourrai appeler mon ami lundi, pour prendre son avis. Oh ! Et par pitié, ne sois pas triste pour Alice !

Ma parole, il avait vraiment lu le journal de bout en bout !

— C'est plus fort que moi. J'ai de la peine pour elle.

— Ce n'était qu'un contrat entre nous, pas un vrai mariage. Personne n'a souffert. En tout cas, pas de la façon dont tu l'imagines.

— Peut-être, mais quelle humiliation pour elle ! Tu as eu raison de lui laisser la bague.

— C'était le moins que je puisse faire. Ah, j'y pense… J'ai quelque chose, pour toi. Une chose que je garde depuis longtemps. Attends une minute, je reviens.

Fatiguée par la semaine la plus riche en événements de son existence, Lucy se laissa choir sur le canapé, retira ses chaussures et étendit les jambes sur la table basse.

Tony ne dut pas trouver ce qu'il cherchait, car il réapparut deux minutes plus tard, les mains vides.

— Contrairement à toi, je ne suis pas doué avec les mots, dit-il. La plupart du temps, je suis d'une maladresse affligeante. Alors je vais m'efforcer d'être précis dans ce que j'ai à te dire. Pas de chichis, juste la vérité.

Elle sourit, intriguée par ce préambule. Et quand il s'agenouilla devant elle, elle retint son souffle. *Du calme, Lucy.*

Tu es sur le point d'obtenir tout ce dont tu as toujours rêvé en ce monde, surtout, ne te mets pas à pleurer.

— Je t'aime, Lucy.

— Je t'aime aussi, chuchota-t-elle, émue.

A ce moment, il sortit de la poche de son peignoir un écrin un peu jauni par le temps. Il l'ouvrit et la bague qu'elle découvrit à l'intérieur faillit lui arracher un cri. Entouré de petits rubis, un magnifique diamant princesse scintillait de mille feux.

— Fais de ma vie le plus beau des rêves, Lucy. Epouse…

— Oh oui ! le coupa-t-elle. Oui, oui, oui !

Il éclata de rire.

— Tu as dit, pas de chichis, juste la vérité, se justifia-t-elle.

— Sache que c'était la bague de mon arrière-grand-mère, expliqua-t-il en la lui glissant au doigt.

— La mère de Nonna ?

— Oui. Cette bague appartient à la famille depuis plus de cent ans.

Et c'était à elle qu'il la confiait ? Elle regarda les facettes du diamant qui brillaient. Jamais elle n'aurait imaginé porter un jour à son doigt un bijou aussi précieux. Et soudain, elle eut peur. Et si elle cassait cette bague ? Pire, si elle la perdait ?

— Mon arrière-grand-mère est décédée bien avant ma naissance, précisa Tony. Etant l'aîné des petits-fils de Nonno, c'est à moi qu'elle revient.

— Et tu veux que ce soit moi qui la porte ? chuchota-t-elle en pensant à Alice.

— Il me semble que je viens de la glisser à ton doigt, non ?

En effet, et on l'aurait crue faite pour elle. Son arrière-grand-mère devait être une femme menue, de la même constitution fragile que Lucy, car la bague lui allait parfaitement. C'était comme si l'aïeule de Tony lui passait une sorte de relais, le relais de l'amour et… Voilà qu'elle se remettait à délirer.

Et alors ? Elle était heureuse. Vraiment heureuse, pour la première fois de son existence. Elle avait le sentiment que tout était possible désormais. Que ses rêves les plus fous étaient en train de s'exaucer.

Le lendemain soir, ils annoncèrent la bonne nouvelle aux parents de Tony. Aussitôt, Sarah appela ses sœurs et, en moins d'une minute, toute la famille fut au courant, jusque là-bas, en Italie. Pendant les deux jours qui suivirent, le téléphone ne cessa pas de sonner, les e-mails d'encombrer la boîte de l'ordinateur de Tony et les cartes de vœux d'affluer.

Encore quelques semaines plus tôt, ce harcèlement aurait exaspéré Tony, mais le journal de Lucy l'avait amené à revoir ses priorités. Il devait arrêter d'accabler de reproches et de critiques cette famille qui l'aimait et le soutenait sans jamais poser de questions. Elle en aurait pourtant eu le droit. Il devait arrêter de lui en vouloir à cause de la décision qu'il avait dû prendre de rester dans l'entreprise familiale. Car après tout, ce n'était que cela : une décision qu'il avait prise lui-même. C'était lui et lui seul qui n'avait pas eu le courage nécessaire ni l'ambition suffisante pour quitter le nid. Rien de plus. Et aujourd'hui, la question ne se posait plus. Un jour, il démissionnerait pour voler de ses propres ailes. Un jour, quand le moment serait venu.

Dans l'immédiat, le plus important était de s'installer avec Lucy et le bébé. Ce qui impliquait de trouver vite une maison. Mais lorsqu'il aborda le sujet avec elle, elle protesta une fois de plus.

— Mais enfin, nous avons besoin de plus d'espace, tu ne peux pas le nier ! insista-t-il.

Même depuis qu'il était de retour dans sa chambre, dans son lit, ils restaient à l'étroit. Et s'ils restaient là, il n'aurait pas d'autre solution que de donner son bureau au bébé le moment venu.

— Ne pouvons-nous pas tout simplement louer un appartement plus grand ? suggéra-t-elle.

Après avoir vécu des années telle une nomade, à déménager

d'un endroit pour un autre, à ne jamais poser ses valises, il aurait dû s'attendre à une telle réaction. Acheter une maison restait pour elle une utopie, une abstraction, pire, un rêve interdit.

— Une maison est un investissement sûr.

— Peut-être, mais cela t'obligera à toucher à tes économies et tu souhaitais les employer à fonder ton entreprise.

C'était donc de cela qu'il s'agissait ? D'argent ?

— Lucy, je t'en prie, ne t'inquiète pour l'argent.

— Mais bien sûr que je m'inquiète ! Je connais les difficultés économiques que rencontrent les chefs d'entreprise de ce pays. Et je pense aussi que tu as consenti à beaucoup de sacrifices pour mettre de l'argent de côté. Je ne te laisserai pas tout dépenser pour acheter une maison dont nous n'avons aucun besoin.

Manifestement, elle avait imaginé toute une histoire… Sans aucun rapport avec la réalité.

— Lucy, as-tu une petite idée de ce que je gagne chaque année ?

— Non, avoua-t-elle. Mais vu que tu conduis une superbe limousine, tu ne dois pas gagner trop mal ta vie.

Jusqu'à présent, il s'était efforcé de vivre en dessous de ses moyens, de façon à pouvoir placer de l'argent. D'où la confusion, pour Lucy. Et forcément, elle risquait bien d'avoir le choc de sa vie.

Il lui donna un chiffre global et elle blêmit.

— Tu as parlé en… millions ? demanda-t-elle, les yeux ronds. Mais alors, tu es… riche ?

— Je pensais que tu le savais.

— Tu as bien parlé de millions ?

— Oui. Donc, je réitère ma question : pouvons-nous l'acheter, cette maison ?

— Eh bien, euh, oui…, répondit-elle, visiblement sous le choc. Puisque tu insistes, achetons une maison.

Cet après-midi-là, il demanda à son agent immobilier de commencer ses recherches sans attendre. Moins de quarante-huit heures plus tard, il recevait une liste de plusieurs biens à visiter le week-end, des maisons pour la plupart récentes, et en excellent état.

Le samedi fut un véritable marathon. Et si Tony fut séduit par certaines bâtisses, Lucy trouva chaque fois à y redire. Trop grande, trop chère, voire les deux. Mais il se rendit à son avis.

Le dimanche se révéla tout aussi décevant. Du moins, jusqu'au coup de fil de l'agent immobilier, qui venait de faire entrer un nouveau bien dans sa liste.

— Attention, la maison est à rénover, expliqua-t-il. Elle se trouve dans un quartier en pleine expansion. Si vous recherchez un bon investissement, c'est une superbe occasion. Ils en demandent un prix inférieur au prix du marché, j'imagine donc qu'elle trouvera rapidement preneur.

— Nous pouvons toujours aller la voir. Et cela nous laisserait deux mois pour procéder aux rénovations avant la naissance du bébé.

La maison était une vieille demeure de style victorien. Elle comptait cinq pièces et une vaste terrasse et possédait un charme que n'avaient pas les constructions modernes. Le quartier n'était pas des plus chic, mais il y régnait une atmosphère un peu bohème qui n'était pas faite pour déplaire à Lucy. Seul problème, on avait l'impression qu'au moindre coup de vent la structure allait s'effondrer.

— C'est parfait ! décréta Lucy dès qu'elle la vit.

Parfait ? Aurait-elle perdu la tête ?

— Mais elle tombe en ruine, voyons !

— Peut-être, mais elle a un potentiel extraordinaire.

— Bon, alors entrons…, concéda-t-il, imaginant déjà le pire à l'intérieur.

Il comprit très vite son erreur. Toutes les pièces avaient certes besoin de rénovations, mais les fondations semblaient solides. Si le coût n'était pas un souci, en revanche, dans le timing, les travaux risquaient de prendre trop de temps.

— Je l'adore ! lança Lucy, enthousiaste, lorsqu'ils ressortirent de la maison avec l'agent immobilier. C'est exactement comme ça que je l'imaginais ! Beaucoup d'espace, un grand jardin… Il faut juste quelques coups de marteau par-ci par-là…

Il faudrait bien plus que cela, songea Tony, mais à l'éclat de son regard et au rose de ses joues, il comprit qu'elle avait, enfin, fait son choix.

— Les travaux peuvent prendre plusieurs mois, la prévint-il néanmoins.

— Nous vivrons tous les trois à l'appartement en attendant.

— Nous serons un peu à l'étroit, mais je suis d'accord pour faire le sacrifice, concéda-t-il.

— Alors votre décision est prise ? s'enquit l'agent immobilier.

Lucy posa sur Tony un regard plein d'espoir.

— Si c'est cette maison qu'elle veut, c'est cette maison que nous prendrons, répondit-il alors.

Lucy se jeta à son cou et le serra très fort dans ses bras.

— Oh ! merci !

L'agent immobilier sourit, visiblement tout aussi ravi qu'elle.

— Très bien. Je vous propose de nous rendre à l'agence, pour que nous puissions accomplir les formalités sans perdre de temps.

Ils firent une offre d'achat de 10 % en dessous de la somme demandée et les propriétaires acceptèrent en moins d'une heure. Dès le mardi, les travaux commençaient.

Un mois après le retour de Lucy, Tony voulut fêter dignement cet anniversaire. Il offrit à Lucy un mini 4x4 équipé des technologies de pointe, notamment d'un lecteur DVD dernière génération, d'un GPS, ainsi que d'un autoradio dernier cri.

Entre la maison, la famille et les préparatifs du mariage, il avait l'impression de vivre à cent à l'heure. Mais il était confiant. Tout se passait comme prévu. Sans accrocs.

Il aurait dû se méfier. Savoir que le calme précède toujours la tempête…

11

Deux semaines après Pâques, période d'activité intense pour tout fabricant de chocolats, Tony commençait tout juste à souffler un peu quand Rob surgit dans son bureau, hors d'haleine.

— Attrape ta veste et viens !

— Où ça ?

— Je t'expliquerai. Nick nous retrouve au parking !

Tony s'exécuta et emboîta le pas à Rob, qui s'était déjà élancé au pas de course vers l'ascenseur.

— Dis-moi au moins où nous allons ! demanda-t-il, alors que l'ascenseur les emportait au sous-sol.

— Chez Nonno.

Tony sentit son sang se glacer.

— Que s'est-il passé ? Comment va-t-il ?

— Bien, il va bien. Euh… tout le monde va bien, en fait.

Ce n'était pas l'impression qu'il donnait. Et qu'avait-il voulu dire par *tout le monde* ?

Nick les attendait au volant de sa voiture. Rob s'engouffra sur le siège passager et Tony sauta à l'arrière, ce qui n'était pas vraiment évident quand on mesurait près de deux mètres.

— Est-ce que quelqu'un aurait l'amabilité de m'expliquer ce qui se passe, maintenant ? s'enquit-il, tandis que Nick sortait du parking sur les chapeaux de roue.

— Il semblerait que nous ayons vu juste à propos de Rose, répondit alors Rob en se tournant vers lui. Elle a un problème.

— Ah oui ? Et qu'a-t-elle fait ?

— Elle s'est présentée chez Nonno ce matin et a demandé à le voir en prétendant être une amie de la famille.

— William ne l'a pas laissée entrer, j'espère ?

— Non, il a refusé de lui ouvrir. Toujours est-il qu'elle est là-bas maintenant, et qu'elle refuse de partir. Elle exige de parler à Nonno.

— Mais pourquoi ?

— Bonne question !

— Je ne comprends rien du tout. Comment a-t-elle pu entrer, si William ne l'y a pas autorisée ?

L'air gêné, Rob se tourna vers Nick, qui répondit à son regard interrogateur d'un bref hochement de tête.

— Elle est repartie, et elle est revenue en début d'après-midi. Et là, il y avait Lucy, et c'est elle qui lui a ouvert la porte.

Quoi, sa fiancée enceinte de sept mois et demi était chez Nonno avec une psychopathe ? Lucy n'avait jamais rencontré Rose, elle ne pouvait donc pas savoir que celle-ci était indésirable.

— Je croyais que tu devais régler le problème ? marmonna Tony, furieux.

— J'ai fait suivre Rose, mais le détective privé n'a rien remarqué d'anormal. Elle est bien celle qu'elle prétend être. Juste un peu dingue, a priori.

Magnifique !

Jamais le trajet jusque chez Nonno ne lui avait paru aussi long. Quand ils arrivèrent enfin à destination, la voiture de l'oncle Demitrio était déjà là, garée derrière une berline flambant neuve. Pour un peu, Tony n'aurait pas été surpris de voir des voitures de police, gyrophare allumé, cerner la propriété. D'ailleurs, pourquoi n'avait-on pas encore donné l'alerte ?

Il fut le premier à descendre de voiture, le premier aussi à s'engouffrer dans la maison.

— Où sont-ils ? demanda-t-il à William qui se précipitait à sa rencontre.

— Au salon.

Tony s'élança… et s'immobilisa à la porte du salon. Son père et deux de ses oncles étaient en train de discuter, un verre à la main. Et, assise sur le canapé, tenant la main de Rose… Lucy ?

Elle lui sourit en le voyant. Un sourire qui disait : « Tout va bien, reste calme, la situation est sous contrôle. » Puis elle chuchota quelque chose à Rose, qui hocha la tête et lui lâcha la main. Lucy se leva alors et fit signe à Tony et ses cousins de la suivre. Elle les emmena dans la cuisine.

— Mais enfin, que se passe-t-il ? demanda Tony. Pourquoi personne n'a appelé la police ?

— A part vouloir absolument parler à Nonno, Rose n'a rien fait de mal, répondit Lucy. Je ne la crois pas dangereuse, et je doute qu'elle ait l'intention d'agresser qui que ce soit.

— Lucy, son comportement est tout à fait anormal.

— Oh ! je ne le nie pas ! Quelque chose ne tourne pas rond dans sa tête, c'est sûr, mais elle n'a pas l'air violente.

— Qu'est-elle venue faire ici ? interrogea Nick.

— Eh bien, pour résumer, elle affirme être la fille illégitime de Nonno.

— C'est ridicule, voyons ! rétorqua Rob.

Tony ne pouvait qu'être d'accord avec son cousin. Rose ne ressemblait en rien à une Caroselli. Peut-être le même teint hâlé, oui, mais la ressemblance s'arrêtait là. Et puis, cela signifierait que Nonno avait eu une liaison avec sa secrétaire, et jamais son grand-père n'aurait fait une chose pareille. Il aimait éperdument Nonna et aurait fait n'importe quoi pour elle. Non, jamais il ne l'aurait trompée.

— Ses arguments sont très convaincants, poursuivit Lucy. Pour une personne dérangée, je veux dire. Personnellement, elle me semble très vulnérable sur le plan psychologique, et sans doute aurait-elle grand besoin d'une thérapie.

— Mais où était donc William, quand elle a frappé à la porte ? s'enquit Nick.

— Il était à l'étage, en train d'aider Nonno à se mettre au lit pour sa sieste. Je suis donc allée ouvrir moi-même et Rose est entrée ici comme chez elle. Elle m'a dit qu'elle était de la famille, mais elle paraissait nerveuse, inquiète. On aurait dit qu'elle avait quelqu'un à ses trousses. Au bout de dix bonnes minutes, elle m'a enfin donné son nom. Je me suis alors esquivée aux toilettes pour appeler discrètement Sarah. Qui a ensuite appelé ton père. Ses frères et lui sont arrivés ici et ils ont tenté de la faire parler, mais elle n'a rien voulu dire. Elle affirme qu'elle ne s'exprimera que devant Nonno.

— Dans ce cas, qu'elle me dise ce qu'elle a à me dire !

C'était la voix profonde de Nonno qui avait prononcé ces paroles et tout le monde se retourna dans un même élan. Nonno s'avança, William dans son sillage. Il semblait las, très las. Et désemparé.

— Crois-tu que ce soit une bonne idée ? demanda Rob. Cette fille est manifestement fragile sur le plan psychologique.

Au lieu d'appeler l'un de ses petits-fils pour l'aider, Nonno fit signe à Lucy.

— Conduisez-moi jusqu'à elle.

Sans poser de question, Lucy le prit par le bras et ils se rendirent dans le salon.

— Je ne suis pas certain que ce soit la solution, marmonna Rob.

Tony ne l'était pas davantage, mais il avait toute confiance dans le jugement de Lucy. Et elle avait un don pour écouter les gens et les analyser.

Rose bondit dès qu'elle vit Nonno.

— Dites-leur la vérité ! s'exclama-t-elle.

— De quelle vérité parlez-vous donc, jeune demoiselle ? demanda Nonno en remerciant Lucy d'un sourire lorsqu'elle l'aida à prendre place dans le fauteuil, à côté du canapé.

Trop près du canapé, au goût de Tony. Celui-ci s'empressa

de rejoindre Lucy et l'entoura d'un bras protecteur, juste au cas où.

— Que je suis votre fille, répondit Rose d'une voix tremblante, en se tordant les mains.

Les fils de Nonno se rapprochèrent.

— Certainement pas, je puis vous l'assurer ! répondit Nonno.

— Mais j'ai trouvé des lettres dans les affaires de maman, après son décès. Je suis au courant ! insista Rose, avant de faire face à ses fils. Oui, je connais tous les secrets de cette famille.

Que signifiait donc toute cette comédie ? se demanda Tony.

Il fit un pas vers Rose, mais Lucy lui prit la main pour l'empêcher d'aller plus loin.

— Vous niez avoir écrit ces lettres à ma mère ? Vous niez avoir eu une liaison avec elle ?

Nonno demeura impassible face à cette accusation.

— Je ne nie rien. Mais cela ne signifie pas que vous soyez ma fille.

Ne venait-il pas d'admettre avoir eu une aventure avec sa secrétaire ?

Tony s'attendit à voir toutes les personnes présentes dans la pièce s'indigner, mais seuls ses cousins, Lucy et lui semblèrent surpris. Leurs parents savaient-ils ?

— J'exige un test de paternité, déclara alors Rose.

— Ce ne sera pas nécessaire, répondit Nonno. Si vous en saviez autant sur ma famille, jeune fille, je ne devrais pas avoir à vous dire que j'ai subi une vasectomie il y a presque cinquante ans. Quel âge avez-vous, Rose ?

La jeune fille écarquilla les yeux, sous le choc.

— Non, non, ce n'est pas possible… c'est faux… Vous mentez, bredouilla-t-elle.

Elle semblait plus effondrée que dangereuse, mais Demitrio, qui en avait visiblement assez entendu, s'interposa.

— Il ne ment pas et il sera facile de le prouver, dossier médical à l'appui. Notre avocat tiendra tous les documents utiles à votre disposition. D'ici là, je vous demande de laisser notre famille tranquille, y compris ma fille Megan. Je vous ferai parvenir vos affaires personnelles.

Rose le regarda fixement, puis elle eut un sourire effrayant, comme si quelque chose s'était brisé dans son cerveau.

— Vous semblez bien sûr de vous, monsieur Demitrio, pour quelqu'un qui a tant de choses à cacher, lança-t-elle d'une voix étonnamment calme, avant de se tourner vers Rob, Tony et Nick. Qu'en pensez-vous, les garçons ?

— William, voulez-vous raccompagner notre invitée, je vous prie ? déclara Demitrio sans se démonter. Et si elle revient, prévenez la police.

Tony sortit son téléphone de sa poche, prêt à composer le 911 au cas où Rose refuserait d'obtempérer. Mais cette fois, elle s'exécuta sans insister.

L'espace de quelques minutes, chacun dans la pièce demeura immobile et muet. Tony sentait quelque chose de pesant dans cette atmosphère. Comme une menace.

— Eh bien… ! soupira enfin Nick.

— Que sont ces choses auxquelles elle a fait allusion ? demanda Tony à son père. Qu'est-ce que c'est que cette histoire ?

Il y eut des échanges de regards furtifs, et Tony eut le sentiment désagréable que tout le monde ici connaissait des secrets ignorés de lui seul. Une théorie qui se confirma lorsqu'il s'aperçut que personne n'osait le regarder en face.

— Les propos de Rose ne suscitent donc pas votre curiosité ? insista-t-il.

— Rose est folle, répondit Nick. Elle raconte n'importe quoi.

— Bien, intervint Nonno pour mettre fin à la discussion. Je suis fatigué. J'ai besoin de me reposer.

Là encore, il fit signe à Lucy de lui donner le bras.

Tony aurait pu protester, exiger des explications. Il n'en fit rien, pas vraiment certain d'avoir envie de connaître la vérité.

— Est-ce que je me trompe en supposant que vous étiez

tous les trois au courant, pour la liaison de Nonno ? demanda-t-il à ses oncles et à son père.

— Nous savions, en effet, répondit ce dernier. Mais ce n'est pas le genre de sujet dont nous pouvons discuter aux dîners de famille. Nonno n'était pas l'homme parfait. Aucun de nous ne l'est.

Il dit cela en regardant Tony, et celui-ci sentit que ces paroles s'adressaient en réalité à quelqu'un d'autre. Non pas que lui-même se considérât comme un homme dénué de défauts, loin de là. Mais en matière de secrets, sa vie était tel un grand livre ouvert. Il n'avait jamais rien fait qu'il éprouvât le besoin de cacher.

Enfin, presque rien.

— Nous devrions partir maintenant, suggéra Demitrio. Laissons Nonno se reposer.

Lucy et Tony furent les derniers à sortir. Une fois seul avec elle, il l'attira dans ses bras.

— Quand Rob m'a appris que tu étais ici avec Rose, mon sang n'a fait qu'un tour. L'idée qu'il puisse t'arriver malheur… Je n'ose penser à ma réaction…

Il se tut et la serra davantage contre lui. Lorsqu'il se détacha un peu, elle se dressa sur la pointe des pieds et lui déposa un baiser sur la bouche.

— Je suis plus forte que je n'en ai l'air, tu sais.

Et plus courageuse qu'il ne l'avait cru.

Lucy raccompagna Tony au bureau pour qu'il récupère sa voiture et, comme c'était sa première visite sur son lieu de travail, Tony lui fit visiter le bâtiment. Nick les autorisa même à se rendre au dernier étage, le laboratoire, où étaient conçus tous les chocolats. Un honneur accordé à de très rares privilégiés.

Il clôtura la visite en l'emmenant dans son propre espace et la présenta à sa secrétaire. Lucy avait eu Faedra au téléphone à plusieurs reprises ces dernières semaines, mais toutes deux ne s'étaient jamais rencontrées. Le courant passa immédiatement. Les deux femmes prirent même rendez-vous pour le déjeuner, Faedra tenant absolument à remettre à Lucy en personne un cadeau pour le bébé. Comme si elle ne pouvait pas le lui donner à lui ! Il ne fut pas dupe ; en réalité, Lucy et sa secrétaire avaient tout simplement envie de papoter entre filles…

— Oh ! mais c'est magnifique ! s'exclama Lucy en pénétrant dans le bureau, avant de faire face à Tony, les yeux brillants.

Ce regard, il le connaissait par cœur, et son éclat aurait dû l'inciter à fermer tout de suite la porte à double-tour. Lucy et lui avaient toujours entretenu une relation sexuelle exceptionnelle, mais ces derniers temps elle semblait insatiable. Certains jours, il devait répondre trois, voire quatre fois à ses avances. Oh ! il était loin de s'en plaindre. Déjà, elle s'affairait à baisser les stores aux fenêtres, alors qu'ils avaient déjà fait l'amour le matin même. Manifestement, elle n'avait qu'une envie : recommencer.

Il se hâta de tourner la clé dans la serrure, puis dénoua sa cravate tout en regardant Lucy retirer sa robe, qui alla s'échouer à ses pieds, suivie du soutien-gorge et, oh, oui, chaque jour qui passait, elle était plus belle, plus sexy.

Il déboutonna sa chemise et voulut la retirer, mais elle l'arrêta.

— Garde-la, chuchota-t-elle.

Puis elle abaissa la fermeture Eclair du pantalon qu'il portait et glissa la main à l'intérieur, tout en l'embrassant et en lui mordillant la lèvre. Elle savait qu'elle le rendait fou.

— Je trouve ça excitant, quand moi je suis nue et toi, habillé. C'est comme faire quelque chose d'interdit…

Ces petits jeux érotiques avaient le don de l'exciter lui aussi et sa réaction fut immédiate. Entre les doigts de Lucy, il se dressa aussitôt, mais avec le ventre rond, il devait chaque jour se montrer plus créatif, en matière de positions.

— Où veux-tu ? Sur le fauteuil ? Sur le bureau ?

Avec un sourire à se damner, elle retira à ce moment sa culotte, puis lui tourna le dos et alla s'allonger sur le bureau, non sans avoir au préalable écarté certains de ses dossiers les plus urgents.

— Approche…

Lucy s'étira avec un soupir de satisfaction. Au vu de l'état du lit, et de celui de Tony, à demi inconscient à côté d'elle, la passion avait une nouvelle fois enflammé leurs ébats. Epuisé, Tony avait appelé sa secrétaire pour la prévenir de son retard et reprogrammer ses réunions.

— Je ne comprends pas que tu sois si fatigué, dit Lucy en riant. Chaque fois, c'est moi qui fais tout le travail !

— Je suis fatigué parce que je suis vieux, soupira Tony.

— Quel âge as-tu donc ? Trente-huit, trente-neuf ans ? Ce n'est pas vieux.

— Tu sais bien que j'en ai trente-cinq.

— Et alors ? Nonno est vieux, oui, mais pas toi.

— Vous semblez bien vous entendre, tous les deux !

— Je l'aime beaucoup. Et j'adore quand il me raconte sa vie. Une vie passionnante. Tellement riche !

— C'est le moins que l'on puisse dire.

— Quel choc, cette révélation ! Quand je l'ai raccompagné dans sa chambre, il m'a demandé si je n'étais pas déçue par ce qu'il avait fait.

— L'es-tu ?

— Sans connaître le fin mot de l'histoire ? De quel droit je le jugerais ? Cela a pu arriver pour des milliers de raisons. Et toi, qu'en penses-tu ?

— Je ne sais pas. Je suis triste pour cette pauvre Nonna, mais tu as raison, je ne connais rien aux circonstances qui ont mené son mari à la tromper. Peut-être qu'elle était au courant et qu'elle s'en moquait… ?

A cet instant, elle prit la main de Tony et la posa sur son ventre pour qu'il sente le bébé bouger. Un ventre qui, en l'espace d'un mois, s'était arrondi dans des proportions démesurées par rapport à sa fine silhouette. La veille, à l'occasion du rendez-vous mensuel, le médecin avait estimé que le bébé avait grandi d'un tiers depuis leur dernière visite.

Tony demeura silencieux, et elle devina en lui une certaine tension, dont elle crut connaître la raison.

— Aujourd'hui, chez Nonno, j'ai eu l'impression que tout le monde savait quelque chose que je suis le seul à ignorer.

Elle avait eu le même sentiment, et elle avait sa théorie. Mais avait-elle le droit d'instiller le doute en lui ? Ce n'était qu'une théorie et tout ce qu'elle lui dirait ne serait que pure spéculation.

— Lucy ?

— Euh, j'ai bien une idée…, chuchota-t-elle, avec la certitude de regretter ce qu'elle s'apprêtait à lui avouer.

— Je t'écoute, dit-il. Qu'est-ce que ma famille me cache, à ton avis ?

Elle s'assit dans le lit, nerveuse soudain.

— En réalité, je ne suis sûre de rien…

Il se tourna vers elle. Le drap qui le couvrait jusqu'à la taille laissait apparaître son torse puissant et magnifique. Il avait le visage grave… Dieu, songea-t-elle, qu'il était beau !

— Je t'écoute, répéta-t-il avec calme.

— Je crois…

Elle se tut, se donnant une dernière chance de se taire, mais finit par reprendre.

— Ce que je crois, vois-tu, c'est que Demitrio est ton père.

Marmonnant un juron, Tony se rallongea.

— J'étais sûr que tu dirais ça.

— Tu t'en doutais ?

— Sachant que ma mère avait eu une liaison avec Demitrio, comment aurais-je pu ne pas m'interroger ? Mais j'imagine que j'ai préféré ranger ça dans un coin de ma tête, sous clé.

— Cela expliquerait beaucoup de choses, en tout cas. Par exemple, pourquoi tes grands-parents se sont montrés si hostiles envers ta mère. Et aussi, ton incroyable ressemblance avec Demitrio.

— Je voudrais en avoir le cœur net et, en même temps, je redoute d'apprendre la vérité.

— Savoir qui avait été mon père ne m'a jamais rien apporté, à moi, affirma-t-elle. Mais il faut dire qu'il était déjà marié et père de famille, et qu'il avait mis enceinte une jeune fille de dix-sept ans.

— Le moment est peut-être venu d'avoir une vraie conversation avec ma mère…

Il venait de prononcer ces paroles quand son téléphone sonna, et Lucy pensa instantanément à Sarah, ce que Tony démentit aussitôt.

— C'est Richard Stark, annonça-t-il en consultant l'écran.

Le cœur de Lucy s'accéléra. Elle s'était finalement résignée à laisser Tony envoyer le journal intime à son ami agent littéraire. Sans doute ce dernier appelait-il pour leur dire gentiment qu'il ne pouvait le publier.

— Tu veux lui parler ? demanda Tony.

Surtout pas ! Elle serait incapable d'articuler un mot.

— Parle-lui toi…

Il répondit donc au téléphone et, après une minute d'échange de politesses, son visage se fit grave. Puis il hocha une ou deux fois la tête et dit des choses comme « Je vois » et « Si tu crois que c'est mieux ». Elle supposa à son expression que les nouvelles n'étaient pas bonnes.

Et alors ? Quel soulagement de savoir que ses réflexions les plus intimes ne seraient pas données en pâture au monde entier ! Même si, oui, elle devait le reconnaître, quelque part, c'était une déception. Mais n'avait-elle pas l'habitude d'être déçue ?

Tony discuta encore une ou deux minutes avec son ami, puis il raccrocha.

— Bien, dit-il en posant le téléphone sur la table de chevet. Richard a lu ton journal.

— Et il trouve que c'est un torchon, acheva-t-elle en retenant son souffle dans l'attente des mots qui feraient mal.

— Il a adoré.

— Euh… Qu'est-ce que tu dis ? Non, c'est impossible !

— Il a adoré, répéta-t-il.

Il n'avait pas dû bien comprendre. C'était tout juste si elle avait eu son bac ! Un écrivain était autrement plus diplômé et intelligent qu'elle ne le serait jamais !

— Tu me fais marcher…

— Il a dit que ton récit était poignant, d'une extrême sensibilité.

— Non… Non.

— Il veut te publier. Il est sûr que ce sera un best-seller. Il attend ton appel.

— Oh ! mon Dieu, soupira-t-elle avec l'étrange sentiment d'être le jouet d'une mauvaise plaisanterie, ou de dormir, de sorte qu'elle allait forcément se réveiller. C'est… C'est incroyable !

— Moi, je ne suis pas surpris le moins du monde, affirma Tony.

Après toute une vie à s'entendre dire qu'elle ne valait rien, Lucy avait fini par croire sa mère. Et à présent, on allait publier son journal intime ! Elle fut soudain prise de vertige.

— Alors, tu acceptes ? demanda Tony.

Si son récit avait réellement le pouvoir d'aider les gens, pourquoi ne pas essayer ? Et prouver, par la même occasion, à sa chère maman combien elle s'était trompée sur sa fille serait en même temps une sacrée revanche…

— Jamais je n'aurais pensé qu'une chose pareille m'arriverait, souffla-t-elle.

— Tu es une femme exceptionnelle, Lucy…, lui glissa Tony à l'oreille.

— Merci, oh, merci ! s'écria-t-elle en le prenant dans ses bras.

— Merci pour quoi ? C'est à toi, et à toi seule, que revient tout le mérite.

Comme il se trompait ! Elle lui prit le visage entre les mains.

— Non, Tony. Sans toi, jamais je n'aurais trouvé le courage

d'envoyer mon journal à un éditeur. Tu as cru en moi, et c'est ce qui m'a permis d'oser.

— A la seconde où je t'ai vue, j'ai su que tu étais appelée à réaliser de grandes choses, affirma-t-il.

Elle lui sourit, et pour la première fois de sa vie elle se prit à croire en elle-même.

12

Depuis des jours, Tony ne cessait de s'interroger. Devait-il parler à sa mère ? A son père ? A son oncle Demitrio ? S'ils lui avaient menti pendant si longtemps, pourquoi lui avoueraient-ils la vérité aujourd'hui ?

Son inconscient dut décider pour lui. Après un déjeuner d'affaires, il sortit du restaurant avec l'intention de rejoindre directement son bureau. Pourtant, un quart d'heure plus tard, sans trop savoir comment, il se retrouvait à remonter l'allée qui menait chez ses parents.

Après un rapide coup de fil, il descendit de voiture et marcha vers le porche. Il n'eut même pas le temps de frapper, sa mère s'était précipitée pour lui ouvrir.

— Quelle surprise ! s'exclama-t-elle avec un sourire radieux que Tony ne lui avait pas vu depuis des années. Entre, je viens juste de faire du café.

— Non merci, répondit-il en la suivant dans la cuisine.

— Un bon petit café, dit-elle, comme si elle ne l'avait pas entendu.

Elle s'affaira d'un placard à l'autre, sortant les tasses, le sucre et le lait, alors que tous deux avaient l'habitude de boire leur café bien noir.

Lucy était un peu comme ça, incapable de tenir en place très longtemps, toujours en mouvement, toujours à faire quelque chose. S'intéressant à tout, s'étonnant de tout. Et croyant plus fort que tout à l'embellie, même quand les nuages les plus noirs semblaient ne vouloir jamais se dissiper au-dessus de sa tête. Oui, Lucy et sa mère se ressemblaient décidément beaucoup.

Elle posa sur le comptoir devant lui une tasse de café qu'il ne boirait pas, ainsi que du lait et du sucre, qu'il n'utiliserait pas. Il y avait quelque chose d'amusant à la voir aussi nerveuse, car cela lui arrivait rarement. Sauf que cela ne présageait rien de bon…

— Je suppose que papa t'a parlé de ce qui s'est passé chez Nonno. Et des propos de Rose sur de prétendus secrets de famille.

— Dès le début, je me suis méfiée de cette femme, répondit sa mère en remplissant sa propre tasse de café à ras bord d'une main tremblante. Je m'en étais ouverte à ton père à l'époque.

— A propos de mon père…, dit-il.

Tous deux étaient conscients de la gravité du moment, alors autant aller droit au but, sans perdre de temps. Il n'avait jamais été doué pour les mots, et tous ces préliminaires l'ennuyaient.

— Je pense, maman, que tu connais les raisons de ma venue. Pourquoi ne me dis-tu pas ce que tu as à me dire ? Après toutes ces années, pense au soulagement que ce serait pour toi de m'avouer la vérité.

Elle croisa les mains et baissa la tête.

— Est-ce que Demitrio est mon père ?

Il vit les yeux de sa mère s'emplir de larmes et elle baissa les paupières, comme si le regarder en face était au-dessus de ses forces, puis elle chuchota :

— Oui, Demitrio est ton père.

Tony s'était cru prêt à cette révélation, mais il s'était trompé. Avoir des soupçons et entendre la vérité étaient deux choses différentes. S'il n'avait pas lu le journal de Lucy, sans doute serait-il entré dans une grande colère à cet instant. Toutefois, Lucy avait traversé bien pire et, grâce à elle, il avait appris à relativiser.

L'homme qui l'avait élevé n'était pas son père biologique,

mais Tony n'en éprouvait aucune rancœur. Ses parents lui avaient toujours donné beaucoup d'amour, n'était-ce pas le plus important ?

A cet instant, il entendit la porte d'entrée s'ouvrir et tourna la tête. Son père et Demitrio étaient là.

— Mais… qu'est-ce que… qu'est-ce que vous faites là ? bredouilla sa mère, le visage blême.

— C'est moi qui leur ai demandé de venir, répondit Tony et, au regard stoïque des deux hommes, il comprit que, de leur côté aussi, l'heure avait sonné. Nous allons discuter de tout cela. Ce que nous aurions dû faire depuis longtemps.

Demitrio et sa mère échangèrent un bref regard. Son père garda quant à lui les yeux baissés. Nul ne parla.

Leur réticence à coopérer provoqua l'irritation de Tony.

— Vous me devez la vérité, s'emporta-t-il. Comportez-vous en adultes ! Je vous écoute.

— Emploie un autre ton, s'il te plaît, répliqua Demitrio.

A bout de nerfs, Tony fit l'effort de se calmer et répondit, glacial :

— Tu n'as pas à me dicter ma conduite.

— Sauf que je suis ton père, rétorqua-t-il.

Non, comprit Tony. Il ne l'était pas. Son père, c'était l'homme qui l'avait élevé. Antonio Caroselli senior. Même s'il était absent au moment de sa conception. Et il en serait toujours ainsi.

— J'ai beaucoup d'affection, pour toi, Demitrio. Je pense que tu es quelqu'un de bien, je suis heureux de t'avoir comme oncle. Mais tu n'es pas mon père. Ce titre-là se mérite.

Demitrio le regarda dans les yeux, visiblement déstabilisé.

— Je n'aurais jamais cru que ce serait si douloureux…

Eh bien, il aurait dû y réfléchir avant, trente-cinq ans exactement plus tôt.

— J'ai toujours espéré que nous pourrions entretenir une relation père-fils un jour, reprit Demitrio.

— Peut-être aurait-ce été le cas si tu n'avais pas attendu

tout ce temps avant de reconnaître la vérité, dit Tony, qui trouvait lui aussi cette confrontation douloureuse.

— Nous avons fait ce que nous pensions être le mieux, intervint son père. La situation était délicate.

— Savais-tu que maman était enceinte lorsque tu es parti ? demanda Tony à Demitrio.

— Non, pas quand je suis parti. Mais lorsque j'ai appris qu'elle attendait un enfant, j'ai tout de suite pensé que ce pouvait être le mien. Seulement, ta mère avait déjà épousé mon frère, alors que devais-je faire ? Tu étais adolescent lorsque j'ai enfin su la vérité avec certitude.

— Si tu avais des doutes, pourquoi avoir gardé le silence ?

— Cela restera un regret pour moi le restant de mes jours.

— Et je dois me contenter de cette réponse ?

Son père choisit ce moment pour se rapprocher de son frère.

— Si tu tiens à adresser des reproches à quelqu'un, c'est moi qui les mérite, dit-il à Tony. C'est moi qui ai convaincu ta mère de ne rien dire à Demitrio. Et quand la vérité n'a plus fait aucun doute, c'est encore moi qui ai supplié Demitrio de ne rien te dire, à toi. Il voulait pourtant que tu saches et, dernièrement, il a beaucoup insisté pour que nous te parlions. Mais nous n'étions pas prêts.

— L'auriez-vous été un jour ?

— Tu dois faire l'effort de nous comprendre, dit alors sa mère. Nous n'avons jamais voulu que ton bonheur.

— En me taisant la vérité ? s'exclama Tony, partagé entre colère et ressentiment.

Il prenait pourtant sur lui et s'efforçait de garder l'esprit ouvert, de voir les choses de leur point de vue, mais toutes leurs explications sonnaient creux.

— Je n'ai encore entendu de votre part aucune excuse qui prouverait un peu de respect pour mes sentiments. En fait, vous ne faites que justifier vos mensonges de la manière la plus égoïste qui soit.

— Egoïstes, oui, nous l'avons été, répliqua Demitrio. Absolument ! Tout le monde a pu voir combien tu étais torturé à l'époque de l'adolescence. Toujours en marge, angoissé, rebelle aussi. J'avais l'impression de me voir au même âge. J'ai compris que tu avais besoin de la stabilité d'une famille soudée et aimante. C'était le mieux pour toi. A l'époque où tu es né, j'étais insouciant, irresponsable, totalement immature et incapable, a fortiori, d'assumer le rôle de père. Venir revendiquer ma paternité n'aurait fait que te compliquer l'existence.

— Et après, lorsque je suis devenu adulte ?

— Mon trésor, dit sa mère à ton tour, tu vas devenir père, toi aussi. Essaie de te mettre à notre place ! Imagine si, pour une raison ou une autre, vous ne vous étiez pas retrouvés, Lucy et toi, et que quatorze ans plus tard, tu aies appris que tu avais un fils. Que lui répondrais-tu lorsqu'il voudrait savoir les raisons de ton absence ?

Bonne question. Et de quel droit portait-il un jugement ? Effectivement, il s'en était fallu de peu qu'il ignorât jusqu'à l'existence de son propre enfant.

Quand Lucy était partie, au fond de lui, il avait su, oh, pas dans les détails, mais il avait eu un pressentiment. Il aurait dû courir après elle, ne serait-ce que pour s'assurer qu'elle allait bien. Mais il avait agi comme un lâche, peut-être par peur qu'il y eût quelqu'un d'autre dans sa vie, quelqu'un qui valait mieux que lui. Alors, comme solution, il avait décidé lui aussi de se tourner vers une autre. Point final. Du moins était-ce ce qu'il croyait.

Quelle erreur ! Oh ! ses parents n'étaient pas parfaits, mais une chose était sûre, ils l'aimaient, et il avait confiance en eux. Il avait besoin de temps. Pour digérer sa colère et sa rancœur. Et à terme, pour accepter le passé et tourner la page.

— C'est pour cette raison, que vous vous êtes battus, l'autre jour ? demanda-t-il.

Demitrio hocha la tête.

— Je voulais absolument que tes parents t'avouent la vérité.

— Et de mon côté, j'avais senti que quelque chose se passait chez toi, expliqua sa mère. Sans doute l'intuition maternelle.

J'ignorais ce dont il pouvait s'agir, mais il y avait quelque chose de différent en toi…

Cela devait être au moment où Lucy était partie, les mois les plus éprouvants de son existence. Comment aurait-il réagi si, alors, il avait appris que son cher oncle était en réalité son père ? Il préférait ne pas y penser.

— Je m'en veux d'avoir agi ainsi, dit Demitrio en se tournant vers ses parents, l'air contrit. Je suis vraiment allé trop loin. Je me suis montré présomptueux et arrogant en prétendant savoir ce qui valait mieux pour lui. J'avais tort.

— Tout est ma faute, renchérit sa mère en fondant en larmes. J'aurais dû t'avouer la vérité dès le début. Je m'en veux tellement, Demitrio !

Cette conversation prenait une tournure dans laquelle Tony préférait ne pas s'engager.

— Je pense que vous avez tous les trois besoin de vous parler, dit-il.

— Pourras-tu jamais nous pardonner ? chuchota sa mère avec un regard si déchirant que Tony lui répondit par un tendre sourire.

— Je pense que oui.

Il s'approcha d'elle et la prit dans ses bras.

Alors, son père vint aussi et les étreignit tous les deux. Resté en retrait, Demitrio semblait désemparé, plus seul que jamais, et Tony sentit son cœur se serrer.

— Viens avec nous, dit-il en lui faisant signe de les rejoindre.

Demitrio hésita, puis il s'avança vers eux et les entoura tous les trois de ses bras.

Tony se promit de suivre cette fois la voie de Lucy et de se concentrer sur ce qui était réellement important. Le reste attendrait. Dans l'immédiat, il n'avait qu'une envie, rentrer chez lui et enlacer la femme de ses rêves. La mère de son enfant.

L'amour de sa vie…

13

Pour Lucy, ça ne faisait aucun doute : son mariage avec Tony resterait le plus beau jour de sa vie.

Elle n'avait jamais participé à un mariage traditionnel et ne croyait même pas se marier elle-même, aussi aurait-elle été d'une totale inefficacité pour préparer ce genre d'événement. Mais Sarah et les sœurs de Tony, Chris et Elana, ainsi que celle de Nick, Jessica, se montrèrent enthousiastes à l'idée de s'en occuper pour elle. Et elles ne regardèrent pas à la dépense.

Avec l'aide d'une organisatrice de réceptions, elles transformèrent le parc de la propriété des parents de Tony, sur les rives du lac Michigan, en un jardin des merveilles, tout décoré de satin, de roses et de lampions.

Lorsque les parents de Tony s'avancèrent avec elle dans l'allée, un de chaque côté, elle se sentit un peu comme Cendrillon. Bon, avec l'accouchement prévu une semaine seulement plus tard, bien sûr, une Cendrillon enceinte jusqu'au cou…

Lorsqu'elle vit Tony qui l'attendait devant l'autel, plus beau que jamais dans son smoking, elle crut que son cœur allait imploser de tant de bonheur.

Ils échangèrent leurs vœux au crépuscule, les vagues du lac Michigan insufflant une sorte d'éternité à ce moment. Puis, chacun son alliance au doigt, ils s'embrassèrent, leur premier baiser en tant que mari et femme. Lucy sut alors avec certitude que le bonheur serait au rendez-vous chaque jour de sa vie.

Après la cérémonie, les parents de Tony donnèrent le coup d'envoi à la réception. Ce fut d'abord le repas, un véritable festin, puis arriva la pièce montée et, tout de suite après, Tony et elle ouvrirent le bal, avec leur toute première danse officielle. La soirée se prolongea à la manière des Caroselli, un vrai chaos, l'alcool coulant à flots, la musique techno à fond. Lorsque les voisins se présentèrent, inquiets de ce vacarme, ils furent invités à se joindre à la fête. A un moment donné, Lucy s'éclipsa pour raccompagner Nonno, fatigué à cette heure tardive, dans sa chambre.

Une journée parfaite. Un mariage parfait.

Elle aurait dû se méfier…

Elle venait juste de laisser Nonno et s'apprêtait à rejoindre Tony quand elle tomba sur Carrie, l'épouse de Rob, dans le couloir. Carrie, une jolie blonde, aussi menue qu'elle, un petit vendre rebondi sous sa robe de cocktail.

Hormis les politesses d'usage, toutes deux s'étaient jusqu'ici appliquées à s'éviter. Le sujet n'avait jamais été abordé, mais Carrie tenait manifestement Lucy pour responsable de ce qui était arrivé à son amie Alice.

— Joli mariage ! lança-t-elle.

Le commentaire semblait sincère, mais Lucy surprit dans le regard de la jeune femme une lueur qui la mit mal à l'aise.

— Nettement plus réussi que le précédent ! rajouta Carrie.

Ridicule. Que cela lui plût ou pas, Lucy faisait désormais partie de la famille. Le moment n'était-il pas venu d'enterrer la hache de guerre ?

— Je sais que vous ne me portez pas dans votre cœur, Carrie, et je ne peux pas vous le reprocher, mais…

— Comme vous êtes charitable ! ironisa Carrie.

— Croyez-le ou pas, je suis réellement désolée pour ce qui est arrivé à Alice.

— Plaquée au pied de l'autel, vous imaginez ? Peut-être

est-ce que je me trompe, mais je ne crois pas à vos regrets. En revanche, Alice, elle, est dévastée.

Lucy prit une profonde inspiration sans chercher à se défendre. La conversation promettait d'être ardue, et ce n'était sans doute pas l'endroit ni le moment idéal pour un crêpage de chignons. Peut-être devait-elle se faire une raison : Carrie et elle ne seraient jamais amies.

— Je ferais mieux de rejoindre nos invités, dit Lucy, déçue par la froideur des propos échangés.

Elle fit mine de s'éloigner, mais Carrie se mit en travers de son chemin.

— Vous savez si c'est un garçon ou une fille ? demanda-t-elle.

Il y avait quelque chose de sombre et de menaçant dans son expression. Où voulait-elle en venir ?

— Je préfère avoir la surprise, mais j'ai le sentiment qu'il s'agit d'un garçon.

— C'est Tony qui doit être content !

— Certainement, répondit Lucy, quel homme ne se réjouirait pas d'avoir un fils ?

Tout en prononçant ces mots, elle songea qu'en fait Tony se réjouirait tout autant si c'était une fille, elle en avait la conviction.

— Et quelle impression ça fait de se promener avec trente millions de dollars dans le ventre ?

Lucy dévisagea son interlocutrice sans comprendre, mais avec un drôle de pressentiment.

— De quoi parlez-vous ?

— Du marché que Tony a conclu avec son grand-père, voyons ! S'il donne un héritier mâle à la famille, il empoche trente millions de dollars. C'est pour cela qu'il avait décidé d'épouser Alice, d'ailleurs. Tous deux avaient passé un accord. Et puis, vous avez débarqué, déjà enceinte. C'est ce qui s'appelle tomber à pic, non ?

Elle mentait. Elle cherchait juste à la déstabiliser, à jouer avec ses émotions, pour se venger.

— Si vous le dites…

— Mais pour toucher le gros lot, il devait d'abord vous épouser. Sinon, adieu les millions ! Enfin, c'est aujourd'hui chose faite.

Mensonge. Ce que disait cette femme n'était pas vrai. Point, à la ligne !

— J'ai l'impression que vous ne me croyez pas : allez donc lui poser la question ! ajouta-t-elle. Vous verrez bien ce qu'il vous répondra.

Bien sûr. Carrie ne demanderait pas mieux. Que Lucy accusât Tony d'une telle horreur. Il serait effondré par son manque de confiance.

Cette fois, lorsque Lucy fit mine de s'éloigner, Carrie ne s'interposa pas.

— Profitez bien de cette fin de journée ! se contenta-t-elle de crier dans son dos.

Lucy en avait bien l'intention. Elle ne laisserait pas cet incident gâcher le plus beau jour de sa vie. Elle résolut de chasser toute mauvaise pensée de sa tête.

Tony t'aime, il est aujourd'hui ton mari, tu dois lui faire confiance. Rejoins-le, amuse-toi.

Elle s'apprêtait à le faire bel et bien quand, au moment de ressortir dans le parc, elle se figea, comme pétrifiée, et ses pieds refusèrent d'avancer. Alors elle rebroussa chemin et retourna dans la chambre de Nonno. La gorge nouée, elle frappa doucement à la porte en priant en même temps pour que le vieil homme fût endormi.

— Oui ? répondit la voix qu'elle connaissait bien.

Elle poussa la porte et trouva le vieil homme assis au bord du lit, comme s'il attendait sa visite. Il allait lui dire que tout ça n'était qu'un odieux mensonge.

— Il faut que je vous parle.

— Je sais, répondit-il en la regardant avec une grande lassitude.

— Vous avez entendu ce que m'a dit Carrie dans le couloir ?

Il acquiesça d'un signe de tête.

— Est-ce vrai ?

— Et si vous demandiez à votre mari ?

Oh non… Non et non !

— C'est à vous que je pose la question. Avez-vous offert de l'argent à Tony pour qu'il ait un héritier mâle ?

— Le nom des Caroselli ne doit pas s'éteindre et mes petits-fils ne rajeunissent pas. Je devais les motiver.

Lucy sentit son cœur voler en éclats. La douleur fut telle qu'elle en eut le souffle coupé.

— Je vous croyais mon ami, le grand-père que je n'ai jamais eu… Comment avez-vous pu conspirer ainsi dans mon dos ? Pourquoi ne m'avoir rien dit ?

— Ma loyauté va d'abord à mon petit-fils, répondit Nonno en relevant fièrement le menton. Priorité à la famille !

— Moi, je n'ai pas de famille. Et je pensais en avoir trouvé une. Manifestement, je me trompais, s'exclama-t-elle avant de tourner les talons.

— Lucy, attendez !

Nonno n'avait pas l'habitude qu'on lui tournât le dos, mais quand elle refusa de s'exécuter il répéta d'une voix radoucie :

— Lucy, je vous en prie. Tout ça est ma faute.

Elle se figea à la porte, rongée par le désespoir.

— Ne faites pas payer mes erreurs à Tony. C'est un bon garçon. Un petit-fils loyal.

— Peut-être, répondit-elle en lui faisant face. Mais pas un *mari* loyal.

Au moins savait-elle maintenant pourquoi Tony tenait tant à l'épouser, et aussi pourquoi il avait attendu l'échographie pour lui faire sa demande une seconde fois. Toutes ces choses qu'il avait dites d'elle, l'appelant son héroïne et… Tout ça n'était donc que mensonges ? Une manière de la manipuler ?

— Lucy, il vous aime.

Il avait une bien étrange façon de le lui montrer.

— Je suis sûr que vous comprendrez si je vous réponds que, parfois, ça ne suffit pas.

Elle referma la porte et s'éloigna, ne sachant même pas où elle allait, pensant à peine à respirer. *Inspire, expire*. Tout son être n'était que souffrance. Même ses cheveux lui faisaient mal. De vieilles blessures dans son cœur se rouvrirent, empoisonnant son sang, toxiques.

Voilà donc pourquoi Tony avait dépensé tant d'argent à acheter une maison. Il savait qu'à la naissance du bébé il toucherait le jackpot. Il l'avait bien mérité !

Félicitations, maman, tu avais vu juste ! Les hommes comme Tony ne s'intéressaient aux filles comme elle que pour une bonne raison. Et sur ce plan, elle l'avait comblé dernièrement. Il s'était moqué d'elle et, pire encore, elle ne savait même pas s'il en avait eu conscience.

— Lucy ?

Elle tourna la tête. Tony se tenait derrière elle. Elle sentit son cœur s'arrêter. Il était si beau. Comment avait-il pu lui faire ça ?

— Tout va bien ? demanda-t-il, l'air inquiet.

Elle songea alors qu'elle n'avait aucune envie de donner à Carrie la satisfaction d'avoir gâché son mariage. Même si tout cela n'était somme toute qu'une vaste imposture, un marché conclu au sein d'une belle famille.

Une famille qui passait avant tout le reste…

— Je suis juste un peu fatiguée, répondit-elle avec le sourire. Et j'ai eu la migraine tout l'après-midi.

Au moins ce dernier point était-il vrai.

— Moi aussi, je suis fatigué.

Il s'approcha et la prit dans ses bras, puis il l'embrassa sur le front. Elle dut faire appel à toute sa volonté pour ne rien dire, pour ne pas lui marteler le torse et se mettre à crier en lui demandant pourquoi. Pourquoi, après tout ce qu'elle avait partagé avec lui, après tout ce qu'ils avaient traversé, pourquoi lui avait-il fait cela ? Etait-il donc à ce point sans cœur ? Aussi insensible ? A moins que ce ne fût sa vision de ce que devait être l'amour ?

Fermant les yeux, elle inspira profondément. Oh ! comme elle l'aimait ! Et comme elle le détestait !

Il lui prit le visage entre les mains et la regarda.

— La fête bat son plein. Je pense que, si nous nous éclipsons, nos invités ne le remarqueront même pas.

Heureusement, car elle n'aurait pas la force d'en supporter davantage. Les choses n'étaient pas censées se passer ainsi.

— Et si nous rentrions à la maison ?

La maison. Ce mot signifiait tant de choses pour elle quinze minutes plus tôt. Elle se contenta de sourire et répondit :

— Allons-y !

Ils allèrent prendre congé de la famille et des amis. Lucy se forçait à faire bonne figure, mais elle était à bout sur le plan émotionnel. Enfin, ils rejoignirent la voiture. Encore quinze minutes, se dit-elle quand Tony démarra. Une fois à l'appartement, elle pourrait enfin lui parler en toute intimité. Et prendre sa décision.

Jamais elle ne s'était sentie aussi triste ni aussi seule.

Elle regarda par la vitre, l'abaissa pour sentir le vent sécher ses larmes. Une larme, en réalité. Une seule.

Ce n'était pas juste. Mais la vie était ainsi faite, non ? En tout cas, il en avait toujours été ainsi pour elle.

Il la déposa devant la porte et elle monta, pendant qu'il allait se garer. L'espace de quelques secondes, elle se laissa aller à penser combien il serait pratique d'avoir enfin un garage… Sauf que ces petits problèmes-là appartenaient déjà au passé.

Elle entra dans l'appartement. Ils avaient oublié d'éteindre la lumière du salon, comme d'habitude. Elle regarda les affaires de Tony et les siennes, disséminées un peu partout, les unes avec les autres. Comme dans une vraie maison, chez eux. Mais tout ça n'était qu'illusion.

Elle jeta son petit sac à dos sur le lit, s'arma d'une boîte entière de mouchoirs en papier et s'enferma dans la salle de bains, bien décidée à laisser couler ses larmes. Des larmes qui refusèrent de venir. La souffrance étant sans doute trop profonde.

Ses yeux demeurant obstinément secs, elle retourna dans la chambre et se laissa tomber sur le lit, dans l'obscurité. Et maintenant, que devait-elle faire ? Sa valise ?

Elle entendit Tony entrer, le cliquetis de ses clés quand il les posa sur la table basse, avec les revues et autres magazines, sous des tonnes de papiers, perdues parmi le courrier. Il ne se souvenait jamais où il rangeait son trousseau. C'était toujours elle qui le retrouvait. C'était devenu une habitude.

Parmi d'autres… Une vie à deux. Devait-elle tirer un trait sur tout ça ?

— Pas encore endormie ? demanda-t-il quand il la trouva allongée sur le lit, telle une baleine échouée.

Elle avait l'impression que, si elle fermait les yeux, elle pourrait dormir un mois entier non-stop. Et, en même temps, elle doutait de pouvoir un jour retrouver le sommeil. Tony avait fait de sa vie un champ de ruines.

— Non, répondit-elle.

— J'aurais tant aimé une soirée caresses, dit-il en allumant la lampe de chevet.

— Le médecin l'a interdit le dernier mois, rappelle-toi ! Tu ne voudrais quand même pas déclencher un accouchement prématuré, dit-elle en essayant de trouver la position la plus confortable.

Son dos la faisait terriblement souffrir et elle rechignait à prendre un antalgique dans son état, mais peut-être devait-elle se résoudre à avaler une aspirine.

— Ça n'a pas l'air d'aller, toi, remarqua Tony.

— Comment voudrais-tu que ça aille ? rétorqua-t-elle. Je suis enceinte de huit mois et demi, j'ai les chevilles enflées et un mal de dos à pleurer.

— Et si tu essayais de t'allonger sur le côté, avec un oreiller calé sur les reins, suggéra-t-il, le regard éperdu, comme s'il vivait ses douleurs dans sa propre chair.

Quand allait-il cesser de se montrer si gentil, si attentionné ? Il semblait tellement sincère, si inquiet pour elle ! Elle fit ce qu'il lui suggérait et ressentit en effet un léger mieux.

Pourtant, elle n'en pouvait plus de faire semblant, alors que son cœur saignait de toutes parts. Elle n'en pouvait plus de se taire.

Il se rendit dans la salle de bains et elle l'entendit bientôt se brosser les dents.

Allez, Lucy. Sois courageuse !

— Eh bien, en fin de compte, Rose avait vu juste à propos des secrets de cette famille ? lança-t-elle.

Elle l'entendit marmonner quelque chose d'inaudible.

— En fait, qui n'a pas de secrets ? poursuivit-elle. Tu en as bien, toi aussi…

A ces mots, il passa la tête par l'entrebâillement de la porte de la salle de bains, du dentifrice sur le bout du menton, tellement adorable… A gifler !

— Moi, ma vie est comme un livre ouvert, affirma-t-il.

Un livre dont il manquait des pages. Des pages essentielles. Et le moment était venu de remplir les blancs.

— Tu en es sûr ?

Elle l'entendit poser sa brosse à dents, puis il dut s'essuyer le menton à l'aide de la serviette accrochée à côté du lavabo, qu'il ne prendrait évidemment pas la peine de ranger à sa place. Elle connaissait par cœur ses petites manies.

Il sortit de la salle de bains, vêtu de son seul boxer.

— Je ne vois pas.

— Regarde mieux…

Il s'assit sur le lit à côté d'elle et lui caressa doucement le dos.

— Qu'est-ce qui ne va pas, Lucy ? Tu as eu un problème à la réception ? Quelqu'un t'a dit quelque chose qui t'a blessée ?

Au lieu d'accuser Carrie, qui en fin de compte ne faisait que soutenir sa meilleure amie, Lucy répondit :

— Trente millions de dollars.

Aussitôt, Tony baissa la tête et marmonna un juron. Pris en flagrant délit !

— Qui te l'a dit ?

— Peu importe…

— Lucy…

— Je t'écoute !

— Tu dois me croire. L'argent n'a rien à voir dans notre histoire…

— Oh ! vraiment ?

— En fait, répondit-il avec calme, comme si toute cette affaire n'était qu'un malentendu, j'espérais que tu aurais confiance en moi, aujourd'hui. Mais s'il te faut une preuve, j'en ai une.

14

Lucy tressaillit à ces paroles.

— J'attends, dit-elle, la gorge serrée, refusant d'espérer.

— Je ne peux pas. Pas encore.

— Pas encore ? s'exclama-t-elle. Et comment dois-je prendre cela ?

— Je peux te prouver que je dis la vérité. Mais pas tout de suite.

C'était la chose la plus idiote qu'elle eût jamais entendue. Elle se redressa avec difficulté pour s'asseoir.

— Puis-je savoir pourquoi ?

— Je suis déjà en mauvaise posture. Si je brise ma promesse, ça en sera fini de moi…

— Une promesse faite à Nonno, c'est ça ? dit-elle, avec le sentiment de s'approcher de plus en plus du vide.

Manipulée, une fois de plus. Menée par le bout du nez par cette famille.

— Non. Pas à Nonno.

— Pas à Nonno ? répéta-t-elle, surprise. Mais à qui alors ?

— Je ne peux pas te répondre.

— Pourquoi non ?

— Te dire à qui j'ai fait cette promesse reviendrait à briser cette même promesse. Tu comprends ?

— Rien du tout. J'espère que tu en es conscient. C'est notre mariage qui est en jeu, Tony…

— J'en suis conscient. Mais je ne peux rien dire.

Elle secoua la tête, l'esprit confus. Envers qui Tony était-il prêt à témoigner une telle loyauté, au point de mettre leur mariage en danger ? Et que pourrait-il dire qui prouvât que l'argent de Nonno ne l'intéressait pas ?

— Réfléchis, dit-il. Le fait de te dire à qui j'ai fait cette promesse reviendrait à briser cette promesse…

Elle le dévisagea, chercha dans ses yeux la solution à cette énigme. En vain.

— Il va falloir que tu me donnes une piste, dit-elle.

— Impossible, répondit-il, n'en démordant pas.

Elle se concentra, tenta d'y voir plus clair, déterminée à trouver la clé. A qui avait-il donc fait cette fameuse promesse ? Quelle était cette preuve dont il parlait ?

Soudain, quelque chose se débloqua dans son esprit et elle poussa une exclamation. Puis elle éclata de rire.

— Oh mon Dieu ! Nous allons avoir… une petite fille ?

Le sourire de Tony confirma sa conclusion.

Et depuis le début, ou presque, il savait. Le mufle !

Il l'attira entre ses bras et la berça avec tendresse. Comme elle avait raison de penser qu'il ne fallait jamais juger autrui sans savoir ! On devait laisser à l'autre une chance, le bénéfice du doute. Elle frémit, horrifiée. Dire qu'elle avait failli commettre l'irréparable !

Après tout ce qu'ils avaient traversé, pourquoi ne lui avait-elle pas fait confiance ?

— Je ne suis qu'une idiote, chuchota-t-elle.

— Mais non… En fait, j'aurais dû te parler de cet argent. Seulement, j'avais promis le silence à Nonno.

— Et la famille d'abord ! Oui, je sais.

— Non, dit-il en lui prenant le visage entre les mains. Toi d'abord ! Toi et le bébé. Pour toujours… Je t'aime, Lucy.

Il scella ces paroles en pressant les lèvres contre les siennes.

— Mais tout de même, tu aurais dû me le dire. Et me faire confiance.

— J'ai eu tort. Je ne voulais pas être ce genre d'individu…

— Quel genre d'individu ?

— Le type qui au fond de lui sait parfaitement qu'il ne mérite pas la femme qu'il aime et qui pense qu'elle ne lui pardonnera jamais sa stupidité s'il lui dit la vérité.

Ne jamais lui pardonner ? Oui, il fallait être vraiment stupide pour imaginer une chose pareille !

— Lucy, murmura-t-il, j'ai été désemparé quand tu es partie. Et oui, j'ai pris de mauvaises décisions. Mais depuis ton retour, quelque chose ne cesse de m'intriguer… Comment as-tu su que j'allais épouser Alice ? Qui te l'a dit ?

— Un ami.

— Mais qui ?

— Je n'en sais pas plus. L'e-mail était signé « de la part d'un ami », c'est tout.

— Tu ignores donc qui te l'a envoyé ? Et pourtant, tu n'as pas hésité à venir me trouver, sur la seule foi de cet e-mail…

En effet. Mais les faits ne prouvaient-ils pas qu'elle avait eu raison ? Mille fois raison ?

— Je suis désolée de ne pas t'avoir fait confiance, dit-elle en lui nouant les bras autour du cou. Cela ne se reproduira plus.

— J'en doute. Car tu es ainsi faite.

Elle détestait l'admettre, mais il avait raison : la méfiance faisait partie de ses gènes. Elle était enfouie au plus profond de son âme.

— Ne te fais aucun reproche, dit-il en déposant un baiser sur chacune de ses paupières. Nous en viendrons à bout. Toi et moi, comme un vrai couple.

— A partir d'aujourd'hui, en cas de problème, nous commencerons par en parler ensemble. Peu importe de quoi il s'agit.

— Entendu, approuva-t-il.

Dans son dos, une pointe à ce moment arracha une grimace de douleur à Lucy.

— Allonge-toi, dit-il. Je vais te masser.

Elle se roula en boule sur le côté, l'oreiller entre les bras.

— C'est encore le nerf sciatique ? demanda Tony, tout en

lui pétrissant les muscles avec douceur, faisant régresser la douleur après une petite minute.

— On dirait que l'on m'enfonce un pieu dans la fesse. C'est violent. Et ça m'élance de façon spasmodique.

— Oui, c'est le propre du spasme : ça va, ça vient…

Elle le regarda par-dessus son épaule.

— Je te vois venir, avec tes allusions…

— Non, sérieusement, ça fait longtemps que tu en souffres ?

— Je ne sais plus exactement. Mais c'est juste un mal de dos…

— Je me rappelle que ma cousine Jessica avait parlé de douleurs peu avant l'accouchement…

— Oh ! mais en ce qui me concerne, c'est trop tôt.

— Tu en es à ta trente-huitième semaine. Pratiquement à terme.

— Tony, je ne suis pas en train d'accoucher, assura-t-elle. De toute façon, je ne suis pas prête.

— Je ne crois pas que ça fonctionne de cette façon.

— Tais-toi et masse ! dit-elle en riant.

— A vos ordres, Mme Caroselli…

Elle sourit et ferma les yeux. Quand elle les rouvrit, la chambre était plongée dans l'obscurité et Tony, endormi près d'elle, la tenait enlacée.

Tony dormit d'un sommeil de plomb. Une fois, il s'éveilla, vers 3 h 30 et chercha aussitôt Lucy. Le drap était encore chaud, mais la place à côté de lui était vide. Elle devait être à la salle de bains, se dit-il en se rendormant. Il se réveilla quelques heures plus tard, aux premières lueurs de l'aube. Une fois de plus, Lucy n'était pas près dc lui. Mais cette fois, le drap était froid.

Depuis combien de temps était-elle debout ?

Il se leva, enfila son jean et partit à sa recherche. Il la trouva dans la cuisine en train de faire les cent pas, une tasse de thé entre les mains.

Elle semblait épuisée.

— Bonjour, dit-il.

Aussitôt, elle vint lui donner un baiser, puis recommença à arpenter la pièce de long en large.

— Tu as encore mal au dos ?

— Oui, et c'est insupportable, soupira-t-elle. Peut-être que tu as raison…

— Tu penses que le travail a commencé ?

— C'est soit ça, soit il s'agit de calculs rénaux. J'ai essayé de voir si la douleur arrivait à intervalles réguliers, mais non, elle survient à tout moment. Parfois après deux minutes, parfois quinze.

— Depuis combien de temps es-tu levée ?

— Deux ou trois heures, répondit-elle, l'air désemparé. Même allongée, je n'arrivais pas à trouver le sommeil. Chaque fois que je m'assoupissais, la douleur revenait.

— Tu aurais dû me réveiller.

— Tu n'aurais pas pu faire grand-chose pour moi. Et tu avais besoin de te reposer. Si le travail a commencé, la journée promet d'être longue. Cela dit, je suis contente qu'elle ait attendu que nous soyons mariés…

— Viens ici, dit-il, se reprochant d'avoir dormi si profondément. Pose les coudes sur le comptoir et penche-toi en avant.

— Hé ! s'exclama-t-elle lorsqu'il retroussa sa chemise de nuit. Que comptes-tu faire ?

Il commença à lui masser le bas du dos et elle soupira d'aise.

— Oh ! après tout, fais ce que tu veux, souffla-t-elle. Et ne t'arrête pas. Comme ça fait du bien…

Il la massa donc avec le plus de douceur possible, et soudain une nouvelle contraction se déclencha, puis finit par passer. Quelques minutes plus tard, une autre survint. Il en fut ainsi au cours des quarante-cinq minutes suivantes. Au chronomètre de son téléphone, Tony évalua leur apparition à un rythme de douze à quinze minutes. Le médecin leur avait expliqué. Avec un premier bébé, il était inutile de se présenter à l'hôpital tant que les contractions étaient espacées de plus de cinq minutes.

— Je voudrais tant t'aider ! dit-il.

Comme il s'en voulait d'être aussi impuissant face à sa douleur !

— Eh bien, appelle donc l'hôpital, répondit-elle, le souffle court, un rictus de souffrance figé au coin des lèvres. Pour prévenir la maternité que nous serons bientôt là…

— Mais ça risque de durer comme ça encore un certain temps…

— Je ne crois pas. Je… je suis en train de perdre les eaux…

Lucy fut examinée dès son arrivée à la clinique. Manifestement, elle n'était pas encore prête. Après trois heures de stress intense à tourner en rond, Tony et sa mère se rendirent à son chevet et constatèrent que la délivrance semblait imminente.

Afin d'accélérer le processus, l'infirmière lui fit une injection. Instantanément, les contractions passèrent de six minutes à deux minutes d'intervalle et doublèrent apparemment en intensité. Jusqu'à présent, Lucy avait catégoriquement refusé la péridurale et les antidouleurs, mais trois contractions plus tard, elle supplia qu'on lui donne quelque chose, *n'importe quoi*, pour la soulager.

Tout ça était tellement nouveau pour lui ! Tony se sentait tout à la fois euphorique, terrifié et impatient. Mais, par-dessus tout, il était fier de Lucy. Si elle n'avait déjà été son héroïne, nul doute qu'elle le serait devenue en cette occasion. De son point de vue, toute femme qui mettait un enfant au monde devait recevoir une médaille. Il avait lu une étude, un jour, sur l'intensité de la douleur au moment dc l'accouchement. Un scientifique avait recréé par impulsions électriques cette douleur et l'avait expérimentée sur des hommes, mettant en lumière une conclusion : la résistance de ces derniers était bien inférieure à celle des femmes.

Il réussit à garder son sang-froid trois heures, puis il capitula.

Oui, non seulement les hommes étaient des mauviettes, mais en plus ils étaient d'une fierté affligeante.

— J'espère qu'elle sera heureuse en tant que fille unique, soupira Lucy, en sueur après une contraction particulièrement douloureuse. Car il est hors de question que j'endure cela une deuxième fois.

— Toutes les femmes accouchant de leur premier enfant disent la même chose, répondit Sarah en lui épongeant le front. Et puis, elles oublient ce calvaire.

Tony déposa un baiser sur les lèvres de sa femme et lui caressa les cheveux.

— Tu es tellement courageuse ! Je suis fier de toi.

— J'en ai assez d'être courageuse, je voudrais que la douleur cesse ! gémit-elle, les traits tirés.

— C'est bientôt fini, promit-il. Il faut juste que tu tiennes encore un peu.

Une salve de contractions plus tard, quand l'infirmière revint pour évaluer les progrès de Lucy, celle-ci supplia pour qu'on lui fît une péridurale. Elle s'était montrée d'une grande bravoure jusqu'ici, mais pour Tony, c'en était assez. Elle était épuisée.

— Voyons d'abord où nous en sommes, répondit l'infirmière en examinant Lucy. Respirez…

— Puis-je avoir quelque chose contre la douleur maintenant ? articula Lucy.

— Désolée, mais c'est trop tard, le moment de l'expulsion est venu. Il est temps de vous préparer…

15

Le bébé pesait le poids tout à fait honorable de 3,275 kg. Les cheveux noirs, il avait les yeux de Lucy et le nez de Tony.

Oh ! et aussi un pénis.

— Mais comment est-ce possible ? répéta Tony pour la centième fois. Un garçon… C'est pourtant bien une fille que j'ai vue à l'échographie…

Assis dans le fauteuil à côté du lit, il tenait dans ses bras leur fils endormi qui, dès sa naissance, avait arboré un sourire béat.

— En tout cas, je me réjouis que tu ne m'aies rien dit plus tôt, remarqua Lucy, pince-sans-rire. Parce qu'à cette heure, notre fils aurait une layette rose.

— Tu te rends compte ! reprit Tony. Si Rob et Nick n'ont pas de fils, c'est sur les épaules de ce petit bonhomme que reposera la pérennité des Caroselli.

— Uniquement s'il le souhaite, répondit Lucy. Notre fils fera comme il l'entend, ni plus ni moins.

Sarah était restée à leurs côtés au moment de la naissance puis, peu après, le père de Tony les avait rejoints, et il semblait déjà gaga devant son petit-fils. Les fleurs, ainsi que les visiteurs, commencèrent à affluer dans la petite chambre. Quelqu'un distribua des chocolats et déboucha une bouteille de cidre, le tout dans un joyeux vacarme, mais Lucy était aux anges. Cette famille lui avait ouvert ses bras, elle en faisait désormais bel et bien partie.

Rob arriva, seul, et après s'être extasié sur le bébé toujours endormi dans les bras de son père, il s'assit au bord du lit.

— Au nom de mon épouse, je voudrais vous présenter des excuses, Lucy. C'est ignoble, ce qu'elle a fait…

En réalité, Lucy n'était pas loin de penser que Carrie lui avait rendu un fier service en la poussant à prendre conscience qu'il était capital pour elle de faire confiance à Tony.

— Ne vous excusez pas. Tout est rentré dans l'ordre maintenant.

— N'empêche, répondit Rob. Elle s'en veut terriblement.

— Nous commettons tous des erreurs, affirma Lucy, toute à son bonheur.

Puis ce fut Nonno qui apparut. Et si Lucy avait toutes les raisons de lui en vouloir, elle était trop heureuse pour rester fâchée contre lui. Elle regrettait néanmoins ce lien particulier qui avait commencé à se nouer entre le vieil homme et elle, comme entre un grand-père et sa petite-fille. Mais elle s'en remettrait. Du moment que Tony et leur fils étaient auprès d'elle…

Peu à peu, les visiteurs prirent congé, et il ne resta plus dans la chambre que Nonno et les parents de Tony.

— J'aimerais pouvoir dire quelques mots en privé à mon petit-fils, dit alors Nonno à ces derniers.

Sarah et son mari se levèrent aussitôt et décidèrent d'aller déjeuner en ville.

— J'ai quelque chose pour toi, dit alors le patriarche à Tony.

— Un chèque ? s'enquit Tony en prenant rectangle de papier plié en deux qu'il lui tendait.

Nonno hocha la tête.

Tony déplia le papier et se figea.

— Mais… Oh ! mon Dieu… Dix millions de dollars ?

— Exact.

— Je ne peux pas accepter, dit Tony en rendant le chèque à son grand-père. C'est hors de question.

— Ce sont tes indemnités de licenciement.

— Quoi… ? s'exclama Tony, les yeux ronds.

— Pour te remercier de toutes ces années au service des Chocolats Caroselli.

— Attends une minute… Tu veux dire que… Je suis licencié ?

— Cela prend effet aujourd'hui.

— Mais…

Tony se tut, puis il secoua la tête et éclata de rire.

— Comment as-tu deviné que j'avais envie de quitter l'entreprise familiale ?

— Rien de plus facile ! J'ai un réseau d'amis très efficace, tu sais. Je te considère comme le plus loyal de mes petits-fils, Tony. Et je sais ce qui est bon pour toi…

Tony ouvrit la bouche pour argumenter, à moins que ce ne fût pour rire de nouveau.

— C'était toi, n'est-ce pas ? L'ami qui a envoyé cet e-mail à Lucy. C'est toi qui lui as dit de venir pour m'empêcher d'épouser Alice. Tu savais. Pour Lucy, pour le bébé. C'est toi qui nous as réunis…

— Tu as trop d'imagination, Antonio, marmonna le vieil homme avec un haussement d'épaules.

Lucy sourit dans son coin. Ce devait être en effet ce qui s'était passé. Nonno avait-il prémédité tout cela depuis le début ?

— Ah, vous, les jeunes, vous croyez toujours tout savoir et tout comprendre sur tout ! soupira Nonno, une lueur pleine de malice dans les yeux.

Lucy échangea un regard avec Tony. Ni l'un ni l'autre n'était dupe.

Peu après, le patriarche voulut rentrer chez lui et Tony le raccompagna en voiture. Puis, à son retour dans la petite chambre de la clinique, il se blottit dans le lit contre Lucy et leur bébé.

La jeune femme sourit. Ce bonheur, elle en avait tant rêvé, sans jamais croire qu'elle pût vraiment le connaître un jour.

— Tu sais, murmura Tony, jusqu'à présent, je ne supportais pas cette façon qu'avait Nonno de diriger la vie de tout le monde dans la famille. Mais quand je vois aujourd'hui où nous en sommes grâce à lui, toi et moi… Même chose pour Rob et Nick, qui lui doivent eux aussi une fière chandelle ! Après tout, il a peut-être un sixième sens pour savoir ce qui est le mieux pour nous…

Ses cousins se seraient-ils mariés si leur grand-père ne leur avait pas un peu forcé la main, avec la promesse des trente millions ?

— Je me moque de ce qu'il sait ou ne sait pas, dit Lucy. Tout ce qui m'importe, c'est que nous soyons ensemble, tous les trois.

— Quand même, à quatre-vingt-quinze ans, il reste le chef d'orchestre et il finit toujours par obtenir ce qu'il veut !

— Oui, murmura-t-elle. Comme nous…

Retrouvez en février 2020,
dans votre collection

♦ SAGAS ♦

Trilogie intégrale : FRÈRES & SÉDUCTEURS
de Abby Green - N°122

L'héritier secret des Falcone

Tu m'as privé de mon fils et je me vengerai ! À l'instant où Rafaele Falcone prononce ces mots, Sam sent une sourde angoisse l'envahir. Trois ans plus tôt, le cœur brisé par la réaction glaciale de Rafaele à l'annonce de sa grossesse, elle a cru faire le bon choix en lui laissant croire qu'elle avait perdu le bébé. Mais, aujourd'hui, c'est un homme furieux qui se dresse face à elle…

Une nuit avec Alexio Christakos

À la seconde où Alexio Christakos s'assoit à son côté dans l'avion, Sidonie sent un trouble puissant l'envahir. Et, si elle se surprend à apprécier la compagnie du richissime homme d'affaires, elle devine le danger que représente ce dernier pour elle… Mais comment repousser les avances d'un des hommes les plus puissants – et envoûtants – d'Europe ?

Au bras de Cesar da Silva

Dans un moment d'égarement, Lexie a échangé un baiser brûlant avec Cesar da Silva. Une impulsion qu'elle regrette à présent que leur photo fait la une de la presse. Il n'y a qu'un moyen de faire oublier ce scandale, Lexie le sait. Donner aux médias l'image d'un couple amoureux. Mais jouer la comédie au bras de Cesar da Silva promet d'être un cauchemar…

Série intégrale : LES SECRETS DE WILLOWMERE
de Abigail Gordon - N°123

La seule passion d'une infirmière

Glenn Hamilton est de retour à Willowmere ! Aussitôt, les souvenirs assaillent Andrea : leur folle passion, leurs projets… Jusqu'à ce tragique accident… Brisée, Andrea avait alors prétexté ne plus aimer Glenn. Aujourd'hui, elle se prend à douter : a-t-elle eu raison de lui cacher la vérité ?

Nouvelle chance pour un médecin

À Willowmere, Georgina mène une vie tranquille, jusqu'au jour où son ex-mari, Ben, vient s'installer près de chez elle. Car, s'ils sont séparés, ils n'ont pu s'empêcher de passer une nuit ensemble quelques mois plus tôt. Une nuit de passion qui n'a pas été sans conséquence…

Un mariage à Willowmere

Après le drame qu'elle a vécu, Laurel apprécie de trouver refuge dans le paisible village de Willowmere. Elle hésite toutefois à accepter de travailler quelque temps pour le Dr Trewlaney. Un homme séduisant, dont le regard la fait se sentir femme de nouveau…

Le goût du bonheur

Lizzie ne peut croire à son bonheur quand James Bartlett, son patron, lui propose de l'épouser et de venir vivre avec lui et ses deux enfants. Pourtant, elle hésite à accepter, car elle ignore si James voit en elle autre chose qu'une nouvelle maman pour Polly et Jo…

Composé et édité par HarperCollins France.

Achevé d'imprimer en novembre 2019.

CPi
BLACK PRINT

Barcelone

Dépôt légal : décembre 2019.

FSC
www.fsc.org
MIXTE
Papier issu de sources responsables
FSC® C108412

Pour limiter l'empreinte environnementale de ses livres, HarperCollins France s'engage à n'utiliser que du papier fabriqué à partir de bois provenant de forêts gérées durablement et de manière responsable.

Imprimé en Espagne.